T0178885

SARAH J. MAAS

CASA DE TIERRA Y SANGRE

CIUDAD MEDIALUNA

Traducción de Carolina Alvarado Graef

ALFAGUARA

El papel utilizado para la impresión de este libro ha sido fabricado a partir de madera procedente de bosques y plantaciones gestionadas con los más altos estándares ambientales, garantizando una explotación de los recursos sostenible con el medio ambiente y beneficiosa para las personas.

Casa de tierra y sangre

Título original: *House of Earth and Blood*

Primera edición: septiembre, 2020
Primera reimpresión: junio, 2021
Segunda reimpresión: febrero, 2022
Tercera reimpresión: julio, 2022
Cuarta reimpresión: septiembre, 2022
Quinta reimpresión: enero, 2023

penguinlibros.com

Diseño de portada: David Mann
Ilustración de portada: Carlos Quevado

ISBN: 978-607-319-594-2

Impreso en México – *Printed in Mexico*

Para Taran
La estrella más brillante en mi cielo

LAS CUATRO CASAS DE MIDGARD

Como fue decretado en 33 V.E. por el Senado Imperial
en la Ciudad Eterna

CASA DE TIERRA Y SANGRE
Metamorfos, humanos, brujas, animales comunes y muchos más a quienes Cthona invoca, así como algunos elegidos por Luna

CASA DE CIELO Y ALIENTO
Malakim (ángeles), hadas, elementales, duendecillos,* y aquellos que recibieron la bendición de Solas, junto con algunos favorecidos por Luna

CASA DE LAS MUCHAS AGUAS
Espíritus de río, mer, bestias acuáticas, ninfas, kelpies, nøkks, y otros bajo el cuidado de Ogenas

CASA DE FLAMA Y SOMBRA
Daemonaki, segadores, espectros, vampiros, draki, dragones, nigromantes y muchas cosas malvadas y sin nombre que ni siquiera la misma Urd puede ver

*Los duendecillos fueron expulsados de su Casa como consecuencia de su participación en la Caída y ahora son considerados Inferiores, aunque muchos de ellos se niegan a aceptar esto.

PARTE UNO

LA HONDONADA

1

Había una loba en la puerta de la galería.

Eso significaba que debía ser jueves, lo que a su vez implicaba que Bryce debía estar *verdaderamente* pinche cansada si dependía de los movimientos de Danika para saber qué día era.

La pesada puerta de metal de Antigüedades Griffin sonó con el impacto del puño de la loba: un puño que Bryce sabía estaba rematado por uñas pintadas de color morado metálico a las cuales les hacía buena falta una manicura. Un instante después se escuchó el grito de una voz femenina, medio amortiguado a través del acero:

—¡Abre con un demonio, B! ¡Hace un calor de mierda acá afuera!

Sentada frente al escritorio en la modesta sala de exhibición de la galería, Bryce esbozó una sonrisa burlona y retiró el video de la cámara instalada en la puerta principal. Se pasó un mechón de cabello color rojo vino detrás de la oreja puntiaguda y preguntó por el interfono:

—¿Por qué estás cubierta de tierra? Parece como si hubieras estado hozando en un basurero.

—¿Qué carajos quiere decir *hozando*? —contestó Danika con la cara brillante de sudor mientras posaba su peso en un pie y luego en el otro. Usó una mano mugrienta para limpiar el sudor de su frente y se embarró el líquido negro que tenía salpicado.

—Lo sabrías si alguna vez abrieras un libro, Danika.

Agradecida por el respiro en esta mañana de trabajo tedioso, Bryce sonrió y se levantó del escritorio. No había ventanas en la galería, por lo cual el extenso equipo de vigilancia era su única advertencia de lo que sucedía detrás de los gruesos muros. Incluso con su agudo oído por ser mitad hada, no lograba distinguir mucho más allá de la puerta de hierro salvo por los ocasionales golpes de un puño. Los muros sencillos de arenisca del edificio ocultaban la tecnología avanzada y los hechizos de primer grado que lo mantenían en funcionamiento y también preservaban muchos de los libros resguardados en el archivo del piso de abajo.

Como si tan sólo pensar en el nivel situado debajo de los tacones altos de Bryce la hubiera invocado, una vocecita, proveniente de la puerta del archivo de quince centímetros de grosor ubicada a su lado izquierdo, preguntó:

—¿Es Danika?

—Sí, Lehabah.

Bryce puso la mano en el picaporte de la puerta principal. Los hechizos que tenía zumbaron contra la palma de su mano y se deslizaron como humo sobre su piel dorada llena de pecas. Apretó los dientes para soportar la sensación, aún no se acostumbraba a pesar de que ya tenía un año trabajando en la galería.

Desde el otro lado de la puerta de metal aparentemente sencilla que daba a los archivos, Lehabah advirtió:

—A Jesiba no le gusta que esté aquí.

—A *ti* no te gusta que esté aquí —corrigió Bryce, y entrecerró sus ojos color ámbar en dirección a la puerta de los archivos y a la diminuta duendecilla de fuego que sabía flotaba justo al otro lado, escuchando como siempre hacía cuando alguien estaba frente a la galería.

—Vuelve a tu trabajo.

Lehabah no respondió, tal vez porque había regresado al piso de abajo para vigilar los libros. Bryce puso los ojos en blanco, abrió la puerta principal de un tirón y la azotó un golpe de calor tan seco en la cara que sintió como si fuera a succionarle la vida. Y el verano apenas comenzaba.

Danika no sólo parecía haber estado hozando en la basura. También olía como si lo hubiera hecho.

Algunos mechones delgados de su cabello rubio platinado, habitualmente una cascada sedosa y lacia, se habían salido de la trenza apretada y larga; las mechas de amatista, zafiro y rosado estaban salpicadas de una sustancia oscura y aceitosa que apestaba a metal y amoniaco.

—Te tardaste —se quejó Danika, y entró con su andar fanfarrón a la galería. La espada que tenía a la espalda subía y bajaba con cada paso. Su trenza se había enredado en la empuñadura de piel desgastada y al detenerse frente al escritorio Bryce se tomó la libertad de desenredarla.

Apenas había terminado de hacerlo cuando los dedos delgados de Danika ya estaban desabrochando las correas que mantenían la espada envainada cruzada contra la piel desgastada de su chamarra de motociclista.

—Necesito dejar esto aquí unas cuantas horas —dijo, quitándose la espada de la espalda y se dirigió al pequeño armario escondido detrás de un panel de madera al otro lado de la sala de exhibición.

Bryce se recargó en el borde del escritorio y se cruzó de brazos. Sus dedos rozaban contra la tela negra y elástica de su vestido entallado.

—Tu bolso del gimnasio ya está apestando el lugar. Jesiba regresará esta tarde y va a tirar tu mierda en el basurero otra vez si sigue aquí.

Eso era el Averno más amigable que Jesiba Roga podía desatar si alguien la provocaba.

Jesiba, una hechicera de cuatrocientos años de edad que había nacido bruja y posteriormente desertado a su gente, se había unido a la Casa de Flama y Sombra y ahora solamente le rendía cuentas al mismo Rey del Inframundo. La Flama y Sombra le iba bien; Jesiba poseía un arsenal de hechizos que rivalizaban con los de cualquier hechicero o nigromante de la más oscura de las Casas. Circulaban rumores de que había transformado gente en animales cuando se irritaba lo suficiente. Bryce nunca se había atrevido a preguntar si los pequeños animales que vivían en docenas de tanques y terrarios en la biblioteca siempre habían sido animales.

Y Bryce intentaba no irritarla nunca. No es que existieran garantías cuando se trataba de los vanir, un grupo que abarcaba a todos los seres de Midgard salvo a los humanos y animales comunes. Incluso el vanir menos peligroso podría ser mortífero.

—La recogeré luego —prometió Danika, y presionó el panel oculto para que se abriera el armario. Bryce le había advertido ya en tres ocasiones que la bodega de la sala de exhibición no era su casillero personal. Sin embargo, Danika siempre alegaba que la galería, localizada en el corazón de la Vieja Plaza, tenía una ubicación más céntrica que la Madriguera de los lobos en Moonwood. Y eso fue todo.

La puerta del armario se abrió y Danika agitó la mano frente a su cara.

—¿*Mi* bolsa del gimnasio está apestando el lugar? —preguntó, y con la punta de su bota negra movió el costal arrugado que contenía el equipo de baile de Bryce y que ahora estaba entre el trapeador y la cubeta.

—¿Cuándo fue la última vez que lavaste esa maldita ropa?

Bryce frunció el ceño al percibir el hedor de zapatos viejos y ropa sudada que salió de la habitación. Cierto, hace dos días había olvidado llevarse a casa el leotardo y las mallas para lavarlos después de su clase a la hora del almuerzo. En gran parte fue gracias a que Danika le había enviado un video de un montón de risarizoma sobre el mueble de la cocina, con música a todo volumen saliendo de la vieja grabadora junto a la ventana, y la orden de apresurarse para volver a casa. Bryce obedeció. Fumaron tanto que era muy probable que ayer Bryce todavía estuviera bajo los efectos cuando llegó tropezándose al trabajo.

En realidad no había otra explicación para entender por qué le había tomado diez minutos escribir un correo electrónico de dos oraciones ese día. Letra por letra.

—Olvídate de eso —dijo Bryce—, tengo otra cosa que hablar contigo.

Danika reacomodó las porquerías del armario para hacer espacio para las suyas.

—Ya te pedí perdón por comer lo que quedaba de tus tallarines. Compraré otros esta noche.

—No es eso, tarada; aunque de nuevo: jódete. Era mi almuerzo de hoy —Danika rio.

—Este tatuaje duele endemoniadamente —protestó Bryce—. Ni siquiera puedo recargarme en mi silla.

Danika respondió con voz cantarina:

—El artista te advirtió que ibas a estar adolorida unos días.

—Estaba tan borracha que escribí mal mi nombre en el documento de exención de responsabilidad. No me atrevería a decir que estaba en condiciones de entender lo que significaba «adolorida unos días».

Danika, que se había hecho un tatuaje igual con el texto que ahora recorría la espalda de Bryce, ya había sanado. Ése era uno de los beneficios de ser vanir de sangre pura: tiempo de recuperación muy rápido comparado con el de los humanos, o el de los medio-humanos, como Bryce.

Danika aventó su espada al desorden del armario.

—Prometo ayudar y ponerte hielo en la espalda adolorida esta noche. Sólo déjame tomar una ducha y saldré de aquí en diez.

No era extraño que su amiga se presentara en la galería, en especial los jueves cuando su ronda matutina terminaba a unas cuantas cuadras de distancia, pero nunca había usado el baño completo que estaba en los archivos del piso de abajo. Bryce señaló la suciedad y la grasa.

—¿De *qué* estás manchada?

Danika frunció el ceño y los planos angulosos de su rostro se contrajeron.

—Tuve que separar a un sátiro y un merodeador nocturno que se estaban peleando.

Al ver la costra de la sustancia negra que ensuciaba sus manos hizo un gesto que mostró sus dientes blancos.

—Adivina cuál me lanzó sus *jugos*.

Bryce resopló e hizo un gesto hacia la puerta de los archivos.

—La ducha es toda tuya. Hay ropa limpia en el cajón inferior del escritorio de allá abajo.

Los dedos sucios de Danika empezaron a jalar la puerta de los archivos. Su mandíbula se tensó y el tatuaje más viejo que tenía en el cuello, el lobo sonriente y con cuernos que era la insignia de la Jauría de Diablos, onduló por la tensión.

No por el esfuerzo, como Bryce observó al ver la espalda tensa de Danika. Bryce miró en dirección al armario que Danika no había cerrado. La espada, famosa en esta ciudad y mucho más allá, estaba recargada contra la escoba y el trapeador, la funda antigua de piel quedaba casi oculta por el contenedor lleno de gasolina que se utilizaba para alimentar el generador de electricidad que estaba en el exterior.

Bryce siempre se había preguntado por qué Jesiba se molestaba con ese anticuado generador, hasta que hubo un apagón en toda la ciudad la semana pasada. Cuando falló el suministro de energía, el generador fue lo único que mantuvo los cerrojos mecánicos en su sitio durante los saqueos, cuando unos maleantes que venían del Mercado de Carne bombardearon la puerta principal de la galería con contrahechizos para intentar meterse a pesar de los encantamientos.

Pero... que Danika dejara la espada en la oficina. Que Danika necesitara ducharse. La espalda tensa.

Bryce preguntó:

—¿Tienes una reunión con los Líderes de la Ciudad?

En los cinco años que tenían de conocerse, desde su primer año como estudiantes en la Universidad de Ciudad Medialuna, Bryce podía contar con los dedos de una mano las veces que Danika había tenido que asistir a una junta con las siete personas suficientemente importantes como para ameritar una ducha y un cambio de ropa. Incluso cuando entregaba informes a su abuelo, el Premier de los lobos de Valbara, y a Sabine, su madre, Danika solía usar esa chamarra de cuero, jeans y cualquier camiseta de banda *vintage* que no estuviera sucia.

Por supuesto, eso irritaba muchísimo a Sabine, pero *todo* lo que tuviera que ver con Danika, y con Bryce, irritaba al Alfa de la Jauría de la Hoz de Luna, jefa de las unidades de metamorfos en el Auxiliar de la ciudad.

No importaba que Sabine fuera la primera en la línea de sucesión para convertirse en la Premier de los lobos de Valbara ni que llevara siglos siendo la heredera de su anciano padre, tampoco que Danika fuera la segunda en la línea para obtener el título. No importaba porque durante años habían circulado rumores de que Danika debía ser la Premier Heredera y saltarse a su madre. No importaba porque el viejo lobo le había dado a su nieta la espada, una reliquia familiar, tras siglos de haber prometido que se la quedaría Sabine cuando él muriera. Cuando Danika cumplió dieciocho años, la espada la llamó como un aullido en una noche de luna llena. Eso es lo que dijo el Premier para explicar su decisión inesperada.

Sabine nunca había olvidado aquella humillación. Sobre todo cuando Danika llevaba la espada casi a todas partes, en especial frente a su madre.

Danika se detuvo en el arco amplio, frente a las escaleras alfombradas de color verde que conducían a los archivos debajo de la galería, donde yacía el verdadero tesoro de este sitio, vigilado día y noche por Lehabah. Era la razón verdadera por la cual Danika, que se especializó en historia en la UCM, disfrutaba visitar con frecuencia, solamente para poder ojear el arte antiguo y los libros a pesar de que Bryce solía bromear sobre sus hábitos de lectura.

Danika volteó y sus ojos color caramelo estaban cerrados.

—Hoy liberarán a Philip Briggs.

Bryce se sobresaltó.

—¿¡*Qué*!?

— Lo van a liberar por un maldito tecnicismo. Alguien la cagó al hacer el papeleo. Nos van a dar toda la información en la reunión —dijo, y apretó su delgada mandíbula. El brillo de las lucesprístinas en los candeleros que recorrían el cubo de las escaleras se reflejaba en su cabello sucio—. Todo está tan jodido.

A Bryce se le revolvió el estómago. La rebelión humana seguía confinada a la parte norte de Pangera, el enorme territorio al otro lado del Mar Haldren, pero Philip Briggs había hecho todo lo posible para llevarla a Valbara.

—Pero tú y la jauría lo descubrieron en su pequeño laboratorio rebelde para hacer bombas.

Danika golpeó unas veces con la bota en la alfombra verde.

—¡Putas idioteces burocráticas!

—Iba a hacer estallar un *club*. Literalmente encontraste los planos para el atentado de bomba en el Cuervo Blanco.

Era uno de los centros nocturnos más populares en la ciudad y, por tanto, la pérdida de vidas hubiera sido catastrófica. Los atentados anteriores de Briggs habían sido de menor escala; aunque no menos mortíferos ya que todos estaban diseñados para provocar una guerra entre los humanos y los vanir igual a la que se estaba librando en los climas más fríos de Pangera. La meta de Briggs no era ningún secreto: un conflicto global que cobraría las vidas de millones en ambos lados. Vidas que eran desechables si eso significaba una oportunidad para los humanos de derrocar a quienes los oprimían: los longevos vanir que tenían el don de la magia y, sobre todo, los asteri, que gobernaban el planeta Midgard desde la Ciudad Eterna en Pangera.

Pero Danika y la Jauría de Diablos habían frustrado ese plan. Ella descubrió a Briggs y sus principales colaboradores, todos parte de los rebeldes Keres, y con eso evitó que su fanatismo particular cobrara las vidas de víctimas inocentes.

Como una de las unidades de metamorfos más selectas del Auxiliar de Ciudad Medialuna, la Jauría de Diablos patrullaba la Vieja Plaza y se aseguraba de que los turistas borrachos y manolargas no se convirtieran en turistas borrachos y manolargas muertos en caso de que se acercaran a la persona equivocada. Se aseguraba de que los bares, cafés, salas de conciertos y tiendas se mantuvieran a salvo de cualquier malviviente que hubiera entrado en la ciudad ese día. Y se aseguraba de que la gente como Briggs estuviera en prisión.

La 33ª Legión Imperial decía hacer lo mismo, pero los ángeles que conformaban las famosas filas del ejército personal del gobernador solamente ponían mala cara y prometían el Averno si se les desafiaba.

—Créeme —dijo Danika, mientras bajaba las escaleras dando pisotones—, voy a dejar putamente claro en esta reunión que la liberación de Briggs es inaceptable.

Lo haría. Aunque Danika tuviera que gruñirle en la cara a Micah Domitus, dejaría claro su punto de vista. No había muchos que se atrevieran a hacer enojar al arcángel de Ciudad Medialuna, pero Danika no titubearía. Y dado que los siete Líderes de la Ciudad estarían en esta junta, las probabilidades de que eso sucediera eran altas. Las cosas tendían a escalar rápidamente cuando todos estaban en una habitación. Había poca cordialidad entre los seis Líderes inferiores en Ciudad Medialuna, la metrópolis previamente conocida como Lunathion. Cada uno de los Líderes controlaba una parte específica de la ciudad: el Premier de los lobos en Moonwood, el Rey del Otoño de las hadas en Cinco Rosas, el Rey del Inframundo en el Sector de los Huesos, la Reina Víbora en el Mercado de Carne, el Oráculo en la Vieja Plaza y la Reina del Río, que aparecía solamente en muy raras ocasiones, representaba la Casa de las Muchas Aguas y su Corte Azul, muy por debajo de la superficie color turquesa del río Istros. Ella casi nunca se dignaba a salir de ahí.

Los humanos en Prados de Asfódelo no tenían Líder. No tenían un lugar a la mesa. Eso le facilitó a Philip Briggs encontrar bastantes simpatizantes.

Pero Micah, Líder del Distrito Central de Negocios, los gobernaba a todos ellos. Además de sus títulos por la ciudad, era el arcángel de Valbara. Gobernante de todo este puto territorio y solamente respondía a los seis asteri en la Ciudad Eterna, la capital y corazón viviente de Pangera. De todo el planeta de Midgard. Si alguien podía mantener a Briggs en prisión, era él.

Danika llegó al final de las escaleras, tan abajo que ya no se alcanzaba a ver por la pendiente del techo. Bryce se quedó en el arco al otro lado, escuchando a Danika decir:

—Hola, Syrinx.

El sonido del pequeño ladrido de alegría de la quimera de quince kilos ascendió por el cubo de la escalera.

Jesiba había comprado a la criatura Inferior hacía dos meses, para gran gusto de Bryce. *No es una mascota* —le había advertido Jesiba—. *Es una criatura costosa y rara que compré con el único propósito de ayudar a Lehabah a vigilar estos libros. No interfieras con sus tareas.*

Hasta el momento Bryce no le había informado a Jesiba que Syrinx estaba más interesado en comer, dormir y que le rascaran la panza que en monitorear los preciados libros. No importaba que su jefa lo pudiera ver en cualquier momento si se molestaba en revisar las docenas de cámaras que tenía la biblioteca.

Danika habló lentamente y la sonrisa se podía escuchar en su voz:

—¿Qué mosco te picó, Lehabah?

La duendecilla de fuego refunfuñó:

—A mí no me pican los moscos. No les va muy bien cuando tu cuerpo está hecho de flamas, Danika.

Danika rio. Antes de que Bryce pudiera decidir si debía bajar para vigilar la pelea entre la duendecilla de fuego y la loba, el teléfono sobre el escritorio empezó a sonar. Tenía una buena idea de quién podría ser.

Con los tacones hundidos en la alfombra de felpa, Bryce llegó al teléfono antes de que la llamada se fuera al correo de voz y se ahorró un sermón de cinco minutos.

—Hola, Jesiba.

Una voz femenina y hermosa respondió:

—Por favor dile a Danika Fendyr que si sigue usando mi bodega como su casillero personal, la *convertiré* en lagartija.

2

Cuando Danika salió al piso de exhibición de la galería, Bryce ya había recibido una llamada de atención algo amenazadora de Jesiba debido a su ineptitud. Todo surgió por el correo electrónico de una cliente exigente que le solicitó a Bryce acelerar el papeleo de una urna antigua que había comprado para poder presumirla a sus amigos igualmente quisquillosos en su coctel del próximo lunes, y para rematar dos mensajes de los miembros de la jauría de Danika que preguntaban si su Alfa estaba a punto de matar a alguien por la liberación de Briggs.

Nathalie, la Tercera en el rango de Danika, fue directamente al grano: *¿Ya perdió la cabeza por la situación de Briggs?*

Connor Holstrom, el Segundo en el rango de Danika, fue un poco más cuidadoso con lo que envió al éter. Siempre cabía la posibilidad de una filtración. *¿Ya hablaste con Danika?* Fue lo único que preguntó.

Bryce estaba respondiéndole a Connor, *Sí, lo tengo bajo control*, cuando una loba gris del tamaño de un caballo pequeño cerró la puerta de hierro de los archivos con una pata y sus garras sonaron contra el metal.

—¿Tanto odiaste mi ropa? —preguntó Bryce y se levantó de la silla.

Lo único que permanecía de Danika en esta forma eran sus ojos color caramelo, y eran lo que suavizaba la gracia, y amenaza pura que irradiaba de la loba con cada paso que daba hacia el escritorio.

—La traigo puesta, no te preocupes —los colmillos largos y afilados sobresalían con cada palabra. Danika movió sus orejas peludas y observó la computadora apagada, el bolso que Bryce había puesto sobre el escritorio.

—¿Vas a salir conmigo?

—Tengo que hacer algo de investigación para Jesiba —respondió Bryce, y tomó el llavero que traía las llaves para abrir puertas de varias partes de su vida—. Me ha insistido que encuentre el Cuerno de Luna otra vez. Como si no hubiera estado intentando encontrarlo toda la semana.

Danika miró hacia una de las cámaras visibles en la sala de exhibición, montada detrás de la estatua decapitada de un fauno bailarín que databa de hacía diez mil años. Su cola esponjada se movió una vez.

—¿Por qué lo quiere?

Bryce se encogió de hombros.

—No tengo los huevos para preguntarle.

Danika caminó hacia la puerta principal cuidando que sus garras no se atoraran en los hilos de la alfombra.

—Dudo que lo devuelva al templo sólo por la bondad de su corazón.

—Yo tengo la impresión de que Jesiba sacaría algún provecho de devolverlo —dijo Bryce.

Caminaron hacia la calle tranquila a una cuadra del Istros mientras el sol de mediodía horneaba el empedrado. Danika era un muro sólido de pelaje y músculos que separaba a Bryce y la acera.

El robo del cuerno sagrado durante el apagón había sido la mayor noticia del desastre: los saqueadores habían aprovechado la oscuridad para meterse al Templo de Luna y robar la antigua reliquia de las hadas del sitio donde reposaba sobre el regazo de una enorme deidad en un trono.

El arcángel Micah había ofrecido personalmente una cuantiosa recompensa por cualquier información que condujera a su devolución y prometió que el infeliz sacrílego que lo había robado sería presentado ante la justicia.

Lo que también se conocía como crucifixión pública.

Bryce siempre se aseguraba de no acercarse a la plaza en el DCN, donde por lo general se realizaban. En ciertos días, dependiendo del viento y del calor, el olor de la sangre y la carne podrida podía percibirse a varias cuadras de distancia.

Bryce empezó a caminar junto a Danika mientras la gran loba estudiaba la calle, olfateando para localizar cualquier indicio de amenaza. Bryce, como media hada, podía oler a la gente con mucho mayor detalle que el humano promedio. Cuando era niña, brindaba horas de entretenimiento a sus padres describiendo los olores de cada persona en su pequeño poblado de montaña, Nidaros. Los humanos no tenían esta manera de interpretar el mundo. Pero sus habilidades no se acercaban a las de su amiga.

Mientras Danika olfateaba la calle, su cola se movió una vez, y no fue de felicidad.

—Calma —dijo Bryce—. Presentarás tu caso a los Líderes y ellos se harán cargo.

Las orejas de Danika se aplastaron.

—Todo está jodido, B. Todo.

Bryce frunció el ceño.

—¿De verdad me estás diciendo que alguno de los Líderes quiere libre a un rebelde como Briggs? Encontrarán algún tecnicismo para volver a refundirlo en la cárcel —dijo. Luego agregó, porque Danika seguía sin verla:

—No hay manera de que la 33a no esté monitoreando todos sus movimientos. Basta que Briggs parpadee mal y verá el tipo de dolor que los ángeles pueden dejarnos caer encima. Demonios, el gobernador podría incluso mandar al Umbra Mortis por él.

El asesino personal de Micah, con el raro don de tener el poder de los relámpagos en las venas, podía eliminar casi cualquier amenaza.

Danika gruñó y sus dientes brillaron.

—Yo sola puedo encargarme de Briggs.

—Sé que puedes. Todo el mundo sabe que puedes, Danika.

Danika estudió la calle delante de ellas, su mirada pasó por el cartel de los seis asteri sentados en sus tronos, y el trono vacío para honrar a su hermana caída, que estaba pegado a la pared. Dejó escapar un suspiro.

Ella siempre tendría que soportar cargas y expectativas que Bryce nunca experimentaría, y Bryce agradecía al Averno por ese privilegio. Cuando Bryce la cagaba, Jesiba solía quejarse durante unos minutos y eso era todo. Cuando Danika la cagaba, aparecía en todos los noticieros y en las redes.

Sabine se aseguraba de ello.

Bryce y Sabine se odiaron desde el instante de aquel primer día de clases en la UCM cuando la Alfa se burló de la compañera de cuarto inadecuada y mestiza de su única hija. Y Bryce amó a Danika desde el momento en que la saludó delante de su madre de todos modos, y le dijo que Sabine estaba enojada porque tenía la esperanza de que ella fuera un vampiro musculoso para poder babear sobre él.

Danika rara vez permitía que las opiniones de otros, en especial la de Sabine, le restaran seguridad y alegría; sin embargo, en días como éste... Bryce levantó una mano y acarició las costillas musculosas de Danika, una caricia amplia y reconfortante.

—¿Crees que Briggs irá por ti o por la jauría? —preguntó Bryce y sintió un nudo en el estómago. Danika no había capturado a Briggs sola, él tenía una cuenta pendiente con todos ellos.

Danika arrugó el hocico.

—No lo sé.

Las palabras resonaron entre ellas. En combate mano a mano, Briggs nunca sobreviviría contra Danika. Pero una de esas bombas podría cambiar todo. Si Danika hubiera hecho el Descenso hacia la inmortalidad probablemente sobreviviría. Pero como no la había hecho... como ella era la única de la Jauría de Diablos que no lo había hecho todavía... a Bryce se le secó la boca.

—Ten cuidado —dijo con voz baja.

—Lo tendré —dijo Danika con los ojos cálidos todavía llenos de sombras. En ese momento sacudió la cabeza, como si se estuviera sacudiendo agua, un movimiento puramente canino. Bryce solía sentirse maravillada de esto, que Danika pudiera despejar sus miedos, o al menos enterrarlos, lo suficiente para seguir adelante. Efectivamente, Danika cambió de tema:

—Tu hermano estará hoy en la junta.

Medio hermano. Bryce no se molestó en corregirla. *Hermano a la mitad, pero hada e hijo de puta completo.*

—¿Y?

—Sólo pensé que debía advertirte que lo veré —la cara de la loba se suavizó ligeramente—. Va a preguntarme cómo estás.

—Dile a Ruhn que estoy ocupada haciendo cosas importantes y que se puede ir al Averno.

Danika trató de controlar su carcajada.

—¿Dónde, exactamente, estás haciendo estas importantes investigaciones para el Cuerno?

—En el templo —suspiró Bryce—. Honestamente, he estado investigando esto desde hace días y no logro entender nada. No hay sospechosos, en el Mercado de Carne no corren rumores de que esté a la venta, ningún motivo para que alguien se tome la molestia de hacerlo. Es suficientemente famoso como para que quien lo tenga lo tenga guardado *celosamente* —frunció el ceño hacia el cielo despejado—. Casi me pregunto si el apagón estuvo ligado con eso, si alguien deliberadamente cortó la energía de la ciudad para cometer el robo en medio del caos. Hay unas veinte personas en esta ciudad capaces de ser así de hábiles y la mitad de ellas tienen los recursos para lograrlo.

La cola de Danika se movió involuntariamente.

—Si pueden hacer algo así, sugeriría mantener tu distancia. Invéntale algo a Jesiba, que piense que lo estás buscando, y luego olvídalo. El Cuerno aparecerá o ella se concentrará en su siguiente misión estúpida.

Bryce aceptó:

—Es que... sería bueno encontrar el Cuerno. Para mi propia carrera.

Qué carrera, sólo el Averno lo sabía. Tras un año de trabajar en la galería no había logrado nada más que sentir asco ante las cantidades obscenas de dinero que los ricos gastaban en porquerías antiguas.

Los ojos de Danika centellearon.

—Sí, lo sé.

Bryce empezó a jugar con un dije pequeño y dorado, un nudo de tres círculos entrelazados, a lo largo de la cadena delicada que colgaba de su cuello.

Danika salía a patrullar armada de garras, espada y pistolas, pero la armadura diaria de Bryce consistía solamente en esto: un amuleto arquesiano apenas del tamaño de su uña pulgar, un regalo de Jesiba en su primer día de trabajo.

Un traje de protección contra materiales peligrosos pero en un collar, se maravilló Danika cuando Bryce le mostró las numerosas protecciones que tenía el amuleto contra la influencia de varios objetos mágicos. Los amuletos arquesianos no eran baratos, pero Bryce no se molestó en engañarse pensando que el regalo de su jefa era algo más que interés personal. Hubiera sido una pesadilla de seguros si Bryce no lo tuviera.

Danika hizo un ademán hacia el collar.

—No te lo quites. En especial si estás buscando cosas como el Cuerno.

Aunque los grandes poderes del Cuerno habían cesado hacía mucho tiempo, Bryce necesitaría todas las defensas mágicas posibles en caso de que alguien poderoso hubiera sido responsable del robo.

—Sí, sí —dijo Bryce, aunque sabía que Danika tenía razón. Nunca se había quitado el collar desde que lo recibió. Si Jesiba alguna vez la despedía, sabía que tendría que encontrar la manera de irse con todo y el collar. Danika le había dicho eso varias veces, incapaz de contener su instinto de Alfa de protección ininterrumpida. Era una de las razones por las cuales Bryce la amaba, y por lo cual se le apretaba el pecho en ese momento con el mismo amor y gratitud.

El teléfono de Bryce vibró en su bolso y lo sacó. Danika echó un vistazo para ver quién llamaba, movió la cola y sus orejas se pararon.

—No digas nada sobre Briggs —advirtió Bryce y aceptó la llamada—. Hola, mamá.

—Hola, corazón —la voz clara de Ember Quinlan inundó su oído, lo que provocó una sonrisa en Bryce a pesar de los quinientos kilómetros que las separaban.

—Quería confirmar si está bien que te vaya a visitar el próximo fin de semana.

—¡Hola, mami! —ladró Danika hacia el teléfono.

Ember rio. Ember siempre había sido *mami* para Danika, desde la primera vez que se vieron. Y Ember, que no había tenido más hijos aparte de Bryce, estaba más que contenta de tener una segunda hija igual de obstinada y difícil.

—¿Danika está contigo?

Bryce hizo un gesto de hartazgo y le pasó el teléfono a su amiga. Entre un paso y el siguiente, Danika se transformó con un destello de luz; la loba enorme se encogió y retomó la forma grácil y humanoide.

Danika le arrebató el teléfono a Bryce y lo sostuvo entre su oreja y su hombro mientras se ajustaba la blusa de seda blanca que Bryce le había prestado y se la fajaba en sus jeans manchados. Había logrado limpiar una buena cantidad de la porquería del merodeador nocturno de sus pantalones y chamarra de cuero, pero al parecer la camiseta había sido una causa perdida. Danika dijo al teléfono:

—Bryce y yo estamos caminando.

Las orejas arqueadas de Bryce le permitían escuchar perfectamente a su madre, que preguntó:

—¿Dónde?

Ember Quinlan había convertido a la sobreprotección en un deporte competitivo.

Mudarse aquí, a Lunathion, había sido una prueba de voluntades. Ember cedió sólo cuando supo quién era la compañera de habitación de primer año de Bryce, y luego le soltó un sermón a Danika sobre cómo asegurarse de que Bryce se mantuviera a salvo. Randall, el padrastro de Bryce, cortó la llamada por compasión después de treinta minutos.

Bryce sabe defenderse le recordó Randall a Ember. *Nosotros nos aseguramos de eso. Y Bryce seguirá con su entrenamiento mientras esté allá, ¿no es así?*

Bryce sin duda lo había hecho. Había ido al campo de tiro apenas hacía unos días, repasando todos los movimientos que Randall, su verdadero padre en lo que a ella le concernía, le había enseñado desde que era niña: armar una pistola, apuntar al blanco, controlar su respiración.

La mayoría de los días, las pistolas le parecían máquinas de matar brutales y agradecía que la República las tuviera altamente reguladas. Pero como tenía poco para defenderse aparte de la velocidad y una que otra maniobra bien estudiada, había entendido que una pistola podía significar la diferencia entre la vida y la aniquilación para un humano.

Danika mintió:

—Vamos a uno de los puestos callejeros de la Vieja Plaza; teníamos antojo de una kofta de cordero.

Antes de que Ember pudiera continuar con el interrogatorio, Danika agregó:

—Oye, creo que a B se le olvidó decirte que vamos a ir a Kalaxos el próximo fin de semana. Ithan tiene un juego de solbol allá y vamos a ir a echarle porras.

Era una verdad a medias. El partido se llevaría a cabo, pero no habían acordado ir a ver al hermano menor de

Connor, jugador estrella de la UCM. Esa tarde, la Jauría de Diablos iría a la arena de la UCM para apoyar a Ithan, pero Bryce y Danika no se habían molestado en asistir a ningún juego de visitantes desde el segundo año, cuando Danika se acostaba con uno de los jugadores defensivos.

—Qué mal —dijo Ember. Bryce casi podía escuchar el ceño fruncido en el tono de voz de su madre—. Teníamos mucha ilusión de ir.

Solas flamígero, esta mujer era una maestra para hacer sentir culpable a los demás. Bryce se encogió un poco y le quitó el teléfono a su amiga.

—Nosotras también, pero reprogramemos para el próximo mes.

—Pero falta mucho tiempo todavía...

—Mierda, ahí viene un cliente —mintió Bryce—. Tengo que irme.

—Bryce Adelaide Quinlan...

—Adiós, ma.

—¡Adiós, ma! —repitió Danika justo en el momento que Bryce colgó.

Bryce suspiró hacia el cielo, sin hacer caso de los ángeles que se elevaban y volaban por encima de sus cabezas, sus sombras bailando sobre las calles bañadas por la luz del sol.

—Mensaje entrante en tres, dos...

El teléfono vibró.

Ember escribió: *Si no te conociera, pensaría que estás evadiéndonos, Bryce. Tu papá se va a sentir muy ofendido.*

Danika soltó un silbido.

—Oh, es buena.

Bryce suspiró.

—No voy a permitir que vengan a la ciudad si Briggs está suelto.

La sonrisa de Danika se desvaneció.

—Lo sé. Seguiremos evadiéndolos hasta que esto esté resuelto.

Gracias a Cthona por Danika, ella siempre tenía un plan para todo.

Bryce metió el teléfono de vuelta en su bolso y dejó el mensaje de su madre sin responder.

Cuando llegaron a la Puerta en el corazón de la Vieja Plaza, con su arco de cuarzo tan claro como un estanque congelado, el sol estaba llegando justo al borde superior y la luz se refractaba en pequeños arcoíris sobre uno de los edificios contiguos. En el Solsticio de Verano, cuando el sol se alineaba perfectamente con la Puerta, llenaba toda la plaza con arcoíris, tantos que era como caminar dentro de un diamante.

Algunos turistas recorrían la zona, merodeando por la plaza esperando la oportunidad de tomarse una fotografía con el monumento de siete metros.

La Puerta de la Vieja Plaza, una de las siete en esta ciudad, todas talladas a partir de bloques enormes de cuarzo extraídos de las montañas Laconian al norte, se conocía como la Puerta del Corazón, gracias a su ubicación justo en el centro de Lunathion, mientras que las otras seis Puertas estaban localizadas en sitios equidistantes y cada una daba hacia una de las calles que salían de la ciudad amurallada.

—Deberían hacer un carril especial de acceso para que los residentes puedan cruzar la plaza —murmuró Bryce mientras esquivaban a los turistas y vendedores ambulantes.

—Y ponerles multas a los turistas por caminar lento —murmuró Danika en respuesta, pero mostró una rápida sonrisa lupina a una pareja joven de humanos que la reconoció con ferviente admiración y empezaron a sacar fotos.

—Me pregunto qué pensarían si supieran que estás llena de salsa especial de merodeador nocturno —murmuró Bryce.

Danika le dio un codazo.

—Pendeja.

Saludó a los turistas con amabilidad y continuó su camino.

Al otro lado de la Puerta del Corazón, entre un pequeño ejército de vendedores de comida y porquerías para los turistas, una segunda fila de personas esperaba acercarse al bloque dorado que surgía de su lado sur.

—Tendremos que meternos por aquí para cruzar —dijo Bryce, con un gesto de desaprobación hacia los turistas que esperaban bajo el calor intenso.

Pero Danika se detuvo y giró su rostro anguloso hacia la Puerta y la placa.

—Pidamos un deseo.

—No voy a formarme en esa fila —respondió Bryce. Por lo general, sólo pedían deseos en la madrugada, gritándolos hacia el éter, cuando regresaban borrachas del Cuervo Blanco y la plaza estaba vacía. Bryce revisó la hora en su teléfono—. ¿No tienes que ir ya al Comitium?

La fortaleza de cinco torres del gobernador estaba al menos a quince minutos caminando.

—Tengo tiempo —dijo Danika y tomó a Bryce de la mano, tirando de ella entre la multitud para ir a la verdadera atracción turística de la Puerta.

Saliendo del cuarzo como a un metro del suelo había un disco: un bloque de oro sólido incrustado con siete gemas diferentes, cada una para un barrio diferente de la ciudad, con la insignia de cada distrito grabada debajo.

Esmeralda y una rosa para Cinco Rosas. Ópalo y un par de alas para el DCN. Rubí y un corazón para la Vieja Plaza. Zafiro y roble para Moonwood. Amatista y una mano humana para Prados de Asfódelo. Ojo de tigre y una serpiente para el Mercado de Carne. Y ónix, tan negro que se tragaba la luz, y un conjunto de cráneo y huesos cruzados para el Sector de los Huesos.

Debajo del arco de piedras y emblemas grabados, había un disco pequeño y redondo, ligeramente sobresaliente. El metal estaba desgastado por el roce de incontables manos, patas, aletas y toda clase de extremidades.

Junto había un letrero donde se leía:

Toque bajo su propio riesgo. No usar entre la puesta y la salida del sol. Los infractores serán multados.

La gente de la fila, esperando el acceso al disco, parecía no tener problemas con los riesgos.

Un par de metamorfos adolescentes reían entre ellos, por su olor eran alguna especie de felinos, y se empujaban uno al otro hacia adelante, se daban codazos y se retaban, desafiándose uno al otro a tocar el disco.

—Patético —dijo Danika, mientras caminaba a lo largo de la fila. Cruzó las sogas de división, pasó junto a la guardia de aspecto aburrido, un hada joven, y llegó hasta el frente. Tomó una placa del interior de su chamarra de cuero y se la mostró a la guardia, quien se tensó al darse cuenta de quién se había metido en la fila. Ni siquiera miró el emblema dorado con el arco de luna creciente y la flecha cruzada antes de dar un paso atrás.

—Asunto oficial del Aux —declaró Danika con una expresión completamente seria—. Tomará sólo un minuto.

Bryce controló su risa, muy consciente de cómo la gente formada miraba fijamente sus espaldas.

Danika les dijo con lentitud a los adolescentes:

—Si no lo van a hacer, háganse a un lado.

Ellos voltearon a verla y se apartaron, pálidos como la muerte.

Danika sonrió y mostró casi todos sus dientes. No era una vista agradable.

—Mierda —susurró uno de ellos.

Bryce también ocultó su sonrisa. La admiración nunca le aburría. Principalmente porque sabía que Danika se la había ganado. Cada maldito día, Danika se ganaba esa admiración que florecía entre los rostros de extraños cuando veían su cabello de color maíz y el tatuaje en el cuello. Además del miedo que hacía que los malvivientes de la ciudad pensaran dos veces antes de meterse con ella y la Jauría de Diablos.

Excepto por Philip Briggs. Bryce envió una oración a las profundidades azules de Ogenas para que la diosa del mar susurrara su sabiduría a Briggs y lo mantuviera lejos de Danika si en realidad salía libre algún día.

Los chicos se apartaron y les tomó unos milisegundos notar a Bryce también. La admiración de sus rostros se convirtió en descarado interés.

Bryce resopló. *En sus sueños.*

Uno de ellos tartamudeó y volteó de Bryce a Danika:

—Mi... mi maestra de historia dice que las Puertas originalmente eran aparatos de comunicación.

—Apuesto a que consigues a muchas novias con esos datos increíbles—dijo Danika sin siquiera voltearlos a ver, nada impresionada y nada interesada.

Mensaje recibido, los chicos regresaron a la fila. Bryce sonrió y se paró junto a su amiga, mirando hacia el disco.

Pero el adolescente tenía razón. Las siete Puertas de esta ciudad, todas colocadas a lo largo de una línea ley que recorría todo Lunathion, habían sido diseñadas hacía siglos como una manera rápida para que los guardias de los diferentes distritos pudieran hablar entre ellos. Cuando alguien tocaba el centro del disco dorado y hablaba, la voz viajaba a las otras Puertas y se iluminaba la gema con el distrito de donde se originaba la voz.

Por supuesto, requería de una gota de magia para lograrlo. Literalmente la succionaba como un vampiro directo de las venas de las personas que tocaban el disco, una *descarga* de poder que se perdía para siempre.

Bryce levantó la mirada a la placa de bronce que estaba por encima de su cabeza. Las Puertas de cuarzo eran monumentos, aunque no sabía por cuál conflicto o guerra. Sin embargo, todas tenían la misma placa: *El poder siempre pertenece a quienes dan su vida por la ciudad.*

En vista de que era una afirmación que podía interpretarse como un agravio al gobierno de los asteri, Bryce siempre se sorprendía de que dejaran las Puertas intactas.

Pero después de volverse obsoletas con la llegada de los teléfonos, las Puertas encontraron una segunda vida cuando niños y turistas empezaron a usarlas; les decían a sus amigos que fueran a las otras Puertas de la ciudad para poder susurrar alguna grosería o para maravillarse ante la novedad de este método tan anticuado de comunicación. Por supuesto, durante los fines de semana, algunos borrachos estúpidos (una categoría a la cual Bryce y Danika pertenecían firmemente) se convertían en una molestia tan grande gritando por las Puertas que la ciudad se vio obligada a poner un horario de operación.

Y luego empezaron a crecer las supersticiones tontas, por ejemplo que la Puerta podía cumplir deseos y que darle una gota de tu poder era hacer una ofrenda a los cinco dioses.

Era pura pendejada, Bryce lo sabía, pero si eso hacía que Danika no se sintiera tan estresada por la liberación de Briggs, pues entonces valía la pena.

—¿Qué vas a desear? —preguntó Bryce cuando Danika miró el disco y las gemas oscuras encima de él.

La esmeralda de CiRo se encendió y se escuchó una voz joven y femenina que gritó:

—*¡Tetas!*

La gente rio a su alrededor y el sonido parecía ser agua cayendo sobre rocas. Bryce rio.

Pero la cara de Danika se volvió solemne.

—Tengo demasiadas cosas que desear —dijo. Antes de que Bryce pudiera preguntarle, Danika se encogió de hombros—. Pero creo que voy a desear que Ithan gane su partido de solbol esta noche.

Con esas palabras, puso la palma sobre el disco. Bryce vio cómo un escalofrío la recorrió y luego rio en voz baja y dio un paso atrás. Sus ojos color caramelo brillaron.

—Te toca.

—Sabes que apenas tengo magia, pero bueno —respondió Bryce. No se dejaría superar, ni siquiera por una loba Alfa. Habían hecho todo juntas desde el momento en que Bryce entró a su habitación el primer año de la universidad. Solamente ellas dos, como sería siempre.

Incluso habían planeado hacer el Descenso juntas: congelarse en la inmortalidad en el mismo instante, con miembros de la Jauría de Diablos como sus Anclas.

Técnicamente no era una inmortalidad de verdad. Los vanir sí envejecían y morían, de causas naturales o de otras maneras, pero el proceso de envejecimiento era tan lento después del Descenso que, dependiendo de la especie, podían pasar siglos antes de tener la primera arruga. Las hadas podían vivir mil años, los metamorfos y las brujas por lo general cinco siglos, los ángeles algo intermedio. Los completamente humanos no hacían el Descenso porque no tenían nada de magia. Y en comparación con los humanos, sus vidas ordinarias y su proceso lento de sanación, los vanir *eran* esencialmente inmortales. Algunas especies producían hijos que ni siquiera llegaban a la madurez hasta que tenían más de ochenta años. Y la mayoría eran muy, muy difíciles de matar.

Pero Bryce rara vez pensaba dónde quedaría ella en ese espectro, si su sangre mitad hada le daría cien años o mil. No importaba, siempre y cuando Danika estuviera ahí. Empezando por el Descenso. Harían el salto mortal juntas hacia su poder maduro, enfrentarían lo que hubiera en el fondo de sus almas y luego correrían de regreso a la vida antes de que la falta de oxígeno les provocara muerte cerebral. O sólo la muerte.

Sin embargo, mientras que Bryce heredaría apenas suficientes poderes para hacer trucos en una fiesta, se esperaba que Danika adquiriera un mar de poder que la colocaría muy por arriba de Sabine, quizás igual a la realeza hada, tal vez incluso más allá del mismo Rey del Otoño.

No se conocía ningún otro metamorfo que tuviera ese tipo de poder, pero todas las pruebas estándar durante su niñez lo confirmaban: cuando Danika hiciera el Descenso, se convertiría en un poder notable entre los lobos, algo que no se había visto desde hacía muchísimo tiempo, al otro lado del mar.

Danika no sólo se convertiría en la Premier de los lobos de Ciudad Medialuna. No. Ella tenía el potencial de ser la Alfa de *todos* los lobos. Del puto planeta.

Danika nunca pareció darle demasiada importancia a esto. No planeaba su futuro con base en ello.

Después de años de juzgar sin piedad a los diversos inmortales que marcaron sus vidas durante siglos y milenios, ambas llegaron a la conclusión que veintisiete era la edad ideal para el Descenso. Justo antes de que aparecieran líneas permanentes, arrugas o canas. Solían contestar a quien preguntara: *¿Cuál es el punto de ser perras inmortales si se nos cuelgan las tetas?*

Idiotas vanidosas, siseó Fury cuando le explicaron la primera vez.

Fury, quien había hecho su Descenso a los veintiuno, no había seleccionado la edad. Sólo sucedió, o fue forzada a hacerlo, no sabían con certeza. La inscripción de Fury en la UCM había sido sólo una fachada para realizar una misión; la mayor parte de su tiempo lo pasaba haciendo cosas *verdaderamente* jodidas en Pangera por cantidades repugnantes de dinero. Siempre se esmeraba en no dar ningún detalle.

Asesina, dijo Danika. Incluso la dulce Juniper, la fauna que ocupaba la cuarta arista de su pequeño cuadrilátero de amistad, admitió que lo más probable era que Fury fuese una mercenaria. Tampoco les quedaba claro si Fury trabajaba ocasionalmente para los asteri y su Senado Imperial títere. Pero a ninguna de ellas le importaba porque Fury siempre las había respaldado cuando lo necesitaban. E incluso cuando no.

La mano de Bryce se detuvo sobre el disco dorado. La mirada de Danika era un peso frío sobre ella.

—Vamos, B. No seas cobarde.

Bryce suspiró y colocó la mano en el disco.

—Deseo que Danika se haga una manicura. Sus uñas se ven asquerosas.

Una descarga la recorrió, un ligero vacío alrededor del ombligo, y luego Danika reía, empujándola.

—Maldita *perra*.

Bryce pasó un brazo por los hombros de Danika.

—Te lo merecías.

Danika agradeció a la guardia de seguridad, quien se vio muy orgullosa por la atención, e hizo caso omiso de los turistas que seguían sacando fotografías. No volvieron a hablar hasta que llegaron al extremo norte de la plaza, donde Danika podría dirigirse hacia los cielos llenos de ángeles y las torres del DCN, hacia el enorme complejo del Comitium en su centro, y Bryce podría ir al Templo de Luna, a tres cuadras de distancia.

Danika movió la barbilla hacia las calles a espaldas de Bryce.

—Te veo en casa, ¿de acuerdo?

—Ten cuidado —dijo Bryce sin aliento, intentando deshacerse de su inquietud.

—Sé cómo cuidarme, B —respondió Danika, pero se podía ver el amor brillar en sus ojos; una gratitud que aplastaba el pecho de Bryce, sólo por el hecho de que a alguien le importara si ella vivía o moría.

Sabine era una mierda. Nunca había confesado ni insinuado quién podría ser el padre de Danika, así que Danika había crecido sin nadie excepto su abuelo, quien era demasiado viejo y retraído como para evitarle a Danika la crueldad de su madre.

Bryce inclinó la cabeza hacia el DCN.

—Buena suerte. No hagas enojar a demasiada gente.

—Sabes que lo haré —respondió Danika con una sonrisa que no le llegó a los ojos.

3

La Jauría de Diablos ya estaba en su departamento cuando Bryce regresó del trabajo.

Había sido imposible ignorar las carcajadas que se oían incluso antes de llegar al descanso del segundo piso, y los ladridos de diversión. Ambos sonidos continuaron mientras ella subía el último nivel del edificio de departamentos. Bryce murmuraba de mala gana sobre cómo sus planes de pasar la noche tranquila en su sofá estaban arruinados.

Con una retahíla de maldiciones que hubieran enorgullecido a su madre, Bryce abrió la puerta de hierro pintada de azul que daba al departamento y se preparó para someterse a la oleada lupina de órdenes, arrogancia y ruido en general que estaba a punto de entrometerse a cada uno de los asuntos de su vida. Y eso era sólo Danika.

La jauría de Danika había convertido cada una de esas cosas en un arte. Sobre todo porque consideraban a Bryce como parte de la jauría, aunque ella no tuviera el tatuaje de su insignia en un lado del cuello.

A veces se sentía mal por la futura pareja de Danika, quienquiera que fuese. El pobre bastardo no sabría a qué se estaría enfrentando cuando se enlazaran. A menos que fuera lobo también, aunque Danika tenía tanto interés en acostarse con un lobo como Bryce.

Es decir, ni una maldita pizca.

Le dio un buen empujón a la puerta con el hombro; los bordes vencidos hacían que la puerta se atorara continuamente, en especial por las salvajadas de los bárbaros desparramados en varios sillones y sillas. Bryce suspiró al ver los seis pares de ojos fijos en ella. Y seis sonrisas.

—¿Cómo estuvo el partido? —preguntó a nadie en particular. Lanzó su llavero al tazón deforme que Danika había hecho de mala gana durante un curso de cerámica que tomaron de relleno en la universidad. Danika no había comentado nada sobre la reunión de Briggs más allá de un *Te digo en la casa.*

No pudo haber sido tan malo, si Danika había llegado al juego de solbol. Incluso había enviado a Bryce una fotografía de toda la jauría frente al campo, con la figura pequeña al fondo de Ithan portando un casco.

Más tarde le llegó un mensaje del mismísimo jugador estrella:

Más te vale estar con ellos la próxima vez, Quinlan.

Ella le contestó:

¿Me extrañó el cachorrito?

Sabes que sí, respondió Ithan.

—Ganamos —dijo Connor con voz lenta desde el lugar que ocupaba en la sala, el lugar favorito de *ella* en el sillón. Tenía puesta su camisa gris del equipo de solbol de la UCM, suficientemente arrugada para revelar una franja de músculo y piel dorada.

—Ithan anotó el gol ganador —dijo Bronson, que todavía traía puesto el jersey azul y plata con *Holstrom* en la espalda.

El hermano pequeño de Connor, Ithan, tenía una membresía no oficial en la Jauría de Diablos. Ithan también resultaba ser la segunda persona favorita de Bryce después de Danika. Su cadena de mensajes era un río eterno de bromas, sarcasmo, intercambio de fotografías y quejas bienintencionadas sobre lo mandón que era Connor.

—¿Otra vez? —preguntó Bryce, quitándose los tacones de diez centímetros color blanco aperlado. —¿No puede compartir Ithan algo de la gloria con los demás chicos?

Por lo regular, Ithan estaría en ese sillón junto a su hermano y obligaría a Bryce a hacerse un espacio para sentarse entre ellos mientras veían algo en la televisión, pero en las noches de partido, él prefería salir de fiesta con sus compañeros de equipo.

Una media sonrisa alteró los bordes de la boca de Connor cuando Bryce lo miró más tiempo de lo que era considerado sabio. Sus cinco compañeros de jauría, dos todavía en forma de lobo y con las colas en movimiento, mantuvieron sus bocas y hocicos cerrados.

Se sabía que Connor hubiera sido el Alfa de la Jauría de Diablos si Danika no estuviera presente. Pero Connor no estaba resentido. Sus ambiciones no eran de ese tipo. A diferencia de las de Sabine.

Bryce movió el repuesto de su mochila de baile en el perchero para poder hacer lugar y acomodar su bolso. Le preguntó a los lobos:

—¿Qué van a ver esta noche?

Lo que fuera, ella ya había decidido irse a su recámara a leer una novela romántica. Con la puerta cerrada.

Nathalie, sentada en el sillón viendo revistas de chismes de celebridades, no levantó la cabeza pero respondió:

—Un programa legal sobre una jauría de leones que lucha contra una malvada corporación de hadas.

—Suena a un verdadero ganador de premios —dijo Bryce.

Bronson gruñó su desaprobación. Los gustos del enorme lobo iban más hacia las películas de arte y los documentales. No era sorpresa que nunca le permitieran seleccionar el entretenimiento para las Noches de Jauría.

Connor pasó un dedo lleno de callos por el brazo acojinado del sillón.

—Llegaste tarde a casa.

—Tengo trabajo—le respondió Bryce—. Tal vez te interesaría uno. Dejarías de ser una sanguijuela en mi sillón.

Eso no era del todo justo. Como Segundo en el rango de Danika, Connor actuaba como su ejecutor. Para mantener esta ciudad a salvo, había matado, torturado, mutilado y luego lo había hecho de nuevo antes de que se pusiera la luna.

Nunca se había quejado de eso. Ninguno lo había hecho.

¿Cuál es el sentido de quejarse, le había dicho Danika una vez cuando Bryce preguntó cómo soportaba la brutalidad, *cuando no puedes elegir unirte al Auxiliar?* Los metamorfos nacidos depredadores estaban destinados a ciertas jaurías Aux desde antes de nacer.

Bryce intentó no mirar hacia el lobo cornudo tatuado en el costado del cuello de Connor: la prueba de esa vida predestinada al servicio. De su lealtad eterna a Danika, a la Jauría de Diablos y al Aux.

Connor sólo miró a Bryce con una media sonrisa. Eso hizo que ella rechinara los dientes.

—Danika está en la cocina, comiéndose la mitad de las pizzas antes de que podamos darles una mordida.

—*¡No es cierto!* —se oyó un grito con la boca llena.

La sonrisa de Connor creció.

La respiración de Bryce se volvió un poco más irregular con esa sonrisa, con esa luz malvada de sus ojos.

El resto de la jauría permaneció concentrada en la pantalla de la televisión, fingiendo que estaban viendo las noticias de la noche.

Bryce tragó saliva y le preguntó a Connor:

—¿Algo que yo deba saber?

Traducción: *¿La reunión sobre Briggs fue un desastre?*

Connor sabía a qué se refería. Siempre lo sabía. Movió su cabeza en dirección a la cocina.

—Ya verás.

Traducción: *No muy bien.*

Bryce se estremeció un poco y logró apartar su mirada de él para acercarse a la estrecha cocina. Sentía la mirada fija de Connor con cada paso que daba.

Y tal vez ondeó un poco la cadera. Solamente un poco.

Danika, de hecho, estaba comiendo una rebanada de pizza con los ojos bien abiertos a modo de advertencia para que Bryce no dijera nada. Bryce se dio cuenta de lo que le pedía sin palabras y simplemente asintió.

La condensación de una botella de cerveza medio vacía goteaba sobre la superficie de plástico blanco donde estaba recargada Danika. La blusa de seda prestada estaba mojada de sudor alrededor del cuello. Su trenza colgaba sobre su hombro delgado y los mechones de colores estaban apagados. Incluso su piel pálida, por lo general llena de color y salud, se veía ceniza.

Claro, la mala luz de la cocina —dos mugres esferas empotradas de luzprístina— no era favorecedora para nadie pero... Cerveza. Comida. La jauría manteniendo su distancia. Y ese cansancio hueco en los ojos de su amiga... sí, algo malo había pasado en esa junta.

Bryce abrió el refrigerador y tomó una cerveza. Cada miembro de la jauría tenía preferencias distintas y solían visitar el apartamento cuando querían, así que el refrigerador estaba lleno de botellas, latas y lo que podría jurar que era una jarra de... ¿hidromiel? Seguro era de Bronson.

Bryce abrió una de las favoritas de Nathalie, una cerveza opaca con sabor cremoso y un gusto intenso a lúpulo.

—¿Briggs?

—Oficialmente libre. Micah, el Rey del Otoño, y el Oráculo revisaron cada ley y reglamento y no pudieron hallar una manera de evitar que usaran ese tecnicismo. Ruhn incluso le pidió a Declan que usara su tecnología sofisticada para hacer búsquedas y no encontró nada. Sabine ordenó que la Jauría de la Hoz de Luna vigilara a Briggs esta noche, junto con algunos de la 33a.

Las jaurías tenían noches obligatorias de descanso una vez a la semana y esta noche le correspondía a la Jauría de Diablos, no había lugar para negociar. De otra forma, Bryce sabía que Danika estaría ahí, vigilando cada movimiento de Briggs.

—Entonces todos estuvieron de acuerdo —dijo Bryce—. Al menos eso es bueno.

—Sí, hasta que Briggs haga explotar algo o a alguien —respondió Danika y movió la cabeza con desagrado—. Es una mierda.

Bryce estudió con cuidado a su amiga. La tensión alrededor de su boca, su cuello sudoroso.

—¿Qué pasa?

—No pasa nada.

Las palabras salieron demasiado rápido para ser creíbles.

—Algo te molesta. Este tipo de estupideces como lo de Briggs es importante, pero siempre te recuperas —Bryce entrecerró los ojos—. ¿Qué es lo que no me estás diciendo?

Los ojos de Danika brillaron.

—Nada.

Dio un trago a su cerveza. Sólo quedaba una respuesta.

—Supongo que Sabine estuvo difícil esta tarde.

Danika siguió atacando su pizza.

Bryce dio dos tragos de cerveza y observó a Danika con la mirada perdida en los gabinetes color verde azulado, la pintura que se descascaraba en las orillas.

Su amiga masticó lento y luego dijo con la boca llena de pan y queso:

—Sabine me arrinconó después de la reunión. Justo en el pasillo afuera de la oficina de Micah. Para que todos pudieran escuchar cuando me dijo que dos estudiantes investigadores de la UCM habían asesinados cerca del Templo de Luna la semana pasada durante el apagón. Durante mi turno. En mi sección. Mi culpa.

Bryce se sorprendió de la noticia.

—¿Tomó *una semana* enterarse de esto?

— Parece que sí.

—¿Quién los mató?

Los estudiantes de la Universidad de Ciudad Medialuna *siempre* estaban en la Vieja Plaza, siempre causando problemas. Incluso como exalumnas, Bryce y Danika se quejaban con frecuencia de que no hubiera una sólida cerca electrificada alrededor de la UCM para mantener a los estudiantes en su esquina de la ciudad. Sólo para evitar que estuvieran vomitando y orinando en la Vieja Plaza desde los viernes por la noche hasta los domingos en la mañana.

Danika volvió a beber.

—Ni idea de quién lo hizo —un escalofrío recorrió su cuerpo y sus ojos color caramelo se oscurecieron—. Aunque su olor los marcaba como humanos, tomó veinte minutos identificar quiénes eran. Estaban destrozados y parcialmente comidos.

Bryce intentó no imaginar la escena.

—¿Motivo?

Danika tragó saliva.

—Tampoco tenemos idea. Pero Sabine me dijo frente a todos lo que pensaba acerca de semejante carnicería pública en mi turno de vigilancia.

Bryce preguntó:

—¿Qué dijo el Premier sobre esto?

—Nada —respondió Danika—. El viejo se quedó dormido durante la junta y Sabine no se molestó en despertarlo antes de acorralarme.

Sería pronto, eso decían todos, sólo era cuestión de un año o dos para que el actual Premier de los lobos, de casi cuatrocientos años de edad, realizara su Travesía para cruzar el Istros hacia el Sector de los Huesos y llegar a su descanso final. En su caso, no había manera de que el barco negro se ladeara durante el rito final; no había manera de que su alma se considerara indigna y fuera entregada al río. Sería bienvenido en el reino del Rey del Inframundo, se le daría acceso a sus costas cubiertas por bruma... y entonces empezaría el reino de Sabine.

Que los dioses los protejan.

—No es tu culpa, sabes —dijo Bryce y abrió las cubiertas de cartón de las dos cajas de pizza más cercanas. Salchicha, peperoni y albóndigas en una. La otra tenía carnes curadas y quesos apestosos, la selección de Bronson, sin duda.

—Lo sé —murmuró Danika. Terminó lo que quedaba de cerveza para luego colocar la botella dentro del fregadero con mucho ruido. Luego se dirigió al refrigerador por otra. Todos los músculos de su cuerpo delgado parecían estar tensos, a punto de detonar. Azotó la puerta del refrigerador y se recargó contra ella. Danika no miró a Bryce a los ojos cuando exhaló y dijo:

—Yo estaba a tres cuadras de distancia esa noche. *Tres.* Y no escuché ni vi ni olí nada cuando los estaban destrozando.

Bryce se dio cuenta del silencio en la otra habitación. El oído agudo tanto de sus formas humanas como las de lobos significaba que los miembros de la jauría se sentían con el *derecho* eterno de escuchar conversaciones ajenas.

Podrían terminar esta conversación más tarde.

Bryce abrió el resto de las cajas de pizza y analizó el paisaje culinario.

—¿No deberías sacarlos de su miseria y dejarles un bocado antes de terminarte el resto?

Había tenido el gusto de atestiguar cómo Danika comía tres pizzas enteras en una sentada. Con este humor, Danika podría romper el récord y llegar a cuatro.

—Por favor, déjanos comer —suplicó Bronson con voz profunda y estridente desde la otra habitación.

Danika dio un trago a su cerveza.

—Vengan a comer, perros.

Los lobos entraron de inmediato.

Durante el atracón, Bryce casi quedó aplastada contra la pared trasera de la cocina; el calendario que colgaba ahí se arrugó en su espalda.

Maldición, le encantaba ese calendario: *Los solteros más ardientes de Ciudad Medialuna: Edición con ropa opcional.* Este mes mostraba al daemonaki más hermoso que jamás había visto posando con la pierna en un banco, el único impedimento para que *todo* quedara a la vista. Aplanó las nuevas arrugas en la piel bronceada y los músculos, en los cuernos retorcidos, y luego volteó a ver a los lobos con irritación.

A un paso de distancia, Danika sobresalía entre su jauría como una piedra en un río. Le sonrió a Bryce.

—¿Alguna noticia sobre tu búsqueda del Cuerno?

—No.

—Jesiba debe estar encantada.

Bryce hizo una mueca de desagrado.

—Fascinada.

Había visto a Jesiba un total de dos minutos esta tarde y eso bastó para que la hechicera amenazara con convertir a Bryce en un burro. Luego se marchó en un sedán con chofer hacia los dioses sabrían dónde. Tal vez a hacer algún encargo para el Rey del Inframundo y la Casa oscura que gobernaba.

Danika sonrió.

—¿No tenías esa cita con como-se-llame hoy?

La pregunta retumbó por todo el cuerpo de Bryce.

—Mierda. *Mierda*. Sí —miró el reloj de la cocina horrorizada—. En una hora.

Connor llevaba una caja de pizza entera para él y al escuchar eso se quedó inmóvil. Le había dejado a Bryce muy clara su opinión sobre ese noviecito ricachón desde la primera cita, hacía dos meses. Y Bryce por su parte le había dejado más que claro que a ella no le importaba un carajo la opinión de Connor sobre su vida amorosa.

Bryce notó la espalda musculosa de Connor cuando salió de la cocina intentando aflojar sus amplios hombros. Danika frunció el ceño. Nunca se le pasaba alguna jodida cosa desapercibida.

—Necesito arreglarme —dijo Bryce con expresión molesta—. Y se llama Reid y lo sabes.

Una sonrisa lupina.

—Reid es un nombre muy pinche estúpido —dijo Danika.

—Uno, *yo* pienso que es un nombre sexy. Y dos, *Reid* es sexy.

Que los dioses la ayudaran, porque Reid Redner era endemoniadamente sexy. Aunque el sexo estaba... bien. Estándar. Ella lo había disfrutado pero había tenido que trabajar mucho para lograrlo. Y no de las maneras en que a veces *disfrutaba* trabajar para lograrlo. Más en el sentido de *más lento, pon eso acá, ¿podemos cambiar de posición?* Pero sólo se habían acostado dos veces. Y ella se decía a sí misma que podía tomar algo de tiempo encontrar el ritmo correcto con un compañero. Aunque...

Danika se limitó a decir:

—Si él vuelve a sacar el teléfono para revisar sus mensajes cuando apenas está sacándote el pene, por favor ten algo de autoestima y patéale los testículos hasta el otro lado de la habitación. Luego regresas a la casa.

—¡Carajo, Danika! — refunfuñó Bryce—. ¿Por qué no lo dices un poquito más fuerte, maldita sea?

Los lobos se habían quedado en silencio. Incluso se dejó de escuchar cómo masticaban. Luego reiniciaron a un decibel por arriba de lo normal.

—Al menos tiene un buen trabajo —le dijo Bryce a Danika, quien cruzó sus brazos delgados que ocultaban una tremenda fuerza bruta, y la miró. Una mirada que decía *Sí, el trabajo que el papi de Reid inventó para su hijo.* Bryce agregó:

—Y al menos no es un alfadejo psicótico que exigirá un maratón sexual de tres días y luego me llamará su compañera, me encerrará en su casa y nunca me dejará salir otra vez.

Por lo cual Reid, el humano del sexo aceptable, era perfecto.

—Te vendría bien un maratón sexual de tres días —reviró Danika.

—Tú tienes la culpa de esto y lo sabes.

Danika hizo un gesto con la mano.

—Sí, sí. Mi primer y último error: presentarlos a ustedes dos.

Danika conocía a Reid sólo de pasada gracias al trabajo de seguridad de medio tiempo que hacía para la empresa de su padre: una enorme compañía mágica-tecnológica propiedad de humanos ubicada en el Distrito Central de Negocios. Danika decía que el trabajo era demasiado aburrido como para molestarse en explicarlo, pero pagaba lo suficiente como para que no dijera que no. Y más que eso, era un trabajo que ella había *elegido*. No la vida que le habían obligado a tener. Así que entre sus patrullajes y las obligaciones con el Aux, Danika terminaba con frecuencia en el gigante rascacielos del DCN, fingiendo que podía aspirar a una vida normal. No se sabía de ningún miembro del Aux que tuviera un segundo empleo, y menos una Alfa, pero Danika lo hacía funcionar.

Por otro lado, todo el mundo quería algo con Industrias Redner estos días. Incluso Micah Domitus era un gran inversionista en sus experimentos de vanguardia. No era nada extraordinario porque el gobernador invertía en todo, desde tecnología y viñedos hasta escuelas, pero desde que Micah estaba en la eterna lista negra de Sabine, molestar a su madre trabajando para una compañía humana donde Micah estuviera involucrado era quizá mejor para Danika que la sensación de libre albedrío y la paga generosa.

Danika y Reid habían ido a la misma presentación una tarde meses atrás, justo cuando Bryce estaba soltera y se quejaba de ello siempre. Danika le había dado a Reid el teléfono de Bryce en un esfuerzo desesperado por conservar la cordura.

Bryce se alisó el vestido con la mano.

—Necesito cambiarme. Guárdame una rebanada.

—¿No van a salir a cenar?

Bryce se encogió un poco de hombros.

—Sí. A uno de esos lugares elegantes donde te sirven un mousse de salmón en una galleta y lo llaman cena.

Danika se estremeció.

—Entonces come antes de irte.

—Una rebanada —dijo Bryce señalando a Danika—. Acuérdate de guardarme una rebanada.

Miró la única caja que quedaba y salió de la cocina.

A excepción de Zelda, todos los integrantes de la Jauría de Diablos ya estaban en su forma humana con las cajas de pizza sobre las rodillas o abiertas en la desgastada alfombra azul. Bronson, de hecho, bebía de la jarra de cerámica llena de hidromiel, con los ojos castaños fijos en el noticiero de la noche. Las noticias sobre la liberación de Briggs, junto con las imágenes difusas de la cara del humano en overol blanco escoltado al exterior de un complejo carcelario, empezaron a sonar. Quien sea que tuviera el control remoto en la mano cambió de inmediato el canal a un documental del Río Negro.

Mientras Bryce caminaba hacia su recámara al otro lado de la sala, Nathalie le lanzó una sonrisa burlona. Oh, nunca le permitirían olvidar ese detallito sobre el desempeño de Reid en la cama. En especial cuando Nathalie lo convertiría sin duda en un reflejo de las habilidades de Bryce.

—No empieces —le advirtió Bryce.

Nathalie cerró los labios con fuerza, como si apenas pudiera contener el aullido de diversión malvada. Su cabello lacio y negro parecía temblar con el esfuerzo de aguantarse la risa y sus ojos color ónix se veían encendidos.

Bryce ignoró deliberadamente la mirada dorada y pesada de Connor, quien seguía todos sus movimientos.

Lobos. Estos malditos lobos que metían sus narices en todos sus asuntos.

Nunca sería posible confundirlos con humanos, aunque sus formas eran casi idénticas. Demasiado altos, demasiado musculosos, demasiado inmóviles. Incluso la forma en la que que atacaban las pizzas, cada movimiento deliberado y grácil, era un recordatorio silencioso de lo que le podrían hacer a quienquiera que los molestara.

Bryce caminó por encima de las piernas largas y extendidas de Zach teniendo cuidado de no pisar la cola color nieve de Zelda, quien estaba echada en el piso junto a su hermano. Los lobos blancos gemelos, ambos delgados y de cabello oscuro cuando estaban en su forma humana, eran aterradores cuando se transformaban. *Los Fantasmas* era el apodo murmurado que los seguía a todas partes.

Así que, sí. Bryce se esforzó mucho por no pisar la cola peluda de Zelda.

Thorne, con su gorra de solbol de la UCM puesta al revés, por lo menos miró a Bryce con algo de compasión desde su lugar en la silla de cuero medio apolillada, cerca de la televisión. Él era la otra persona en el departamento que entendía lo entrometida que podía ser la jauría. Y a quien también le importaban los estados de ánimo de Danika. También la crueldad de Sabine.

Era improbable que un Omega como Thorne recibiera la atención de una Alfa como Danika. Aunque Thorne jamás había siquiera insinuado algo así. Pero Bryce notaba la atracción gravitacional que parecía ocurrir cuando Danika y Thorne estaban juntos en una habitación, como si fueran dos estrellas orbitando una a la otra.

Por suerte, Bryce llegó a su recámara sin que hubiera comentarios sobre las habilidades de su casi novio y cerró la puerta con la firmeza suficiente para indicarle a todos que se fueran al carajo.

Había dado tres pasos en dirección a su viejo vestidor verde cuando se oyeron los ladridos de risa en todo el departamento. Se silenciaron un momento después, tras un gruñido feroz y no del todo humano, profundo, largo y completamente letal.

No era el gruñido de Danika, que era como la muerte encarnada, suave, ronco y frío. Éste era el de Connor. Lleno de calor y mal humor y sentimiento.

Bryce se dio una ducha para quitarse el polvo y la mugre que parecía cubrirla siempre que caminaba las quince cuadras entre el departamento y el edificio delgado de arenisca donde estaba Antigüedades Griffin.

Unos cuantos pasadores borraron la falta de cuerpo que solía afectar su espesa cabellera color vino al final del día. Se apresuró y aprovechó el tiempo para ponerse una nueva capa de rímel y así darle algo de vida a sus ojos color ámbar. Desde el momento que entró a la ducha y salió para ponerse los zapatos negros de tacón, pasaron un total de veinte minutos.

Se dio cuenta de que eso era prueba de lo poco que le importaba esta cita en realidad. Pasaba una maldita *hora* en su cabello y maquillaje todas las mañanas. Eso sin contar la ducha de treinta minutos para quedar brillante, afeitada y humectada. ¿Pero veinte minutos? ¿Para una cena en el Perla y Rosa?

Sí, Danika tenía algo de razón. Y Bryce sabía que la perra estaba viendo el reloj y lo más probable es que preguntaría si el poco tiempo de preparación era reflejo de cuánto, exactamente, podía durar Reid en la cama.

Bryce miró molesta hacia los lobos al otro lado de la puerta de su acogedora recámara antes de prestar atención al refugio silencioso que la rodeaba. Cada una de las paredes estaba decorada con carteles de presentaciones legendarias del Ballet de Ciudad Medialuna. Alguna vez imaginó que estaba ahí entre los flexibles vanir, explotando a través del escenario dando giro tras giro, o haciendo llorar al público con una escena de muerte agonizante. En algún momento había pensado que podría existir un sitio en ese escenario para una media humana.

Ni siquiera cuando le dijeron, una y otra vez, que tenía el *tipo de cuerpo equivocado* dejó de amar el baile. No le quitó esa emoción profunda que surgía al ver un baile en vivo, ni las ganas de tomar clases amateur después del trabajo; tampoco hizo que dejara de seguir a los bailarines del BCM de la misma manera que Connor, Ithan y Thorne seguían a los equipos de deportes. Nada podría detenerla de anhelar esa sensación de volar que experimentaba cuando bailaba, ya fuese en sus clases, en un club o incluso en la maldita calle.

Juniper, por lo menos, no se había dado por vencida. Había decidido que le dedicaría su vida al baile, que una fauna *desafiaría* las probabilidades y que pisaría un escenario construido para hadas y ninfas y sílfides... y que las dejaría a todas atrás. Y lo había logrado, además.

Bryce dejó escapar un suspiro largo. Era hora de irse. El Perla y Rosa estaba a veinte minutos caminando y con esos tacones le tomaría veinticinco. No tenía caso intentar conseguir un taxi en el caos y tráfico de una noche de jueves en la Vieja Plaza porque el auto nada más se quedaría ahí *parado*.

Se clavó dos aretes de perlas en las orejas con la ligera esperanza de que le agregaran un poco de clase a lo que podría considerarse un vestido escandaloso. Pero tenía veintitrés años y bien podía aprovechar su figura de curvas generosas. Sonrió un poco al ver sus piernas de tono dorado mientras se miraba en el espejo de cuerpo completo recargado en la pared y admiraba la curvatura de su trasero en el vestido gris ajustado, que dejaba ver un poco el todavía doloroso nuevo tatuaje bajo el escote pronunciado en su espalda, antes de regresar a la sala.

Danika soltó una fuerte carcajada que resonó por encima del programa sobre naturaleza que estaban viendo los lobos.

—Apuesto cincuenta marcos de plata que los cadeneros no te dejan pasar con ese aspecto.

Bryce le hizo una seña obscena a su amiga y la jauría rio.

—Perdón si te hago sentir avergonzada de tu trasero huesudo, Danika.

Thorne ladró una carcajada.

—Al menos Danika lo compensa con su personalidad atractiva.

Bryce sonrió al guapo Omega.

—Eso debe explicar por qué yo tengo una cita y ella no ha salido con nadie en... ¿cuánto tiempo llevas ya? ¿Tres años?

Thorne parpadeo; sus ojos azules se enfocaron en la cara molesta de Danika.

—Eso debe ser.

Danika se dejó caer en su silla y subió los pies descalzos a la mesa de centro. Cada una de las uñas de sus pies estaba pintada de un color diferente.

—Sólo han sido dos años —murmuró—. Pendejos.

Bryce dio unas palmadas en la cabeza sedosa de Danika al pasar. Danika le tiró un mordisco a los dedos y mostró los dientes.

Bryce rio y se metió a la cocina angosta. Buscó entre las cosas de los gabinetes superiores haciendo sonar los vasos mientras buscaba la...

Ah. La ginebra.

Se tomó un trago. Luego otro.

—¿Esperas una noche difícil? —preguntó Connor desde donde estaba recargado en la puerta de la cocina con los brazos cruzados frente a su pecho musculoso.

Una gota de ginebra había aterrizado en su barbilla. Bryce se limpió con el dorso de la mano y casi hizo que se le corriera el labial color rojo pecado, por lo que optó mejor por limpiarse con una servilleta sobrante de la pizzería. Como una persona decente.

Ese color debería llamarse Rojo Mamador había dicho Danika la primera vez que Bryce se lo puso. *Porque es lo único que cualquier hombre va a pensar cuando lo uses.* Y así era, porque la mirada de Connor descendió directamente a sus labios. Así que Bryce dijo de la manera más despreocupada que pudo:

—Sabes que me gusta disfrutar mis noches de jueves. ¿Por qué no empezar temprano?

Se puso de puntas para devolver la ginebra en la repisa superior de la alacena y el borde de su vestido se levantó con precariedad. Connor dirigió su mirada hacia el techo como si fuera superinteresante y no volvió a verla a los ojos hasta que ella dejó la botella. En la otra habitación, alguien subió el volumen de la televisión tanto que hacía vibrar el departamento.

Gracias, Danika.

Ni siquiera el oído de un lobo podría detectar algo a través de esa cacofonía.

Las comisuras de los labios sensuales de Connor se movieron un poco hacia arriba, pero se quedó en la puerta.

Bryce tragó saliva y se preguntó qué tan asqueroso sería pasarse el ardor de la ginebra con la cerveza que había dejado calentándose sobre el mueble.

Connor dijo:

—Mira. Tenemos ya bastante tiempo de conocernos...

—¿Esto es un discurso preparado?

Él se enderezó, ruborizándose de inmediato. El Segundo en el rango de la Jauría de Diablos, el más temido y letal de todas las unidades Auxiliares, estaba *sonrojándose*.

—No.

—Eso me sonó como un preámbulo ensayado.

—¿Puedes permitirme invitarte a salir o vamos a discutir sobre mi construcción gramatical primero?

Ella rio, pero el estómago se le hizo nudos.

—Yo no salgo con lobos.

Connor le sonrió engreído.

—Haz una excepción.

—No.

Pero Bryce sonrió apenas.

Con la arrogancia inmutable que sólo un depredador inmortal puede lograr, Connor dijo:

—Me deseas. Yo te deseo. Así ha sido ya desde hace tiempo y jugar con estos machos humanos no te ha servido de nada para olvidarlo, ¿o sí?

No, no le había servido. Pero a pesar de lo desbocado de su corazón, logró responder con voz tranquila:

—Connor, no voy a salir contigo. Danika ya es bastante mandona. No necesito otro lobo, sobre todo si es un lobo *macho,* intentando controlar mi vida. No necesito más vanir metiéndose en mis asuntos.

Los ojos dorados de Connor se opacaron.

—Yo no soy tu padre.

No se refería a Randall.

Se apartó con brusquedad del mueble y se dirigió hacia él. Y hacia la puerta del departamento más allá. Iba a llegar tarde.

—Eso no tiene nada que ver con esto... contigo. Mi respuesta es no.

Connor no se movió y ella se detuvo a unos cuantos centímetros de distancia. Incluso con los zapatos de tacón, y a pesar de que ella era un poco más alta que el promedio, él era mucho más alto. Dominaba todo el espacio a su alrededor sólo con respirar.

Como cualquier alfadejo lo haría. Igual a lo que su padre hada había hecho a Ember Quinlan cuando ella tenía diecinueve años; cuando la persiguió, la sedujo, trató de conservarla y se adentró tanto en territorio posesivo, que al momento de enterarse de que estaba embarazada de su hijo, de *Bryce*, Ember corrió antes de que él lo supiera y la encerrara en su villa de CiRo hasta que fuera demasiado vieja como para seguirle interesando.

Lo cual era algo que Bryce no se permitía considerar. No hasta después de salir del consultorio de la medibruja con los resultados de las pruebas sanguíneas que establecerían si se parecía a su padre hada en más que el cabello rojo y las orejas puntiagudas.

Algún día tendría que enterrar a su madre. Enterrar a Randall también. Eso era más que predecible para un humano. Pero el hecho de que ella viviría por unos cuantos siglos, sólo con fotografías y videos para recordar sus voces y sus rostros, hacía que se le anudara el estómago.

Debió beber otro trago de ginebra.

Connor permaneció inmóvil en la puerta.

—Una cita no me va a provocar una rabieta territorial. Ni siquiera tiene que ser una cita. Sólo... pizza —terminó de decir viendo las cajas apiladas.

—Tú y yo salimos bastante.

Así era, en las noches que Danika debía reunirse con Sabine o con los otros comandantes del Aux, él con frecuencia llevaba comida o se veía con ella en alguno de los muchos restaurantes de la manzana donde vivían.

—Si eso no es una cita, ¿entonces cómo sería diferente? —preguntó ella.

—Sería un ensayo. Un ensayo para una cita —dijo Connor entre dientes.

Ella arqueó la ceja.

—¿Una cita para decidir si quiero salir contigo en una cita?

—Eres imposible —respondió él y dejó de recargarse en el marco de la puerta—. Luego nos vemos.

Sonriendo, salió detrás de él de la cocina y casi sintió dolor por el volumen demasiado alto de la televisión que los lobos veían con mucha, *mucha* atención.

Incluso Danika estaba consciente que había límites respecto a cuánto podía presionar a Connor sin que hubiera consecuencias serias.

Por un instante, Bryce dudó si debía tomar al Segundo del rango por el hombro para explicarle que le iría mejor si buscaba una loba linda y dulce que quisiera tener una camada de cachorros, y que él en realidad no quería estar con alguien tan jodido de tantas maneras, alguien a quien todavía le gustaba salir de fiesta hasta lograr un estado similar al de los estudiantes de la UCM que vomitaban en el callejón, y que no estaba del todo segura de que *pudiera* amar a alguien, no cuando Danika era lo único que en realidad necesitaba de cualquier manera.

Pero no tomó a Connor del hombro y, para cuando Bryce recogió sus llaves del tazón junto a la puerta, él ya estaba echado en el sillón, de nuevo en *su* lugar, y miraba atento la pantalla.

—Adiós —dijo Bryce a nadie en particular.

Danika la miró a los ojos desde el otro lado de la habitación, con precaución pero ligeramente divertida. Le guiñó.

—Préndete, perra.

—Préndete, pendeja —contestó Bryce. La frase se deslizó de su lengua con la facilidad que le daban los años de uso.

Pero fue el «te amo» que agregó Danika cuando Bryce salía al pasillo sucio lo que la hizo dudar con la mano en la perilla.

Le había tomado a Danika unos cuantos años decir esas palabras y hasta la fecha las usaba pocas veces. Danika había odiado la primera vez que Bryce se las dijo, incluso cuando Bryce le explicó que había pasado la mayor parte de su vida diciéndolo en caso de que *fuera* la última vez. En caso de que no pudiera decir adiós a las personas que le importaban más. Y tuvieron que vivir una de sus aventuras más jodidas —una motocicleta destrozada y pistolas apuntándoles a la cabeza— para que Danika pronunciara las palabras, pero al menos ahora las decía. A veces.

El asunto de Briggs era lo de menos. Tal vez Sabine había hecho pedazos a Danika.

Los tacones de Bryce sonaban con fuerza en el piso de loseta desgastada mientras avanzaba hacia las escaleras al final del pasillo. Quizá debería cancelar la cita con Reid. Podría ir por unos contenedores de helado a la tienda de la esquina y acurrucarse en la cama con Danika mientras veían sus comedias absurdas favoritas.

Podría llamar a Fury para que le hiciera una visita a Sabine.

Pero... nunca le pediría eso a Fury. Fury mantenía su mierda profesional fuera de sus vidas y ellas sabían que no debían hacer demasiadas preguntas. Sólo Juniper podía hacerlo.

Para ser honesta, no tenía sentido que fueran amigas: la futura Alfa de todos los lobos, una asesina al servicio de clientes adinerados que estaban en guerra al otro lado del mar, una bailarina por demás talentosa, la *única* fauna que había pisado el escenario del Ballet de Ciudad Medialuna y... ella.

Bryce Quinlan. Asistente de hechicera. Aspirante, *con el cuerpo equivocado,* a bailarina. Pareja crónica de hombres humanos frágiles y vanidosos que no tenían idea de qué hacer con ella. Eso sin contar que tampoco sabían qué hacer con Danika si alguna vez avanzaban lo suficiente en el reto de las citas.

Bryce bajó las escaleras haciendo ruido y con el ceño fruncido ante el efecto creado por una de las esferas de luzprístina: hacía que la pintura gris y descascarada luciera con relieve parpadeante. El casero ahorraba lo más posible con la luzprístina, tal vez porque la robaba de la red en vez de pagarle a la ciudad por ella como todos los demás.

Todo en este edificio de departamentos era una mierda, para ser honestos.

Danika podía pagar algo mejor. Bryce ciertamente no podía. Y Danika la conocía lo bastante bien como para ni siquiera sugerir que ella sola pagara un departamento lujoso en los rascacielos a la orilla del río o en el DCN para las dos. Así que después de la graduación, sólo buscaron lugares que Bryce podía pagar con su salario y este agujero de mierda en particular fue el menos miserable de todos.

A veces, Bryce deseaba haber aceptado el dinero de su monstruoso padre; deseaba no haber decidido desarrollar una especie de moral en el momento exacto en que el patán le había ofrecido montañas de marcos de oro a cambio de su eterno silencio sobre él. Al menos si hubiera aceptado estaría ahora tumbada al lado de una terraza con piscina en la parte superior de un edificio, admirando ángeles aceitados caminando por ahí, y no estaría evadiendo al conserje lujurioso de su edificio que le miraba fijamente el pecho cada vez que se quejaba porque el ducto de la basura estaba tapado de nuevo.

La puerta de cristal al fondo de las escaleras conducía a la calle oscurecida por la noche, llena de turistas, personas celebrando y residentes con cara de sueño intentando regresar a casa entre la multitud después de un largo y caluroso día de verano. Un draki ataviado con traje y corbata pasó apresurado, con una maleta de mensajero rebotando en su cadera mientras esquivaba a una familia de metamorfos con aspecto equino —tal vez caballos, a juzgar por sus olor sugerente a cielos despejados y praderas verdes—, tan ocupados tomando fotografías de todo que no se daban cuenta si alguien quería llegar a otra parte.

En la esquina, una pareja de malakim aburridos vestidos con la armadura negra de la 33a mantenía sus alas muy pegadas a sus poderosos cuerpos, sin duda para evitar que algún trabajador apresurado o un idiota borracho las tocara. Tocar las alas de un ángel sin permiso podía significar, mínimo, la pérdida de una mano.

Bryce cerró con firmeza la puerta de cristal y disfrutó el enjambre de sensaciones que era esta ciudad antigua y vibrante: el calor seco del verano que amenazaba con hornearla hasta los huesos; el sonido de las bocinas de los automóviles que cortaba la música proveniente de los salones de fiestas; el viento del río Istros, a tres cuadras de distancia, moviendo las palmeras y cipreses; el toque de sal en el aire por el cercano mar color turquesa; el perfume seductor y suave como la noche de la enredadera de jazmín envuelta en la cerca de hierro del parque; el olor penetrante de vómito, orina y cerveza rancia; el atrayente aroma de las especias ahumadas que cubrían el cordero asado en la carreta del vendedor de la esquina... Percibió todo en forma de un beso que la despertó.

Intentó no romperse los tobillos con las piedras del camino e inhaló lo que Ciudad Medialuna tenía que ofrecerle, lo bebió profundamente y desapareció por las calles repletas de gente.

4

El Perla y Rosa representaba todo lo que Bryce odiaba de esta ciudad.

Pero al menos Danika ahora le debía cincuenta marcos de plata.

Los cadeneros la habían dejado pasar, subir los tres escalones y entrar por las puertas cubiertas de bronce hacia el restaurante.

Pero incluso cincuenta marcos de plata no servirían de nada para pagar esta comida. No, esto estaría firmemente en la zona del *oro*.

Reid sin duda podía pagarlo. Considerando el tamaño de su cuenta de banco, lo más probable era que ni siquiera miraría el total antes de entregar su tarjeta negra.

Sentada en una mesa en el corazón del comedor dorado, bajo los candelabros de cristal que colgaban del techo pintado con exquisito detalle, Bryce se tomó dos vasos de agua y media botella de vino mientras esperaba.

A los veinte minutos, escuchó vibrar su teléfono dentro de su bolso de seda negra. Si Reid tenía en mente cancelar, lo mataría. No había manera de que ella pudiera pagar el vino, al menos no sin tener que renunciar a las clases de baile por un mes. De hecho, dos meses.

Pero los mensajes no eran de Reid y Bryce los leyó tres veces antes de volver a aventar el teléfono a su bolso y servirse otra copa de vino muy, muy caro.

Reid era rico y estaba retrasado. Ahora estaba en deuda con ella.

En especial porque la clase alta de Ciudad Medialuna estaba muy entretenida burlándose de su vestido, la piel que quedaba descubierta, las orejas de hada pero el cuerpo claramente humano.

Mestiza, podía casi escuchar el término odioso cuando ellos lo pensaban. La consideraban, en el mejor de los casos, una obrera de clase baja. En el peor, material para cazar o para echar a la basura.

Bryce sacó su teléfono y leyó los mensajes por cuarta vez.

Connor había escrito, *Sabes que no sirvo para hablar. Pero lo que quería decirte (antes de que intentaras pelear conmigo, por cierto) era que creo que vale la pena. Tú y yo. Intentarlo.*

Luego agregó: *Estoy loco por ti. No quiero a nadie más. No he querido a nadie más desde hace mucho tiempo. Una cita. Si no funciona, entonces ya veremos cómo lo resolvemos. Pero sólo dame una oportunidad. Por favor.*

Mientras Bryce seguía con la vista pegada a los mensajes, sintiendo cómo la cabeza le daba vueltas por tanto maldito vino, Reid apareció al fin. Cuarenta y cinco minutos tarde.

—Perdón, amor —le dijo y se acercó a darle un beso en la mejilla antes de deslizarse en su silla. Su traje color gris oscuro permanecía inmaculado y su piel dorada brillaba arriba del cuello de su camisa blanca. Ni uno solo de los cabellos color castaño oscuro de su cabeza estaba fuera de su sitio.

Reid tenía los modales despreocupados de alguien criado con dinero, educación y todas las puertas abiertas a sus deseos. Los Redner eran una de las pocas familias humanas que habían ascendido en la alta sociedad de los vanir y se vestían para demostrarlo. Reid era meticuloso con su apariencia hasta el más mínimo detalle. Cada corbata que usaba, se enteró Bryce, había sido seleccionada para resaltar el color avellana de sus ojos. Sus trajes siempre tenían un corte impecable que se ajustaba a la perfección a su cuerpo bien formado. Ella podría haberlo calificado de vanidoso de no ser porque ella también ponía mucha atención en su propia vestimenta. De no ser que sabía Reid trabajaba con un entrenador personal por la misma razón que ella seguía bailando (más allá del amor que sentía por el baile) para asegurarse de que su cuerpo estuviera en el mejor estado en caso de necesitar su fuerza para escapar de los posibles depredadores que cazaban en las calles.

Desde el día que los vanir cruzaron la Fisura Septentrional y se adueñaron de Midgard hacía eones, un acontecimiento que los historiadores llamaban el Cruce, correr era la mejor opción si un vanir decidía convertirte en su alimento. Es decir, si no tenías una pistola o bombas o alguna de las cosas horrendas que la gente como Philip Briggs diseñaba para matar inclusive a estas criaturas de vidas largas y recuperación rápida.

Ella lo pensaba con frecuencia: cómo habría sido este planeta antes de que estuviera ocupado por criaturas de tantos mundos distintos, todos mucho más avanzados y *civilizados* que éste, cuando sólo había humanos y animales ordinarios. Incluso su sistema de calendario se remontaba al Cruce y a los años previos: E.H. y E.V.: *Era humana* y *Era vanir.*

Reid arqueó las cejas oscuras al ver la botella de vino casi vacía.

—Buena elección.

Cuarenta y cinco minutos. Sin una llamada o mensaje para decirle que llegaría tarde.

Bryce apretó los dientes.

—¿Hubo un imprevisto en el trabajo?

Reid se encogió de hombros y miró a su alrededor en busca de algún funcionario de alto rango para codearse con él. Como el hijo de un hombre que siempre tenía su nombre exhibido en letras de casi siete metros de altura en tres edificios del DCN, la gente solía hacer fila por el privilegio de hablar con él.

—Algunos de los malakim están inquietos por cómo se han dado las cosas con el conflicto de Pangera. Necesitaban que les asegurara que sus inversiones seguían siendo sólidas. La llamada se alargó.

El conflicto de Pangera: la lucha que Briggs tenía tantas ganas de traer a este territorio. El vino que ya se le había subido a la cabeza retrocedió y formó un charco grasoso en su estómago.

—¿Los ángeles piensan que la guerra podría llegar aquí?

Al no ver a nadie de interés en el restaurante, Reid abrió su menú encuadernado en cuero.

—No. Los asteri no permitirían que eso sucediera.

—Los asteri permitieron que sucediera allá.

Él bajó un instante las comisuras de los labios.

—Es una situación compleja, Bryce.

La conversación había terminado. Ella le permitió regresar a estudiar el menú.

Los informes del territorio del otro lado del mar Haldren eran deprimentes: la resistencia humana estaba preparada para la autodestrucción antes de someterse a los asteri y el gobierno de su Senado «electo». La guerra había arrasado con el enorme territorio de Pangera durante cuarenta años, destruyendo ciudades, avanzando hacia el mar tormentoso. Si el conflicto cruzaba a este lado, Ciudad Medialuna, en la costa sureste de Valbara, a la mitad de la península llamada la Mano por la forma de sus tierras áridas y montañosas, sería uno de los primeros lugares en el camino.

Fury se negaba a hablar de lo que había visto allá. Lo que había hecho allá. De qué lado había luchado. A la mayoría de los vanir no les parecía divertido encontrar a alguien que desafiara su reino de quince mil años.

La mayoría de los humanos tampoco pensaba que quince mil años de casi esclavitud, de ser cazados como presas, comida o putas, hubieran sido tan divertidos. Y eso que, en siglos recientes, el Senado Imperial había concedido más derechos a los humanos con aprobación de los asteri, por supuesto. Pero seguía siendo un hecho que a quienes se atrevían a salir de su sitio se les obligaba a regresar al lugar donde habían empezado: esclavos literales de la República.

Era al menos algo mejor en Valbara, ya que la mayoría de esclavos existía en Pangera. Unos cuantos vivían en Ciudad Medialuna, en particular entre los ángeles guerreros en la 33a, la legión personal del gobernador, marcados en la muñeca con el tatuaje de esclavos *SPQM*. Pero en su mayor parte, pasaban desapercibidos.

A pesar de que toda su clase alta estaba compuesta por imbéciles, Ciudad Medialuna seguía siendo un crisol. Era uno de los pocos lugares donde ser humano no necesariamente significaba una vida entera de servidumbre o labores de baja categoría. Aunque tampoco tenían derecho a mucho más.

Un hada de cabello oscuro y ojos azules vio que Bryce echaba un vistazo alrededor de la habitación, el joven que la acompañaba dejaba en claro que pertenecía a algún tipo de nobleza.

Bryce nunca había decidido a quién odiaba más: si a los malakim alados o a las hadas. Quizá a las hadas, porque su magia y gracia elevadas las hacía pensar que tenían permitido hacer lo que les viniera en gana con quien les viniera en gana. Era un rasgo que muchos miembros de la Casa de Cielo y Aliento compartían: los ángeles vanidosos, las sílfides altivas y los ardientes elementales.

Casa de Comemierdas y Bastardos, les decía siempre Danika. Aunque su propia alianza con la Casa de Tierra y Sangre tal vez influía un poco en su opinión, en especial porque los metamorfos y las hadas siempre estaban en pugna.

Bryce había nacido de dos Casas distintas y la habían forzado a ceder su alianza a la Casa de Tierra y Sangre al aceptar el rango de civitas que su padre le consiguió. Era el precio a pagar por aceptar el valioso estatus de ciudadano: él solicitaría la ciudadanía completa, pero ella tendría que declararse como miembro de la Casa de Cielo y Aliento.

Sentía rencor por eso, tenía resentimiento con el bastardo por haberla obligado a elegir, pero incluso su madre había notado que los beneficios eran superiores a lo que tendría que sacrificar.

Tampoco había muchas ventajas ni protecciones para los humanos en la Casa de Tierra y Sangre. Sin duda no para el hombre joven sentado con la mujer hada.

Hermoso, rubio, más de veinte años, quizá tenía la décima parte de la edad de su acompañante hada. La piel bronceada de sus muñecas no tenía rastros del tatuaje de cuatro letras que distinguía a los esclavos. Entonces tenía que estar con ella por su propia voluntad... o porque deseaba lo que ella ofrecía: sexo, dinero, influencias. Pero sin duda lo pagaría caro. Ella lo usaría hasta aburrirse, o hasta que él se hiciera demasiado viejo, y luego lo abandonaría en una esquina y lo dejaría todavía anhelando la riqueza de las hadas.

Bryce ladeó la cabeza hacia la mujer noble, quien le mostró sus dientes demasiado blancos por portarse con tal insolencia. El hada era hermosa, pero la mayoría de las hadas lo eran.

Se dio cuenta de que Reid observaba la escena con su apuesto rostro fruncido. Negó con la cabeza —a *ella*— y devolvió la atención al menú.

Bryce dio un sorbo a su vino. Le hizo una señal al mesero para que le trajera otra botella de vino.

Estoy loco por ti.

Connor nunca toleraría las burlas, los susurros. Danika tampoco. Bryce había visto cómo *ambos* atacaban a los pendejos estúpidos que a veces le dirigían algún insulto, o que la confundían con alguna de las muchas mujeres mitad vanir que se ganaban la vida en el Mercado de Carne vendiendo sus cuerpos.

La mayoría de esas mujeres no habían tenido la oportunidad de completar el Descenso, ya fuese porque no llegaron al umbral de la madurez o porque tuvieron la mala suerte de nacer mortales. Eran depredadoras, por nacimiento y entrenamiento, que usaban el Mercado de Carne como su terreno personal de cacería.

El teléfono de Bryce vibró justo cuando el mesero regresaba con la nueva botella de vino en la mano. Reid frunció el ceño de nuevo. Su desaprobación fue suficiente como para que ella evitara leer el mensaje hasta después de haber ordenado su sándwich de res con espuma de queso.

Danika había escrito, *Manda al diablo al bastardo ese que no se le para y dale a Connor una oportunidad. Una cita con él no te va a matar. Lleva años esperándote, Bryce. Años. Dame un motivo para sonreír esta noche.*

Bryce se avergonzó un poco y volvió a meter el teléfono en su bolso. Levantó la vista y vio a Reid atento a su propio teléfono, los pulgares volando, sus facciones bien definidas iluminadas por la débil luz de la pantalla. Ese invento había surgido hacía cinco décadas, en el famoso laboratorio de tecnología de Industrias Redner, lanzando a la compañía a un éxito económico sin precedentes. Una nueva era de vincular el mundo, decían todos. Bryce pensaba que sólo le daban a la gente una excusa para no hacer contacto visual. O para ser malos acompañantes.

—Reid —dijo. Él levantó un dedo.

Bryce golpeó la base de su copa con la uña roja. Mantenía sus uñas largas y tomaba un elíxir diario para conservarlas fuertes. No eran tan efectivas como garras, pero podían hacer algo de daño. Al menos lo suficiente como para poder escapar de un asaltante.

—Reid —dijo de nuevo. Él siguió escribiendo y no levantó la mirada hasta que apareció el primer tiempo de la cena.

Era, de hecho, un mousse de salmón. Servido sobre un pan tostado y encerrado en una especie de jaula de plantas verdes enredadas. Tal vez pequeños helechos. Ella intentó tragarse la risa.

—Adelante, empieza —dijo Reid distante y empezó a escribir de nuevo—. No me esperes.

—Un bocado y terminaré —murmuró ella.

Levantó el tenedor, pero se preguntó cómo demonios iba a comerse esa cosa. Nadie a su alrededor usaba los dedos, pero... La mujer hada volvió a burlarse.

Bryce dejó el tenedor sobre la mesa. Dobló su servilleta para formar un cuadrado perfecto antes de ponerse de pie.

—Me voy.

—Está bien —dijo Reid con los ojos fijos en la pantalla. Obviamente pensaba que iba al baño. Bryce pudo sentir la mirada de un ángel bien vestido en la mesa de al lado, que recorrió toda la extensión de su pierna desnuda, y luego escuchó el rechinido de la silla cuando el ángel se recargó para admirar la vista de su trasero.

Justo por eso mantenía sus uñas fuertes.

Pero le dijo a Reid:

—No, ya me voy. Gracias por la cena.

Eso provocó que levantara la vista.

—¿Qué? Bryce, siéntate. Come.

Como si su llegada tarde o estar en el teléfono no hubieran influido en su decisión. Como si ella sólo fuera algo que él tenía que alimentar antes de cogerse. Así que le dijo con claridad:

—Esto no está funcionando.

Él apretó los labios.

—¿Perdón?

Seguro nunca nadie había terminado con él. Agregó con una sonrisa dulce:

—Adiós, Reid. Buena suerte con tu trabajo.

—Bryce.

Pero ella tenía suficiente pinche autoestima como para ya no permitirle dar explicación alguna ni aceptar sexo que apenas era satisfactorio a cambio, en esencia, de comidas en restaurantes que ella nunca podría pagar; un hombre que apenas terminando de coger volcó toda su atención al teléfono. Así que tomó la botella de vino y se apartó de la mesa, pero no fue hacia la salida.

Se acercó a la burlona mujer hada y a su juguete humano y dijo con una voz fría que hubiera hecho retroceder incluso a Danika:

—¿Te gusta lo que ves?

El hada la miró de arriba a abajo, desde los tacones de Bryce hasta su cabellera roja y la botella de vino que colgaba entre sus dedos. La mujer se encogió de hombros y la pedrería de su vestido negro centelleó.

—Pagaría un marco de oro para verlos a ustedes dos —dijo con un movimiento de la cabeza en dirección al humano sentado en su mesa.

Él le sonrió a Bryce, pero su cara vacía sugería que estaba muy drogado con alguna sustancia.

Bryce le sonrió con sorna a la mujer.

—No sabía que las hadas se habían vuelto tan avaras. En las calles se decía que nos pagaban montones de oro para fingir que no están tan vacías de vida como segadores entre las sábanas.

La cara bronceada del hada palideció. Las uñas brillantes que podían rasgar carne se atoraron en el mantel. El hombre al otro lado de la mesa ni siquiera reaccionó.

Bryce puso una mano sobre el hombro del caballero, como consuelo o para enfurecer al hada, no estaba segura. Apretó los dedos, volvió a inclinar la cabeza en dirección a la mujer y salió del lugar.

Le dio un trago a la botella de vino y le hizo una señal poco amable a la anfitriona de la entrada mientras caminaba hacia las puertas de bronce. Luego tomó un puñado de cerillos del tazón que estaba a la entrada.

El sonido agitado de las disculpas que Reid ofrecía a la noble flotaba a espaldas de Bryce en el momento que salía al calor y la resequedad de la calle.

Pues, mierda. Eran las nueve de la noche, estaba bien vestida, y si regresaba a ese departamento, estaría dando vueltas en círculos hasta que Danika le arrancara la cabeza de un mordisco. Y los lobos se entrometerían en sus asuntos y *para nada* quería discutir con ellos.

Lo cual le dejaba una opción. Por suerte, su favorita.

Fury respondió la llamada de inmediato.

—Qué.

—¿Estás de este lado del Haldren o del lado equivocado?

—Estoy en Cinco Rosas —la voz fría y sin inflexión tenía un toque divertido, lo que casi casi significaba una carcajada de Fury—. Pero no estoy viendo televisión con los cachorros.

—¿Quién carajos querría hacer eso?

Una pausa en la línea. Bryce se recargó en el muro de roca clara del exterior del Perla y Rosa.

—Pensé que tenías una cita con como-sea-que-se-llame.

—Tú y Danika son de lo peor, ¿sabías?

Prácticamente escuchó la sonrisa malvada de Fury por el teléfono.

—Nos vemos en el Cuervo en treinta minutos. Necesito terminar un trabajo.

—No seas demasiado mala con el pobre bastardo.

—No me pagaron por hacer eso.

La llamada se cortó. Bryce soltó una maldición y rezó para que Fury no apestara a sangre cuando llegara a su club preferido. Llamó a otro número.

Juniper estaba sin aliento cuando contestó al quinto timbrazo, justo antes de que la llamada se fuera a buzón. Seguro estaba en el estudio practicando horas extra. Como siempre hacía. De la misma manera que Bryce practicaba siempre que tenía un momento libre para ella sola. Bailar y bailar y bailar, que el mundo desapareciera en la nada y que no quedaran salvo la música y la respiración y el sudor.

—Terminaste con él, ¿verdad?

—¿La pendeja de Danika les mandó un mensaje a *todas*?

—No —respondió la dulce y hermosa fauna—, pero apenas llevas una hora en tu cita. Como la llamada para contarme cómo fue todo suele suceder hasta la mañana siguiente...

—Vamos a ir al Cuervo —la interrumpió Bryce—. Llega ahí en treinta.

Cortó la llamada antes de que la risa vivaracha de Juniper la hiciera empezar a soltar groserías.

Oh, por supuesto que encontraría la manera de castigar a Danika por haberles dicho. Aunque sabía que lo había hecho como una advertencia, a modo de preparación para que recogieran los pedazos en caso de ser necesario. Así como Bryce había hablado con Connor sobre el estado de Danika esa misma noche.

El Cuervo Blanco estaba a sólo cinco minutos caminando, justo en el corazón de la Vieja Plaza. Lo cual le dejaba a Bryce tiempo suficiente para meterse en verdaderos problemas o enfrentar lo que llevaba una hora evadiendo.

Eligió los problemas.

Muchos problemas, suficientes para vaciar su bolso de los siete marcos de oro tan bien ganados y dárselos a una draki sonriente, quien dio a Bryce todo lo que le había pedido en la palma de la mano. La mujer había intentado venderle un tipo de droga nueva para ir de fiesta, *El sinte te va a hacer sentir como un dios*, le dijo, pero treinta marcos de oro por una sola dosis era mucho más de lo que podía pagar Bryce.

Todavía le quedaban cinco minutos. Estaba frente al Cuervo Blanco, que seguía lleno de clientes a pesar del plan fallido de Briggs por hacer volar el lugar. Sacó su teléfono para abrir la conversación con Connor. Apostaría todo el dinero que acababa de gastar en risarizoma a que él estaba revisando su teléfono cada dos segundos.

Los automóviles pasaban a poca velocidad con sus aparatos de sonido a un volumen tan alto que ponía a vibrar las piedras y los cipreses, con las ventanas abiertas para dejar a la vista a los pasajeros ansiosos por empezar su jueves: bebiendo, fumando, cantando al ritmo de la música, enviando mensajes a sus amigos y a sus vendedores de drogas, a quien los pudiera ayudar a entrar a alguno de los doce clubes que estaban sobre la calle Archer. Ya se habían formado filas en las diversas puertas, incluida la del Cuervo. Los vanir elevaban la vista con anticipación frente a la fachada de mármol blanco, peregrinos bien vestidos esperando ante las puertas del templo.

El Cuervo era justamente eso: un templo. O eso había sido. Ahora había un edificio construido alrededor de las ruinas, pero la pista de baile seguía teniendo las rocas originales y antiguas del templo dedicado a un dios olvidado hacía mucho tiempo, y los pilares de roca tallada de aquel entonces seguían en pie. Bailar ahí dentro era adorar a ese dios sin nombre que se alcanzaba a discernir en los sátiros y faunos tallados que bebían y bailaban y cogían entre vides. Un templo al placer, eso era lo que alguna vez había sido. Y en lo que se había convertido una vez más.

Un grupo joven de metamorfos de gato montés pasó a su lado y unos cuantos voltearon para gruñir una invitación. Bryce no les hizo caso y se movió hacia un nicho en el lado izquierdo de las puertas de servicio del Cuervo. Se recargó contra la roca pulida, acomodó el vino en el doblez del codo, apoyó un pie en la pared detrás de ella y movió la cabeza al ritmo de la música que sonaba en un automóvil cercano. Al fin, escribió: *Pizza. Sábado en la noche, a las seis. Si llegas tarde, olvídalo.*

Al instante, Connor empezó a escribir una respuesta. Luego hubo una pausa. Luego volvió a empezar.

Después, al fin, llegó el mensaje.

Nunca te haré esperar.

Ella puso los ojos en blanco y escribió, *No hagas promesas que no puedes cumplir.*

Más tecleo, algo borrado, tecleo. Luego, *¿Es en serio... lo de la pizza?*

¿Parece que estoy bromeando, Connor?

Te veías deliciosa cuando saliste del departamento.

El calor se arremolinó en su cuerpo y se mordió el labio. Maldito bastardo encantador y arrogante. *Díle a Danika que voy a Cuervo con Juniper y Fury. Te veo en dos días.*

Hecho. ¿Y qué hay de como-sea-que-se-llame?

REID y ya terminé oficialmente con él.

Qué bueno. Me estaba empezando a preocupar que iba a tener que matarlo.

A ella se le revolvió el estómago.

Connor agregó rápido, *Es broma, Bryce. No seré un alfadejo contigo, te lo prometo.*

Antes de que ella pudiera responder, su teléfono volvió a vibrar.

Esta vez, era Danika. *CÓMO TE ATREVES A IR AL CUERVO SIN MÍ. TRAIDORA.*

Bryce soltó una risotada. *Disfruta la Noche de Jauría, idiota.*

NO TE DIVIERTAS SIN MÍ. TE LO PROHÍBO.

Ella sabía que aunque a Danika le costara mucho quedarse en casa, no dejaría a la jauría. No en la noche que todos tenían juntos, la noche que usaban para mantener fuertes los lazos entre ellos. No después de este día de mierda. Y sobre todo no mientras Briggs estuviera libre, con motivos para vengarse de toda la Jauría de Diablos.

Esa lealtad era la razón por la cual amaban a Danika, la razón por la que peleaban con tal ferocidad por ella, por la que daban todo por ella una y otra vez cuando Sabine preguntaba en público si su hija se merecía la responsabilidad y el estatus de ser la segunda en línea. El dominio era lo único que dictaba la jerarquía del poder entre los lobos de Ciudad Medialuna, pero el linaje de tres generaciones conformado por el Premier de los lobos, la Premier Heredera y lo que fuera Danika (¿la Heredera de la Heredera?) era una rareza. La explicación habitual era que las líneas de sangre eran poderosas y antiguas.

Danika había pasado incontables horas investigando la historia de las cuadrillas metamorfas de otras ciudades: por qué los leones habían llegado a gobernar en Hilene, por qué los tigres supervisaban Korinth, por qué los halcones reinaban en Oia. Si el dominio que definía el estatus del Premier Alfa pasaba por las familias o si cambiaba. Los metamorfos no depredadores podían ser líderes en el Aux de una ciudad, pero era raro. Para ser honesta, a Bryce le aburría muchísimo todo esto. Y si alguna vez Danika averiguó por qué la familia Fendyr tenía una rebanada tan grande del pastel del dominio, nunca se lo dijo a Bryce.

Bryce le respondió a Connor, *Buena suerte manejando a Danika.*

Él se limitó a responder, *Me está diciendo lo mismo de ti.*

Bryce estaba a punto de guardar su teléfono cuando la pantalla se volvió a encender. Connor había agregado, *No te arrepentirás de esto, he tenido mucho tiempo para decidir las maneras en que voy a mimarte. Y todo lo que nos vamos a divertir.*

Acosador, respondió Bryce, pero sonrió.

Ve a divertirte. Nos veremos en unos días. Mándame un mensaje cuando llegues a tu casa.

Bryce releyó la conversación dos veces porque de verdad era una puta perdedora y ya estaba pensando si decirle a Connor que no esperara y que se reuniera con ella *ahora,* cuando sintió la presión de algo frío y metálico contra su garganta.

—Y estás muerta —canturreó una voz femenina.

Bryce gritó e intentó tranquilizar su corazón, que había pasado de estúpido-ilusionado a estúpido-asustado de un latido al siguiente.

—No *hagas* eso, carajo —le refunfuñó a Fury cuando ella bajó el cuchillo de la garganta de Bryce y lo volvió a enfundar en su espalda.

—No seas un blanco con patas —le respondió Fury con frialdad.

Tenía el largo cabello color ónix atado en una coleta alta, lo cual resaltaba las líneas definidas de su rostro moreno claro. Miró la fila para entrar al Cuervo, sus ojos hundidos color castaño se fijaron en todo, prometiendo la muerte a cualquiera que se metiera con ella. Pero debajo de eso... era una fortuna que las mallas de cuero negro, la blusa de terciopelo pegada al cuerpo y las botas increíbles *no* olían a sangre. Fury estudió el aspecto de Bryce.

—Apenas te pusiste maquillaje. Ese humanito debió haberte visto y seguro supo de inmediato que ibas a terminar con él.

—Estaba demasiado ocupado en su teléfono como para darse cuenta.

Fury miró deliberadamente hacia el teléfono de Bryce, que todavía estaba apretado en su mano.

—Danika va a clavarte los huevos en una pared cuando le cuente que te encontré así de distraída.

—Es su propia puta culpa —respondió Bryce.

La única respuesta fue una sonrisa aguda. Bryce sabía que Fury era vanir, pero no tenía idea de qué tipo. Tampoco tenía idea de a qué casa pertenecía. Preguntar no era cortés y Fury, aparte de su velocidad, gracia y reflejos sobrenaturales, nunca había revelado otra forma ni tampoco sugerencias de magia más allá de lo más básico.

Pero era una civitas. Una ciudadana completa, lo cual significaba que debía ser algo que ellos consideraban valioso. Con sus habilidades, la Casa de Flama y Sombra era el lugar más adecuado para ella, a pesar de que Fury no era daemonaki, vampiro ni espectro. Tampoco era una bruja-convertida-en-hechicera como Jesiba. Ni nigromante, porque sus dones parecían consistir en tomar vidas, no traerlas de vuelta de forma ilegal.

—¿Dónde está la de las piernas? —preguntó Fury, mientras le quitaba la botella de vino a Bryce y le daba un trago. Empezó a ver con atención los clubes y bares repletos de la calle Archer.

—Sepa el Averno —respondió Bryce. Le guiñó a Fury, mostró la bolsa de plástico con risarizoma y sacudió los doce cigarros negros enrollados que había dentro—. Conseguí algunas cositas.

La sonrisa de Fury fue un destello de labios rojos y dientes blancos. Metió la mano en el bolsillo trasero de sus mallas y sacó una bolsita de polvo blanco que brillaba con una iridiscencia de fuego bajo la luz de la calle.

—Yo también.

Bryce entrecerró los ojos al ver el polvo.

—¿Eso es lo que acaban de intentar venderme?

Fury se quedó inmóvil.

—¿Qué te dijeron que era?

—Una nueva droga para fiestas que te hace sentir como dios, no sé. Súper cara.

Fury frunció el ceño.

—¿Sinte ? Aléjate de eso. Es mierda de la mala.

—Está bien —confiaba lo suficiente en Fury como para hacer caso a su advertencia. Bryce miró el polvo que Fury todavía tenía en su mano.

—No puedo tomar nada que me haga alucinar durante días, por favor. Tengo que trabajar mañana.

Y en el trabajo tendría al menos que fingir que sabía cómo encontrar ese maldito Cuerno.

Fury se metió la bolsita en el sostén negro. Le dio otro trago al vino antes de pasárselo de nuevo a Bryce.

—Jesiba no va a poder olerlo en ti, no te preocupes.

Bryce tomó a la delgada asesina del brazo.

—Entonces vamos a hacer que nuestros ancestros se revuelquen en sus tumbas.

5

El hecho de que tendría una cita con Connor en unos días no significaba que debía comportarse.

Así que, dentro del santuario del Cuervo Blanco, Bryce saboreó todos y cada uno de los deleites que éste ofrecía.

Fury conocía al dueño, Riso, ya sea por el trabajo o por lo que fuera que hiciera en su vida personal. Por lo tanto, nunca tenían que esperar en fila. El exótico metamorfo de mariposa siempre tenía un gabinete abierto para ellas.

Ninguno de los meseros sonrientes y vestidos de muchos colores que les trajeron sus bebidas parpadeó al ver las líneas de polvo blanco brillante que Fury acomodó con un movimiento de la mano; tampoco se inmutaron con las nubes de humo que brotaban en ondas de los labios de Bryce cuando inclinaba la cabeza hacia atrás y reía viendo la bóveda de espejos del techo.

Juniper tenía una clase en la academia de baile al amanecer, así que se abstuvo del polvo, el humo y el alcohol. Pero eso no evitó que se ausentara unos veinte minutos con un hada de pectorales musculosos que vio la piel color café oscuro, el rostro exquisito, el cabello largo y negro y las piernas largas que terminaban en pezuñas delicadas y casi le rogó a la fauna de rodillas que lo tocara.

Bryce se limitó a sentir el pulso de la música y la euforia brillar por su sangre más rápido que un ángel proveniente del cielo, al sudor que se deslizaba por su cuerpo mientras se contorsionaba en la antigua pista de baile. Apenas iba a poder caminar mañana, tendría sólo medio cerebro funcional pero, carajo... *más, más, más.*

Riendo, llegó a la mesa baja de su gabinete privado situado entre dos pilares derruidos; riendo, se arqueó hacia atrás mientras una de sus uñas rojas soltaba su contenido polvoso en una fosa nasal y se dejó caer en la banca de cuero oscuro; riendo, bebió agua y vino de saúco y dando traspiés regresó a la multitud que bailaba.

La vida era buena. La vida era jodidamente *buena*; no podía esperar un puto minuto para hacer el Descenso con Danika y hacer esto hasta que la tierra se redujera a polvo.

Encontró a Juniper bailando entre una manada de sílfides que celebraban el Descenso exitoso de una amiga. Sus cabezas plateadas estaban adornadas con diademas hechas de varitas fluorescentes de colores neón llenas de la luzprístina designada para su amiga, la cual había generado cuando completó con éxito el Descenso. Juniper había logrado robarse un halo luminoso y, mientras bailaba con Bryce y entrelazaban sus dedos, su cabello brillaba con luz azul.

La sangre de Bryce latía al ritmo de la música, como si ella estuviera hecha sólo para esto: el momento cuando se *convertía* en notas y ritmos y bajos, cuando se convertía en una canción encarnada. Los ojos brillantes de Juniper le informaron a Bryce que ella entendía, que ella siempre había entendido la libertad y dicha y liberación particulares que surgían del baile. Como si sus cuerpos estuvieran tan llenos de sonido que apenas pudieran contenerlo, que apenas pudieran soportarlo, y que sólo el *baile* podía expresarlo, saciarlo, honrarlo.

Machos y hembras se reunieron a observarlas, sus miradas lujuriosas cubrían la piel de Bryce como sudor. Cada uno de los movimientos de Juniper se sincronizaba con los de ella sin siquiera un asomo de titubeo, como si ellas fueran pregunta y respuesta, sol y luna.

La silenciosa y bonita Juniper Andrómeda: la exhibicionista. Incluso mientras bailaba en el corazón sagrado y antiguo del Cuervo, era dulce y tranquila, pero brillaba.

O tal vez era todo el buscaluz que Bryce había ingerido vía nasal.

El cabello se le pegaba al cuello sudoroso, tenía los pies completamente entumidos debido al ángulo pronunciado de sus tacones, la garganta destrozada por gritar las canciones que sonaban en el club.

Logró enviar unos cuantos mensajes a Danika junto con un video, porque apenas podía leer lo que le estaban enviando de todas maneras.

Mañana le iría del carajo si se presentaba al trabajo sin poder *leer*.

El tiempo se hizo más lento y sangró. Aquí, bailando entre los pilares y sobre las rocas desgastadas del templo renacido, el tiempo no existía para nada.

Tal vez se quedaría a vivir aquí.

Renunciaría a su trabajo en la galería y viviría en el club. Podrían contratarla para bailar en una de las jaulas de metal que colgaban del techo de cristal, bastante elevadas sobre las ruinas del templo que formaban la pista de baile. Seguro no podrían decir su mierda sobre el *tipo de cuerpo equivocado*. No, le pagarían por hacer lo que amaba, lo que la hacía sentirse viva más que cualquier otra cosa.

Sonaba como un plan razonable, pensó Bryce más tarde al ir caminando con torpeza por su propia calle, aunque no recordaba haber salido del Cuervo, ni haberse despedido de sus amigas, ni cómo había llegado hasta aquí. ¿Taxi? Había gastado todos sus marcos en las drogas. A menos que alguien hubiera pagado...

Daba igual. Pensaría en eso mañana... en caso de que pudiera dormir. Quería mantenerse despierta, bailar para pinche *siempre*. Sólo que... cómo le *dolían* los putos pies. Y los tenía casi negros y *pegajosos*...

Bryce se detuvo frente a la puerta de su edificio y gimió al desabrocharse los zapatos y tomarlos en la mano. Una contraseña. Su edificio requería una contraseña para entrar.

Bryce se quedó viendo el teclado como si fuera a abrir los ojos y decirle la clave. Algunos edificios sí lo hacían.

Mierda. Miiierda. Sacó el teléfono y la pantalla brillante parecía quemarle los ojos. Intentó entrecerrarlos y alcanzó a distinguir varias docenas de alertas de mensaje. No distinguía bien unos de otros y sus ojos intentaban sin éxito enfocar lo suficiente para poder leer una sola letra que tuviera sentido. Aunque lograra de alguna manera llamar a Danika, su amiga le iba a arrancar la cabeza.

El chirrido del timbre del edificio encabronaría a Danika aún más. Bryce dudó temerosa, saltando de un pie al otro.

¿Cuál era la contraseña? La contraseña, la contraseña, la contraseñaaaaa...

Ah, ahí estaba. Escondida en un bolsillo trasero de su mente.

Ingresó alegremente los números y escuchó el zumbido cuando se abrió el cerrojo con un sonido débil y metálico.

Frunció el ceño al sentir el olor desagradable del cubo de las escaleras. Ese maldito conserje. Ya se arreglaría con el idiota. Lo empalaría con estos tacones inútiles y baratos que le habían destrozado los pies...

Bryce puso uno de sus pies descalzos en las escaleras con una mueca de dolor. Esto iba a ser doloroso. Como caminar en vidrio.

Dejó que los tacones cayeran en el piso de loseta, murmuró una ferviente promesa de regresar por ellos mañana y con ambas manos se asió del barandal metálico pintado de negro. Tal vez podría montarse en el barandal y arrastrarse hacia arriba.

Dioses, qué peste. ¿Qué *comía* la gente en este edificio? O, para el caso, ¿a *quién* se comían? Con suerte, no se comían a las medias hadas borrachas y drogadísimas que no lograban subir las escaleras.

Si Fury había adulterado el buscaluz, carajo, Bryce la *mataría.*

Resopló por la gracia que le hizo pensar en siquiera intentar matar a la famosa Fury Axtar y continuó arrastrándose hacia arriba, escalón por escalón.

Pensó en dormir en el descanso del segundo nivel, pero la peste era abrumadora.

Tal vez tendría suerte y Connor todavía estaría en el departamento. Y entonces *vaya* que tendría suerte.

Dioses, quería buen sexo. Sexo sin limitaciones, sexo de gritar a todo pulmón. Sexo de romper la cama. Sabía que Connor sería así. Más que eso. Iría mucho más allá de lo físico con él. Honestamente podría terminar de fundir lo que le quedaba de cerebro esa noche.

Por eso había sido una cobarde, por eso estaba evitando pensar en ello desde el momento en que se asomó por su puerta hacía cinco años, cuando vino nada más a saludar a Danika y a conocer a su nueva compañera de departamento y sólo... se miraron fijamente.

Tener a Connor viviendo a cuatro puertas de distancia durante el primer año había sido el peor tipo de tentación. Pero Danika le había dado la orden de mantenerse lejos hasta que Bryce se le acercara a *él* y, a pesar de que todavía no habían formado la Jauría de Diablos, Connor obedeció. Por lo visto Danika había retirado la orden esta noche.

La hermosa y malvada Danika. Bryce sonrió mientras continuaba medio arrastrándose hacia el descanso del tercer piso, se logró equilibrar y sacó las llaves de su bolso, que había logrado conservar por una especie de milagro. Dio unos cuantos pasos tambaleantes por el pasillo que compartían con otro departamento.

Danika iba a estar tan encabronada. *Tan* enojada de que Bryce no sólo se hubiera divertido sin ella, sino también de que se hubiera puesto en tal estado que no podía recordar cómo leer. Ni la contraseña de acceso al edificio.

La luz prístina parpadeante le ardía tanto en los ojos que hizo que los entrecerrara de nuevo casi por completo. Caminó por el pasillo. Debería darse una ducha, si lograba recordar cómo funcionaban las perillas. Lavarse los pies entumidos y asquerosos.

En especial después de que pisara un charco frío debajo de una tubería que goteaba en el techo. Se estremeció, apoyó una mano en la pared y continuó avanzando.

Mierda. Demasiadas drogas. Ni siquiera su sangre hada podía limpiarlas con la rapidez necesaria.

Pero ya había llegado a su puerta. Llaves. Sí... ya las tenía en la mano.

Eran seis. ¿Cuál era la suya? Una abría la galería, una abría los diversos tanques y jaulas en los archivos, una abría la jaula de Syrinx, una era para la cadena de su motoneta, una era la *de* su motoneta... y una era para la puerta. Esta puerta.

Las llaves de latón tintinearon y se mecieron, reflejando las lucesprístinas y luego se mezclaron con el metal pintado del pasillo. Se le resbalaron de los dedos flojos y cayeron haciendo ruido en la loseta.

—*Mieeeerda* —la palabra fue una larga exhalación.

Apoyó una mano en el marco de la puerta para evitar caer de sentón y se agachó para recoger las llaves.

Algo frío y mojado tocó las puntas de sus dedos.

Bryce cerró los ojos y se concentró en que el mundo dejara de girar. Cuando los abrió, enfocó la vista en la loseta frente a la puerta.

Rojo. Y el olor... no era la peste de antes.

Era sangre.

Y la puerta del departamento estaba abierta.

El cerrojo estaba destrozado y la perilla desprendida.

Hierro, la puerta era de *hierro* y estaba encantada con los mejores hechizos disponibles para mantener fuera a invitados no deseados, atacantes y magia. Esos hechizos fueron lo único que Bryce había permitido que Danika comprara por ella. No quiso saber cuánto habían costado porque sabía que tal vez era el doble del salario anual de sus padres.

La puerta ahora parecía un trozo de papel arrugado.

Parpadeó rapidamente y se incorporó. Malditas drogas en su sistema, maldita Fury. Le había prometido que no habría alucinaciones.

Bryce *nunca* volvería a contaminar su cuerpo con esas drogas, *jamás*. Le diría a Danika en cuanto amaneciera. Nunca más. Nunca. Más.

Se frotó los ojos y el rímel se le corrió en las puntas de los dedos. Los dedos llenos de sangre...

La sangre seguía ahí. La puerta destrozada también.

—¿Danika? —dijo con voz ronca. Si el atacante seguía ahí dentro... —. ¿Danika?

La mano sangrienta, la suya, empujó la puerta doblada para abrirla más.

La oscuridad le dio la bienvenida.

El olor a cobre de la sangre y ese olor a putrefacción la golpearon.

Todo su cuerpo se contrajo, cada uno de sus músculos se puso en alerta y todos sus instintos le gritaban que *corriera, corriera, corriera*.

Pero sus ojos de hada se acostumbraron a la oscuridad y revelaron el departamento.

Lo que quedaba de él.

Lo que quedaba de ellos.

Ayuda, tenía que conseguir *ayuda*, pero...

Entró al departamento destrozado.

—¿Danika? —la palabra era un sonido crudo y resquebrajado.

Los lobos habían peleado. No quedaba un solo pedazo de mobiliario intacto, que no estuviera rasgado o roto.

Tampoco había un cuerpo intacto. Lo único que quedaba eran pedazos amontonados.

—DanikaDanikaDanika...

Tenía que llamar a alguien, tenía que gritar para pedir ayuda, tenía que llamar a Fury, o a su hermano, a su padre, necesitaba a Sabine...

La puerta de la recámara de Bryce estaba destrozada y el umbral pintado de sangre. Los carteles de ballet colgaban hechos jirones. Y sobre la cama...

Sabía en sus huesos que no era una alucinación, lo que yacía en su cama, sabía en sus huesos que lo que se desangraba en su pecho era su corazón.

Danika estaba ahí. Hecha pedazos.

Y al pie de la cama, por toda la alfombra desgarrada y en pedazos más pequeños, como si hubiera muerto defendiendo a Danika... supo que eso era Connor.

Supo que el montón justo a la derecha de la cama, el más cercano a Danika... eso era Thorne.

Bryce se quedó mirando. Mirando.

Tal vez el tiempo se detuvo. Tal vez estaba muerta. No podía sentir su cuerpo.

Se escuchó el eco de un golpe metálico proveniente del exterior. No del departamento, del pasillo.

Se movió. El departamento se deformaba, se encogía y se expandía como si estuviera respirando. El piso subía con cada inhalación, pero Bryce logró moverse.

La pequeña mesa de la cocina estaba hecha pedazos. Tomó una de las patas de madera y la envolvió con sus dedos temblorosos y cubiertos de sangre. La levantó por encima de su hombro y se asomó hacia el pasillo.

Tardó un par de parpadeos en despejar su vista. Esas malditas drogas...

La puerta oxidada del ducto de la basura estaba abierta y cubierta de sangre que olía a lobo y unas huellas que no eran humanas manchaban el piso de loseta en dirección a las escaleras.

Era real. Parpadeó una y otra vez, meciéndose en la puerta...

Real. Eso significaba...

Como si fuera una espectadora, se vio a sí misma lanzarse hacia el pasillo.

Se vio azotando contra la pared frente a ella, rebotando y después poniéndose de pie para bajar corriendo por las escaleras.

Quien fuese el responsable de la matanza debió haberla oído llegar y se escondió en el ducto de la basura, esperando para atacarla o escaparse desapercibido...

Bryce corrió por las escaleras y una niebla blanca y brillante le cubrió la vista. Arrasó con toda inhibición e hizo caso omiso de todas las alertas.

La puerta de vidrio al final de las escaleras ya estaba rota. La gente gritaba afuera.

Bryce saltó desde el último descanso.

Sintió cómo le tronaron las rodillas y cómo se doblaron cuando cayó. Los pies descalzos se le iban destrozando con el vidrio del piso del vestíbulo de entrada. Luego se lastimó más al salir por la puerta y hacia la calle, buscando...

A su derecha, la gente ahogaba gritos. Otros daban alaridos. Los automóviles estaban detenidos; los conductores y pasajeros veían en dirección a un callejón angosto entre el edificio y la construcción vecina.

Sus rostros se deformaron y estiraron, retorciendo su horror para convertirlo en algo grotesco, algo extraño y primigenio y...

Esto no era una alucinación.

Bryce corrió al otro lado de la calle, siguiendo los gritos, la *peste*...

Su aliento le desgarraba los pulmones, pero continuó a toda velocidad por el callejón, esquivando montones de basura. No sabía qué estaba persiguiendo, pero no le llevaba mucha ventaja.

¿Dónde estaba, dónde estaba?

Todos sus pensamientos lógicos eran como un listón que flotaba sobre su cabeza. Los leyó, como si estuviera siguiendo la información en el tablero de noticias de la casa de bolsa que estaba al costado de un edificio en el DCN.

Un vistazo, aunque no pudiera matarlo. Sólo un vistazo para poder identificarlo, por Danika...

Bryce salió del callejón y llegó a la transitada avenida Central. La calle estaba llena de gente que huía y de automóviles que hacían sonar sus bocinas. Saltó por encima de los cofres de los autos, los escaló uno tras otro, cada movimiento tan ágil como uno de sus pasos de baile. *Salto, giro, arco...* su cuerpo no le falló. No mientras seguía la peste putrefacta de la criatura hacia otro callejón. Y otro y otro.

Estaban ya casi llegando al Istros. Un gruñido y un rugido rasgaron el aire delante de ella. Provenían de otro callejón conectado que era más como un nicho sin salida entre dos edificios de ladrillo.

Levantó la pata de la mesa, deseando haber llevado la espada de Danika. Se preguntó si Danika siquiera habría tenido tiempo de desenfundarla...

No. La espada estaba en la galería, donde Danika no hizo caso a la advertencia de Jesiba y la dejó en el armario. Bryce dio la vuelta en la esquina del callejón.

Había sangre en todas partes. *En todas partes.*

Y la cosa a medio callejón... no era vanir. No uno que ella hubiera visto antes.

¿Un demonio? Una especie de fiera con piel lisa y gris, casi translúcida. Caminaba sobre cuatro extremidades largas y delgadas, pero parecía vagamente humanoide. Y estaba comiéndose a alguien más.

A... a un malakh.

La sangre cubría la cara del ángel, empapaba su cabello y ocultaba las facciones hinchadas y golpeadas que quedaban abajo. Sus alas blancas estaban abiertas y rotas, su cuerpo poderoso arqueado en agonía mientras la bestia le desgarraba el pecho con sus fauces llenas de colmillos transparentes y cristalinos que se clavaban con facilidad en la piel y el hueso...

Bryce no pensó, no sintió.

Se movió, veloz como le había enseñado Randall, brutal como él le había hecho aprender.

Golpeó la cabeza de la criatura con la pata de la mesa con tanta fuerza que se oyó el crujido del hueso y la madera.

El golpe lo separó del ángel y la criatura giró hacia ella, sus patas traseras se retorcieron a sus espaldas mientras que sus patas delanteras —*brazos*— raspaban líneas en el empedrado del callejón.

La criatura no tenía ojos. Nada más planos lisos de hueso sobre dos hendiduras profundas: su nariz.

Y la sangre que le brotaba de la frente... era transparente, no roja.

Bryce jadeó y el malakh gimió una especie de súplica sin palabras mientras la criatura la olfateaba.

Ella parpadeó y parpadeó, concentrándose para que el buscaluz y el risarizoma se salieran de su sistema, intentando hacer que la imagen frente a ella dejara de estar borrosa...

La criatura se lanzó al ataque. No hacia ella, sino hacia el ángel. De regreso al pecho y el corazón que estaba intentando alcanzar. La presa más grande.

Bryce avanzó rápido y volvió a blandir la pata de la mesa. Sintió en la palma de la mano el dolor de las vibraciones de la pata al chocar contra el hueso. La criatura rugió y se abalanzó sobre ella a ciegas.

Ella lo esquivó, pero sus colmillos afilados y transparentes le rasgaron el muslo cuando giraba para alejarse.

Gritó, perdió el equilibrio y blandió la pata hacia arriba cuando la criatura volvía a saltar, esta vez hacia su garganta.

La madera destrozó los dientes transparentes. El demonio aulló, tan fuerte que sus oídos de hada casi se reventaron y ella se atrevió a parpadear un instante...

Se escuchó el sonido de garras sobre roca y luego nada.

Daba la vuelta por la esquina del edificio de ladrillos donde estaba recargado el malakh. Podía seguirlo por las calles, podía mantenerlo a la vista suficiente tiempo para que llegara el Aux o la 33a...

Bryce se atrevió a dar un paso pero escuchó el gemido del ángel otra vez. Tenía la mano contra el pecho y presionaba con debilidad. No con suficiente fuerza para evitar que brotara la sangre de la mordedura mortal. A pesar de su poder de sanación rápido, aunque ya hubiera hecho el Descenso, las heridas eran lo suficientemente grandes para ser fatales.

Alguien gritó en una calle cercana cuando la criatura saltó entre edificios.

Ve, ve, *ve*.

La cara del ángel estaba tan golpeada que apenas era más que un trozo de carne hinchada.

La pata de la mesa cayó en un charco de sangre del ángel cuando Bryce se lanzó hacia él, intentando controlar su propio grito por la herida lacerante que tenía en el muslo. Alguien le había vertido *ácido* en la piel, en los huesos.

Una oscuridad insoportable, impenetrable, la recorrió y cubrió todo su interior.

Pero presionó la mano contra la herida del ángel intentando no sentir la carne mojada y desgarrada, los picos que formaba el esternón destrozado. La criatura estaba intentando comerse su corazón...

—Teléfono —jadeó—. ¿Tienes un teléfono?

El ala blanca del ángel estaba tan desgarrada que era básicamente un cúmulo de astillas rojas. Pero se movió un poco para dejar a la vista el bolsillo de sus jeans negros. El bulto cuadrado dentro.

No supo ni cómo logró sacar el teléfono con una mano. El tiempo seguía atorándose, se aceleraba y se detenía. El dolor le perforaba la pierna con cada respiración.

Pero tomó el aparato negro y brillante en las manos golpeadas y empezó a marcar el número de emergencias con tal fuerza que casi se rompió las uñas rojas.

Una voz masculina respondió al primer timbre.

—Rescate de Ciudad Medialuna...

—Ayuda —dijo con voz entrecortada—. *Ayuda.*

Una pausa.

—Señorita, necesito que me especifique dónde está, cuál es la situación.

—En la Vieja Plaza. Río, cerca del río, cerca de la calle Cygnet... —pero eso era donde ella vivía. Estaba a varias cuadras de distancia. No sabía en qué calles estaba—. Por favor, por favor, ayuda.

La sangre del ángel le empapó el regazo. A ella le sangraban las rodillas raspadas.

Y Danika estaba

Y Danika estaba

Y Danika estaba

—Señorita, necesito que me diga dónde está, podemos enviar lobos a la escena en un minuto.

Entonces ella sollozó y los dedos sin fuerza del ángel le rozaron la rodilla lastimada. Como si quisiera consolarla.

—Teléfono —logró decir e interrumpió al hombre al teléfono—. Su teléfono, rastréenlo, rastréenos. Encuéntrenos.

—Señorita, usted...

—*Rastreen este teléfono.*

—Señorita, necesito un momento para...

Ella abrió la pantalla principal del teléfono y presionó varias veces en su desesperación hasta que ella misma encontró el número.

—*112 03 0577.*

—Señorita, los registros...

—*¡112 03 0577!* —gritó al teléfono. Una y otra vez—. *¡112 03 0577! ¡112 03 0577!*

Era todo lo que podía recordar. Ese estúpido número.

—Señorita... santos dioses —la línea se entrecortó—. Ya van para allá —logró decir en una exhalación el hombre.

Intentó preguntarle sobre las heridas del ángel, pero ella dejó caer el teléfono porque las drogas volvieron a tirar de ella, la jalaban y se tambaleó. El callejón se deformó y onduló.

La mirada del ángel se cruzó con la de ella, estaba tan llena de agonía que Bryce pensó que así debía verse su propia alma.

La sangre seguía brotando ente sus dedos. No se detuvo.

6

La mujer media hada se veía como el Averno.

No, no como el Averno, pensó Isaiah Tiberian al verla por el espejo unidireccional del centro de detención de la legión. Se veía como la misma muerte.

Se veía como los soldados que había visto arrastrándose en los ensangrentados campos de batalla de Pangera.

Estaba sentada en la mesa metálica al centro de la sala de interrogatorios, viendo a la nada. Tal como había hecho durante las últimas horas.

Estaba muy distinta a la mujer que gritaba y se sacudía cuando Isaiah y su unidad la encontraron en el callejón de la Vieja Plaza, con el vestido gris rasgado, el muslo izquierdo con un sangrado tan abundante que él se preguntó si se desmayaría. Estaba en un estado casi salvaje, ya fuera por el terror puro ante lo sucedido, por la pena que empezaba a afianzarse o por las drogas que le recorrían el cuerpo.

Tal vez una combinación de las tres cosas. Y considerando que no era tan sólo una fuente de información sobre el ataque sino que también era un peligro para sí misma, Isaiah tomó la decisión de traerla al estéril centro subterráneo de procesamiento, a unas cuantas cuadras del Comitium. Era testigo, se aseguró de que dijeran los registros. No una sospechosa.

Exhaló hondo y resistió las ganas de descansar la frente en la ventana de observación. Lo único que llenaba el espacio era el zumbido incesante de las lucesprístinas sobre su cabeza.

Era el primer momento de silencio que había tenido en horas. Estaba seguro que terminaría pronto.

Como si el mero pensamiento hubiera tentado a la mismísima Urd, una voz áspera y masculina habló desde la puerta a sus espaldas.

—¿Sigue sin hablar?

Isaiah requirió de sus dos siglos de entrenamiento en el campo de batalla y fuera de él para controlar la alerta que le provocaba esa voz. Para voltear despacio hacia el ángel que sabía estaría recargado en la puerta, con su traje negro de batalla de siempre; un ángel que la razón y la historia le recordaban debía ser un aliado a pesar de que todos sus instintos le decían lo opuesto.

Depredador. Asesino. Monstruo.

Los ojos oscuros y angulosos de Hunt Athalar, sin embargo, permanecían fijos en la ventana. En Bryce Quinlan. Ni una sola de las plumas grises de sus alas se movía. Desde sus primeros días en la Legión 17ma en el sur de Pangera, Isaiah había intentado ignorar el hecho de que Hunt parecía existir dentro de una onda permanente de quietud. Era el silencio antes del trueno, como si toda la tierra contuviera el aliento cuando él estaba cerca.

Dado lo que había visto a Hunt hacer a sus enemigos y a los objetivos que seleccionaba, no le sorprendía.

La mirada de Hunt se deslizó hacia él.

Cierto. Le había hecho una pregunta. Isaiah reacomodó sus alas blancas.

—No ha dicho una palabra desde que la trajeron.

Hunt observó a la mujer del otro lado de la ventana otra vez.

—¿Ya llegó la orden de allá arriba para moverla a otra habitación?

Isaiah sabía muy bien a qué tipo de habitación se refería Hunt. Habitaciones diseñadas para hacer que la gente hablara. Incluso los testigos.

Isaiah se acomodó la corbata de seda negra y ofreció una plegaria desganada a los cinco dioses para que su traje gris oscuro no terminara lleno de sangre antes del amanecer.

—Todavía no.

Hunt asintió una vez, pero su rostro color café dorado no dejó entrever nada.

Isaiah estudió al ángel con cuidado porque era imposible que Hunt dijera algo por su propia voluntad si nadie le preguntaba. No había señal del casco con forma de cráneo que le había ganado a Hunt el apodo susurrado en todos los corredores y calles de Ciudad Medialuna: el Umbra Mortis.

La Sombra de la Muerte.

Incapaz de decidir si debía sentirse aliviado o preocupado por la ausencia del famoso casco de Hunt, Isaiah le pasó un delgado expediente al asesino personal de Micah sin decir palabra.

Se aseguró de que sus largos dedos morenos no tocaran el guante de Hunt. Porque el cuero todavía estaba cubierto de sangre y el olor se diseminaba por toda la habitación. Reconoció el olor angelical de esa sangre, así que el otro olor debía ser de Bryce Quinlan.

Isaiah movió la barbilla hacia la sala de interrogación con sus pisos de loseta blanca.

—Bryce Quinlan, veintitrés años, mitad hada, mitad humana. Las pruebas de sangre de hace diez años confirman que tendrá una expectativa de vida inmortal. Su nivel de poder es casi inexistente. No ha hecho el Descenso. Está listada como civitas completa. La encontramos en el callejón con uno de los nuestros, intentando evitar que el corazón se le saliera del cuerpo con sus propias manos.

Las palabras sonaban tan clínicas. Pero sabía que Hunt estaba bien informado de todos los detalles. Ambos lo estaban. A final de cuentas, ambos habían estado en ese callejón. Y sabían que incluso en este lugar, en la sala de observación segura, sería una tontería decir cualquier cosa delicada en voz alta.

Tuvieron que levantar a Bryce entre los dos pero ella se colapsó de inmediato sobre Isaiah, no por el dolor emocional sino por el físico.

Hunt fue el primero en darse cuenta: su muslo estaba rasgado.

Ella estaba en un estado casi feral, se azotaba mientas la trataban de volver a recostar en el suelo. Isaiah llamó a una medibruja al ver que la sangre brotaba de su muslo. La herida había alcanzado a una arteria. Era un maldito milagro que no hubiera muerto antes de que llegaran.

Hunt había maldecido con furia mientras se arrodillaba a su lado, ella se sacudía con fuerza y casi alcanzó a patearlo en los testículos. Pero luego él se quitó el casco. La miró a los ojos.

Y le dijo que se calmara de una puta vez.

Ella se quedó en silencio total. Sólo miraba a Hunt con semblante inexpresivo y vacío. Ni siquiera reaccionaba con cada una de las grapas de la engrapadora médica que Hunt tenía en un pequeño botiquín integrado a su traje de batalla. Nada más se quedó mirando y mirando y mirando al Umbra Mortis.

Sin embargo, Hunt no se quedó en la escena después de engraparle la herida, sino que se lanzó hacia la noche para hacer lo que hacía mejor: encontrar a sus enemigos y terminar con ellos.

Como si en ese momento notara la sangre de sus guantes, Hunt soltó una grosería y se los quitó para tirarlos en el basurero de metal junto a la puerta.

Luego empezó a hojear el delgado expediente de Quinlan, su cabello negro al hombro le cubría la cara inexpresiva.

—Parece que es la típica chica fiestera mimada —dijo pasando las páginas. Una de las comisuras de la boca de Hunt se movió hacia arriba, aunque no por diversión. —Y qué sorpresa: comparte departamento con Danika Fendyr. La Princesa de la Fiesta en persona.

Nadie usaba ese término salvo la 33a, porque nadie más en Lunathion, ni siquiera la realeza hada, se hubiera atrevido. Pero Isaiah le indicó que siguiera leyendo. Hunt se había ido del callejón antes de enterarse de la magnitud de este desastre.

Hunt continuó leyendo. Arqueó las cejas muy alto.

—Santa Urd, me lleva el carajo.

Isaiah esperó.

Los ojos oscuros de Hunt se abrieron como platos.

—¿Danika Fendyr está muerta? —leyó un poco más—. Junto con toda la Jauría de Diablos —movió la cabeza y repitió—: Santa Urd, me lleva el carajo.

Isaiah tomó el expediente.

—Todo está completa y absolutamente del carajo, mi amigo.

Hunt apretó la mandíbula.

—No encontré ni un rastro del demonio que hizo esto.

—Lo sé —respondió Isaiah y, al notar que Hunt lo miraba con escepticismo, aclaró—: Si lo hubieras encontrado, tendrías su cabeza en tus manos en este momento y no el expediente.

Isaiah había estado presente varias veces para comprobar justo eso: Hunt regresando triunfante de una misión de cacería de demonios ordenada por el arcángel que en ese momento tuviera el mando.

Hunt apenas movió la boca, como si recordara la última vez que había emprendido una matanza similar, y se cruzó de brazos. Isaiah no hizo caso del dominio inherente a la posición. Había una jerarquía entre ellos, el equipo de cinco guerreros que componían a los triarii, la unidad de más élite de toda la Legión Imperial. La camarilla de Micah.

Aunque Micah había nombrado a Isaiah como Comandante de la 33a, nunca lo había nombrado formalmente su líder. Pero Isaiah siempre había asumido que estaba en la cima, un reconocimiento tácito de que era el mejor soldado de los triarii, a pesar de su elegante traje y corbata.

Dónde quedaba Hunt en esta jerarquía, sin embargo... nadie en realidad había tomado una decisión al respecto en los dos años que tenía de arribar a Pangera. Isaiah no estaba del todo seguro de quererlo saber, tampoco.

La función oficial de Hunt consistía en rastrear y eliminar a los demonios que lograban colarse por la Fisura Septentrional o que entraban a este mundo a través de una invocación ilegal, un papel que resultaba ideal considerando el conjunto particular de sus habilidades. Los dioses sabían cuántos habría rastreado a lo largo de los siglos, empezando por la primera unidad de Pangera en la que habían estado juntos, la 17ma, dedicada a enviar criaturas a la otra vida.

Pero el trabajo que Hunt realizaba en la oscuridad para los arcángeles, para Micah, en este momento, era lo que le había ganado su sobrenombre. Hunt respondía directamente a Micah, y el resto de ellos se mantenían fuera de su camino.

—Naomi acaba de arrestar a Philip Briggs por los asesinatos —dijo Isaiah refiriéndose a la capitana de la infantería de la 33a—. Briggs salió de la cárcel hoy y quienes lo capturaron fueron Danika y la Jauría de Diablos.

A Isaiah le molestaba mucho que ese honor no le perteneciera a la 33a. Al menos Naomi lo aprehendió esta noche.

—Cómo demonios puede un humano como Briggs invocar a un demonio tan poderoso, no tengo idea —agregó Isaiah.

—Supongo que lo averiguaremos pronto —dijo Hunt con pesimismo.

Sí, tenía toda la puta razón.

—Briggs tendría que ser demasiado estúpido para salir de la cárcel con la idea de cometer un asesinato así de grande.

Sin embargo, el líder de los rebeldes Keres (una vertiente del movimiento rebelde mayor, el Ophion) no parecía ser tonto. Sólo era un fanático decidido a iniciar un conflicto que reflejara la guerra que continuaba del otro lado del mar.

—O tal vez Briggs actuó para aprovechar la única oportunidad que tendría antes de que encontráramos otra excusa para encarcelarlo de nuevo—propuso Hunt—. Sabía que tenía el tiempo limitado y quería asegurarse de tener un poca de ventaja con los vanir.

Isaiah negó con la cabeza.

—Qué desastre.

El comentario más moderado del siglo.

Hunt exhaló.

—¿La prensa ya sabe de esto?

—Todavía no —respondió Isaiah—. Y hace unos minutos me llegaron órdenes de mantenerlo en silencio, aunque va a estar en todos los noticieros mañana en la mañana.

Los ojos de Hunt brillaron.

—Yo no tengo nadie a quien contarle.

Era cierto, Hunt y el concepto de *amigos* no iban de la mano. Incluso entre los triarii, después de estar con ellos durante dos años, Hunt seguía prefiriendo su soledad. Seguía trabajando sin descanso en pro de una cosa: la libertad. O más bien, la escasa probabilidad de alcanzarla.

Isaiah suspiró.

—¿Cuánto tiempo tardará Sabine en llegar?

Hunt revisó su teléfono.

—Sabine viene bajando las escaleras en este... —la puerta se abrió de un golpe; los ojos de Hunt parpadearon— momento.

Sabine apenas se veía mayor que Bryce Quinlan, con su rostro de facciones finas y su cabello largo y de color rubio plateado, pero en sus ojos azules lo único que había era la furia de un inmortal.

—¿Dónde está esa puta mestiza? —vio a Bryce por la ventana y se pudo ver hervir la rabia en su interior—. Maldita sea, la *mataré*...

Isaiah extendió un ala blanca para bloquear el camino de la Premier Heredera y la condujo hacia la sala de interrogatorios a unos pasos a la izquierda.

Hunt los siguió caminando al otro lado de Sabine. En sus nudillos bailaban relámpagos.

Una muestra moderada del poder que Isaiah lo había visto descargar en sus enemigos: relámpagos capaces de derribar un edificio.

Ya fuera ángel ordinario o arcángel, el poder siempre era una variación de lo mismo: lluvia, tormentas, el tornado ocasional... Isaiah mismo podía invocar un viento capaz de mantener a raya un enemigo al ataque, pero ninguno en la historia reciente tenía la habilidad de Hunt para controlar los relámpagos a voluntad. Ni la profundidad de poder para convertirlos en algo de verdad destructivo. Era la salvación y la destrucción de Hunt.

Isaiah soltó una de sus brisas heladas para que recorriera el cabello de color del maíz de Sabine y llegara hasta Hunt.

Siempre habían trabajado bien juntos. Micah lo supo en el momento que juntó a Hunt e Isaiah hacía dos años, a pesar de las espinas entrelazadas que ambos tenían tatuadas en sus frentes. La mayor parte de la marca de Hunt estaba oculta por su cabello oscuro, pero no había manera de ocultar la banda delgada y negra que decoraba su frente.

Isaiah apenas podía recordar cómo se veía su amigo antes de que esas brujas de Pangera lo marcaran, incluyendo sus hechizos infernales en la misma tinta para que sus crímenes jamás se olvidaran, para que la mayor parte de su poder estuviera controlado por la magia de las brujas.

El halo, lo llamaban, una burla de las auras divinas que los primeros humanos habían representado en los ángeles.

Tampoco había manera de ocultarlo en la frente de Isaiah. El tatuaje era igual al de Hunt y estaba también en las frentes de casi dos mil ángeles rebeldes que habían sido unos tontos tan idealistas y valientes hacía dos siglos.

Los asteri habían creado a los ángeles para que fueran sus soldados perfectos y sus sirvientes leales. Los ángeles, con el don de ese poder, habían disfrutado de su rol en el mundo. Hasta que llegó Shahar, la arcángel que alguna vez llamaron Estrella Diurna. Hasta que llegaron Hunt y los demás que volaban en la 18a Legión de élite de Shahar.

Su rebelión había fracasado, pero los humanos empezaron la propia hacía cuarenta años. Era una causa distinta, un grupo y especie de luchadores diferente, pero el sentimiento era en esencia el mismo: la República era el enemigo, las jerarquías rígidas una pendejada.

Cuando los rebeldes humanos empezaron su guerra, uno de los idiotas debería haberle preguntado a los ángeles caídos cómo había fracasado su rebelión, mucho antes de que esos humanos nacieran. Isaiah podría haberles dado sin problemas unas sugerencias sobre qué no debían hacer. Y podría haberles dado una idea sobre las consecuencias.

Porque además tampoco había forma de esconder el segundo tatuaje impreso en sus muñecas derechas: *SPQM*.

Adornaba cada una de las banderas y documentos de la República, las cuatro letras encerradas en un círculo de siete estrellas, y eso adornaba la muñeca de cada ser que era su propiedad. Incluso si Isaiah se cortara el brazo, la extremidad que volviera a crecer tendría la marca. Así de fuerte era el poder de la tinta de las brujas.

Un destino peor que la muerte: convertirse en un sirviente eterno de quienes habían buscado derrocar.

Isaiah decidió no someter a Sabine a los métodos de Hunt y le preguntó con calma:

—Entiendo que estás de luto pero, ¿tienes alguna razón, Sabine, para querer que Bryce esté muerta?

Sabine gruñó y señaló a Bryce.

—Ella se quedó con la espada. Esa aspirante a loba tomó la espada de Danika. Sé que lo hizo, no está en el departamento y es *mía*.

Isaiah había observado esos detalles: que la reliquia familiar de los Fendyr no estaba. Pero no había razón para pensar que Bryce Quinlan la tenía.

—¿Qué tiene que ver la espada con la muerte de tu hija?

La rabia y el dolor luchaban en ese rostro feroz. Sabine sacudió la cabeza e hizo caso omiso de su pregunta. Dijo:

—Danika no podía mantenerse fuera de problemas. Nunca pudo mantener la boca *cerrada* y saber cuándo quedarse en silencio alrededor de sus enemigos. Y mira lo que le pasó. Esa perra estúpida de allá adentro sigue respirando y Danika *no* —su voz casi se quebró—. Danika debió ser más inteligente.

Hunt preguntó con un poco más de amabilidad.

—¿Sobre qué debió ser más inteligente?

—Sobre todo —respondió molesta Sabine y de nuevo negó con la cabeza intentando despejar su dolor—. Empezando por esa puta de compañera de departamento —volteó rápido a ver a Isaiah, un vivo retrato de la ira—. Dímelo *todo*.

Hunt intervino con frialdad.

—Él no tiene que decirte ni un carajo, Fendyr.

Como Comandante de la 33a Legión Imperial, Isaiah tenía un rango igual al de Sabine: ambos estaban en los mismos consejos de gobierno, ambos respondían a los hombres en el poder dentro de sus propios rangos y sus propias Casas.

Los colmillos de Sabine se alargaron mientras estudiaba a Hunt.

—¿Acaso te estoy dirigiendo la puta palabra a ti, Athalar?

A Hunt le brillaron los ojos. Pero Isaiah sacó su teléfono, empezó a teclear y los interrumpió con tranquilidad.

—Todavía estamos recibiendo informes. Viktoria vendrá a hablar con la señorita Quinlan en este momento.

—Yo hablaré con ella —dijo Sabine furiosa. Los dedos se le enroscaban, como si estuviera lista para arrancarle la garganta a Hunt. Hunt le sonrió a modo de invitación, como retándola a que lo intentara. Los rayos que circulaban por sus nudillos le subieron por la muñeca.

Y por suerte para Isaiah, la puerta de la sala de interrogatorios se abrió y una mujer de cabello oscuro y traje azul marino de corte inmaculado entró.

Los trajes que usaban él y Viktoria eran pura fachada. Una especie de armadura, sí, pero también un último esfuerzo por fingir que eran remotamente normales.

No era de sorprenderse que Hunt nunca se molestara con ellos.

Cuando Viktoria se acercó con elegancia, Bryce no hizo ningún movimiento que indicara que había visto a la hermosa mujer que por lo general hacía que la gente de *todas* las Casas la volteara a ver.

Pero Bryce ya llevaba horas en ese estado. La sangre todavía manchaba el vendaje blanco alrededor de su muslo desnudo. Viktoria olfateó con delicadeza y entrecerró sus ojos color verde claro debajo del halo del tatuaje oscuro en su frente. La espectro era una de los pocos no-malakim que se había rebelado con ellos hacía dos siglos. Fue entregada a Micah poco después y su castigo había ido más allá del tatuaje en la frente y las marcas de esclava. No tan brutal como el tipo de castigo que Isaiah y Hunt soportaron en los calabozos de los asteri y luego en los calabozos de varios arcángeles durante años, pero era su propia forma de tormento que perduraba después de que el de ellos terminara.

Viktoria dijo:

—Señorita Quinlan.

Ella no respondió.

La espectro arrastró una silla metálica desde la pared y la colocó al otro lado de la mesa. Sacó un expediente de su saco y cruzó las piernas mientras se acomodaba en el asiento.

—¿Me puedes decir quién es el responsable del derramamiento de sangre de esta noche?

Bryce ni siquiera cambió el ritmo de su respiración. Sabine gruñó con suavidad.

La espectro dobló sus manos de alabastro en su regazo. La elegancia sobrenatural era la única señal del poder antiguo que vibraba debajo de la superficie tranquila.

Vik no tenía cuerpo propio. Aunque había peleado en la 18a, Isaiah no conoció su historia hasta que llegaron aquí, hacía diez años. Cómo había adquirido Viktoria este cuerpo en particular, a quién le había pertenecido, no preguntó. Ella no se lo dijo. Los espectros usaban cuerpos de la misma manera que algunas personas usaban automóviles. Los espectros vainer cambiaban con frecuencia, por lo general a la primera señal de envejecimiento, pero Viktoria había mantenido éste más tiempo de lo normal porque le gustaba su forma y su movimiento, decía.

Ahora lo conservaba porque ya no tenía alternativa. El castigo de Micah por su rebeldía había sido éste: atraparla dentro de este cuerpo. Para siempre. No podría seguir cambiando, no podría seguir intercambiando por algo más nuevo y más elegante. Durante doscientos años, Vik había estado contenida, forzada a soportar la erosión lenta del cuerpo que ahora ya era bastante visible: las líneas delgadas empezaban a formarse alrededor de sus ojos, la arruga en su frente ya era permanente por encima de las espinas entrelazadas del tatuaje.

—Quinlan está en shock —dijo Hunt sin dejar de prestar atención a cada respiración de Bryce—. No va a hablar.

Isaiah estaba de acuerdo pero Viktoria abrió el expediente, miró un pedazo de papel y dijo:

—Me parece que en este momento no estás en control total de tu cuerpo ni de tus acciones.

Y luego leyó una lista de un coctel de drogas y alcohol que provocaría un paro cardiaco en cualquier humano. Que le daría un paro cardiaco a un vanir inferior, para el caso.

Hunt volvió a maldecir.

—¿Hay algo que no haya inhalado o fumado esta noche?

Sabine se alteró.

—Mestiza basura...

Isaiah miró a Hunt de reojo. Lo único que necesitaba era transmitir su petición.

Nunca una orden, nunca se había atrevido a darle órdenes a Hunt. No lo hacía porque el ángel poseía un temperamento voluble que había convertido en cenizas a unidades enteras de miembros de las legiones imperiales. Incluso con los hechizos del halo que controlaban esos relámpagos a una décima parte de su fuerza completa, las habilidades de Hunt como guerrero lo compensaban.

Pero la barbilla de Hunt bajó, la única señal de que estaba de acuerdo con la petición de Isaiah.

—Necesitas completar el papeleo arriba, Sabine.

Hunt exhaló como para recordar que Sabine también era una madre que había perdido a su única hija esta noche y agregó:

—Si quieres un tiempo a solas, puedes tomártelo, pero necesitas firmar...

—Al carajo con firmar cosas y al carajo con tomarme un tiempo. Crucifiquen a la perra si es necesario pero debe dar su declaración —dijo Sabine y escupió en las losetas junto a las botas de Hunt.

La lengua de Isaiah se cubrió de éter cuando Hunt le dirigió una mirada fría que servía como única advertencia a sus oponentes en el campo de batalla. Ninguno había sobrevivido jamás a lo que seguía.

Sabine pareció recordar eso y salió furiosa hacia el pasillo. Abrió y cerró la mano mientras caminaba, sacando cuatro garras afiladas como navajas que atravesaron la puerta de metal.

Hunt sonrió hacia la figura que desaparecía. Un objetivo marcado. No hoy, tampoco mañana, pero en algún momento en el futuro...

Y la gente pensaba que los metamorfos se llevaban mejor con los ángeles que las hadas.

Viktoria le decía a Bryce con suavidad:

—Tenemos videos del Cuervo Blanco que confirman dónde estabas. Tenemos videos donde apareces caminando hacia tu casa.

Todo Lunathion estaba lleno de cámaras con una cobertura sin igual en video y audio, pero el edificio de departamentos de Bryce era viejo y los monitores obligatorios en los pasillos llevaban décadas sin ser reparados. El casero recibiría una visita esta noche por las violaciones al código que habían echado a perder esta investigación. Un pequeño fragmento de audio era lo único que habían logrado capturar las cámaras del edificio, tan sólo el audio. No proporcionaba más información de lo que ya sabían. Los teléfonos de la Jauría de Diablos habían sido destruidos en el ataque. Ningún mensaje logró salir.

—De lo que no tenemos video, Bryce —continuó Viktoria—, es de lo sucedido en ese departamento. ¿Me puedes decir?

Muy lento, como si estuviera regresando a su cuerpo golpeado, Bryce volteó a ver a Viktoria con sus ojos color ámbar.

—¿Dónde está su familia? —preguntó Hunt con aspereza.

—La madre humana vive con el padrastro en un pueblo de la montaña al norte, ambos peregrini —dijo Isaiah—. El padre biológico no está registrado o se negó a reconocer la paternidad. Hada, obvio. Y es probable que se trate de alguien con buena posición porque se tomó la molestia de conseguirle estatus de civitas.

La mayoría de los hijos de madres humanas tomaban su rango de peregrini. Y aunque Bryce tenía algo de la belleza elegante de las hadas, su rostro la marcaba como humana: piel dorada, pecas sobre la nariz y pómulos, boca carnosa. Aunque el cabello rojo y sedoso y las orejas arqueadas eran completamente de hada.

—¿Les notificaron a los padres humanos?

Isaiah pasó una mano por sus rizos color castaño. Había despertado con el sonido agudo de su teléfono a las dos de la mañana, salió disparado de las barracas un minuto después de eso y ahora estaba empezando a sentir los efectos de la noche en vela. El amanecer no estaba tan lejano.

—Su madre estaba histérica. Preguntó una y otra vez si sabíamos por qué habían atacado el departamento o si sería Philip Briggs. Vio la noticia de que había salido por un tecnicismo y estaba segura de que él había hecho esto. Tengo una patrulla de la 31ra volando hacia allá en este momento; los padres llegarán en una hora.

La voz de Viktoria se deslizó por el sistema de sonido mientras continuaba con su entrevista.

—¿Puedes describir a la criatura que atacó a tus amigos?

Pero Quinlan ya se había ido de nuevo, sus ojos vacíos.

Tenían un video borroso gracias a las cámaras de la calle, pero el demonio se había movido más rápido que el viento y supo mantenerse fuera de la zona que captaban las cámaras. Había resultado imposible identificarlo todavía; ni siquiera el extenso conocimiento de Hunt ayudaba. Lo único que tenían era una imagen grisácea y borrosa que no se aclaraba aunque la vieran en cámara lenta. Y Bryce Quinlan, corriendo descalza por las calles de la ciudad.

—Esa chica no está lista para dar una declaración —dijo Hunt—. Esto es una pérdida de nuestro tiempo.

Pero Isaiah le preguntó:

—¿Por qué odia tanto Sabine a Bryce? ¿Por qué implica que ella es la culpable de todo esto?

Como Hunt no respondió, Isaiah movió la barbilla hacia los dos expedientes en el borde del escritorio y dijo:

—Mira el de Quinlan. Tan sólo tiene un delito importante antes de esto, faltas a la moral durante el desfile del Solsticio de Verano. Se inquietó un poco junto a una pared y la descubrieron en el acto. Pasó la noche en una celda, pagó la multa al día siguiente, hizo su servicio comunitario durante un mes para que le quitaran la falta de su registro permanente.

Isaiah podría jurar que el fantasma de una sonrisa apareció en la boca de Hunt.

Pero Isaiah tocó varias veces el imponente montón grueso de papeles que estaba al lado con su dedo lleno de callos.

—Esto es la *primera* parte del expediente de Danika Fendyr. De siete. Empieza con robo menor cuando tenía diez años, continúa hasta que alcanzó la mayoría de edad hace cinco años. Luego todo se tranquiliza extrañamente. Si me lo preguntas, fue Bryce la que se desvió hacia el camino de la ruina y luego tal vez influyó para que Danika saliera de ahí.

—No lo suficiente como para dejar de inhalar tanto buscaluz como para matar a un caballo —dijo Hunt—. Asumo que no salió sola de fiesta. ¿Estaba con otros amigos anoche?

—Otras dos. Juniper Andrómeda, una fauna que es solista del Ballet de la Ciudad y... —Isaiah abrió el expediente del caso y pronunció un rezo en voz baja—. Fury Axtar.

Hunt maldijo suavemente al escuchar el nombre de la mercenaria.

Fury Axtar tenía licencia para matar en media docena de países. Incluido éste.

Hunt preguntó:

—¿Fury estaba con Quinlan anoche?

Sus caminos se habían cruzado con la mercenaria las veces suficientes para saber que debían mantenerse lejos de ella. Micah incluso le había ordenado a Hunt que la matara. Dos veces.

Pero ella tenía demasiados aliados muy poderosos. Algunos, se murmuraba, en el Senado Imperial. Así que ambas veces, Micah decidió que las consecuencias del Umbra Mortis matando a Fury Axtar provocarían más problemas de los que solucionaría.

—Sí —dijo Isaiah—. Fury estaba con ella en el club.

Hunt frunció el entrecejo. Pero Viktoria se acercó otra vez a Bryce para hablar.

—Estamos intentando averiguar quién hizo esto. ¿Nos puedes dar la información que necesitamos?

Frente al espectro tan sólo había un cascarón.

Viktoria dijo, con ese ronroneo denso que en general fascinada a la gente:

—Quiero ayudarte. Quiero encontrar a quien hizo esto. Y castigarlo.

Viktoria se metió la mano al bolsillo, sacó su teléfono y lo colocó boca arriba sobre la mesa. Sus datos aparecieron de manera inmediata en la pequeña pantalla de la habitación donde estaban Isaiah y Hunt. Miraron primero al espectro y luego a la pantalla mientras una serie de mensajes aparecía.

—Bajamos estos datos de tu teléfono. ¿Me puedes explicar lo que está sucediendo en ellos?

Unos ojos vidriosos miraron la pequeña pantalla que salió de un compartimento oculto en el piso de linóleo. Tenía los mismos mensajes que Isaiah y Hunt estaban leyendo.

El primero, que envió Bryce, decía:

Las noches de tele son para cachorras moviendo sus colitas. Ven a jugar con las perras grandes.

Y luego un video breve y oscuro, con mucho movimiento y el sonido de unas carcajadas mientras Bryce hacía señas obscenas a la cámara, se inclinaba sobre una línea de polvo blanco (buscaluz) y lo inhalaba con la nariz pecosa. Reía, tan brillante y viva que la mujer en la habitación frente a ellos parecía un cadáver destripado, y gritaba a la cámara: «¡PRÉNDETE, DANIKAAAAA!»

La respuesta escrita de Danika era precisamente lo que Isaiah esperaría de la Premier Heredera de los lobos, a quien sólo había visto a lo lejos en eventos formales y que parecía estar lista para provocar problemas donde quiera que fuera:

TE PINCHE ODIO. DEJA DE USAR BUSCALUZ SIN MÍ. PENDEJA.

La Princesa de la Fiesta, claro que sí.

Bryce le había escrito veinte minutos después, *Acabo de cogerme a alguien en el baño. No le digas a Connor.*

Hunt negó con la cabeza.

Pero Bryce se quedó ahí sentada mientras Viktoria seguía leyendo los mensajes en voz alta, con el rostro inexpresivo.

Danika respondió, *¡¡¿Estuvo bien?!!*

Apenas para quitarme un poco de ganas.

—Esto no es relevante —murmuró Hunt—. Dile a Viktoria que salga.

—Tenemos nuestras órdenes.

—Al carajo con las órdenes. Esta mujer está al borde del colapso y no de buena manera.

Entonces Bryce dejó de responderle a Danika.

Pero Danika continuó enviando mensajes. Uno tras otro. A lo largo de las siguientes dos horas.

Ya acabó el programa. ¿Dónde están, pendejas?

¿Por qué no estás contestando tu teléfono? Voy a hablarle a Fury.

¿Dónde CARAJOS está Fury?

Juniper nunca trae su teléfono, así que ni siquiera me voy a molestar con ella. ¿¡¡Dónde estás!!?

¿Debería ir al club? La jauría se va en diez minutos. Deja de coger con desconocidos en el baño porque voy con Connor.

BRYYYYCE. Cuando veas el teléfono, espero que las 1,000 alertas de mensaje te caguen.

Thorne me está diciendo que deje de enviarte mensajes. Le dije que no se meta en lo que no le pinches importa.

Connor dice que ya madures y dejes de estar usando drogas de dudosa procedencia porque sólo las perdedoras hacen esa mierda. No le gustó cuando le dije que no estaba segura de dejar que salieras con alguien tan santurrón.

Está bien. Saldremos en cinco minutos. Ahorita nos vemos, mamerta. Préndete.

Bryce se quedó mirando la pantalla sin parpadear y su rostro lastimado tomó un tono pálido y enfermizo bajo las luces del monitor.

—Las cámaras del edificio están casi todas descompuestas, pero la del pasillo alcanzó a grabar algo de audio, aunque el video no servía —dijo Viktoria con calma—. ¿Lo pongo?

No hubo respuesta. Así que Viktoria lo puso.

Se escuchó un gruñido apagado y gritos que llenaron las bocinas, aunque con suficiente distancia para dejar claro que la cámara del pasillo sólo había captado los ruidos más fuertes provenientes del departamento. Y luego alguien estaba rugiendo, un rugido feral de lobo. "*Por favor, por favor...*"

Luego las palabras se cortaron. Pero no el audio de la cámara del pasillo.

Danika Fendyr gritó. Algo se cayó y golpeó en el fondo, como si la hubieran lanzado contra algún mueble. Y la cámara del pasillo siguió grabando.

Los gritos continuaron más y más y más tiempo. Tan sólo interrumpían los sonidos del sistema descompuesto de la cámara. Los gemidos apagados y gruñidos se oían húmedos y feroces y Danika suplicaba, sollozaba y pedía clemencia; lloraba y gritaba que se detuviera...

—Apágalo —ordenó Hunt saliendo de la habitación—. Apágalo *ahora*.

Salió tan rápido que Isaiah no pudo detenerlo, cruzó el espacio hacia la puerta de junto y la abrió de golpe antes de que Isaiah pudiera salir de la habitación.

Pero ahí estaba Danika, con el audio entrecortado, el sonido de su voz pidiendo clemencia desde las bocinas del techo. Danika devorada y destrozada.

El silencio del asesino era tan escalofriante como los gritos sollozantes de Danika.

Viktoria giró hacia la puerta cuando Hunt entró sin previo aviso, la cara llena de furia, las alas abriéndose. La Sombra de la Muerte desatada.

Isaiah sintió el éter en la boca. Los rayos se retorcían en las puntas de los dedos de Hunt.

Los gritos interminables y medio apagados de Danika llenaban la habitación.

Isaiah entró a tiempo para ver a Bryce explotar.

Invocó un muro de viento alrededor de él y Vik. Sin duda Hunt hizo lo mismo. Bryce salió volando de su silla y volteó la mesa, que pasó cerca de la cabeza de Viktoria y chocó contra la ventana de observación.

Un gruñido feral llenó la habitación cuando tomó la silla en la que estaba sentada y la lanzó contra la pared con tal fuerza que el metal se abolló y se arrugó.

Vomitó por todo el piso. Si el muro no hubiera estado alrededor de Viktoria, habría bañado sus tacones absurdamente caros.

El audio se cortó al fin cuando la cámara volvió a fallar... y así permaneció.

Bryce jadeó, mirando el cochinero. Luego cayó de rodillas en él.

Vomitó otra vez. Y otra. Y luego adoptó una posición fetal y su cabello sedoso cayó en el vómito mientras ella se mecía en silencio atónito.

Era media hada, evaluada con un poder apenas perceptible. Lo que acababa de hacer con la mesa y la silla... Pura furia física. Hasta la más tranquila de las hadas no podía reprimir una erupción de ira primigenia cuando la invadía.

Sin alterarse, Hunt se acercó a ella. Sus alas grises estaban en una posición elevada para evitar arrastrarlas por el vómito.

—Oye —dijo Hunt y se agachó al lado de Bryce. Hizo un movimiento para tocarle el hombro pero luego bajó la mano. ¿Cuánta gente había visto las manos del Umbra Mortis acercarse a ellos sin una intención de violencia?

Hunt asintió hacia la mesa y la silla destruidas.

—Impresionante.

Bryce se contrajo aún más, sus dedos bronceados casi blancos mientras abrazaban su espalda con suficiente fuerza para dejar una marca. Su voz fue un crujido entrecortado.

—Quiero irme a casa.

Los ojos oscuros de Hunt centellearon. Pero no dijo nada más.

Viktoria frunció el ceño ante el cochinero y salió a buscar a alguien para que lo limpiara.

Isaiah dijo:

—Me temo que no puedes ir a casa. Es una escena de crimen activa —y estaba tan destrozada que aunque la limpiaran con cloro ningún vanir podría entrar y no olfatear la matanza—. No es seguro para ti regresar hasta que encontremos a quien hizo esto. Y por qué lo hicieron.

Luego Bryce dijo con una exhalación:

—S-Sabine sabe...

—Sí —respondió Isaiah suavemente—. Todos los involucrados en la vida de Danika han sido notificados.

Todo el mundo lo sabría en unas cuantas horas.

Todavía arrodillado a su lado, Hunt dijo con aspereza:

—Podemos llevarte a una habitación con un catre y un baño. Conseguirte algo de ropa.

El vestido estaba tan desgarrado que casi la totalidad de su piel estaba a la vista. Un agujero en la cintura revelaba indicios de un tatuaje oscuro en su espalda. Él había visto prostitutas del Mercado de Carne con ropa más discreta.

El teléfono del bolsillo de Isaiah vibró. Naomi. La voz de la capitana de la 33a infantería se escuchaba tensa cuando respondió.

—Deja ir a la chica. Ahora mismo. Sácala de este edificio y, por el bien de todos, *no* le pidas a nadie que la siga. En especial a Hunt.

—¿Por qué? El gobernador nos dio la orden opuesta.

—Recibí una llamada —dijo Naomi—. Del pinche Ruhn Danaan. Está furioso porque no le notificamos a Cielo y Aliento al traer a la chica. Dice que queda en la jurisdicción hada y esas pendejadas. Así que al carajo con lo que quiera el gobernador, nos agradecerá después por haberle ahorrado un enorme dolor de cabeza. Deja ir a la chica *ahora*. Puede regresar con una escolta hada, si eso es lo que esos pendejos quieren.

Hunt, que había escuchado toda la conversación, estudió a Bryce Quinlan con la atención impávida de un depredador. Como miembro de los triarii, Naomi Boreas sólo respondía a Micah y no debía ninguna explicación, pero desobedecer su orden directa por un hada...

Naomi agregó:

—Hazlo, Isaiah —y luego colgó.

A pesar de las orejas puntiagudas de hada de Bryce, sus ojos vidriosos no dejaban entrever que hubiera escuchado.

Isaiah se guardó el teléfono en el bolsillo.

—Puedes irte.

Se puso de pie sobre sus piernas sorprendentemente estables, a pesar del vendaje en una de ellas. Pero tenía los pies cubiertos de sangre y tierra. Suficiente sangre para que Hunt le dijera:

—Tenemos una medibruja aquí.

Pero Bryce no le hizo caso y salió cojeando por la puerta hacia el pasillo.

Él se quedó con la vista fija en la puerta escuchando cómo desaparecían sus pasos arrastrados.

Ninguno de los dos habló durante un largo minuto. Luego Hunt exhaló y se puso de pie.

—¿En qué habitación va a poner Naomi a Briggs?

Isaiah no alcanzó a responder antes de que se escucharan pasos otra vez por el pasillo, acercándose a toda velocidad. En definitiva no eran los de Bryce.

Incluso en uno de los sitios más seguros de la ciudad, Isaiah y Hunt colocaron sus manos cerca de las armas.

El primero se cruzó de brazos para poder sacar la pistola oculta debajo del saco de su traje, el segundo dejó la mano colgando al lado de su muslo, a unos centímetros del cuchillo de mango negro que tenía ahí guardado. Los relámpagos volvieron bailaron en las puntas de los dedos de Hunt.

Un hada de cabello oscuro entró a toda velocidad a la sala de interrogatorios. A pesar del aro que atravesaba su labio inferior, a pesar de que tenía rasurado un lado de su cabellera negra como cuervo, a pesar de las mangas de tatuajes debajo de la chamarra de cuero, no había manera de ocultar la herencia que transmitía el rostro increíblemente apuesto.

Ruhn Danaan, Príncipe Heredero de las Hadas de Valbara. Hijo del Rey del Otoño y actual poseedor de la Espadastral, la legendaria espada oscura de las antiguas Hadas Astrogénitas. Era prueba del estatus de Elegido entre las hadas, lo que fuera que eso significara.

En ese momento la espada estaba atada a la espalda de Ruhn y su mango negro devoraba las brillantes lucesprístinas. Isaiah alguna vez había escuchado a alguien decir que la espada estaba hecha de iridio minado de un meteorito, forjada en otro mundo, antes de que las hadas hubieran cruzado la Fisura Septentrional.

Los ojos azules de Danaan brillaban como el corazón del fuego, aunque Ruhn no tenía esa magia. La magia de fuego era común entre las hadas de Valbara y el mismo Rey del Otoño la blandía. Pero el rumor decía que la magia de Ruhn era más parecida a la de sus parientes que gobernaban en la isla sagrada de las hadas llamada Avallen, al otro lado del mar: poder suficiente para invocar sombras o bruma que no sólo podía velar el mundo físico sino también la mente. Tal vez incluso telepatía.

Ruhn miró el vómito y olfateó a la mujer que acababa de irse.

—¿Dónde carajos está?

Hunt se quedó inmóvil ante la fría autoridad en la orden del príncipe.

—Bryce Quinlan fue liberada —dijo Isaiah—. La enviamos arriba hace unos minutos.

Si no la había visto, Ruhn debía haber entrado por una entrada lateral y no les habían advertido desde la puerta que había llegado. Tal vez había usado esa magia para escabullirse entre las sombras.

El príncipe giró hacia la puerta, pero Hunt dijo:

—¿Por qué es importante?

Ruhn se molestó visiblemente.

—Es mi prima, pendejo. Nosotros protegemos a los nuestros.

Una prima distante, porque el Rey del Otoño no tenía hermanos, pero al parecer el príncipe conocía a Bryce lo bastante bien como para intervenir.

Hunt le sonrió a Ruhn.

—¿Dónde estabas esta noche?

—Vete a la mierda, Athalar —respondió Ruhn mostrándole los dientes—. Supongo que escuchaste que Danika y yo peleamos por Briggs en la junta de los Líderes. Vaya pista. Buen trabajo —cada una de sus palabras sonaba más cortante que la anterior—. Si hubiera querido matar a Danika no hubiera invocado a un puto demonio para hacerlo. ¿Dónde carajos está Briggs? Quiero hablar con él.

—Viene en camino —dijo Hunt todavía sonriendo. Los relámpagos seguían bailando en sus nudillos. —Y no serás el primero en hablar con él —luego añadió—. La influencia y el dinero de papi no sirven en todas partes, príncipe.

No importaba que Ruhn fuera el líder de la división hada del Aux y que estuviera tan bien entrenado como cualquiera de sus guerreros de élite. O que la espada que colgaba a sus espaldas no fuera un simple adorno.

Eso no le importaba a Hunt. No cuando se trataba de la realeza y sus jerarquías rígidas.

Ruhn dijo:

—Sigue hablando, Athalar. Veamos a dónde te lleva.

Hunt sonrió con sorna.

—Estoy temblando.

Isaiah se aclaró la garganta. Solas flamígero, lo último que necesitaba esta noche era una pelea entre uno de sus triarii y un príncipe hada. Le dijo a Ruhn:

—¿Puedes decirnos si el comportamiento de la señorita Quinlan antes del asesinato esta noche era poco común o...

—El dueño del Cuervo me dijo que estaba borracha y que había inhalado un montón de buscaluz —interrumpió Ruhn—. Pero encontrarás esa mierda en el sistema de Bryce al menos una noche a la semana.

—¿Por qué lo hace? —preguntó Isaiah.

Ruhn se cruzó de brazos.

—Ella hace lo que quiere. Siempre lo ha hecho.

Su voz tenía suficiente amargura como para sugerir que había historia. Mala historia.

Hunt dijo despacio:

—¿Exactamente qué tan cercanos son ustedes dos?

—Si me estás preguntando si estamos cogiendo —dijo Ruhn conteniendo la rabia—, la respuesta, pendejo, es no. Es familia.

—Familia distante —aclaró Hunt—. Sé que a las hadas les gusta mantener su sangre sin diluir.

Ruhn le sostuvo la mirada. Y cuando Hunt empezó a sonreír otra vez, el éter llenó la habitación, la promesa de una tormenta rebotaba por la piel de Isaiah.

Se preguntó si sería tan tonto como para meterse entre ellos cuando Ruhn intentara romper todos los dientes a Hunt y cuando Hunt convirtiera al príncipe en un montón de huesos humeantes. Isaiah se apresuró a decir:

—Sólo intentamos hacer nuestro trabajo, príncipe.

—Si ustedes, pendejos, hubieran mantenido vigilado a Briggs como se suponía que debían hacer, tal vez esto no hubiera sucedido.

Las alas grises de Hunt se abrieron un poco: la postura usual de los malakh cuando se están preparando para una pelea física. Y esos ojos oscuros... eran los ojos del guerrero temido, del ángel Caído. El responsable de destrozar los campos de batalla donde le habían ordenado pelear. Quien mataba por el capricho de un arcángel y lo hacía tan bien que lo llamaban la Sombra de la Muerte.

—Cuidado —dijo Hunt.

—Manténganse lejos de Bryce —gruñó Ruhn antes de salir por la puerta, quizá en busca de su prima. Al menos Bryce tendría una escolta.

Hunt hizo una seña obscena en dirección de la puerta vacía. Después de un momento, murmuró:

—El dispositivo de rastreo en el agua que bebió Quinlan al llegar aquí. ¿Cuál es su marco de tiempo?

—Tres días —respondió Isaiah.

Hunt estudió el cuchillo que tenía enfundado junto a su muslo.

—Danika Fendyr era una de las vanir más fuertes de la ciudad, a pesar de que todavía no hacía el Descenso. Estaba suplicando como humana al final.

Sabine nunca se recuperaría de la vergüenza.

—No conozco ningún demonio que mate así —dijo Hunt pensativo—. O que desaparezca con tanta facilidad. No pude encontrar ningún rastro. Es como si se hubiera evaporado de vuelta al Averno.

Isaiah dijo:

—Si Briggs es responsable de esto, averiguaremos pronto qué es ese demonio.

Eso si Briggs hablaba. Sin duda había permanecido callado cuando lo descubrieron en su laboratorio de bombas, a pesar de los mejores esfuerzos de los interrogadores de la 33a y del Aux.

Isaiah agregó:

—Tendré a todas las patrullas disponibles vigilando con discreción a otras jaurías jóvenes en el Auxiliar. Si resulta que no tiene que ver con Briggs, entonces podría ser el inicio de un patrón.

Hunt preguntó con pesimismo:

—¿Si encontramos al demonio?

Isaiah se encogió de hombros.

—Entonces nos aseguraremos de que ya no sea un problema, Hunt.

Los ojos de Hunt se enfocaron con un dejo mortífero.

—¿Y Bryce Quinlan, después de que pasen los tres días?

Isaiah frunció el entrecejo al ver la mesa y la silla arrugada.

—Si es inteligente, estará oculta y no atraerá la atención de ningún otro inmortal poderoso por el resto de su vida.

7

Los escalones negros que colindaban con la costa neblinosa del Sector de los Huesos lastimaron a Bryce cuando se hincó frente a las enormes puertas de marfil.

El Istros se extendía como un espejo gris detrás de ella, silencioso en la luz previa al amanecer.

Tan silencioso y quieto como ella había quedado, hueca y a la deriva.

La bruma se arremolinaba a su alrededor, extendiendo su velo sobre todo salvo los escalones de obsidiana donde estaba hincada y las puertas de hueso tallado que ascendían imponentes. El podrido barco negro a sus espaldas era su única compañía, su cuerda antigua y mohosa estaba tendida sobre los escalones a manera de muelle. Ella había pagado la cuota: el barco estaría ahí hasta que ella terminara. Hasta que hubiera dicho lo que tenía que decir.

El reino de los vivos seguía a un mundo de distancia; la bruma arremolinada ocultaba las torres y los rascacielos de la ciudad, las bocinas de los coches y el conjunto de voces enmudecían. Había dejado atrás todas sus posesiones terrenales. No tendrían ningún valor aquí, entre segadores y muertos.

Se sentía contenta de dejarlos atrás, en especial su teléfono, tan lleno de rabia y odio.

El último mensaje de voz de Ithan había llegado hacía apenas una hora, sacudiéndola del estupor sin sueño en el cual había pasado las últimas seis noches, mirando el techo oscuro de la habitación de hotel que estaba compartiendo con su madre. Sin responder a ninguna llamada ni mensaje.

Pero las palabras de Ithan habían quedado ahí colgando cuando se metió al baño del hotel a escuchar.

No vengas a la Travesía mañana. No eres bienvenida aquí.

Lo había escuchado una y otra vez, las primeras palabras que hacían eco en su cabeza silenciosa.

Su madre no había despertado en la cama contigua de la de ella cuando salió del cuarto de hotel con sus suaves pasos de hada. Tomó el elevador de servicio y salió por la puerta trasera sin vigilancia hacia un callejón. No había salido de esa habitación en seis días, solamente miraba sin expresión el papel tapiz de flores del hotel. Y ahora, en el séptimo amanecer... Sólo por ese motivo saldría. Recordaría cómo mover su cuerpo, cómo hablar.

La Travesía de Danika comenzaría al alba y las Travesías para el resto de la jauría serían después. Bryce no estaría ahí para presenciarlas. Aunque los lobos no le hubieran prohibido la entrada, no lo podría haber soportado. Ver ese barco negro que partía del muelle con todo lo que quedaba de Danika dentro, para que su alma fuera juzgada digna o no de entrar a la isla sagrada al otro lado del río.

Ahí sólo había silencio. Silencio y niebla.

¿Esto era la muerte? ¿Silencio y niebla?

Bryce se pasó la lengua por los labios resecos y partidos. No recordaba la última vez que había bebido algo. Que había comido. Tan sólo recordaba a su madre insistiéndole en que tomara un sorbo de agua.

Una luz se había apagado en su interior. Una luz se había extinguido.

Bien podría estar mirando su interior. Oscuridad. Silencio. Niebla.

Bryce levantó la cabeza y miró hacia las puertas de hueso tallado, labradas de las costillas de algún leviatán que había recorrido las profundidades del mar del norte pero que había muerto hacía mucho. La niebla se cerró más y la temperatura descendió. Anunciando la llegada de algo antiguo y terrible.

Bryce permaneció de rodillas. Inclinó la cabeza.

No era bienvenida en la Travesía. Así que había venido a este lugar a despedirse. A darle a Danika esta última cosa.

La criatura que vivía en la niebla emergió e incluso el río a sus espaldas tembló.

Bryce abrió los ojos. Y levantó la mirada muy despacio.

PARTE II
LA ZANJA

8

VEINTIDÓS MESES MÁS TARDE

Bryce Quinlan salió dando traspiés del baño del Cuervo Blanco. Un metamorfo de león le besaba el cuello y le rodeaba la cintura con sus manos gruesas.

Por mucho era el mejor sexo que había tenido en tres meses. Tal vez más tiempo. Tal vez lo conservaría por un rato.

Tal vez debería averiguar cómo se llamaba primero. No que importara. Su junta era en el bar VIP al otro lado del club a las... bueno, mierda. En este momento.

El ritmo de la música golpeaba contra sus huesos y rebotaba haciendo eco en las columnas talladas, una invitación incesante que Bryce ignoraba, que negaba. Igual que había hecho todos los días los últimos dos años.

—Vamos a bailar.

Las palabras del león de melena dorada retumbaron en sus oídos cuando la tomó de la mano para llevarla hacia la multitud sobre las piedras antiguas de la pista de baile.

Ella plantó los pies con toda la fuerza que le permitían sus tacones de diez centímetros.

—No, gracias. Tengo una cita de negocios.

No era mentira, aunque ella lo hubiera rechazado de todas maneras.

La comisura del labio del león se movió un poco y la estudió, con su vestido negro corto como el pecado, las piernas desnudas que hacía unos momentos tenía envueltas alrededor de su cintura. Que Urd la librara, el león tenía unos pómulos increíbles. También esos ojos dorados que ahora se entrecerraban divertidos.

—¿Asistes a juntas de negocios vestida así?

Lo hacía cuando los clientes de su jefe insistían en reunirse en un espacio neutral como el Cuervo, temerosos de los hechizos de monitoreo que Jesiba pudiera tener en la galería.

Bryce nunca hubiera venido a este sitio, había venido muy pocas veces sola. Había estado bebiendo agua mineral en el bar *normal* dentro del club, no el VIP donde se suponía debía estar sentada en el entrepiso, cuando el león se acercó a ella con esa sonrisa fácil y esos hombros amplios. Tenía tal necesidad de distraerse de la tensión que se iba acumulando en ella con cada momento que pasaba que apenas logró terminar su vaso antes de llevarlo arrastrando al baño. Él obedeció gustoso.

Bryce le dijo al león:

—Gracias por el paseo.

Como sea que te llames.

El león tardó un parpadeo en darse cuenta de que lo de la junta de negocios era en serio. Sus mejillas empezaron a sonrojarse. Luego dijo:

—No puedo pagarte.

Ahora fue el turno de Bryce para parpadear. Luego echó la cabeza hacia atrás y rio.

Perfecto: pensaba que era una de las putas que trabajaban para Riso. Prostitución *sagrada*, le había explicado Riso alguna vez, porque el club estaba construido sobre las ruinas de un templo al placer y era su deber continuar con sus tradiciones.

—Considéralo como un regalo de la casa —canturreó y le dio unas palmadas en la mejilla antes de darse la vuelta para ir hacia el luminoso bar dorado en el entrepiso de cristal que flotaba sobre el gran espacio cavernoso.

No se permitió mirar hacia el gabinete escondido entre dos pilares desgastados. No se permitió ver quién podría estar en él. No sería Juniper, porque estaba demasiado ocupada estos días y apenas podía reunirse con ella para un almuerzo de vez en cuando, y sin duda no Fury, quien no se molestaba en tomarle las llamadas, o en responder sus mensajes, o siquiera en visitar la ciudad.

Bryce enderezó los hombros y alejó esos pensamientos.

Los metamorfos de jaguar, que hacían guardia en la parte superior de la escalera dorada iluminada que unía el entrepiso VIP con el templo convertido, abrieron la cuerda de terciopelo negro para dejarla pasar.

Veinte taburetes de cristal rodeaban el bar de oro sólido, pero tan sólo una tercera parte estaba ocupada. Había vanir de todas las casas en ellos. Pero no humanos.

Excepto por ella, si es que ella contaba.

Su cliente ya estaba sentado en el extremo del bar. Su traje oscuro cubría un cuerpo grande, el cabello largo y negro peinado hacia atrás dejaba ver una cara de huesos afilados y ojos negros como la tinta.

Bryce registró los detalles en su mente mientras se acercaba a él rezando que no fuera el tipo de persona que se queja por dos minutos retraso.

Maximus Tertian: un vampiro de doscientos años, soltero y sin pareja, hijo de Lord Cedrian, el más rico de los vamps de Pangera y el más monstruoso, si le hacía caso a los rumores. Era conocido por llenar tinas con la sangre de damiselas humanas en su fortaleza helada ubicada en las montañas y bañarse en su juventud...

Esto no ayuda. Bryce forzó una sonrisa y se sentó en el taburete al lado de él. Pidió un agua mineral.

—Señor Tertian —dijo para presentarse y extendió la mano.

La sonrisa del vampiro era tan seductora que supo de inmediato que seguro diez mil pares de calzones habían caído al verla a lo largo de los siglos.

—Señorita Quinlan —ronroneó como respuesta.

La tomó de la mano y la besó con suavidad en el dorso. Sus dedos se quedaron sobre los suyos el tiempo suficiente como para que ella tuviera que esforzarse por reprimir las ganas de retirar su mano con brusquedad.

—Es un placer conocerte en carne y hueso —sus ojos descendieron hacia su cuello y luego hacia el escote expuesto de su vestido—. Tu jefa tal vez tenga una galería llena de arte, pero tú eres la verdadera obra maestra.

Oh, por favor.

Bryce agachó la cabeza y se obligó a sonreír.

—Seguro eso le dices a todas las chicas.

—Sólo a las que están a pedir de boca.

Una oferta de cómo podía terminar esta noche, si así lo deseaba: succionada y cogida. No se molestó en informarle que, salvo la succionada, ya había rascado esa comezón en particular. Prefería conservar su sangre donde estaba, muchas gracias.

Buscó en su bolso y sacó un folio angosto de cuero, una réplica exacta de lo que el Cuervo usaba para entregar las altísimas cuentas a los clientes más exclusivos.

—Yo invito las bebidas —dijo, y le dio el folio con una sonrisa.

Maximus se asomó a ver los documentos de propiedad correspondientes al busto de ónix de cinco mil años de antigüedad de un lord vampiro muerto. El negocio había sido un éxito para Bryce, tras semanas de buscar y acercarse a compradores potenciales, advirtiéndoles que podrían tener la oportunidad de comprar un artefacto raro antes que cualquiera de sus rivales. Le había puesto el ojo a Maximus y durante sus interminables llamadas y mensajes había sabido manejarlo bien, aprovechándose del odio que profesaba por otros lords vampiro, su ego frágil, su insoportable arrogancia.

Fue un esfuerzo ahora evitar sonreír cuando Maximus —*jamás Max*— asentía mientras leía. Para darle la ilusión de privacidad, Bryce se dio la vuelta en el taburete para observar el club lleno abajo.

Había un grupo de hembras jóvenes adornadas con diademas luminosas de luzprístina bailando cerca de una columna, riendo y cantando y pasando una botella de vino espumoso entre ellas.

Bryce sintió que se le hacía un nudo en el pecho. Alguna vez planeó su fiesta de Descenso en el Cuervo. Había planeado ser tan odiosa como esas chicas de abajo, festejar con sus amigos desde el momento que emergiera del Ascenso hasta desmayarse o que la sacaran a patadas.

Para ser honesta, se quería concentrar en la fiesta. En lo que la mayoría de la gente se quería concentrar. Más que en el absoluto terror del ritual del Descenso en sí.

Pero era un ritual necesario. Porque la red energética de luzprístina se generaba por la luz pura y sin diluir que cada vanir emitía al hacer el Descenso. Y tan sólo durante el Descenso aparecía ese destello de luzprístina: magia cruda, sin filtrar. Podía sanar y destruir y también todo lo de en medio.

Capturada y embotellada, el brillo inicial siempre se usaba para sanar, el resto se entregaba a las plantas de energía como combustible para sus lámparas, automóviles, máquinas y tecnología; una parte se usaba para hechizos y otra se reservaba para las mierdas secretas que quería la República.

La «donación» de la luzprístina de cada ciudadano era un elemento clave del ritual del Descenso, parte de por qué siempre se realizaba en un centro gubernamental: una habitación estéril, donde la luz de la persona que hacía el Descenso se consumía durante la transición a la inmortalidad y el poder verdadero. Todo quedaba registrado en el sistema eleusiano que podía monitorear cada momento a través de las vibraciones en la magia del mundo. De hecho, los miembros de la familia a veces observaban un video en vivo desde una habitación adyacente.

El Descenso era la parte fácil: caer en los propios poderes. Pero cuando se llegaba al fondo, el cuerpo mortal expiraba. Y luego el reloj empezaba con la cuenta regresiva.

Quedaban nada más minutos para regresar a toda velocidad a la vida: antes de que el cerebro se apagara para siempre por falta de oxígeno. Seis minutos para empezar a correr por una pista psíquica a lo largo del fondo del poder de cada persona, una única oportunidad desesperada de lanzarse hacia el cielo, hacia la vida. La alternativa a dar el salto con éxito: caer en un abismo negro sin fondo y aguardar la muerte. La alternativa a conseguir suficiente impulso en esa pista: caer en un abismo negro sin fondo y aguardar la muerte.

Y por ese motivo alguien más tenía que actuar como Ancla: una señal, una cuerda, la cuerda de un bungee que haría que su compañero volviera a la vida después de saltar de la pista. Hacer el Descenso sólo significaba morir: alcanzar el fondo del poder, que el corazón dejara de latir al llegar a ese nadir. Nadie sabía si el alma continuaba viviendo ahí abajo, perdida para siempre, o si moría junto con el cuerpo dejado en vida.

Por eso casi siempre las Anclas eran familia —padres o hermanos— o amigos leales. Alguien que no te abandonaría. O un empleado del gobierno que tenía la obligación legal de no hacerlo. Algunos sostenían que esos seis minutos se llamaban la Búsqueda, que durante ese tiempo te enfrentabas a las verdaderas profundidades de tu alma. Pero más allá de eso, no había esperanza de sobrevivir.

Al hacer el Ascenso y llegar a ese umbral de regreso a la vida, lleno de nuevo poder, se alcanzaba la inmortalidad, el proceso de envejecimiento se hacía tan lento como el goteo de un glaciar y el cuerpo se convertía en casi indestructible cuando recibía un baño en la luzprístina generada, tan brillante que podía dejar ciego a un ojo no protegido. Al final, cuando los paneles de energía del Centro del Descenso extraían esa luzprístina, lo único que les quedaba para marcar la ocasión era la punta de un alfiler de esa luz en una botella. Un recuerdo bonito.

Estos días, en los que estaban de moda las fiestas de Descenso, los recién inmortales usaban con frecuencia su dosis de luzprístina para hacer recuerdos para regalar a sus amigos. Bryce había planeado hacer varitas luminosas y llaveros que dijeran *¡Besa mi trasero brillante!* A Danika nada más le interesaba hacer vasitos para bebidas.

Bryce guardó con cuidado ese viejo dolor en su pecho cuando vio que Maximus cerraba el folio de un golpe al haber terminado de leer. Un folio igual apareció en su mano y lo acercó a ella sobre la superficie dorada y brillante de la barra.

Bryce miró el cheque que estaba dentro —una suma exorbitante que le daba como si le estuviera pasando un envoltorio de una goma de mascar— y volvió a sonreír. A pesar de que una pequeña parte de ella se sentía mal por el pequeño detalle de que no recibiría nada de su comisión por esta pieza. Ni arte en la galería de Jesiba. El dinero se iba a otra parte.

—Un placer hacer negocios con usted, Sr. Tertian.

Listo. Hecho. Era hora de irse a casa, meterse a la cama y acurrucarse con Syrinx. La mejor forma de celebrar que se le podía ocurrir estos días.

Pero una mano fuerte y pálida aterrizó en el folio.

—¿Te irás tan pronto? —dijo otra vez Maximus con una sonrisa grande—. Sería una lástima que una cosa tan bonita como tú se vaya justo cuando estoy a punto de ordenar una botella de Serat.

El vino espumoso del sur de Valbara más barato costaba unos cien marcos de oro por botella. Y al parecer hacía sentir a imbéciles como él con el derecho de tener compañía femenina.

Bryce le guiñó e intentó levantar el folio con el cheque para meterlo a su bolso.

—Creo que usted será el que se sentirá mal si una cosa tan bonita como yo se va, Sr. Tertian.

Él no quitó la mano del folio.

—Por lo que le pagué a tu jefa, pensaba que este negocio venía con algunas ventajas.

Bueno, tenía que ser un récord: que la confundieran con puta dos veces en un periodo de diez minutos. No sentía ningún desdén por la profesión más vieja del mundo, solamente respeto y a veces compasión, pero que la confundieran con una de ellas conducía a más incidentes desafortunados de lo que a ella le gustaba. Sin embargo, Bryce logró decir con tranquilidad:

—Me temo que tengo otra reunión.

La mano de Maximus se deslizó hasta su muñeca y la sostuvo con suficiente fuerza para demostrar que podría romperle todos los huesos del cuerpo casi con siquiera pensarlo.

Ella se negó a permitir que su olor cambiara al sentir cómo se le hacía un hueco en el estómago. Había tenido que lidiar con esto y cosas peores.

—Quítame la mano de encima, por favor.

Agregó esas últimas dos palabras porque al menos le debía a Jesiba la cortesía de ser amable: una sola vez.

Pero Maximus estudió su cuerpo con todo el privilegio de un macho inmortal.

—A algunos les gusta que sus presas se hagan las difíciles —le volvió a sonreír—. Yo soy uno de ellos. Haré que valga la pena para ti, sabes.

Ella lo miró a los ojos y odió que una pequeña parte de ella quería retroceder. Una parte que lo reconocía como un depredador y a ella como su presa y que tendría suerte de siquiera tener la oportunidad de salir corriendo antes de que se la comiera entera.

—No, gracias.

El entrepiso de la zona VIP se quedó en silencio, la onda de silencio era una señal certera de que un depredador más grande y más agresivo había entrado. Bien.

Tal vez eso distraería al vampiro lo suficiente para que ella pudiera retirar su muñeca. Y el cheque. Jesiba la despellejaría viva si salía sin él.

Y así fue, la mirada de Maximus pasó por arriba de su hombro para posarse en quien fuera que había entrado. Apretó la mano de Bryce. Con la suficiente fuerza para hacerla voltear.

Un hada de cabello oscuro caminó hacia el otro extremo del bar. Mirándola directamente.

Ella intentó no gemir. Y no se refería a un gemido como los que hizo cuando estuvo con el metamorfo de león.

El hada no dejaba de mirarla y el labio superior de Maximus se levantó para mostrar los dientes. Se podían ver los colmillos largos que ardían de ganas por enterrarse en su garganta. Maximus gruñó en advertencia.

—Eres mía.

Las palabras eran tan guturales que ella casi no le entendió.

Bryce suspiró por la nariz al ver que el hada se sentaba en el bar y pedía su bebida a la sílfide de cabello plateado detrás de la barra.

—Es mi primo —dijo Bryce—. Relájate.

El vampiro parpadeó.

—¿Qué?

La sorpresa le costó: soltó un poco la mano y Bryce aprovechó para guardar el folio con el cheque en su bolso y dar un paso atrás. Al menos su ascendencia hada le servía para moverse a toda velocidad cuando era necesario. Alejándose, Bryce ronroneó por encima del hombro:

—Sólo para que lo sepas, yo no le entro a lo posesivo y agresivo.

Maximus volvió a gruñir, pero ya había visto quién era su «primo». No se atrevió a seguirla.

Aunque el mundo pensaba que eran parientes distantes, nadie se metía con los parientes de Ruhn Danaan.

Si hubieran sabido que Ruhn era su hermano (bueno, técnicamente su medio hermano), ningún hombre se le acercaría jamás. Pero por suerte el mundo pensaba que era su primo y ella estaba contenta de dejarlos pensar eso. No sólo por quién era su padre y el secreto que hacía tiempo había jurado mantener. No nada más porque Ruhn era el hijo legítimo, el puto Elegido y ella... no.

Ruhn ya estaba bebiendo su whiskey con esos impresionantes ojos azules fijos en Maximus. Prometiendo la muerte.

Ella sintió algo de ganas de dejar que Ruhn hiciera salir corriendo a Maximus de regreso al castillo de los horrores de su papi, pero había trabajado tanto para cerrar este negocio, había engañado al pendejo para que pagara casi una tercera parte más de lo que valía el busto. Bastaba con que Maximus llamara a su banquero para que ese cheque que traía en la bolsa quedara cancelado.

Así que Bryce fue con Ruhn y lo distrajo por fin del vampiro.

La camiseta negra y jeans negros de su hermano estaban lo suficientemente ajustados para lucir los músculos de hada por los que todo el mundo moría; y que muchos del nivel VIP estaban ahora admirando sin reparo. Las mangas tatuadas en sus brazos dorados, sin embargo, eran tan coloridas y hermosas que molestaban a su padre. Tenía una hilera de argollas en una de las orejas puntiagudas y el cabello negro, lacio y largo, que le llegaba hasta la cintura salvo por uno de los lados afeitados. Todo pintaba un cartel llamativo que anunciaba: *¡Jódete, papá!*

Pero Ruhn seguía siendo un hada. Seguía teniendo cincuenta años más que ella. Seguía siendo un idiota dominante siempre que se lo encontraba a él o a sus amigos. Que era siempre que no podía evitarlo.

—Vaya, vaya, vaya —dijo Bryce.

Le asintió a la cantinera para agradecerle cuando apareció otra agua mineral frente a ella. Dio un trago, hizo un buche con las burbujas para enjuagarse el sabor que le quedaba del león y alfadejo.

—Miren nada más quién decidió dejar de frecuentar clubes de rock para impostores y decidió empezar a juntarse con los chicos populares. Parece que al fin el Elegido está poniéndose al día.

—Siempre se me olvida lo molesta que eres —dijo Ruhn a modo de saludo—. Y no es que te incumba, pero no estoy aquí para festejar.

Bryce estudió a su hermano. No había señal de la Espadastral esta noche y, al mirarlo, más allá de la obvia ascendencia física de la línea Astrogénita, no había mucho que indicara que Luna o la genética lo hubieran designado para conducir a su gente a mayores alturas. Pero habían pasado años desde que habían hablado. Tal vez Ruhn había regresado al grupo. Sería una pena, considerando la mierda que se había suscitado para sacarlo de ahí, para empezar.

Bryce preguntó:

—¿Hay alguna razón para que estés aquí, aparte de arruinar mi noche?

Ruhn resopló.

—Sigues contenta jugando a la secretaria sexy, por lo que veo.

Hijo de puta. Por unos cuantos años habían sido mejores amigos, un dúo dinámico contra el Pendejo Número Uno, es decir, el hada que los había engendrado, pero eso era historia antigua. Ruhn se había encargado de eso.

Ella frunció el entrecejo mientras veía hacia el club lleno de gente, buscando entre la multitud cualquier señal de los dos amigos que iban con Ruhn a todas partes, ambos un fastidio para ella.

—¿Cómo te metiste aquí, a todo esto?

Incluso un príncipe hada tenía que hacer fila en el Cuervo. Algunas veces Bryce se deleitaba de ver a idiotas hadas presumidos siendo rechazados en la puerta.

—Riso es mi amigo —dijo Ruhn—. Jugamos póker los martes en la noche.

Por supuesto que Ruhn había logrado hacerse amigo del dueño del club. Riso era una raza rara de metamorfo de mariposa y lo que le faltaba en tamaño lo compensaba con su pura personalidad, siempre riendo, siempre recorriendo el club y bailando arriba de la multitud. Se alimentaba de su alegría como si fuera néctar. No obstante, era quisquilloso sobre quién entraba a su círculo cercano: le gustaba cultivar grupos de gente *interesante* para que lo entretuvieran. Bryce y Danika nunca habían logrado entrar, pero era probable que Fury estuviera en ese grupo de póker. Qué lástima que Fury no respondiera sus llamadas y que no podría preguntarle.

Ruhn le enseñó los dientes a Maximus cuando el vamp, molesto, avanzó hacia los escalones dorados.

—Riso me llamó hace unos minutos y me dijo que estabas aquí. Con ese imbécil repugnante.

—¿Disculpa?

La voz de Bryce se hizo más clara. No tenía nada que ver con el hecho de que dudaba mucho que el diplomático dueño del club hubiera usado esos términos. Riso era más del tipo de persona que diría, *Está con alguien que podría hacer que la gente dejara de bailar.* Lo cual sería la idea del Averno para Riso.

Ruhn dijo:

—Riso no puede arriesgarse a echar a Tertian de su club; implicó que el pendejo estaba pasándose de listo y que necesitabas apoyo —un brillo puramente depredador apareció en los ojos de su hermano—. ¿No sabes lo que *hace* el padre de Tertian?

Ella sonrió, y supo que su sonrisa no se veía reflejada en sus ojos. Ninguna de sus sonrisas lo hacía en estos días.

—Lo sé —respondió con dulzura.

Ruhn movió la cabeza para manifestar su disgusto. Bryce se acercó para tomar su bebida, cada uno de sus movimientos controlado para evitar echarle el agua en la cara.

—¿No deberías estar en casa? —preguntó Ruhn—. Es un día laboral. Tienes que ir a *trabajar* en seis horas.

—Gracias, mamá —dijo ella.

Pero llegar a casa y quitarse el sostén sí sonaba fantástico. Se había levantado antes del amanecer otra vez, sudorosa y sin aliento, y el día no había mejorado después de eso. Tal vez estaría tan exhausta esta noche que lograría dormir.

Pero cuando Ruhn no hizo ningún ademán por marcharse, Bryce suspiró:

—A ver, ya dímelo.

Tenía que haber otro motivo para que Ruhn se hubiera molestado en venir: siempre lo había, considerando quién los había engendrado.

Ruhn bebió de su trago.

—El Rey del Otoño quiere que mantengas un perfil bajo. La reunión de la Cumbre será en poco más de un mes y quiere asegurarse de que no haya nadie que provoque contratiempos.

—¿Qué tiene que ver la reunión de la Cumbre conmigo?

Estas juntas ocurrían cada diez años, una reunión de los poderes que gobernaban Valbara para debatir los asuntos o políticas que los asteri ordenaban que se aplicaran. Cada territorio de la República tenía su propia reunión de la Cumbre en un calendario rotatorio, así que cada año ocurría una en el mundo, y Bryce le había prestado atención exactamente a cero de ellas.

—El Rey del Otoño quiere que todos aquellos relacionados con las hadas se comporten de la mejor manera posible. Dicen los rumores que los asteri van a enviar a algunos de sus comandantes preferidos y quiere que nosotros parezcamos súbditos buenos y obedientes. Para ser honesto, a mí me importa un carajo, Bryce. Sólo me ordenaron que te dijera que no... te metas en problemas hasta que pase la reunión.

—O sea, que no haga nada que los avergüence.

—Así es —respondió él y dio otro trago—. Y mira, aparte de eso, las cosas siempre se ponen intensas en torno a las reuniones de la Cumbre, así que ten cuidado, ¿está bien? La gente sale de sus escondites para dar a conocer sus intenciones. Tienes que estar alerta.

—No sabía que a papi le importaba mi seguridad.

Nunca antes había mostrado que le importara.

—No le importa —dijo Ruhn. Su boca se cerró en una línea delgada y el aro de plata que atravesaba el labio inferior se acomodó con el movimiento—. Pero yo haré que le importe.

Bryce consideró la rabia que veía en los ojos azules, no iba dirigida a ella. Al parecern, Ruhn todavía no había empezado a acatar órdenes. No se creía la supuesta genialidad de Elegido. Dio otro trago de agua.

—¿Desde cuándo te escucha?

—Bryce. Sólo mantente fuera de problemas, en todos los frentes. Por la razón que sea, esta Cumbre es importante para él. Ha estado nervioso por esto, más allá de la mierda de que todos-tienen-que-portarse-bien —suspiró—. No lo he visto así de inquieto desde hace dos años...

Las palabras desaparecieron cuando se dio cuenta. Pero ella supo a qué se refería. Desde hacía dos años. Desde Danika. Y Connor.

El vaso que tenía en las manos se rompió.

—Calma —murmuró Ruhn—. Calma.

Ella no podía soltar el vaso, no podía hacer que su cuerpo retrocediera de la furia primigenia que subía, subía...

El pesado vaso de cristal explotó en sus manos y el agua salió disparada al otro lado de la barra dorada. La cantinera volteó a verlos rápido pero mantuvo su distancia. Ninguno de los presentes en el bar se atrevió a voltear más de un instante, no al Príncipe Heredero de las hadas de Valbara.

Ruhn tomó la cara de Bryce con la mano.

—Respira, con un carajo.

Esa horrible e inútil mitad hada de Bryce obedeció al dominio de esa orden, por lo que su cuerpo regresó a los instintos que le habían inculcado a pesar de sus intentos por ignorarlos.

Bryce inhaló con fuerza, luego otra vez. El sonido era jadeante, tembloroso.

Pero con cada respiración, la ira que la cegaba fue retrocediendo. Disminuyendo.

Ruhn la miró a los ojos hasta que ella dejó de gruñir, hasta que pudo volver a ver con claridad. Luego le soltó la cara con lentitud y respiró profundo.

—Carajo, Bryce.

Ella se puso de pie con las piernas temblándole y ajustó la correa de su bolso en su hombro, asegurándose antes de que el enorme cheque de Maximus siguiera adentro.

—Mensaje recibido. Me mantendré fuera de problemas y con mi mejor comportamiento hasta la Cumbre.

Ruhn frunció el ceño y se bajó del taburete con la usual gracia de las hadas.

—Déjame acompañarte a casa.

—No necesito que lo hagas.

Además, nadie iba a su departamento. Que en esencia no era siquiera *su* departamento, pero eso no tenía nada que ver. Tan sólo su madre, Randall y a veces Juniper si alguna vez salía del estudio de baile, pero nadie más tenía permiso de entrar. Era su santuario y no quería ningún olor de hada en ninguna parte de su casa.

Pero Ruhn ignoró su negativa, echando una mirada alrededor del bar.

—¿Dónde está tu abrigo?

Ella apretó la mandíbula.

—No traje uno.

—Apenas empezó la primavera.

Ella empezó a caminar para alejarse de él, deseando haber traído botas puestas en vez de tacones.

—Entonces qué bueno que traigo puesto mi suéter de alcohol, ¿no crees?

Era mentira. No había tocado el alcohol en casi dos años.

Pero Ruhn no lo sabía. Ni nadie más.

Él la siguió.

—Eres muy graciosa. Me da gusto que ese dinero para tus colegiaturas estuvo bien gastado.

Ella bajó por las escaleras.

—Al menos fui a la universidad y no me quedé en casa sobre un montón de dinero de papi, jugando videojuegos con mis estúpidos amigos.

Ruhn gruñó, pero Bryce ya estaba a media escalera camino a la pista de baile. Unos momentos más tarde estaba empujando a la gente con los codos, entre las columnas, y después bajó casi volando los últimos escalones hacia el patio cercado por vidrio, todavía flanqueado a ambos lados por los muros de roca originales del templo, y en dirección a las enormes puertas de hierro. No esperó a ver si Ruhn seguía detrás de ella antes de salir. Con una seña rápida se despidió de los cadeneros, medio lobos medio daemonaki, quienes le devolvieron la señal de despedida.

Eran buenos tipos. Hacía años, en las noches más difíciles, siempre se aseguraban de que Bryce se subiera a un taxi. Y de que el conductor supiera exactamente lo que le sucedería si ella no llegaba a su casa en una pieza.

Había avanzado una cuadra cuando sintió que Ruhn empezaba a alcanzarla como una tormenta de temperamento a sus espaldas. No estaba tan cerca para que alguien pudiera pensar que venían juntos, pero lo suficiente como para que todos los sentidos de Bryce estuvieran repletos de su olor, de su molestia.

Al menos eso mantendría a cualquier depredador lejos de ella.

Cuando Bryce llegó al vestíbulo de vidrio y mármol de su edificio, Marrin, el metamorfo osuno detrás del escritorio de la entrada, presionó el botón para abrirle las puertas dobles con un saludo amistoso. Ella hizo una pausa con una mano en las puertas de vidrio y luego miró por encima del hombro hacia el sitio donde estaba recargado Ruhn contra un poste pintado de negro. Él levantó la mano, en una burla de despedida.

Ella le hizo una seña obscena y se metió a su edificio. Un saludo rápido a Marrin, un viaje en el elevador hasta el penthouse cinco pisos arriba y apareció el pequeño pasillo color crema. Suspiró y sintió cómo se hundían sus tacones en el tapete color cobalto que estaba entre su departamento y el del otro lado del pasillo. Abrió su bolso. Encontró sus llaves por el brillo de la esfera de luzprístina que descansaba en el tazón sobre la mesa de madera negra recargada contra la pared y que hacía brillar la orquídea blanca que colgaba encima de ella.

Bryce abrió el cerrojo, primero con la llave, luego con el teclado junto a la perilla. Los pesados cerrojos y hechizos hicieron un poco de ruido al ceder antes de que Bryce entrara al oscuro departamento. El olor a aceite de lila de su difusor la acarició mientras Syrinx aullaba como saludo y exigió de inmediato que lo sacara de su jaula. Pero Bryce se quedó recargada con la espalda en la puerta.

Odiaba saber que Ruhn seguía esperando en la calle, el estúpido Príncipe Heredero de los alfadejos posesivos y agresivos vigilando el enorme muro de ventanas al otro lado de la sala frente a ella, esperando ver que se encendieran las luces.

Sería inevitable que empezara a golpear en su puerta en tres minutos si ella no encendía las luces. Marrin no sería tan tonto como para detenerlo. No a Ruhn Danaan. Nunca había encontrado una puerta cerrada para él, nunca en toda su vida.

Pero ella no estaba de humor para pelear esa batalla. No esta noche.

Bryce encendió el panel de luces junto a la puerta y los pisos de madera clara se iluminaron al igual que el mobiliario blanco y lujoso, los muros blancos a juego. Todo tan impecable como el día que se había mudado aquí, hacía casi dos años, todo muy por arriba de lo que ella podía pagar.

Todo pagado por Danika. Por ese estúpido puto testamento.

Syrinx gruñó y sacudió su jaula. Otro alfadejo posesivo y agresivo. Pero al menos era pequeño y peludo.

Con un suspiro, Bryce se quitó los tacones, al fin se desabrochó el sostén y dejó salir a la pequeña bestia de su jaula.

9

—Por favor.

El gemido del metamorfo macho apenas se alcanzaba a discernir por la sangre que le llenaba la boca, las fosas nasales. Pero lo volvió a intentar.

—Por favor.

La espada de Hunt Athalar goteaba sangre en la alfombra empapada del sucio departamento en los Prados. El visor de su casco también estaba salpicado y manchaba su línea de visión mientras evaluaba al tipo parado frente a él.

Aunque, técnicamente, estaba hincado.

Los amigos del metamorfo estaban tirados en el piso de la sala; uno de ellos todavía con sangre brotándole del muñón del cuello. Su cabeza cercenada estaba sobre el viejo sofá y la cara con la boca abierta había rodado hasta quedar recargada en los cojines planos por los años de uso.

—Te lo diré todo —suplicó sollozando y sosteniendo la herida de su hombro con una mano—. No te lo dijeron todo, pero yo puedo hacerlo.

El terror del macho llenaba la habitación y su olor era más potente que el olor de la sangre, el hedor tan fuerte como orina seca en un callejón.

La mano enguantada de Hunt apretó la espada. El metamorfo notó esto y empezó a temblar. Una mancha más clara que la sangre empezó a formarse en su pantalón.

—Te diré más —insistió otra vez.

Hunt plantó los pies, se apoyó con fuerza en el piso y blandió su espada.

Las vísceras se derramaron en la alfombra con un sonido húmedo. El metamorfo seguía gritando.

Y Hunt continuó trabajando.

Hunt llegó a las barracas del Comitium sin que nadie lo viera.

A esta hora, la ciudad al menos parecía estar dormida. Los cinco edificios que configuraban el complejo del Comitium también. Pero las cámaras que estaban colocadas por todas partes en las barracas de la Legión 33a, la segunda de las torres coronadas por agujas del Comitium, lo veían todo. Lo escuchaban todo.

Los pasillos de loseta blanca estaban en penumbras, no había rastro de la actividad que los llenaría en cuanto llegara el amanecer.

El visor del casco hacía que todo se viera con relieves pronunciados y los receptores de audio captaban sonidos que provenían de detrás de las puertas cerradas a cada lado del pasillo: vigilantes de bajo nivel jugando algún videojuego, haciendo un esfuerzo por mantener sus voces bajas mientras se insultaban unos a otros; una vigilante mujer hablando por teléfono; dos ángeles cogiendo como locos; y varios roncando.

Hunt pasó junto a su propia puerta, pero se dirigió al baño compartido en el centro del largo pasillo, accesible sólo a través de la habitación común. Toda esperanza de regresar sin que lo vieran desapareció al notar una luz dorada escapando por debajo de la puerta cerrada y el sonido de voces del otro lado.

Demasiado cansado, demasiado sucio, Hunt no se molestó en saludar al entrar a la habitación común. Avanzó entre los sillones y sillas hacia el baño.

Naomi estaba echada con las alas abiertas en el sillón verde y desgastado que quedaba frente a la televisión. Viktoria estaba sentada en un sillón individual a su lado, viendo las noticias deportivas del día, y al otro lado del sillón estaba Justinian, todavía vestido con su armadura negra de legionario.

La conversación se detuvo cuando entró Hunt.

—Hola —dijo Naomi con su trenza negra como tinta colgando de su hombro. Estaba vestida con su ropa negra habitual, la ropa negra habitual de los triarii, aunque no había rastro de sus impresionantes armas ni de sus fundas.

Viktoria pareció conformarse con que Hunt pasara sin saludar. Por eso le agradaba la espectro más que casi cualquier otra persona en el círculo interno de guerreros de Micah Domitus. Le agradaba desde aquellos primeros días en la 18va, cuando ella era una de los pocos vanir no-ángeles en unirse a su causa. Vik nunca presionaba cuando Hunt no quería ser molestado. Pero Justinian...

El ángel olfateó la sangre de la ropa de Hunt, de sus armas. Todas las diferentes personas a quienes pertenecía. Justinian silbó.

—Estás muy enfermito, ¿sabías?

Hunt continuó su camino hacia la puerta del baño. Sus relámpagos apenas vibraron un poco en su interior.

Justinian continuó.

—Una pistola hubiera sido mucho más limpia.

—Micah no quería una pistola para esto —dijo Hunt con la voz hueca incluso para sus propios oídos. Así había sido durante siglos ya; pero esta noche, estas personas que había matado, lo que habían hecho para ganarse la ira del arcángel...—. No merecían una pistola —corrigió. Ni el golpe veloz de sus relámpagos.

—Yo no quiero ni saber —gruñó Naomi y subió el volumen de la televisión. Apuntó el control remoto hacia Justinian, el más joven de los triarii—. Y tú tampoco, así que cállate.

No, en realidad no querían saber.

Naomi —la única entre los triarii que no era Caída— le dijo a Hunt:

—Isaiah me contó que Micah quiere que ustedes dos jueguen al investigador mañana por algo que pasó en la Vieja Plaza. Dice Isaiah que te va a llamar después del desayuno para darte más detalles.

Él apenas registró las palabras. Isaiah. Mañana. Vieja Plaza.

Justinian resopló.

—Buena suerte, hombre —bebió de su cerveza—. Yo odio la Vieja Plaza, son puros tarados de la universidad y turistas raros.

Naomi y Viktoria gruñeron para indicar que compartían su opinión.

Hunt no les preguntó por qué estaban despiertos, ni dónde estaba Isaiah, dado que no podía darle el mensaje en persona. El ángel quizá estaría con el macho apuesto en turno.

Como Comandante de la 33a, adquirido por Micah para apoyar las defensas de Ciudad Medialuna, Isaiah disfrutaba cada segundo en este lugar desde que había llegado hacía más de una década. En cuatro años, Hunt no había visto cuál era el atractivo de la ciudad aparte de ser una versión más limpia y más organizada de cualquier otra metrópolis de Pangera, con calles rectas en vez de ser curvas sinuosas que con frecuencia cambiaban de dirección totalmente, como si no tuvieran ninguna prisa en llegar a algún lado.

Pero al menos no era Ravilis. Y al menos los gobernaba Micah, no Sandriel.

Sandriel era la arcángel y gobernadora del cuadrante noroeste de Pangera, así como la dueña anterior de Hunt antes de que Micah intercambiara con ella porque éste quería que Hunt limpiara Ciudad Medialuna de todos sus enemigos. Sandriel, la hermana gemela de su amante muerta.

Los documentos formales establecían que las obligaciones de Hunt incluirían rastrear y eliminar cualquier demonio suelto. Pero considerando que ese tipo de desastres nada más ocurrían una o dos veces al año, era más que obvio por qué había sido comprado. Fue el responsable de la mayoría de los asesinatos de Sandriel, la arcángel que tenía el mismo rostro que su amada, durante los cincuenta y tres años que fue su propiedad.

Era algo raro, que ambas hermanas tuvieran un título de arcángel y el poder que implicaba. Eran un buen presagio, pensaba la gente. Hasta que Shahar —hasta que Hunt al mando de sus fuerzas— se había rebelado en contra de todo lo que representaban los ángeles. Y había traicionado a su hermana en el proceso.

Sandriel era la tercera dueña de Hunt después de la derrota en monte Hermon y había sido lo bastante arrogante para pensar que a pesar de que ninguna de las dos arcángeles anteriores a ella lo había logrado, ella sería la que lograría romperlo. Primero en su espectáculo de terror en los calabozos. Luego en su arena bañada en sangre en el corazón de Ravilis, donde lo enfrentó contra guerreros que nunca tuvieron una oportunidad de defenderse. Luego ordenándole que hiciera lo que hacía mejor: meterse a una habitación y terminar con vidas. Una tras otra tras otra, año tras año, década tras década.

Sandriel sin duda tenía motivos para querer romperlo. Durante esa batalla demasiado corta en Hermon, Hunt fue el encargado de diezmar sus fuerzas. Sus relámpagos habían convertido a soldado tras soldado en cascarones carbonizados antes de poder siquiera desenvainar sus espadas. Sandriel era el objetivo principal de Shahar y le ordenó a Hunt eliminarla. Por el medio que fuera necesario.

Y Shahar tenía motivos para ir en contra de su hermana. Sus padres fueron ambos arcángeles cuyos títulos pasaron a sus hijas incluso después de que un asesino había logrado de alguna manera hacerlos pedazos.

Nunca olvidaría la teoría de Shahar: que Sandriel había matado a sus padres e inculpado al asesino. Que lo había hecho por ella misma y su hermana, para que pudieran gobernar sin *interferencia.* Nunca tuvieron las pruebas para acusar a Sandriel del asesinato, pero Shahar lo creyó hasta el día de su muerte.

Como consecuencia, Shahar, la Estrella Diurna, se había rebelado en contra de los demás arcángeles y los asteri. Quería un mundo libre de las jerarquías rígidas, sí, y hubiera llevado su rebelión hasta el palacio de cristal de los asteri si hubiera tenido éxito. Pero también quería que su hermana pagara. Así que había liberado a Hunt.

Tontos. Todos habían sido unos tontos.

Daba igual si él admitía su descuido. Sandriel creía que él había influido para atraer a su gemela a la rebelión, que *él* había puesto a Shahar en su contra. Que, de alguna manera, cuando desenfundaron sus armas para pelear hermana contra hermana, prácticamente idénticas en rostro, complexión y técnica de pelea que era como ver a alguien luchar contra su reflejo, era *su puta culpa* que la pelea hubiera terminado con una de ellas muerta.

Al menos Micah le había ofrecido la oportunidad de redimirse. De probar su completa lealtad y sumisión a los arcángeles, al imperio, y luego un día lograr que le quitaran el halo. En décadas, tal vez siglos, pero considerando que los ángeles más viejos vivían hasta casi los ochocientos años... tal vez podría volver a ganarse su libertad a tiempo para envejecer. Podría morir libre.

Micah le había ofrecido a Hunt esto desde el primer día que llegó a Ciudad Medialuna, hacía cuatro años: un asesinato por cada vida que hubiera tomado aquel sangriento día en monte Hermon. Debería pagar cada ángel que hubiera matado en esa funesta batalla. En la forma de más muerte. *Una muerte por una muerte* había dicho Micah. *Cuando pagues la deuda, Athalar, discutiremos retirar el tatuaje de tu frente.*

Hunt nunca supo cuál era la cuenta, cuántos había matado aquel día. Pero Micah, que había estado en el campo de batalla, que había observado cuando Shahar cayó a manos de su hermana gemela, tenía la lista. Tuvieron que pagar comisiones por cada uno de los legionarios. Hunt había estado a punto de preguntar cómo habían podido determinar cuáles de los ataques mortales se debían a su espada y no la de alguien más, cuando vio la cifra.

Dos mil doscientos diecisiete.

Era imposible que él personalmente hubiera matado a tantos en una batalla. Sí, había usado sus relámpagos; sí, había hecho explotar unidades enteras, pero... ¿tantos?

Se quedó con la boca abierta. *Tú eras el general de Shahar,* dijo Micah. *Tú eras el comandante de la 18va. Así que tú pagarás, Athalar, no sólo por las vidas que tú extinguiste sino también por las que se llevó tu legión de traidores.* Ante el silencio de Hunt, Micah agregó: *Esto no es una tarea imposible. Algunas de mis misiones contarán por más de una vida. Compórtate, obedece y podrás llegar a este número.*

Durante ya cuatro años se había comportado. Había obedecido. Y esta noche llegaba a un gran total de putos ochenta y dos.

Era lo mejor que podía esperar. Era para lo que trabajaba. Ningún otro arcángel le había ofrecido siquiera la oportunidad. Era por lo cual hizo todo lo que Micah le ordenó hacer esta noche. Por lo que todos sus pensamientos se sentían distantes, su cuerpo se distanciaba de él, su cabeza estaba llena de un rugido apagado.

Micah era un arcángel. Un gobernador designado por los asteri. Era rey entre los ángeles, una ley en sí mismo, en especial en Valbara, que estaba tan lejos de las siete colinas de la Ciudad Eterna. Si él consideraba que alguien era una amenaza o necesitaba justicia, entonces no habría ni investigación ni juicio.

Sólo sus órdenes. Por lo general, dirigidas a Hunt.

Llegaban en la forma de un expediente al buzón de las barracas con la cresta imperial al frente. No mencionaba ni su nombre. Nada más *SPQM* y las siete estrellas rodeando las letras.

El expediente contenía todo lo que necesitaba: nombres, fechas, delitos y una línea de tiempo para que Hunt hiciera lo que hacía mejor. Además de cualquier petición especial de Micah acerca del método a emplearse.

Esta noche había sido bastante sencilla: sin pistolas. Hunt comprendió la orden implícita: hazlos sufrir. Así que eso hizo.

—Hay una cerveza con tu nombre para cuando salgas —dijo Viktoria y sus miradas se cruzaron a pesar de que Hunt todavía traía puesto el casco. Era sólo una invitación informal y desenfadada.

Hunt continuó su camino hacia el baño. Las lucesprístinas empezaron a encenderse cuando él cruzó por la puerta y se acercó a una de las duchas. Abrió el agua lo más caliente posible antes de caminar de regreso a la hilera de lavabos de pedestal.

En el espejo sobre uno de ellos, el ser que le devolvía la mirada era tan malo como un segador. Peor.

Tenía sangre salpicada en el casco, justo encima de la cara de la calavera pintada de plateado. Brillaba ligeramente sobre las escamas intrincadas de cuero de su traje de batalla, en sus guantes negros, en las espadas gemelas que se asomaban detrás de sus hombros. Tenía gotas de sangre hasta en las alas grises.

Hunt se quitó el casco y se apoyó con las manos en el lavabo.

Bajo las lucesprístinas intensas del baño, su piel morena clara se veía pálida y contrastaba con la banda de espinas negras que le atravesaban la frente. El tatuaje... con ése ya había aprendido a vivir. Pero le repelía la mirada de sus ojos oscuros. Vidriosa. Vacía. Como estar mirando dentro del Averno.

Orión lo había llamado su madre. Cazador. Hunter. Dudaba que su madre lo hubiera hecho, lo hubiera llamado Hunt, con cariño, si hubiera sabido en lo que se convertiría.

Hunt miró donde sus guantes habían dejado marcas rojas en el lavabo de porcelana.

Se quitó los guantes con un tirón brutal y eficiente y luego se dirigió a la ducha que ya estaba a una temperatura casi ardiente. Se quitó las armas y luego el traje de batalla y continuó dejando marcas sangrientas en la loseta.

Hunt se paró debajo del chorro de agua y se sometió a su ardiente e implacable ataque.

10

Eran apenas las diez de la mañana y el martes ya se había ido a la mierda.

Con una sonrisa forzada en el rostro, Bryce esperó junto a su escritorio de palo fierro en la sala de exhibiciones de la galería mientras la pareja de hadas veía el lugar.

Un sonido elegante de violines se escuchaba por las bocinas ocultas en el espacio de doble altura recubierto de madera. Era el movimiento inicial de una sinfonía que ella encendió en cuanto sonó el timbre. A juzgar por la vestimenta de la pareja —ella con una falda marrón plisada y blusa de seda blanca, él con un traje gris— dudaba que apreciaran el bajo rítmico de su mezcla matutina para hacer ejercicio.

Pero habían estado viendo el arte ya por diez minutos, lo cual era suficiente tiempo para que ella se acercara amable a preguntar.

—¿Están buscando algo en particular o sólo están viendo?

El hombre hada rubio, que aparentaba más edad de lo habitual para su especie, hizo un ademán que indicaba que no y condujo a su compañera al exhibidor más cercano: un relieve de mármol parcial de las ruinas de Morrah, obtenido de un templo destrozado. La pieza era más o menos del tamaño de una mesa de centro y un hipocampo encabritado llenaba casi todo el espacio. Hace muchos años, las criaturas mitad caballo, mitad pez habían vivido en las aguas cerúleas del mar Rhagan en Pangera hasta que las guerras antiguas habían terminado con ellos.

—Sólo viendo —respondió el hada con frialdad y su mano se detuvo en la delgada espalda de su acompañante mientras estudiaban las olas talladas con detalle preciso, era sorprendente.

Bryce se obligó a sonreír de nuevo.

—Tómense su tiempo. Estoy a sus órdenes.

La mujer hada asintió para dar las gracias, pero él hizo un gesto desdeñoso para desestimar su pregunta. Su compañera frunció el ceño con desagrado.

El silencio en la pequeña galería se volvió palpable.

Bryce había deducido desde el momento en que entraron por la puerta que el hada estaba aquí para impresionar a su acompañante, ya fuera comprando algo ridículamente costoso o fingiendo que podría. Tal vez era una pareja arreglada y estaban probando las aguas antes de comprometerse más.

Si Bryce hubiera sido hada de sangre pura, si su padre la hubiera reconocido como su hija, tal vez habría tenido que pasar por algo similar. Ruhn, en especial con su estatus de Astrogénito, algún día tendría que someterse a un matrimonio arreglado, cuando una joven considerada adecuada para continuar su preciado linaje real apareciera.

Ruhn podría tener unos cuantos hijos antes, pero no serían reconocidos como realeza a menos de que su padre eligiera ese camino. A menos que ellos lo *merecieran*.

La pareja de hadas pasó junto al mosaico del patio del alguna vez majestuoso palacio Altium y luego estudiaron la intrincada caja de jade que había pertenecido a una princesa en una tierra lejana del norte.

Jesiba se encargaba de la mayoría de sus adquisiciones de arte y por eso solía estar fuera con tanta frecuencia, pero Bryce misma había rastreado y comprado varias piezas. Para luego revenderlas por una considerable ganancia.

La pareja había llegado a un par de estatuas de fertilidad de Setmek cuando volvió a sonar el timbre de la entrada.

Bryce miró el reloj en su escritorio. Todavía faltaban tres horas para la cita con el cliente de la tarde. Tener varias personas viendo la galería era algo excepcional por los notables precios tan elevados del arte en este lugar, pero tal vez tendría suerte y vendería algo hoy.

—Disculpen —murmuró Bryce. Pasó agachándose junto al enorme escritorio y abrió la pantalla para ver la transmisión de la cámara exterior en la computadora. Apenas había presionado el icono cuando volvió a sonar el timbre.

Bryce vio quién estaba en la acera y se quedó congelada. Este martes de verdad ya se había jodido.

La fachada del edificio de arenisca de dos pisos, ubicado a una cuadra del río Istros, no tenía ventanas. Apenas una placa de bronce a la derecha de la pesada puerta de hierro le indicaba a Hunt Athalar que era un negocio.

El letrero de *Antigüedades Griffin* estaba labrado con letras gruesas y arcaicas, las palabras adornadas debajo con un par de ojos de búho, como desafiando a los compradores a entrar. Un interfono con un botón de bronce a juego estaba debajo.

Isaiah, con su traje y corbata de costumbre, había estado viendo el interfono tanto tiempo que al fin Hunt intervino con su voz lenta:

—No tiene ningún hechizo, lo sabes.

A pesar de la identidad de su dueña.

Isaiah lo miró de reojo y se ajustó la corbata.

—Debí haber bebido una segunda taza de café —murmuró antes de presionar el botón metálico con un dedo. Se alcanzó a escuchar un zumbido débil desde el otro lado de la puerta.

Nadie abrió.

Hunt observó el exterior del edificio en busca de una cámara oculta. No vio ningún rastro. La más cercana, de hecho, estaba montada en la puerta de cromo del refugio antibombas a media cuadra de distancia.

Hunt volvió a fijarse en la fachada de arenisca. No era posible que Jesiba Roga no tuviera cámaras cubriendo cada centímetro del lugar, tanto dentro como fuera.

Hunt dejó salir un chispazo de su poder, una pequeña lengüeta de relámpago para comprobar si había campos energéticos.

Casi invisible en la mañana soleada, el relámpago rebotó en un encantamiento que cubría la roca, el cemento, la puerta. Era un hechizo frío y astuto que parecía reírse con delicadeza de cualquier intento por entrar.

Hunt murmuró:

—Roga no se anda con rodeos, ¿verdad?

Isaiah volvió a presionar el timbre, con más fuerza de la necesaria. Tenían sus órdenes: tan urgentes que hasta Isaiah, a pesar de la falta de café, estaba más impaciente de lo normal.

Aunque también podría deberse al hecho de que Isaiah había estado trabajando fuera hasta las cuatro de la mañana. Hunt no le había preguntado al respecto. Había escuchado a Naomi y a Justinian hablando de algo en la habitación común y se estaban preguntando si este nuevo novio significaría que al fin Isaiah estaba olvidando el pasado.

Hunt no se molestó en decirles que no había puta manera. No cuando Isaiah obedecía a Micah solamente por el generoso salario semanal que Micah les daba a todos, cuando la ley establecía que los esclavos no merecían un salario. El dinero que Isaiah había acumulado podría comprar la libertad de alguien más. Así como la mierda que hacía Hunt para Micah servía para comprar la propia.

Isaiah tocó el timbre una tercera vez.

—Tal vez no esté.

—Aquí está —dijo Hunt. El olor de ella había permanecido en la acera, lila y nuez moscada y algo que no podía reconocer del todo, como el brillo de las primeras estrellas al anochecer.

Dicho y hecho, un momento después, una voz femenina y sedosa que sin dudarlo no pertenecía a la dueña de la galería se escuchó por la bocina del interfono.

—No ordené ninguna pizza.

A pesar de que intentó suprimirla, a pesar del reloj mental que seguía contando los segundos, Hunt soltó una risotada.

Isaiah reacomodó sus alas blancas, se esforzó por dibujar una sonrisa encantadora en su rostro y le habló al interfono.

—Somos de la 33a Legión. Estamos aquí para ver a Bryce Quinlan.

La voz se hizo más cortante.

—Estoy con unos clientes. Regresen más tarde.

Hunt estaba seguro de que «regresen más tarde» quería decir «váyanse al carajo».

La sonrisa encantadora de Isaiah se notaba un poco más forzada.

—Esto es un asunto urgente, señorita Quinlan.

Un murmullo suave.

—Lo siento, pero tendrán que hacer una cita. ¿Les queda bien en... tres semanas? Tengo libre el veintiocho de abril. Los puedo apuntar para el mediodía.

Bueno, no se podía negar que tenía huevos, pensó Hunt.

Isaiah adoptó una posición más firme. Era la posición típica de pelea de la legión, algo que les habían enseñado a fuerza de sangre y golpes desde sus primeros días como soldados de infantería.

—Me temo que necesitamos hablar en este momento..

No recibieron respuesta. Como si simplemente se hubiera alejado del interfono.

El gruñido de Hunt hizo que el pobre fauno que venía caminando a sus espaldas saliera corriendo por la calle. Sus pezuñas delicadas iban haciendo sonidos fuertes en el empedrado.

—Es una chica fiestera y mimada. ¿Qué esperabas?

—No es estúpida, Hunt —lo contradijo Isaiah.

—Todo lo que he visto y oído me indica lo contrario.

Lo que había visto cuando hojeó su expediente hacía dos años, combinado con lo que había leído esa mañana y las fotografías que había revisado, le pintaba un retrato que le decía con precisión cómo se daría la reunión de esta mañana. Era una pena para ella que las cosas estaban a punto de ponerse mucho más serias.

Hunt movió la barbilla hacia la puerta.

—Veamos si siquiera hay un cliente ahí dentro.

Caminó al otro lado de la calle y se recargó en un automóvil azul que estaba ahí estacionado. Algún borracho había utilizado el cofre como lienzo para pintar con aerosol un pene gigante e innecesariamente detallado... con alas. Supo que era una burla del logo de la 33a con su espada alada. O tal vez el logo reducido a su verdadero significado.

Isaiah también lo vio y rio un poco cuando siguió a Hunt y se recargó en el auto.

Pasó un minuto. Hunt no se movió ni un centímetro. No apartó la mirada de la puerta de hierro. Tenía mejores cosas que hacer con su día que ponerse a jugar jueguitos con una niñita mimada, pero las órdenes eran órdenes. Después de cinco minutos, un sedán negro brillante se acercó y la puerta de hierro se abrió.

El conductor hada del automóvil, que valía más de lo que la mayoría de las familias humanas verían en toda su vida, salió del auto. En un parpadeo llegó al otro lado del vehículo y abrió la puerta trasera del pasajero. De la galería salieron dos hadas, un hombre y una mujer. Cada respiración de la hermosa mujer irradiaba la seguridad natural adquirida a través de una vida de riqueza y privilegios.

Alrededor de su cuello delgado había una hilera de diamantes, cada uno del tamaño de la uña de Hunt. Valía lo mismo que el automóvil, o más. El hombre se metió al sedán con el rostro tenso y azotó la puerta antes de que el chofer la pudiera cerrar por él. La mujer adinerada sólo se apresuró por la calle, con el teléfono al oído, quejándose con quien estuviera al otro lado de la línea *No más citas a ciegas, por el amor de Urd.*

La atención de Hunt regresó a la puerta de la galería donde estaba una mujer de curvas pronunciadas y cabello rojo.

Hasta que el automóvil dio vuelta en la esquina Bryce dirigió su mirada hacia ellos.

Inclinó la cabeza y una cortina de su cabello sedoso se deslizó sobre el hombro de su vestido blanco entallado. Luego sonrió de oreja a oreja. Les hizo una señal de saludo con la mano. El delicado amuleto dorado alrededor de su cuello reflejaba la luz.

Hunt se separó del vehículo estacionado y avanzó hacia ella. Sus alas grises se abrieron ampliamente.

Un destello de los ojos color ámbar de Bryce indicó que había visto a Hunt desde su tatuaje hasta las puntas de sus botas agresivas. Su sonrisa se hizo más grande.

—Nos vemos en tres semanas —dijo con alegría y azotó la puerta.

Hunt cruzó lo que quedaba de calle en un par de pasos. Un auto se detuvo con un rechinar de neumáticos, pero el conductor no era tan estúpido como para hacer sonar su bocina. No en ese momento que podía ver los relámpagos envolviendo el puño de Hunt cuando golpeaba el botón del interfono.

—No me hagas perder el puto tiempo, Quinlan.

Isaiah dejó que pasara el conductor casi histérico antes de llegar al lado de Hunt. Entrecerró sus ojos color marrón. Pero Bryce respondió con dulzura.

—A mi jefa no le gusta que haya legionarios en su tienda. Lo siento.

Hunt golpeó la puerta de hierro con el puño. El mismo golpe hubiera destrozado automóviles, roto paredes y astillado huesos. Y eso sin la ayuda de la tormenta que recorría sus venas. El hierro ni siquiera vibró; el relámpago rebotó en él.

Al Averno con las amenazas, entonces. Iría a la yugular, tan profundo y certero como cualquiera de sus habilidades físicas. Así que Hunt dijo al interfono:

—Estamos aquí para hablar de un asesinato.

Isaiah se encogió un poco y miró a su alrededor para confirmar si alguien más habría oído.

Hunt se cruzó de brazos y el silencio se difundió.

Luego la puerta de hierro hizo un pequeño ruido, se escuchó un clic y se abrió unos cuantos centímetros.

Justo en el puto blanco.

A Hunt le tomó un instante ajustar su vista al entrar de la luz del sol al interior más oscuro y aprovechó ese primer paso dentro de la galería para registrar todos los ángulos y salidas y detalles.

Los pisos estaban cubiertos con una alfombra gruesa color verde pino que iba de pared a pared, todo recubierto de madera, en la sala de exhibición de dos pisos. Había nichos con exposiciones de arte con iluminación tenue en todos los extremos de la habitación: trozos de frescos antiguos, pinturas y estatuas de vanir tan extrañas y poco comunes que ni siquiera Hunt conocía sus nombres.

Bryce Quinlan estaba recargada en el gran escritorio de palo fierro situado en el centro del espacio, su vestido blanco como la nieve ajustado a cada curva generosa.

Hunt sonrió con tranquilidad y mostró todos sus dientes.

Esperó: el momento en que se diera cuenta de quién era. Esperó a que ella retrocediera un poco, que buscara el botón de pánico o la pistola o lo que fuera que pensaba la salvaría de alguien como él.

Pero tal vez era estúpida, después de todo, porque la sonrisa que le esbozó no era salvo fingida en extremo. Distraída, golpeteaba la superficie de madera con sus uñas rojas

—Tienen quince minutos.

Hunt no le dijo que esta junta quizá tardaría mucho más que eso.

Isaiah se dio la vuelta para cerrar la puerta, pero Hunt sabía que ya estaba cerrada. Al igual que sabía, gracias a la inteligencia recopilada por la legión a lo largo de los años, que la pequeña puerta de madera detrás del escritorio llevaba a la oficina de Jesiba Roga, donde una ventana interna de piso a techo tenía vista a la sala de exhibición donde estaban, y que la simple puerta de hierro a su derecha llevaba a otro piso lleno de cosas que los legionarios no se suponía que debieran encontrar. Los hechizos colocados en esas dos puertas tal vez eran más fuertes que los del exterior.

Isaiah dejó escapar uno de sus suspiros sufridos.

—Anoche hubo un asesinato en las afueras del Mercado de Carne. Creemos que conocías a la víctima.

Hunt registró todas las reacciones que pasaron por el rostro de Bryce, quien se mantenía sobre el borde del escritorio: cómo se abrieron sus ojos de manera casi imperceptible, la pausa que hizo con las uñas, el parpadeo que sugería que tenía una lista corta de posibles víctimas y ninguna de las opciones era buena.

—¿Quién? —fue lo único que dijo con voz tranquila.

El difusor cónico al lado de la computadora liberaba vapor que flotaba a su lado con el olor brillante y limpio de la menta. Por supuesto que ella era una de esas conversas de la aromaterapia, engañada para que diera sus marcos a cambio de la promesa de sentirse más feliz, o de ser mejor en la cama, o de conseguir otro medio cerebro que hiciera juego con la mitad que ya tenía.

—Maximus Tertian —le respondió Isaiah—. Tenemos informes de que tuviste una junta con él en el entrepiso VIP del Cuervo Blanco dos horas antes de su muerte.

Hunt podría haber jurado que los hombros de Bryce se relajaron un poco.

—Maximus Tertian está muerto —dijo ella. Ellos asintieron y Bryce ladeó la cabeza—. ¿Quién lo hizo?

—Eso es lo que estamos intentando averiguar —dijo Isaiah con tono neutro.

Hunt había oído hablar de Tertian, un patán vamp que no aceptaba un no como respuesta y cuyo padre rico y sádico le había enseñado bien. Y lo protegía de cualquier consecuencia de su atroz comportamiento. Si Hunt era honesto, Midgard estaba mejor sin él. Excepto por el dolor de cabeza que ahora tendrían que soportar cuando el padre de Tertian se enterara de que su hijo favorito había sido asesinado... La junta de hoy sería apenas el comienzo.

Isaiah continuó:

—Tal vez fuiste de las últimas personas en verlo con vida. ¿Nos puedes decir paso a paso cómo fue tu encuentro con él? Cualquier detalle es importante.

Bryce miró a los dos.

—¿Ésta es su manera de intentar averiguar si yo lo maté?

Hunt sonrió ligeramente.

—No pareces demasiado afectada por la muerte de Tertian.

Los ojos color ámbar se deslizaron hacia él con un destello de irritación.

Lo admitiría: muchos machos harían cosas execrables por alguien con su apariencia.

En alguna ocasión, él había hecho ese tipo de cosas por Shahar. Ahora tenía el halo tatuado en la frente y el tatuaje de esclavo en la muñeca por ese motivo. Sintió una presión en el pecho.

Bryce dijo:

—Estoy segura de que alguien ya les dijo que Maximus y yo nos separamos enojados. Nos reunimos para cerrar un negocio de la galería y cuando terminamos, pensó que tenía derecho a un poco de... tiempo personal conmigo.

Hunt la entendía a la perfección. Se alineaba con todo lo que había escuchado sobre Tertian y su padre. También le daba una buena cantidad de motivo.

Bryce continuó:

—No sé dónde fue después del Cuervo. Si lo mataron en las afueras del Mercado de Carne, asumo que se dirigía hacia allá para comprar lo que quería de mí.

Palabras frías y agudas.

La expresión de Isaiah se endureció.

—¿El comportamiento de anoche fue distinto al que tuvo en otras reuniones?

—Sólo interactuamos a través de correos electrónicos y por teléfono, pero yo diría que no. La de anoche fue nuestra primera reunión en persona y actuó tal como su comportamiento previo indicaría.

Hunt preguntó:

—¿Por qué no se reunieron aquí? ¿Por qué en el Cuervo?

—A él le parecía emocionante actuar como si nuestro negocio fuera secreto. Dijo que no confiaba que mi jefa no estuviera grabando la reunión, pero en realidad sólo quería que la gente lo notara, que lo vieran haciendo negocios. Tuve que darle los documentos en un folio de las cuentas del lugar y él lo intercambió por el suyo, ese tipo de cosas —miró a los ojos a Hunt—. ¿Cómo murió?

La pregunta era directa y no sonrió ni parpadeó. Era una chica acostumbrada a que le respondieran, que la obedecieran, que hicieran su voluntad. Sus padres no eran adinerados, o eso decía su expediente, pero su departamento a quince cuadras de distancia sugería una riqueza exorbitante. Por este trabajo o por alguna otra cosa oculta que se le había escapado hasta a los legionarios más observadores.

Isaiah suspiró.

—Esos detalles están clasificados.

Ella negó con la cabeza.

—No puedo ayudarles. Tertian y yo hicimos el negocio, se pasó de listo y se fue.

Todos los fragmentos de video y los informes de los testigos oculares del Cuervo confirmaban esta información. Pero no estaban ahí por eso. Habían ido ahí por otra razón.

Isaiah dijo:

—¿Y cuándo se presentó el príncipe Ruhn Danaan?

—Si ya lo saben todo, ¿para qué se molestan en hablar conmigo? —no esperó que le dieran una respuesta y continuó—. Saben, ustedes ni siquiera me dijeron sus nombres.

Hunt no podía leer su expresión, el lenguaje corporal relajado. No habían iniciado contacto desde aquella noche en el centro de detención de la legión, y ese día ninguno de ellos se había presentado. ¿Siquiera habría registrado sus rostros en su estupor lleno de drogas?

Isaiah se acomodó las impecables alas blancas.

—Yo soy Isaiah Tiberian, comandante de la 33a Legión Imperial. Él es Hunt Athalar, mi...

Isaiah titubeó, como si se diera cuenta de que hacía muchísimo tiempo no habían tenido que presentarse con alguna especie de rango. Entonces Hunt le hizo un favor a Isaiah y completó:

—Su mano derecha.

Si Isaiah estaba sorprendido de escucharlo, su rostro tranquilo de niño bonito no lo delató. Isaiah era, en esencia y conjunto, su superior en los triarii y en la 33a, aunque la mierda que Hunt hacía para Micah causaba que respondiera directamente al gobernador.

A pesar de todo, Isaiah nunca mencionaba el rango. Como si recordara aquellos días antes de la Caída y quién había estado al mando entonces.

Como si eso siquiera importara ahora un carajo.

No, lo único que importaba de toda esta mierda era que Isaiah había matado al menos a tres docenas de Legionarios Imperiales aquel día en monte Hermon. Y Hunt ahora llevaba la carga de pagar todas y cada una de esas vidas a la República. Para cumplir con el trato que hizo con Micah.

Los ojos de Bryce se fijaron un instante en sus frentes, en los tatuajes que ahí lucían. Hunt se preparó para el comentario burlón, para cualquiera de los comentarios estúpidos que la gente todavía hacía sobre la Legión Caída y su rebelión fracasada. Pero ella se limitó a decir:

—Entonces... ¿ustedes dos investigan delitos juntos? Pensé que eso era el terreno del Auxiliar. ¿No tienen mejores cosas que hacer en la 33a que jugar a los amiguitos policías?

Isaiah, al parecer nada divertido al ver que había una persona en la ciudad que no se postraba a sus pies, dijo con un poco de rigidez:

—¿Alguien puede confirmar dónde estabas después de salir del Cuervo Blanco?

Bryce le sostuvo la mirada a Isaiah. Luego miró a Hunt de reojo. Y él seguía sin poder leer la máscara de aburrimiento de su cara cuando se levantó del escritorio y dio unos pasos deliberados hacia ellos antes de cruzarse de brazos.

—Nada más mi portero... y Ruhn Danaan, pero eso ya lo sabían.

Cómo alguien podía caminar con unos tacones de ese tamaño le intrigaba. Cómo alguien podía respirar en un vestido así de ajustado también era un misterio. Era lo suficientemente largo como para cubrir el área del muslo donde tendría la cicatriz de aquella noche hacía dos años; es decir, en dado caso de que no le hubiera pagado a una medibruja para que se la borrara. Para alguien que era claramente se tomaba la molestia de vestirse bien, no dudaba que se lo hubiera mandado quitar de inmediato.

A las chicas fiesteras no les gustaban las cicatrices que afectaban cómo se veían en traje de baño.

Las alas blancas de Isaiah se reacomodaron.

—¿Dirías que Ruhn Danaan es un amigo?

Bryce se encogió de hombros.

—Es un primo lejano.

Pero al parecer estaba tan interesado como para entrar sin invitación a la sala de interrogatorios hace dos años. Y luego había estado en el bar VIP anoche. Si era así de protector con Quinlan, eso quizá sería un muy buen motivo. Aunque Ruhn y su padre convertirían el interrogatorio en una pesadilla.

Bryce sonrió con agudeza, como si también recordara ese dato.

—Que se diviertan hablando con él.

Hunt apretó la mandíbula, pero ella empezó a caminar hacia la puerta principal, ondeando la cadera como si supiera con precisión lo espectacular que era su trasero.

—Un momento, señorita Quinlan —dijo Isaiah. La voz del comandante era tranquila pero autoritaria.

Hunt ocultó su sonrisa. Ver a Isaiah enojado siempre era un buen espectáculo. Siempre y cuando no fuera en contra de uno.

Quinlan todavía desconocía esto cuando miró por encima de su hombro.

—¿Sí?

Hunt la miró cuando Isaiah al fin pronunció la verdadera razón de su pequeña visita.

—No nos enviaron aquí nada más para preguntarte dónde habías estado.

Ella hizo un ademán hacia la galería.

—¿Quieren comprar algo bonito para el gobernador?

Hunt esbozó una sonrisa

—Es curioso que lo menciones. Viene en camino en este momento.

Un parpadeo lento. De nuevo, no había rastro ni olor de miedo.

—¿Por qué?

—Micah nos dijo que consiguiéramos información sobre ti de anoche que nos aseguráramos de que estuvieras disponible y que tuvieras a tu jefa en la línea.

Dada la poca frecuencia con la que Hunt debía participar en las investigaciones, le sorprendió mucho recibir esa orden. Pero considerando que él e Isaiah habían estado ahí esa noche en el callejón, supuso que eso los convertía en los mejores candidatos para liderar este tipo de asuntos.

—Micah viene para acá —dijo ella y tragó saliva.

—Estará aquí en diez minutos —dijo Isaiah. Hizo un movimiento hacia el teléfono—. Sugiero que le hables a tu jefa, señorita Quinlan.

Ella empezó a respirar con un poco de dificultad.

—¿Por qué?

Hunt al fin soltó la bomba.

—Porque las heridas de Maximus Tertian eran idénticas a las que presentaban Danika Fendyr y la Jauría de Diablos.

Molidos y desmembrados.

Ella cerró los ojos.

—Pero... Philip Briggs los mató. Invocó a ese demonio para que los matara. Y está en prisión —su voz se hizo más tensa—. Lleva *dos años* en prisión.

En un sitio peor que la prisión, pero eso no venía al caso.

—Lo sabemos —dijo Hunt y mantuvo cualquier reacción fuera de su expresión.

—No pudo haber matado a Tertian. ¿Cómo puedes invocar a un demonio desde la cárcel? —dijo Bryce—. Él... —tragó saliva y se detuvo. Tal vez se dio cuenta de por qué venía Micah. Varias personas que ella había conocido habían sido asesinadas, todas en cuestión de horas de haber interactuado con ella.

—Ustedes creen que Briggs no lo hizo. No mató a Danika y su jauría.

—No lo sabemos con certeza —interrumpió Isaiah—. Pero los detalles específicos de cómo murieron nunca se dieron a conocer al público, así que tenemos buenos motivos para pensar que éste no fue el delito de un imitador.

Bryce preguntó sin más:

—¿Ya se reunieron con Sabine?

Hunt respondió:

—¿Y tú?

—Hacemos lo posible por mantenernos alejadas una de la otra.

Era tal vez la única cosa inteligente que Bryce Quinlan había decidido hacer. Hunt recordó el veneno de Sabine cuando la vio por la ventana en la sala de observación y no dudaba que Sabine sólo estuviera esperando que pasara suficiente tiempo para que la muerte prematura y desafortunada de Quinlan fuera considerada una simple casualidad.

Bryce regresó a su escritorio sin acercarse a ellos. Había que reconocerle que sus pasos permanecieron tranquilos y sólidos. Tomó el teléfono sin siquiera voltear a verlos.

—Esperaremos afuera —ofreció Isaiah.

Hunt abrió la boca para protestar, pero Isaiah le lanzó una advertencia con la mirada.

Bien. Él y Quinlan podrían pelear después.

Con el teléfono tan apretado que sus nudillos estaban blancos, Bryce escuchó cómo sonaba el otro lado de la línea. Dos veces. Luego...

—Buenos días, Bryce.

El corazón de Bryce latía en sus brazos, sus piernas, su estómago.

—Hay dos legionarios aquí —tragó saliva—. El Comandante de la 33a y... —exhaló—. El Umbra Mortis.

Ella había reconocido a Isaiah Tiberian, salía en las noticias de la noche y en las columnas de chismes con tal frecuencia que no había manera de no reconocer al apuesto comandante de la 33a.

Y había reconocido también a Hunt Athalar, aunque nunca aparecía en la televisión. Todos sabían quién era Hunt Athalar. Había oído hablar de él incluso de niña en Nidaros, cuando Randall le hablaba sobre sus batallas en Pangera y susurraba cuando mencionaba a Hunt. El Umbra Mortis. La Sombra de la Muerte.

En esa época, el ángel no trabajaba para Micah Domitus y su legión sino para la arcángel Sandriel: había llegado con su 45a Legión. Los rumores decían que su trabajo era cazador de demonios. Y peor.

Jesiba refunfuñó.

—¿Por qué?

Bryce no dejó de apretar el teléfono.

—Maximus Tertian fue asesinado anoche.

—*Solas* flamígero...

—De la misma manera que Danika y la jauría.

Bryce bloqueó todas las imágenes borrosas y respiró el aroma penetrante y tranquilizador de los vapores de menta que emanaban del difusor en su escritorio. Había comprado el estúpido cono de plástico dos meses después de que asesinaran a Danika pensando que no podía hacer daño intentar algo de aromaterapia durante las largas horas silenciosas del día, cuando sus pensamientos revoloteaban y descendían para comérsela desde dentro. Para finales de la semana, ya había comprado otros tres y los había puesto por toda su casa.

Bryce respiró.

—Al parecer es posible que Philip Briggs no haya matado a Danika.

Durante dos años, una parte de ella se había aferrado a eso: que en los días tras el asesinato habían encontrado suficiente evidencia para encarcelar a Briggs, quien quería deshacerse de Danika por haber descubierto su círculo de rebeldes terroristas. Briggs lo había negado pero todo se sumaba en su contra: lo habían descubierto comprando sales negras de invocación en las semanas previas a su arresto inicial, al parecer como combustible para una nueva arma terrible.

Que un demonio de nivel de Foso hubiera sido el responsable de asesinar a Danika , que hubiera requerido esa sal negra mortífera para invocarlo a este mundo, no podía ser coincidencia. Parecía bastante claro que Briggs había sido liberado, había conseguido la sal negra, había invocado al demonio y lo había soltado sobre Danika y la Jauría de Diablos. Había atacado al soldado de la 33a que estaba patrullando en el callejón y cuando terminó su ataque, Briggs lo había enviado de regreso al Averno. Aunque nunca lo confesó, ni dijo cuál era la raza, seguía siendo una verdad que nadie había visto al demonio en dos años. Desde que Briggs estaba en la cárcel. Caso cerrado.

Durante dos años, Bryce se había aferrado a esos hechos. Que a pesar de que su mundo se había destrozado, la persona responsable se encontraba tras las rejas. Para siempre. Merecedor de todos los horrores que sus carceleros le provocaran.

Jesiba dejó escapar una exhalación muy larga.

—¿Los ángeles te acusaron de algo?

—No —no del todo—. El gobernador viene en camino.

Otra pausa.

—¿Para interrogarte?

—Espero que no —le gustaba tener todas las partes del cuerpo donde las tenía—. Quiere hablar contigo también.

—¿El padre de Tertian sabe que está muerto?

—No lo sé.

—Necesito hacer algunas llamadas —dijo Jesiba, un poco para ella misma— antes de que llegue el gobernador.

Bryce entendió bien lo que quería decir: para que el padre de Maximus no se presentara en la galería exigiendo respuestas. Culpando a Bryce por su muerte. Sería un cochinero.

Bryce se limpió las palmas sudorosas en los muslos.

—El gobernador llegará pronto.

El sonido de un golpeteo suave se escuchó en la puerta de hierro de los archivos y luego se oyó la voz suave de Lehabah:

—¿BB? ¿Estás bien?

Bryce puso la mano sobre el micrófono del teléfono.

—Regresa a tu puesto, Lele.

—¿Esos dos eran ángeles?

Bryce apretó los dientes.

—Sí. Regresa abajo. Que Syrinx se mantenga en silencio.

Lehabah suspiró con tal fuerza que se alcanzó a oír a través de los quince centímetros de hierro. Pero la duendecilla de fuego no habló más, lo cual sugería que ya había regresado a los archivos debajo de la galería o bien estaba escuchando del otro lado de la puerta. A Bryce no le importaba, siempre y cuando ella y la quimera se mantuvieran en silencio.

Jesiba preguntó:

—¿Cuándo llega Micah aquí?

—En ocho minutos.

Jesiba pensó.

—Está bien.

Bryce intentó no quedarse con la boca abierta ante el hecho de que Jesiba no pidiera más tiempo, en especial cuando estaba en juego algo como la muerte de un cliente.

Pero incluso Jesiba sabía que no se podía jugar con un arcángel. O tal vez había logrado encontrar un poco de empatía en cuanto al asesinato de Danika. En definitivo no lo había demostrado cuando le ordenó a Bryce que regresara a trabajar dos semanas después de la muerte de Danika o la convertiría en un cerdo.

Jesiba dijo:

—No necesito recordarte que te asegures de que todo esté cerrado.

—Revisaré todo dos veces.

Sin embargo, se había asegurado de eso incluso antes de que los ángeles entraran a la galería.

—Entonces ya sabes qué hacer, Quinlan —dijo Jesiba con el sonido de movimiento de sábanas o ropa en el fondo. Se escucharon dos voces de machos refunfuñando en protesta. Luego la línea se cortó.

Bryce exhaló y se puso en movimiento.

11

El arcángel tocó el timbre justo siete minutos después.

Tranquilizando su jadeo, Bryce recorrió la galería con la vista por décima vez para confirmar que todo estuviera en su sitio, el arte sin polvo y cualquier cosa de contrabando escondida abajo...

Sentía las piernas largas, el dolor antiguo de su muslo le arañaba el hueso, pero sus manos permanecieron estables cuando estiró el brazo hacia la puerta principal y la abrió de un tirón.

El arcángel era hermoso. Terrorífica, impúdicamente hermoso.

Hunt Athalar e Isaiah Tiberian estaban parados detrás de él, casi tan guapos. El segundo le estaba dedicando otra sonrisa insulsa que sin duda pensaba era encantadora. El primero... los ojos oscuros de Hunt no se perdían de nada.

Bryce inclinó la cabeza al gobernador y dio un paso atrás, pero sus estúpidos tacones se desbalancearon en la alfombra.

—Bienvenido, Su Alteza. Por favor, entre.

Los ojos castaños de Micah Domitus la devoraron. Su poder se presionó contra la piel de Bryce, rasgó el aire de la habitación, sus pulmones. Llenó el espacio con tormentas de medianoche, sexo y muerte entrelazados.

—Asumo que tu jefa nos acompañará a través de la pantalla de video —dijo el arcángel y entró de la calle destellante.

Puto Averno, su *voz*: seda y acero y roca antigua. Tal vez podría provocarle un orgasmo a alguien sólo con murmurar cosas al oído.

E incluso sin esa voz, hubiera sido imposible olvidar qué era Micah, lo que el gobernador irradiaba con cada respiración, cada parpadeo. En la actualidad existían diez arcángeles que gobernaban los diversos territorios de la República, todos recibían el título de gobernador y todos respondían a los asteri. La magia de un ángel ordinario podría arrasar con un edificio si se le consideraba poderoso. El poder de un arcángel podría arrasar con toda una metrópolis. No había manera de predecir de dónde salía la fuerza que separaba al arcángel del ángel; a veces se heredaba, por lo general bajo las estrictas órdenes de reproducción de los asteri. En otras ocasiones sólo brotaba en linajes sin ningún atributo especial.

Bryce no conocía mucho sobre la historia de Micah, nunca había prestado atención durante la clase de historia porque estaba demasiado ocupada babeando por la cara tan perfecta frente a ella como para escuchar lo que decía su maestro.

—La señorita Roga está esperando nuestra llamada —logró decir intentando no respirar demasiado fuerte cuando el gobernador de Valbara pasó a su lado. Una de sus impecables plumas blancas le rozó la clavícula desnuda. Tal vez se hubiera estremecido de no ser por los dos ángeles que venían detrás.

Isaiah asintió y continuó su camino detrás de Micah hacia las sillas colocadas frente al escritorio.

Sin embargo, Hunt Athalar permaneció de pie. Le sostuvo la mirada y luego se fijó en su clavícula. Como si la pluma hubiera dejado una marca. El tatuaje de espinas de su frente pareció oscurecerse.

Y, sin más, ese olor de sexo que emanaba del arcángel se convirtió en podredumbre.

Los asteri y los arcángeles podrían haber encontrado otra manera de limitar el poder de los Caídos, sin dificultad, sin embargo los habían esclavizado con los hechizos de las brujas estampados en sus frentes como coronas malditas. Y los tatuajes de sus muñecas: *SPQM*.

Senatus Populusque Midgard.

El Senado Midgard y la Gente. Una mierda absoluta. Como si el senado fuera otra cosa y no un cuerpo gobernante títere. Como si los asteri no fueran sus emperadores y emperatrices, gobernando sobre todo y todos para toda la eternidad, sus almas putrefactas regenerándose de una forma a la siguiente.

Bryce apartó el pensamiento de su mente y cerró la puerta de hierro detrás de Hunt. Sus plumas grises casi se quedaron atoradas. Él le lanzó una advertencia con la mirada de sus ojos negros.

Ella le sonrió para indicarle todo lo que no se atrevía a decir en voz alta respecto a sus sentimientos por esta emboscada. *He enfrentado cosas peores que tú, Umbra Mortis. Puedes fruncir el ceño y gruñir todo lo que quieras.*

Hunt parpadeó, la única señal de su sorpresa, pero Bryce ya iba en camino hacia el escritorio, intentando no cojear porque sentía un dolor atravesarle la pierna. Había colocado una tercera silla que trajo de la biblioteca y eso le había lastimado la pierna más.

No se atrevió a frotarse la cicatriz gruesa y curvada que tenía en la parte superior del muslo, oculta debajo del vestido blanco.

—¿Puedo ofrecerle algo, Su Alteza? ¿Café? ¿Té? ¿Algo más fuerte?

Ya tenía dispuesta agua mineral embotellada en las pequeñas mesas entre las sillas.

El arcángel había tomado el asiento de en medio y ella le sonrió con cortesía a pesar de sentir el peso de su mirada presionado sobre ella como una manta de seda.

—Estoy bien.

Bryce volteó a ver a Hunt e Isaiah, quienes se sentaron en sendas sillas.

—Ellos también están bien —dijo Micah.

Muy bien, pues. Caminó al otro lado del escritorio y deslizó la mano bajo su borde para presionar un botón de hojalata y enviar una oración a la misericordiosa Cthona que le permitiera conservar la voz tranquila a pesar de que su mente no paraba de darle vueltas al mismo pensamiento una y otra vez: *Briggs no mató a Danika, Briggs no mató a Danika, Briggs no mató a Danika...*

El panel de madera de la pared a sus espaldas se abrió para revelar una pantalla grande. Mientras se encendía, ella tomó el teléfono del escritorio y marcó.

Briggs había sido un monstruo que planeaba lastimar gente y merecía estar en la cárcel, pero lo habían acusado falsamente del asesinato.

El asesino de Danika seguía libre.

Jesiba contestó al primer timbre.

—¿Está lista la pantalla?

—Cuando tú digas —dijo Bryce y tecleó los códigos en su computadora intentando no hacer caso al gobernador que la observaba como si ella fuera un filete y él fuera... algo que comía filete. Crudo. Y gimiente—. Te estoy conectando —declaró.

Jesiba Roga apareció en la pantalla un instante después y ambas colgaron sus teléfonos.

Detrás de la hechicera se podía ver la suite de hotel decorada con esplendor Pangerano: muros blancos con paneles saturados de molduras doradas, alfombras gruesas color crema y cortinas de seda rosada clara, una cama de cuatro postes de roble, de tamaño suficiente para ella y los dos machos que Bryce escuchó cuando llamó.

Jesiba se divertía con la misma intensidad con la que trabajaba cuando estaba en el gran territorio en busca de más arte para la galería, ya fuera visitando diversos sitios arqueológicos o conquistando a clientes poderosos que ya poseían lo que ella quería.

A pesar de tener menos de diez minutos y a pesar de que usó la mayor parte de ese tiempo para hacer unas llamadas muy importantes, el vestido largo color azul marino de Jesiba estaba inmaculado y revelaba unos cuantos vistazos del cuerpo exuberante de la mujer, adornado con perlas de agua dulce en la garganta y en las orejas. Su cabello rubio plateado estaba muy corto y brillaba con la luz dorada de las lámparas de luzprístina. Lo tenía más corto en los lados y más largo arriba. Algo chic y casual desenfadado. Su rostro...

Su rostro era al mismo tiempo joven y sabio, atractivo pero ominoso. Sus ojos color gris claro brillaban con una magia deslumbrante, atractivos y mortíferos.

Bryce nunca se había atrevido a preguntar por qué Jesiba había desertado a las brujas hacía siglos. Por qué se había alineado con la Casa de Flama y Sombra y su líder, el Rey del Inframundo, ni qué hacía ella por él. Se hacía llamar una hechicera ahora. Nunca una bruja.

—Buenos días, Micah —dijo Jesiba con calma. Tenía una voz agradable y encantadora comparada con la de otros miembros de Flama y Sombra, el crujido ronco de los segadores o los tonos sedosos de los vampiros.

—Jesiba —ronroneó Micah.

Jesiba le sonrió un poco, como si hubiera escuchado ese ronroneo mil veces diferentes de mil diferentes machos.

—A pesar de que me da mucho gusto ver tu apuesta cara, me gustaría saber por qué convocaste a esta junta. A menos de que lo de Danika sea una excusa para hablar con la dulce Bryce.

Lo de Danika. Bryce conservó una expresión neutral porque sentía que Hunt la estaba observando con cuidado. Como si él hubiera escuchado su corazón desbocado, como si pudiera oler el sudor que ahora le cubría las palmas de las manos.

Pero Bryce lo miró con expresión aburrida.

Micah se recargó en la silla, cruzó las piernas largas y dijo sin siquiera voltear a ver a Bryce.

—A pesar de que tu asistente sí es muy tentadora, tenemos asuntos importantes que discutir.

Ella intentó ignorar su descarado sentido de tener derecho a todo, el timbre de esa voz sensual. *Tentadora*... como si ella fuera un pedazo de postre sobre un platón. Estaba acostumbrada, pero... estos malditos machos vanir.

Las uñas plateadas reflejaron el brillo de las lámparas del hotel cuando Jesiba hizo un movimiento con la mano para continuar con la conversación.

Micah dijo con tono tranquilo:

—Creo que mis triarii le informaron a la señorita Quinlan del asesinato ocurrido anoche. Uno que fue tal como las muertes de Danika Fendyr y la Jauría de Diablos hace dos años.

Bryce se mantuvo quieta, insensible. Inhaló sutilmente un poco de la menta relajante del difusor que estaba a unos cuantos centímetros.

Micah continuó:

—Lo que no mencionaron fue la otra conexión.

Los dos ángeles que estaban a los lados del gobernador se tensaron casi de manera imperceptible. Quedaba claro que también estaban enterándose en ese momento.

—¿Sí? —dijo Jesiba—. ¿Y tengo que pagar por esa información?

Un poder vasto y frío recorrió la galería, pero el rostro del arcángel permaneció insondable.

—Les estoy compartiendo esta información para que podamos combinar recursos.

Jesiba arqueó una ceja rubia con una suavidad sobrenatural.

—¿Para hacer qué?

Micah dijo:

—Para que Bryce Quinlan encuentre al verdadero asesino responsable, por supuesto.

12

Bryce se quedó inmóvil como la muerte... tan inmóvil que Hunt se preguntó si se daba cuenta de que era una manera obvia de delatarse. No sobre sus nervios sino sobre su ascendencia. Sólo las hadas podían quedarse así de quietas.

Su jefa, la hechicera de rostro joven, suspiró.

—¿Tu 33a es tan incompetente estos días que de verdad necesitas la ayuda de mi asistente? —su hermosa voz no suavizaba del todo la pregunta—. Aunque supongo que ya tiene mi respuesta, si encarcelaron a Philip Briggs de manera equivocada.

Hunt no se atrevió a sonreír al ver su desafío descarado. Pocas personas podían hablarle así a Micah Domitus, ni a él ni a cualquier otro arcángel.

Estudió a la hechicera de cuatrocientos años de edad que veía en la pantalla. Había escuchado los rumores: que Jesiba respondía al Rey del Inframundo, que podía transformar a la gente en animales si la provocaban, que alguna vez había sido una bruja que dejó su clan por razones aún desconocidas. Tal vez malas si había terminado como miembro de la casa de Flama y Sombra.

Bryce inhaló.

—No sé nada de esto. Ni de quién quería matar a Tertian.

Jesiba enfocó la mirada.

—Eso no importa, tú eres *mi* asistente. No trabajas para la 33a.

Micah apretó los labios. Hunt se preparó para lo que vendría.

—Te invité a esta junta, Jesiba, como una cortesía —sus ojos color castaño se entrecerraron con disgusto—. Parece ser que, en efecto, Philip Briggs fue encarcelado de forma injusta. Pero lo que sigue siendo cierto es que Danika Fendyr y la Jauría de Diablos lo aprehendieron en su laboratorio, con evidencia innegable sobre sus intenciones de bombardear inocentes en el club nocturno Cuervo Blanco. Y aunque al principio lo liberaron por un tecnicismo legal, en los últimos dos años se ha conseguido suficiente evidencia de sus delitos previos como para volver a encarcelarlo. Como tal, permanecerá detrás de las rejas y cumplirá con la sentencia de esos delitos previos como líder de la secta ahora inactiva de los Keres, así como por su participación en la rebelión humana en general.

Quinlan pareció descansar aliviada.

Pero entonces Micah continuó:

—Sin embargo, esto significa que hay un asesino peligroso que sigue libre en esta ciudad, que es capaz de invocar a un demonio letal, por deporte o venganza, no lo sabemos. Admitiré que mi 33a y el Auxiliar ya agotaron sus recursos. Pero la Cumbre es en poco más de un mes. Habrá asistentes que vean estos asesinatos como prueba de que no estoy en control de mi ciudad, mucho menos de este territorio, y buscarán usarlo en mi contra.

Por supuesto que esto no tenía nada que ver con capturar un asesino. No, esto era puramente relaciones públicas.

Aunque todavía faltaba tiempo para la Cumbre, Hunt y los demás triarii se habían preparaándo por semanas, alistando a las unidades de la 33a para la pompa y demás mierda que rodeaban a la reunión de los poderes de Valbara cada diez años. Los líderes de todo el territorio asistirían, comentarían sobre sus molestias, con algunas apariciones de invitados de los pendejos gobernantes del otro lado del Haldren.

Hunt todavía no había asistido a una en Valbara, pero había ido a varias Cumbres en Pangera, en donde había gobernantes que les gustaba fingir que tenían algo de libre albedrío. Las reuniones de la Cumbre por lo general se podían resumir como una semana de discusiones entre vanir poderosos hasta que el arcángel que los estuviera supervisando ponía orden. Tenía pocas dudas de que Micah fuera diferente. Isaiah había asistido a una Cumbre y había advertido a Hunt que al arcángel le gustaba presumir su poderío militar en las Cumbres, le gustaba que la 33a marchara y volara en formación uniformados de gala imperial.

La pechera dorada de Hunt ya estaba en proceso de limpieza. La idea de ponerse la armadura formal, las siete estrellas de la cresta asteri exhibidas en todo el pecho, lo hacía sentir ganas de vomitar.

Jesiba examinó sus uñas plateadas.

—¿Va a pasar algo emocionante en la Cumbre esta vez?

Micah pareció sopesar la expresión desenfadada de Jesiba y dijo:

—La nueva reina bruja será reconocida oficialmente.

Jesiba no permitió que se reflejara ni un rastro de emoción en su rostro.

—Escuché que Hécuba murió —dijo la hechicera. No había un tono de dolor ni de satisfacción en sus palabras. Sólo los hechos.

Pero Quinlan se tensó, como si les fuera a gritar que regresaran al tema del asesinato. Micah agregó:

—Y los asteri van a enviar a Sandriel a dar un reporte del senado sobre el conflicto rebelde.

Todo pensamiento se desvaneció de la mente de Hunt. Incluso Isaiah, que por lo general era inmutable, se quedó rígido.

Sandriel vendría *aquí.*

Micah estaba diciendo:

—Sandriel llegará al Comitium la semana entrante y, por petición de los asteri, será mi invitada hasta la Cumbre.

Un mes. Esa pinche monstruo estaría en esta ciudad por un mes.

Jesiba ladeó la cabeza con gracia irritante. Tal vez no era un segador, pero era claro que se movía como uno.

—¿Qué tiene para ofrecer mi asistente en la captura del asesino?

Hunt trató de mantenerlo bajo control: el rugido, el temblor, la quietud. Lo controló manteniéndolo muy, muy en el fondo hasta que se convirtió en otra ola en el pozo negro y revuelto que era su interior. Se obligó a concentrarse en la conversación. Y no en la psicópata que venía en camino a esta ciudad.

La mirada de Micah se posó en Bryce, que se había puesto tan pálida que sus pecas parecían sangre salpicada en el puente de su nariz.

—La señorita Quinlan es, hasta el momento, la única persona viva que ha visto al demonio que invocó el asesino.

Bryce tuvo el valor de preguntar:

—¿Qué pasó con el ángel del callejón?

El rostro de Micah permaneció inmutable.

—No tiene recuerdos del ataque. Fue una emboscada.

Antes de que Bryce pudiera presionar, continuó:

—Considerando la naturaleza delicada de esta investigación, estoy dispuesto a pensar de manera creativa, como dicen, para buscar apoyo en la resolución de estos asesinatos antes de que se conviertan en un verdadero problema.

Lo cual significaba que el arcángel tenía que verse bien frente a los poderosos. Frente a Sandriel, quien reportaría todo a los asteri y a su senado títere.

¿Un asesino suelto, capaz de invocar a un demonio con el poder de matar vanir tan fácil como a los humanos? Oh, sería justo el tipo de mierda que le encantaría a Sandriel decirle a los asteri. En especial si le costaba la posición a Micah. Y si ella la ganaba. ¿Qué era el cuadrante noroeste de Pangera comparado con *todo* Valbara? Y que Micah perdiera todo significaría que sus esclavos, Hunt, Isaiah, Justinian y tantos más, pasarían a ser propiedad de quien fuera que heredara el título de gobernador.

Sandriel nunca honraría el trato de Micah con Hunt.

Micah volteó a ver a Hunt con un toque cruel en sus labios.

—Puedes imaginarte, Athalar, a quién va a traer Sandriel —Hunt se quedó rígido.

—Pollux estaría muy contento de reportar sus hallazgos también.

Hunt luchó por controlar su respiración, por mantener su expresión neutral.

Pollux Antonius, el comandante triarii de Sandriel: lo llamaban el Malleus. El Martillo. Tan cruel e inmisericorde como Sandriel. Y un absoluto hijo de puta.

Jesiba se aclaró la garganta.

—¿Y todavía no sabes qué tipo de demonio era? —se recargó en su silla con una mueca de desagrado en sus labios carnosos.

—No —dijo Micah entre dientes.

Era verdad. Ni siquiera Hunt había podido identificarlo y había tenido el placer exclusivo de matar más demonios de los que podía contar. Había incontables razas y niveles de inteligencia, desde unas bestias que parecían híbridos felino-caninos hasta príncipes metamorfos humanoides que gobernaban los siete territorios del Averno, cada uno más oscuro que el anterior: la Hondonada, la Zanja, el Cañón, el Desfiladero, las Profundidades, el Abismo y, el peor de todos, el Foso.

Incluso sin tener una identificación específica, dada la velocidad y lo que había hecho, el demonio tenía las características de algo salido del Foso, tal vez una mascota del Astrófago en persona. Sólo en las profundidades del Foso podía evolucionar algo como eso: una criatura que nunca hubiera visto la luz, que nunca la necesitaba.

No tenía importancia, supuso Hunt. Si el demonio estaba o no acostumbrado a la luz, sus habilidades particulares de todas maneras podían convertirlo en trozos de carne candente. Un relámpago rápido para que un demonio huyera a toda velocidad o se retorciera de dolor.

La voz de Quinlan se abrió camino entre la tormenta de la mente de Hunt.

—Dijiste que había otra conexión entre los asesinatos de entonces y el de ahora. Aparte del... estilo.

Micah la volteó a ver. Había que reconocerle a Quinlan que no bajó la mirada.

—Maximus Tertian y Danika Fendyr eran amigos.

Las cejas de Bryce se juntaron.

—Danika no conocía a Tertian.

Micah suspiró hacia el techo cubierto de paneles de madera.

—Sospecho que había muchas cosas que no te informaba.

—Yo hubiera sabido si ella era amiga de Maximus Tertian —insistió Quinlan.

El poder de Micah murmuró por toda la habitación.

—Cuidado, señorita Quinlan.

Nadie adoptaba ese tipo de tono con un arcángel, al menos nadie con prácticamente cero poder en sus venas. Fue suficiente para que Hunt hiciera a un lado la visita de Sandriel y se enfocara en la conversación.

Micah continuó.

—También está el hecho de que *tú* conocías tanto a Danika como a Maximus Tertian. Que tú estabas en el Cuervo Blanco las dos noches de los asesinatos. La similitud es suficiente para ser... de interés.

Jesiba se enderezó en su silla.

—¿Estás diciendo que Bryce es sospechosa?

—Todavía no —respondió Micah con frialdad—, pero todo es posible.

Quinlan dobló los dedos y formó un puño, sus nudillos se pusieron blancos sin duda porque estaba intentando controlarse y no escupirle al arcángel. Optó entonces por cambiar de tema.

—¿Y qué hay de investigar a los demás miembros de la Jauría de Diablos? ¿Ninguno de ellos pudo ser el objetivo del asesino?

—Eso ya se estudió y se descartó. Seguimos enfocados en Danika.

Bryce preguntó tensa:

—¿En serio creen que puedo averiguar algo si la Aux y la 33a no pudieron? ¿Por qué no pedirle a los asteri que envíen a alguien como la Cierva?

La pregunta reverberó en la habitación. Sin duda, Quinlan no era tan tonta como para desear eso. Jesiba le lanzó una mirada de advertencia a su asistente.

Micah, sin alterarse por la mención de Lidia Cervos, la cazadora y destrozadora de espías más famosa de la República, respondió:

—Como ya dije, no deseo que se sepa de estos... acontecimientos más allá de los muros de mi ciudad.

Hunt escuchó lo que Micah no había dicho con palabras: que a pesar de formar parte de los triarii de Sandriel, la metamorfa de venado conocida como la Cierva reportaba directamente a los asteri además de que se sabía era amante de Pollux.

El Martillo y la Cierva: el destrozador del campo de batalla y la destrozadora de los enemigos de la República. Hunt había visto a la Cierva unas cuantas veces en la fortaleza de Sandriel y siempre salía nervioso por sus ojos dorados ilegibles. Lidia era tan hermosa como implacable en su persecución de espías rebeldes. La pareja perfecta para Pollux. La única que podría ser mejor pareja de Pollux que la Cierva era la Arpía, pero Hunt intentaba no pensar en la segunda al mando de los triarii de Sandriel si no era necesario.

Hunt trató de apagar su creciente inquietud. Micah estaba diciendo:

—Las estadísticas de delitos sugieren que es probable que Danika conociera a su asesino —otro silencio deliberado que irritó a Quinlan—. Y a pesar de las cosas que tal vez no te dijo, sigues siendo la persona que mejor conocía a Danika Fendyr. Creo que puedes darnos una visión sin paralelo.

Jesiba se acercó a la pantalla en su lujosa habitación de hotel, toda gracia y poder bajo control.

—Está bien, gobernador. Digamos que logras convencer a Bryce de que haga esto. Me gustaría recibir compensación.

Micah sonrió, una sonrisa dura y emocionante que Hunt sólo había visto en otra ocasión antes de que el arcángel hiciera volar a otra persona en pequeños trocitos con su tempestad.

—Dejando de lado tu lealtad al Rey del Inframundo y la protección que piensas eso te otorga, sigues siendo una ciudadana de la República.

Y me responderás a mí fueron palabras que no necesitó agregar.

Jesiba se limitó a decir:

—Creo que debes estar bien familiarizado con los estatutos, gobernador. La Sección cincuenta y siete dice: Si un oficial de gobierno requiere de los servicios de un contratista externo, deberá pagar...

—Está bien. Envíame tu factura —dijo Micah. La única señal de su impaciencia fueron las alas que reacomodó. Pero su voz era amable, al menos cuando volteó a decirle a Quinlan:

— Ya me quedé sin opciones y pronto me quedaré sin tiempo. Si hay alguien que pueda rehacer lo que hizo Danika en sus últimos días y descubrir quién la asesinó, serás tú. Tú eres el único vínculo entre las víctimas —Bryce nada más lo veía con la boca abierta—. Creo que tu posición en la galería también te da acceso a individuos que no estarían dispuestos a hablar con la 33a o con el Auxiliar. Isaiah Tiberian me informará del progreso que hagas y mantendrá vigilada de cerca la investigación.

Sus ojos color castaño miraron a Hunt, como si pudiera leer todas las líneas de tensión en su cuerpo, el pánico que se filtraba por sus venas ante la noticia de la llegada de Sandriel.

—Hunt Athalar tiene experiencia en la cacería de demonios. Estará vigilándote, en guardia durante tu búsqueda de la persona detrás de todo esto.

Bryce entrecerró los ojos y Hunt no se atrevió a decir una palabra. A parpadear por el desagrado... y por el alivio.

Al menos tendría una excusa para no estar en el Comitium mientras Sandriel y Pollux estaban allá. Pero ser una nana glorificada y no poder trabajar para seguir abonando a sus *deudas*...

—Muy bien —dijo Jesiba y volteó su mirada a su asistente—. ¿Bryce?

Bryce habló en voz baja con los ojos color ámbar llenos de fuego helado.

—Los encontraré —dijo y miró al arcángel a los ojos—. Y entonces quiero que ustedes los borren de la faz del planeta.

Sí, Quinlan tenía huevos. Era estúpida y tosca, pero al menos era valiente. Sin embargo, esta combinación podría resultar en que terminara muerta antes de completar el Descenso.

Micah sonrió, como si también se diera cuenta de eso.

—Lo que se haga con el asesino dependerá de nuestro sistema de justicia.

Tonterías burocráticas, pero el poder del arcángel retumbó por la habitación como si prometiera a Quinlan que haría exactamente lo que estaba pidiendo.

Bryce murmuró:

—De acuerdo.

Jesiba Roga frunció el ceño a su asistente al notar que el rostro de la chica todavía ardía con ese fuego helado.

—Intenta no morir, Bryce. Odiaría tener que soportar la molestia de entrenar a una persona nueva.

La transmisión se cortó.

Bryce se quedó ahí parada con sus zapatos absurdos. Caminó alrededor del escritorio y pasó la cortina de cabello rojo sedoso sobre su hombro, las puntas ligeramente curvas casi llegaban a la curvatura generosa de su trasero.

Micah se puso de pie y miró a Bryce como si él también hubiera notado ese detalle en particular pero dijo, a nadie en especial:

—Terminamos aquí.

El vestido de Bryce era tan ajustado que Hunt podía ver cómo se tensaban los músculos de sus muslos al abrirle la puerta de hierro al arcángel. Una ligera mueca pasó por su cara y luego desapareció.

Hunt llegó a su lado cuando el arcángel y su Comandante salieron. Ella le sonrió a Hunt con una sonrisa insípida y empezó a cerrar la puerta antes de que él lograra salir a la calle polvosa. Metió el pie entre la puerta y el marco y los hechizos zumbaron y tronaron contra su piel mientras intentaban alinearse a su alrededor. Los ojos color ámbar de ella se abrieron.

—*Qué.*

Hunt le sonrió ampliamente.

—Haz una lista de sospechosos hoy. Cualquier persona que pudiera desear la muerte a Danika y su jauría.

Si Danika conocía a su asesino, era probable que Bryce también.

—Y haz una lista de los lugares donde estuvo Danika y sus actividades durante los últimos días de su vida.

Bryce sólo volvió a sonreír, como si no hubiera escuchado una sola maldita palabra de lo que él dijo. Pero luego presionó un botón junto a la puerta que hacía que los hechizos *quemaran* como ácido...

Hunt dio un salto hacia atrás y sus relámpagos se activaron en defensa contra un enemigo que no estaba ahí.

La puerta se cerró. Bryce dijo por el interfono:

—Yo les hablaré. No me molesten hasta entonces.

Que Urd lo librara de esta puta situación.

13

En la azotea de la galería un momento después, con Isaiah en silencio a su lado, Hunt observó la luz del sol de la mañana teñir de dorado las impecables alas blancas de Micah y hacer que los mechones de oro de su cabello casi se encendieran mientras el arcángel inspeccionaba la ciudad amurallada que se extendía a su alrededor.

Hunt, por su parte, estudiaba la azotea plana, interrumpida sólo por equipo y por la puerta que daba a la galería de abajo.

Las alas de Micah se movieron como la única advertencia de que estaba a punto de decir algo.

—El tiempo no está de nuestra parte.

Hunt sólo dijo:

—¿De verdad piensas que Quinlan podrá encontrar al responsable?

Dejó que su pregunta transmitiera cuánta fe tenía en ella.

Micah ladeó la cabeza. Un depredador antiguo y letal que analiza a su presa.

—Creo que es una cuestión que requiere el uso de todas las armas disponibles en nuestro arsenal, sin importar qué tan poco ortodoxas sean —dijo con un suspiro y volvió a mirar la ciudad.

Lunathion fue construida como el modelo de las antiguas ciudades costeras alrededor del Mar de Rhagan, casi una réplica exacta que incluía sus muros de arenisca, el clima árido, los huertos de olivos y las pequeñas granjas que decoraban las colinas distantes más allá de los límites al norte de la ciudad, incluso el gran templo a la diosa patronal en el centro. Pero a diferencia de aquellas ciudades, a esta se le había permitido adaptarse: las calles estaban construidas en una cuadrícula ordenada, no eran una maraña; y los edificios modernos surgían como lanzas en el corazón del DCN, mucho más altos que las alturas permitidas en Pangera.

Micah era el responsable de esto, de ver esta ciudad como un tributo al viejo modelo pero también como el lugar para que floreciera el futuro. Incluso había favorecido el nombre de Ciudad Medialuna en vez de Lunathion.

Un hombre de progreso. De tolerancia, se decía.

Hunt se preguntaba con frecuencia qué se sentiría arrancarle la garganta.

Lo había contemplado tantas veces que ya había perdido la cuenta. Había contemplado lanzarle un relámpago en la apuesta cara, esa máscara perfecta para el bastardo brutal y exigente que estaba detrás.

Tal vez era injusto. Micah había nacido en el poder, nunca había conocido la vida como otra cosa que no fuera una de las mayores fuerzas del planeta. Como un casi dios que no está acostumbrado a que se le cuestione su autoridad y que aplasta todas las amenazas contra ella.

Una rebelión dirigida por otro arcángel y tres mil guerreros fue justo eso. A pesar de que casi todos sus triarii ahora estaban compuestos por los miembros de los Caídos. Al parecer les ofrecía una segunda oportunidad. Hunt no podía comprender por qué se molestaba con ser tan misericordioso.

Micah dijo:

—Seguro Sabine ya está enviando a su gente para que investiguen este caso y visitará mi oficina para decirme con exactitud lo que piensa sobre el asunto de Briggs —una mirada helada entre ellos—. Quiero que *nosotros* encontremos al asesino, no los lobos.

Hunt preguntó con frialdad.

—¿Muerto o vivo?

—Vivo, de preferencia. Pero muerto es mejor que dejarlo libre por ahí.

Hunt se atrevió a preguntar:

—¿Y esta investigación también cuenta en mi cuota? Podría durar meses.

Isaiah se tensó. Pero la boca de Micah sonrió. Durante un momento, no dijo nada. Hunt ni siquiera parpadeó.

Luego Micah dijo:

—¿Qué te parece esto como incentivo, Athalar? Tú resuelves el caso rápido, antes de la Cumbre, y yo bajaré tus deudas a diez.

El mismo viento pareció detenerse.

—¿Diez —logró decir Hunt— misiones más?

Era inconcebible. Micah no tenía ninguna razón para ofrecerle nada. No cuando su palabra era lo único que Hunt necesitaba para obedecer.

—Diez misiones más —dijo Micah, como si no acabara de soltar una puta bomba en medio de la vida de Hunt.

Podría ser un engaño. Micah podría hacer que esas diez misiones duraran décadas, pero... Puto Solas flamígero.

El arcángel agregó:

—No le puedes decir a nadie esto, Athalar.

Que no se molestara en siquiera advertirle a Isaiah sugería cuánto confiaba en su comandante.

Hunt dijo, con la mayor tranquilidad posible:

—Está bien.

La mirada de Micah se volvió inmisericorde. Miró a Hunt de pies a cabeza. Luego la galería debajo de sus botas. La asistente que estaba ahí dentro. Micah gruñó:

—Mantén tu pene en tus pantalones y tus manos cerca de ti. O podrías perderlos durante un largo rato.

Hunt podía volver a hacer crecer esas partes, por supuesto. Cualquier inmortal que hiciera el Descenso podía volver a regenerar casi cualquier parte si no lo decapitaban o lo mutilaban severamente, con las arterias que se desangraran, pero... la recuperación sería dolorosa. Lenta. Y no tener pene, aunque fuera por unos meses, no era una de las prioridades de Hunt.

Pero ponerse a hacer tonterías con asistentes medio humanas era lo último que le interesaba, de cualquier manera, si su libertad estaba a diez asesinatos de distancia.

Isaiah asintió por ambos.

—Mantendremos esto profesional.

Micah volteó hacia el DCN, evaluó la brisa del río y movió un poco las alas. Le dijo a Isaiah:

—Nos vemos en mi oficina en una hora.

Isaiah hizo una reverencia doblando la cintura hacia el arcángel, un gesto Pangerano que le ponía los pelos de punta a Hunt. Lo habían obligado a hacerlo bajo el riesgo de que le arrancaran las plumas, las quemaran, las partieran. Esas décadas iniciales después de la Caída no habían sido buenas.

Las alas que sabía estaban montadas en la pared de la sala del trono de los asteri eran una prueba.

Pero Isaiah siempre había sabido jugar el juego, cómo soportar sus protocolos y jerarquías. Cómo vestirse, comer y coger como ellos. Había caído y había vuelto a ascender al rango de comandante por ese motivo. No le sorprendería a nadie si Micah recomendaba que se retirara el halo de Isaiah en el siguiente Consejo de Gobernadores con los asteri después del Solsticio de Invierno.

Sin que se requirieran asesinatos, carnicerías ni torturas.

Micah no se molestó en voltear a verlos antes de salir volando hacia el cielo. En cuestión de segundos se había convertido en un punto blanco en el mar de azul.

Isaiah exhaló con el ceño fruncido hacia los capiteles sobre las cinco torres del Comitium, una corona de vidrio y acero que se elevaba desde el corazón del DCN.

—¿Crees que hay alguna trampa? —le preguntó Hunt a su amigo.

—Él no hace ese tipo de planes.

Como Sandriel y la mayoría de los demás arcángeles.

—Él lo dice de verdad. Debe estar desesperado si quiere darte ese tipo de motivación.

—Es mi dueño. Sus palabras son órdenes.

—Con Sandriel en camino, tal vez se dio cuenta de que sería ventajoso si tú te sintieras inclinado a ser... leal.

—De nuevo: soy esclavo.

—Entonces no tengo ni puta idea, Hunt. Tal vez sólo se sentía generoso.

Isaiah movió la cabeza

—No cuestiones la jugada que te concedió Urd.

Hunt exhaló con fuerza.

—Lo sé.

Las probabilidades eran que la verdad fuera una combinación de esas cosas.

Isaiah arqueó la ceja.

—¿Crees que puedas encontrar al responsable?

—No tengo alternativa.

No la tenía ahora que esta nueva oferta surgía sobre la mesa. Sintió el viento seco en su boca, escuchando al fondo su canción áspera entre los cipreses sagrados que flanqueaban la calle abajo, los miles de cipreses en esta ciudad plantados en honor a su diosa patronal.

—Los vas a encontrar —dijo Isaiah—. Sé que lo harás.

—Si logro dejar de pensar en la visita de Sandriel —dijo Hunt con una exhalación y se pasó las manos por el cabello—. No puedo creer que vendrá *aquí*. Con ese pedazo de mierda de Pollux.

Isaiah dijo con cautela:

—Dime que te das cuenta de que Micah te lanzó *otro* pinche hueso justo ahora dejándote aquí para proteger a Quinlan en vez de hacer que te quedaras en el Comitium con Sandriel de visita.

Hunt sabía eso, sabía que Micah estaba muy consciente de lo que él sentía por Sandriel y Pollux, pero no quiso reconocerlo.

—Como sea. Haz todo el escándalo que quieras sobre lo fantástico que es Micah pero recuerda que el bastardo le va a dar la bienvenida con los brazos abiertos.

—Los asteri le ordenaron a ella que viniera a la Cumbre —lo contradijo Isaiah—. Es normal para ellos enviar a uno de los arcángeles como su emisario a estas reuniones. El gobernador Ephraim atendió la última. Micah también le dio la bienvenida.

Hunt dijo:

—De todas maneras, el asunto es que ella estará aquí todo el mes. En ese puto complejo —señaló a los cinco edificios del Comitium—. Lunathion no es su escena. No hay nada aquí para que ella se divierta.

Con la mayoría de los Caídos muertos o dispersos a los cuatro vientos, a Sandriel le gustaba caminar por los calabozos de su castillo, llenos de humanos rebeldes, y seleccionar uno, dos o tres a la vez. La arena en el corazón de su ciudad existía para saciar el placer de destruir de diversas maneras a estos prisioneros. Batallas hasta la muerte, tortura pública, liberar a los Inferiores y animales básicos contra ellos... No había fin a su creatividad. Hunt lo había visto y lo había soportado todo.

Con el conflicto que estaba surgiendo en la actualidad, esos calabozos sin duda estarían a reventar. Era seguro que Sandriel y Pollux estaban disfrutando el dolor que fluía de esa arena.

La idea hizo que Hunt se tensara.

—Pollux será una puta amenaza en esta ciudad —el Martillo era bien conocido por sus actividades favoritas: matanza y tortura.

—Ya lidiaremos con Pollux. Micah sabe cómo es, lo que hace. Los asteri tal vez le hayan ordenado que le diera la bienvenida a Sandriel, pero no va a permitir que ceda todas las libertades a Pollux —dijo Isaiah y luego hizo una pausa con la mirada distante, como si estuviera sopesando algo en su interior—. Pero puedo hacer que tú no estés disponible durante la visita de Sandriel, de manera permanente.

Hunt arqueó una ceja.

—Si te refieres a la promesa de Micah de dejarme sin pene, yo paso.

Isaiah rio en voz baja.

—Micah te dio la orden de investigar con Quinlan. Son órdenes que te mantendrán muy, muy ocupado. En especial si él quiere que protejas a Bryce.

Hunt le sonrió a medias.

—¿Tan ocupado que no tendré tiempo de estar en el Comitium?

—Tan ocupado que te vas a quedar aquí en la azotea al otro lado del edificio de Quinlan para monitorearla.

—He dormido en peores condiciones —dijo Hunt. Isaiah también lo había hecho

—Y sería una buena manera de ocultarme para mantener vigilada a Quinlan y así ofrecer mayor protección.

Isaiah frunció el ceño.

—¿De verdad la consideras sospechosa?

—No lo he descartado —dijo Hunt encogiéndose de hombros—. Micah tampoco la descartó. Así que hasta que demuestre lo contrario, no la eliminaré de *mi* lista.

Hunt se preguntaba quién demonios podría terminar en la lista de sospechosos de Quinlan. Al ver que Isaiah sólo asentía, Hunt preguntó:

—¿Vas a decirle a Micah que la estoy vigilando todo el día?

—Si nota que no estás durmiendo en las barracas, le diré. Mientras tanto, lo que no sepa no le hace daño.

—Gracias.

Esa palabra no formaba parte del vocabulario normal de Hunt, especialmente dirigida a alguien con alas, pero la dijo con sinceridad. Isaiah siempre había sido el mejor de todos ellos, el mejor de los Caídos y de todos los legionarios con los que había servido Hunt. Isaiah debería estar en la Guardia Asteriana con esas habilidades y sus alas blancas impecables pero, como Hunt, Isaiah había salido de la alcantarilla. Sólo los nacidos en altas posiciones eran suficiente para pertenecer a la legión privada de élite de los asteri. Incluso si eso significaba pasar por alto a buenos soldados como Isaiah.

Hunt, con sus alas grises y su sangre común, a pesar de sus relámpagos, nunca había sido considerado. Ya era suficiente privilegio que lo invitaran a unirse a la 18va de élite de Shahar. La había amado a ella casi de inmediato por haber visto su valor y el de Isaiah. Todos los miembros de la 18va habían sido así: soldados que ella había seleccionado no por su estatus sino por sus habilidades. Su verdadero valor.

Isaiah hizo un ademán en dirección del DCN y el Comitium dentro de él.

—Ve por tu equipo a las barracas. Necesito pasar ahí antes de reunirme con Micah.

Isaiah vio a Hunt parpadear y agregó un poco incómodo:

—Le debo una visita al príncipe Ruhn para confirmar la coartada de Quinlan.

Era la última puta cosa que quería hacer Hunt, y sabía que era la última puta cosa que quería hacer Isaiah, pero los protocolos eran los protocolos.

—¿Quieres que vaya contigo? —ofreció Hunt. Era lo menos que podía ofrecer.

La comisura de los labios de Isaiah se levantó un poco.

—Considerando que le rompiste la nariz a Danaan la última vez que estuvieron juntos en una habitación, voy a decir que no.

Sabia decisión. Hunt dijo con voz lenta:

—Se lo merecía.

A Micah, por fortuna, todo el evento (el Incidente como lo llamaba Naomi) le pareció divertido. No cualquier día alguien hacía ver su suerte a las hadas, así que incluso el gobernador celebró con discreción aquel altercado durante las celebraciones del Equinoccio de Primavera del año anterior. Le había dado a Hunt toda una semana libre por ello. *Una suspensión*, dijo Micah, pero esa suspensión vino con un cheque más grande de lo normal. Y tres muertes menos que pagar.

Isaiah dijo:

—Te llamaré después para ver cómo estás.

—Buena suerte.

Isaiah lo miró con una sonrisa cansada y desgastada, el único indicio de la rutina de todos esos años con los dos tatuajes, y salió a buscar a Ruhn Danaan, el Príncipe Heredero de las hadas.

Bryce recorrió la sala de exhibiciones una vez, soltó un leve quejido por el dolor de su pierna y se quitó los tacones con tanta fuerza que uno chocó contra la pared e hizo que temblara un jarrón antiguo.

Una voz tranquila preguntó a sus espaldas:

—Cuando claves los huevos de Hunt Athalar a la pared, ¿me podrías hacer un favor y tomar una fotografía?

Ella volteó a la pantalla de video que se había vuelto a encender... y la hechicera seguía ahí.

—¿En serio quieres involucrarte en esto, jefa?

Jesiba se recargó en su silla dorada, una reina sin preocupaciones.

—¿La venganza tradicional no es atractiva?

—No tengo idea de quién podría desear la muerte de Danika y la jauría. Ninguna.

Tenía sentido cuando parecía que Briggs era el responsable de invocar al demonio para que lo hiciera: ese mismo día salió. Danika estaba nerviosa y alterada por eso y luego había muerto. Pero si no había sido Briggs, y ahora con el asesinato de Maximus Tertian... No sabía dónde empezar.

Pero lo haría. Encontraría al responsable. Una pequeña parte de ella quería hacer que Micah Domitus se comiera sus palabras por haber implicado que ella podría ser una persona *de interés* para el caso pero... Apretó los dientes. Encontraría al responsable y lo haría arrepentirse de haber nacido.

Bryce avanzó hacia el escritorio intentando controlar su cojeo. Se recargó en el borde del mueble.

—El gobernador debe estar desesperado.

Y loco, si estaba pidiéndole ayuda a ella.

—No me importan las intenciones del gobernador —dijo Jesiba—. Puedes jugar a la detective vengadora todo lo que quieras, Bryce, pero recuerda que tienes un trabajo. Las juntas con los clientes no pueden pasar a un segundo plano.

—Lo sé —respondió Bryce mientras se mordía el interior de la mejilla—. Si la persona que está detrás de esto tiene la fuerza suficiente para invocar a un demonio como ése para que haga su trabajo sucio, tal vez yo también muera.

Era muy probable, dado que no había decidido si haría el Descenso o no.

Esos ojos grises y brillantes recorrieron la cara de la joven.

—Entonces mantén a Athalar cerca.

Bryce se irritó un poco. Como si ella fuera una pequeña mujercita que necesitara un gran guerrero fuerte para protegerla.

Aunque en esencia eso *era* cierto. Casi cierto del todo.

Total y definitivamente cierto, en caso de que ese demonio fuera invocado de nuevo.

Pero haría su lista de sospechosos. Y la otra tarea que le había dado, hacer una lista de los últimos lugares que Danika visitó... Su cuerpo se tensó sólo de pensarlo.

Tal vez aceptaría la protección de Athalar, pero no tenía que ponérsela fácil al pendejo presuntuoso.

Sonó el teléfono de Jesiba. La mujer volteó a ver la pantalla de su aparato.

—Es el padre de Tertian —le lanzó una mirada de advertencia a Bryce—. Si empiezo a perder dinero porque estás jugando a la detective con el Umbra Mortis, te convertiré en una tortuga.

Se llevó el teléfono a la oreja y la transmisión terminó.

Bryce exhaló largo y profundo antes de presionar el botón para cerrar la pantalla de la pared.

El silencio de la galería se enredó a su alrededor, carcomiéndole los huesos.

Lehabah, por una vez, no parecía haber escuchado. No había sonidos de golpeteo en la puerta de hierro que llenaran el gran silencio. No había ni un susurro de la pequeña e irremediablemente entrometida duendecilla de fuego.

Bryce apoyó el brazo en la superficie fresca del escritorio y se sostuvo la frente con la mano.

Danika nunca había mencionado que conociera a Tertian. Nunca habían siquiera hablado de él, ni una sola vez. ¿Y eso era lo que tenía para empezar su investigación?

Sin Briggs como el invocador-asesino, el asesinato no tenía sentido. ¿Por qué el demonio había elegido su departamento cuando estaba tres pisos arriba y localizado en un edificio que en teoría tenía vigilancia? Tenía que ser intencional. Danika y los demás, incluido Tertian, debían ser los objetivos y la conexión de Bryce con el vamp una terrible coincidencia.

Bryce tocó el amuleto que colgaba de su cadena dorada y lo movió hacia adelante y hacia atrás en la cadena.

Más tarde. Pensaría en esto en la noche, porque... miró el reloj. Mierda.

Tenía otro cliente en cuarenta y cinco minutos, lo cual significaba que tendría que terminar el tsunami de papeleo para el grabado en madera de Svadgard comprado el día anterior.

O tal vez debería ponerse a trabajar en la solicitud de empleo que había mantenido en secreto en su computadora, en un documento con el título falso de *Hojas de cálculo de proveedor de papelería*.

Jesiba, que la dejó a cargo de todo, desde surtir de papel de baño hasta ordenar papel para la impresora, nunca abriría ese archivo. Nunca vería que entre los documentos reales que Bryce había guardado ahí había una carpeta, *Facturas de marzo de insumos de oficina*, que no contenía una hoja de cálculo. Tenía una carta, un currículum y unas solicitudes a medio completar para buscar empleo en unos diez diferentes lugares.

Algunos eran muy improbables. *Curadora Asociada del Museo de Arte de Ciudad Medialuna*. Como si fuera posible que ella consiguiera ese empleo cuando no tenía un título ni de arte ni de historia. Y cuando la mayoría de los museos pensaban que los sitios como Antigüedades Griffin deberían ser ilegales.

Otras posiciones (*Asistente personal de la Señorita Abogada Muyimportante*) serían más de lo mismo. Diferente entorno y jefe, pero el mismo tipo de mierda.

Pero eran una salida. Sí, tendría que negociar un acuerdo con Jesiba respecto a sus deudas y evitar averiguar si tan sólo mencionar que pensaba irse la dejaría convertida en algún animal rastrero, pero al menos trabajar en las solicitudes y reajustar su currículo una y otra vez la hacía sentir mejor. Algunos días.

Pero si el asesino de Danika había vuelto a aparecer, si estar en este empleo sin salida podía ayudar... Esos currículums eran una pérdida de tiempo.

La pantalla oscura de su teléfono apenas reflejaba las luces altas, altas en el techo.

Bryce suspiró otra vez, tecleó su clave en el aparato y abrió los mensajes.

No te arrepentirás de esto, he tenido mucho tiempo para decidir las maneras en que voy a mimarte. Y todo lo que nos vamos a divertir.

Podría haber recitado los mensajes de Connor de memoria, pero era más doloroso verlos. Dolía lo suficiente para sentirlo en todas las partes de su cuerpo, los restos oscuros de su alma. Así que siempre los veía.

Ve a divertirte. Nos veremos en unos días.

La pantalla blanca le quemaba los ojos. *Mándame un mensaje cuando llegues a tu casa.*

Cerró el mensaje. Y no se atrevió a abrir sus mensajes de voz. Por lo general tenía que estar en una de sus espirales emocionales de la muerte para hacer eso. Volver a oír la voz de Danika riendo.

Bryce exhaló largo y profundo, luego otra vez, luego otra.

Encontraría al responsable. Por Danika, por la Jauría de Diablos, lo haría. Haría cualquier cosa.

Abrió otra vez su teléfono y empezó a escribir un mensaje de grupo a Juniper y Fury. Fury jamás respondía, en realidad la conversación era entre Bryce y June. Había escrito la mitad de su mensaje: *Philip Briggs no mató a Danika. Los asesinatos están empezando otra vez y yo...* y luego lo borró. Micah le había dado la orden de no hablar de esto y si alguien hackeaba su teléfono... No se arriesgaría a que la sacaran de la investigación.

Fury tenía que saber ya de esto. Que su supuesta *amiga* no la hubiera contactado... Bryce apartó ese pensamiento de su mente. Se lo diría a Juniper frente a frente. Si Micah tenía razón y había alguna conexión entre Bryce y cómo habían seleccionado a las víctimas, no podía arriesgarse a dejar a Juniper sin saberlo. No perdería a nadie más.

Bryce miró hacia la puerta de hierro sellada. Se frotó el dolor profundo en la pierna una vez antes de ponerse de pie.

El silencio caminó a su lado durante todo el recorrido por las escaleras hacia el piso de abajo.

14

Ruhn Danaan estaba parado frente a las enormes puertas de roble del estudio de su padre y respiró varias veces para tranquilizarse.

No tenía nada que ver con la carrera de treinta cuadras que acababa de hacer desde su oficina informal sobre un bar en la Vieja Plaza hasta la extensa villa de mármol de su padre en el corazón de CiRo. Ruhn exhaló y tocó a la puerta.

Sabía bien que no debía entrar sin avisar.

—Pase.

La voz fría del hombre se filtró por las puertas, se filtró por Ruhn. Pero él hizo a un lado todo indicio de su corazón desbocado, entró a la habitación y cerró la puerta detrás de él.

El estudio personal del Rey del Otoño era más grande que la mayoría de las casas de una familia. Los libreros cubrían dos pisos en cada muro, llenos de tomos y artefactos viejos y nuevos, mágicos y ordinarios. Un balcón dorado dividía el espacio rectangular, accesible por cualquiera de las escalinatas en espiral al frente y detrás, y en ese momento las pesadas cortinas de terciopelo negro bloqueaban la luz matutina detrás de las grandes ventanas que veían a un patio interior de la villa.

El planetario ubicado en la parte trasera del lugar atrajo la mirada de Ruhn: era un modelo mecánico funcional de sus siete planetas, lunas y sol. Estaba hecho de oro sólido. El aparato le fascinaba a Ruhn cuando era niño, cuando era lo suficientemente estúpido como para creer que le importaba un carajo a su padre. Pasaba horas ahí viendo al hombre hacer las observaciones y cálculos que apuntaba en sus cuadernos de cuero negro. Sólo una vez le preguntó a su padre qué estaba buscando.

Patrones fue lo único que le respondió su padre.

El Rey del Otoño estaba sentado en una de las cuatro mesas masivas, cada una llena de libros y una colección de aparatos de vidrio y metal. Experimentos para lo que fuese que hiciera su padre con esos *patrones*. Ruhn pasó junto a una de las mesas donde burbujeaba un líquido iridiscente en una esfera de vidrio sobre un mechero (tal vez su padre había creado la flama) y de la cual brotaban nubes de humo color violeta.

—¿Debería ponerme un traje de protección contra materiales peligrosos? —preguntó Ruhn mientras se acercaba a la mesa donde su padre se asomaba por un prisma de treinta centímetros de largo empotrado dentro de un delicado aparato de plata.

—Dime a qué vienes, príncipe —le dijo su padre con sequedad y uno de sus ojos color ámbar fijo en el aparato de observación sobre el prisma.

Ruhn no comentó sobre cómo los habitantes de la ciudad que pagaban impuestos se sentirían si supieran cómo una de sus siete Líderes pasaba sus días. Micah designaba a los seis Líderes inferiores, no eran electos en un proceso democrático. Había consejos dentro de consejos, diseñados para darle a la gente la ilusión de control, pero el orden principal de las cosas era simple: el gobernador gobernaba y los Líderes de la Ciudad dirigían sus propios distritos bajo él. Más allá de eso, la 33a Legión sólo respondía al gobernador, mientras que el Aux obedecía a los Líderes, dividido en unidades basadas en distritos y especies. A partir de ahí se hacía todo más confuso. Los lobos sostenían que las jaurías de metamorfos eran los comandantes del Aux, pero las hadas insistían en que la distinción les pertenecía a ellos. Eso hacía que la división, la *adjudicación*, de responsabilidades fuera difícil.

Ruhn dirigía la división de hadas del Aux desde hacía quince años. Su padre le había dado el mando y él había obedecido. No tenía mucha alternativa. Era bueno que hubiera entrenado toda su vida para ser un asesino letal y eficiente.

Aunque nada de eso le provocaba dicha.

—Están pasando cosas importantes —dijo Ruhn al llegar a detenerse al otro lado de la mesa—. Acaba de visitarme Isaiah Tiberian. Maximus Tertian fue asesinado anoche, de la misma manera que Danika y su jauría.

Su padre ajustó una perilla en el aparato del prisma.

—Recibí el informe en la mañana. Parece ser que Philip Briggs no fue el asesino.

Ruhn se tensó.

—¿Cuándo pensabas decírmelo?

Su padre levantó la vista del aparato del prisma.

—¿Tengo alguna obligación contigo, príncipe?

Era obvio que el bastardo no la tenía, sin importar su título. Aunque eran cercanos en la profundidad de su poder, seguía siendo un hecho que Ruhn, a pesar de su estatus de Astrogénito y de ser el poseedor de Espadastral, siempre tendría un poco menos que su padre. Él nunca había decidido, después de pasar por su Prueba y hacer el Descenso hacía cincuenta años, si era un alivio o una maldición haberse quedado corto en el nivel de poder. Por un lado, si hubiera sobrepasado a su padre, la cancha estaría inclinándose a su favor. Por otro, lo hubiera identificado firmemente como un rival.

Había sido testigo de lo que su padre le hacía a los rivales, y sabía que era mejor no estar en esa lista.

—Esta información es vital. Ya mandé llamar a Flynn y Declan para pedirles que aumenten el patrullaje en CiRo. Tendremos vigiladas todas las calles.

—Entonces no parece que hubiera sido necesario que te lo dijera, ¿o sí?

Su padre tenía casi quinientos años de edad, había usado la corona dorada del Rey del Otoño la mayor parte de ese tiempo y había sido un desgraciado durante todo ese tiempo. Y seguía sin mostrar ninguna señal de envejecimiento, no como lo hacían las hadas, con su gradual apagamiento hacia la muerte, como una camisa lavada demasiadas veces.

Por lo cual todavía tendrían que pasar unos cuantos siglos así. Jugando al príncipe. Obligado a tocar a la puerta y esperar que se le diera permiso de entrar. Obligado a arrodillarse y obedecer.

Ruhn era uno de cerca de una docena de príncipes hada en todo el planeta de Midgard y ya había conocido a casi todos los demás a lo largo de las décadas. Pero se distinguía por ser el único Astrogénito de todos. De todas las hadas.

Al igual que Ruhn, los otros príncipes servían conforme al mandato de reyes presuntuosos y vanidosos y servían en los diversos territorios como Líderes de los distritos de la ciudad o de zonas silvestres no habitadas. Algunos de ellos habían estado esperando ascender a sus tronos durante siglos, contaban las décadas como si fueran meses en una cuenta regresiva.

Eso le asqueaba. Siempre se había sentido así. Además de que todo lo que tenía era financiado por el bastardo frente a él: la oficina arriba del bar, la villa en CiRo adornada con antigüedades invaluables que su padre le había regalado cuando se ganó la Espadastral durante su Prueba. Ruhn nunca se quedaba en la villa y prefería vivir en una casa que compartía con sus dos mejores amigos cerca de la Vieja Plaza.

La cual también había comprado con dinero de su padre.

Según la versión oficial, el dinero provenía del «salario» que Ruhn recibía por ser el líder de las patrullas del Auxiliar de las hadas. Pero la firma de su padre autorizaba ese cheque semanal.

El Rey del Otoño levantó el aparato del prisma.

—¿El Comandante de la 33a dijo algo importante?

Se podía decir que la junta había sido un desastre.

Para empezar, Tiberian le había preguntado el paradero de Bryce la noche anterior, hasta que Ruhn estuvo a un suspiro de romperle la boca al ángel, sin importar que fuera el Comandante de la 33a o no. Luego Tiberian tuvo los huevos de preguntar dónde había estado *Ruhn*.

Ruhn no le informó al comandante que había sentido ganas de golpear a Maximus Tertian por tomar a Bryce de la mano.

Ella se hubiera molestado muchísimo. Y había podido manejarlo y le ahorró a Ruhn la pesadilla política que hubiera desatado una guerra entre las dos Casas. No sólo entre Cielo y Aliento y Flama y Sombra, sino entre los Danaan y los Tertian. Y por lo tanto todas las hadas y todos los vampiros que vivían en Valbara y en Pangera. Las hadas no se andaban con rodeos con sus pleitos. Tampoco los vampiros.

—No —dijo Ruhn—. Aunque Maximus Tertian murió unas cuantas horas después de tener una junta de negocios con Bryce.

Su padre colocó el prisma sobre la mesa e hizo una mueca con el labio.

—Te dije que le advirtieras a esa niña que permaneciera *callada*.

Esa niña. Bryce siempre era *esa niña* o *la niña* para su padre.

Ruhn no había escuchado al hombre pronunciar el nombre de Bryce en doce años. No desde su primera y última visita a esta villa.

Todo había cambiado después de aquella visita. Bryce había venido aquí por primera vez, una joven inmadura de trece años lista para al fin conocer a su padre y a su gente. Para conocer a Ruhn, que estaba intrigado ante el prospecto de enterarse de que tenía una media hermana después de más de sesenta años de ser un hijo único.

El Rey del Otoño insistió en que la visita fuera discreta intentando no tener que decir lo obvio: *hasta que el Oráculo susurre sobre tu futuro*. Lo que había sucedido resultó un gran desastre no sólo para Bryce sino también para Ruhn. El pecho todavía le dolía cuando recordaba cómo se había ido ella de la villa llorando de rabia, negándose a voltear hacia atrás siquiera una vez. El trato de su padre a Bryce le había abierto los ojos a Ruhn acerca de la verdadera naturaleza del Rey del Otoño... y el frío rey hada frente a él nunca había olvidado eso.

Ruhn había visitado a Bryce con frecuencia en la casa de sus padres a lo largo de los siguientes tres años. Ella era un punto de luz, el más brillante para ser honestos. Hasta esa estúpida y vergonzosa pelea entre ellos que había dejado las cosas tan mal que Bryce todavía lo odiaba a muerte. No la culpaba, no con las palabras que él pronunció y de las cuales se arrepintió en cuanto brotaron de sus labios.

Ahora Ruhn dijo:

—La junta de *Bryce* con Maximus fue previa a mi advertencia de que se comportara. Llegué justo cuando estaban terminando.

Cuando recibió la llamada de Riso Sergatto, la voz risueña del metamorfo de mariposa sonaba demasiado seria, rara, lo cual hizo que saliera corriendo al Cuervo Blanco sin darse un momento para pensar si era buena idea.

—Yo soy su coartada, según Tiberian. Le dije que yo la acompañé a su casa y que me quedé ahí vigilando hasta mucho después que asesinaran a Tertian.

El rostro de su padre no reveló nada cuando dijo:

—Y sin embargo todavía no parece muy alentador que la niña haya estado en el club ambas noches y que haya interactuado con las víctimas unas horas antes.

Ruhn dijo algo tenso:

—Bryce no tuvo nada que ver con los asesinatos. A pesar de esta mierda de la coartada, el gobernador debe pensar lo mismo porque Tiberian juró que la 33a está vigilando a Bryce.

Hubiera sido admirable que lo hicieran de no ser porque todos los ángeles eran unos pendejos arrogantes. Por suerte, el más arrogante de esos pendejos no había sido el que había visitado a Ruhn en esta ocasión en particular.

—Esa niña siempre ha tenido un talento espectacular para estar donde no debe.

Ruhn controló la furia que empezaba a latir por sus venas, su magia de sombras que buscaba envolverlo, protegerlo de la vista de otros. Ése era otro de los motivos por el cual su padre le guardaba rencor: más allá de sus dones de Astrogénito, casi toda su magia se inclinaba hacia el lado de la familia de su madre, las hadas que gobernaban Avallen, la isla envuelta en niebla al norte. El corazón sagrado del mundo de las hadas. Su padre hubiera quemado Avallen hasta dejar solamente cenizas si hubiera podido. Que Ruhn no tuviera las flamas de su padre, las flamas de la mayoría de las hadas de Valbara, que tuviera en su lugar habilidades de Avallen —más de las que Ruhn dejaba ver— para invocar y caminar entre sombras, había sido un insulto imperdonable.

El silencio se extendió entre el padre y el hijo, interrumpido sólo por el tic-tac metálico de los planetas avanzando por sus órbitas en el planetario al otro lado de la habitación.

Su padre volvió a tomar el prisma y lo levantó hacia las lucesprístinas que brillaban en uno de los tres candelabros de cristal.

Ruhn dijo tenso:

—Tiberian dijo que el gobernador quiere evitar que se divulguen estos asesinatos, pero me gustaría que me dieras tu permiso de advertirle a mi madrc.

Cada una de esas palabras le provocaba irritación. *Me gustaría que me dieras tu permiso.*

Su padre hizo un ademán con la mano.

—Permiso concedido. Ella obedecerá a la advertencia.

De la misma manera que la madre de Ruhn había obedecido a todos durante toda su vida.

Escucharía y se mantendría discreta y sin duda aceptaría los guardias adicionales enviados a su villa, a una cuadra de la de Ruhn, hasta que toda esta mierda se solucionara. Tal vez incluso pasaría la noche con ella.

No era reina, ni siquiera consorte o pareja. No, su dulce y amable madre había sido seleccionada con un solo propósito: reproducirse. El Rey del Otoño había decidido, después de unos cuantos siglos de gobernar, que quería un heredero. Tal como la hija de una importante casa noble que había desertado de la corte de Avallen, ella cumplió con su deber gustosa, agradecida por el eterno privilegio que esto le ofrecía. En los setenta y cinco años de vida de Ruhn, nunca la había escuchado decir una mala palabra sobre su padre. Sobre la vida a la cual la habían limitado.

Incluso cuando Ember y su padre tuvieron su relación secreta y desastrosa, su madre no había sentido celos. Había tantas mujeres antes que ella, y después. Sin embargo. ninguna había sido elegida formalmente, no como ella, para continuar con el linaje real. Y cuando Bryce por fin llegó, las pocas veces que su madre la vio, había sido amable. Cariñosa, incluso.

Ruhn no podía decidir si admiraba a su madre por nunca cuestionar la jaula de oro en la que vivía. Si algo estaba mal en *él* por sentir resentimiento.

Tal vez nunca entendería a su madre, pero eso no impedía que sintiera un orgullo feroz por su linaje, que su control de las sombras lo separaba del pendejo frente a él, un recordatorio constante y bienvenido de que él no *tenía* que convertirse en un idiota dominante. Aunque la mayoría de los parientes de su madre en Avallen no fueran tanto mejores. Sus primos, en particular.

—Tal vez deberías llamarla —dijo Ruhn—, darle la advertencia en persona. Ella valoraría tu preocupación.

—Tengo otras ocupaciones —respondió su padre con tranquilidad.

Siempre le había sorprendido a Ruhn lo frío que era su padre cuando tenía esas flamas recorriéndole las venas.

—Puedes informarle tú mismo. Y no me dirás más cómo manejar mi relación con tu madre.

—No tienes una relación. La usaste para reproducirte como si fuera una yegua y luego la mandaste a pastar a la llanura.

Las chispas saltaron por la habitación.

—Tú te beneficiaste bastante con esa *reproducción*, Astrogénito.

Ruhn no se atrevió a decir las palabras que intentaban brotar de su boca. *Aunque mi estúpido puto* título *te otorgó mayor influencia en el imperio y entre los demás reyes, de todas maneras te dolió, ¿verdad? Que tu hijo, y no tú, retirara la Espadastral de la Cueva de Príncipes en el corazón oscuro de Avallen. Que tu hijo, y no tú, estuviera entre los antiguos Príncipes Astrogénitos ya muertos, dormidos en sus sarcófagos, y que fue considerado merecedor de extraer la espada de su funda. ¿Cuántas veces intentaste sacar la espada cuando eras joven? ¿Cuánta investigación hiciste en este estudio para encontrar maneras de blandir esta espada sin ser el elegido?*

Su padre lo señaló con el dedo.

—Necesito de tu *don*.

—¿Por qué?

Sus habilidades como Astrogénito eran poco más que una chispa de luzastral en la palma de su mano. Sus talentos de sombra eran el don más interesante. Incluso los monitores de temperatura en las cámaras de alta tecnología en la ciudad no podían detectarlo cuando caminaba entre sombras.

Su padre levantó el prisma.

—Dirige un rayo de tu luzastral a través de esto.

Sin esperar una respuesta, su padre volvió a poner un ojo en el visor de metal encima del prisma.

Por lo general, Ruhn requería de bastante concentración para invocar su luzastral, y a menudo lo dejaba con un dolor de cabeza durante varias horas pero... sintió suficiente curiosidad como para intentarlo.

Puso su dedo índice en el cristal del prisma, cerró los ojos y se concentró en su respiración. Dejó que el tic-tac del planetario lo guiara hacia abajo, abajo, abajo hacia el pozo negro dentro de él mismo, más allá del pozo inquieto de sus sombras hasta el pequeño hueco debajo de ellas. Ahí, enroscado en sí misma como una criatura hibernando, estaba una única semilla de luz iridiscente.

La tomó con cuidado en la palma mental de su mano, la agitó para despertarla y la llevó con cuidado hacia la superficie, como si estuviera cargando agua ente las manos. Hacia arriba a través de sí mismo, el poder ya iba brillando con anticipación, cálido y hermoso y prácticamente la única parte de sí mismo que le gustaba.

Ruhn abrió los ojos y vio la luzastral bailando en la punta de su dedo, refractada a través del prisma.

Su padre ajustó unos cuantos discos del aparato y con la otra mano hacía unas anotaciones.

La semilla de luzastral se volvió resbalosa y se desintegró en el aire a su alrededor.

—Sólo otro momento —ordenó el rey.

Ruhn apretó los dientes, como si eso lograra que la luzastral no se disolviera.

Otro clic del aparato y otra nota apuntada con la mano antigua y rígida. La Vieja Lengua de las hadas: su padre registraba todo en el idioma medio olvidado que su gente había usado cuando llegaron a Midgard por la Fisura Septentrional.

La luzastral tembló, brilló con más intensidad y luego desapareció para convertirse en nada. El Rey del Otoño gruñó molesto pero Ruhn casi no lo escuchó por el dolor de cabeza que tenía.

Logró controlarse lo suficiente para prestar atención mientras su padre hacía sus últimas anotaciones.

—¿Qué estás haciendo con esa cosa?

—Estudiando cómo se mueve la luz por el mundo. Cómo se le puede dar forma.

—¿No tenemos científicos en la UCM que hacen esto?

—Sus intereses no son los mismos que los míos —dijo su padre mientras lo observaba con atención. Y luego dijo, sin ninguna advertencia:

—Es hora de considerar mujeres para un matrimonio apropiado.

Ruhn parpadeó.

—¿Para ti?

—No te hagas el estúpido —su padre cerró el cuaderno y se recargó en la silla—. Le debes a tu linaje producir un heredero y expandir nuestras alianzas. El Oráculo decretó que serías un rey justo y noble. Éste es el primer paso en esa dirección.

Todas las hadas, hombres y mujeres, hacían una visita al Oráculo de la ciudad a la edad de trece años como uno de los dos Grandes Ritos de iniciación a la vida adulta: primero el Oráculo y luego la Prueba, unos cuantos años o décadas más tarde.

Ruhn sintió que se le revolvía el estómago ante el recuerdo de ese primer Rito, mucho peor que su terrible Prueba de muchas maneras.

—No me voy a casar.

—El matrimonio es un contrato político. Produces un heredero y luego regresas a acostarte con quien te dé la gana.

Ruhn gruñó.

—*No* me voy a casar. Y no será un matrimonio arreglado, eso tenlo por seguro.

—Harás lo que se te diga.

—Tú no contrajiste puto matrimonio.

—Yo no necesitaba la alianza.

—¿Pero ahora sí?

—Hay una guerra al otro lado del mar, en caso de que no lo recuerdes. Empeora con cada día que pasa y es probable que se disperse hasta acá. No planeo entrar en una guerra sin algún tipo de seguridad.

El pulso golpeaba el cuerpo de Ruhn cuando se quedó mirando a su padre. Lo decía muy en serio.

Ruhn logró decir:

—¿Planeas hacer que me case para que tengamos aliados sólidos en la guerra? ¿No somos aliados de los asteri?

—Lo somos. Pero la guerra es un tiempo de transición. Los poderes pueden reacomodarse. Debemos demostrar lo vitales e influyentes que somos.

Ruhn consideró las palabras.

—Estás hablando de casarme con alguien que no sea hada.

Su padre tenía que estar preocupado para siquiera considerar algo tan excepcional.

—La reina Hécuba murió el mes pasado. Su hija, Hypaxia, ha sido coronada la nueva reina bruja de Valbara.

Ruhn había visto las noticias. Hypaxia Enador era joven, no tenía más de veintiséis años. No existían fotografías de ella porque su madre la mantenía enclaustrada en su fortaleza de la montaña.

Su padre continuó:

— Los asteri reconocerán su reinado oficialmente en la Cumbre del mes entrante. La ataré a las hadas poco después de eso.

—Estás olvidando que Hypaxia tendrá su opinión sobre esto. Tal vez se ría de ti.

—Mis espías me dicen que ella se ceñirá a la vieja amistad de su madre con nosotros y que estará nerviosa como nueva gobernante y dispuesta a aceptar la mano amistosa que le ofrezcamos.

Ruhn tenía la sensación clara de estar siendo conducido a una telaraña, como si el Rey del Otoño estuviera atrayéndolo más hacia su centro.

—No me voy a casar con ella.

—Eres el Príncipe Heredero de las hadas de Valbara. No tienes alternativa.

La cara fría de su padre se veía tan similar a la de Bryce

que Ruhn apartó la mirada, incapaz de soportarlo. Era un milagro que nadie hubiera descubierto su secreto aún.

—El Cuerno de Luna sigue perdido —dijo el rey.

Ruhn volteó a ver a su padre.

—¿Y? ¿Eso qué tiene que ver con lo demás?

—Quiero que lo encuentres.

Ruhn miró los cuadernos, el prisma.

—Se perdió hace dos años.

—Y ahora estoy interesado en localizarlo. El Cuerno perteneció primero a las hadas. El interés público en recuperarlo ha disminuido; ahora es el momento indicado para conseguirlo.

Su padre golpeteó la mesa con la punta de un dedo. Algo lo había sacado de quicio. Ruhn consideró lo que observó en la agenda de su padre esta mañana cuando la revisó como comandante del Auxiliar hada. Reuniones con la nobleza altiva de las hadas, un entrenamiento con su guardia privado y...

—La junta con Micah fue buena esta mañana, supongo.

El silencio de su padre confirmó sus sospechas. El Rey del Otoño lo miró fijamente con sus ojos de ámbar, evaluando la postura, la expresión, todo lo relativo a Ruhn. Él sabía que siempre se quedaría corto, pero su padre dijo:

—Micah quería discutir que las defensas de nuestra ciudad se apoyaran entre sí en caso de que el conflicto del extranjero se diseminara hacia acá. Dejó claro que las hadas no eran... lo que eran antes.

Ruhn se quedó inmóvil.

—Las unidades del Aux de las hadas están en tan buena forma como las de los lobos.

—No se trata de nuestra fuerza en armas sino más bien de nuestra fuerza como pueblo —la voz de su padre destilaba disgusto.

—Las hadas han desaparecido poco a poco desde hace mucho tiempo, nuestra magia disminuye con cada generación, como vino mezclado con agua —frunció el ceño a Ruhn—. El primer príncipe Astrogénito podía cegar al enemigo con un destello de su luzastral. Pero tú apenas puedes invocar una chispita por un instante.

Ruhn apretó la mandíbula.

—El gobernador supo cómo fastidiarte. ¿Y qué?

—Insultó nuestra fuerza —el pelo de su padre brillaba con fuego, como si cada cabello se hubiera derretido—. Dijo que nosotros abandonamos el Cuerno en primer lugar y luego dejamos que se perdiera hace dos años.

—Lo robaron del Templo de Luna. Carajo, no lo *perdimos*.

Ruhn apenas sabía algo sobre el objeto, ni siquiera le había importado cuando se perdió dos años antes.

—Permitimos que un artefacto sagrado de nuestra gente se utilizara como una atracción turística barata —dijo su padre molesto—. Y quiero que *tú* lo encuentres otra vez.

Para así podérselo restregar a Micah en la cara.

Hombre pequeño y frágil. Eso era su padre.

—El Cuerno no tiene poder —le recordó Ruhn.

—Es un símbolo, y los símbolos siempre tendrán poder propio.

El cabello de su padre brilló con más intensidad.

Ruhn intentó controlar su instinto por encogerse un poco, su cuerpo tenso con el recuerdo de la mano ardiente de su padre envuelta alrededor de su brazo, quemando su carne. No había sombra que lo pudiera ocultar de él.

—Encuentra el Cuerno, Ruhn. Si la guerra llega a estas costas, nuestra gente lo necesitará de más de una manera.

Los ojos color ámbar de su padre brillaron. Había algo más que el hombre no le estaba diciendo.

Ruhn sólo podía pensar en otra cosa que le causara tanta irritación: que Micah sugiriera de nuevo a Ruhn como reemplazo de su padre para liderar la Ciudad en CiRo. Corría el rumor desde hacía años y Ruhn estaba seguro de que el arcángel tenía la inteligencia como para saber cuánto molestaría al Rey del Otoño. Con la Cumbre cerca, Micah sabía que fastidiar al rey de las hadas con una referencia a su poder decreciente era una buena manera de asegurarse de que el Aux de las hadas estuviera a la altura sin importar cualquier guerra.

Por el momento, Ruhn hizo a un lado esa información.

—¿Por qué no buscas *tú* el Cuerno?

Su padre exhaló despacio a través de su nariz larga y delgada y el fuego en su interior se convirtió en brasas. Asintió hacia la mano de Ruhn, donde tenía la luzastral.

—He estado buscando. Por dos años —Ruhn parpadeó pero su padre continuó—. Pelias, el primer Príncipe Astrogénito, originalmente poseía El Cuerno. Te darás cuenta que lo igual llama a lo igual, el simple hecho de investigarlo podría revelarte cosas que están ocultas para otros.

Ruhn apenas se molestaba en leer estos días, más allá de las noticias y los reportes del Aux. El prospecto de ponerse a estudiar tomos antiguos sólo por la posibilidad de que algo le saltara a la vista mientras había un asesino suelto...

—Nos meteremos en muchos problemas con el gobernador si nos quedamos el Cuerno.

—Entonces mantenlo discreto, Príncipe.

Su padre abrió el cuaderno otra vez. La conversación había terminado.

Sí, esto no era nada más que acariciar el ego político. Micah había provocado a su padre, había insultado su fuerza y ahora su padre quería mostrarle con exactitud el posicionamiento de las hadas.

Ruhn apretó los dientes. Necesitaba un trago. Un puto trago fuerte.

La cabeza le hervía al dirigirse a la puerta, el dolor de invocar la luzastral se arremolinaba en él con cada palabra que le lanzaba su padre.

Te dije que le advirtieras a la niña que se quedara callada.

Encuentra el Cuerno.

Lo igual llama a lo igual.

Un matrimonio apropiado.

Produce un heredero.

Se lo debes a tu linaje.

Ruhn azotó la puerta a sus espaldas. Cuando iba a la mitad del pasillo se permitió reír, una risa áspera y rasposa. Al menos el pendejo todavía no sabía que él había mentido sobre lo que le había dicho el Oráculo hacía ya muchas décadas.

Con cada paso que daba para salir de la villa de su padre, Ruhn podía escuchar de nuevo el murmullo sobrenatural del Oráculo leyendo el humo mientras él temblaba en su oscura cámara de mármol:

El linaje real terminará contigo, Príncipe.

15

Syrinx estaba arañando la ventana y tenía la cara aplastada contra el vidrio. Llevaba diez minutos gruñendo sin parar y Bryce, que ya estaba lista para instalarse en los cojines suaves del sillón en forma de L para ver su *reality* favorito de los martes, por fin volteó para ver por qué hacía tanto escándalo.

La quimera era un poco más grande que un terrier y estaba resoplando y rascando el vidrio que iba de piso a techo. El sol del atardecer hacía que su pelaje dorado y rizado brillara con un tono metálico. La cola larga y cubierta de pelo oscuro en la punta, como la de un león, se movía hacia adelante y hacia atrás. Las orejitas dobladas estaban pegadas a su cabeza redonda y peluda, y los pliegues de su piel y el pelo más largo alrededor de su cuello —que no era del todo una melena— vibraban con sus gruñidos mientras con sus patas demasiado grandes, con garras como de ave de rapiña, ahora estaban...

—*¡Deja de hacer eso!* ¡Estás rasguñando el vidrio!

Syrinx volteó a ver por encima de su hombro redondo y musculoso, su cara más parecida a la de un perro que a cualquier otra cosa, y entrecerró sus ojos oscuros. Bryce le sostuvo la mirada, molesta.

El resto de su día había sido largo, raro y agotador, en especial después de recibir un mensaje de Juniper que decía que Fury le había avisado sobre la inocencia de Briggs y del nuevo asesino y le advertía a Bryce que tuviera cuidado. Dudaba que alguna de sus amigas supiera sobre su participación en la búsqueda del asesino, o del ángel que le habían asignado para que trabajara con ella, pero le dolió, sólo un poco. Que Fury no se hubiera molestado en buscarla en persona. Que hasta June lo hubiera hecho con un mensaje de texto y no cara a cara.

Bryce tenía la impresión de que mañana sería igual de cansado, si no es que peor. Así que ponerse a discutir con una quimera de quince kilos no entraba dentro de su definición de un momento de relajación muy necesario.

—Acabas de salir a caminar —le recordó a Syrinx—. *Y* te serví un plato extra de comida para cenar.

Syrinx hizo un sonido como *hmmph* y volvió a rascar la ventana.

—*¡Quimera mala!* —refunfuñó Bryce. Sin mucho entusiasmo, eso sí, pero *intentó* sonar como alguien con autoridad.

Cuando se trataba de la pequeña bestia, el dominio era una cualidad que ambas fingían que tenía ella.

Con un gemido, Bryce se levantó del nido de cojines y caminó por la madera y la alfombra hacia la ventana. En la calle, los automóviles avanzaban lento, algunos trabajadores regresaban con pesadez a sus casas y algunas personas caminaban tomadas del brazo rumbo a uno de los restaurantes de lujo situados a lo largo del río al final de la cuadra. Por encima de ellos, el sol poniente manchaba el cielo de rojo y dorado y rosado, las palmeras y los cipreses se mecían en la brisa fresca de la primavera y... Y ahí estaba un hombre alado sentado en la azotea de enfrente. Mirándola sin parpadear.

Conocía esas alas grises, el cabello oscuro al hombro y la silueta de esos hombros amplios.

Protección había dicho Micah.

Pura mierda. Casi tenía la certeza de que el gobernador seguía sin confiar en ella, coartada o no.

Bryce le dedicó una sonrisa radiante a Hunt Athalar y cerró de un tirón las cortinas pesadas.

Syrinx aulló porque quedó atrapado en ellas y avanzó con su cuerpo regordete en reversa para salir de entre los pliegues de la tela. Su cola se movía de un lado al otro y Bryce lo miró con las manos en la cadera.

—¿Estabas *disfrutando* la vista?

Syrinx le mostró todos sus dientes puntiagudos y volvió a ladrar, luego trotó hacia el sillón y se lanzó en los cojines tibios donde ella había estado sentada. El retrato vivo de la desesperanza.

Un momento después, su teléfono vibró en la mesa de centro. Justo cuando empezaba su programa.

No conocía el número, pero eso no le sorprendió cuando contestó dejándose caer en los cojines. Hunt gruñó:

—Abre las cortinas. Quiero ver el programa.

Ella puso ambos pies descalzos sobre la mesa.

—No sabía que los ángeles se dignaban a ver televisión basura.

—Preferiría ver el juego de solbol que está pasando ahorita, pero me conformo con lo que sea.

La idea del Umbra Mortis viendo una competencia de citas era tan risible que Bryce pausó el programa en vivo. Al menos ahora podría adelantar los comerciales.

—¿Qué estás haciendo en esa azotea, Athalar?

—Lo que me ordenaron hacer.

Que los dioses la libraran.

—Protegerme no te da derecho a invadir mi privacidad.

Podía aceptar la sabiduría en la idea de que Hunt la protegiera, pero no tenía que ceder toda su privacidad y su espacio.

—Otras personas estarían en desacuerdo —ella abrió la boca para protestar pero él la interrumpió—. Tengo mis órdenes. No puedo desobedecer.

Bryce sintió un nudo en el estómago. No, Hunt Athalar no podía desobedecer sus órdenes, bajo ningún concepto.

Ningún esclavo podía hacerlo, ya fuera vanir o humano. Así que ella preguntó:

—¿Y cómo conseguiste este número?

—Está en tu expediente.

Ella dio golpecitos con el pie en la mesa.

—¿Visitaste al príncipe Ruhn?

Ella hubiera dado un marco de oro a cambio de ver a su hermano enfrentarse cara a cara con el asesino personal de Micah.

Hunt gruñó:

—Isaiah fue —Bryce sonrió—. Es el protocolo estándar.

—¿Así que incluso después de que tu jefe te asignó la tarea de encontrar a este asesino sentiste la necesidad de investigar si mi coartada era verdadera?

—Yo no escribí las putas reglas, Quinlan.

—Hmm.

—Abre las cortinas.

—No, gracias.

—O podrías invitarme a pasar y hacer mi trabajo más sencillo.

—Para nada.

—¿Por qué?

—Porque puedes hacer el trabajo igual de bien desde esa azotea.

La risa de Hunt vibró en sus huesos.

—Nos ordenaron que averiguáramos todo sobre estos asesinatos. Así que odio tener que decirte esto, corazón, pero estamos a punto de volvernos íntimos.

La manera en que dijo *corazón*, con la voz llena de desprecio, condescendencia y vanidad, la hizo apretar los dientes.

Bryce se puso de pie, avanzó hacia la ventana bajo la cuidadosa mirada de Syrinx y abrió las cortinas lo suficiente para ver al ángel parado en la azotea opuesta, con el teléfono al oído y las alas grises ligeramente abiertas, como si se estuviera equilibrando contra el viento.

—Estoy segura de que te excita todo esto de ser el protector de damiselas en apuros, pero me pidieron a *mí* liderar este caso. Tú eres el apoyo.

Incluso desde el otro lado de la calle pudo ver cómo ponía los ojos en blanco.

—¿Podemos ahorrarnos esta mierda de quién es el jefe?

Syrinx le empujó las pantorrillas y luego asomó la cabeza entre sus piernas para ver al ángel.

—¿Qué *es* esa mascota que tienes?

—Es una quimera.

—Se ve cara.

—Lo fue.

—Tu departamento también se ve bastante caro. Esa hechicera debe pagarte bien.

—Así es.

Una verdad y una mentira.

Las alas del ángel se abrieron más.

—Ya tienes mi número. Llámame si algo sale mal, si algo se siente mal o si necesitas cualquier cosa.

—¿Como una pizza?

Pudo ver con claridad el dedo medio que Hunt levantó por encima de su cabeza. Vaya con la Sombra de la Muerte.

Bryce ronroneó:

—*Serías* un buen repartidor con esas alas.

Pero los ángeles en Lunathion nunca se rebajaban a ese tipo de trabajo. Jamás.

—Mantén las malditas cortinas abiertas, Quinlan.

Hunt colgó.

Ella le hizo un saludo con la mano con expresión de burla. Y cerró las cortinas por completo.

Su teléfono vibró con un mensaje justo cuando acababa de volver a sentarse.

¿Tienes hechizos de protección en tu departamento?

Ella no se esforzó por disimular su hartazgo y respondió al mensaje.

¿Me veo estúpida?

Hunt respondió rápido.

Están pasando cosas en esta ciudad y te han dado la mejor protección contra ellas, pero estás fastidiándome con tu privacidad. Creo que eso es suficiente respuesta sobre tu inteligencia.

Los pulgares de Bryce volaron sobre la pantalla mientras escribía con el ceño fruncido.

Ten la amabilidad de irte al carajo.

Presionó el botón de enviar antes de pensar qué tan sabio era decirle eso al Umbra Mortis.

No respondió. Con una sonrisa orgullosa, tomó el control remoto.

Un *golpe* contra la ventana la hizo saltar del susto y Syrinx salió corriendo hacia las cortinas, ladrando como loco.

Ella le dio la vuelta al sillón y abrió las cortinas de un golpe preguntándose qué demonios había lanzado hacia su ventana...

El ángel caído estaba flotando justo ahí. Mirándola con furia.

Ella se negó a retroceder a pesar de que el corazón le latía desbocado. Se negaba a hacer cualquier cosa que no fuera abrir la ventana y, con el aire que movían sus poderosas alas despeinándola, dijo:

—*¿Qué?*

Los ojos oscuros de Hunt ni siquiera parpadearon. Impresionante... esa era la única palabra en la que podía pensar Bryce para describir su rostro apuesto, lleno de líneas poderosas y pómulos angulares.

—Puedes hacer esta investigación sencilla o la puedes hacer difícil.

—Yo no...

—Ahórratelo —dijo Hunt y su cabello oscuro se movió con el viento.

El sonido del batir de sus alas opacaba el ruido del tráfico de abajo, también de los humanos y vanir que ahora lo veían con la boca abierta

—Detestas que te observen, te mimen o lo que sea —cruzó sus brazos musculosos—. Pero ninguno de nosotros puede opinar sobre este trato. Así que en vez de gastar tu aliento en discutir sobre límites, ¿por qué no haces esa lista de sospechosos y de los movimientos de Danika?

—¿Por qué no dejas de decirme qué debería estar haciendo con mi tiempo?

Podría haber jurado que sintió el sabor del éter cuando él gruñó:

—Voy a ser honesto contigo.

—Yupi.

Las fosas nasales de Hunt se ensancharon.

—Yo voy a hacer lo que sea para resolver este caso. Aunque eso signifique atarte a una puta silla hasta que escribas esas listas.

Bryce esbozó una mueca burlona..

—Sadomasoquismo. Lindo.

Los ojos de Hunt se oscurecieron.

—No. Te. Hagas. La. Graciosa. Carajo.

—Sí, sí, tú eres el Umbra Mortis.

Él mostró los dientes.

—No me importa cómo me llames, Quinlan, mientras hagas lo que se te ordena.

Puto alfadejo.

—La inmortalidad es mucho tiempo para ser tan apretado.

Bryce se puso las manos en la cadera. Trató de no fijarse en que Syrinx le restaba autoridad al estar bailando a sus pies, dando saltitos.

El ángel apartó la mirada de ella y se puso a estudiar a su mascota con las cejas arqueadas. La cola de Syrinx se movía y ondeaba. Hunt resopló, como si no pudiera evitarlo.

—Eres una bestia muy lista, ¿verdad? —miró a Bryce con recelo—. Más listo que tu dueña, al parecer.

No cualquier alfadejo, el Rey de los Alfadejos.

Pero Syrinx se sentía muy orgulloso. Y Bryce sintió la necesidad de ocultar a Syrinx de Hunt, de quien fuera, de todo. Él era de *ella*, de nadie más, y no le gustaba mucho la idea de que alguien entrara a su pequeña burbuja...

Hunt subió la mirada y la vio a los ojos.

—¿Tienes algún arma?

El brillo puramente masculino de sus ojos le indicó que él asumía que no.

—Vuelve a molestarme —dijo ella con dulzura antes de cerrarle la ventana en la cara— y lo averiguarás.

Hunt se preguntaba en cuántos problemas se metería si lanzaba a Bryce Quinlan al Istros.

Después de la mañana que había tenido, cualquier castigo de Micah o la posibilidad de que Jesiba Roga lo convirtiera en cerdo le parecían buenas alternativas.

Recargado contra un poste del alumbrado, con el rostro cubierto de la lluvia densa como niebla que flotaba por la ciudad, Hunt apretó la mandíbula con tanta fuerza que le dolía. A esta hora, las personas que regresaban a sus casas llenaban las calles angostas de la Vieja Plaza: algunos se dirigían a sus trabajos en las incontables tiendas y galerías, otros se dirigían a las torres del DCN, a un kilómetro al oeste. Pero todos, eso sí, notaban sus alas, su cara y se apartaban de su camino.

Hunt ignoró a todos y miró el reloj de su teléfono. Las ocho con quince.

Había esperado suficiente tiempo para hacer la llamada. Marcó al número y se llevó el teléfono al oído. Lo escuchó sonar una vez, dos...

—Por favor dime que Bryce está viva —contestó Isaiah con una voz jadeante que le informaba a Hunt que o estaba en el gimnasio de las barracas o estaba disfrutando de la compañía de su novio.

—Por el momento.

Se escuchó el bip de una máquina, como si Isaiah redujera la velocidad de su caminadora.

—¿Quiero saber por qué me estás llamando tan pronto? —una pausa—. ¿Por qué estás en la calle Samson?

Aunque era probable que Isaiah rastreara su ubicación a través de la señal del teléfono de Hunt, eso no impidió que Hunt frunciera el ceño hacia la cámara más cercana visible. Quizá también habría otras ocultas en los cipreses y en las palmeras que bordeaban a las aceras, o alguna disfrazada como aspersor en el césped húmedo alrededor de las flores, o integrada a los postes de alumbrado como en el que estaba recargado.

Alguien siempre estaba observando. En toda esta puta ciudad, territorio y mundo, alguien siempre estaba observando. Las cámaras estaban tan hechizadas y vigiladas que eran a prueba de bombas. Incluso si la ciudad se convirtiera en ruinas bajo la magia letal de los misiles de azufre de la Guardia Asteriana, las cámaras continuarían grabando.

—¿Estás consciente —preguntó Hunt con la voz rasposa, mientras veía pasar un grupo de codornices del otro lado de la calle, sin duda una pequeña familia de metamorfos— de que las quimeras pueden abrir cerrojos, abrir puertas y brincar entre dos sitios como si estuvieran caminando de un lugar al otro?

—¿No...? —respondió Isaiah entre jadeos.

Al parecer, Quinlan tampoco lo sabía si se molestaba en tener a su bestia en una jaula. Aunque tal vez la maldita cosa funcionaba más como un sitio para que la quimera estuviera cómoda, como la gente hacía con sus perros. Ya que no habría manera de mantenerlo contenido sin echar mano de muchos encantamientos.

Los Inferiores, la clase de vanir a quienes pertenecía la quimera, tenían todo tipo de poderes interesantes y pequeños como esos. Era parte de por qué valían tanto en el mercado. Y de por qué, incluso milenios después, el senado y los asteri habían rechazado cualquier intento por cambiar las leyes que los calificaban como propiedad para ser intercambiada. Los Inferiores eran demasiado peligrosos, decían, incapaces de comprender las leyes, con poderes que podrían resultar disruptivos si se les liberaba de los diversos hechizos y tatuajes mágicos que los controlaban.

Y demasiado lucrativos, en especial para la élite gubernamental cuyas familias se beneficiaban de su comercio.

Así que seguían siendo Inferiores.

Hunt guardó sus alas una por una. El agua formaba gotas en las plumas grises como si fueran joyas transparentes.

—Esto ya es una pesadilla.

Isaiah tosió.

—Vigilaste a Quinlan una noche.

—Diez horas, para ser exacto. Justo hasta el momento en que la quimera que tiene por mascota *apareció* de la nada junto a mí al amanecer, me mordió el trasero por parecer que me estaba durmiendo y luego volvió a desaparecer para regresar al departamento. Justo cuando Quinlan salió de su recámara y abrió las cortinas para ver cómo me sobaba el trasero como un puto idiota. ¿*Sabes* lo afilados que son los dientes de una quimera?

—No.

Hunt podría haber jurado que escuchó la sonrisa en la voz de Isaiah.

—Cuando volé hacia su departamento para explicarle, encendió la música a todo volumen y me ignoró como la malcriada que es.

Con suficientes encantamientos alrededor de su departamento para mantener a un grupo de ángeles afuera, Hunt ni siquiera había intentado atravesar la ventana porque estuvo poniendo los hechizos a prueba toda la noche. Así que se había visto obligado a mirarla furioso del otro lado del vidrio. Regresó a la azotea sólo cuando la vio salir de su recámara sin ropa salvo un sostén deportivo y una tanga. La sonrisa que esbozó al ver sus alas moverse hacia atrás fue de rasgo felino.

—No la volví a ver hasta que salió a correr. Me hizo una seña con el dedo al salir.

—¿Entonces fuiste a la Calle Samson a rumiar? ¿Cuál es la emergencia?

—La emergencia, pendejo, es que es posible que la mate antes de que encontremos al verdadero asesino.

Había demasiadas cosas en juego en este caso.

—Sólo estás encabronado porque no se asustó ni se ha convertido en tu admiradora.

—Como si tuviera putas ganas de que alguien me *admirara*...

—¿Dónde está Quinlan ahora?

—Está pintándose las uñas.

Isaiah hizo una pausa que sonó muy parecida a como sonaba cuando estaba intentando no soltar una carcajada.

—Eso explica tu presencia en la Calle Samson antes de las nueve.

—Mientras miro por la ventana a un *salón de uñas* como un maldito acosador.

El hecho de que Quinlan no estuviera trabajando de inmediato para encontrar al asesino le irritaba casi tanto como su comportamiento. Y Hunt no podía evitar sentir sospecha. No sabía cómo o por qué podría ella haber matado a Danika, su jauría y a Tertian, pero ella había estado conectada con todos ellos. Había ido al mismo sitio las noches de los asesinatos. Sabía algo... o había hecho algo.

—Voy a colgar —el imbécil estaba sonriendo, Hunt lo sabía.

—Has enfrentado a ejércitos enteros, sobreviviste a la arena de Sandriel, has marchado lado a lado con arcángeles —rio Isaiah—. Seguro una chica fiestera no es tan difícil como todo eso.

La llamada se cortó.

Hunt apretó los dientes. A través de la ventana del salón podía distinguir perfectamente a Bryce sentada en una de las estaciones de trabajo de mármol con las manos estiradas en dirección a una bonita draki con escamas color dorado rojizo que le estaba poniendo *otra* capa de barniz a sus uñas. ¿Cuántas capas *necesitaba*?

A esta hora, sólo había unos cuantos clientes sentados dentro del salón limándose las uñas o garras y pintándoselas o lo que fuera que hicieran ahí dentro. Pero nadie dejaba de ver hacia la ventana. A él.

Ya se había ganado una mirada molesta de la metamorfa de halcón con cabello color verde azulado que estaba en el mostrador de la entrada, pero no se había atrevido a salir a pedirle que dejara de poner nerviosos a sus clientes y que se fuera.

Bryce permaneció ahí sentada, sin hacerle ningún caso. Platicando y riendo con la draki que le estaba arreglando las uñas.

Le tomó a Hunt unos segundos lanzarse a los cielos cuando Bryce salió de su departamento. La siguió desde arriba, muy consciente de que habría conductores que lo grabarían si aterrizaba en medio de la calle para apretarle las manos alrededor del cuello.

Al parecer, el salón de uñas estaba a quince cuadras de distancia. Byrce apenas había empezado a sudar cuando llegó al salón con la ropa deportiva húmeda por la lluvia fina y lo miró como para advertirle que se quedara afuera.

Eso había sido hacía una hora. Una hora llena de taladros y lijas y tijeras que utilizaban en sus uñas de una manera que haría a la misma Cierva encogerse. Tortura pura.

Cinco minutos. Quinlan tendría cinco putos minutos más y luego entraría para sacarla a tirones del lugar. Micah debía haber perdido la cabeza, ésa era la única explicación de por qué le había pedido a ella su ayuda, en especial si ella priorizaba sus *uñas* sobre resolver el asesinato de su amiga.

No sabía por qué lo sorprendía. Después de todo lo que había visto, toda la gente que había conocido y soportado, este tipo de mierda debería haberle dejado de molestar hacía mucho tiempo.

Alguien con el aspecto de Quinlan se acostumbraría a que su rostro y su cuerpo le abrieran todas las puertas sin una sola protesta. Ser mitad humana tenía algunas desventajas, sí, varias, si era honesto en su evaluación del estado del mundo. Pero a ella le había ido bien. Bastante pinche bien, a juzgar por ese departamento.

La draki hizo a un lado la botella y dio un golpecito con la garra de la punta de sus dedos sobre las uñas de Bryce. La magia sacó chispas y el cabello de Bryce, que traía recogido en una coleta, se movió como si un viento seco hubiera soplado a su lado.

Similar a las hadas de Valbara, la magia draki se inclinaba hacia la flama y el viento. En los climas al norte de Pangera, sin embargo, había conocido draki y hadas cuyos poderes podían invocar agua, lluvia, niebla... magia basada en elementos. Pero incluso entre las hadas y los draki solitarios, nadie portaba el poder de los relámpagos. Lo sabía, porque había buscado... desesperado en su juventud por encontrar a alguien que le pudiera enseñar a controlarlo. Al final, tuvo que enseñarse a sí mismo.

Bryce se revisó las uñas y sonrió. Y después abrazó a la draki. Un puto *abrazo*. Como si fuera una maldita heroína de guerra por lo que había hecho.

Hunt se sorprendió de no haberse quedado sin dientes de tanto que los había apretado para cuando ella salió por la puerta despidiéndose con la mano de la metamorfa de halcón que atendía la recepción, quien le dio un paraguas transparente, tal vez como un préstamo para protegerse de la lluvia.

La puerta de vidrio se abrió y Bryce por fin vio a Hunt a los ojos.

—¿Es una puta *broma*? —las palabras surgieron de él como una explosión.

Ella abrió el paraguas y casi le sacó un ojo.

—¿Tenías algo mejor que hacer con tu tiempo?

—Me hiciste esperar en la lluvia.

—Eres un hombre grande y rudo. Creo que puedes manejar mojarte un poco.

Hunt empezó a caminar a su lado.

—Te dije que hicieras esas dos listas. No que visitaras un puto salón de belleza.

Ella se detuvo en una intersección, esperando que avanzaran los automóviles detenidos en el tráfico, y se enderezó por completo. No se le acercaba para nada pero de alguna manera logró verlo hacia abajo al mismo tiempo que lo veía hacia *arriba*.

—Si eres tan bueno para investigar, ¿por qué no lo haces y me ahorras el esfuerzo?

—El gobernador te dio una orden —las palabras le sonaron ridículas incluso a él.

Ella cruzó la calle y él la siguió.

—Y pensaba que tenías una motivación personal para averiguar quién está detrás de todo esto.

—No asumas nada sobre mis motivaciones —dijo ella.

Esquivó un charco de lluvia o de orina. En la Vieja Plaza era imposible saberlo.

Él tuvo que controlarse para no empujarla hacia el charco.

—¿Tienes un problema conmigo?

—En realidad no me importas lo suficiente como para tener un problema contigo.

—Igual.

Los ojos de Bryce brillaron en ese momento, como si un fuego distante ardiera dentro. Lo miró con cuidado, evaluando cada centímetro de su cuerpo y de alguna manera, de alguna puta manera, logró hacerlo sentirse como si midiera cinco centímetros.

No dijo nada hasta que por fin regresaron a su calle. Gruñó:

—Necesitas hacer la lista de sospechosos y la lista de la última semana de actividades de Danika.

Ella se estudió las uñas que ahora tenía pintadas con una especie de gradiente de color que iba del rosado a violeta en las puntas. Como el cielo al atardecer.

—A nadie le gusta la gente fastidiosa, Athalar.

Llegaron al arco de entrada de vidrio de su edificio —que estaba estructurado como la aleta de un pez, se dio cuenta Hunt la noche anterior— y las puertas se abrieron. Con la coleta de caballo meciéndose de un lado al otro Bryce dijo con alegría:

—Adiós.

Hunt respondió con voz lenta:

—La gente podría verte haciéndote la graciosa así, Quinlan, y pensar que estás intentando obstaculizar una investigación oficial.

Si no podía presionarla para que se pusiera a trabajar en el caso, tal vez podría asustarla.

En especial con la verdad: ella no estaba todavía libre de toda sospecha. Nada de eso.

Ella abrió los ojos de nuevo y vaya que eso fue muy satisfactorio para Hunt. Tanto que añadió con la boca torcida en una media sonrisa:

—Será mejor que te apures, no quieres llegar tarde al trabajo.

Ir al salón de uñas había valido la pena en muchos niveles, pero tal vez el mayor beneficio había sido irritar a Athalar.

—No sé por qué no dejas pasar al ángel —se quejó Lehabah subida en la punta de una vieja vela gruesa—. Es tan guapo.

En las entrañas de la biblioteca de la galería, con documentos de clientes extendidos en la mesa frente a ella, Bryce miró de lado a la flama con forma de mujer.

—*No* tires cera en los documentos, Lele.

La duendecilla de fuego gruñó y se sentó en el pabilo de la vela de todas maneras. La cera escurría por los lados y la maraña de cabello amarillo flotaba sobre su cabeza, como si de verdad fuera una flama con la figura regordeta de una mujer.

—Está sentado en la azotea con este clima horrible. Déjalo que descanse en el sillón aquí dentro. Syrinx dice que el ángel puede cepillarlo si necesita ponerse a hacer algo.

Bryce suspiró y miró hacia el techo pintado: el cielo de noche representado con gran cuidado. El gigantesco candelabro de oro que colgaba en el centro de este espacio estaba diseñado para representar un sol que explotaba, con todas las luces colgantes en alineación perfecta con los siete planetas.

—El ángel —dijo con el ceño fruncido hacia Syrinx que dormía en el sillón de terciopelo verde— no tiene permitido entrar aquí.

Lehabah soltó un ruidito triste.

—Un día de estos la jefa va a cambiar mis servicios por los de un viejo asqueroso y te vas a arrepentir de haberme negado cosas.

—Un día, ese viejo asqueroso va a obligarte a hacer tu trabajo y a vigilar sus libros y te arrepentirás de pasar todas estas horas de relativa libertad quejándote.

La cera chisporroteó en la mesa. Bryce levantó la cabeza de golpe.

Lehabah estaba acostada boca abajo sobre la vela y una de sus manos colgaba a su lado. Peligrosamente cerca de los documentos que Bryce había pasado las últimas tres horas revisando.

—*No* te atrevas.

Lehabah rotó su brazo para que el tatuaje que tenía en la piel ardiente quedara visible. Se lo habían puesto en el brazo después de sólo segundos de nacer, le había dicho Lehabah. *SPQM*. Se le tatuaba a todos los duendecillos, de fuego o de agua o de tierra, no importaba. El castigo por unirse a la rebelión de los ángeles hacía doscientos años, cuando los duendecillos se atrevieron a protestar de su estatus como peregrini. Como Inferiores. Los asteri incluso habían ido más allá de la escalvitud y tortura que usaron con los ángeles. Tras la rebelión, declararon que todos los duendecillos, no sólo los que se habían unido a Shahar y su legión, quedarían esclavizados y los expulsarían de la Casa de Cielo y Aliento. Todos sus descendientes serían peregrinos y esclavos también. Para siempre.

Era uno de los episodios más espectacularmente jodidos de la historia de la República.

Lehabah suspiró.

—Cómprale mi libertad a Jesiba. Entonces me puedo ir a tu departamento y mantener tus baños y toda tu comida caliente.

Podría hacer mucho más que eso, Bryce lo sabía. En esencia, la magia de Lehabah era más poderosa que la de Bryce. Pero la mayoría de los no-humanos podía decir lo mismo. Y a pesar de que era más que el poder de Bryce, el de Lehabah era sólo una brasa comparada con las flamas de las hadas. Las flamas de su padre.

Bryce dejó los papeles de compra de un cliente sobre la mesa.

—No es tan sencillo, Lele.

—Syrinx me dijo que te sientes sola. Yo podría alegrarte.

Como respuesta, la quimera se recostó sobre su espalda, con la lengua colgando de su boca, y empezó a roncar.

—En primer lugar, mi edificio no permite que haya duendecillos de fuego. *Ni* duendecillos de agua. Es una pesadilla con los seguros. En segundo, no es tan sencillo como sólo preguntar a Jesiba. Ella bien podría deshacerse de ti *porque* le pregunte.

Lehabah recargó su barbilla redonda en su mano y dejó caer otra peca de cera peligrosamente cerca de sus documentos.

—Ella te dio a Syrie.

Que Cthona le concediera paciencia.

—Me *permitió comprarle* a *Syrinx* porque mi vida estaba hecha una mierda y me volví loca cuando ella se aburrió de él y trató de venderlo.

La duendecilla de fuego dijo en voz baja:

—Porque Danika murió.

Bryce cerró los ojos por un segundo y luego dijo:

—Sí.

—No deberías decir tantas malas palabras, BB.

—Entonces de verdad no te va a caer bien el ángel.

—Él condujo a mi gente a la batalla *y* es un miembro de mi Casa. Merezco conocerlo.

—Según yo, esa batalla no fue muy exitosa y por eso mismo corrieron a los duendecillos de fuego de la casa de Cielo y Aliento.

Lehabah se sentó y se cruzó de piernas.

—La pertenencia a las Casas no es algo que el gobierno pueda decretar. Nuestra expulsión fue sólo de nombre.

Era verdad. Pero Bryce dijo de todas maneras:

—Lo que digan los asteri y su senado es ley.

Lehabah había sido guardiana de la biblioteca de la galería durante décadas. La lógica indicaba que ordenarle a una duendecilla de fuego que vigilara una biblioteca era una mala idea, pero cuando una tercera parte de los libros en ese lugar ansiaban escapar, matar a alguien o comérselo (en distintos órdenes), tener una flama viviente que los mantuviera en línea valía el riesgo. Incluso la plática interminable, por lo visto.

Se escuchó un golpe en el entrepiso. Como si un libro se hubiera aventado de la repisa por su propia voluntad.

Lehabah chasqueó la lengua en dirección al libro y su color cambió a un azul profundo. El papel y el cuero susurraron mientras el libro errante volvía a su sitio otra vez.

Bryce sonrió y luego sonó el teléfono de la oficina. Un vistazo a la pantalla hizo que se apresurara a tomarlo y le dijo a la duendecilla entre dientes:

—De regreso a tu percha, *ahora*.

Lehabah acababa de llegar al domo de vidrio desde el cual mantenía su vigilancia ardiente sobre los libros inquietos de la biblioteca. Bryce contestó:

—Buenas tardes, jefa.

—¿Alguna novedad?

—Todavía estamos investigando. ¿Cómo está Pangera?

Jesiba no se molestó en responder a la pregunta y dijo:

—Tengo un cliente que irá a la galería a las dos en punto. Tienes que estar lista. Y no permitas que Lehabah malgaste tiempo en platicar. Tiene un trabajo que hacer.

La llamada se cortó.

Bryce se levantó del escritorio donde había estado trabajando toda la mañana. Los paneles de roble de la biblioteca debajo de la galería se veían viejos, pero estaban cableados con la tecnología más reciente y los mejores hechizos que se podían comprar. Eso sin mencionar que había un excelente sistema de sonido al cual le daba un buen uso cuando Jesiba estaba del otro lado del Haldren.

No que bailara acá abajo... ya no. Ahora, la música era sobre todo para evitar que el latido constante de las lucesprístinas la volviera loca. O para ahogar los monólogos de Lehabah.

Las paredes estaban cubiertas de repisas interrumpidas sólo por alguno de los doce tanques y terrarios pequeños, a su vez ocupados por todo tipo de pequeños animales comunes: lagartijas, serpientes, tortugas y diversos roedores. Bryce se preguntaba con frecuencia si todos serían personas que habían hecho enojar a Jesiba. Ninguno mostraba ninguna señal de conciencia, lo cual era aún más terrorífico si era verdad. No sólo se habían convertido en animales sino que también se les había olvidado que en realidad eran otra cosa.

Desde luego que Lehabah había nombrado a todos, cada uno más ridículo que el anterior. *Nutmeg* y *Ginger* eran los nombres de los geckos en el tanque más cercano a Bryce. Lehabah decía que eran hermanas. *Miss Poppy* era el nombre de la serpiente blanca y negra del entrepiso.

Lehabah nunca nombró a las criaturas que habitaban el tanque gigantesco que ocupaba toda una pared de la biblioteca y cuya extensión de vidrio revelaba una penumbra acuosa. Por suerte el tanque estaba vacío.

El año anterior, Bryce intentó conseguir algunas anguilas iris en nombre de Lehabah para que abrillantaran el azul opaco con su luz brillante de arcoíris, pero Jesiba dijo que no y compró un kelpie que trataba de aparearse con el vidrio mostrando la misma elegancia de un chico universitario borracho.

Bryce se aseguró regalar a ese pendejo a un cliente *muy* rápido.

Bryce se preparó para el trabajo que tenía delante. No los documentos ni el cliente, sino lo que tenía que hacer en la noche. Que los putos dioses la ayudaran cuando Athalar se enterara.

Pero pensar en su cara cuando se diera cuenta de lo que ella había planeado... Sí, sería satisfactorio.

Si sobrevivía.

16

El risarizoma que Ruhn y Flynn fumaron hacía diez minutos tal vez era más potente de lo que le había dicho su amigo.

Acostado en su cama, con audífonos de forma especial para las orejas arqueadas de las hadas, Ruhn cerró los ojos y dejó que el golpeteo del bajo y el crepitar creciente del sintetizador en la música que escuchaba lo pusiera a flotar.

La bota de su pie iba golpeando al ritmo constante y los dedos que tenía entrelazados sobre su estómago hacían eco de cada revuelo de notas muy, muy arriba. Cada respiración lo alejaba más de la conciencia, como si su misma mente hubiera sido arrancada a un par de metros del sitio donde solía ser el capitán de un barco.

La relajación densa lo derritió, el hueso y la sangre se fundieron para transformarse en oro líquido. Cada nota creaba ondas que lo atravesaban. Todo aquello que lo estresaba, todas las palabras fuertes y agresiones se fueron drenando, deslizándose fuera de su cama como serpientes.

Apagó esos sentimientos mientras se iban escurriendo. Estaba muy consciente de que había probado el risarizoma de Flynn gracias a las horas que había pasado rumiando sobre las órdenes de mierda de su padre.

Su padre se podía ir al Averno.

El risarizoma envolvió sus brazos suaves y dulces alrededor de su mente y lo arrastró a su piscina brillante.

Ruhn se permitió ahogarse en ella, demasiado tranquilo para hacer nada más que dejar que la música lo cubriera, su cuerpo hundiéndose en el colchón, hasta que iba cayendo entre las sombras y luzastral. Las cuerdas de la canción flotaban por arriba, como hilos dorados que centelleaban con sonido. ¿Seguía moviendo su cuerpo? Tenía los párpados demasiado pesados como para abrirlos y revisar.

Un olor como de lila y nuez moscada llenó la habitación. Mujer, hada...

Si una de las mujeres que estaba en la fiesta del piso de abajo se había metido a su recámara pensando que podría conseguir un paseo sudoroso con el príncipe de las hadas, estaría muy decepcionada. No estaba en condiciones para coger en ese momento. Al menos nada que valiera la pena.

Los párpados le pesaban tanto, debería abrirlos. ¿Dónde demonios estaban los controles de su cuerpo? Incluso sus sombras se habían alejado, demasiado distantes como para invocarlas.

El olor se hizo más fuerte. Conocía ese olor. Lo conocía tan bien como...

Ruhn se levantó de golpe y sus ojos se abrieron de par en par para encontrar a su hermana parada al pie de su cama.

Bryce estaba moviendo la boca, sus ojos color whiskey llenos de diversión irónica, pero no podía oír ni una palabra de lo que estaba diciendo, ni una palabra...

Ah. Cierto. Los audífonos. Con música a todo volumen.

Parpadeó con furia y apretó los dientes tratando de alejar la droga que intentaba jalarlo de vuelta hacia abajo, abajo, abajo. Ruhn se quitó los audífonos y pausó su teléfono.

—¿Qué?

Bryce se recargó contra el vestidor de madera maltratada. Al menos ahora estaba vestida con ropa normal, para variar. Aunque los jeans eran muy ajustados y el suéter color crema dejaba poco a la imaginación.

—Dije «Te vas a volar los tímpanos oyendo la música tan fuerte».

A Ruhn le daba vueltas la cabeza mientras trataba de enfocarla, parpadeando por el halo de luzastral que bailaba alrededor de la cabeza y los pies de su hermana. Volvió a parpadear, intentó hacer a un lado las auras que nublaban su vista y desapareció. Otro parpadeo y volvió a aparecer.

Bryce resopló.

—No estás alucinando. Estoy aquí.

Su boca estaba a miles de kilómetros pero logró decir:

—¿Quién te dejó entrar?

Declan y Flynn estaban abajo, junto con media docena de sus mejores guerreros hada. Algunos eran personas que no quería que se acercaran ni a una cuadra de su hermana.

Bryce no hizo caso a su pregunta y frunció el ceño hacia una esquina de su recámara. Hacia el montón de ropa sucia y la Espadastral que había lanzado encima de ella. La espada brillaba con luzastral también. Ruhn hubiera jurado que la maldita cosa estaba cantando. Sacudió la cabeza, como para despejar sus oídos, y escuchó a Bryce decir:

—Necesito hablar contigo.

La última vez que Bryce había estado en esta habitación tenía dieciséis años y él había pasado horas antes limpiando el lugar y toda la casa. Todas las pipas y botellas de licor, toda la ropa interior femenina que nunca había regresado a su dueña, todo rastro y olor de sexo y drogas y todas las estupideces que hacían en este lugar las había ocultado.

Y ella se había parado justo ahí, durante la última visita. Se paró ahí y se gritaron.

El pasado y el presente se confundieron, la figura de Bryce se encogía y expandía, su cara adulta se fusionaba con la suavidad de la adolescente, la luz de sus ojos color ámbar se hacía más cálida y más fría, su visión alrededor de toda la escena brillaba con luzastral, luzastral, luzastral.

—Carajo —dijo Bryce y se acercó a la puerta—. Eres patético.

Él alcanzó a decir:

—¿A dónde vas?

—A conseguirte agua —dijo y abrió la puerta de golpe—. No puedo hablar contigo así.

A él se le ocurrió entonces que esto debía ser importante si ella no sólo estaba ahí, sino que estaba ansiosa por hacer que él se concentrara. Y que cabía todavía la posibilidad de que estuviera alucinando, pero no iba a permitirle aventurarse a la madriguera del pecado sola.

Caminó detrás de ella sobre piernas que se sentían de diez kilómetros de largo, pies que pesaban mil kilos. La luz tenue del pasillo ocultaba la mayoría de las manchas en la pintura blanca, todas producto de las diversas fiestas que él y sus amigos habían organizado en los cincuenta años que tenían de compartir casa. Bueno, tenían veinte años con esta casa y nada más se habían mudado porque la primera tal cual se había empezado a caer en pedazos. Era posible que esta casa no durara dos años más, si era honesto.

Bryce estaba a la mitad de la gran escalera curva, las lucesprístinas del candelabro de cristal rebotaban en su cabello rojo en ese halo brillante. ¿Cómo no había notado que el candelabro estaba colgado chueco? Debía ser de aquella ocasión en que Declan saltó del barandal de la escalera hacia el candelabro para luego mecerse ahí y beber de su botella de whiskey. Se había caído un momento después, demasiado borracho para sostenerse.

Si el Rey del Otoño supiera de la mierda que hacían en esta casa, no había manera en que él ni ningún otro Líder de la Ciudad les permitiera dirigir la división de Aux de las hadas. No habría manera de que Micah lo considerara para ocupar el lugar de su padre en ese consejo.

Pero perderse en la droga era algo que nada más hacía en sus noches libres. Nunca cuando estaba trabajando o de guardia.

Bryce llegó al piso de roble desgastado en el primer nivel y caminó alrededor de la mesa de *beer-pong* que ocupaba casi todo el vestíbulo. La superficie de la mesa tenía unos cuantos vasos sobre el triplay manchado, pintado por Flynn con lo que todos habían considerado arte sublime: una enorme cara de un hombre hada devorando un ángel entero. Lo único que se distinguía entre los dientes cerrados era el borde de unas alas maltratadas. Parecía moverse cuando Ruhn llegó al final de las escaleras. Podría haber jurado que la pintura le guiñó el ojo.

Sí, agua. Necesitaba agua.

Bryce cruzó la sala, donde la música sonaba tan fuerte que Ruhn sintió cómo le vibraban los dientes en el cráneo.

Entró a tiempo para ver a Bryce pasar junto a la mesa de billar en la parte trasera del espacio largo y cavernoso. Algunos guerreros del Aux estaban alrededor de la mesa, con algunas mujeres, concentrados en su juego.

Tristan Flynn, hijo de Lord Hawthorne, presidía la mesa desde una silla cercana. Tenía una dríada en el regazo. La luz vidriosa en sus ojos color marrón reflejaba la de los propios ojos de Ruhn. Flynn esbozó una sonrisa torcida a Bryce al ver que se acercaba. Lo único que necesitaba Tristan Flynn era mirar a una mujer para que se le subieran al regazo como ninfas de árboles o, si la mirada indicaba molestia, todos los enemigos salían corriendo.

Endemoniadamente encantador y letal como un carajo. Ese debió ser el lema de la familia Flynn.

Bryce no se detuvo al pasar a su lado, indiferente a su belleza clásica de hada y sus marcados músculos. Sin embargo, le dijo por encima del hombro:

—¿Qué carajos le diste?

Flynn se inclinó al frente y liberó su cabello castaño corto de los dedos largos de la dríada.

—¿Cómo sabes que fui yo?

Bryce caminó hacia la cocina al fondo de la habitación a través de un arco.

—Porque tú también te ves bastante pasado.

Declan llamó desde el sillón al otro lado de la sala. Tenía una laptop sobre la rodilla y un draki *muy* interesado medio acostado sobre él, pasándole los dedos con garras por el cabello color rojo oscuro.

—Oye, Bryce. ¿A qué debemos este placer?

Bryce hizo un gesto con el pulgar hacia Ruhn.

—Estoy viendo cómo está el Elegido. ¿Cómo va tu porquería de tecnología sofisticada, Dec?

Por lo general, Declan Emmet no disfrutaba que nadie criticara la carrera lucrativa que había hecho a partir de hackear los sitios web de la República para luego cobrarles cantidades obscenas de dinero y así no revelar sus debilidades críticas, pero sonrió.

—Sigo acumulando marcos.

—Muy bien —dijo Bryce y desapareció dentro de la cocina.

Algunos de los guerreros del Aux estaban viendo en dirección a la cocina con interés descarado en la mirada. Flynn gruñó suavemente:

—Ella está prohibida, pendejos.

Eso fue todo lo que hizo falta. Ni siquiera una enredadera de la magia de tierra de Flynn, algo raro entre las hadas de Valbara con tendencia al fuego. Los otros devolvieron su atención de inmediato al juego de billar. Ruhn miró a su amigo con gratitud y siguió a Bryce...

Pero ella ya estaba de nuevo en la puerta con una botella de agua en la mano.

—Tu refrigerador está peor que el mío —le dijo mientras le daba la botella de agua y regresaba a la sala. Ruhn dio un trago y el sistema de sonido al fondo empezó a tocar las notas iniciales de una canción con aullidos de guitarra y ella ladeó la cabeza, escuchando, sopesando.

Impulso de hada, sentir atracción a la música y amarla. Tal vez el único aspecto de su linaje que no le molestaba. Él recordaba cuando le había mostrado sus rutinas de baile cuando era adolescente. Siempre se veía tan contenta. Nunca había tenido oportunidad de preguntarle por qué lo había dejado.

Ruhn suspiró, obligándose a *concentrarse* y le dijo a Bryce:

—¿Por qué estás aquí?

Ella se paró junto al sillón.

—Te dije: necesito hablar contigo.

Ruhn permaneció impávido. No podía recordar la última vez que ella se había molestado en buscarlo.

—¿Por qué necesitaría tu prima una excusa para platicar con nosotros? —preguntó Flynn, susurró algo en la delicada oreja de la dríada que hizo que volviera al grupo de sus tres amigas alrededor de la mesa de billar. Caminó ondeando la angosta cadera para recordarle de lo que se perdería si esperaba demasiado. Flynn dijo despacio:

—Ella sabe que somos los hombres más encantadores de la ciudad.

Ninguno de sus amigos sabía la verdad o siquiera expresado alguna sospecha. Bryce se echó el cabello por encima del hombro y Flynn se levantó de la silla.

—Tengo mejores cosas que hacer...

—Que juntarte con hadas perdedores —Flynn terminó la oración por ella y se dirigió al bar ubicado en la pared del extremo contrario.

—Sí, sí. Nos lo has dicho cientos de veces ya. Pero mira nada más: aquí estás, juntándote con nosotros en nuestra humilde casa.

A pesar de su personalidad desenfadada, Flynn algún día heredaría el título de su padre: Lord Hawthorne. Lo cual significaba que durante las últimas décadas, Flynn había hecho todo lo posible por olvidar ese pequeño dato... y los siglos de responsabilidades que implicaría. Se sirvió una bebida, luego otra que le dio a Bryce.

—Bebe, muñequita.

Ruhn puso los ojos en blanco. Pero, ya casi era medianoche y ella estaba en su casa, en una de las calles más peligrosas de la Vieja Plaza, con un asesino suelto. Ruhn dijo con tono enfadado:

—Te dieron la orden de que fueras *cuidadosa*...

Ella ondeó la mano sin tocar el whiskey que tenía en la otra.

—Mi escolta imperial está afuera. Asustando a todos, no te preocupes.

Los dos amigos de Ruhn se quedaron inmóviles. El draki tomó esa información como una invitación a alejarse y se dirigió al juego de billar detrás de ellos mientras Declan volteaba a verla. Ruhn dijo:

—Quién.

Una sonrisita. Bryce movió el whiskey en el vaso y preguntó:

—¿Esta casa en realidad es digna de El Elegido?

La boca de Flynn se movió un poco. Ruhn le lanzó una mirada de advertencia, desafiándolo a que se atreviera a sacar la mierda del Astrogénito en este momento. Afuera de la villa y la corte de su padre, lo único que Ruhn había conseguido era una vida bromas por parte de sus amigos.

Ruhn dijo al fin:

—A ver, ya dilo, Bryce.

Tal vez había venido a hacerlo enojar.

Pero ella no respondió de inmediato. No, Bryce trazó un círculo en un cojín, por completo desinteresada en los tres guerreros hada que observaban cada una de sus respiraciones. Tristan y Declan habían sido los mejores amigos de Ruhn desde que él tenía memoria, siempre lo apoyaban sin hacer preguntas. Que fueran guerreros muy bien entrenados y eficientes era algo aparte, aunque se habían salvado las vidas más veces de las que Ruhn podía contar. Pasaron juntos por sus Pruebas y eso había servido para afianzar más ese lazo.

La Prueba en sí variaba dependiendo de la persona: para algunos era tan sencillo como salir de una enfermedad o de algún problema personal. Para otros, podría ser matar un wyrm o un demonio. Mientras más grande el hada, más grande la Prueba.

Acompañado de sus dos amigos, Ruhn había aprendido a usar sus sombras gracias a sus odiosos primos en Avallen cuando todos pasaron por su Prueba y casi murieron en el proceso. El desenlace había sido Ruhn entrando a la Cueva de Príncipes entre niebla y después saliendo con la Espadastral. Había salvado a todos.

Y cuando unas semanas después hizo el Descenso, fue Flynn recién salido su propio Descenso, quien lo Ancló.

Declan preguntó con una voz profunda que retumbaba por encima de la música y la conversación.

—¿Qué está pasando?

Por un segundo, la seguridad de Bryce titubeó. Los miró: su ropa informal, los sitios donde sabía tenían escondidas sus pistolas incluso en su propia casa, sus botas negras y los cuchillos metidos en ellas. Bryce miró a Ruhn a los ojos.

—Sé lo que significa esa mirada —gimió Flynn—. Significa que no quieres que oigamos.

Bryce no apartó la vista de los ojos de Ruhn y respondió:

—Sip.

Declan cerró su laptop de golpe.

—¿De verdad te vas a poner toda misteriosa y así?

Ella miró a Declan y a Flynn, que habían sido inseparables desde el nacimiento.

—Ustedes dos pendejos tienen las bocotas más grandes de la ciudad.

Flynn guiñó.

—Pensé que te gustaba mi boca.

—Sigue soñando, lordecito —sonrió Bryce con ironía.

Declan rio un poco y se ganó un buen codazo de parte de Flynn. Bryce le dio su vaso de whiskey.

Ruhn dio un trago de su agua e intentó que su mente se aclarara más.

—Ya fue suficiente de esto —dijo molesto. Todo ese risarizoma amenazaba con volver al ataque, así que tomó a Bryce de la mano y la llevó de regreso a su recámara.

Cuando llegaron, se paró junto a la cama.

—¿Y bien?

Bryce se recargó en la puerta de madera llena de agujeros por todos los cuchillos que su hermano le había lanzado practicando su puntería.

—Necesito que me digas si has escuchado algo sobre lo que está haciendo la Reina Víbora.

Esto no podía ser bueno.

—¿Por qué?

—Porque tengo que hablar con ella.

—¿Estás pinche *loca*?

De nuevo, esa sonrisita fastidiosa.

—Maximus Tertian murió en su territorio. ¿El Aux supo algo sobre sus movimientos esa noche?

—¿Tu jefa te puso a investigar esto?

Era algo que apestaba a Roga.

—Tal vez. ¿Sabes algo?

Bryce ladeó la cabeza otra vez y la cortina sedosa de su cabello, igual al de su padre, onduló con el movimiento.

—Sí. El asesinato de Tertian fue... igual al de Danika y de la jauría.

Todo rastro de sonrisa se evaporó de la cara de Bryce.

—Philip Briggs no lo hizo. Quiero saber qué estaba haciendo la Reina Víbora esa noche. Si el Aux tiene conocimiento de sus movimientos.

Ruhn negó con la cabeza.

—¿Por qué estás involucrada en esto?

—Porque me pidieron que investigara.

—No te metas en este caso. Dile a tu jefa que no siga. Esto es un asunto para el gobernador.

—Y el gobernador me obligó a buscar al asesino. Piensa que yo soy el vínculo entre todos los asesinatos.

Genial. Absolutamente fantástico. Isaiah Tiberian no le había mencionado este pequeño dato.

—Hablaste con el gobernador.

—Responde a mi pregunta. ¿El Aux sabe algo sobre dónde estaba la Reina Víbora en la noche que murió Tertian?

Ruhn exhaló.

—No. He escuchado que ella sacó a su gente de la calle. Algo la asustó. Pero eso es todo lo que sé. E incluso si conociera las coartadas de la Reina Víbora, no te las diría. No te metas en esto. Llamaré al gobernador para decirle que ya no vas a ser su investigadora personal.

Una mirada helada, la mirada de su padre, pasó por el rostro de Bryce. El tipo de mirada que le comunicaba a él sobre una tormenta salvaje y feroz cerniéndose debajo de ese exterior frío. Y el poder y la emoción para ambos, padre e hija, no estaba en la fuerza pura, sino en el control sobre sí mismos, sobre esos impulsos.

El mundo exterior veía a su hermana como imprudente, sin control, pero él sabía que ella había sido la maestra de su destino desde antes de que él la conociera. Bryce era de esas personas que, cuando se propone algo, no permite que nada se interponga en su camino. Si quería acostarse con mucha gente, lo hacía. Si quería salir de fiesta durante tres días seguidos, lo hacía. Si quería atrapar al asesino de Danika...

—Voy a encontrar al responsable —dijo ella con furia silenciosa—. Si intentas interferir, convertiré tu vida en un Averno.

—El demonio que usó ese asesino es *letal*.

Había visto las fotografías de las escenas del crimen. Pensar que Bryce se había salvado por unos minutos, por su propia estupidez borracha, era algo que todavía lo retorcía por dentro. Ruhn continuó hablando antes de que ella pudiera decir algo.

—El Rey del Otoño te *dijo* que mantuvieras un bajo perfil hasta la Cumbre, esto es lo puto opuesto, Bryce.

—Bueno, ahora es parte de mi trabajo. Jesiba lo autorizó. No puedo negarme, ¿o sí?

No. *Nadie* podía decirle que no a esa hechicera.

Él se metió las manos en los bolsillos traseros de sus jeans.

—¿Alguna vez te dijo algo del Cuerno de Luna?

Bryce arqueó las cejas ante el cambio de tema, pero considerando el ámbito de trabajo de Jesiba Roga, ella era a quien le debería preguntar.

—Me hizo buscarlo hace dos años —dijo Bryce con cautela—. Pero sólo llegué a un callejón sin salida. ¿Por qué?

—No importa.

Ruhn se fijó en el pequeño amuleto dorado alrededor del cuello de su hermana. Al menos Jesiba le daba esa protección. Era costosa, además, y poderosa. Los amuletos arquesianos no eran baratos porque quedaban pocos en el mundo. Asintió hacia el collar.

—No te lo quites.

Bryce no disimuló su fastidio.

—¿Todo el mundo en esta ciudad cree que soy tonta?

—Lo digo en serio. Además de lo que haces para tu trabajo, si estás buscando a alguien con la fuerza para invocar a un demonio así, no te quites ese collar.

Al menos podía recordarle que fuera inteligente.

Ella abrió la puerta.

—Si sabes algo de la Reina Víbora, llámame.

Ruhn se quedó tensó y su corazón latía con fuerza.

—*No* la provoques.

—Adiós, Ruhn.

Estaba tan desesperado que dijo:

—Iré contigo a...

—*Adiós.*

Luego ella ya estaba bajando las escaleras, despidiéndose de Declan y Flynn de esa puta manera tan molesta antes de salir caminando orgullosa por la puerta principal.

Sus amigos lanzaron miradas inquisitivas hacia el sitio donde Ruhn estaba parado en el descanso del segundo piso. El whiskey de Declan seguía pegado a sus labios.

Ruhn contó hasta diez, al menos para evitar romper el objeto más cercano por la mitad, luego saltó por el barandal y aterrizó con tal fuerza que los tablones rayados de roble temblaron.

Sintió, no tanto vio, a sus amigos acomodarse detrás de él, con las manos cerca de sus armas ocultas, bebidas olvidadas, cuando leyeron la furia de su rostro. Ruhn salió corriendo por la puerta al aire fresco de la noche.

Justo a tiempo para ver a Bryce cruzando la calle. Hacia el hijo de puta de Hunt Athalar.

—Qué demonios —exhaló Declan cuando llegó a pararse junto a Ruhn en el porche.

El Umbra Mortis se veía enojado, con los brazos cruzados y las alas un poco abiertas, pero Bryce pasó a su lado sin siquiera verlo. Eso hizo que Athalar volteara *despacio*, con los brazos colgando a sus lados, como si algo así nunca le hubiera sucedido en su larga y miserable vida.

Y eso era suficiente para poner a Ruhn de un humor de muerte.

Ruhn salió del porche y del jardín delantero y avanzó hacia la calle. Extendió la mano hacia un automóvil que frenó con un rechinido. Alcanzó a golpear el cofre con los dedos doblados. El metal se dobló por el golpe.

El conductor, sabiamente, no gritó.

Ruhn caminó entre dos sedanes estacionados, con Declan y Flynn siguiéndolo de cerca, justo cuando Hunt volteó para ver qué había provocado todo ese escándalo.

Con un destello, Hunt entendió y su sorpresa fue reemplazada por una sonrisa.

—Príncipe.

—¿Qué carajos estás haciendo aquí?

Hunt movió la barbilla hacia Bryce, que ya estaba desapareciendo por la calle.

—Protección.

—No me digas que tú la vas a vigilar.

Isaiah Tiberian tampoco le había dicho *esto*.

El ángel se encogió de hombros.

—No es mi decisión.

El halo que le atravesaba la frente pareció hacerse más oscuro mientras evaluaba a Declan y Flynn. La boca de Athalar se movió hacia arriba y sus ojos de ónix brillaron con desafío tácito.

El poder de Flynn que se iba acumulando ya estaba haciendo que la tierra debajo del pavimento retumbara. La sonrisa burlona de Hunt se hizo más grande.

Ruhn dijo:

—Dile al gobernador que ponga a otra persona en el caso.

La sonrisa se afiló.

—No es una opción. No cuando tiene que ver con mi área de especialidad.

Ruhn se molestó por la arrogancia. Claro, Athalar era uno de los mejores cazadores de demonios existentes, pero carajo, incluso preferiría a Tiberian en este caso que al Umbra Mortis.

Hacía un año, el Comandante de la 33a no había sido tan tonto como para intervenir cuando Ruhn se lanzó contra Athalar porque ya estaba harto de sus comentarios burlones en la elegante fiesta del Equinoccio de Primavera que Micah organizaba cada marzo. Le había roto algunas costillas a Athalar, pero el pendejo había logrado darle un puñetazo que le dejó a Ruhn la nariz hecha pedazos y chorreando sangre por todo el piso de mármol del salón de fiestas del penthouse del Comitium. Ninguno de ellos había estado tan enojado como para liberar su poder en medio del salón lleno de gente, pero se las habían arreglado con los puños.

Ruhn calculó en cuántos problemas se metería si volvía a golpear al asesino personal del gobernador. Tal vez sería suficiente para que Hypaxia Enador se negara a considerar casarse con él.

Ruhn exigió saber:

—¿Averiguaron qué tipo de demonio lo hizo?

—Algo que come principitos de desayuno —canturreó Hunt.

Ruhn le enseñó los dientes.

—Jódete, Athalar.

Los relámpagos bailaron sobre los dedos del ángel.

—Debe ser fácil hablar cuando todo lo financia tu papá —Hunt señaló hacia la casa blanca—. ¿Esa casa también te la compró?

Las sombras de Ruhn se elevaron para enfrentarse a los relámpagos que ya envolvían los puños de Athalar y que hacían temblar a los automóviles estacionados detrás de él. Había aprendido de sus primos de Avallen a hacer que las sombras se solidificaran, cómo usarlas a manera de látigos, escudos y tormento puro. Físico y mental.

Pero mezclar magia y drogas nunca era buena idea. Tendrían que ser los puños, entonces. Y lo único que tendría que hacer sería dar el golpe, directo en la cara de Athalar...

Declan gruñó:

—Éste no es ni el momento ni el lugar.

No, no lo era. Incluso Athalar pareció recordar a la gente con la boca abierta, los teléfonos levantados grabando todo. Y la mujer de cabello rojo que ya estaba llegando al final de la cuadra. Hunt sonrió.

—Adiós, pendejos.

Siguió a Bryce y los relámpagos iban rebotando en el pavimento detrás de él.

Ruhn gruñó hacia la espalda del ángel.

—Con un carajo, no la dejes ir a buscar a la Reina Víbora.

Athalar miró por encima de su hombro con las alas guardadas. Su parpadeo le comunicó a Ruhn que no estaba enterado de las intenciones de Bryce. Un temblor de satisfacción recorrió a Ruhn. Pero Athalar continuó avanzando por la calle mientras la gente se hacía a un lado y se pegaba a los edificios para darle amplio espacio. El guerrero iba concentrado en el cuello expuesto de Bryce.

Flynn sacudió la cabeza como un perro mojado.

—Literalmente no sé si estoy alucinando ahorita.

—Yo desearía estar alucinando —dijo Ruhn entre dientes.

Necesitaría fumarse otra montaña de risarizoma para tranquilizarse de nuevo. Pero si Hunt Athalar vigilaba a Bryce... Había escuchado suficientes rumores para saber lo que Hunt podía hacerle a un enemigo. Que, además de ser un patán de primera, era implacable, decidido y absolutamente brutal cuando se trataba de eliminar amenazas.

Hunt tenía que obedecer la orden de protegerla. Sin importar nada más.

Ruhn los miró con atención mientras se alejaban. Bryce aceleraba, Hunt le igualaba el paso. Ella frenaba un poco, él hacía lo mismo. Ella lo iba orillando hacia la derecha, derecha, derecha, hasta que lo forzaba a bajarse de la acera y a caminar frente al tráfico. Apenas logró evadir un coche que estaba dando la vuelta y volvió a subirse a la acera.

Ruhn se sintió tentado a seguirlos, sólo para ser testigo de la batalla de voluntades.

—Necesito un trago —dijo Declan.

Flynn estuvo de acuerdo y ambos regresaron la casa y dejaron a Ruhn solo en la calle.

¿De verdad podría haber sido una coincidencia que los asesinatos estuvieran empezando de nueva cuenta al mismo tiempo que su padre había dado la orden de encontrar un objeto que se había perdido una semana antes de la muerte de Danika?

Se sentía... raro. Como si Urd estuviera susurrando, dando empujoncitos a todos.

Ruhn planeaba averiguar por qué. Empezando con encontrar ese Cuerno.

17

Bryce acababa de lograr que Hunt se bajara de la acera cuando él preguntó:

—¿Me vas a explicar por qué he tenido que seguirte como perro toda la noche?

Bryce se metió la mano al bolsillo de sus jeans y sacó un trozo de papel. Luego se lo dio a Hunt en silencio.

Él frunció el ceño.

—¿Qué es esto?

—Mi lista de sospechosos —dijo ella y le permitió dar un vistazo a los nombres antes de quitarle el papel.

—¿Cuándo hiciste esto?

Ella le dijo con dulzura:

—Anoche, en el sillón.

Un músculo de la mandíbula de Hunt empezó a vibrar.

—¿Y cuándo me lo ibas a decir?

—Después de que pasaras todo el día asumiendo que era una mujer tonta y superficial más interesada en arreglarse las uñas que en resolver el caso.

—*Sí* te arreglaste las uñas.

Ella movió sus lindas uñas en tonalidades degradadas frente a su cara. Él se veía como si las quisiera morder.

—¿Sabes qué *más* hice anoche? —el silencio de Hunt era delicioso—. Busqué un poco más a Maximus Tertian. Porque a pesar de lo que dijo el gobernador, no había una puta manera de que Danika lo conociera. ¿Y sabes qué? Yo tenía razón. ¿Y quieres saber cómo sé que tenía razón?

—Que Cthona me pinche salve —murmuró Hunt.

—Porque busqué su perfil en Spark.

—¿El sitio de citas?

—El sitio de citas. Resulta que incluso los vamps nefastos están buscando amor en el fondo. Y decía que él estaba en una relación. Lo que al parecer no evitó que intentara intimar conmigo, pero eso es aparte. Así que investigué *más*. Y encontré a su novia.

—Carajo.

—¿No se supone que la gente de la 33a debería estar haciendo esta mierda?

Cuando él se negó a responder, ella sonrió.

—Adivina dónde trabaja la novia de Tertian.

Los ojos de Hunt hervían. Dijo entre dientes:

—En el salón de uñas de Samson.

—¿Y adivina quién me arregló las uñas y platicó conmigo sobre la terrible pérdida de su novio millonario?

Él se pasó las manos por el cabello y se veía tan incrédulo que ella rio. Él gruñó:

—Deja de hacer putas preguntas y dime ya, Quinlan.

Ella se estudió las nuevas uñas preciosas.

—La novia de Tertian no sabía nada sobre quién podría haber querido asesinarlo. Dijo que la 33a le había hecho algunas preguntas, pero eso era todo. Ahí le dije que yo también había perdido a alguien.

Le costó mucho mantener la voz tranquila al recordar ese departamento sangriento

—Ella me preguntó a quién había perdido, se lo dije y ella se veía tan sorprendida que le pregunté si Tertian era amigo de Danika. Me dijo que no. Dijo que ella hubiera sabido si Maximus era su amigo porque Danika era tan famosa como para que él le hubiera presumido que la conocía. Lo más cerca que ella o Tertian estuvieron de Danika fue a dos grados de separación, a través de la Reina Víbora. A quien le arregla las uñas los domingos.

—¿Danika conocía a la Reina Víbora?

Bryce levantó la lista.

—El trabajo de Danika en el Aux la hacía amiga y enemiga de mucha gente. La Reina Víbora era una de ellas.

Hunt palideció.

—Sé honesta. ¿Crees que la Reina Víbora mató a Danika?

—Tertian apareció muerto justo al lado de sus fronteras. Ruhn dijo que ella retiró a su gente anoche. Y nadie sabe qué tipo de poder tiene. Ella podría haber invocado ese demonio.

—Ésa es una puta acusación muy fuerte.

—Por lo cual necesitamos que tú intentes averiguar algo. Ésta es la única clave que tenemos.

Hunt hizo un movimiento negativo con la cabeza.

—Está bien. Puedo creer la posibilidad. Pero tenemos que recurrir a los canales adecuados para ponernos en contacto con ella. Podrían pasar días o semanas antes de que ella se digne a reunirse con nosotros. Más tiempo aún, si se entera de que sospechamos.

Con alguien como la Reina Víbora, incluso la ley era flexible.

Bryce rio.

—No seas tan apegado a las reglas.

—Las reglas están ahí para mantenernos vivos. Las seguimos o no la vamos a buscar.

Ella ondeó la mano.

—Está bien.

De nuevo el músculo de su mandíbula se movió.

—¿Y qué hay de Ruhn? Acabas de meter a tu primo en nuestros asuntos.

—Mi primo —dijo ella con voz tensa— no podrá resistir la tentación de informarle a su padre que un miembro de la raza hada está dentro de una investigación imperial. Cómo reaccione, a quién contacte, podría ser algo digno de observar.

—¿Qué? ¿Crees que el Rey del Otoño podría haber hecho esto?

—No. Pero Ruhn recibió órdenes de advertirme que me mantuviera fuera de problemas la noche del asesinato de Maximus, tal vez el viejo bastardo también sabía algo. Yo sugeriría que le dijeras a tu gente que lo observe. Que vean qué hace y a dónde va.

—Dioses —exhaló Hunt mientras caminaba entre peatones sorprendidos—. ¿Quieres que mande a alguien a seguir al Rey del Otoño como si no fuera una violación de unas diez leyes diferentes?

—Micah dijo que hiciéramos lo que fuera necesario.

—El Rey del Otoño tiene libertad de matar a quien sea que lo esté siguiendo así.

—Entonces será mejor que les digas a tus espías que se mantengan escondidos.

Hunt movió sus alas.

—No estés jugando jueguitos conmigo otra vez. Si sabes algo, dímelo.

—Te iba a decir todo cuando terminara en el salón de uñas en la mañana —se puso las manos en la cadera—. Pero entonces empezaste a regañarme.

—Como sea, Quinlan. No lo vuelvas a hacer. *Díme* antes de hacer un movimiento.

—Me estoy aburriendo mucho de que me des órdenes y me prohíbas que haga cosas.

—Como sea —repitió.

Ella puso los ojos en blanco, pero ya habían llegado a su edificio. Ninguno de los dos se molestó en despedirse antes de que Hunt saliera volando por los aires en dirección de la azotea vecina con el teléfono ya al oído.

Bryce se subió al elevador hasta su piso, pensando todo en silencio. Era verdad lo que le había dicho a Hunt, no creía que su padre estuviera detrás de las muertes de Danika y de la jauría. Pero no dudaba que hubiera matado a otros. Y que haría lo que fuera por conservar su corona.

El Rey del Otoño era un título de cortesía además del rol de su padre como Líder de la Ciudad, al igual que para todos los siete reyes hada. En sentido estricto, ningún reino era de ellos. Incluso Avallen, la isla verde gobernada por el Rey Ciervo, obedecía a la República.

Las hadas coexistían con la República desde su fundación, respondían a sus leyes pero en última instancia se gobernaban a sí mismas, conservaron sus antiguos títulos de reyes y príncipes y demás. Seguían siendo respetados por todos, y temidos. No tanto como los ángeles, con sus poderes destructivos y horribles de tormenta y cielo, pero podían causar dolor si así lo deseaban. Sacarte todo el aire de los pulmones o congelarte o quemarte desde adentro. El mismísimo Solas sabía que Ruhn y sus dos amigos podían causar problemas infernales si los provocaban.

Pero ella no estaba buscando causar problemas infernales esta noche. Estaba buscando adentrarse con discreción en su equivalente en Midgard.

Era el motivo por el cual esperó treinta minutos antes de meter un cuchillo en sus botines de cuero negro y algo un poco más fuerte en la parte trasera de sus jeans oscuros, oculto debajo de la chamarra de cuero. Dejó encendidas las luces y la televisión, con las cortinas cerradas a medias, sólo lo suficiente para bloquearle a Hunt la vista de su puerta al salir.

Bryce se escabulló por la escalera trasera de su edificio hacia el pequeño callejón donde tenía encadenada su motoneta. Se preparó con una respiración profunda y luego se puso el casco.

El tráfico estaba detenido cuando le quitó la cadena a su motoneta color marfil Firebright 3500 que estaba atada al poste de alumbrado. Se subió y avanzó caminando por el empedrado. Esperó a que pasaran otras motonetas, bicitaxis y motocicletas y luego se lanzó al flujo de vehículos; el mundo adquiría un aspecto más crudo a través del visor de su casco.

Su madre seguía quejándose de la motoneta, rogándole que usara un automóvil hasta después de hacer el Descenso, pero Randall siempre había insistido en que Bryce no corría peligro. Por supuesto, nunca les dijo de los diversos *incidentes* que había tenido con la motoneta pero... su madre tenía una expectativa de vida mortal. Bryce no tenía por qué quitarle más años de los necesarios.

Avanzó por una de las principales arterias de la ciudad y se perdió en el ritmo de zigzaguear entre los automóviles y esquivar peatones. El mundo era un borrón de luz dorada y sombras profundas, con neón brillando encima, todo acentuado por los pequeños tronidos y chispazos de la magia de la calle. Incluso los pequeños puentes que cruzaba, había varios por los incontables afluentes del Istros, estaban decorados con luces brillantes que bailaban en el agua opaca y en movimiento.

Muy por arriba de la Calle Principal, un brillo plateado llenaba el cielo nocturno y delineaba las nubes pasajeras donde los malakim festejaban y cenaban. Sólo un chispazo de rojo interrumpía el brillo claro, cortesía del letrero gigante de Industrias Redner en la parte superior de su rascacielos en el corazón del distrito.

Pocas personas caminaban en las calles del DCN a esta hora, y Bryce se aseguró de atravesar sus cañones y edificios tan rápido como pudo. Reconoció que había entrado al Mercado de Carne no por la calle o alguna señal, sino por el cambio en la oscuridad.

Ninguna luz manchaba el cielo que coronaba los edificios bajos de ladrillo construidos muy cerca uno de otro. Y aquí las sombras se volvían permanentes, escondidas en callejones y debajo de los automóviles; las luces de la calle estaban casi todas rotas y nunca se reparaban.

Bryce se metió en una calle llena de vehículos donde estaban descargando algunos camiones repartidores maltratados. Cargaban cajas de fruta verde con espinas y paquetes de criaturas con aspecto de crustáceos que parecían demasiado conscientes de su cautiverio y de su muerte inminente en ollas hirvientes en alguno de los puestos de comida.

Bryce intentó no ver a las criaturas a los ojos negros para no toparse con su mirada de súplica a través de las barras de madera. Se estacionó a unos metros de distancia de una bodega sin ningún rasgo distintivo, se quitó el casco y esperó.

Tanto los vendedores como los compradores la observaban para deducir si estaba vendiendo algo o vendiéndose a sí misma. En las madrigueras de abajo, talladas muy adentro del vientre de Midgard, había tres diferentes niveles sólo para carne. Sobre todo humana, la mayoría viva, aunque había escuchado de ciertos lugares que se especializaban en gustos particulares. Cualquier fetiche podía comprarse, no había ningún tabú demasiado perverso. Se valoraba a las criaturas mestizas: podían sanar con más rapidez y mejor que los humanos puros. Una mejor inversión a largo plazo. Uno que otro vanir estaba esclavizado y atado con tantos hechizos que no tenía esperanza de escapatoria. Sólo los más ricos podían darse el lujo de comprar unas cuantas horas con ellos.

Bryce confirmó la hora en el reloj del tablero de su motoneta. Se cruzó de brazos y se recargó en el asiento de cuero negro.

El Umbra Mortis llegó con un golpe al suelo y las piedras de la calle tronaron formando un círculo de ondas.

Los ojos de Hunt casi brillaban con luz propia cuando dijo, a la vista de todos los que se escondían en la calle:

—*Te mataré.*

18

Hunt avanzó furioso hacia Bryce, dando un paso por encima de las piedras fragmentadas por su aterrizaje. Había detectado su olor de lila y nuez moscada en el viento en el momento que ella salió por la puerta trasera del edificio y cuando descubrió hacia dónde, precisamente, se dirigía en esa motoneta...

Bryce tuvo la osadía de arremangarse la chamarra de cuero, fruncir el ceño a su muñeca desnuda como si estuviera leyendo un maldito reloj y decir:

—Llegaste dos minutos tarde.

La iba a ahorcar. Alguien debería haberlo hecho hacía mucho puto tiempo.

Bryce sonrió de una manera que comunicaba que le gustaría verlo intentar y caminó hacia él dejando atrás la motoneta y el casco.

Inaudito. Absoluta-puta-mente inaudito.

Hunt gruñó:

—De ninguna manera estará ahí esa motoneta cuando regresemos.

Bryce batió las pestañas y se esponjó el cabello aplanado por el casco.

—Qué bueno que hiciste una entrada triunfal. Nadie se va a atrever a tocarla ahora. No si el Umbra Mortis es mi compañero iracundo.

De hecho, la gente estaba apartándose de su vista. Algunos pasaban por detrás de las cajas amontonadas cuando Bryce se acercó a una de las puertas abiertas hacia el laberinto de bodegas subterráneas interconectadas que componían los bloques de ese distrito.

Ni siquiera Micah tenía legionarios apostados en este lugar. El Mercado de Carne tenía sus propias leyes y métodos de aplicarlas.

Hunt dijo entre dientes:

—Te dije que hay protocolos a seguir si queremos tener oportunidad de contactar a la Reina Víbora...

—No estoy aquí para contactar a la Reina Víbora.

—¿Qué?

La Reina Víbora había gobernado el Mercado de Carne por más tiempo de lo que cualquiera recordaba. Hunt, y los demás ángeles, civiles o legionarios, se mantenían muy alejados de la metamorfa serpentina cuya forma de víbora, decían los rumores, era un verdadero horror de presenciar. Antes de que Bryce pudiera responder, Hunt dijo:

—Me estoy cansando de estas pendejadas, Quinlan.

Ella le mostró los dientes.

—Lo lamento —dijo furiosa— si tu ego frágil no puede soportar que *yo sé qué chingados es lo que estoy haciendo.*

Hunt abrió y cerró la boca. Bien, la había juzgado mal antes, pero ella tampoco le había dado ninguna una pista o algo que le indicara que le interesaba esta investigación, aunque fuera un poco. O que no estaba intentando obstaculizarla.

Bryce continuó por las puertas abiertas hacia la bodega sin decir otra palabra.

Ser parte de la 33a, o de cualquier otra legión, era equivalente a traer una diana en la espalda y Hunt revisó que sus armas estuvieran todas en su sitio, en las fundas integradas a su traje con habilidad, antes de seguirla.

El olor de cuerpos y humo le cubrió la cara como aceite. Hunt guardó sus alas muy cerca del cuerpo.

El miedo que había provocado en la gente de las calles no tenía relevancia dentro del mercado, lleno de puestos destartalados y vendedores y puestos de comida. El humo se filtraba por todo el lugar así como el olor característico de la sangre y una chispa de magia penetrante en sus fosas nasales. Y, sobre todo, en el muro al fondo del enorme espacio, había un gran mosaico con azulejos tomados de un antiguo templo en Pangera, restaurado y recreado aquí con gran detalle a pesar de la representación grotesca: una muerte con capa, el rostro sonriente del esqueleto debajo de la capucha, con una guadaña en una mano y un reloj de arena en la otra. Sobre su cabeza, en el lenguaje más antiguo de la República, estaban escritas las siguientes palabras:

Memento Mori.

Recuerda que morirás.

Era una invitación a la diversión, a aprovechar cada momento como si fuera el último, como si el día de mañana no estuviera garantizado, ni siquiera para los vanir que envejecían a un ritmo tan lento. *Recuerda que morirás, y disfruta de cada placer que el mundo tenga para ofrecerte. Recuerda que morirás y que ninguna de estas cosas ilegales importará de todas maneras. Recuerda que morirás, ¿qué importa cuánta gente sufra por tus acciones?*

Bryce pasó junto al mosaico muy rápido. Su cabello iba meciéndose y brillando como el corazón de un rubí. Las luces iluminaban el cuero negro desgastado de su chamarra y resaltaban el relieve de las palabras pintadas en la espalda con una letra femenina y colorida. Era instinto traducir, también del lenguaje antiguo, como si la misma Urd hubiera elegido este momento para poner las dos frases antiguas frente a Hunt.

Con amor, todo es posible.

Una frase tan bonita era un puto chiste en un sitio así. Los ojos brillantes que seguían a Quinlan desde los puestos y las sombras apartaban la mirada veloz al notar que él iba a su lado.

Era un esfuerzo no sacarla a la fuerza de este agujero de mierda. A pesar de que quería resolver el caso, tener sólo diez muertes más entre él y su libertad, venir a este sitio era un riesgo colosal. ¿De qué le serviría la libertad si lo dejaban tirado en un basurero detrás de estas bodegas?

Tal vez eso era lo que ella quería. Atraerlo acá, usar el Mercado de Carne en sí para matarlo. Parecía poco probable, pero no le apartó la vista de encima.

Bryce sabía moverse en el lugar. Conocía a algunos de los vendedores a juzgar por los saludos discretos que intercambiaban. Hunt registró a cada uno: un herrero especializado en mecanismos pequeños e intrincados; un vendedor de fruta con productos exóticos a la venta; una mujer con rostro de búho que tenía una exhibición de pergaminos y libros empastados en materiales que eran todo menos cuero de vaca.

—El herrero me ayuda a identificar si un artefacto es falso —dijo Bryce en voz baja mientras avanzaban entre el vapor y el humo de un sitio de comida. Cómo se había dado cuenta de que estaba observando, Hunt no lo sabía.

—Y la señora de la fruta recibe cargamentos de durian a principios de la primavera y durante el otoño. Es la comida favorita de Syrinx. Apesta toda la casa pero a él le encanta.

Dio la vuelta alrededor de un cubo de basura saturado de platos usados, huesos y servilletas sucias antes de subir unas escaleras enclenques hacia el entrepiso situado a ambos lados del nivel del almacén en el que había puertas cada pocos metros.

—¿Los libros? —preguntó Hunt sin poder resistirse.

Ella parecía estar contando las puertas más que fijándose en los números. No *había* números, se dio cuenta él.

—Los libros —dijo Bryce— son una historia para contarte en otra ocasión.

Se detuvo frente a una puerta color verde chícharo, golpeada y muy abollada en algunas partes. Hunt olfateó intentando detectar qué había del otro lado. Nada, por lo que él alcanzaba a detectar. Se preparó con sutileza, las manos cerca de sus armas.

Bryce abrió la puerta sin molestarse en tocar y reveló unas velas parpadeantes y... salmuera. Sal. Humo y algo que le secaba los ojos.

Bryce entró por el pasillo repleto de cosas hacia el espacio abierto y putrefacto del otro lado. Con el ceño fruncido, él cerró la puerta y la siguió, sus alas bien guardadas para evitar rozarlas contra los muros aceitosos y derruidos. Si Quinlan moría, la oferta de Micah ya no seguiría siendo válida.

Las velas blancas y color marfil parpadearon cuando Bryce avanzó hacia la alfombra verde desgastada mientras Hunt intentaba controlar su reacción. Había un sillón rasgado y vencido contra la pared, una silla de cuero asquerosa con la mitad del relleno salido en la otra pared y, por toda la habitación, en mesas y pilas de libros y sillas medio rotas, había frascos, tazones y tazas llenos de sal.

Sal blanca, sal negra, sal gris... en granos de todos los tamaños: desde casi polvo pasando por hojuelas hasta llegar a grandes trozos ásperos. Sal para la protección contra poderes oscuros. Contra demonios. Muchos vanir construían sus casas con placas de sal como primera piedra. Se rumoraba que toda la base del palacio de cristal de los asteri era una plancha de sal. Que lo habían construido encima de un depósito natural.

Puto Averno. Nunca había visto tal surtido. Cuando Bryce se asomó por el pasillo oscuro a la izquierda, donde las sombras daban lugar a tres puertas, Hunt dijo en voz baja:

—Por favor dime que...

—Sólo trata de no gruñir ni hacer caras —le contestó y gritó hacia la oscuridad—. ¡Estoy aquí para comprar, no para cobrar!

Una de las puertas se abrió un poco y un sátiro de piel pálida y cabello oscuro avanzó cojeando hacia ellos. Las piernas peludas estaban ocultas por pantalones. Era probable que la boina en la cabeza ocultara sus pequeños cuernos curvos. El sonido de sus pezuñas en el piso lo delataba.

El hombre apenas le llegaba al pecho a Bryce. Su cuerpo encogido y retorcido era de la mitad del tamaño de los faunos que Hunt había visto destrozando a la gente en el campo de batalla. Y del que él tuvo que enfrentar cara a cara en la arena de Sandriel. Las pupilas verticales del sátiro, con protuberancias en ambos lados como las de una cabra, se abrieron.

Con un sobresalto, Hunt se dio cuenta de que era miedo, y no precisamente por él.

Bryce metió los dedos en un tazón de plomo con sal rosada, tomó unos cuantos pedazos y los volvió a dejar caer en el tazón con un tronido suave y hueco.

—Necesito la obsidiana.

El sátiro cambió de posición y sus pezuñas hicieron un poco de ruido. Se frotó el cuello pálido y peludo.

—Yo no vendo eso.

Ella sonrió un poco.

—¿No? —se acercó a otro tazón y movió la sal negra en polvo fino que había ahí—. Sal de obsidiana, de roca entera, de grado A. Siete kilogramos con 777 gramos. Ahora.

El hombre tragó saliva.

—Es ilegal.

—¿Me estás citando el lema del Mercado de Carne o estás intentando decirme que por alguna razón *no* tienes precisamente lo que yo necesito?

Hunt miró la habitación. Sal blanca para la purificación; rosada para la protección; gris para los hechizos; roja para... olvidó para qué diablos era. Pero obsidiana... Mierda.

Hunt se valió de los siglos de entrenamiento para conservar la sorpresa fuera de su rostro. Las sales negras se usaban para invocar a los demonios, sin tener que pasar para nada por la Fisura Septentrional, o bien para varios encantamientos oscuros. Una sal que iba más allá del negro, una sal como la *obsidiana*... Podía invocar algo grande.

El Averno estaba separado de ellos por el tiempo y el espacio, pero seguía estando accesible a través de los portales gemelos sellados en los polos norte y sur: la Fisura Septentrional y la Fisura Meridional, respectivamente.

O por idiotas que intentaban invocar demonios a través de sales de diversos poderes.

Muchas cosas jodidas, era lo que siempre había pensado Hunt. El beneficio de usar sales, al menos, era que sólo se podía invocar a un demonio a la vez. Aunque si las cosas salían mal, el invocador podía morir. Y un demonio podría terminar atrapado en Midgard. Y hambriento.

Por eso existían esos patanes en su mundo: la mayoría habían sido cazados después de aquellas guerras antiguas entre reinos, pero de vez en cuando los demonios se soltaban. Se reproducían, por lo general de manera forzada.

El resultado de estas horribles uniones se denominaba daemonaki. La mayoría de los que caminaban en las calles estaban diluidos, encarnaciones más débiles e híbridos de los demonios de sangre pura del Averno. Muchos eran parias, sin tener ninguna culpa salvo la genética, y por lo general trabajaban duro para integrarse a la República. Pero un demonio de pura sangre de nivel más bajo recién salido del Averno podía paralizar una ciudad entera si salía a destrozar cosas. Y durante siglos, Hunt había sido el responsable de rastrearlos.

Este sátiro tenía que ser entonces un traficante importante si vendía sal de obsidiana.

Bryce se acercó al sátiro. El hombre retrocedió. Los ojos de ámbar de ella brillaron con diversión animal, sin duda proveniente de su lado hada. Algo muy lejano de la chica fiestera que se estaba arreglando las uñas.

Hunt se tensó. No podía ser tan tonta, ¿o sí? ¿Mostrarle de qué manera tan sencilla podía conseguir con el mismo tipo de sal que seguro usaron para invocar al demonio que mató a Tertian y a Danika? Otra marca en su columna mental de Sospechosa.

Bryce encogió uno de sus hombros.

—Podría llamar a tu reina. Ver qué opina.

—Tú... no tienes el rango para invocarla a *ella*.

—No —dijo Bryce—, no lo tengo. Pero apuesto que si salgo al piso principal y empiezo a gritar buscando a la Reina Víbora, ella saldrá de ese pozo de pelea para ver qué está haciendo un escándalo.

Solas flamígero, lo decía en serio, ¿verdad?

El sudor empezó a formarse en la frente del sátiro.

—La obsidiana es demasiado peligrosa. No puedo venderla con la conciencia tranquila.

Bryce respondió con tono cantarín:

—¿Dijiste eso cuando se la vendiste a Philip Briggs para que hiciera sus bombas?

Hunt se quedó inmóvil y el sátiro se puso de un tono blanco enfermizo. Miró a Hunt, notó el tatuaje que le cruzaba la frente, la armadura que traía.

—No sé de qué hablas. A mí... a mí me liberaron los investigadores. Yo nunca le vendí nada a Briggs.

—Estoy segura de que te pagó en efectivo para que no hubiera rastro del dinero —dijo Bryce. Luego bostezó—. Mira, estoy cansada, tengo hambre y no tengo ganas de jugar este juego. Dame tu precio para que me pueda ir.

Los ojos de cabra se fijaron en los de ella.

—Cincuenta mil marcos de oro.

Bryce sonrió y Hunt se contuvo para no maldecir.

—¿Sabes que mi jefa pagó cincuenta mil para ver una jauría de Mastines del Averno destazar a un sátiro? Dijo que había sido el mejor minuto de su miserable vida.

—Cuarenta y cinco.

—No me hagas perder el tiempo con ofertas sin sentido.

—No bajaré de treinta. No por tanta obsidiana.

—Diez.

Diez mil marcos de oro seguía siendo exorbitante. Pero las sales de invocación eran demasiado valiosas. ¿Cuántos demonios había cazado por ellas? ¿Cuántos cuerpos desmembrados había visto por invocaciones mal realizadas? ¿O bien realizadas, si era un ataque dirigido?

Bryce levantó su teléfono.

—Jesiba está esperando que le marque en cinco minutos, y le confirme que tengo la sal de obsidiana. En seis minutos, si *no* hago esa llamada, alguien tocará en aquella puerta. Y esa persona no vendrá por mí.

Hunt no podía distinguir con certidumbre si Quinlan mentía o no. Es probable que no se le dijera, podría haber recibido esa orden de su jefa mientras él estaba en la azotea. Si Jesiba Roga estaba lidiando con lo que fuera que implicaba esa obsidiana, para sus propios fines o a nombre del Rey del Inframundo... Tal vez Bryce no había cometido el asesinato sino más bien era cómplice.

—Cuatro minutos —dijo Bryce.

El sudor corría por la sien del sátiro y caía en su barba espesa. Silencio.

A pesar de sus sospechas, Hunt tenía la sensación incómoda de que esta misión iba a ser o divertidísima como nada o una pesadilla. Si eso hacía que él llegara a su meta, no le importaba lo que sucediera.

Bryce se sentó en el brazo desvencijado de la silla y empezó a escribir en su teléfono, no parecía ser sino una joven aburrida evitando la interacción social.

El sátiro volteó a ver a Hunt.

—Tú eres el Umbra Mortis —tragó saliva haciendo ruido—. Eres uno de los triarii. Tú nos proteges, tú le sirves al gobernador.

Antes de que Hunt pudiera responder, Bryce levantó el teléfono para mostrarle una foto de dos cachorritos gordos y juguetones.

—Mira lo que acaba de adoptar mi primo —le dijo—. Éste es Osirys y el de la derecha es Set.

Bajó el teléfono antes de que él pudiera darle una respuesta y empezó a responder con los pulgares moviéndose a toda velocidad.

Pero miró a Hunt con disimulo, sin levantar la vista. *Sígueme la corriente, por favor* parecía estar diciendo.

Así que Hunt dijo:

—Lindos perritos.

El sátiro gimió con angustia. Bryce levantó la cabeza, la cortina de cabello rojo delineada con la luz de la pantalla.

—Pensé que ya estarías corriendo por la sal. Tal vez deberías hacerlo, considerando que te quedan —se asomó al teléfono y movió los dedos a toda velocidad—, oh. Noventa segundos.

Abrió lo que parecía ser un hilo de mensajes y empezó a escribir.

El sátiro dijo en voz baja.

—V-veinte mil.

Ella levantó un dedo.

—Le estoy contestando a mi primo. Dame dos segundos.

El sátiro estaba temblando tanto que Hunt casi se sentía mal. Casi, hasta que...

—¡Diez, diez, maldita sea! ¡Diez!

Bryce sonrió.

—No hace falta gritar —ronroneó y apretó un botón que hizo que sonara el teléfono.

—¿Sí? —la hechicera respondió al primer timbre.

—Retira a tus perros.

Una risa ronca y femenina.

—Hecho.

Bryce bajó el teléfono.

—¿Y bien?

El sátiro corrió a la parte trasera. Sus pezuñas iban golpeando los pisos desgastados. Un momento después, salió con un paquete envuelto. Apestaba a moho y tierra. Bryce arqueó una ceja.

—Ponla en una bolsa.

—No tengo una...

Bryce lo miró. El sátiro encontró una bolsa. Una bolsa de mercado manchada y reutilizable, pero era mejor que ir cargando el pedazo en público.

Bryce sintió el peso de la sal en sus manos.

—Pesa dos onzas más.

—¡Son siete y siete! ¡Justo lo que pediste! Todo está cortado en sietes.

Siete, el número sagrado. O quizá maldito, dependiendo de la persona que estaba realizando el ritual. Siete asteri, siete colinas en su Ciudad Eterna, siete barrios y siete Puertas en Ciudad Medialuna; siete planetas y siete círculos en el Averno, con siete príncipes gobernándolos, cada uno más oscuro que el anterior.

Bryce ladeó la cabeza.

—Si lo peso y no...

—¡Sí está! —gritó el sátiro—. ¡Por el Averno oscuro que sí está!

Bryce presionó unos botones en su teléfono.

—Diez mil, transferidos directamente a ti.

Hunt se mantuvo detrás de ella cuando salió dejando al sátiro medio furioso medio temblando a sus espaldas.

Bryce abrió la puerta, sonriendo para sí misma; Hunt estaba a punto de empezar a exigir respuestas cuando ella se detuvo. Él también se frenó al ver lo que estaba afuera.

La mujer alta y con piel de luna estaba vestida con un overol dorado y arracadas de esmeralda que colgaban más abajo que su cabello negro cortado a la altura de la barbilla. Sus labios grandes estaban pintados de un morado tan oscuro que era casi negro y sus sorprendentes ojos verdes... Hunt la reconoció por los puros ojos.

Humanoide en todos los aspectos salvo ése. Todos verdes, con vetas de jade y oro. Interrumpidos sólo por una pupila vertical que estaba casi cerrada debido a las luces de la bodega. Ojos de serpiente.

O de una Reina Víbora.

19

Bryce se echó la bolsa de lona al hombro y miró a la Reina Víbora.

—Bonito atuendo.

La metamorfa serpentina sonrió y dejó a la vista sus dientes blancos y brillantes, también sus colmillos apenas demasiado alargados. Y demasiado delgados.

—Bonito guardaespaldas.

Bryce se encogió de hombros mientras los ojos de la serpiente se arrastraban por cada centímetro del cuerpo de Hunt.

—No le sirve mucho la cabeza, pero le sirve lo que le tiene que servir.

Hunt se quedó inmóvil. Pero los labios morados de la mujer se curvaron hacia arriba.

—Nunca he oído que alguien describa así a Hunt Athalar, pero estoy segura de que el general lo aprecia.

Al escuchar el título casi olvidado, Hunt apretó la mandíbula. Sí, es probable que la Reina Víbora estuviera viva durante la Caída. En ese caso, conocería a Hunt no como uno de los triarii de la 33a ni como la Sombra de la Muerte, sino como el General Hunt Athalar, Alto Comandante de las legiones de la arcángel Shahar.

Y Bryce lo había estado engañando por dos días. Miró por encima de su hombro y se dio cuenta de que Hunt estaba observando a la Reina Víbora y a los cuatro hombres hada a su lado. Eran desertores de la corte de su padre, asesinos entrenados no nada más en armas, sino también en la especialidad de la reina: venenos y ponzoñas.

Ninguno de ellos se dignó a reconocer su presencia.

La Reina Víbora ladeó la cabeza y su peinado con bordes afilados se movió como seda negra. En el piso de abajo, los clientes seguían su camino, sin saber que su gobernante les había concedido la gracia de su presencia.

—Parece que han estado de compras.

Bryce se encogió un poco de hombros.

—Buscar ofertas es uno de mis pasatiempos. Tu reino es el mejor lugar para hacerlo.

—Pensé que tu jefa te pagaba demasiado bien como para que te rebajaras a investigar un buen precio. Y a usar sales.

Para mantener su corazón tranquilo, Bryce se obligó a sonreír, plenamente consciente de que la mujer podría detectarlo. Podía saborear el miedo. Quizá podría saborear qué tipo de sal llevaba en la bolsa que colgaba de su hombro.

—Sólo por que gano dinero no significa que me deban estafar.

La Reina Víbora la miró primero a ella y luego a Hunt.

—Escuché que ustedes dos han sido vistos paseando juntos por la ciudad.

Hunt gruñó.

—Es información clasificada.

La Reina Víbora arqueó una ceja negra y bien delineada. El pequeño lunar que tenía justo debajo de la comisura del ojo se movió apenas. Sus uñas pintadas de dorado brillaron cuando metió la mano al bolsillo de su overol y sacó un encendedor incrustado de rubíes que formaban la silueta de una víbora áspid en posición de ataque. Un momento después apareció un cigarrillo entre sus labios morados y, mientras observaban en silencio, sus guardias vigilaban cada respiración que daba al encenderlo e inhalar profundo. El humo brotó de esos labios oscuros y dijo:

—Las cosas se están poniendo interesantes estos días.

Bryce giró hacia la salida.

—Sí. Vámonos, Hunt.

Uno de los guardias se paró frente a ella, casi dos metros de gracia y musculatura de hada.

Bryce se detuvo y Hunt casi chocó con ella. Su gruñido fue tal vez la primera y única advertencia al hada. Pero el guardia sólo dedicó una mirada vacía y entregada a su reina. Era probable que fuese adicto al veneno que ella secretaba y que repartía entre su círculo cercano.

Bryce miró por encima del hombro a la Reina Víbora, todavía recargada en el barandal, todavía fumando ese cigarrillo.

—Es un buen momento para los negocios —apuntó la reina—, cuando los jugadores clave convergen para la Cumbre. Tantas élites de la clase gobernante, todos con sus propios... intereses.

Hunt estaba tan cerca de la espalda de Bryce que podía sentir el temblor que recorría el cuerpo poderoso del ángel y podría haber jurado que sintió un relámpago cosquillearle la columna. Pero él no dijo nada.

La Reina Víbora extendió una mano hacia el pasillo detrás de ella y sus uñas doradas centellearon bajo las luces.

—A mi oficina, por favor.

—No —dijo Hunt—. Ya nos vamos.

Bryce dio un paso hacia la Reina Víbora.

—Después de usted, Majestad.

Empezaron a seguir a la reina. Hunt venía muy alterado a su lado pero Bryce mantuvo la mirada en el peinado brillante de la mujer frente a ellos. Sus guardias iban un poco atrás, suficiente para que Hunt considerara que podía decirle en voz baja:

—Esto es una idea terrible.

—En la mañana te quejaste de que no estaba haciendo nada de valor —le dijo Bryce mientras entraban por un arco y bajaban por unas escaleras. Desde abajo se escuchaban rugidos y gritos—. Y ahora que estoy haciendo algo, ¿también te quejas? —espetó—. Decídete, Athalar.

Él volvió a apretar la mandíbula. Pero miró su bolsa, el bloque de sal que pesaba dentro de ella.

—Compraste la sal porque sabías que iba a atraer su atención.

—Tú me dijiste que nos tomaría semanas conseguir una cita con ella. Decidí saltarnos toda esa mierda.

Le dio unos golpecitos a la bolsa y la sal sonó hueca debajo de su mano.

—Por las tetas de Cthona —murmuró él y negó con la cabeza.

Salieron de la escalera hacia un nivel inferior con paredes de concreto sólido. Detrás de ellos, el rugido de la arena de pelea hacía eco en el corredor. Pero la Reina Víbora siguió deslizándose y pasó de largo unas puertas de metal oxidado. Hasta que abrió una puerta sin ninguna marca y entró sin siquiera mirar atrás. Bryce no pudo evitar sonreír con petulancia.

—No te veas tan satisfecha, carajo —refunfuñó Hunt—. Es posible que no salgamos de aquí vivos.

Cierto.

—Yo haré las preguntas.

—No.

Se miraron el uno al otro con ojos llenos de furia y Bryce podría haber jurado que vio un relámpago en el semblante de Hunt. Pero ya habían llegado a la puerta que daba a...

Ella estaba esperando la opulencia lujosa de Antigüedades Griffin oculta detrás de esa puerta: espejos dorados y divanes de terciopelo, cortinas de seda y un escritorio de roble tallado tan viejo como la ciudad misma.

No este... cochinero. Era apenas mejor que el almacén de un bar de mala muerte. Había un escritorio de metal maltratado que ocupaba la mayor parte del espacio atiborrado, una silla morada y raspada detrás, con montones de relleno saliéndose por la esquina superior, y la pintura color verde pálido estaba descarapelada en varios puntos de las paredes. Eso sin mencionar la mancha de agua que decoraba el techo y que se veía peor por la parpadeante luzprístina fluorescente. Contra una de las paredes había unas repisas llenas con todo tipo de cosas, desde archivos, cajas de licor hasta pistolas desechadas; del otro lado había una pila de cajas de cartón más alta que ella.

Un vistazo a Hunt y Bryce supo que él estaba pensando lo mismo: ¿la Reina Víbora, ama del inframundo, temida experta en venenos y gobernadora del Mercado de Carne, llamaba a esta pocilga oficina?

La mujer se deslizó a su silla y entrelazó los dedos encima del desorden de documentos tirados por todo el escritorio. Una computadora que tenía más o menos veinte años de antigüedad, coronada por una pequeña estatua de Luna, parecía una roca gorda frente a la Reina. El arco de la diosa apuntaba a la cara de la metamorfa.

Uno de sus guardias cerró la puerta y eso hizo que Hunt deslizara su mano hacia su cadera aunque Bryce ya se había sentado en una de las sillas baratas de aluminio.

—No es tan elegante como el negocio de tu jefa —dijo la Reina Víbora al percibir la incredulidad en la expresión de Bryce—, pero funciona.

Bryce no se molestó en aceptar que este espacio quedaba muy por debajo de lo adecuado para una metamorfa serpentina cuya figura de serpiente era una cobra blanca como la luna con escamas que brillaban como ópalos, y cuyos poderes se rumoraba eran... diferentes. Algo *extra* que se mezclaba con su veneno, algo extraño y antiguo.

Hunt tomó la otra silla para sentarse a su lado pero primero le dio la vuelta para poder acomodar sus alas. Los rugidos que les llegaban desde la arena de pelea hacían vibrar el piso de concreto bajo sus pies.

La Reina Víbora encendió otro cigarrillo.

—Estás aquí para preguntarme sobre Danika Fendyr.

Bryce mantuvo una expresión neutra. Había que reconocerle a Athalar que él también.

Hunt dijo con cautela:

—Estamos intentando obtener una idea más clara de todo.

Los ojos sorprendentes de la mujer se cerraron un poco con placer.

—Si eso es lo que quieren decir, entonces claro —el humo serpenteó de sus labios—. Pero les ahorraré las mentiras. Danika era una amenaza para mí en más maneras de las que quizá conozcan. Pero era lista. Nuestra relación era de trabajo —otra inhalación—. Estoy segura de que Athalar me puede dar la razón en esto —dijo con voz lenta y se ganó una mirada de advertencia de parte de él—, pero para que las cosas se hagan, a veces el Aux y la 33a tienen que trabajar con aquellos de nosotros que habitamos en las sombras.

Hunt dijo:

—¿Y Maximus Tertian? Lo mataron en las afueras de tu territorio.

—Maximus Tertian era un llorón mimado pero nunca sería tan estúpida como para buscar un pleito con su padre de esa manera. Lo único que ganaría sería un dolor de cabeza.

—¿Quién lo mató? —preguntó Bryce—. Escuché que tú sacaste a tu gente. Algo sabes.

—Sólo una precaución —se pasó la lengua por los dientes inferiores—. Las serpientes podemos saborear cuando algo está a punto de pasar. Como una especie de carga en el aire. La puedo sentir ahora... por toda esta ciudad.

Los relámpagos de Hunt gruñeron en la habitación.

—¿No pensaste en advertirle a nadie?

—Le advertí a mi gente. Mientras el problema no pase por mi distrito, no me importa lo que suceda en el resto de Lunathion.

Hunt dijo:

—Muy noble de tu parte.

Bryce volvió a preguntar:

—¿Quién crees que mató a Tertian?

Ella se encogió de hombros.

—¿En serio? Es el Mercado de Carne. Esas cosas pasan. Seguro vino para conseguir drogas y ése es el precio que pagó.

—¿Qué tipo de drogas? —preguntó Bryce.

Hunt interrumpió:

—El reporte toxicológico decía que no tenía drogas en su sistema.

—Entonces no puedo ayudarles —dijo la metamorfa—. Mi teoría es tan buena como las de ustedes.

Bryce no se molestó en preguntar si tendrían videos de las cámaras porque la 33a ya debería haberlas revisado.

La Reina Víbora sacó algo de un cajón y lo colocó en el escritorio. Una memoria externa.

—Mis coartadas de la noche que mataron a Tertian y de los días antes y durante los asesinatos de Danika y su jauría.

Bryce no tocó el pequeño aparato de metal, apenas del tamaño de un lápiz de labios.

Los labios de la Reina Víbora volvieron a curvarse.

—Estaba en el spa la noche del asesinato de Tertian. Y en cuanto a Danika y la Jauría de Diablos, uno de mis asociados hizo una fiesta de Descenso para su hija esa noche. Se convirtió en tres días de... bueno, ya lo verán.

—¿Esta memoria contiene videos de ti en una orgía de tres días? —exigió saber Hunt.

—Avísame si te parece excitante, Athalar —la Reina Víbora volvió a dar una fumada a su cigarrillo. Sus ojos verdes se movieron hacia el regazo de Hunt—. He sabido que eres bastante bueno cuando dejas de ser adusto por un rato.

Oh, por favor. Hunt enseñó los dientes con un gruñido silencioso y Bryce dijo:

—Haciendo a un lado la orgía y las habilidades de Hunt en la cama, tienes un vendedor de sal en este mercado —dijo con un golpecito a la bolsa que tenía en las rodillas.

La Reina Víbora apartó la mirada de Hunt que todavía gruñía y le dijo a Bryce con sequedad:

—Yo no uso lo que vendo. Aunque no creo que tú vivas bajo esa regla allá en tu galería elegante —guiñó un ojo—. Si alguna vez te hartas de arrastrarte por esa hechicera, ven a buscarme. Tengo un establo de clientes que se arrastrarían por ti. Y pagarían por hacerlo.

La mano de Hunt en su hombro se sentía caliente.

—Ella no está a la venta.

Bryce se movió para que él la soltara y le lanzó una mirada de advertencia.

La Reina Víbora dijo:

—Todos, General, están a la venta. Nada más averigua el precio —el humo salió de su nariz, un dragón echando flamas—. Dame un par de días, Athalar, y encontraré el tuyo.

La sonrisa de Hunt era algo de belleza letal.

—Tal vez yo ya sé cuál es el tuyo.

La Reina Víbora sonrió.

—Eso espero —apagó el cigarrillo y miró a Bryce a los ojos—. Te daré un consejo profesional para tu pequeña investigación —Bryce se tensó por el tono de burla—. Mira hacia donde duela más. Ahí es donde siempre están las respuestas.

—Gracias por el consejo —dijo Bryce entre dientes.

La metamorfa tronó sus dedos con puntas doradas como si nada. La puerta de la oficina se abrió y los hombres hada adictos al veneno se asomaron.

—Ya terminamos—dijo la Reina Víbora y encendió su reliquia de computadora—. Asegúrense de que salgan.

Y que no se queden por aquí a indagar.

Bryce se echó el bloque de sal al hombro y Hunt tomó la memoria para guardarla en su bolsillo.

El guardia fue lo suficientemente listo como para apartarse y dejarlos pasar cuando Hunt empujó a Bryce hacia la puerta. Bryce avanzó tres pasos antes de que la Reina Víbora dijera:

—No subestimes la sal de obsidiana, Quinlan. Puede traer lo peor de lo peor del Averno.

Un escalofrío le recorrió la columna vertebral. Pero Bryce sólo levantó una mano para despedirse por encima del hombro y salió al pasillo.

—Bueno, al menos estaré entretenida, ¿no?

Salieron enteros del Mercado de Carne, gracias a los cinco putos dioses, en especial la mismísima Urd. Hunt no estaba del todo seguro de cómo habían logrado alejarse de la Reina Víbora sin que les llenara el abdomen de balas envenenadas pero... Frunció el ceño a la mujer de cabello rojo que ahora estaba inspeccionando su motoneta blanca para ver que no estuviera dañada. Hasta el casco estaba intacto.

Hunt dijo:

—Le creo —de ninguna manera vería el video de esa memoria. Se lo enviaría directo a Viktoria—. No creo que tenga nada que ver con esto.

Quinlan y Roga, sin embargo... todavía no las tachaba de su lista mental.

Bryce sostuvo el casco con la parte interna del codo.

—Estoy de acuerdo.

—Entonces esto nos trae de regreso al principio. —Tuvo que controlar las ganas de caminar imaginándose su deuda de muertes todavía en los miles.

—No —respondió Bryce—. No es así.

Ató la bolsa de sal en el pequeño compartimento ubicado en la parte trasera de su motoneta.

—Dijo que buscáramos donde dolía más para encontrar las respuestas.

—Sólo estaba diciendo alguna tontería con mala intención para confundirnos.

—Es probable —dijo Bryce y se puso el casco. Luego levantó el visor para dejar a la vista sus ojos color ámbar—.

Pero tal vez tenía razón sin querer. Mañana... —cerró los ojos—. Tengo que pensar un poco mañana. En la galería o Jesiba se va a poner furiosa.

Él se sentía intrigado y preguntó:

—¿Crees tener una pista?

—Todavía no. Pero sí una dirección general. Es mejor que nada.

Él movió la barbilla hacia el compartimento de su motoneta.

—¿Para qué es la sal de obsidiana?

Debía tener un uso para ella. Aunque él rezaba que no fuera tan tonta como para usarla.

Bryce se limitó a decir sin expresión:

—Para sazonar mis hamburguesas.

Bien. Él solo se había prestado para eso.

—¿Cómo pudiste pagar esa sal, a todo esto?

Dudaba que ella tuviera diez mil marcos de oro de sobra en su cuenta de banco.

Bryce cerró el zíper de su chamarra.

—Lo cargué a la cuenta de Jesiba. Gasta más dinero en productos de belleza al mes, así que dudo que lo note.

Hunt no tenía idea cómo responder a eso, así que apretó los dientes y la miró sobre su vehículo.

—Sabes, una motoneta es una cosa muy estúpida que conducir antes de hacer el Descenso.

—Gracias, mami.

—Deberías tomar el autobús.

Ella sólo ladró una risa y salió disparada hacia la oscuridad.

20

Mira hacia donde duela más.

Bryce no le dijo a Hunt lo acertado de la pista de la Reina Víbora. Ya le había dado su lista de sospechosos, pero aún no recibía la otra petición que le habían hecho.

Así que eso fue lo que decidió hacer: redactar una lista que detallara cada uno de los movimientos de Danika la semana previa a su muerte. Pero cuando terminó de abrir la galería para iniciar el día, en el momento que bajó a la biblioteca para hacer la lista... Las náuseas llegaron.

Entonces, encendió su laptop y empezó a buscar sus correos con Maximus Tertian desde hacía seis semanas. Tal vez podría encontrar alguna especie de conexión ahí, o al menos una pista de sus planes para esa noche.

Sin embargo, con cada correo electrónico profesional y aburrido que releía, los recuerdos de los últimos días de Danika arañaban la puerta que había soldado para que se quedara cerrada en su mente. Como espectros amenazantes, refunfuñaban y susurraban, y ella intentaba ignorarlos, intentaba concentrarse en los correos de Tertian pero...

Lehabah se asomó desde donde estaba recostada en el diminuto diván que Bryce le había dado hacía años, cortesía de una casa de muñecas de su niñez, y desde donde veía en su tableta su drama vanir favorito. Su domo de vidrio estaba detrás de ella, colocado sobre un montón de libros con los pétalos largos de una orquídea morada colgando sobre él.

—Podrías dejar que el ángel bajara aquí y trabajar juntos en lo que sea que te esté costando tanta dificultad.

Bryce puso los ojos en blanco.

—Tu fascinación con Athalar está alcanzando niveles de acosadora.

Lehabah suspiró.

—¿Sabes cómo se *ve* Hunt Athalar?

—Considerando que está viviendo en la azotea enfrente de mi departamento, diría que sí.

Lehabah presionó el botón de pausa en su programa y recargó la cabeza contra el respaldo de su silloncito.

—Es *hermoso*.

—Sí, pregúntale a él.

Bryce cerró el correo que había estado leyendo, uno de unos cien que había intercambiado con Tertian, y el primero en el que él se le había un poco.

—Hunt es suficientemente apuesto como para salir en este programa —dijo Lehabah y señaló con uno de los dedos de su pie hacia la tableta frente a ella.

—Por desgracia, no creo que las diferencias de tamaño entre tú y Athalar permitieran que eso funcionara en la cama. Tú apenas tienes el tamaño para abrazarle el pene.

Lehabah soltó una nubecilla de humo por la vergüenza. La duendecilla ondeó la mano para despejarla.

—¡BB!

Bryce rio y luego hizo un ademán hacia la tableta.

—Yo no soy la que está viendo un programa que en el fondo es pornografía con una historia. ¿Cómo dices que se llama? *¿Fajes salvajes?*

Lehabah se puso morada.

—¡No se llama así y lo sabes! Y es *artístico*. Hacen el *amor*. No... —se ahogó.

—¿Cogen? —sugirió Bryce sin tapujos.

—Exacto —asintió Lehabah con propiedad.

Bryce rio y dejó que eso ahuyentara a los fantasmas del pasado que se acumulaban. La duendecilla, a pesar de ser mojigata, también rio. Bryce dijo:

—Dudo que Hunt Athalar sea del tipo de *hacer el amor*.

Lehabah ocultó la cara detrás de sus manos y empezó a tararear con mortificación.

Sólo para torturarla un poco más, Bryce agregó:

—Es el tipo de doblarte sobre un escritorio y...

El teléfono sonó.

Ella miró hacia el techo, preguntándose si Athalar había oído de alguna manera, pero... no. Era peor.

—Hola, Jesiba —dijo haciendo un movimiento para indicarle a Lehabah que regresara a su percha de guardiana en caso de que la hechicera estuviera monitoreándolas a través de las cámaras de la biblioteca.

—Bryce. Me da gusto ver a Lehabah trabajando con tanto ahínco.

Lehabah cerró rápido la tableta e hizo su mejor esfuerzo por verse alerta. Bryce dijo:

—Era su descanso de media mañana. Tiene derecho a uno.

Lehabah la miró con profundo agradecimiento.

Jesiba se limitó a soltar una lista de órdenes.

Treinta minutos después, en el escritorio de la sala de exhibición de la galería, Bryce miraba hacia la puerta principal cerrada. El tic-tac del reloj llenaba todo el espacio, un recordatorio constante de cada segundo perdido. Cada segundo que el asesino de Danika y la jauría estaba libre por las calles mientras ella estaba aquí sentada, revisando documentos de mierda.

Era inaceptable. Sin embargo, la idea de abrir la puerta a aquellos recuerdos...

Sabía que se arrepentiría. Sabía que era muy, muy estúpido. Pero marcó el número antes de poder arrepentirse.

—Qué pasa —dijo la voz de Hunt ya alerta, llena de tormentas.

—¿Por qué asumes que algo está mal?

—Porque nunca me has hablado, Quinlan.

Esto era estúpido, de verdad muy estúpido. Se aclaró la garganta para inventar una excusa sobre ordenar comida pero él dijo:

—¿Encontraste algo?

Por Danika, por la Jauría de Diablos, podía hacer esto. Lo haría. El orgullo no tenía lugar aquí.

—Necesito... necesito que me ayudes con algo.

—¿Con qué?

Pero antes de que terminara de pronunciar las palabras, un puño tocaba a la puerta. Sabía que era él sin tener que ver la imagen de la cámara.

Abrió la puerta. Las alas y su perfume de cedro con lluvia chocaron con su cara. Hunt preguntó con ironía:

—¿Me vas a poner peros para entrar o podemos ahorrarnos esa escenita?

—Ya métete.

Bryce dejó a Hunt en el umbral de la puerta y caminó hacia su escritorio. Abrió el cajón inferior para sacar una botella reutilizable. Bebió directo de ella.

Hunt cerró la puerta después de entrar.

—Es un poco temprano para beber, ¿no?

Ella no se molestó en corregirlo, sólo dio otro trago y se sentó en su silla.

Él la miró.

—¿Me vas a decir qué quieres?

Un golpeteo cortés pero insistente, *pum-pum-pum* venía de la puerta de hierro que daba hacia la biblioteca de abajo. Las alas de Hunt se cerraron y volteó hacia la placa pesada de metal.

Otro *tap-tap-tap* llenó el atrio de la sala de exhibición.

—BB —dijo Lehabah con voz triste desde el otro lado de la puerta—. ¿BB, estás bien?

Bryce volteó a ver hacia arriba con fastidio. Que Cthona la salvara.

Hunt preguntó con demasiado desinterés:

—¿Quién es?

Un tercer *toc-toc-toc*.

—¿BB? BB, por favor dime que estás bien.

—Estoy bien —gritó Bryce—. Regresa abajo y ponte a trabajar.

—Quiero verte con mis propios ojos —dijo Lehabah y sonaba para cualquiera como una tía preocupada—. No me puedo concentrar en el trabajo sin verte.

Las cejas de Hunt se juntaron un poco, incluso sus labios se estiraron hacia afuera.

Bryce le dijo:

—Uno: la hipérbole es una forma de arte para ella.

—Oh, BB, puedes ser tan terriblemente cruel...

—*Dos*: muy pocas personas tienen permitido ir abajo, así que si le informas de esto a Micah, esto se terminó.

—Lo prometo —dijo Hunt con cautela—. Aunque Micah puede hacerme hablar si insiste.

—Entonces no le des motivos para sentirse curioso sobre esto.

Colocó la botella en su escritorio y se sorprendió al darse cuenta de que sus piernas estaban muy sólidas. Hunt seguía parado frente a ella. Las horribles espinas retorcidas que tenía tatuadas en la frente parecían succionar la luz de la habitación.

Pero Hunt se frotó la mandíbula.

—Muchas de las cosas que están aquí son contrabando, ¿no?

—Seguro habrás notado que la *mayoría* de las porquerías que hay aquí son contrabando. Algunos de esos libros y pergaminos son las últimas copias conocidas en existencia —apretó los labios y luego agregó en voz baja—. Mucha gente sufrió y murió para preservar lo que está en la biblioteca de abajo.

Más que eso, no podía decir. No había podido leer la mayoría de los libros porque estaban escritos en lenguas muertas hacía mucho tiempo o en códigos tan inteligentes que sólo un lingüista bien entrenado o un historiador podría descifrarlos, pero ella al fin había aprendido el año pasado dónde estaba cada uno. Sabía que los asteri y el senado ordenarían que fueran destruidos. Habían destruido el resto de copias. También había ahí libros normales que Jesiba adquiría sobre todo para su propio uso, quizá incluso para el Rey del Inframundo. Pero los que vigilaba Lehabah... esos eran por los cuales la gente mataría. Por los cuales había matado.

Hunt asintió.

—No diré una palabra.

Ella lo evaluó por un momento y luego se dirigió a la puerta de hierro.

—Considera esto tu regalo de cumpleaños, Lele —dijo entre dientes frente a la puerta de metal.

La puerta se abrió con un suspiro y dejó a la vista la escalera con alfombra color verde pino que llevaba directamente a la biblioteca del piso de abajo. Hunt casi chocó con ella cuando Lehabah flotó entre ambos, su fuego brillando con fuerza, y ronroneó:

—Hola.

El ángel examinó a la duendecilla de fuego que flotaba a unos centímetros de su cara. No era más grande que la mano de Bryce y su cabello como flamas se retorcía sobre su cabeza.

—Vaya, si no serás hermosa —dijo Hunt con voz grave y suave de una manera que hizo que todos los instintos de Bryce se pusieran en alerta.

Lehabah se iluminó más, se abrazó a sí misma e inclinó la cabeza.

Bryce se sacudió los efectos de la voz de Hunt.

—Deja de hacerte la tímida.

Lehabah la miró con furia, pero Hunt levantó un dedo para que ella se parara en él.

—¿Vamos?

Lehabah brillaba con un color rojo rubí, pero flotó hasta el dedo lleno de cicatrices de Hunt y se sentó, sonriéndole con una mirada coqueta.

—Es muy amable, BB —observó Lehabah mientras Bryce avanzaba por las escaleras. El candelabro de sol se volvió a encender—. No veo por qué te quejas tanto de él.

Bryce volteó a verla por encima del hombro y le frunció el entrecejo. Pero Lehabah, que estaba haciéndole ojos de vaca al ángel, le sonrió a Bryce mientras Hunt la seguía hacia el corazón de la biblioteca.

Bryce miró al frente rápido.

Tal vez Lehabah tenía razón sobre el aspecto de Athalar.

Bryce estaba muy consciente de cada paso que daba, de cada sonido provocado por el movimiento de las alas de Hunt a unos pasos detrás de ella. Cada gota de aire que llenaba sus pulmones, su poder, su voluntad.

Aparte de Jesiba, Syrinx y Lehabah, sólo Danika había bajado con ella a este lugar antes.

Syrinx acababa de despertar de su siesta para ver que tenían un invitado y su pequeña cola de león dio golpes contra el sofá de terciopelo.

—Syrie dice que puedes cepillarlo ahora —le dijo Lehabah a Hunt.

—Hunt está ocupado —dijo Bryce y se dirigió a la mesa donde había dejado el libro abierto.

—¿Syrie habla?

—Según ella, sí —dijo Bryce entre dientes mientras buscaba en la mesa su... sí, había puesto la lista en la mesa de Lehabah. Se dirigió hacia allá. Con cada paso que daba sus tacones se hundían cada vez en la alfombra.

—Debe haber miles de libros aquí abajo —dijo Hunt estudiando las repisas altas.

—Oh, sí —contestó Lehabah—. Pero la mitad de esto también es la colección privada de Jesiba. Algunos de los libros son de hace...

—*Ahem* —dijo Bryce.

Lehabah le sacó la lengua y le dijo con un susurro de cómplice a Hunt:

—BB está de mal humor porque no ha podido hacer su lista.

—Estoy de mal humor porque tengo hambre y has sido un fastidio toda la mañana.

Lehabah flotó para separarse del dedo de Hunt y se dirigió a la mesa, donde se dejó caer en el silloncito de muñecas y le dijo al ángel, que se veía indeciso entre hacer una mueca y reír:

—BB finge ser mala pero es un bombón. Compró a Syrie porque Jesiba lo quería regalar a un cliente militar en las montañas Farkaan...

—*Lehabah...*

—Es cierto.

Hunt examinó los diversos tanques que había en la habitación y la variedad de reptiles que contenían, luego las aguas vacías del acuario gigante.

—Pensé que era una especie de mascota de diseñador.

—Oh, lo es —dijo Lehabah—. Syrinx fue separado de su madre cuando era un cachorro, pasó diez años entre compras y ventas por todo el mundo, después Jesiba lo compró como mascota, y luego *Bryce* le compró... su libertad, digo. Incluso hizo que la prueba de su libertad se certificara. Nadie puede volver a comprarlo —señaló a la quimera—. No puedes verlo porque está acostado así, pero tiene la marca de liberado en su pata delantera derecha. La C oficial y todo.

Hunt volteó de las aguas oscuras para observar a Bryce. Ella se cruzó de brazos.

—¿Qué? Tú fuiste el que asumió cosas.

Los ojos de Hunt centellearon. Lo que fuera que eso quisiera decir.

Sin embargo, ella intentó no mirar la muñeca del ángel... el *SPQM* tatuado ahí. Se preguntó si él estaba resistiéndose al mismo impulso; si estaba contemplando si alguna vez conseguiría esa C.

Pero entonces Lehabah le dijo a Hunt:

—¿Cuánto cuesta comprarte a *ti*, Athie?

Bryce interrumpió.

—Lele, eso es grosero. Y no lo llames Athie.

Ella soltó una nube de humo.

—Él y yo somos de la misma casa y los dos somos esclavos. Mi bisabuela peleó en su Legión 18va durante su rebelión. Tengo permiso de preguntar.

La cara de Hunt se cerró por completo ante la mención de la rebelión, pero se acercó al sillón y dejó que Syrinx le oliera los dedos para luego rascar a la bestia detrás de sus orejas sedosas. Syrinx gruñó con placer y su cola de león colgó sin fuerzas.

Bryce intentó bloquear la sensación de presión en su pecho al ver esa escena.

Las alas de Hunt se movieron.

—A mí me vendieron a Micah por ochenta y cinco millones de marcos de oro.

Los tacones de Bryce se atoraron en la alfombra cuando estaba por llegar a la pequeña estación de Lehabah para tomar la tableta. Lehabah de nuevo flotó hacia el ángel.

—Yo costé noventa mil marcos de oro —le confió Lehabah—. Syrie costó doscientos treinta y tres mil marcos de oro.

Hunt volteó a ver a Bryce.

—¿Tú pagaste eso?

Bryce estaba sentada en la mesa de trabajo y apuntó hacia la silla vacía a su lado. Hunt se acercó al instante, por una vez.

—Me dieron el quince por ciento de descuento de empleada. Y llegamos a un acuerdo.

Que así quedara.

Hasta que Lehabah declaró:

—Jesiba le quita un poco de cada cheque —Bryce gruñó y trató de controlar el instinto que sentía de ahogar a la duendecilla con una almohada—. BB lo estará pagando hasta que tenga trescientos años. A menos que no haga el Descenso. En ese caso morirá antes.

Hunt se dejó caer en su asiento y su ala rozó el brazo de Bryce. Más suave que el terciopelo, más tersa que la seda. Él guardó el ala al sentirla, como si no pudiera soportar el contacto.

—¿Por qué?

Bryce dijo:

—Porque ese militar quería lastimarlo y quebrarlo hasta que se convirtiera en una bestia de pelea y Syrinx es mi amigo y ya estaba harta de perder amigos.

—Siempre pensé que tenías mucho dinero.

—Nop —dijo Bryce enfatizando el sonido de la p como un chasquido.

Hunt frunció el entrecejo.

—Pero tu departamento...

—El departamento es de Danika —Bryce no podía verlo a los ojos—. Lo compró como una inversión. Hizo que se escriturara a nuestros nombres. Yo ni siquiera sabía que existía hasta que ella murió. Y lo hubiera vendido, pero tenía excelente seguridad y encantamientos grado A...

—Entiendo —dijo él de nuevo y ella sintió que se encogía al notar la amabilidad en sus ojos. La lástima.

Danika había muerto y ella estaba sola y... Bryce no podía respirar.

Se negó a ir a terapia. Su madre le había conseguido cita tras cita durante el primer año y Bryce no había ido a ninguna. Se compró su difusor de aromaterapia, leyó sobre técnicas de respiración y eso fue todo.

Sabía que debería haber ido. La terapia ayudaba a tanta gente, salvaba tantas vidas. Juniper había ido con una terapeuta desde que era adolescente y le decía a quien estuviera dispuesto a escucharla lo vital y brillante que era ir a consulta.

Pero Bryce no se había presentado, no porque no creyera que funcionara. No, sabía que sí funcionaría, y ayudaría, y tal vez la haría sentir mejor. O al menos le daría las herramientas para intentarlo.

Eso era justo el motivo por el cual no había ido.

Por la manera en que Hunt la miraba, se preguntó si él sabría, si se daría cuenta de por qué había soltado una larga exhalación.

Mira hacia donde duela más.

Maldita. La Reina Víbora se podía ir al Averno con sus consejos.

Encendió la tableta de Lehabah. La pantalla se iluminó con un vampiro y un lobo enredados juntos, gimiendo, desnudos...

Bryce rio.

—¿Dejaste de ver *esto* para venir a molestarme, Lele?

El aire de la habitación se sintió más ligero, como si la tristeza de Bryce se hubiera resquebrajado al ver un lobo metiéndosela con fuerza a la vampiro que gemía.

Lehabah ardió color rojo rubí.

—Quería conocer a Athie —dijo en voz baja y regresó a su sillón.

Hunt, como contra su voluntad, rio.

—¿Ves *Fajes Salvajes*?

Lehabah se enderezó.

—¡Así *no* se llama! ¿Tú le dijiste que dijera eso, Bryce?

Bryce se mordió el labio para evitar soltar la carcajada y tomó su laptop para abrir sus correos con Tertian en la pantalla.

—No, no lo hice.

Hunt arqueó la ceja con diversión cautelosa.

—Voy a tomar una siesta con Syrie —declaró Lehabah a nadie en particular.

Casi en cuanto lo dijo, algo pesado golpeó en el entrepiso.

La mano de Hunt se fue hacia su costado, tal vez para buscar la pistola que tenía ahí, pero Lehabah refunfuñó hacia el barandal:

—No interrumpan mi siesta.

Un sonido fuerte de algo que se arrastraba llenó la biblioteca, seguido por un golpe y un crujido. No provenía del tanque de Miss Poppy.

Lehabah le dijo a Hunt:

—No dejes que los libros te convenzan de que te los lleves a tu casa.

Él le sonrió a medias.

—Tú estás haciendo un buen trabajo para asegurarte de que no suceda.

Lehabah se veía muy orgullosa cuando se acurrucó junto a Syrinx. Él ronroneó encantado por su calor.

—Harán cualquier cosa para escaparse de aquí: se meterán a tu bolsa, al bolsillo de tu abrigo, incluso saltarán por las escaleras. Están desesperados por salir de nuevo al mundo.

Se acercó a las repisas detrás de ellos, donde un libro había aterrizado en los escalones.

—*¡Malo!* —dijo furiosa.

La mano de Hunt se deslizó cerca del cuchillo que cargaba en el muslo mientras el libro, como si lo cargaran manos invisibles, flotaba hacia arriba de las escaleras, luego flotaba hacia la repisa y después encontraba su lugar otra vez. Después vibró una vez con luz dorada, como si estuviera molesto.

Lehabah le lanzó una mirada de advertencia y luego se envolvió en la cola de Syrinx como un chal de piel.

Bryce sacudió la cabeza pero alcanzó a ver por el rabillo del ojo que Hunt ahora la estaba mirando. No de la manera en que los hombres solían mirarla. Le dijo:

—¿Por qué están aquí todos estos animalitos?

—Son los antiguos amantes y rivales de Jesiba —susurró Lehabah desde su manta de piel.

Las alas de Hunt se agitaron.

—Había escuchado los rumores.

—Yo nunca la he visto transformar a nadie en animal —dijo Bryce—, pero trato de no hacerla enojar. De verdad preferiría no terminar convertida en cerdo si Jesiba se enoja conmigo por cagarla en un negocio.

Los labios de Hunt se movieron un poco hacia arriba, como si estuvieran atrapados entre la diversión y el horror.

Lehabah abrió la boca, quizá para decirle a Hunt todos los nombres que le había puesto a las criaturas de la biblioteca, pero Bryce la interrumpió y le dijo a Hunt:

—Te llamé porque empecé a hacer la lista de todos los movimientos de Danika durante sus últimos días.

Le dio un golpecito a la página donde estaba escribiendo.

—¿Sí? —dijo Hunt y sus ojos oscuros permanecieron en el rostro de ella.

Bryce se aclaró la garganta y admitió:

—Es, eh, difícil. Obligarme a recordar. Pensé... que tal vez tú podrías hacerme algunas preguntas. Ayudarme a... que fluyan los recuerdos.

—Ah. Está bien.

El silencio volvió a expandirse mientras ella esperaba que él le recordara que el tiempo no estaba de su parte, que él tenía un puto trabajo que hacer y que ella no debía ser tan cobarde, bla, bla.

Pero Hunt veía los libros, los tanques, la puerta al baño en la parte trasera, las luces disfrazadas de estrellas pintadas en el techo. Y luego, en vez de preguntarle sobre Danika, dijo:

—¿Estudiaste antigüedades en la escuela?

—Sí, tomé algunas clases. Me gustaba aprender sobre porquerías viejas. Mi especialidad era la literatura clásica —agregó—. Aprendí la Vieja Lengua de las hadas cuando era niña.

Había aprendido sola por puro interés en saber más sobre su linaje. Cuando fue a la casa de su padre un año después, por primera vez en su vida, esperaba usar ese conocimiento para impresionarlo. Después de que todo se fuera a la mierda, se negó a aprender otro idioma. Era infantil pero no le importaba.

Aunque era cierto que conocer la lengua más antigua de las hadas había sido útil para este trabajo. Por las pocas antigüedades hada que no estaban acumuladas en sus bóvedas brillantes.

Hunt volvió a estudiar el espacio.

—¿Cómo conseguiste este trabajo?

—Después de graduarme no podía conseguir empleo en ninguna parte. Los museos no me querían porque no tenía suficiente experiencia y las otras galerías de arte de la ciudad son administradas por patanes que pensaban que yo era... apetitosa.

Los ojos del ángel se oscurecieron y ella se obligó a ignorar la rabia que vio formarse ahí por ella.

—Pero mi amiga Fury...

Hunt se tensó un poco al escuchar el nombre; era obvio que estaba al tanto de su reputación

—Bueno, en algún momento ella y Jesiba trabajaron juntas en Pangera. Y cuando Jesiba mencionó que necesitaba una nueva asistente, Fury casi casi la obligó a aceptar mi currículum —Bryce rio al recordarlo—. Jesiba me ofreció el trabajo porque no quería una persona mojigata. El trabajo es demasiado sucio, los clientes de dudosa reputación. Ella necesitaba alguien con buenas habilidades sociales y un poco de experiencia en el arte antiguo. Y eso fue todo.

Hunt pensó un momento y luego preguntó:

—¿Cuál es tu relación con Fury Axtar?

—Ella está en Pangera. Haciendo lo que Fury hace mejor.

No fue una respuesta en realidad.

—¿Axtar te dijo alguna vez qué hace allá?

—No. Y me gustaría seguir así. Mi padre me contó suficientes historias sobre cómo están las cosas allá. No me gusta imaginarme lo que Fury ve y con lo que tiene que tratar.

Sangre, lodo y muerte, la ciencia contra la magia, máquinas contra vanir, bombas de químicos y luzprístina, balas y colmillos.

El servicio del propio Randall había sido obligatorio, una condición de vida para cualquier no-Inferior en la clase peregrini: todos los humanos tenían que cubrir tres años de servicio militar. Randall nunca lo dijo, pero ella siempre supo que los años en el frente le habían dejado cicatrices profundas más allá de las que tenía visibles en su cuerpo. Ser forzado a matar a tu propia gente no era algo sencillo. Pero la amenaza de los asteri seguía existiendo: si alguien se negaba, renunciaban a sus vidas. Y luego las vidas de sus familias. Todos los que sobrevivieran serían esclavos y sus muñecas portarían la tinta con las mismas letras que marcaban la piel de Hunt para siempre.

—No existe la posibilidad de que el asesino de Danika esté conectado con...

—No —gruñó Bryce.

Tal vez ella y Fury estuvieran pasando por una etapa muy jodida, pero estaba segura de eso.

—Los enemigos de Fury no eran los enemigos de Danika. Cuando Briggs regresó a la cárcel, se fue.

Bryce no la había vuelto a ver desde entonces.

Con tal de cambiar el tema, Bryce preguntó:

—¿Cuántos años tienes?

—Doscientos treinta y tres.

Ella hizo el cálculo y frunció el ceño.

—¿Así de joven eras cuando te rebelaste? ¿Y ya estabas al mando de una legión?

La rebelión fallida de los ángeles había sido hacía doscientos años; él debió ser muy muy joven, conforme a los estándares de los vanir, para ser un líder en el movimiento.

—Mis dones me hacían muy valioso para la gente —levantó la mano y los relámpagos se retorcieron alrededor de sus dedos—. Demasiado bueno para matar —ella gruñó para indicar que estaba de acuerdo. Hunt la miró—. ¿Has matado alguna vez?

—Sí.

La sorpresa iluminó sus ojos. Pero ella no quería profundizar en eso, lo que había sucedido con Danika en el último año de la universidad que las había dejado a ambas en el hospital, ella con el brazo destrozado y una motocicleta robada que quedó hecha poco más que chatarra.

Lehabah los interrumpió desde el otro lado de la biblioteca.

—¡BB, deja de ser críptica! Yo he querido saberlo desde hace años, Athie, pero nunca me cuenta nada bueno...

—Déjalo, Lehabah.

Los recuerdos de ese viaje la asaltaron. La cara sonriente de Danika en la cama de hospital junto a la suya. Cómo a pesar de sus protestas, Thorne cargó a Danika por las escaleras de su dormitorio cuando llegaron a casa. Cómo la jauría las había mimado durante una semana. Nathalie y Zelda corrieron a los hombres una noche para poder tener un maratón de películas sólo para chicas. Pero nada se había comparado con lo que había cambiado entre ella y Danika en ese viaje. Había caído la última barrera, la verdad estaba ahí desnuda.

Te amo, Bryce. Lo siento tanto.

Cierra los ojos, Danika.

Un agujero se le abrió en el pecho, profundo y aullante.

Lehabah seguía quejándose. Pero Hunt observaba la cara de Bryce. Preguntó:

—¿Cuál es un recuerdo feliz que tengas con Danika de la última semana de su vida?

La sangre se agolpaba por todo su cuerpo.

—Te-tengo muchos de esa semana.

—Elige una y empezaremos con eso.

—¿Así es como consigues que hablen los testigos?

Él se recargó en su silla y acomodó sus alas alrededor de la parte baja del respaldo.

—Así es como tú y yo vamos a hacer esta lista.

Ella consideró su mirada, su presencia sólida y vibrante. Tragó saliva.

—El tatuaje que tengo en la espalda... nos lo hicimos esa semana. Una noche bebimos demasiado y yo estaba tan perdida que ni siquiera supe qué carajos me había puesto en la espalda hasta que se me pasó la resaca.

A él se le movieron un poco los labios como si quisiera reír.

—Espero que al menos haya sido algo bueno.

A ella le dolía el pecho pero sonrió.

—Lo fue.

Hunt se inclinó hacia adelante y le dio unos golpecitos al papel.

—Escríbelo.

Ella lo hizo. Él preguntó:

—¿Qué hizo Danika durante ese día antes de que fueran a hacerse el tatuaje?

La pregunta era tranquila, pero él estuvo sopesando cada uno de sus movimientos. Como si estuviera leyendo algo, evaluando algo que ella no podía ver.

Ansiosa por evadir esa mirada demasiado intensa, Bryce tomó la pluma y empezó a escribir, un recuerdo tras otro. Continuó escribiendo sus recuerdos sobre dónde había estado Danika esa semana: el tonto deseo en la Puerta de la Vieja Plaza; la pizza que ella y Danika se terminaron paradas en el mostrador de la tienda mientras bebían botellas de cerveza y hablaban de tonterías; el salón de belleza donde Bryce veía revistas de chismes mientras Danika se retocaba las mechas moradas, azules y rosadas; la tienda de abarrotes a dos cuadras donde ella y Thorne encontraron a Danika terminándose una bolsa de papas que todavía no había pagado y la molestaron por horas después de eso;, la arena de solbol de la UCM donde ella y Danika habían disfrutado al ver a los jugadores sexys del equipo de Ithan durante el entrenamiento y peleaban por decidir quién se quedaría con cuál... Siguió escribiendo y escribiendo hasta que las paredes empezaron a cerrarse sobre ella otra vez.

No dejaba de rebotar la rodilla debajo de la mesa.

—Creo que podemos detenernos aquí por hoy.

Hunt abrió la boca y miró la lista, pero el teléfono de Bryce vibró.

Le agradeció a Urd por la intervención tan oportuna. Bryce miró el mensaje que apareció en la pantalla y frunció el ceño. Al parecer la expresión le intrigó tanto a Hunt que se asomó por encima de su hombro.

Ruhn había escrito: *Nos vemos en el Templo de Luna en treinta minutos.*

Hunt preguntó:

—¿Crees que tenga que ver con lo de anoche?

Bryce no le respondió pero escribió: *¿Por qué?*

Ruhn respondió: *Porque es uno de los pocos lugares en esta ciudad sin cámaras.*

—Interesante —murmuró ella—. ¿Crees que debería advertirle que tú vas a ir?

La sonrisa de Hunt fue maldad pura.

—Ni se te ocurra.

Bryce no pudo evitar sonreír.

21

Ruhn Danaan se recargó contra uno de los pilares de mármol del santuario interior del Templo de Luna y esperó a que llegara su hermana. Los turistas pasaban a su lado, tomando fotos pero sin percatarse de su presencia gracias al velo de sombra con el que se había cubierto.

La cámara era larga con un techo alto. Debía tener esta forma para que pudiera caber la estatua sobre el trono al fondo.

La estatua de Luna, de diez metros de alto, la representaba sentada en un trono dorado tallado. La diosa estaba moldeada con gran devoción en piedra lunar brillante. Una tiara de plata de la luna llena sostenida por dos lunas crecientes le adornaba el cabello rizado recogido. A sus pies, que estaban adornados con sandalias, yacían lobos gemelos cuyos ojos siniestros desafiaban a los peregrinos a acercarse. En el respaldo del trono colgaba un arco de oro sólido con la aljaba llena de flechas de plata. Los pliegues de su túnica, que llegaba a los muslos, colgaban en su regazo y ocultaban los dedos delgados que ahí descansaban.

Tanto lobos como hadas sostenían que Luna era su diosa patronal e incluso habían tenido una guerra para decidir a quién favorecía más hacía milenios. Y mientras que la conexión de los lobos con ella estaba tallada en la estatua con impresionante detalle, el reconocimiento a las hadas tenía dos años de haber desaparecido. Tal vez el Rey del Otoño tenía algo de razón sobre restaurar la gloria de las hadas. No de la manera altiva y burlona que pretendía su padre, pero... la falta del linaje hada en la estatua le irritaba a Ruhn.

Escuchó pasos arrastrarse por el patio detrás de las puertas del santuario, seguidos por susurros emocionados y el clic de las cámaras.

—El patio en sí es una copia del de la Ciudad Eterna —dijo una voz femenina a un nuevo grupo de turistas que entraron al templo e iban siguiendo a su guía como patitos.

Y al final de ese grupo, una cabeza con el cabello color rojo vino.

Y un par de alas grises demasiado reconocibles.

Ruhn apretó los dientes y permaneció oculto en las sombras. Al menos sí se había presentado.

El grupo de turistas se detuvo al centro del santuario y su guía empezó a hablar más fuerte mientras el grupo se comenzaba a separar y los flashes de las cámaras parecían los relámpagos de Athalar en la penumbra.

—Y aquí está, señoras y señores: la estatua de Luna misma. La diosa patronal de Lunathion fue construida a partir de un solo bloque de mármol extraído de las famosas Canteras Caliprian junto al río Melanthos en el norte. Este templo fue lo primero que se construyó tras la fundación de la ciudad hace quinientos años. La ubicación de esta ciudad fue seleccionada justo por la manera en que el río Istros serpentea por la tierra. ¿Alguien puede decirme qué figura forma el río?

—¡Una luna creciente! —gritó alguien y el eco de sus palabras rebotó en los pilares de marfil y avanzó por el humo serpenteante que se elevaba del tazón de incienso colocado entre los lobos, a los pies de la diosa.

Ruhn vio a Bryce y a Hunt buscarlo por todo el santuario y permitió que las sombras desaparecieran apenas el tiempo suficiente para que ellos lo localizaran. La cara de Bryce no reveló nada. Athalar se limitó a sonreír.

Fanta-putá-stico.

Con todos los turistas concentrados en su guía, nadie se dio cuenta del par extraño que cruzaba el espacio. Ruhn mantuvo las sombras alejadas hasta que Bryce y Hunt llegaron y luego hizo que también los cubrieran a ellos.

Hunt sólo dijo:

—Un truco elegante.

Bryce permaneció en silencio. Ruhn intentó no recordar cuánto disfrutaba cada vez que él le demostraba cómo funcionaban sus sombras y su luzastral, ambas mitades de su poder funcionando como uno solo.

Ruhn le dijo:

—Te pedí que vinieras. No a él.

Bryce tomó a Athalar del brazo. La estampa que presentaban era risible: Bryce con su vestido elegante del trabajo y tacones, el ángel con su traje negro de batalla.

—Ahora estamos pegados, por desgracia para ti. Mejores, mejores amigos.

—Los mejores —repitió Hunt sin dejar de sonreír.

Que Luna lo matara de una vez. Esto no terminaría bien.

Bryce asintió en dirección del grupo de turistas que todavía iban siguiendo a su líder por todo el templo.

—Este lugar tal vez no tenga cámaras, pero ellos sí.

—Ellos están concentrados en su guía —dijo Ruhn—. Y el ruido que hacen ocultará la conversación que tengamos.

Las sombras lo podían ocultar de la vista, mas no del sonido.

A través de pequeñas ondas en las sombras alcanzaban a ver una pareja joven que le daba la vuelta a la estatua, tan ocupados tomando fotos que no notaron la oscuridad un poco más densa en una esquina lejana. Pero Ruhn guardó silencio y Bryce y Athalar hicieron lo mismo.

Mientras esperaban a que pasara la pareja, la guía de turistas continuó:

—Hablaremos más sobre las maravillas arquitectónicas del santuario en un minuto, pero primero fijémonos en la estatua. La aljaba, por supuesto, está hecha de oro real, las flechas son de plata pura con puntas de diamante.

Alguien silbó con admiración.

—Así es —concordó la guía de turistas—. Las donó el arcángel Micah, quien es patrón e inversionista de varias instituciones caritativas, fundaciones y compañías innovadoras —la guía continuó—. Por desgracia, hace dos años, el tercero de los tesoros de Luna fue robado de este templo. ¿Alguien me puede decir qué era?

—El Cuerno —repuso alguien—. Estuvo en todos los noticieros.

—Fue un robo terrible. Un artefacto que no se puede reemplazar con facilidad.

La pareja avanzó y Ruhn estiró los brazos.

Hunt dijo:

—Está bien, Danaan. Al punto. ¿Por qué le pediste a Bryce que viniera?

Ruhn hizo un ademán en dirección de los turistas tomando fotografías de la mano de la diosa. En especial, los dedos que ahora se curvaban en el aire, donde antes había un cuerno de caza de marfil resquebrajado.

—Porque el Rey del Otoño me pidió que encontrara el Cuerno de Luna.

Athalar ladeó la cabeza pero Bryce rio.

—¿Por eso preguntaste por él anoche?

La guía de turistas los volvió a interrumpir cuando, avanzando hacia la parte trasera de la habitación, dijo:

—Si me siguen, nos han dado autorización especial para ver la cámara donde se preparan para cremación los sacrificios de ciervo en honor a Luna.

Entre las sombras, Bryce pudo distinguir una pequeña puerta que se abría en la pared.

Cuando salieron todos los turistas, Hunt preguntó con los ojos entrecerrados:

—¿Qué es el Cuerno, exactamente?

—Es un montón de mierda de cuentos de hadas —murmuró Bryce—. ¿De verdad me trajiste hasta acá por esto? ¿Para qué, para ayudarte a impresionar a tu papi?

Con un gruñido, Ruhn sacó su teléfono, no sin antes asegurarse de que las sombras estaban firmes a su alrededor, y abrió las fotografías que había tomado en los Archivos de las Hadas la noche anterior.

Pero no las compartió de inmediato, primero le dijo a Athalar:

—El Cuerno de Luna era un arma que usaba Pelias, el primer Príncipe Astrogénito durante las Primeras Guerras. Las hadas lo forjaron en su mundo natal, le pusieron el nombre de la diosa de su mundo nuevo, y lo usaron para luchar contra las hordas de demonios después de hacer el Cruce. Pelias usó el Cuerno hasta el día que murió —Ruhn se puso una mano en el pecho—. Mi ancestro, cuyo poder fluye por mis venas. No sé cómo funcionaba, cómo usaba Pelias su magia, pero el Cuerno se volvió suficiente molestia para los príncipes demonio que hicieron todo lo posible por quitárselo.

Ruhn les mostró el teléfono, la fotografía del manuscrito iluminado se veía muy brillante en las sombras espesas. La ilustración del cuerno tallado que un guerrero hada con casco sostenía frente a sus labios era tan nítida como cuando se pintó hacía miles de años. Por encima de la figura brillaba una estrella de ocho picos, el emblema de los Astrogénitos.

Bryce se quedó paralizada. La quietud de las hadas, como un ciervo que se detiene en el bosque.

Ruhn continuó:

—El Astrófago en persona creó un nuevo horror sólo para cazar el Cuerno. Usó su propia esencia terrible y un poco de sangre que logró derramar del príncipe Pelias en un campo de batalla. Una bestia se retorció para emerger de la colisión de la luz y la oscuridad.

Ruhn pasó a la siguiente ilustración de su teléfono. La razón por la cual le había pedido a ella que viniera, por la cual se había arriesgado a esto.

Bryce retrocedió un poco al ver el cuerpo pálido y grotesco, los dientes transparentes visibles por el rugido.

—Lo reconoces —dijo Ruhn con suavidad.

Bryce se sacudió, como para volver a la realidad, y se frotó el muslo distraída.

—Ése es el demonio que encontré atacando al ángel en el callejón aquella noche.

Hunt la miró con severidad.

—¿Es el que te atacó a ti también?

Bryce asintió de manera casi imperceptible.

—¿Qué es?

—Vive en las profundidades más oscuras del Foso —respondió Ruhn—. Tan falto de luz que el Astrófago lo llamó el kristallos, por su sangre y dientes transparentes.

Athalar dijo:

—Nunca había escuchado de él.

Bryce miró la ilustración.

—Esto... Nunca hubo mención de un puto *demonio* en la investigación que hice del Cuerno —miró a Hunt a los ojos—. ¿Nadie se fijó en esto hace dos años?

—Creo que nos ha *tomado* dos años fijarnos —dijo Ruhn con cuidado—. Este volumen estaba al fondo de los Archivos de Hadas, con las cosas que no se permite escanear. Ninguna de tus investigaciones lo habría arrojado como resultado. Toda la la maldita cosa estaba escrita en la Vieja Lengua de las hadas.

Y a él le había tomado casi toda la noche traducirlo. No le había ayudado tampoco que le quedaba algo de aturdimiento por el risarizoma.

Bryce frunció el entrecejo.

—Pero el Cuerno estaba roto, está casi inservible, ¿no?

—Es verdad —dijo Ruhn—. Durante la batalla final de las Primeras Guerras el príncipe Pelias y el príncipe del Foso se enfrentaron. Los dos lucharon como por tres putos días hasta que el Astrófago dio el golpe mortal. Pero no sin que Pelias antes lograra invocar toda la fuerza del Cuerno y exiliara al príncipe del Foso, a sus compañeros y a sus ejércitos de regreso al Averno. Selló la Fisura Septentrional para siempre, de manera que sólo las pequeñas cuarteaduras o invocaciones con sal pudieran traerlos aquí.

Athalar frunció el ceño.

—¿Entonces me estás diciendo que este artefacto mortífero, para el cual el príncipe del Foso *literalmente* crio una nueva especie de demonio, estaba nada más aquí en exhibición? ¿En este templo? ¿Y *nadie* de este mundo ni del Averno intentó robarlo hasta ese apagón? ¿Por qué?

Bryce miró a Hunt que tenía una expresión de absoluta incredulidad.

—El Cuerno se rompió en dos cuando Pelias selló la Fisura Septentrional. Su poder estaba roto. Las hadas y los asteri intentaron durante años renovarlo con magia y hechizos y toda esa mierda, pero no tuvieron suerte. Se le dio un sitio de honor en los Archivos asteri, pero cuando establecieron Lunathion unos milenios después, lo dedicaron a este templo.

Ruhn negó con la cabeza.

—Que las hadas hayan permitido que este artefacto fuera entregado sugiere que ya no lo consideraban valioso... que incluso mi padre pudiera haber olvidado su importancia.

Hasta que lo robaron y se le metió a la cabeza que sería un símbolo de poder durante una posible guerra.

Bryce agregó:

—Yo pensé que era una réplica hasta que Jesiba me pidió buscarlo —volteó a ver a Ruhn—. ¿Entonces piensas que alguien ha estado invocando a este demonio para buscar el Cuerno? Pero, ¿por qué si ya no tiene ningún poder? ¿Y cómo explica alguna de las muertes? ¿Crees que las víctimas de alguna manera... tuvieron contacto con el Cuerno y eso hizo que el kristallos llegara directamente con ellos? —antes de que los otros dos pudieran responder, continuó—: ¿Y por qué los dos años de distancia?

Hunt dijo pensativo:

—Tal vez el asesino esperó hasta que las cosas se calmaran lo suficiente para empezar a buscar de nuevo.

—Cualquier opción sería viable en este momento —admitió Ruhn—. Sin embargo, no parece ser una coincidencia que el Cuerno desapareciera justo antes de que apareciera este demonio y que los asesinatos empezaran otra vez...

—Podría significar que alguien está buscando el cuerno otra vez —terminó de decir Bryce con gesto preocupado.

Hunt dijo:

—La presencia del kristallos en Lunathion sugiere que el Cuerno sigue estando dentro de los muros de la ciudad.

Bryce miró fijamente a Ruhn.

—¿Por qué lo quiere de repente el Rey del Otoño?

Ruhn eligió sus palabras con cuidado.

—Digamos que es orgullo. Quiere que devolverlo a las hadas. Y quiere que lo encuentre con discreción.

Athalar le preguntó:

—¿Pero por qué te pidió a *tí* que buscaras el Cuerno?

Las sombras que los ocultaban ondearon.

—Porque el poder de Astrogénito del príncipe Pelias estaba entretejido con el Cuerno en sí. Y está en mi sangre. Mi padre piensa que yo podría tener algún don sobrenatural para encontrarlo —dijo.

Luego admitió:

—Cuando anoche buscaba en los archivos, este libro... saltó hacia mí.

—¿Tal cual? —preguntó Bryce con las cejas muy arqueadas.

Ruhn respondió:

—Sólo sentí como que... brillaba. No tengo ni puta idea. Lo único que sé es que estuve allá abajo por horas y luego sentí el libro y cuando vi esa ilustración del Cuerno... Ahí estaba. La mierda que traduje lo confirmó.

—Entonces el kristallos puede rastrear el Cuerno —dijo Bryce con los ojos brillantes—. Pero *tú* también.

La boca de Athalar se curvó para formar una sonrisa asimétrica al entender qué era lo que estaba diciendo Bryce.

—Encontramos al demonio y encontramos al responsable. Y si tenemos el Cuerno...

Ruhn hizo una mueca.

—El kristallos vendrá tras nosotros.

Bryce miró la estatua con las manos vacías que estaba detrás de ellos.

—Será mejor que pongamos manos a la obra, Ruhn.

Con el teléfono al oído, Hunt se recargó contra los pilares de la entrada en la cima de la escalinata que llevaba al Templo de Luna. Había dejado dentro a Quinlan con su primo porque tenía que hacer esta llamada antes de que pudieran decidir la logística. Hubiera hecho la llamada desde dentro, pero en el momento que abrió su lista de contactos, Bryce le dijo algo sobre teléfonos móviles en espacios sagrados.

Que Cthona lo salvara. Decidió no mandarla al carajo y ahorrarse la escena en público y salió al patio bordeado de cipreses y hacia la escalinata de entrada.

Cinco acólitas del templo emergieron de la enorme villa detrás del templo en sí, con escobas y mangueras para limpiar las escaleras y pisos del templo para su lavado de mediodía.

Era innecesario, quería decirles a las jóvenes. Con la lluvia fina que había descendido de nueva cuenta sobre la ciudad, las mangueras eran superfluas.

Con los dientes apretados, escuchó cómo sonaba y sonaba el teléfono del otro lado de la línea.

—Contesta de una puta vez —dijo molesto.

Una acólita de piel morena, cabello negro, túnica blanca y no más de doce años de edad, se quedó con la boca abierta al pasar a su lado y apretó más la escoba contra su pecho. Él casi hizo una mueca de arrepentimiento al darse cuenta del retrato de ira que debía presentar en ese momento y rectificó su expresión.

La niña hada permaneció alejada. La luna creciente dorada que colgaba de una cadena delicada en su frente brillaba bajo la luz grisácea. Una luna creciente... hasta que al alcanzar la madurez se convirtiera en una sacerdotisa por completo, cuando cambiaría esa creciente por el círculo completo de Luna. Y cuando su cuerpo inmortal empezara a envejecer y a desvanecerse, su ciclo desapareciendo con él, otra vez cambiaría de luna, pero en esta ocasión por una luna menguante.

Todas las sacerdotisas tenían sus propias razones para ofrecerse a Luna. Para abandonar sus vidas más allá de los terrenos del templo y adoptar la virginidad eterna de la diosa. Así como Luna no había tenido pareja o amante, ellas también vivirían de esa manera.

Hunt siempre había pensado que el celibato parecía muy aburrido. Hasta que Shahar lo había arruinado para cualquier otra persona.

Hunt le ofreció a la acólita asustada su mejor intento de sonrisa. Para su sorpresa, la niña hada le contestó con otra igual. Esa niña era valiente.

Justinian Gelos respondió al sexto timbrazo.

—¿Cómo va tu trabajo de nana?

Hunt se paró más erguido.

—No suenes tan divertido.

Justinian trató de disimular su carcajada.

—¿Estás seguro de que Micah no te está castigando?

Hunt había considerado eso muchas veces a lo largo de los últimos dos días. Del otro lado de la calle, las palmeras que crecían entre el pasto suave por la lluvia del Parque Oráculo brillaban bajo la luz grisácea. El domo de ónix del Templo del Oráculo se veía envuelto en la niebla que había descendido desde el río.

Incluso a medio día, el Parque Oráculo estaba casi vacío con excepción de las figuras encorvadas y adormecidas de los vanir y humanos desesperados que caminaban por sus senderos y jardines, esperando su turno para entrar a los pasillos llenos de incienso.

Y si las respuestas que les daban no eran lo que esperaban... Bueno, el templo de piedras blancas en donde estaba ahora Hunt podía ofrecer un poco de consuelo.

Hunt miró por encima de su hombro hacia el interior en penumbras del templo apenas visible a través de las enormes puertas de bronce. En la luzprístina de una fila de braseros brillantes, alcanzaba apenas a distinguir el brillo del cabello rojo en la oscuridad silenciosa del santuario, brillando como metal fundido mientras Bryce platicaba animadamente con Ruhn.

—No —respondió Hunt al fin—. No pienso que esta misión haya sido un castigo. Ya no tenía opciones y sabía que yo causaría más problemas si me dejaba apostado como guardia a la llegada de Sandriel.

Y Pollux.

No mencionó el trato al que había llegado con Micah. No porque Justinian también tenía el halo y Micah nunca había mostrado mucho interés en él más allá de su popularidad con los grupos de soldados de infantería de la 33a. Si Justinian tenía algún tipo de trato para alcanzar su libertad, nunca lo había mencionado.

Justinian exhaló.

—Sí, las cosas se están poniendo intensas por acá. La gente está nerviosa y eso que ella todavía no llega. Estás mejor donde estás.

Un hombre hada con los ojos vidriosos subió la escalera del templo dando traspiés, vio quién estaba bloqueando la entrada al templo en sí y se dirigió de nuevo hacia la calle, tropezando en dirección al Parque Oráculo y el edificio del domo que estaba a su centro. Otra alma perdida en busca de respuestas entre el humo y los susurros.

—No estoy tan seguro de eso —dijo Hunt—. Necesito que me busques algo, un demonio de vieja escuela. El kristallos. Nada más búscalo en las bases de datos y dime si algo sale.

Tendría que preguntarle a Vik, pero ella ya estaba ocupada estudiando los videos de las coartadas de la Reina Víbora.

—Buscaré —le respondió Justinian—. Te mandaré los resultados por mensaje —dijo. Luego añadió—: Buena suerte.

—La necesitaré —admitió Hunt. De mil putas maneras.

Justinian agregó con malicia:

—Aunque no estorba que tu *compañera* no sea de mal ver.

—Tengo que irme.

—A nadie le dan una medalla por sufrir más, sabes —insistió Justinian y su voz adquirió una seriedad poco característica—. Han pasado ya dos siglos desde la muerte de Shahar, Hunt.

—Como sea.

No quería tener esta conversación. Ni con Justinian ni con nadie más.

—Es admirable que sigas aguantando por ella, pero seamos realistas sobre...

Hunt terminó la llamada. Consideró la posibilidad de lanzar el teléfono contra un pilar.

Debía llamar a Isaiah y a Micah para decirles sobre el Cuerno. Carajo. Cuando desapareció hace dos años, los inspectores principales de la 33a y el Aux revisaron a fondo este templo. No encontraron nada. Y como no se permitían cámaras dentro de los muros del templo, no había ni una pista sobre quién lo podría haber tomado. Todos dijeron que había sido sólo una broma.

Todos menos el Rey del Otoño, al parecer.

Hunt no había prestado mucha atención al hurto del Cuerno y ciertamente no había puesto ninguna puta atención durante las clases de historia cuando era niño sobre las

Primeras Guerras. Y después de los asesinatos de Danika y la Jauría de Diablos, tenían cosas más importantes de las cuales preocuparse.

No sabía qué era peor: que el Cuerno fuera quizá una pieza vital de este caso o el hecho de que ahora se vería obligado a trabajar con Ruhn Danaan para encontrarlo.

22

Bryce esperó a que la espalda musculosa y las hermosas alas de Hunt desaparecieran por las puertas del santuario antes de voltear a ver a Ruhn para decir:

—¿El Rey del Otoño lo hizo?

Los ojos azules de Ruhn brillaron en su nido de sombras o como putas lo llamara.

—No. Es un monstruo de muchas maneras, pero no mataría a Danika.

Ella había llegado a esa conclusión la otra noche, pero preguntó:

—¿Cómo puedes estar tan seguro? No tienes idea de cuál demonios es su intención a largo plazo.

Ruhn se cruzó de brazos.

—¿Por qué me pediría que buscara el Cuerno si él es quien está invocando al kristallos?

—¿Dos buscadores son mejor que uno? —dijo ella con el corazón desbocado.

—Él no es responsable. Sólo está intentando aprovecharse de la situación, para restaurar a las hadas a su glorioso pasado. Ya sabes cómo le gusta engañarse con ese tipo de estupideces.

Bryce pasó los dedos por el muro de sombras y la oscuridad le recorrió la piel como niebla.

—¿Sabe que te ibas a reunir conmigo?

—No.

Ella miró a su hermano a los ojos.

—¿Por qué? —buscó las palabras adecuadas—. ¿Por qué te tomas la molestia?

—Porque quiero ayudarte. Porque esta mierda pone a toda la ciudad en riesgo.

—Muy El Elegido de tu parte.

El silencio creció entre ellos, se extendió tanto que vibraba. Ella dijo sin pensar:

—Que estemos trabajando juntos no significa que las cosas cambien entre nosotros. Tú encontrarás el Cuerno y yo encontraré quién está detrás de todo esto. Fin de la historia.

—Bien —dijo Ruhn con la mirada fría—. No esperaría que consideraras escucharme de todas maneras.

—¿Por qué te escucharía a ti? —dijo ella furiosa—. No soy más que una *puta mestiza*, ¿no?

Ruhn se quedó inmóvil y tenso, la sangre le fluyó a la cara.

—Sabes que fue una pelea tonta y que no *quise* decir eso...

—Claro que eso fue lo que quisiste decir, con un carajo —le contestó con desdén y le dio la espalda—. Tal vez te vistas como si fueras un punk rebelándote contra las reglas de papi, pero en el fondo no eres mejor que el resto de las hadas nefastas que besan tu trasero de El Elegido.

Ruhn gruñó pero Bryce no esperó antes de salir de entre las sombras. Parpadeó al sentir la luz que le dio la bienvenida y se dirigió hacia el sitio donde esperaba Hunt en la puerta.

—Vámonos —le dijo.

No le importaba que él la hubiera escuchado.

Hunt se quedó en su lugar y sus ojos negros brillaron mientras volteaba hacia la parte trasera de la habitación que seguía en sombras, donde su supuesto primo se había quedado envuelto en oscuridad. Pero por fortuna el ángel no dijo nada y empezó a caminar detrás de ella. Ella no volvió a decirle nada más.

Bryce casi corrió de regreso a la galería. En parte para continuar investigando el Cuerno, pero también debido a una serie de mensajes que recibió de Jesiba. La hechicera quería saber dónde estaba, si todavía quería su trabajo y si preferiría que la convirtiera en una rata o en una paloma. Y luego una orden de regresar *ahora* para ver a un cliente.

Cinco minutos después de llegar, el cliente de Jesiba, un metamorfo de leopardo bastante odioso que se creía con el derecho de ponerle las patas en el trasero, entró y compró una pequeña estatua de Solas y Cthona representados como un sol con características masculinas que sumergía la cara en un par de senos con forma de montañas. La imagen sagrada se conocía sin más como el Abrazo. Su madre incluso usaba su símbolo simplificado, un círculo entre dos triángulos, como un dije de plata. Pero a Bryce el Abrazo siempre le había parecido cursi y cliché en todas sus versiones. Después de treinta minutos y dos rechazos abiertos a sus asquerosos coqueteos, Bryce se quedó sola de nuevo.

Pero en las horas que buscó, las bases de datos de la galería no le revelaron nada más sobre el Cuerno de Luna de lo que ya sabía y de lo que su hermano le había dicho esa mañana. Incluso Lehabah, la mayor de las reinas del chisme, no sabía nada sobre el Cuerno.

Ruhn iría de nuevo a los Archivos Hada para ver si otra información llamaba la atención de sus sensibilidades de Astrogénito, así que supuso que tendría que esperar a que le avisara de cualquier novedad.

Hunt estaba de vuelta en la azotea para continuar vigilando, al parecer porque necesitaba hacer llamadas a su jefe, o lo que sea que Micah fingiera que era, y a Isaiah en relación el Cuerno. No había intentado volver a bajar a la biblioteca, como si percibiera que ella necesitaba espacio.

Mira hacia donde duela más. Ahí es donde siempre están las respuestas.

Bryce se dio cuenta de que estaba mirando fijamente la lista a medio terminar que había empezado esa mañana.

Tal vez no podría encontrar mucho sobre el Cuerno en sí, pero tal vez sí podría deducir cómo demonios estaba involucrada Danika en todo esto.

Con las manos temblorosas, se obligó a terminar la lista de los lugares donde había estado Danika, al menos lo que ella sabía.

Cuando estaba a punto de atardecer y Syrinx estaba listo para regresar a casa, Bryce hubiera intercambiado lo que le quedaba de alma a un segador sólo por el consuelo silencioso de su cama. Había sido un puto día muy largo, lleno de información que necesitaba procesar y una lista que había dejado en el cajón de su escritorio.

Debió ser un día muy largo para Athalar también porque iba siguiéndolos a ella y Syrinx desde los cielos sin decir una sola palabra.

A las ocho de la noche ya estaba en su cama y ni siquiera recordaba haberse quedado dormida.

23

A la mañana siguiente, Bryce estaba sentada en el escritorio de recepción de la sala de exhibición de la galería, viendo su lista de los últimos lugares donde había estado Danika, cuando sonó su teléfono.

—El negocio con el leopardo salió bien —le dijo a Jesiba como saludo. Había terminado de arreglar todos los documentos hacía una hora.

—Necesito que subas a mi oficina y me envíes un archivo de mi computadora.

Bryce hizo un gesto de hartazgo e hizo un esfuerzo por no responder con voz cortante *De nada*. Le preguntó a la hechicera:

—¿No tienes acceso?

—Me aseguré de que no estuviera en la red.

Bryce inhaló y se puso de pie. La pierna le punzaba un poco y caminó hacia la pequeña puerta en la pared adyacente al escritorio. Una mano en el panel de metal junto a ella hizo que los hechizos se desactivaran y la puerta se abrió de par en par para revelar una escalera alfombrada hacia el piso superior.

—Cuando quiero que se haga algo, Bryce, lo debes hacer. Sin preguntas.

—Sí, Jesiba —dijo Bryce entre dientes mientras subía las escaleras.

Estar esquivando las manos del metamorfo de leopardo el día anterior le había dejado un dolor en su pierna lastimada.

—¿Te gustaría ser un gusano, Bryce? —ronroneó Jesiba y su voz se transformó en algo muy parecido a la voz rasposa de un segador.

Al menos Jesiba no era uno de ellos, aunque Bryce sabía que la hechicera trataba con ellos seguido en la Casa de Flama y Sombra. Gracias a los dioses que ninguno de ellos se había presentado en la galería.

—¿Te gustaría ser un escarabajo pelotero o un ciempiés?

—Preferiría ser una libélula —dijo Bryce.

Entró a la pequeña oficina lujosa del piso superior. Una de las paredes era un panel de vidrio por el que se veía el piso de exhibición de la galería debajo. El material era absolutamente insonorizado.

—Ten cuidado con lo que me pidas —continuó Jesiba—. Te darás cuenta de que tu boquita insolente se callaría muy rápido si te transformo. No tendrías voz para nada.

Bryce calculó la diferencia de horario entre Lunathion y las costas occidentales de Pangera y se dio cuenta de que tal vez Jesiba venía de regreso de cenar.

—Ese vino tinto de Pangera es potente, ¿verdad?

Ya casi había llegado al escritorio de madera cuando se encendieron las lucesprístinas. Una hilera de luces iluminaba la pistola desarmada que colgaba en el muro detrás del escritorio; el rifle Matadioses brillaba como el día en que lo habían forjado. Podría haber jurado que un ligero zumbido irradiaba del oro y el acero, como si la pistola legendaria y letal todavía estuviera vibrando después de disparar.

La ponía nerviosa que estuviera aquí, a pesar de que Jesiba la había desarmado en cuatro pedazos y la había montado como una obra de arte detrás de su escritorio. Cuatro pedazos que todavía podían ensamblarse con facilidad, pero eso era un consuelo para sus clientes aunque servía para recordarles quién mandaba.

Bryce sabía que la hechicera nunca les decía sobre la bala de oro labrada de quince centímetros que estaba en la caja fuerte junto a la pintura en el muro de la derecha.

Jesiba se la había enseñado una vez y la dejó leer las palabras grabadas en la bala: *Memento Mori.*

Las mismas palabras que aparecían en el mosaico en el Mercado de Carne.

Parecía melodramático, pero una parte de ella se había maravillado al verlos, la bala y el rifle, tan raros que sólo existían unos cuantos en Midgard.

Bryce encendió la computadora de Jesiba y escuchó a la mujer darle más instrucciones antes de enviarle el archivo. Bryce iba a medio camino por las escaleras de regreso cuando le preguntó a su jefa.

—¿Has escuchado algo nuevo sobre el Cuerno de Luna?

Una pausa larga y contemplativa.

—¿Tiene algo que ver con esa investigación que estás haciendo?

—Tal vez.

La voz fría y grave de Jesiba sonó como la personificación de la casa a la que pertenecía.

—No he escuchado nada.

Luego colgó. Bryce apretó los dientes y regresó a su escritorio en el piso de exhibición.

Lehabah la interrumpió con un susurro al otro lado de la puerta de hierro.

—¿Ya puedo ver a Athie?

—No, Lele.

Había mantenido su distancia esta mañana. Qué bueno.

Mira hacia donde duela más.

Tenía su lista de los lugares donde había estado Danika. Por desgracia, sabía lo que debía hacer a continuación. Cuando despertó esa mañana ya estaba ansiosa porque lo tenía que hacer. Su teléfono sonó en su mano apretada y Bryce se preparó para escuchar la queja de Jesiba de que había hecho algo mal con el archivo, pero era Hunt.

—¿Sí? —dijo al contestar.

—Hubo otro asesinato —dijo Hunt con voz tensa... fría.

Ella casi dejó caer el teléfono.

—Quién...

—Todavía me están dando la información. Pero fue como a diez cuadras de aquí, cerca de la Puerta en la Vieja Plaza.

El corazón le latía con tanta velocidad que apenas logró decir con un resto de aliento:

—¿Hubo testigos?

—No. Pero vayamos allá.

Le temblaban las manos.

—Estoy ocupada —mintió.

Hunt hizo una pausa.

—No estoy jugando, Quinlan.

No. No, no podía hacerlo, soportarlo, ver eso de nuevo...

Bryce se obligó a respirar, casi inhaló directamente los vapores de menta del difusor.

—Va a venir un cliente...

Él tocó con fuerza a la puerta de la galería y selló su destino.

—Ya nos vamos.

Todo el cuerpo de Bryce estaba tenso hasta el punto de casi temblar cuando ella y Hunt se acercaron a las magibarreras que bloqueaban el callejón a unas cuantas cuadras de la Puerta de la Vieja Plaza.

Intentó respirar para evitarlo, intentó todas las técnicas que había leído y escuchado acerca de controlar su miedo, esa sensación de náusea que sentía se hundía en su estómago. Ninguna de ellas funcionó.

Ángeles, hadas y metamorfos caminaban por el callejón, algunos en sus radios o teléfonos.

—Un corredor encontró los restos —dijo Hunt cuando la gente empezaba a separarse para dejarlo pasar—. Creen que pasó en algún momento anoche —dijo. Luego agregó con cautela—: La 33a sigue trabajando para identificar a la víctima, pero por la ropa, parece como una acólita del

Templo de Luna. Isaiah ya está preguntando a las sacerdotisas del templo si alguien falta.

Todos los sonidos se convirtieron en un zumbido ensordecedor. No recordaba del todo cómo había llegado ahí.

Hunt caminó alrededor de la magibarrera que bloqueaba la escena del crimen de la vista, se asomó a lo que había detrás y maldijo. Volteó a ver a Bryce muy rápido, como si se diera cuenta de a qué la estaba metiendo de nuevo, pero era demasiado tarde.

La sangre salpicaba los ladrillos del edificio, formaba charcos en las rocas cuarteadas del suelo del callejón y salpicaba los lados del basurero. Y junto al basurero, como si alguien los hubiera vaciado de una cubeta, había restos de una masa roja. Una túnica desgarrada estaba al lado del montón de carne.

El zumbido se convirtió en un rugido. Su cuerpo se disoció aún más.

Danika aullando de risa, Connor guiñándole el ojo, Bronson y Zach y Zelda y Nathalie y Thorne todos muertos de risa...

Luego nada salvo una masa roja. Todos ellos, todo lo que habían sido, todo lo que ella había sido con ellos, se convirtió en montones de masa roja.

Muertos, muertos, muertos...

Una mano la tomó del hombro. Pero no era la de Athalar. No, Hunt seguía en el mismo sitio con la cara dura como piedra.

Se encogió un poco cuando Ruhn le dijo al oído:

—No tienes que ver esto.

Esto era otro asesinato. Otro cuerpo. Otro año.

Una medibruja estaba arrodillada junto al cuerpo y su varita vibraba con luzprístina en sus manos, intentando volver a reconstruir el cuerpo, a la *niña*.

Ruhn tiró de ella para alejarla, hacia la barrera y hacia el aire fresco detrás...

El movimiento la liberó. Hizo que el zumbido en sus oídos se detuviera.

Liberó su cuerpo de la mano de Ruhn y no le importó quién la viera, no le importó que él, como líder de las unidades del Aux de las hadas, tuviera el derecho a estar ahí.

—No me toques, carajo.

Ruhn apretó la boca. Pero miró por encima de su hombro a Hunt.

—Eres un pendejo.

A Hunt le brillaron los ojos.

—Le advertí cuando veníamos para acá lo qué vería —dijo. Agregó con algo de remordimiento—: No pensé que fuera así de malo.

Él le había advertido, ¿no? Ella estaba tan perdida que casi no había escuchado lo que decía Hunt cuando venían en camino. Tan aturdida como si hubiera inhalado un montón de buscaluz. Hunt agregó:

—Es una adulta. No tiene que esperar a que tú decidas qué es lo que puede manejar —movió la cabeza en dirección a la salida del callejón—. ¿No deberías estar investigando? Te llamaremos si te necesitamos, principito.

—Vete al carajo —le dijo Ruhn mientras las sombras se entrelazaban en su cabello. Otras personas empezaban a notar lo que pasaba.

—¿No crees que es más que una coincidencia que una acólita fuera asesinada justo después de que visitamos el templo?

Sus palabras no se registraron. Nada se registró.

Bryce se alejó del callejón, del grupo de investigadores. Ruhn intervino:

—Bryce...

—Déjame sola —dijo en voz baja y continuó caminando.

No debería haber permitido que Athalar la presionara para venir, no debería haber visto esto, no debería haber tenido que recordar.

Antes se hubiera ido directo al estudio de danza. Hubiera bailado y se hubiera movido hasta que su mundo volviera a tener sentido. Siempre había sido su refugio, su manera de darle sentido al mundo. Antes siempre iba al estudio cuando tenía un día de mierda.

Hacía dos años que no pisaba un estudio. Había tirado a la basura toda su ropa y zapatos de baile. Sus mochilas. La que estaba en el departamento estaba llena de sangre de todas maneras, de Danika, de Connor y de Thorne en toda la ropa de la recámara, y en su segunda bolsa, de Zelda y de Bronson porque estaba colgando junto a la puerta. Patrones de sangre como...

Un olor de lluvia le rozó la nariz y Hunt empezó a caminar a su lado. Y ahí estaba. Otro recuerdo de aquella noche.

—Oye —dijo Hunt.

Oye, le había dicho, hace mucho tiempo. Ella era un desastre, un fantasma, y él había estado ahí, arrodillado a su lado, esos ojos oscuros e ilegibles cuando dijo *Oye*.

Ella no le había dicho... que recordaba aquella noche en la sala de interrogatorio. Y no tenía nada ganas de decírselo ahora.

Si tenía que hablar con alguien, explotaría. Si tenía que hacer *cualquier cosa* en este momento, se sumergiría en una de esas iras primigenias de hada y...

La vista se le empezó a nublar, sus músculos se tensaron, le dolía, las puntas de sus dedos se curvaron como si se estuviera imaginando que destrozaba a alguien...

—Camina para que se te pase —murmuró Hunt.

—Déjame sola, Athalar.

No podía verlo. No podía soportarlo, ni a su hermano ni a *nadie*. Si el asesinato de la acólita *había* ocurrido debido a su presencia en el templo, ya fuera como una advertencia o porque la chica hubiera visto algo relacionado con el Cuerno, le habían provocado la muerte por accidente... Sus piernas continuaron moviéndose, más y más rápido. Hunt no le perdió el paso.

No iba a llorar. No se disolvería en un montón de lágrimas hiperventiladas en la esquina de la calle. No gritaría ni vomitaría ni...

Después de otra cuadra, Hunt dijo con aspereza:

—Yo estuve ahí esa noche.

Ella siguió caminando, sus tacones iban comiéndose el pavimento.

Hunt preguntó:

—¿Cómo sobreviviste al kristallos?

Él sin duda había estado viendo el cuerpo y se preguntaba eso. ¿Cómo le había hecho ella, una patética mestiza, para sobrevivir cuando un vanir de sangre pura no lo había logrado?

—No sobreviví —contestó entre dientes.

Cruzó la calle y le dio la vuelta a un automóvil que estaba esperando en el cruce.

—Él se fue.

—Pero el kristallos tenía atrapado a Micah, le desgarró el pecho...

Ella casi se tropezó con la acera y volteó a verlo con la boca abierta.

—¿Ése era Micah?

24

Aquella noche había salvado a Micah Domitus.

No un legionario sin nombre sino al maldito arcángel en persona. Con razón la persona que le respondió a la llamada de emergencia se había puesto en acción de inmediato cuando rastreó el número de teléfono.

La conciencia de lo que había sucedido le recorrió el cuerpo, retorció y despejó algunas de las partes de sus recuerdos que estaban borrosas.

—Salvé al gobernador en el callejón.

Hunt se limitó a mirarla y asintió despacio.

Ella habló con más claridad.

—¿Por qué era secreto?

Hunt esperó a que pasara un grupo de turistas antes de responder.

—Por él. Si se sabía que el gobernador había sido derrotado, no se hubiera visto bien.

—¿En especial porque lo salvó una mestiza?

—Nadie de nuestro grupo usó *jamás* ese término, lo sabes, ¿no? Pero sí. Consideramos cómo se vería que una mujer mitad humana, mitad hada de veintitrés años y que aún no hacía el Descenso hubiera salvado al arcángel cuando ni él mismo pudo hacerlo.

Ella sintió que la sangre se le agolpaba en las orejas.

—¿Pero por qué no me dijeron a *mí*? Busqué en los hospitales sólo para saber si se había salvado.

Más que eso, de hecho. Había exigido que le dieran respuestas sobre cómo iba la recuperación del guerrero, pero sólo ponían su llamada en espera o la ignoraban o le pedían que se marchara.

—Lo sé —dijo Hunt y la miró con atención—. Se decidió que sería más sabio mantenerlo en secreto. En especial cuando hackearon tu teléfono justo después...

—Entonces yo iba a vivir en la ignorancia para siempre...

—¿Querías una medalla o algo? ¿Un desfile?

Ella se detuvo tan rápido que Hunt tuvo que abrir sus alas para parar también.

—*Vete al carajo*. Lo que quería... —intentó detener la respiración entrecortada y dolorosa que la cegaba, que iba aumentando y aumentando debajo de su piel

—Lo que quería —refunfuñó y empezó a caminar de nuevo mientras él viéndola miraba—, era saber que *algo* de lo que hice había servido de algo esa noche. Asumí que lo habías tirado al Istros, un soldado de infantería que no se merecía el honor de una Travesía.

Hunt sacudió la cabeza.

—Mira, ya sé que fue una mierda. Y lo siento, ¿está bien? Lamento todo eso, Quinlan. Lamento que no te dijimos y lamento que estés en mi lista de sospechosos y lamento...

—¿Estoy en tu *qué*? —preguntó estupefacta. Empezó a ver rojo y le mostró los dientes—. ¿Después de todo *esto* —dijo furiosa— piensas que soy una *puta sospechosa*?

Gritó las últimas palabras y sólo su fuerza de voluntad evitó que le saltara encima y le arrancara la cara.

Hunt levantó las manos.

—Eso... carajo, Bryce. Eso no sonó bien. Mira, yo tenía que considerar todos los ángulos, todas las posibilidades, pero ya sé ahora... Solas, cuando vi tu cara en ese callejón, supe que nunca podrías haber sido tú y...

—Aléjate de mi *puta* vista.

Él la miró como evaluándola y luego abrió sus alas. Ella se negó a dar un paso hacia atrás y no dejó de mostrarle los dientes. El viento de sus alas le despeinó el cabello y le lanzó su olor a cedro y lluvia en la cara cuando se elevó por los cielos.

Mira hacia donde duela más.

Que la puta Reina Víbora se fuera al carajo. Que *todo* se fuera al puto carajo.

Bryce empezó a correr, una carrera constante y rápida, a pesar de los zapatos planos y frágiles que se había puesto en la galería. Una carrera con un destino claro ni huyendo de nada sino sólo... movimiento. El golpear de sus pies en el pavimento, el bombeo de su respiración.

Bryce corrió y corrió, hasta que los sonidos regresaron y la niebla empezó a retroceder y pudo escapar al fin del laberinto aullante de su mente. No era baile pero sería suficiente.

Bryce corrió hasta que su cuerpo le gritó que se detuviera. Corrió hasta que su teléfono zumbó y se preguntó si la misma Urd le habría extendido una mano dorada. La llamada fue rápida, sin aliento.

Minutos después, Bryce se detuvo y empezó a caminar mientras se acercaba al Cuervo Blanco. Y luego se detuvo por completo frente al nicho que estaba en la pared justo al lado de sus puertas de servicio. El sudor le corría por el cuello, en su vestido y empapaba la tela verde cuando volvió a sacar su teléfono.

Pero no llamó a Hunt. Él no la había interrumpido, pero sabía que estaba volando sobre ella.

Unas cuantas gotas de lluvia salpicaron el pavimento. Esperaba que le lloviera encima a Athalar toda la noche.

Sus dedos titubearon en la pantalla y suspiró, sabiendo que no debería hacerlo.

Pero lo hizo. Parada ahí en el mismo nicho donde había intercambiado los últimos mensajes con Danika, abrió el hilo. Le quemó los ojos.

Subió por la conversación, pasando por esas últimas palabras y bromas felices. A la foto que Danika le había enviado esa tarde de ella y la jauría en el juego de solbol, vestidos con su equipo de la UCM. En el fondo, Bryce alcanzaba a ver a los jugadores en el campo, el talante poderoso de Ithan entre ellos.

Pero su mirada se concentró en la cara de Danika. La gran sonrisa que ella conocía tan bien como la propia.

Te amo, Bryce. El recuerdo desgastado de ese día de mediados de mayo de su último año de la universidad tiraba de ella, la arrastró.

La calle caliente le mordía las rodillas a Bryce a través de los jeans rotos, sus manos raspadas temblaban mientras las mantenía entrelazadas detrás de la cabeza, donde le habían ordenado que las mantuviera. El dolor de su brazo le cortaba como un cuchillo. Rota. Los hombres la habían obligado a levantar las manos de todas maneras.

La motocicleta robada no era más que un montón de chatarra en la carretera polvosa, el tráiler sin identificación estaba detenido con el motor andando a unos diez metros de distancia. Alguien había lanzado el rifle al huerto de olivos junto a la carretera de la montaña, arrancado de las manos de Bryce en el accidente que las había dejado ahí. El accidente del cual la había protegido Danika, cuando envolvió su cuerpo alrededor del de Bryce. Danika había absorbido el golpe desgarrador del concreto por ambas.

A cinco metros de distancia, también con las manos detrás de la cabeza, Danika sangraba de tantos lugares que su ropa estaba empapada. ¿Cómo había terminado así? ¿Cómo habían salido las cosas tan desastrosas?

—¿Dónde están esas putas *balas? —preguntó el hombre del tráiler a sus amigos con la pistola vacía, apretando esa bendita pistola vacía en la mano.*

Los ojos de color caramelo de Danika estaban muy abiertos, buscando, y permanecían en el rostro de Bryce. Tristeza y dolor, miedo y arrepentimiento... todo estaba escrito ahí.

—Te amo, Bryce —las lágrimas rodaban por la cara de Danika— y lo lamento.

Nunca había dicho esas palabras antes. Jamás. Bryce la había molestado por eso a lo largo de los últimos tres años, pero Danika se negaba a decirlas.

Un movimiento a su izquierda llamó la atención de Bryce. Habían encontrado balas en la cabina del tráiler. Pero su mirada permaneció en Danika. En ese hermoso rostro feroz.

Se dejó ir, como una llave entrando a un cerrojo. Los primeros rayos de sol sobre el horizonte.

Y Bryce murmuró, mientras esas balas se acercaban más a la pistola esperando y al hombre monstruoso que la sostenía.

—Cierra los ojos, Danika.

Bryce parpadeó y la fotografía que todavía brillaba en su pantalla reemplazó el recuerdo vibrante. De Danika y la Jauría de Diablos años después, tan felices y jóvenes y vivos.

A unas cuantas horas de su verdadero fin.

El cielo se abrió y las alas sonaron arriba, recordándole la presencia flotante de Athalar. Pero no se molestó en voltear y se metió al club.

25

Hunt sabía que la había cagado. Y que estaba metido en un serio problema con Micah, *sí* Micah se enteraba de que había revelado la verdad sobre aquella noche.

Dudaba que Quinlan hubiera hecho esa llamada, ya fuera a la hechicera o a la oficina de Micah, y se aseguraría de que no lo hiciera. Tal vez podría sobornarla con un nuevo par de zapatos o una bolsa o lo que le putas gustara lo suficiente para que mantuviera la boca cerrada. Un error, un paso en falso, y no se hacía ilusiones sobre cómo reaccionaría Micah.

Dejó que Quinlan corriera por la ciudad y la siguió de la Vieja Plaza hacia el oscuro páramo de Prados de Asfódelo, luego al DCN y de regreso a la Vieja Plaza.

Hunt voló encima de ella, escuchando la sinfonía de coches que tocaban su bocina, un bajo retumbante, y el viento fresco de abril que susurraba entre las palmeras y cipreses. Las brujas en escobas volaban por las calles, algunas tan bajo como para tocar los techos de los coches. Eran tan diferentes de los ángeles, Hunt incluido, que siempre se mantenían por encima de los edificios al volar. Como si las brujas quisieran ser parte del escándalo y los ángeles se definieran por evitarlo.

Mientras seguía a Quinlan, Justinian le había hablado para darle información sobre el kristallos, que podía resumirse básicamente a nada. Unos cuantos mitos que coincidían con lo que ya sabía. Vik lo había llamado cinco minutos después de eso: las coartadas de la Reina Víbora eran válidas.

Luego le llamó Isaiah para confirmar que la víctima del callejón era en efecto una acólita que había desaparecido.

Sabía que lo que sospechaba Danaan era correcto: no podía ser coincidencia que hubieran estado un día antes en el templo, hablando sobre el Cuerno y el demonio que había matado a Danika y la Jauría de Diablos y que ahora una de sus acólitas hubiera muerto bajo las garras del kristallos.

Una hada. Apenas dejando la infancia. El ácido le quemaba el estómago al pensarlo.

No debía haber traído a Quinlan a la escena del crimen. No debería haberla presionado a ir, tan cegado por su maldita necesidad de que esta investigación se resolviera rápido que no había pensado dos veces en el titubeo de ella.

No se había dado cuenta hasta que la vio mirar el cuerpo deshecho, hasta que su cara se puso blanca como la muerte, que su silencio no era tranquilidad para nada. Era shock. Trauma. Horror. Y él la había empujado en esa dirección.

La había cagado y Ruhn tenía razón en habérselo señalado pero... mierda.

Una mirada al rostro cenizo de Quinlan bastó para que se diera cuenta de que ella no estaba detrás de estos asesinatos y que tampoco estaba ni remotamente involucrada. Y él era un enormísimo pendejo por siquiera considerar la posibilidad. Por siquiera *decirle* que había estado en su lista.

Se frotó la cara con las manos. Deseaba que Shahar estuviera ahí, volando a su lado. Ella siempre le permitía hablar para aclarar sus ideas sobre diversas estrategias o asuntos durante los cinco años que estuvo con su 18eva, siempre escuchaba y hacía preguntas. Lo desafiaba de una manera que nadie más había logrado.

Después de una hora de lluvia, Hunt ya tenía planeado todo el discurso. Dudaba que Quinlan lo quisiera escuchar, o que admitiera lo que había sentido el día de hoy, pero le debía una disculpa. Había perdido muchas partes esenciales de sí mismo a lo largo de estos siglos de esclavitud y guerra pero le gustaba pensar que no había perdido su decencia básica. Al menos no todavía.

No obstante, después de completar esas más de dos mil muertes que todavía debería hacer si no resolvía este caso, no podía imaginar que siquiera conservara eso. Si la persona que sería en ese momento se merecería su libertad, no lo sabía. No lo quería pensar.

Pero entonces Bryce recibió una llamada telefónica: recibió una, no hizo una, gracias a la puta suerte, y no dejó de correr para contestarla. Iba demasiado arriba para oír y sólo pudo ver que cambió de dirección otra vez y se dirigió, se dio cuenta diez minutos después, hacia la calle Archer.

Justo cuando arreció la lluvia, se detuvo afuera del Cuervo Blanco y pasó unos minutos en su teléfono. Pero a pesar de su vista de águila, no logró ver qué estaba haciendo. Así que la observó desde la azotea vecina y revisó su teléfono una decena de veces en esos cinco minutos como un estúpido perdedor con la esperanza de que ella le hubiera escrito un mensaje.

Y justo cuando la lluvia se convirtió en un diluvio, ella guardó el teléfono, pasó entre los cadeneros con un saludo, y desapareció en el Cuervo Blanco sin voltear ni un instante hacia arriba.

El aterrizaje de Hunt hizo que tanto vanir como humanos salieran corriendo por la acera. Y el cadenero mitad lobo, mitad daemonaki tuvo el atrevimiento de levantar la mano para detenerlo.

—La fila está a la derecha —dijo el hombre a la izquierda.

—Vengo con Bryce —dijo él.

El otro cadenero respondió:

—Qué pena. La fila está a la derecha.

La fila, a pesar de que era temprano, ya ocupaba toda la cuadra.

—Estoy aquí por un asunto de la legión —dijo Hunt y buscó su insignia, dónde putas la había dejado...

La puerta se abrió una rendija y una mesera hada muy bella se asomó.

—Dice Riso que puede entrar, Crucius.

El cadenero que había hablado primero miró a Hunt a los ojos.

Hunt sonrió.

—Ya será en otra ocasión.

Luego siguió a la mujer hacia el interior.

El olor a sexo, alcohol y sudor que lo golpeó hizo que todos sus instintos se despertaran con vertiginosa velocidad mientras cruzaban el patio enmarcado en vidrio y subían por los escalones. Los pilares medio derruidos estaban iluminados desde abajo con luces moradas.

Nunca había entrado al club, siempre hacía que Isaiah o los demás lo hicieran. Sobre todo porque sabía que no era mejor que los palacios o villas campestres de los arcángeles de Pangera, donde las fiestas se convertían en orgías y duraban días. Todo mientras la gente moría de hambre a pocos pasos de esas villas, humanos y vanir por igual, rebuscando entre la basura para tener algo que llevar a sus hijos. Conocía bien su propio temperamento y lo que le desencadenaba una reacción como para saber que debía mantenerse alejado.

Algunas personas se secreteaban cuando pasaba a su lado. Él mantuvo su vista en Bryce, que ya estaba en un gabinete entre dos pilares tallados bebiendo algo transparente, vodka o ginebra. Con todos los olores de este lugar, no podía identificarlo.

Ella levantó la mirada y lo vio por encima del borde de su vaso mientras daba un trago.

—¿Cómo te metiste *tú* aquí?

—Es un lugar público, ¿o no?

Ella no dijo nada. Hunt suspiró y estaba a punto de sentarse para ofrecerle esa disculpa cuando olió jazmín y vainilla y...

—Con permiso, señor... oh. Eh. Um.

Se encontró cara a cara con una hermosa fauna, vestida con una blusa sin mangas y una falda corta que destacaba sus piernas largas y con rayas así como sus pezuñas delicadas. Los cuernos que se arqueaban suavemente en su cabeza estaban casi ocultos debajo de su cabello rizado que traía recogido en un chongo. Su piel morena estaba cubierta por un fino polvo dorado que brillaba con las luces del club. Dioses, era hermosa.

Juniper Andrómeda: la amiga de Bryce del ballet. Había leído su expediente también. La bailarina miró a Hunt y luego a Quinlan.

—E-espero no haber interrumpido nada...

—Él ya se iba —dijo Bryce y se tomó todo el contenido del vaso.

Él por fin se metió al gabinete.

—Estoy llegando —dijo y extendió la mano hacia la fauna—. Es un placer conocerte. Soy Hunt.

—Sé quién eres —dijo la fauna con voz ronca.

El apretón de manos de Juniper fue suave pero sólido. Bryce rellenó su vaso de una garrafa de líquido transparente y bebió. Juniper le preguntó:

—¿Ordenaste algo de comer? El ensayo acaba de terminar y me *muero* de hambre.

Aunque la fauna era delgada, se podían ver sus músculos endemoniadamente fuertes debajo de ese exterior agraciado.

Bryce levantó su bebida.

—Mi cena es líquida.

Juniper frunció el ceño. Pero le dijo a Hunt:

—¿Tú quieres algo de comer?

—Claro que sí.

—Puedes ordenar lo que quieras, ellos te lo traerán —levantó la mano e hizo una seña a la mesera—. Yo comeré una hamburguesa vegetariana, sin queso, con papas fritas en aceite vegetal y dos rebanadas de pizza con queso vegetal por favor —se mordió el labio y le explicó a Hunt—. Yo no como productos animales.

Como fauna, la carne y los lácteos eran abominaciones. La leche era nada más para bebés de pecho.

—Está bien —dijo él—. ¿Te importa si yo sí los como?

Había luchado al lado de faunos durante siglos. Algunos no podían soportar siquiera ver la carne. A otros les daba igual. Siempre valía la pena preguntar.

Juniper parpadeó pero negó con la cabeza.

Él le sonrió a la mesera y dijo:

—Yo quiero... un rib-eye con hueso y ejotes asados.

Qué demonios. Miró a Bryce que bebía su alcohol como si fuera un licuado de proteínas.

No había cenado todavía y aunque él había estado distraído en la mañana cuando salió de su habitación con un sostén rosa brillante de encaje y tanga a juego, notó por la ventana de la sala que tampoco había desayunado y como no traía cargando comida ni había pedido nada en el almuerzo, estaba seguro de que tampoco había comido entonces.

Así que Hunt dijo:

—Ella va a comer la kofta de cordero con arroz, garbanzos asados y pepinillos. Gracias.

La había observado cuando pedía comida unas cuantas veces y había olfateado con precisión qué había dentro de las bolsas cuando llevaba comida a su casa. Bryce abrió la boca pero la mesera ya se había ido. Juniper los miró nerviosa. Como si supiera precisamente lo que Bryce estaba a punto de...

—¿También vas a partirme mi comida?

—¿Qué?

—Sólo porque eres una especie de pendejo grandote y rudo eso no significa que tengas el derecho a decidir cuándo voy a comer, o cuándo *yo* no estoy cuidando mi cuerpo. Yo soy la que vive en él, *yo* sé cuándo quiero pinche comer. Así que ahórrate toda esa mierda posesiva y agresiva.

A pesar de la música, se alcanzó a oír cuando Juniper tragó saliva.

—¿Fue un día largo en el trabajo, Bryce?

Bryce acercó la mano a su bebida de nuevo. Pero Hunt fue más rápido y su mano le detuvo la muñeca contra la mesa antes de que pudiera beber más alcohol.

—Quítame la puta mano de encima —gruñó ella.

Hunt le esbozó una media sonrisa.

—No seas un cliché tan gastado —los ojos de ella hervían—. ¿Tuviste un día difícil y vienes a ahogarte en vodka? —preguntó con encono y le soltó la muñeca para tomar el vaso. Se lo llevó a los labios y la miró por encima del borde del vaso—. Al menos dime que tienes buen gusto en... —olfateó el licor. Lo probó—. Esto es agua.

Los dedos de ella se cerraron para formar puños sobre la mesa.

—Yo no bebo.

Juniper dijo:

—Yo invité a Bryce hoy. Hace tiempo que no nos vemos, y tengo que ver a algunas personas de la compañía aquí más tarde, así que...

—¿Por qué no bebes? —le preguntó Hunt a Bryce.

—Tú eres el Umbra Mortis. Estoy segura de que lo puedes deducir —dijo Bryce, y comenzó a salir del gabinete obligando a Juniper a pararse.

—Aunque considerando que me creías capaz de matar a mi mejor amiga, tal vez no puedas —Hunt se veía molesto pero Bryce sólo dijo—: voy al baño.

Luego caminó directo hacia la multitud en la antigua pista de baile. La gente se la tragó mientras avanzaba hacia la puerta distante entre dos pilares al fondo del lugar.

Juniper se veía tensa.

—Iré con ella.

Entonces desapareció, con movimientos rápidos y ligeros. A su paso dos hombres se quedaron con la boca abierta. Juniper no les hizo caso. Alcanzó a Bryce a media pista de baile y la detuvo con una mano en el brazo. Juniper sonrió, una sonrisa tan brillante como las luces que las rodeaban, y empezó a hablar, haciendo señales hacia el gabinete, hacia todo el club. La cara de Bryce seguía fría como piedra. Más fría.

Unos hombres se acercaron, vieron su expresión y no se atrevieron a acercarse más.

—Bueno, si está molesta contigo, eso hará que me vea mejor —dijo una voz masculina junto a Hunt.

Él no se molestó en verse simpático.

—Dime que averiguaste algo.

El Príncipe Heredero de las hadas de Valbara estaba recargado en el borde del gabinete y sus llamativos ojos azules miraban a su prima. Sin duda había usado sus sombras para acercarse sin que Hunt se diera cuenta.

—Negativo. Recibí una llamada del dueño del Cuervo para informarme que ella estaba aquí. Estaba mal cuando se fue de la escena del crimen y quería comprobar cómo estaba.

Hunt no podía decir nada contra eso. Así que permaneció en silencio.

Ruhn asintió hacia el lugar donde las dos mujeres estaban inmóviles en medio de un mar de bailarines.

—A ella le gustaba bailar, sabes. Si hubiera podido, hubiera entrado al ballet como Juniper.

No lo sabía... no en realidad. Esos datos habían sido detalles insignificantes de su expediente.

—¿Por qué lo dejó?

—Tendrías que preguntarle a ella. Pero dejó de bailar por completo después de que murió Danika.

—Y de tomar, por lo visto —dijo Hunt con una mirada hacia el vaso de agua.

Ruhn siguió su línea de visión. Si sintió sorpresa, no dejó que se notara.

Hunt dio un trago al agua de Bryce y sacudió la cabeza. No era una chica fiestera, después de todo, tan sólo se conformaba con permitir que el mundo pensara lo peor de ella.

Incluido él. Hunt movió los hombros y las alas se movieron al mismo tiempo. La miró en la pista de baile. Sí, la había cagado. De manera magistral.

Bryce miró hacia el gabinete y cuando vio a su primo ahí... Había trincheras en el Averno más cálidas que la mirada que le dedicó a Ruhn.

Juniper siguió la mirada de su amiga.

Bryce dio un paso hacia el gabinete antes de que el club explotara.

26

Un minuto, Athalar y Ruhn estaban hablando. Un minuto, Bryce estaba a punto de ir a hacerlos pedazos por ser unos alfadejos sobreprotectores y por asfixiarla aun a la distancia. Un minuto, sólo intentaba no ahogarse en el peso que había tirado de ella hacia abajo, hacia esa superficie negra demasiado familiar. No había carrera lo que fuera tan larga como para liberarse de eso, para comprarle un respiro de aire.

Al siguiente minuto, sus oídos se ahuecaron y el piso desapareció debajo de sus pies, el techo empezó a llover encima de ella, la gente gritó, la sangre salpicó, el miedo llenó el aire y ella estaba volteando, lanzándose por Juniper...

Un zumbido agudo y constante le llenó la cabeza.

El mundo estaba volteado de lado.

O tal vez era porque ella estaba tirada en el suelo destrozado, desechos y metralla y *partes de cuerpos* a su alrededor.

Pero Bryce se mantuvo abajo, se mantuvo sobre Juniper quien podría estar gritando...

Ese zumbido agudo no cesaba. Ahogaba todos los demás sonidos. Algo resbaloso y cobrizo en su boca... sangre. Tenía yeso cubriéndole toda la piel.

—*Levántate* —escuchó la voz de Hunt cortar entre el zumbido, los gritos, los aullidos, y sus manos fuertes se envolvieron alrededor de sus hombros. Luchó contra él para alcanzar a Juniper...

Pero Ruhn ya estaba ahí. La sangre le corría de la sien y ayudó a su amiga a ponerse en pie...

Bryce miró todo el cuerpo de Juniper: tenía yeso y polvo y la sangre verde de alguien más pero no tenía un rasguño, ni un rasguño...

Bryce volteó hacia Hunt tambaleándose y él la tomó de los hombros.

—Tenemos que salir *ahora* —le estaba diciendo el ángel a Ruhn, ordenando a su hermano como si fuera un soldado raso—. Podría haber más.

Juniper se separó de Ruhn y le gritó a Bryce:

—*¿Estás loca?*

Sus oídos... los oídos no paraban de zumbarle y tal vez se le estaba saliendo el cerebro porque no podía hablar, al parecer no podía recordar cómo usar sus extremidades...

Juniper le dio un golpe. Bryce no sintió el impacto en su mejilla. Juniper lloraba como si su cuerpo fuera a hacerse pedazos.

—*¡Yo ya hice el Descenso, Bryce! ¡Hace dos años! ¡Tú no! ¿Estás demente?*

Un brazo cálido y fuerte pasó por enfrente de su abdomen para mantenerla erguida. Hunt dijo con la boca cerca de su oreja:

—Juniper, está conmocionada. Déjala.

Juniper le respondió gritando:

—*¡Tú no te metas!*

Pero la gente estaba aullando, gritando y todavía seguían cayendo restos de edificio. Los pilares estaban en el piso como árboles caídos a su alrededor. June pareció darse cuenta, percatarse...

Su cuerpo, dioses, su cuerpo no funcionaba...

Hunt no objetó cuando Ruhn les dio una dirección cercana y les dijo que lo esperaran ahí. Estaba más cerca que el departamento de ella pero francamente Hunt no estaba seguro de que Bryce le permitiera acompañarlos y si entraba en shock y él no podía atravesar esos hechizos... Bueno,

Micah pondría su cabeza en una lanza frente a las puertas del Comitium si ella moría mientras él la vigilaba.

Quizá lo haría de todas maneras por no haber detectado que el ataque estaba a punto de suceder.

Quinlan no parecía notar que la iba cargando. Era más pesada de lo que aparentaba. Su piel morena estaba cubierta de más músculos de lo que él había calculado. Hunt encontró la casa familiar de columnas blancas a unas cuantas cuadras. La llave que le dio Ruhn abrió una puerta pintada de verde. El vestíbulo cavernoso tenía el olor de otros dos hombres aparte del olor del príncipe. Al presionar el interruptor de la luz pudo ver una gran escalera que parecía haber estado en una zona de guerra, pisos de roble rayados y un candelabro de cristal que colgaba con precariedad.

Debajo de eso: una mesa de beer pong pintada con gran talento, con la imagen un hombre hada gigante tragándose a un ángel entero.

Sin hacer caso a ese insulto particular a su especie, Hunt se dirigió a la sala que estaba a la izquierda de la entrada. Un sillón manchado estaba contra la pared al fondo de la habitación grande, Hunt dejó a Bryce sobre él y se apresuró hacia el bar a mitad de la pared del otro lado. Agua, necesitaba un poco de agua.

Hacía años que no había un atentado en la ciudad... desde Briggs. Había sentido el poder de la bomba mientras ondeaba por el club, destrozando el extemplo y sus habitantes. Dejaría que los investigadores averiguaran exactamente qué había sido pero...

Incluso sus relámpagos no habían llegado con la velocidad necesaria para detenerlo, aunque no hubieran sido mucha protección contra una bomba, no en una emboscada como ésa. Había destruido suficientes cosas en los campos de batalla para saber cómo interceptarlas con su poder, cómo enfrentar muerte con muerte, pero esto no había sido ningún misil de largo alcance disparado desde un tanque.

Había sido plantado en alguna parte del club y se había detonado en un momento predeterminado. Había un puñado de personas que podrían ser capaces de algo así y encabezando la lista de Hunt... estaba Briggs de nuevo. O sus seguidores, al menos porque Briggs seguía tras las rejas en la Prisión Adrestia. Pensaría en esto después, cuando la cabeza no le estuviera dando vueltas y los relámpagos no siguieran tronando en su sangre, hambrientos de un enemigo a destrozar.

Hunt concentró su atención en la mujer sentada en el sillón viendo a la nada.

El vestido verde de Bryce estaba hecho jirones, su piel cubierta de yeso y la sangre de alguien más, su rostro pálido... salvo por la marca roja en su mejilla.

Hunt tomó una bolsa de hielo del congelador debajo del bar y un trapo para envolverla. Puso el vaso de agua en la mesa de madera manchada y luego le dio el hielo a Bryce.

—Te dio un buen golpe.

Los ojos de ámbar se levantaron despacio hacia los suyos. Tenía costras de sangre seca dentro de los oídos.

Después de buscar un poco en la patética cocina y en el baño, encontró más toallas y un botiquín de primeros auxilios.

Se arrodilló en la alfombra gris desgastada frente a ella y apretó sus alas al cuerpo para evitar que se enredaran con las latas de cerveza que estaban por toda la mesa de centro.

Ella seguía mirando a la nada mientras él le limpiaba las orejas sangrientas.

No tenía medimagia como las brujas, pero sabía lo suficiente de sanación en el campo de batalla para evaluar sus orejas arqueadas. El oído de las hadas debía haber hecho que esa explosión fuera algo terrible... y la sangre humana además estaba haciendo más lento el proceso de sanación. Por suerte, no encontró señas de sangrado ni de daño.

Empezó con la oreja izquierda. Y cuando terminó notó que tenía las rodillas muy raspadas, con pedazos de piedra incrustados en ellas.

—Juniper tiene oportunidad de que le den el puesto principal —dijo Bryce al fin con voz rasposa—. La primera fauna de la historia. La temporada de verano empieza pronto. Ella es la suplente de los roles principales en dos de los ballets. Solista en los cinco. Esta temporada es crucial. Si se lastimara, eso podría interferir.

—Ella ya hizo el Descenso. Seguro se recuperará rápido.

Sacó unas pinzas del botiquín.

—De todas maneras.

Bryce refunfuñó un poco cuando él le sacó algunos trozos de metal y piedra de la rodilla. Había caído con fuerza en el piso. A pesar de la explosión en el club, él la había visto moverse.

Se había lanzado directamente sobre Juniper para protegerla de la explosión.

—Esto te va a arder —le dijo mientras veía el frasco de solución sanadora.

Era una medicina elegante y costosa. Era sorprendente que estuviera aquí, ya que el príncipe y sus amigos habían hecho todos el Descenso.

—Pero evitará que se haga una cicatriz —terminó.

Ella se encogió de hombros y se quedó viendo la enorme pantalla oscura de la televisión por encima del hombro de Hunt.

Él le echó la solución en la pierna y ella se movió con brusquedad. Él la tomó de la pantorrilla con suficiente fuerza para mantenerla quieta a pesar de que ella estaba maldiciendo.

—Te lo advertí.

Ella exhaló entre dientes. La orilla de su vestido ya de por sí corto había subido aún más con sus movimientos y Hunt se dijo a sí mismo que sólo había mirado para ver si había otras heridas pero...

La cicatriz ancha y muy visible cortaba a través del muslo suave y demasiado perfecto.

Hunt se quedó inmóvil. Nunca se lo había curado.

Y cada cojeo que él la veía hacer de repente por el rabillo del ojo... No era por sus estúpidos putos zapatos. Sino por esto. Por *él*. Por sus tontos instintos de campo de batalla para engraparla como un soldado.

—Cuando un hombre está hincado entre mis piernas, Athalar —dijo ella—. Por lo general no está haciendo muecas.

—¿Qué?

Pero sí había registrado sus palabras, justo cuando se dio cuenta de que todavía sostenía su pantorrilla y la piel sedosa rozaba los callos de sus manos. También se dio cuenta de que, en efecto, estaba arrodillado entre sus muslos y se había acercado más a su regazo para ver esa cicatriz.

Hunt retrocedió y no pudo evitar el calor que subió a su cara. Retiró la mano de su pierna.

—Perdón —dijo.

Toda diversión desapareció de la mirada de ella cuando preguntó:

—¿Quién crees que lo hizo... lo del club?

El calor de su piel suave seguía manchándole la palma de la mano.

—No tengo idea.

—¿Podría haber tenido algo que ver con nuestra investigación del caso?

La culpa ya estaba humedeciéndole la mirada y él sabía que el cuerpo de la acólita estaba pasando por su mente.

Él negó con la cabeza.

—No lo creo. Si alguien quisiera detenernos, un balazo en la cabeza es mucho más preciso que volar un club. Podría haber sido también algún rival del dueño del club. O los miembros restantes del Keres buscando reanudar su mierda en la ciudad.

Bryce preguntó:

—¿Crees que tengamos una guerra aquí?

—Algunos humanos así lo quieren. Algunos vanir así lo quieren. Para deshacerse de los humanos, dicen.

—Han destruido partes de Pangera con la guerra allá —dijo ella entre dientes—. He visto los videos.

Lo miró y dejó que su pregunta tácita quedara flotando en el aire. *¿Qué tan mal está?*

Hunt nada más dijo:

—Magia y máquinas. Nunca es una buena combinación.

Las palabras ondearon entre ellos.

—Quiero ir a casa —exhaló ella.

Él se quitó la chamarra y se la puso sobre los hombros. Casi la devoró.

—Quiero darme una ducha para limpiarme —insistió ella e hizo un ademán hacia la sangre en su piel desnuda.

—Está bien.

Pero en ese momento se abrió la puerta del vestíbulo. Un par de botas.

Hunt tenía su pistola afuera, oculta junto a su muslo, cuando se dio la vuelta para ver a Ruhn entrar con sombras detrás de él.

—No les va a gustar esto —dijo el príncipe.

Ella quería ir a casa. Quería llamar a Juniper. Quería llamar a su mamá y a Randall sólo para escuchar sus voces. Quería llamar a Fury y saber qué sabía ella, aunque Fury no contestara ni le respondiera a sus mensajes. Quería llamar a Jesiba y *obligarla* a averiguar qué había pasado. Pero más que nada, quería *ir a casa y darse una ducha*.

Ruhn, con gesto severo y salpicado de sangre, se detuvo en el arco.

Hunt guardó la pistola en la funda en su muslo antes de sentarse en el sillón junto a ella.

Ruhn fue al bar y llenó un vaso de agua del grifo. Cada movimiento era tenso, las sombras susurraban a su alrededor. Pero el príncipe exhaló y las sombras, la tensión, desaparecieron.

Hunt le ahorró la molestia de exigirle a Ruhn que les explicara.

—Estoy asumiendo que todo esto tiene que ver con quien sea que puso la bomba en el club.

Ruhn asintió y dio un trago de agua.

—Todo apunta a los rebeldes humanos.

Bryce sintió que la sangre se le helaba. Ella y Hunt intercambiaron miradas. Su discusión hacía unos momentos no había estado tan equivocada.

—La bomba entró al club a través de un nuevo líquido explosivo oculto en una entrega de vino. Dejaron su tarjeta en la caja: su propio logo.

Hunt interrumpió.

—¿Alguna conexión potencial con Philip Briggs?

Ruhn dijo:

—Briggs sigue tras las rejas.

Era una manera amable de describir el castigo que el líder rebelde sufría a manos de los vanir en la Prisión Adrestia.

—El resto de su grupo Keres no —dijo Bryce con voz ronca—. Danika fue quien capturó a Briggs la primera vez. Aunque no haya sido quien la mató, sigue preso por sus crímenes rebeldes. Podría haberle instruido a sus seguidores que realizaran este atentado.

Ruhn frunció el ceño.

—Pensé que se habían desbandado, que se habían unido a otros grupos o que habían regresado a Pangera. Pero ésta es la parte que no les va a gustar. Junto al logo en la caja había una imagen grabada. Mi equipo y tu equipo pensaron que era una C deforme por Ciudad Medialuna pero vi los videos del área de almacén antes de que explotara la bomba. Es difícil de distinguir, pero también podría ser una representación de un cuerno curvado.

—¿Qué tiene que ver el Cuerno con la rebelión de los humanos? —preguntó Bryce. Luego se le secó la boca—. Espera. ¿Crees que la imagen del Cuerno haya sido un mensaje para *nosotros*? ¿Para advertirnos que dejemos de buscar el Cuerno? ¿Como si esa acólita no hubiera sido suficiente?

Hunt dijo en tono reflexivo:

—No puede ser una mera coincidencia que ese club fuera bombardeado justo cuando estábamos ahí. Ni que una de las imágenes de la caja parezca ser el Cuerno mientras estamos en medio de su búsqueda. Antes de que Danika lo capturara, Briggs planeaba volar el Cuervo. La secta Keres ha estado inactiva desde que entró a prisión pero...

—Podrían estar regresando —insistió Bryce—. Buscando retomar lo que Briggs dejó inconcluso o de alguna manera recibiendo instrucciones de él todavía.

Hunt se veía sombrío.

—O fue uno de los seguidores de Briggs desde el principio: la bomba planeada, el asesinato de Danika, *esta* bomba... Briggs tal vez no sea el culpable pero tal vez sepa quién lo es. Podría estar protegiendo a alguien —sacó su teléfono—. Necesitamos hablar con él.

Ruhn dijo:

—¿Estás mal de la puta cabeza?

Hunt no le hizo caso y empezó a marcar un número mientras se ponía de pie.

—Está en la Prisión Adrestia, así que la petición podría tomar unos días —le dijo a Bryce.

—Bien.

Ella bloqueó el pensamiento de cómo podría ser esta reunión. A Danika le inquietaba el fanatismo de Briggs por la causa humana y rara vez había querido hablar sobre él. Atraparlo junto con su grupo Keres, una rama de la rebelión Ophion principal, había sido un triunfo, una legitimización de la Jauría de Diablos. Pero no había sido suficiente para ganarse la aprobación de Sabine.

Hunt se acercó el teléfono al oído.

—Hola, Isaiah. Sí, estoy bien.

Se fue hacia el vestíbulo y Bryce lo vio alejarse.

Ruhn dijo en voz baja:

—El Rey del Otoño sabe que te involucré en la búsqueda del Cuerno.

Ella levantó los párpados pesados hacia su hermano.

—¿Qué tan encabronado está?

La sonrisa amarga de Ruhn no la consoló.

—Me advirtió del *veneno* que derramarías en mi oído.

—Debo tomar eso como un cumplido, supongo.

Ruhn no sonrió en esta ocasión.

—Quiere saber lo que harás con el Cuerno si lo encuentras.

—Lo usaré como mi nueva taza personal para los días de partido.

Hunt soltó una risotada al entrar de nuevo a la habitación. Había terminado su llamada. Ruhn exclamó:

—Lo dijo en serio.

—Lo devolveré al templo —dijo Bryce—. No a él.

Ruhn los miró a ambos cuando Hunt volvió a sentarse en el sillón.

—Mi padre dice que como ya te involucré en algo tan peligroso, Bryce, necesitarás un guardián para que se... quede contigo en todo momento. Que viva contigo. Yo me ofrecí como voluntario.

A ella le dolía cada parte del cuerpo.

—Por encima de mi puto cadáver.

Hunt se cruzó de brazos.

—¿Por qué le importa a tu rey si Quinlan vive o muere?

La mirada de Ruhn se volvió fría.

—Yo le pregunté lo mismo. Dijo que cae dentro de su jurisdicción, como media hada, y que él no quiere tener que solucionar ningún desastre. *La niña es un riesgo*, dijo.

Bryce podía oír los tonos crueles de su padre en cada palabra que imitaba Ruhn. Podía ver su rostro mientras él las pronunciaba. Con frecuencia se había imaginado cómo se sentiría molerle esa cara perfecta a golpes con sus puños. Provocarle una cicatriz como la que tenía su madre en el pómulo: pequeña y delgada, no más larga que una uña, pero un recordatorio del golpe que le había dado cuando su terrible rabia lo había llevado demasiado lejos.

El golpe que ocasionó el escape de Ember Quinlan, embarazada de Bryce.

Maldito. Maldito anciano odioso.

—Así que sólo le preocupa la pesadilla de relaciones públicas que sería la muerte de Quinlan antes de la Cumbre —dijo Hunt con aspereza y con el rostro contraído por el asco.

—No luzcas tan sorprendido —dijo Ruhn y luego se dirigió a Bryce—. Yo soy el mensajero. Considera si es sabio elegir esto como la batalla a pelear con él.

De ninguna manera permitiría que *Ruhn* viviera en su departamento y le ordenara hacer cosas. En especial con esos amigos que tenía. Ya era bastante difícil trabajar con él en este caso.

Dioses, la cabeza la estaba matando.

—Bien —dijo al fin aunque le hervía la sangre—. Él dice que necesito un guardia, pero no especificó que debías ser tú, ¿cierto?

Ante el silencio tenso de Ruhn, Bryce siguió hablando.

—Eso es lo que pensé. Athalar se quedará conmigo en vez de ti. Orden cumplida. ¿Contento?

—No le va a gustar eso.

Bryce sonrió orgullosa a pesar de lo furiosa que se sentía.

—No dijo quién tenía que ser el guardia. El bastardo debería ser más preciso con sus palabras.

Ni siquiera Ruhn podía discutir eso.

Si Athalar se sorprendió ante la elección de Bryce de compañero de casa, no dejó que se le notara.

Ruhn observó al ángel verlos a los dos, con cuidado.

Mierda. ¿Acaso Athalar empezaba a atar cabos? ¿Que estaban más relacionados de lo que estarían unos primos, que el padre de Ruhn no *debería* interesarse tanto en ella?

Bryce le dijo a Ruhn con fastidio:

—¿Tú le sugeriste esto a tu padre?

—No —respondió Ruhn.

En cuanto salió del club destrozado, y antes de que se encontrara con ellos, su padre lo había acorralado para saber todo sobre la visita al templo. Aunque juzgando por lo enojado que había estado, era un milagro que Ruhn no estuviera muerto en un callejón.

—Tiene una gran red de espías que ni siquiera yo conozco.

Bryce frunció el ceño pero luego el gesto se transformó en una mueca de dolor cuando se levantó del sillón. Hunt mantuvo una mano cerca de su codo en caso de que ella lo necesitara.

El teléfono de Ruhn sonó y lo sacó de su bolsillo el tiempo necesario para leer el mensaje en la pantalla. Igual con los otros que empezaron a llegar a toda velocidad.

En el grupo que tenían con Flynn, Declan escribió:

¿Qué carajos pasó?

Flynn respondió:

Estoy en el club. Sabine envió a Amelie Ravenscroft como líder de las jaurías del Aux que están levantando escombros y ayudando con los heridos. Amelie dice que te vio salir, Ruhn. ¿Estás bien?

Ruhn respondió para que no llamaran.

Estoy bien. Nos vemos pronto en el club.

Apretó el teléfono en su mano mientras Bryce avanzaba hacia la puerta y en dirección al paisaje del Averno que había del otro lado. Se escuchaban las sirenas con sus luces azules y rojas que se reflejaban en los pisos de roble del vestíbulo.

Pero su hermana se detuvo antes de tomar el picaporte de la puerta y volteó a preguntarle:

—¿Por qué estabas hace rato en el Cuervo?

Y ahí estaba. Si él mencionaba la llamada de Riso, que Ruhn la había estado vigilando, le arrancaría la cabeza de un mordisco. Así que Ruhn mintió un poco:

—Quiero revisar la biblioteca de tu jefa.

Hunt hizo una pausa, un paso detrás de Bryce. Era impresionante, en realidad, verlos a los dos con las expresiones confundidas en sus rostros.

—¿Qué biblioteca? —preguntó ella con cara de inocencia.

Ruhn podría haber jurado que Athalar estaba intentando no sonreír. Pero respondió con seriedad:

—La que todo el mundo dice está debajo de la galería.

—Yo no sabía nada de eso —dijo Hunt encogiéndose de hombros.

—Vete al carajo, Athalar.

A Ruhn le dolía la mandíbula de tanto apretarla. Bryce dijo:

—Mira, entiendo que quieres ser parte de nuestro club de chicos populares, pero hay un proceso muy estricto de autorización para entrar.

Sí, Athalar estaba haciendo un gran esfuerzo por no sonreír.

Ruhn gruñó:

—Quiero ver los libros que están ahí. Ver si me salta algo sobre el Cuerno.

Ella titubeó un poco por el tono de su voz, el dominio que Ruhn le estaba imprimiendo. No se abstendría de usar su rango. No en este asunto.

Aunque Athalar lo miraba con ojos asesinos, Ruhn le dijo a su hermana:

—He revisado ya los Archivos Hada dos veces y... —movió la cabeza—. Sólo puedo pensar en la galería. Así que tal vez haya algo allá.

—Yo lo busqué —dijo ella—. No hay nada sobre el Cuerno más allá de menciones vagas.

Ruhn le sonrió a medias.

—O sea que admites que hay una biblioteca.

Bryce frunció el ceño. Él conocía esa mirada contemplativa.

—Qué.

Bryce se echó el cabello por encima del hombro desgarrado y sucio.

—Haré un trato contigo: tú puedes venir a buscar el Cuerno a la galería y yo ayudaré en todo lo que pueda. Si... —Athalar volteó a verla, la furia en su rostro casi deliciosa. Bryce continuó y asintió hacia el teléfono en las manos de Ruhn— *sí* tú pones a Declan a mi disposición.

—Tendré que decirle sobre este caso, entonces. Y lo que él sabe, Flynn lo sabrá dos segundos después.

—Bien. Diles todo. Pero dile a Dec que necesito información sobre los últimos movimientos de Danika.

—No sé de dónde podría sacar eso —admitió Ruhn.

—La Madriguera tendría la información —dijo Hunt mirando a Bryce con algo parecido a la admiración—. Dile a Emmet que se meta a los archivos de la Madriguera.

Así que Ruhn asintió.

—Está bien. Se lo pediré más tarde.

Bryce le dejó ver su sonrisa falsa.

—Entonces pasa mañana a la galería.

Ruhn tuvo que darse un momento para controlar su sorpresa ante lo fácil que había sido conseguir acceso. Luego dijo:

—Ten cuidado allá afuera.

Si ella y Athalar tenían razón y *era* un grupo de Keres rebeldes que actuaban por órdenes de Briggs o por su honor... el desastre político podría convertirse en una pesadilla. Y si él no estaba equivocado sobre esa C y fuera en realidad una representación del Cuerno, si este atentado y el asesinato de la acólita fueron advertencias dirigidas a ellos en relación con su búsqueda del artefacto... entonces la amenaza a todos ellos acababa de volverse mucho más mortífera.

Bryce dijo con dulzura antes de continuar:

—Dile a tu papi que lo mando saludar y que puede irse al carajo.

Ruhn apretó los dientes de nuevo y vio cómo eso le provocó otra sonrisa a Athalar. Pendejo alado.

Los dos salieron por la puerta y el teléfono de Ruhn sonó un instante después.

—Sí —dijo.

Ruhn podría haber jurado que escuchó cómo se tensaba su padre antes de decir con voz lenta:

—¿Así es como le hablas a tu rey?

Ruhn no se molestó en responder. Su padre continuó:

—Como no pudiste evitar revelar mis asuntos, deseo que algo quede muy claro respecto al Cuerno —Ruhn se preparó—. No quiero que lo obtengan los ángeles.

—Está bien.

Si Ruhn tenía algo que decir al respecto, *nadie* tendría el Cuerno. Rgresaría al templo con una guardia hada permanente.

—Mantén vigilada a esa niña.

—Con ambos ojos.

—Lo digo en serio, muchacho.

—Yo también —dejó que su padre escuchara el gruñido de sinceridad en su voz. Su padre continuó:

—Tú, como Príncipe Heredero, revelaste los secretos de tu rey a la niña y a Athalar. Tengo todo el derecho de castigarte por esto, sabes.

Adelante quería decirle. *Hazlo. Hazme un favor y también quítame mi título ya que estás en eso. El linaje real termina conmigo de todas maneras.*

Después de escuchar eso la primera vez a los trece años, Ruhn había vomitado. Lo habían enviado al Oráculo para un vistazo a su futuro, como todas las hadas. El ritual alguna vez se había usado para predecir matrimonios y alianzas. El día de hoy, era más para tener una idea de la carrera de un niño o si se convertiría en alguien en la vida. Para Ruhn, y para Bryce años después, había sido un desastre.

Ruhn le había suplicado al Oráculo que le dijera qué quería decir, si quería decir que moriría antes de poder concebir un hijo o si quería decir que era infértil. Ella nada más repitió sus palabras. *El linaje real terminará contigo, príncipe.*

Había sido demasiado cobarde y no le había dicho a su rey lo que había averiguado. Así que le dijo una mentira a su padre porque no se sentía capaz de soportar la decepción y la furia del hombre. *El Oráculo dijo que yo sería un rey noble y justo.*

Su padre se sintió decepcionado, pero sólo porque la profecía falsa no había sido más poderosa.

Así que, claro. Si su padre quería quitarle el título, le estaría haciendo un favor. O incluso estaría cumpliendo con la profecía al fin aunque no estuviera consciente de ello.

Ruhn en verdad se había preocupado una vez sobre su significado: el día que supo que tenía una hermana menor. Pensó que eso podría estar prediciendo una muerte temprana para ella. Pero sus miedos desaparecieron cuando supo que a ella jamás se le reconocería formalmente como parte del linaje real. Para su alivio, ella nunca cuestionó por qué, durante esos primeros años cuando todavía eran cercanos, Ruhn nunca había presionado a su padre para que la aceptara en público.

El Rey del Otoño continuó:

—Por desgracia, el castigo que mereces te dejaría incapacitado para continuar con la búsqueda del Cuerno.

Las sombras de Ruhn se arremolinaron a su alrededor.

—Ya será entonces para otra ocasión.

Su padre gruñó pero Ruhn colgó el teléfono.

27

Las calles estaban llenas de vanir que salían del todavía caótico Cuervo Blanco, todos buscando respuestas sobre qué demonios había sucedido. Varios legionarios, hadas y miembros de las cuadrillas del Aux habían levantado una barricada alrededor del lugar, un muro mágico opaco y vibrante, pero la multitud se había juntado ahí de todas maneras.

Hunt miró hacia Bryce que iba caminando a su lado, en silencio, con los ojos vidriosos. Descalza, se dio cuenta.

¿Cuánto tiempo llevaba descalza? Debió haber perdido los zapatos en la explosión.

Consideró si debía ofrecerle volverla a cargar, o sugerir que se fueran volando a su departamento, pero ella llevaba los brazos tan apretados alrededor de su cuerpo que él sintió que una sola palabra la arrojaría en una espiral descendente sin fondo.

La mirada que le dirigió a Ruhn antes de irse... Hizo que Hunt sintiera gusto de que ella no fuera una serpiente que escupiera ácido. El rostro del hada se hubiera *derretido*.

Que los dioses los ayudaran cuando el príncipe llegara a la galería al día siguiente.

El portero de Bryce saltó de su asiento cuando entraron al vestíbulo impecable. Le preguntó si estaba bien, si había estado en el club. Ella dijo entre dientes que estaba bien y el metamorfo de oso miró a Hunt con concentración de depredador. Cuando ella lo notó, hizo un gesto con la mano y luego presionó el botón del elevador. Mientras esperaban, los presentó. *Hunt, él es Marrin; Marrin, él es Hunt. Se va a quedar conmigo hasta nuevo aviso, por desgracia.*

Luego entró al elevador donde tuvo que recargarse contra el barandal de cromo del fondo como si estuviera a punto de colapsar...

Hunt se metió justo cuando estaban cerrándose las puertas. El elevador era demasiado pequeño, demasiado apretado con sus alas, y él las mantuvo lo más cerca posible de su cuerpo mientras subían al penthouse a toda velocidad...

Bryce dejó caer su cabeza y sus hombros se curvaron hacia adentro...

Hunt dijo sin pensar:

—¿Por qué no haces el Descenso?

Se abrieron las puertas del elevador y ella se recargó en ellas antes de entrar al pasillo elegante de colores crema y cobalto. Pero se detuvo frente a la puerta de su departamento. Luego volteó a verlo.

—Las llaves estaban en mi bolso.

Su bolso ahora estaba en las ruinas del club.

—¿El portero tiene una copia?

Ella gruñó su afirmación y miró el elevador como si fuera una montaña a escalar.

Marrin le hizo la vida difícil a Hunt durante un minuto, revisó que Bryce siguiera viva en el pasillo, preguntó por el interfono si ella estaba de acuerdo y vio cómo ella le hacía la señal de pulgares arriba en la cámara.

Cuando Hunt regresó, la encontró sentada frente a su puerta, con las piernas elevadas y abiertas lo suficiente para que se alcanzara a ver su ropa interior color rosa brillante. Por fortuna, las cámaras del pasillo no podían ver ese ángulo, pero Hunt no tenía ninguna duda de que el metamorfo los estaba monitoreando cuando la ayudó a ponerse de pie y le dio la copia de las llaves.

Ella metió las llaves despacio y luego puso su palma en la superficie hechizada junto a la puerta.

—Estaba esperando —murmuró mientras se abrían los cerrojos y las luces del departamento se encendían—. Se suponía que íbamos a hacer el Descenso juntas. Habíamos elegido una fecha en dos años.

Él sabía a quién se refería. El motivo por el cual ya no bebía, ni bailaba ni parecía querer vivir su vida. El motivo por el cual conservaba esa cicatriz en su bonito muslo liso. Ogenas y todos sus Misterios sagrados sabían que el mismo Hunt se había castigado a sí mismo por mucho tiempo después del fracaso colosal de la Batalla del monte Hermon. Incluso mientras lo torturaban en los calabozos de los asteri, se había castigado a sí mismo, torturando a su propia alma de una manera que ningún interrogador imperial podría hacer.

Así que tal vez era una duda estúpida, pero le preguntó de todas maneras mientras entraban al departamento:

—¿Por qué te molestas en esperar ahora?

Hunt entró y observó con cuidado el sitio que Quinlan llamaba hogar. El departamento abierto se veía bien desde afuera de las ventanas, pero desde adentro...

Ella o Danika lo habían decorado sin reparar en ningún gasto: había un sillón de cojines grandes en el tercio derecho de la gran estancia, colocado frente a una mesa de centro de madera reciclada y la enorme televisión encima de una consola de roble tallado. La mesa del comedor era de vidrio esmerilado con sillas de cuero blanco y ocupaba el tercio izquierdo del espacio; el tercio central iba hacia la cocina con gabinetes blancos, aparatos cromados y superficies de mármol blanco. Todo limpio, impecable, suave y acogedor.

Hunt observó el espacio, parado como una pieza de equipaje junto a la isla de cocina mientras Bryce caminaba despacio por un pasillo de roble claro para sacar a Syrinx del sitio donde aullaba en su jaula.

Ella iba a mitad del pasillo cuando respondió sin mirar atrás:

—Sin Danika... Se suponía que íbamos a hacer el Descenso juntas —dijo de nuevo—. Connor y Thorne iban a ser nuestras anclas.

La elección de Ancla durante el Descenso era vital y una decisión muy personal. Pero Hunt apartó los pensamientos del funcionario gubernamental con cara de pocos amigos que le habían asignado porque él no tenía familia ni amigos restantes que lo pudieran anclar. No cuando su madre había muerto días antes.

Syrinx salió volando por el departamento, sus garras golpeando los pisos de madera clara. Iba ladrando, saltó cuando llegó con Hunt y empezó a lamerle las manos. Bryce arrastraba cada uno de sus pasos de regreso a la cocina.

El silencio fue suficiente para él y preguntó:

—¿Danika y tú eran amantes?

Hace dos años le habían dicho que no eran, pero las amigas no guardaban luto como el que Bryce parecía respetar ni apagaban todas y cada una de las partes de sí mismas. Así como él había hecho por Shahar.

El golpeteo del alimento de Syrinx llenando su plato inundó el departamento. Bryce puso el plato en el suelo y Syrinx abandonó a Hunt y se lanzó dentro de su comida para empezar a masticar a toda velocidad.

Hunt se dio la vuelta y vio a Bryce dirigirse al otro extremo de la isla de cocina, abrir el enorme refrigerador de metal y examinar sus escasos contenidos.

—No —respondió ella con voz inexpresiva y fría—. Danika y yo no éramos así —apretó tanto la mano alrededor de la puerta del refrigerador que sus nudillos se pusieron blancos—. Connor y yo... Connor Holstrom, quiero decir. Él y yo... —dijo sin terminar—. Era complicado. Cuando Danika murió, cuando todos murieron... una luz se apagó en mí.

Él recordaba los detalles sobre ella y el mayor de los hermanos Holstrom. Ithan tampoco había estado ahí esa noche y ahora era el Segundo al rango de la jauría de Amelie Ravenscroft. Un pobre reemplazo de lo que había sido alguna vez la Jauría de Diablos. La ciudad también había perdido algo aquella noche.

Hunt abrió la boca para decirle a Quinlan que entendía. No nada más lo de la relación complicada, sino la pérdida. Despertar una mañana rodeada de amigos y su amante y luego terminar el día con todos muertos. Entendía cómo eso le carcomía los huesos y la sangre y la misma alma a una persona. Cómo no había nada que lo aliviara.

Cómo dejar el alcohol y las drogas, cómo negarse a hacer lo que más amaba, el baile, de todas maneras no podía aliviarlo. Pero las palabras se le atoraron en la garganta. No había querido hablar de esto hacía doscientos años y para nada tenía ganas de hablarlo ahora.

Un teléfono de la casa empezó a sonar y una voz femenina agradable dijo: *Llamada de... Casa.*

Bryce cerró los ojos, como si se estuviera preparando y luego caminó por el pasillo oscuro que llevaba a su recámara. Un momento después, dijo con un tono alegre que le podría haber ganado un premio por la Mejor Puta Actriz de Midgard.

—Hola, mamá —se escuchó el gemido de un colchón—. No, no estaba ahí. Mi teléfono se cayó a la taza del baño en el trabajo. Sí, ya no funciona. Conseguiré otro mañana. Sí, estoy bien. June no estaba ahí tampoco. Estamos bien —una pausa—. Ya sé, fue un día difícil en el trabajo —otra pausa—. Oye, tengo invitados —una risa áspera—. No de ese tipo, no te hagas ilusiones. Lo digo en serio. Sí, lo dejé entrar a mi casa voluntariamente. Por favor no llames a la recepción. ¿Su nombre? No te voy a decir —un ligero titubeo—. *Mamá.* Te llamaré mañana. No le voy a decir hola de tu parte. Adiós... *adiós,* mamá. Te amo.

Syrinx ya se había terminado su comida y estaba viendo con esperanzas a Hunt, rogándole en silencio que le diera más comida y moviendo su cola de león.

—*No* —le dijo a la bestia justo cuando Bryce iba saliendo a la estancia.

—Oh —dijo ella como si se hubiera olvidado de que él estaba ahí—. Voy a bañarme. La habitación de visitas es tuya. Usa lo que necesites.

—Pasaré al Comitium mañana para traer más ropa —Bryce asintió como si la cabeza le pesara mil kilos—. ¿Por qué mentiste?

La dejaría decidir cuál mentira quería explicar.

Ella se detuvo y Syrinx se adelantó por el pasillo hacia su recámara.

—Mi mamá sólo se preocuparía y vendría a visitar. No quiero que esté por aquí si las cosas empeoran. Y no le dije quién eras porque eso llevaría a más preguntas también. Es más fácil así.

Más fácil no permitirse disfrutar la vida, más fácil mantener a todos a una distancia prudente.

La marca en su mejilla por la cachetada de Juniper apenas se había desvanecido un poco. Era más fácil lanzarse sobre su amiga cuando explotaba una bomba que arriesgarse a perderla.

Dijo en voz baja:

—Necesito averiguar quién hizo esto, Hunt.

Él miró sus ojos crudos y dolidos.

—Lo sé.

—No —dijo ella con voz ronca—. No lo sabes. No me importan cuáles sean los motivos de Micah, si no encuentro a esta puta persona, esto me va a *comer viva*.

No el asesino ni el demonio, sino el dolor y el pesar que él apenas se estaba dando cuenta que vivía en su interior.

—Necesito encontrar a quien hizo esto.

—Lo haremos —prometió él.

—¿Cómo puedes saberlo? —dijo ella mientras negaba con la cabeza.

—Porque no tenemos alternativa. *Yo* no tengo alternativa —dijo. Al ver su mirada confundida, exhaló y agregó—: Micah me ofreció un trato.

Ella lo miró cautelosa.

—¿Qué tipo de trato?

Hunt apretó la mandíbula. Ella había ofrecido un pedazo de sí misma, así que él podía hacer lo mismo. En especial ahora que eran malditos compañeros de casa.

—Cuando llegué aquí, Micah me hizo un trato: si podía compensar cada vida que la 18va cobró aquel día en monte Hermon, conseguiría mi libertad de vuelta. Todas las dos mil doscientas diecisiete vidas.

Se preparó, invitándola a que escuchara lo que no podía atreverse a decir.

Ella se mordió el labio.

—Estoy asumiendo que *compensar* quiere decir...

—Sí —dijo él con un gruñido—. Significa que hago lo que soy bueno haciendo. Una muerte por una muerte.

—¿Micah tiene más de dos mil personas para que tú asesines?

Hunt rio con aspereza.

—Micah es un gobernador de todo un territorio y vivirá cuando menos otros doscientos años. Es probable que tenga el doble de personas en su lista antes de terminar

El horror le invadió la mirada a Bryce y él se apresuró a hacer algo para evitarlo aunque no estaba seguro de por qué.

—Es parte del trabajo. De su trabajo y del mío —se pasó la mano por el cabello—. Mira, es horrible, pero al menos me ofreció una salida. Y cuando empezaron de nuevo los asesinatos, me ofreció un trato distinto: encontrar al asesino antes de la Cumbre y él reduciría las deudas que tengo a diez.

Esperó a que ella lo juzgara, que se sintiera asqueada con él y con Micah. Pero ella ladeó la cabeza.

—Por eso has sido un reverendo dolor de cabeza.

—Sí —respondió él con sequedad—. Micah me ordenó que no dijera nada. Así que si mencionas una palabra sobre esto...

—Su oferta queda inválida.

Hunt asintió y miró la cara golpeada de ella. No dijo nada más. Después de un momento, él preguntó:

—¿Y bien?

—¿Y bien qué?

Ella empezó a caminar de nuevo hacia su recámara.

—¿No vas a decirme que soy un pedazo de mierda que sólo piensa en sí mismo?

Ella se volvió a detener y un ligero rayo de luz entró a sus ojos.

—¿Para qué molestarme, Athalar, si lo acabas de hacer por mí?

Él no pudo evitarlo entonces. Aunque estaba ensangrentada y cubierta de polvo, la observó de cuerpo completo. Cada centímetro y curva. Intentó no pensar en la ropa interior rosada que estaba debajo de ese vestido verde ajustado. Pero dijo:

—Lamento haber pensado que eras una sospechosa. Y más que eso, lamento haberte juzgado. Pensé que eras una chica fiestera y me comporté como un patán.

—No tiene nada de malo ser una chica fiestera. No entiendo por qué el mundo parece pensar lo contrario —pero ella pensó en sus palabras—. Es más fácil para mí que la gente asuma lo peor sobre quién soy. Me permite ver quiénes son en verdad.

¿Así que estás diciendo que piensas que en realidad soy un patán? —una de las comisuras de sus labios empezó a levantarse.

Pero la mirada de ella era completamente seria.

—He tenido que lidiar con muchos patanes, Hunt. Tú no eres uno de ellos.

—No pensabas eso hace rato.

Ella se dirigió de nuevo a su habitación. Así que Hunt preguntó:

—¿Quieres que consiga comida?

De nuevo, se detuvo. Parecía que estaba a punto de decir que no, pero dijo con voz rasposa:

—Hamburguesa con queso, papas con queso. Y malteada de chocolate.

Hunt sonrió.

—A la orden.

La elegante habitación de visitas al otro lado de la cocina era espaciosa y estaba decorada en diferentes tonalidades de gris y crema acentuadas con rosa pálido y azul aciano. Por fortuna, en la cama cabían las alas de Hunt —definitivamente comprada pensando en el vanir— y había unas cuantas fotografías en marcos de aspecto costoso apoyadas junto a un tazón de cerámica azul roto, todo sobre un ropero con cajones a la derecha de la puerta.

Consiguió hamburguesas y papas para ambos y Bryce se comió la suya con una ferocidad que Hunt sólo había visto entre leones reunidos alrededor de una presa. Le dio a Syrinx, que se lamentaba bajo la mesa, unas cuantas papas porque sin duda Bryce no le compartiría nada.

El agotamiento se había instalado en ambos tan profundo que no hablaron para nada y cuando ella terminó su malteada, tomó la basura, la tiró al bote y se dirigió a su habitación dejando a Hunt solo.

Un olor mortal permanecía en la habitación y él supuso que era cortesía de sus padres. Hunt abrió los cajones y encontró que varios estaban llenos de ropa. Suéteres ligeros, calcetas, pantalones, ropa deportiva... Estaba espiando. Sí, era parte de su trabajo, pero no dejaba de tratarse de espiar.

Cerró los cajones y miró las fotografías enmarcadas.

Ember Quinlan había sido muy hermosa. No le sorprendía que aquel pendejo hada la hubiera perseguido hasta obligarla a escapar. Tenía el cabello largo y negro enmarcando un rostro que podría estar en un anuncio espectacular en la calle: piel pecosa, labios carnosos y pómulos pronunciados que hacían que los ojos oscuros y profundos sobre ellos se vieran impactantes.

Era la cara de Bryce pero con coloración distinta. Un humano igual de atractivo y de piel morena estaba al lado de ella con el brazo sobre sus hombros, sonriendo como loco a quien estuviera del otro lado de la cámara. Hunt apenas podía distinguir lo que estaba escrito en sus placas de identificación que colgaban encima de su suéter gris.

Vaya, con un demonio.

¿*Randall Sílago* era el padre adoptivo de Bryce? ¿El héroe de guerra legendario y francotirador? No tenía idea de cómo había pasado eso por alto en su expediente aunque supuso que lo había visto sólo por encima hacía años.

No le sorprendía que su hija fuera tan valiente. Y ahí, a la derecha de Ember, estaba Bryce.

Tenía apenas poco más de tres años, el cabello rojo recogido en dos coletas flojas. Ember estaba viendo a su hija, con expresión algo exasperada, como si se *supusiera* que Bryce debería estar usando la ropa elegante que tenían los dos adultos. Pero ahí estaba, mirando a su madre con la misma insolencia, con las manos en la cadera y las piernas separadas en una posición indiscutible de pelea. Cubierta de pies a cabeza en lodo.

Hunt rio y miró otra de las fotografías del vestidor.

Era una foto hermosa de dos mujeres, niñas en realidad, sentadas sobre unas rocas rojas en la cima de una montaña en el desierto, dándole la espalda a la cámara, hombro con hombro mientras veían la vegetación y la arena de abajo. Una era Bryce, lo sabía por el cabello rojo. La otra tenía puesta una chamarra de piel familiar, con la espalda pintada con esas palabras en el lenguaje más antiguo de la República. *Con amor, todo es posible.*

Tenían que ser Bryce y Danika. Y... esa chamarra que ahora usaba Bryce era de Danika.

No tenía otras fotografías de Danika en el departamento.

Con amor, todo es posible. Era un dicho antiguo que se remontaba a un dios que él no podía recordar. Tal vez Cthona, con todas esas cosas de madre-diosa que presidía. Hacía mucho tiempo que Hunt había dejado de visitar templos o de prestar mucha atención a las sacerdotisas demasiado fanáticas que aparecían de vez en cuando en los programas matutinos. Ninguno de los cinco dioses lo había ayudado en realidad, ni a nadie que le importara. Urd, en especial, lo había jodido con bastante frecuencia.

La coleta rubia de Danika estaba sobre la espalda de Bryce porque tenía la cabeza recargada en el hombro de su amiga. Bryce vestía una camiseta holgada y blanca y tenía el brazo vendado apoyado en la rodilla. Varios moretones recorrían todo su cuerpo. Y dioses, había una espada a la izquierda de Danika. Enfundada y limpia, pero conocía esa espada.

Sabine se había puesto furiosa buscándola cuando vieron que no estaba en el departamento donde habían asesinado a su hija. Al parecer era una especie de reliquia familiar de los lobos. Pero ahí estaba, junto a Bryce y Danika en el desierto.

Sentadas sobre esas rocas, encima del mundo, parecían dos soldados que acababan de pasar por las cámaras más oscuras del Averno y estaban en un bien merecido descanso.

Hunt volteó y se frotó el tatuaje sobre la frente. Una chispa de su poder hizo que las cortinas grises y pesadas se cerraran en la ventana de piso a techo con un viento helado. Se quitó la ropa pieza por pieza y vio que el baño era tan espacioso como la recámara.

Hunt se dio una ducha rápida y se metió a la cama antes de que se le terminara de secar la piel. Lo último que vio antes de que lo venciera el sueño fue esa fotografía de Bryce y Danika, congeladas para toda la eternidad en un momento de paz.

28

Hunt despertó en el momento que olfateó un macho en su recámara y sus dedos se cerraron alrededor del cuchillo debajo de su almohada. Abrió un ojo, apretando el mango del cuchillo, recordó cada ventana y puerta, cada posible arma que podría usar para su provecho...

Encontró a Syrinx sentado sobre la almohada a su lado y la cara aplastada de la quimera lo estaba viendo.

Hunt gimió y una exhalación brotó de él. Syrinx le puso la pata en la cara.

Hunt rodó para alejarse.

—Buenos días a ti también —dijo entre dientes y miró por la habitación. Estaba *seguro* de haber cerrado la puerta anoche. Ahora estaba abierta de par en par. Miró el reloj.

Las siete. No había notado cuando Bryce se levantó para ir a trabajar, no la había escuchado caminando por el departamento ni había escuchado la música que sabía le gustaba escuchar.

Claro, tampoco había escuchado su propia puerta al abrirse. Había dormido como los muertos. Syrinx descansó su cabeza sobre el hombro de Hunt y suspiró con tono sufrido.

Que Solas lo salvara.

—¿Por qué sospecho que si te doy de desayunar será tu segunda o tercera comida del día?

Un parpadeo inocente de esos ojos redondos.

Incapaz de contenerse, Hunt rascó a la pequeña bestia detrás de sus orejas graciosas.

El departamento soleado más allá de su recámara estaba en silencio y la luz calentaba los pisos de madera clara.

Se paró de la cama y se puso los pantalones. Su camisa era un desastre por los acontecimientos de la noche anterior, así que la dejó en el piso y... mierda. Su teléfono. Lo tomó del buró junto a la cama y vio sus mensajes. Nada nuevo, ninguna *misión* de Micah, gracias a los dioses.

Dejó su teléfono sobre el vestidor junto a la puerta y avanzó hacia la estancia.

No había ninguna señal ni sonido. Si Quinlan se había *ido* así nada más...

Atravesó el espacio a toda velocidad hasta el pasillo al otro lado. La puerta de su recámara estaba entreabierta, como si Syrinx se hubiera salido y...

Profundamente dormida. El montón de mantas estaba retorcido y aventado por todas partes y Quinlan estaba recostada boca abajo en la cama, abrazando una almohada. La posición era casi idéntica a la posición en la que había estado anoche, sobre Juniper.

Hunt estaba bastante seguro de que la mayoría de la gente consideraría que su camisón gris con la espalda escotada y con encaje rosado era una camisa. Syrinx entró, se subió a su cama y le puso la nariz en el hombro desnudo.

El tatuaje que tenía en la espalda, líneas hermosas en un alfabeto que él no reconocía, se elevaba y bajaba con cada respiración profunda. Tenía moretones por todas partes en su piel dorada que él no había notado anoche, ya verdosos gracias a su sangre hada.

Y él la estaba viendo. Como un maldito asqueroso.

Hunt se dirigió hacia el pasillo y de repente sus alas eran demasiado grandes, su piel le quedaba demasiado ajustada, y entonces se abrió la puerta principal. Con un movimiento ágil ya tenía el cuchillo en la mano detrás de su espalda...

Juniper entró con una bolsa color café de lo que parecía ser panes de chocolate en una mano y un juego extra de llaves en la otra. Se detuvo en seco al verlo en el pasillo de la recámara.

Abrió la boca con un *Oh* silencioso.

Lo miró, no de la manera en que lo hacían algunas mujeres hasta que notaban los tatuajes, sino de una manera que le dijo que había un *hombre* medio desnudo en medio del departamento de Bryce a las siete de la mañana.

Él abrió la boca para decir que no era lo que parecía pero Juniper sólo pasó a su lado. Sus pezuñas delicadas iban haciendo un suave sonido en los pisos de madera. Se metió a la recámara, sacudió la bolsa y Syrinx se volvió loco, moviendo la cola mientras Juniper decía con voz cantarina:

—Traje cuernitos de chocolate así que levanta tu trasero desnudo de esa cama y ponte unos pantalones.

Bryce levantó la cabeza para ver a Juniper y luego a Hunt en el pasillo. No se molestó en bajar la orilla de su camisón sobre su ropa interior de encaje verde azulado. Con los ojos entrecerrados dijo:

—¿Qué?

Juniper avanzó hacia su cama y parecía que estaba a punto de sentarse ahí pero lo miró.

Hunt se tensó.

—No es lo que parece.

Juniper le sonrió con dulzura.

—Entonces sería lindo que nos dieras un poco de privacidad.

Él regresó por el pasillo hacia la cocina. Café. Eso sonaba como un buen plan.

Abrió uno de los gabinetes y sacó unas tazas. Las voces se escuchaban hasta donde él estaba, de todas maneras.

—Intenté llamarte pero tu teléfono estaba apagado y pensé que quizá lo habías perdido —dijo Juniper.

Se escuchó el movimiento de mantas.

—¿Estás bien?

—Muy bien. Los noticieros siguen especulando pero creen que los responsables son los humanos rebeldes de Pangera que quieren provocar problemas aquí. Hay videos de la zona de carga que muestran su insignia en una caja de vino. Creen que así es como metieron la bomba.

Así que la teoría se había sostenido hasta el día de hoy. Si de verdad estaba conectada con el Cuerno todavía estaba por verse. Hunt hizo una nota mental de preguntarle a Isaiah, en cuanto Juniper saliera, sobre su solicitud de reunirse con Briggs.

—¿El Cuervo está totalmente destrozado?

—Sí, quedó muy mal. No sé cuándo volverá a abrir. Por fin localicé a Fury anoche y dijo que Riso está tan enojado que ofreció una recompensa por la cabeza de quien sea el responsable.

Eso no le sorprendía. Hunt había escuchado que, a pesar de su naturaleza risueña, cuando el metamorfo de mariposa se enojaba, la cosa era seria. Juniper continuó:

—Fury tal vez vendrá a casa por esto. Ya sabes que no puede resistir un reto.

Solas flamígero. Meter a Fury Axtar en este asunto era una puta mala idea. Hunt vertió granos de café en la máquina brillante de cromo empotrada en la pared de la cocina.

Quinlan preguntó tensa:

—¿Entonces vendrá a casa por una recompensa pero no para vernos?

Silencio. Luego:

—Tú no fuiste la única que perdió a Danika aquella noche, B. Cada quien ha lidiado con esto de maneras diferentes. La respuesta de Fury a su dolor fue huir.

—¿Tu terapeuta te dijo eso?

—No voy a pelear contigo por esto otra vez.

Más silencio. Juniper se aclaró la garganta.

—B, lamento lo que hice. Te dejé un moretón...

—Está bien.

—No, no lo está...

—Sí. Entiendo, yo...

Hunt encendió el molino de café de la máquina para darles algo de privacidad. Podría haber molido los granos hasta que se convirtieran en un polvo fino en vez de trozos toscos, pero cuando terminó, Juniper estaba diciendo:

—Entonces, el ángel hermoso que está haciéndote café en este momento...

Hunt le sonrió a la cafetera. Hacía mucho, mucho tiempo que nadie lo había descrito como algo que no fuera el *Umbra Mortis, el Cuchillo de los Arcángeles.*

—No, no y no —la interrumpió Bryce—. Jesiba me obligó a hacer un trabajo clasificado y Hunt fue designado como mi protector.

—¿Estar sin camisa en tu casa es parte de esa designación?

—Ya sabes cómo son los hombres vanir. Viven para presumir sus músculos.

Hunt puso los ojos en blanco y Juniper rio.

—Me sorprende que lo estés dejando quedarse aquí, B.

—No tuve opción, en realidad.

—Hmmm.

El sonido de unos pies chocando contra el piso.

—Sabes que está escuchando, ¿verdad? Sus plumas deben estar tan esponjadas que no podría caber por la puerta.

Hunt se recargó contra el mueble y la cafetera gruñó por él cuando Bryce salió por el pasillo.

—¿Esponjado?

Era evidente que no se había molestado en hacer lo que su amiga le había pedido sobre los pantalones. Cada paso que daba hacía que el encaje del camisón rozara contra sus muslos y se subiera para revelar esa cicatriz gruesa y brutal en su pierna izquierda. Él sintió que se le retorcía el estómago al ver lo que le había hecho.

Ojos arriba, Athalar —dijo ella con voz lenta. Hunt frunció el ceño.

Pero Juniper venía siguiendo a Bryce de cerca, con sus pezuñas golpeando con suavidad los pisos de madera, y levantó la bolsa de pan.

—Sólo quería dejar estos. Tengo ensayo en... —sacó su teléfono del bolsillo de sus mallas negras ajustadas—. Mierda. *Ahora*. Adiós, B.

Se apresuró a la puerta y lanzó la bolsa de pan hacia la mesa con gran puntería.

—Buena suerte, llámame después —dijo Bryce, mientras iba en camino a revisar la ofrenda de paz que había dejado su amiga.

Juniper permaneció en la puerta el tiempo suficiente para decirle:

—Haz tu trabajo, *Umbra*.

Luego se fue.

Bryce se sentó en una de las sillas de cuero en la mesa de vidrio y suspiró al sacar un cuerno de chocolate. Lo mordió y gimió.

—¿Los legionarios comen cuernitos?

Él permaneció recargado en el mueble.

—¿Ésa es una pregunta real?

Mordida-masticar-tragar.

—¿Por qué estás despierto tan temprano?

—Son casi las siete y media. No es temprano para nadie. Pero tu quimera casi se sentó en mi cara así que ¿cómo iba a *no* levantarme? ¿Y cuánta gente, exactamente, tiene llaves de este lugar?

Ella se terminó su cuernito.

—Mis padres, Juniper y el portero. Hablando de eso... necesito devolver estas llaves y hacer otra copia.

—Y haz una para mí.

El segundo cuernito estaba a medio camino hacia su boca pero se detuvo y lo puso en la mesa.

—Eso no va a suceder.

Él la miró a los ojos.

—Claro que sí. Y cambiarás los hechizos para que yo tenga acceso...

Ella mordió el cuerno.

—¿No es *agotador* ser un alfadejo todo el tiempo? ¿Tienen un manual o qué? ¿Tal vez grupos secretos de apoyo?

—¿Un alfa-*qué*?

—Alfadejo. Macho alfa y pendejo. Posesivo y agresivo —hizo un ademán hacia su pecho desnudo—. Ya sabes, los machos que te arrancan la camisa a la menor provocación, que saben cómo matar a alguien de veinte diferentes maneras, que tienen a las mujeres enloquecidas por estar con ellos y, cuando al fin consiguen acostarse con una, se ponen como locos en celo con ella, se niegan a permitir que otro hombre las vea o les hable, deciden qué y cuándo debe comer, qué se debe poner, cuándo ve a sus amigas...

—¿De qué *carajos* estás hablando?

—Sus pasatiempos favoritos son ser distantes, pelear y rugir. Han perfeccionado cerca de treinta tipos distintos de gruñidos y refunfuños, tienen un grupo de amigos atractivos y en el momento que uno de ustedes tiene pareja, los demás caen como fichas de dominó también y que los dioses los ayuden cuando todos empiecen a tener bebés...

Él le quitó el cuerno de la mano. Eso la calló.

Bryce se quedó con la boca abierta, viendo a Hunt y luego a su pan. Él se preguntó si lo mordería cuando él se lo llevara a la boca. Pero vaya que estaba bueno.

—Uno —le dijo a ella y volteó una silla para sentarse con el respaldo al frente—. La *última* cosa que quiero hacer es acostarme contigo así que podemos eliminar todas esas opciones de Sexo, Apareamiento y Bebés. *Dos*, no tengo amigos, así que ten la puta certeza de que no adquiriré el estilo de vida de retiro de parejas en el futuro cercano. *Tres*, si empezamos a quejarnos de la gente para quien la ropa es opcional... —se terminó el cuerno y la miró con intensidad—. Yo no soy el que pasea por el departamento en sostén y ropa interior cada mañana mientras me visto.

Había hecho un esfuerzo por olvidar ese detalle en particular. Cómo después de su carrera matutina iniciaba una rutina diaria de peinado y maquillaje que duraba más de una hora de principio a fin usando lo que parecía ser una extensa y bastante espectacular colección de ropa interior.

Hunt supuso que si él se viera como ella también usaría esa ropa.

Bryce lo vio furiosa, su boca y su mano, y gruñó.

—Ése era mi cuernito.

La cafetera sonó pero él se quedó sentado en la silla.

—Me conseguirás unas nuevas llaves y me incluirás en los hechizos. Porque es parte de mi *trabajo* y ser asertivo no es la primera señal de ser un *alfadejo*, es una señal de que quiero asegurarme de que no termines *muerta*.

—Deja de decir tantas malas palabras. Estás haciendo sentir mal a Syrinx.

Él se acercó lo suficiente como para notar las chispas de dorado que tenía en los ojos color ámbar.

—Tú tienes la boca más sucia que he escuchado jamás, corazón. Y por la manera en que *tú* actúas, pensaría que más bien *tú* eres la alfadeja aquí.

Ella refunfuñó de manera apenas perceptible.

—¿Lo ves? —dijo él con voz lenta—. ¿Qué dijiste? ¿Una mezcla de gruñidos y murmullos? —hizo un ademán con la mano—. Ahí lo tienes.

Ella dio unos golpecitos sobre la mesa de vidrio con sus uñas color cielo crepuscular.

—Nunca más te vuelvas a comer mi cuernito. Y deja de llamarme corazón.

Hunt sonrió y se puso de pie.

—Necesito ir al Comitium por mi ropa. ¿Dónde vas a estar?

Bryce frunció el ceño y no le dijo nada.

—La respuesta —continuó Hunt— es conmigo. Donde sea que tú o yo vayamos, lo haremos juntos de ahora en adelante. ¿Lo entendiste?

Ella le hizo una señal con el dedo. Pero no continuó discutiendo.

29

Micah Domitus podría ser un patán, pero al menos le daba el fin de semana libre a sus triarii, o su equivalente si tenían alguna actividad particular que exigiera el trabajo esos días.

Jesiba Roga, no sorprendía a nadie, no parecía creer en los fines de semana. Y como se esperaba que Quinlan se presentara en el trabajo, Hunt decidió que irían a las barracas del Comitium a la hora del almuerzo, cuando la mayoría de la gente estaba distraída.

Los velos espesos de niebla matutina todavía no se despejaban cuando Hunt seguía a Bryce de camino al trabajo. No había novedades sobre el atentado y ninguna mención de otros ataques que se ajustaran a los métodos usuales del kristallos.

Pero Hunt de todas maneras seguía concentrado, evaluando a todas las personas que pasaban junto a la pelirroja que iba abajo en la calle. Mucha gente veía a Syrinx, caminando al final de su correa, y les daban amplio espacio. Las quimeras eran mascotas volubles, propensas a hacer pequeñas magias y a morder. No importaba que Syrinx pareciera más interesado en la comida que le pudiera robar a la gente.

Bryce traía puesto un vestido negro hoy y su maquillaje era más sutil, más pesado en los ojos y más ligero en los labios... Armadura, se dio cuenta él mientras ella y Syrinx caminaban entre la gente que iba al trabajo y los turistas, esquivando automóviles que ya tocaban la bocina con impaciencia por el tráfico común de la Vieja Plaza. La ropa, el cabello, el maquillaje, eran como el cuero y el acero y las pistolas que él se ponía todas las mañanas.

Pero él no usaba lencería debajo de su armadura.

Por la razón que fuera, terminó bajando al empedrado detrás de ella. Ella ni siquiera se inmutó y sus tacones negros altísimos no titubearon. Era impresionante como el demonio que ella pudiera recorrer las antiguas calles sin romperse el tobillo. Syrinx gruñó su saludo y continuó trotando, orgulloso como un caballo en el desfile imperial.

—¿Tu jefa nunca te da un día libre?

Ella dio un sorbo al café que balanceaba en su otra mano. Bebía lo que debía ser una cantidad ilegal de café a lo largo del día. Empezaba con no menos de tres tazas antes de salir del departamento.

—Tengo libres los domingos —dijo ella.

Encima de ambos, las hojas de las palmeras silbaban con la brisa fresca de la mañana. La piel bronceada de sus piernas se veía endurecida por el frío.

—Muchos de nuestros clientes están muy ocupados y no pueden visitarnos entre semana. El sábado es su día de descanso.

—¿Al menos tienes libres los días feriados?

—La tienda está cerrada en los principales.

Hizo sonar el amuleto de tres nudos alrededor de su cuello.

Un amuleto arquesiano como ese debía ser muy caro... Solas flamígero, tenía que costar un puto dineral. Hunt pensó en la pesada puerta de hierro que daba hacia los archivos. Tal vez no estaba ahí para mantener a los ladrones fuera... sino para mantener cosas *dentro*.

Tenía la sensación de que ella no le contaría ningún detalle sobre por qué el arte requería que usara ese amuleto, así que le preguntó:

—¿Qué pasa entre tu primo y tú?

El que llegaría a la galería en algún momento de la mañana.

Bryce tiró suavemente de la correa de Syrinx cuando se lanzó tras una ardilla que subía corriendo por una palmera.

—Ruhn y yo fuimos cercanos durante algunos años cuando yo era adolescente y luego tuvimos una pelea seria. Dejé de hablarle después de eso. Y las cosas han estado... bueno, puedes ver cómo están ahora.

—¿Por qué pelearon?

La niebla matutina pasó a su lado en el momento que ella se quedó callada, como si estuviera pensando qué revelar. Dijo:

—Empezó como una pelea por su padre. Cómo el Rey del Otoño es un verdadero hijo de puta y cómo Ruhn hacía siempre su voluntad. Terminó en una pelea a gritos sobre los defectos de cada uno de nosotros. Yo me salí cuando Ruhn dijo que yo estaba coqueteando con sus amigos como una golfa sinvergüenza y que me alejara de ellos.

Ruhn había dicho cosas mucho peores, recordó Hunt. En el Templo de Luna había oído a Bryce decirle que la había llamado una *puta mestiza*.

—Siempre he sabido que Danaan era un pendejo, pero incluso para él eso fue bajo.

—Lo fue —admitió ella con suavidad—. Pero, para ser honesta, creo que estaba intentando protegerme. Eso fue lo que inició la pelea en realidad. Estaba actuando como todos los pendejos hombres hada dominantes. Y justo como mi padre.

Hunt preguntó:

—¿Alguna vez tuviste contacto con él?

Había algunas docenas de nobles hada que podrían haber sido lo suficientemente monstruosos para provocar que Ember Quinlan huyera años atrás.

—Sólo cuando no puedo evitarlo. Creo que lo odio más que a cualquier otra persona en Midgard. Excepto a Sabine —suspiró hacia el cielo y vio pasar a los ángeles y las brujas sobre los edificios a su alrededor—. ¿Quién es el número uno en tu lista? Hunt esperó hasta que pasaron junto a un vanir con aspecto reptiliano que escribía en su teléfono antes de responder, cuidadoso de todas las cámaras montadas en los edificios u ocultas en los árboles o basureros.

—Sandriel.

—Ah —era suficiente el nombre de Sandriel para cualquier persona en Midgard.

—Por lo que he visto en la televisión, parece... —Bryce hizo una mueca.

—Lo que sea que hayas visto es la versión agradable. La realidad es diez veces peor. Es un monstruo sádico —por decir lo menos.

Agregó:

—A mí me forzó a... trabajar por ella durante más de medio siglo. Hasta que llegó Micah.

No podía decir la palabra *dueña*. Nunca había permitido que Sandriel tuviera ese tipo de poder sobre él. Hunt continuó:

—Ella y el comandante de sus triarii, Pollux, llevan la crueldad y el castigo a nuevos niveles —apretó la mandíbula y se sacudió los recuerdos empapados en sangre—. No son historias para contar en una calle llena de gente.

Ni en ninguna otra parte.

Pero ella lo miró.

—Si alguna vez quieres hablar de eso, Athalar, aquí estoy.

Lo dijo fingiendo indiferencia, pero él podía leer la sinceridad en su expresión. Asintió.

—Igual.

Pasaron la Puerta de la Vieja Plaza donde los turistas ya estaban formando una línea para tomarse fotografías o para tocar el disco, entregando encantados una gota de su poder cuando lo hacían. Ninguno parecía estar consciente de que a unas cuadras habían encontrado un cuerpo. Entre la niebla que se deslizaba, la Puerta de cuarzo parecía casi etérea, como si la hubieran tallado a partir de un bloque de hielo antiguo. Ni un solo arcoíris se formaba en los edificios a su alrededor, no con la niebla.

Syrinx olfateó un basurero lleno de desperdicios de comida provenientes de los puestos alrededor de la plaza.

—¿Alguna vez has tocado el disco para pedir un deseo? —preguntó Bryce.

Él negó con la cabeza.

—Pensé que eso era algo que sólo hacían los niños y los turistas.

—Lo es. Pero es divertido —se echó el cabello por encima del hombro y sonrió para ella misma—. Yo pedí un deseo aquí cuando tenía trece años... cuando visité la ciudad por primera vez. Ruhn me trajo.

Hunt arqueó una ceja.

—¿Cuál fue tu deseo?

—Que me crecieran las bubis.

Hunt pudo contener una fuerte risotada y con ella escaparon las sombras que había sacado esa plática sobre Sandriel. Pero Hunt evitó fijarse en el pecho de Bryce al decir:

—Parece que se cumplió tu deseo, Quinlan.

Y con creces. Con putas creces enormes cubiertas de encaje.

Ella rio.

—Ciudad Medialuna: donde los sueños se vuelven realidad.

Él le dio un codazo en las costillas, incapaz de resistir hacer contacto físico.

Ella le dio un manotazo.

—¿Qué pedirías, si supieras que se haría verdad?

Que su madre estuviera viva y segura y contenta. Que Sandriel y Micah y todos los arcángeles y los asteri estuvieran muertos. Que su trato con Micah terminara y que le quitaran el halo y los tatuajes de esclavo. Que las jerarquías rígidas de los malakim se vinieran abajo.

Pero no podía decir nada de eso. No estaba listo para decirle esas cosas en voz alta a ella.

Así que Hunt dijo:

—Como yo estoy muy satisfecho con el tamaño de *mis* dones, desearía que tú dejaras de ser tan irritante.

—Tarado —dijo Bryce, pero sonrió y hasta el sol de la mañana al fin apareció al verla.

La biblioteca situada debajo de Antigüedades Griffin pondría celoso incluso al Rey del Otoño.

Ruhn Danaan se sentó ante la enorme mesa de trabajo en su centro porque todavía necesitaba un momento para asimilar las dimensiones del lugar... y la duendecilla de fuego que le coqueteaba y le preguntaba si le habían dolido todas sus perforaciones.

Bryce y Athalar se sentaron al otro lado de la mesa. Ella escribía en una laptop y él ojeaba una pila de libros antiguos. Lehabah estaba recostada en lo que parecía ser un diván de muñecas con una tableta digital recargada frente a ella y veía uno de los dramas vanir más populares.

—Entonces —dijo Bryce sin levantar la vista de la computadora—, ¿vas a ir a buscar o te quedarás ahí con la boca abierta?

Athalar rio pero no dijo nada y continuó siguiendo una línea de texto con su dedo.

Ruhn lo volteó a ver furioso.

—¿Qué estás haciendo?

—Investigando el kristallos —dijo Hunt y sus ojos oscuros se levantaron del libro—. He matado cerca de una docena de demonios Tipo-Seis a lo largo de los siglos y quiero ver si hay alguna similitud.

—¿El kristallos es un Tipo-Seis? —preguntó Ruhn.

—Supongo que sí —respondió Hunt estudiando el libro otra vez—. El Tipo-Siete es sólo para los príncipes y viendo lo que esta cosa puede hacer, apuesto que se consideraría un Seis —golpeó con los dedos en la página antigua—. Pero no he visto otras similitudes.

Bryce tarareó:

—Tal vez estás buscando en el lugar equivocado. Tal vez... —movió su laptop hacia Athalar y sus dedos volaban sobre el teclado—. Tal vez estamos buscando información de algo que no ha entrado a este mundo en quince mil años. El hecho de que nadie lo pueda identificar sugiere que tal vez no llegó a quedar registrado en muchos de los libros de historia y sólo un puñado de esos libros sobrevivieron todo este tiempo. Pero... —escribió un poco más y Ruhn estiró el cuello para ver la base de datos que abrió—. ¿En qué lugar estamos ahora? —le preguntó a Athalar.

—Una biblioteca.

—Una galería de *antigüedades*, tarado.

Entonces abrió una página llena de imágenes de floreros, ánforas, mosaicos y estatuas antiguas. Había escrito *demonio + hada* en la búsqueda. Bryce le pasó la laptop a Hunt.

—Tal vez podamos encontrar el kristallos en arte antiguo.

Hunt gruñó pero Ruhn alcanzó a notar el brillo impresionado en sus ojos antes de que empezara a ver la página de resultados.

—No había conocido a ningún príncipe —suspiró Lehabah desde el diván.

—Están sobrevalorados —dijo Ruhn por encima del hombro.

Athalar gruñó para indicar que estaba de acuerdo.

—¿Qué se siente —preguntó la duendecilla con la cabeza de fuego apoyada en su puño ardiente— ser El Elegido?

—Es aburrido —admitió Ruhn—. Más allá de la espada y algunos trucos, no tiene chiste.

—¿Puedo ver la Espadastral?

—La dejé en casa. No tenía ganas de que los turistas me detuvieran a cada cuadra para pedirme una fotografía.

—Pobrecito príncipe —dijo Bryce en tono de burla.

Hunt volvió a gruñir y Ruhn dijo al fin:

—¿Tienes algo que decir, Athalar?

Los ojos del ángel se levantaron de la computadora.

—Ella ya lo dijo todo.

Ruhn gruñó pero Bryce preguntó, mirándolos a ambos.

—¿Qué pasa entre ustedes?

—Sí, cuenten —suplicó Lehabah y pausó su programa para poner atención desde su diván.

Hunt regresó a buscar entre los resultados.

—Nos peleamos en una fiesta. Danaan todavía está resentido.

La sonrisa de Bryce era la definición de una sonrisa de satisfacción.

—¿Por qué pelearon?

Ruhn dijo con brusquedad:

—Porque él es un pendejo arrogante.

—Igual—dijo Hunt y su boca se curvó para formar una media sonrisa.

Bryce miró a Lehabah.

—Los chicos y su competitividad.

Lehabah emitió un sonidito muy propio.

—Ni de cerca tan avanzados como nosotras.

Ruhn puso los ojos en blanco y se sorprendió de ver que Athalar hacía lo mismo.

Bryce hizo un ademán hacia las repisas interminables que llenaban la biblioteca.

—Bueno, primo —dijo—, adelante. Deja que tus poderes de Astrogénito te guíen hacia la iluminación.

—Graciosa —dijo él.

Se levantó y empezó a caminar hacia las repisas, mirando los títulos. Se detuvo en los tanques y terrarios integrados a los libreros. Los animales pequeños no tenían ningún interés en su presencia. No se atrevió a preguntar si los rumores sobre ellos eran verdaderos, en especial porque Lehabah le dijo desde su sillón:

—La tortuga se llama Marlene.

Ruhn miró a su hermana alarmado, pero Bryce estaba haciendo algo en el teléfono.

Un momento después, empezó a sonar la música desde bocinas ocultas en los paneles de madera. Ruhn escuchó las primeras estrofas de la canción: sólo una guitarra y dos voces femeninas evocadoras y poderosas.

—¿Todavía te gusta esta banda?

Cuando era niña, estaba obsesionada con el dúo folk de hermanas.

—Josie y Laurel siguen haciendo buena música así que las sigo escuchando —dijo ella y deslizó el dedo en su teléfono.

Ruhn continuó buscando.

—Siempre tuviste buen gusto.

Lanzó la frase con precaución... una cuerda hacia el mar tormentoso que era su relación.

Ella no levantó la vista pero dijo en un tono apenas un poco más bajo:

—Gracias.

Sabio, Athalar no dijo una palabra.

Ruhn buscó entre las repisas, esperando sentir un tirón hacia algo aparte de la hermana que le había hablado más en los últimos días que en los últimos nueve años. Los títulos estaban en la lengua común, en la Vieja Lengua de las hadas, en mer y en otros alfabetos que no reconocía.

—Esta colección es increíble.

Ruhn estiró la mano hacia un tomo azul con letras doradas. *Palabras de los Dioses.*

—No lo toques —advirtió Lehabah—. Puede morder.

Ruhn retiró la mano a toda velocidad y el libro se movió, vibrando en la repisa. Las sombras en su interior murmuraron, listas para atacar. Las obligó a serenarse.

—¿Por qué se *mueve* el libro?

—Porque son especiales... —empezó a decir Lehabah.

—Ya fue suficiente, Lele —advirtió Bryce—. Ruhn, no toques nada sin permiso.

—¿De ti o del libro?

—Ambos —respondió ella.

Como si también respondiera, un libro de una repisa superior empezó a moverse. Ruhn estiró la cabeza para verlo y notó un tomo verde... brillando. Llamando. Sus sombras murmuraron, como si lo alentaran. De acuerdo, entonces.

Fue cuestión de segundos llegar a la escalera de latón y subir. Bryce dijo, al parecer a la misma biblioteca:

—No lo molesten.

Ruhn sacó el libro de su sitio. No pudo disimular su reacción de repulsión al ver el título. *Grandes romances de las hadas*.

Vaya con su poder de Astrogénito. Se metió el libro bajo el brazo, descendió de la escalera y regresó a la mesa.

Bryce intentó ahogar una risita al ver el título.

—¿Estás seguro de que el poder de Astrogénito no es para encontrar porno? —llamó a Lehabah—. Oye, esto te va a gustar.

Lehabah empezó a arder de un color frambuesa.

—BB, eres horrible.

Athalar le guiñó el ojo.

—Disfruta.

—Lo haré —le respondió Ruhn.

Abrió el libro pero su teléfono empezó a vibrar antes de que pudiera empezar a ojearlo. Lo sacó de su bolsillo trasero y miró la pantalla.

—Dec tiene la información que querías.

Bryce y Athalar se quedaron inmóviles. Ruhn abrió el correo y luego sus dedos titubearon sobre la pantalla.

—Yo, eh... ¿tu correo es el mismo? —le preguntó a ella—. Y no tengo el tuyo, Athalar.

Hunt le dio el suyo pero Bryce le frunció el ceño a Ruhn durante un rato, como si estuviera considerando si quería abrirle otra puerta a su vida. Luego suspiró y respondió:

—Sí, es el mismo.

—Enviado —dijo Ruhn, y abrió el archivo adjunto que Declan había enviado.

Estaba lleno de coordenadas y los lugares que representaban. La rutina diaria de Danika como Alfa de la Jauría de Diablos hacía que se desplazara por toda la Vieja Plaza y más allá. Eso sin mencionar su saludable vida social después del atardecer. La lista cubría todo, desde el departamento, la Madriguera, la oficina de los Líderes de la Ciudad en el Comitium, un salón de tatuajes, una hamburguesería, demasiadas pizzerías como para llevar la cuenta, bares, un lugar de conciertos, la arena de solbol de la UCM, salones de belleza, el gimnasio... Carajo, ¿a qué hora dormía? La lista se remontaba a dos semanas antes de su muerte. Por el silencio alrededor de la mesa, Ruhn sabía que Bryce y Hunt también estaban viendo los lugares. Entonces...

La sorpresa iluminó los ojos oscuros de Hunt cuando volteó a ver a Bryce. Ella dijo en voz baja:

—Danika no estaba sólo de guardia cerca del Templo de Luna en esas fechas, esto dice que Danika estaba apostada *en* el templo dos días antes de que robaran el Cuerno. Y durante la noche del apagón.

Hunt preguntó:

—¿Crees que ella haya visto a la persona que lo robó y que la mataron para encubrirlo?

¿Podría ser así de sencillo? Ruhn rezó porque así fuera.

Bryce hizo un ademán negativo con la cabeza.

—Si Danika hubiera visto que se robaban el Cuerno, lo habría reportado —volvió a suspirar—. Danika no solía estar de guardia en el templo pero Sabine con frecuencia le cambiaba su horario por fastidiar. Tal vez Danika tenía algo del olor del Cuerno en ella por estar de guardia y el demonio la rastreó.

—Revisa otra vez —le insistió Ruhn—. Tal vez haya algo que no has visto.

Bryce torció la boca, el vivo retrato del escepticismo, pero Hunt dijo:

—Mejor que nada.

Bryce se quedó mirando al ángel más tiempo de lo que los demás considerarían sabio.

No podía salir nada bueno de esto, de Bryce y Athalar trabajando juntos. Viviendo juntos.

Pero Ruhn mantuvo la boca cerrada y empezó a leer.

—¿Ya llegaste a alguna buena escena de sexo? —le preguntó Bryce a Ruhn distraída mientras revisaba los datos de localización de Danika por tercera vez. Las primeras coordenadas, se dio cuenta, eran el laboratorio de bombas de Philip Briggs justo a las afueras de los muros de la ciudad. Incluyendo la noche que lo capturaron.

Todavía recordaba a Danika y Connor cojeando al llegar al departamento esa noche hacía dos años. Acababan de arrestar a Briggs y su grupo Keres. Danika estaba bien, pero Connor tenía el labio partido y un ojo morado que indicaban que algo serio había pasado. Nunca le dijeron qué y ella no preguntó. Sólo hizo que Connor se sentara en esa porquería de mesa de cocina que tenían para poderlo curar.

Él mantuvo la vista fija en su cara, su boca, todo el tiempo que ella le estuvo limpiando el labio. Ella supo en ese momento lo que vendría... que Connor ya se había cansado de esperar. Los cinco años de amistad, bailar alrededor del otro, todo eso cambiaría y él haría su jugada pronto. No importaba que estuviera saliendo con Reid. Connor le había permitido curarlo y sus ojos casi brillaban y ella supo que había llegado el momento.

Como Ruhn no respondió de inmediato a sus palabras, Bryce levantó la vista de su laptop. Su hermano seguía leyendo y no parecía haberla escuchado.

—Ruhn.

Hunt dejó de buscar en la base de datos de la galería.

—Danaan.

Ruhn levantó la cabeza y parpadeó. Bryce preguntó:

—¿Encontraste algo?

—Sí y no —dijo Ruhn y se enderezó en su silla.

—Esto es sólo un recuento de tres páginas sobre el príncipe Pelias y su esposa, lady Helena. Pero no sabía que Pelias era en realidad el alto general de una reina hada llamada Theia cuando entraron a este mundo durante el Cruce y que Helena era su hija. Por lo que veo, la reina Theia *también* era Astrogénita y su hija poseía el mismo poder. Theia tenía una hija menor que también tenía el don pero solamente mencionan a lady Helena —Ruhn se aclaró la garganta. Luego leyó—: *Helena con el cabello de la noche, de cuya piel dorada emanaba luzastral y sombras.* Parece como si Pelias fuera uno de varias hadas que en ese entonces tenían el poder Astrogénito.

Bryce parpadeó.

—¿Y? ¿Eso qué tiene que ver con el Cuerno?

—Aquí dicen que los objetos sagrados estaban hechos sólo para hadas como ellos. Que el Cuerno funcionaba nada más cuando esa luzastral fluía a través de él, cuando estaba lleno de poder. Aquí dice que la magia Astrogénita, además de muchas otras cosas, se puede canalizar a través de los objetos sagrados para revivirlos. Vaya que yo nunca he tenido la puta capacidad de hacer algo similar, ni siquiera con la Espadastral. Pero dice que por eso el Príncipe del Foso tuvo que robar la sangre de Pelias para hacer que el kristallos buscara el Cuerno, porque contenía esa esencia. Creo que cualquiera de ellos pudo haber utilizado el Cuerno.

Hunt dijo:

—Pero si el Príncipe del Foso consiguió el Cuerno, no lo podía utilizar a menos que tuviera un hada Astrogénita para operarlo —asintió hacia Ruhn—. Así como quien deseé el Cuerno ahora te necesitará para poder usarlo.

Ruhn pensó.

—Pero no olvidemos que quien está invocando al demonio para buscar el Cuerno y matar a esas personas, no *tiene* el Cuerno. Alguien más lo robó. Así que en esencia estamos buscando a dos personas distintas: el asesino y a quien tiene el Cuerno.

—Bueno, pero el Cuerno está roto de todas maneras —dijo Bryce.

Ruhn dio unos golpecitos en el libro.

—Roto para siempre, por lo que veo. Aquí dice que cuando se rompió, las hadas dijeron que se podría reparar con *luz que no es luz; magia que no es magia*. Es decir, una manera enredada para expresar que no hay ninguna posibilidad de que vuelva a funcionar.

Hunt dijo:

—Entonces necesitamos averiguar por qué lo querría alguien —frunció el ceño en dirección de Ruhn—. Tu padre lo quiere para qué, ¿una especie de campaña de relaciones públicas de las hadas sobre los viejos tiempos cuando eran poderosas?

Ruhn resopló y Bryce sonrió un poco. Con esas respuestas, Athalar se arriesgaba a convertirse en una de sus personas favoritas.

Ruhn respondió:

—En esencia, sí. Las hadas han estado *decayendo*, según él, desde hace varios milenios. Dice que nuestros ancestros podían reducir un bosque a cenizas con sólo pensarlo, aunque él tal vez podría quemar un huerto y no mucho más —Ruhn apretó la mandíbula—. Lo vuelve loco que mis poderes de El Elegido no sean más que una semilla.

Bryce sabía que su propia falta de poder era una de las razones por las cuales su padre sentía repulsión hacia ella.

Prueba de la decreciente influencia de las hadas.

Sintió la mirada de Hunt en ella, como si él pudiera sentir la amargura que la recorría. Le dijo una mentira a medias.

—Mi propio padre nunca ha tenido ningún interés en mí por la misma razón.

—En especial después de tu visita al Oráculo —dijo Ruhn.

Hunt arqueó las cejas pero Bryce movió la cabeza con un gesto de desagrado.

—Es una historia larga.

Hunt la miró otra vez de esa manera comprensiva y profunda. Así que Bryce se asomó al libro de Ruhn, leyó unas cuantas líneas y luego volteó a ver a Ruhn.

—Toda esta sección es sobre tus primos elegantes de Avallen. Caminar entre sombras, leer la mente... Me sorprende que no digan que son Astrogénitos.

—Lo desean —dijo Ruhn entre dientes—. Son un montón de pendejos.

Ella tenía un vago recuerdo de Ruhn contándole los detalles de por qué se sentía así, pero preguntó:

—¿Tú no puedes leer mentes?

—Es hablar mentes —respondió con molestia— y no tiene nada que ver con lo Astrogénito. Ni con este caso.

Hunt, al parecer, estuvo de acuerdo porque interrumpió:

—¿Qué pasaría si le preguntáramos al Oráculo sobre el Cuerno? Tal vez ella podría ver por qué alguien podría querer una reliquia rota.

Bryce y Ruhn se enderezaron. Pero ella dijo:

—Sería mejor que fuéramos con los místicos.

Hunt se encogió un poco.

—Los místicos son una cosa oscura y jodida. Podemos intentar el Oráculo primero.

—Bueno, yo no voy a ir —dijo Bryce de prisa.

Los ojos de Hunt se oscurecieron.

—¿Por lo que pasó en tu última visita?

—Así es —dijo ella con seriedad.

Ruhn intervino y le dijo a Hunt:

—Tú ve entonces.

Hunt rio.

—¿Tú también tuviste una mala experiencia, Danaan?

Bryce miró con cuidado a su hermano. Ruhn nunca le había mencionado al Oráculo. Pero él se encogió de hombros y dijo:

—Sí.

Hunt levantó las manos.

—Está bien, idiotas. Yo iré. Nunca he ido. Siempre me ha parecido como una farsa.

No lo era. Bryce bloqueó la imagen de la esfinge dorada que se sentaba frente al agujero en el piso de su cámara negra y en penumbras... cómo el rostro humano de esa mujer había monitoreado cada una de sus respiraciones.

—Necesitas una cita —logró decir.

Se hizo el silencio. Una vibración lo interrumpió, Hunt suspiró y sacó su teléfono.

—Tengo que tomar esta llamada —dijo y no esperó a que le contestaran antes de subir de prisa por las escaleras y salir de la biblioteca. Un momento después, la puerta principal de la galería se cerró.

Lehabah seguía viendo su programa detrás de ellos y Ruhn le dijo a Bryce en voz baja:

—Tus niveles de poder nunca me importaron a mí, Bryce. Lo sabes, ¿verdad?

Ella regresó a revisar los datos de Danika.

—Sí, lo sé —arqueó una ceja—. ¿Qué pasó contigo y el Oráculo?

Él cambió su expresión para no demostrar ningún sentimiento.

—Nada. Me dijo todo lo que el Rey del Otoño quería saber.

—¿Qué, estás molesto de que no fue algo tan desastroso como lo mío?

Ruhn se levantó de su silla y los piercings brillaron bajo las lucesprístinas.

—Mira, tengo una junta esta tarde con el Aux que necesito preparar, pero nos vemos luego.

—Claro.

Ruhn hizo una pausa, como si estuviera pensando si debía decir algo más, pero continuó por las escaleras y salió.

—Tu primo es muy guapo —suspiró Lehabah desde su diván.

—Pensé que Athalar era el amor de tu vida —dijo Bryce.

—¿No pueden ser los dos?

—Considerando lo terribles que son para compartir, no creo que terminaría bien para ti.

Su correo electrónico le envió una notificación en la computadora. Como su teléfono estaba hecho añicos entre los escombros del Cuervo, Hunt le había enviado un correo.

Vi salir a tu primo. Iremos al Comitium en cinco minutos.

Ella le contestó:

No me des órdenes, Athalar.

Cuatro minutos, corazón.

Ya te dije: no me llames corazón.

Tres minutos.

Gruñendo, se puso de pie y se frotó un poco la pierna. Los tacones ya la estaban matando y, conociendo a Athalar, la haría caminar por todo el complejo del Comitium. Su vestido se vería ridículo con otros zapatos, pero por suerte tenía un cambio de ropa en el cajón inferior del escritorio de la biblioteca para usar en caso de que un día lluvioso amenazara con arruinar lo que traía puesto.

Lehabah dijo:

—Es lindo tener compañía acá abajo.

Algo se le retorció en el pecho a Bryce pero dijo:

—Regreso más tarde.

30

Hunt se mantuvo a una distancia prudente de Bryce mientras caminaban por el vestíbulo del Comitium hacia los elevadores que los llevarían a las barracas de la 33a. Había otros conjuntos de elevadores repartidos por el atrio central de cristal que llevaban a las otras cuatro torres del complejo: una para las salas de juntas de los Líderes de la Ciudad y la administración de Lunathion, una para Micah que era al mismo tiempo residencia y despacho oficial, una para cuestiones administrativas generales y otra para reuniones públicas y eventos. Miles y miles de personas vivían y trabajaban dentro de este lugar, pero a pesar de esto, Quinlan lograba llamar la atención en el vestíbulo lleno de gente.

Traía zapatos planos de gamuza roja y una blusa blanca con jeans ajustados. Su cabello sedoso recogido en forma de una coleta alta se mecía impertinente con cada paso que daba siguiendo a Hunt.

Él colocó la palma de la mano en el disco junto a las puertas de los elevadores y para tener acceso a su piso, treinta niveles más arriba. Por lo general, volaba directo al balcón de aterrizaje de las barracas, un poco por comodidad y un poco para evitar a la gente entrometida que los miró con la boca abierta en el vestíbulo, sin duda preguntándose si Hunt traía a Quinlan para interrogarla o para acostarse con ella.

El legionario que estaba descansando en un sillón no fue muy hábil para disimular las miradas que le lanzó a su trasero. Bryce miró por encima de su hombro, como si un sentido adicional le hubiera dicho que alguien la estaba viendo y le sonrió al soldado.

El legionario se quedó inmóvil. Bryce se mordió el labio y bajó un poco las pestañas.

Hunt presionó el botón del elevador con fuerza, mientras el hombre le sonreía un poco a Bryce. Hunt estaba seguro de que el soldado usaba esa sonrisa con todas las mujeres que se le acercaban. Como soldados de infantería en una maquinaria muy grande, los legionarios, inclusive los que pertenecían a la famosa 33a, no podían ser selectivos.

Las puertas del elevador se abrieron y salieron legionarios y hombres de negocios. Los que no tenían alas tenían cuidado de no pisarle las plumas a nadie. Y todos evitaron ver a Hunt a los ojos.

No era que él fuera poco amistoso. Si alguien le sonreía, él casi siempre intentaba corresponder el gesto. Pero todos habían oído las historias. Todos sabían para quién trabajaba, cada uno de sus *dueños*, y lo que hacía por ellos.

Estarían mucho más cómodos subiéndose a un elevador con un tigre hambriento.

Así que Hunt se mantuvo en la parte trasera intentando minimizar cualquier contacto. Bryce volteó para ver el elevador y la coleta de caballo casi lo golpeó en la cara.

—Cuidado con esa cosa —dijo Hunt cuando el elevador al fin se vació y ellos entraron—. Me sacarás un ojo.

Ella se apoyó despreocupada en la pared de cristal del elevador. Por suerte nadie más entró con ellos. Hunt no era tan tonto como para pensar que eso se debía a una mera casualidad.

Habían hecho sólo una parada en el camino para comprar un repuesto del teléfono que Bryce había perdido en el club. Ella incluso pagó unos marcos extra por el paquete adicional de hechizos protectores.

La tienda de vidrio y cromo estaba casi vacía pero él pudo notar cuántos clientes potenciales lo veían por la ventana y se mantenían alejados. Bryce no pareció darse cuenta y, mientras esperaban a que el empleado le trajera un nuevo teléfono, ella le pidió el suyo para buscar en las noticias si había alguna novedad sobre el atentado en el club. Por alguna razón terminó viendo sus fotografías. O la falta de ellas.

—Hay treinta y seis fotos en este teléfono —dijo ella con sequedad.

Hunt frunció el ceño.

—¿Y?

Ella vio la mísera colección.

—En *cuatro años.*

Databa de la época en que llegó a Lunathion, cuando compró su primer teléfono y empezó a conocer la vida lejos del monstruo que le daba órdenes. Bryce hizo el sonido de una arcada al abrir la fotografía de una pierna cercenada sobre una alfombra ensangrentada.

—¿Qué *carajos*?

—A veces me llaman a escenas de crímenes y tengo que tomar algunas fotografías como evidencia.

—¿Algunas de estas son personas de tu trato con...?

—No —dijo él—. No les tomo fotografías.

—Hay treinta y seis fotos en tu teléfono de cuatro años y todas son de cuerpos desmembrados —dijo ella.

Alguien ahogó un grito en la tienda.

Hunt apretó los dientes.

—Dilo un poco más fuerte, Quinlan.

Ella frunció el entrecejo.

—¿Nunca tomas más?

—¿De qué?

—No sé... ¿de la *vida*? ¿Una flor bonita o una buena comida o algo?

—¿Qué caso tiene?

Ella parpadeó y luego sacudió la cabeza.

—Eres raro.

Y antes de que él pudiera detenerla, ella tomó el teléfono, sonrió de oreja a oreja y se tomó una fotografía. Luego le devolvió el aparato.

—Ahí tienes. Una fotografía de no-cadáver.

Hunt hizo un gesto de hartazgo pero se guardó el teléfono.

El elevador vibró a su alrededor durante su ascenso rápido. Bryce vio cómo los números iban aumentando.

—¿Sabes quién era ese legionario? —preguntó sin darle importancia.

—¿Cuál? ¿El que estaba babeando en la alfombra traskiana, el que tenía la lengua en el piso, o el que veía tu trasero como si fuera a platicar con él?

Ella rio.

—Deben tenerlos hambreados de sexo en estas barracas para que la presencia de una mujer los ponga tan locos. Entonces, ¿sabes su nombre? El que quería platicar con mi trasero.

—No. Somos como tres mil nada más en la 33a —la miró de lado mientras ella veía los números de los pisos—. Tal vez un tipo que se fija en tu trasero antes de saludar no es alguien que valga la pena conocer.

Ella arqueó las cejas justo cuando el elevador se detuvo y se abrieron las puertas.

—Ése es *precisamente* el tipo de persona que estoy buscando.

Bryce salió hacia el sobrio pasillo y él la siguió. Luego, cuando ella se detuvo, se dio cuenta de que era *él* quien sabía a dónde iban y ella simulaba.

Hunt dio vuelta a la izquierda. Sus pasos hicieron eco en las losetas de granito color café claro del corredor largo. La piedra estaba cuarteada y rota en algunos lugares por armas que se habían caído, competencias de magia, peleas, pero de todas maneras estaban tan pulidas que podían ver sus reflejos.

Quinlan miró el pasillo y los nombres en cada puerta.

—Son sólo hombres o están mezclados.

—Mezclados —le respondió él—. Aunque hay más hombres que mujeres en la 33a.

—¿Tienes novia? ¿Novio? ¿Alguien cuyo trasero *tú* admires?

Él movió la cabeza para indicar que no mientras hacía un esfuerzo por luchar contra el hielo que sentía en sus venas. Se detuvo frente a su puerta, la abrió y la dejó pasar. Seguía intentando bloquear la imagen de Shahar cayendo a la tierra, la espada de Sandriel clavada en su esternón, las alas blancas de ambas ángeles salpicadas de sangre. Ambas hermanas gritando, casi como si sus rostros fueran el reflejo de la otra.

—Yo nací un bastardo.

Cerró la puerta detrás de ellos y vio cómo ella observaba la pequeña habitación. En la cama le cabían sus alas, pero no había espacio para mucho más aparte de un armario y un vestidor, un escritorio lleno de libros y papeles y armas descartadas.

—¿Entonces?

—Entonces, mi madre no tenía dinero ni tampoco un linaje distinguido que pudiera compensarlo. A pesar de esta cara, no es que haya una fila de mujeres formadas esperándome.

Su risa fue amarga mientras abría el armario de pino barato y sacaba un bolso grande de viaje

—Alguna vez tuve a alguien, una persona a quien no le importaba el estatus, pero no terminó bien.

Cada una de las palabras que dijo le quemó la lengua.

Bryce se abrazó y sus uñas se clavaron en la delgada seda de su blusa. Ella pareció darse cuenta de a quién se refería. Miró a su alrededor, como si estuviera buscando algo que decir, y por alguna razón decidió preguntar:

—¿Cuándo hiciste el Descenso?

—Tenía veintiocho años.

—¿Por qué entonces?

—Mi madre acababa de morir —el dolor le llenó los ojos a ella y él no pudo soportar la mirada. No podía soportar abrir la herida, así que agregó—: yo estaba muy impactado. Así que conseguí un Ancla pública e hice el Descenso. Pero no hizo ninguna diferencia. Si hubiera heredado el poder de un arcángel o de un lirón, cuando me pusieron los tatuajes cinco años después fue como si me hubieran cortado las piernas.

La pudo escuchar acariciando su manta.

—¿Alguna vez te has arrepentido de la rebelión de los ángeles?

Hunt miró por encima de su hombro y vio que ella estaba recargada en la cama.

—Nadie me ha preguntado eso —nadie se atrevía. Pero ella le sostuvo la mirada y él lo admitió—. No sé qué pienso al respecto.

Dejaría que su mirada transmitiera lo demás. *Y no diré una puta palabra más sobre este tema en este sitio.*

Ella asintió. Luego miró las paredes... no había arte ni carteles.

—¿No te gusta decorar?

Él metió su ropa en la bolsa y recordó que ella tenía lavadora en el departamento.

—Micah puede intercambiarme cuando quiera. Es de mala suerte echar raíces así.

Ella se frotó los brazos. A pesar de que la habitación estaba cálida, casi encerrada.

—Si él hubiera muerto esa noche, ¿qué habría sucedido contigo? ¿Con todos los caídos que posee?

—Nuestro título de propiedad pasaría a quien lo hubiera reemplazado —odiaba cada palabra que salía de su boca—. Si no hay nadie listado, los bienes se dividen entre los otros arcángeles.

—Que no respetarían el trato que tenías con él.

—Definitivamente no.

Hunt empezó con las armas guardadas en los cajones de su escritorio.

Podía sentirla observando todos sus movimientos, como si estuviera contando cada cuchillo y pistola que sacaba. Bryce preguntó:

—Si consiguieras tu libertad, ¿qué harías?

Hunt buscó balas para las pistolas que tenía en su escritorio y ella se acercó a ver. Él echó unas cuantas en su bolso. Ella levantó un cuchillo largo como si se tratara de una calceta sucia.

—Escuché que tus relámpagos son únicos entre los ángeles, ni siquiera los arcángeles los pueden producir.

Él guardó las alas.

—¿Ah, sí?

Ella se encogió de hombros.

—¿Entonces por qué Isaiah es el Comandante de la 33a?

Él le quitó el cuchillo y lo metió a su bolso.

—Porque yo encabrono a demasiada gente y no me importa un carajo si lo hago.

Así había sido desde antes de monte Hermon. Sin embargo, Shahar había notado su fuerza. Lo había convertido en su general. Él había intentado estar a la altura de ese honor pero había fallado.

Bryce esbozó una sonrisa conspiradora.

—Tenemos algo en común después de todo, Athalar.

Bien. El ángel no era tan malo. La había curado después del atentado sin portarse como macho arrogante y posesivo. Y tenía un motivo muy razonable para desear que el caso se resolviera. Además molestaba muchísimo a Ruhn.

Mientras terminaba de empacar, recibió una llamada de Isaiah, quien le dijo que su solicitud de reunirse con Briggs había sido aprobada pero que se tardarían unos días en tener listo a Briggs y en transportarlo de la Prisión Adrestia. Bryce prefirió no pensar qué, exactamente, implicaba eso acerca del estado actual de Briggs.

Lo único bueno fue que Isaiah le informó a Hunt que el Oráculo había abierto un espacio para él en su agenda a primera hora el día siguiente.

Bryce miró a Hunt cuando volvieron a abordar el elevador. Sintió cómo se le hacía un hueco en el estómago mientras bajaban a toda velocidad al vestíbulo central del Comitium. No sabía qué tipo de autoridad tendría Hunt, pero de alguna manera podía evitar que el elevador se detuviera en otros pisos. Bien.

Aparte de ver a los legionarios patrullando o a su rica élite caminando como pavorreales por la ciudad, ella nunca había conocido a ninguno de los malakim. La mayoría prefería los clubes en las azoteas del DCN. Y como las putas mestizas no podían entrar a esos lugares, ella nunca tuvo oportunidad de llevarse uno a casa.

Bueno, ahora *sí* se estaba llevando uno a casa aunque no de la manera que alguna vez había imaginado cuando admiraba sus músculos. Ella y Danika alguna vez pasaron dos semanas enteras del verano almorzando en una azotea adyacente al espacio de entrenamiento de una legión. Con el calor, los ángeles se quitaban toda la ropa salvo los pantalones mientras luchaban. Y estaban muy sudorosos. Muy, muy sudorosos.

Ella y Danika hubieran seguido almorzando ahí si no las hubiera descubierto el conserje del edificio, quien las calificó de pervertidas y cerró el acceso a la azotea para siempre.

El elevador frenó, se detuvo y el estómago de Bryce dio otra voltereta. Las puertas se abrieron y se enfrentaron a un muro de legionarios de aspecto impaciente, que de inmediato ajustaron sus expresiones para mostrar indiferencia cuando vieron a Hunt.

La Sombra de la Muerte. Ella pudo ver el famoso casco en su habitación, junto al escritorio. Lo había dejado, gracias a los dioses.

Más allá de los elevadores, el vestíbulo del Comitium estaba abarrotado. Lleno de alas y halos y esos atractivos cuerpos musculosos, todos mirando hacia la puerta principal, estirando el cuello para ver por encima de los demás pero nadie intentaba volar en el atrio...

Hunt se quedó inmóvil al borde de la multitud que casi bloqueaba el ingreso a los elevadores que iban a las barracas. Bryce dio un paso hacia él. Luego el elevador a su derecha se abrió y vieron salir a Isaiah corriendo. Se detuvo cuando vio a Hunt.

—Acabo de escuchar...

La onda de poder al otro lado del vestíbulo le dobló las rodillas a Bryce.

Como si ese poder hubiera derribado a la multitud, todos se hincaron y agacharon la cabeza.

Lo cual los dejó a los tres con una vista perfecta de la arcángel que estaba frente a las puertas gigantes de cristal del atrio con Micah a su lado.

31

Sandriel miró a Hunt, Bryce e Isaiah al mismo tiempo que Micah. El reconocimiento se encendió en los ojos de la mujer de cabello oscuro cuando su mirada se posó en Hunt, se saltó a Bryce por completo y terminó centrada en Isaiah.

Bryce la reconoció, por supuesto. Estaba en la televisión con tanta frecuencia que nadie en el planeta fallaría en reconocería.

Un paso más adelante en relación a la posición de los demás, Hunt temblaba como un alambre por el que pasa corriente. Nunca lo había visto así.

—Al suelo —murmuró Isaiah y se arrodilló.

Hunt no se movió. Bryce se dio cuenta de que no lo haría. La gente miró por encima de sus hombros sin levantarse.

Isaiah dijo entre dientes:

—Pollux no está con ella. Sólo arrodíllate de una puta vez.

Pollux, el Martillo. Un poco de tensión se evaporó de Hunt pero permaneció de pie.

Se veía perdido, abandonado, varado entre la rabia y el terror. No había un solo chispazo de relámpagos en las puntas de sus dedos. Bryce se acercó a él y se echó la coleta por encima del hombro. Tomó su nuevo teléfono y se aseguró de que el volumen estuviera al máximo.

Para que todos pudieran escuchar el fuerte *clic, clic, clic* cuando tomó fotos a los dos arcángeles. Al terminar se dio la vuelta y se acomodó frente al teléfono para salir ella *y* los gobernadores al fondo...

La gente murmuró sorprendida. Bryce ladeó la cabeza, sonrió de oreja a oreja y tomó otra fotografía.

Luego volteó a ver a Hunt, que seguía temblando, y dijo con tanta ligereza como pudo:

—Gracias por traerme a verlos, ¿nos vamos?

No le dio a Hunt la oportunidad de hacer nada más y lo tomó del brazo para sacar una foto con él, los arcángeles petrificados y la multitud impactada en el fondo. Luego lo llevó de regreso hacia los elevadores.

Por eso los legionarios se apresuraban a subir. Para huir.

Tal vez había otra salida detrás de las puertas del muro de cristal. La multitud se puso de pie.

Ella presionó el botón y rezó que le diera acceso a cualquiera de los pisos de la torre. Hunt seguía temblando. Bryce lo tomó del brazo con fuerza mientras daba golpecitos con el pie en las losetas...

—Explícate.

Micah estaba parado detrás de ellos, bloqueando a la multitud de la zona de elevadores.

Hunt cerró los ojos.

Bryce tragó saliva y volteó. Por poco volvió a pegarle a Hunt en la cara con el pelo.

—Bueno, es que oí que tenían una invitada especial así que le pedí a Hunt que me trajera para poder sacar una foto...

—No mientas.

Hunt abrió los ojos y volteó a ver al gobernador despacio.

—Necesitaba algunas cosas y ropa. Isaiah me autorizó traerla acá.

Como si al decir su nombre lo hubiera invocado, el Comandante de la 33a llegó y se abrió paso por la fila de guardias.

Isaiah dijo:

—Es verdad, Su Alteza. Hunt tuvo que venir a recoger algunos artículos personales y no quise arriesgarme a que la señorita Quinlan se quedara sola mientras venía.

El arcángel miró a Isaiah, luego a Hunt. Luego a ella.

La mirada de Micah le recorrió el cuerpo. Su rostro. Ella conocía esa mirada, ese lento estudio.

Qué puta mala suerte que Micah era tan cálido como un pez al fondo de un lago de montaña.

Qué puta mala suerte que había usado a Hunt como arma, que se valía de ofrecerle su libertad como si ofreciera una golosina frente a un perro.

Qué puta mala suerte que él trabajaba con frecuencia con su padre en asuntos de la ciudad y en asuntos de Casa también... qué puta mala suerte que le *recordaba* a su padre.

Bu, bu, bu.

Le dijo a Micah:

—Fue un gusto verlo de nuevo, Su Alteza.

Entonces se abrieron las puertas del elevador, como si un dios hubiera querido que ellos hicieran una buena salida.

Empujó a Hunt al interior y se iba a meter después de él cuando sintió una mano fría y fuerte tomarla del codo. Le pestañeó a Micah, quien la detenía entre las puertas del elevador. Hunt parecía no respirar.

Como si estuviera esperando que el gobernador le retirara el trato.

Pero Micah ronroneó:

—Me gustaría invitarte a cenar, Bryce Quinlan.

Ella se separó de él y entró al elevador con Hunt. Y cuando las puertas se estaban cerrando miró al arcángel de Valbara directamente a los ojos.

—No me interesa —le dijo.

Hunt sabía que Sandriel vendría, pero encontrarla hoy... Debió querer sorprender a todos si Isaiah no estaba al tanto de su visita. Quería encontrar desprevenidos tanto al gobernador como a la legión y ver cómo era este lugar *antes* de que la pompa y circunstancia hicieran ver más fuertes sus defensas, más profunda su riqueza. *Antes* de que Micah pudiera llamar a una de sus otras legiones para hacerlos ver mucho más impresionantes.

Qué puta mala suerte que se la habían encontrado.

Pero al menos Pollux no estaba ahí. Todavía no.

El elevador volvió a subir y Bryce permaneció en silencio. Abrazándose.

No me interesa.

Él dudaba que Micah Domitus hubiera escuchado esas palabras alguna vez en su vida.

Dudaba que alguien le hubiera tomado fotos a Sandriel de esa manera.

Lo único que había podido pensar mientras miraba a Sandriel era en el peso del cuchillo que traía a su lado. Y lo único que podía oler era la peste de su arena, sangre, mierda, orina y polvo...

Entonces Bryce había hecho su movimiento. Había representado a esa chica fiestera superficial e irreverente que quería que pensaran que era, la que él creía que era, tomando fotos y dándole una salida...

Hunt puso su mano en el disco al lado del panel de botones y presionó el botón de otro piso. Eso tomó prioridad sobre el piso al que iban antes.

—Podemos salir de la zona de aterrizaje.

Su voz sonaba como grava. Siempre se le olvidaba lo similares que se veían Sandriel y Shahar. No eran gemelas idénticas, pero su color y su complexión eran casi iguales.

—Pero te tendré que cargar.

Ella se enredó el cabello de la coleta alrededor de la muñeca sin darse cuenta que con ese movimiento le había mostrado la columna dorada de su garganta.

No me interesa.

Sonaba segura. No contenta ni haciendo alarde sino... firme.

Hunt no se atrevió a considerar cómo podría afectar este rechazo su trato con Micah... a preguntarse si Micah de alguna forma culparía a Hunt por ello.

Bryce preguntó:

—¿No hay puerta trasera?

—Sí, pero tendríamos que volver a bajar.

Él podía sentir que ella tenía muchas preguntas y, antes de que le pudiera hacer una, le dijo:

—El Segundo al rango de Sandriel, Pollux, es todavía peor que ella. Cuando llegue, evítalo a toda costa.

No podía obligarse a recordar la lista de horrores que Pollux había provocado en gente inocente.

Bryce chasqueó la lengua.

—Como si mi camino se fuera a cruzar con el de ellos si puedo evitarlo.

Después del show en el vestíbulo, podría suceder. Pero Hunt no le dijo que Sandriel no estaba por encima de venganzas mezquinas por desprecios y ofensas menores. No le dijo que Sandriel no olvidaría la cara de Bryce. Tal vez ya le estaba preguntando a Micah quién era ella.

Las puertas se abrieron en un nivel silencioso de los pisos superiores. Los pasillos tenían iluminación tenue y eran tranquilos. La llevó por un laberinto de aparatos de gimnasio. Un camino amplio cortaba entre el equipo directamente al muro de ventanas y hacia el balcón de despegue. No había barandal, sólo una saliente de piedra. Ella retrocedió.

—Nunca he tirado a nadie —prometió él.

Ella lo siguió hacia afuera con cuidado. El viento seco los golpeaba. Muy abajo, la calle de la ciudad estaba llena de curiosos y camionetas de noticieros. Sobre ellos volaban ángeles; algunos estaban huyendo descaradamente y otros daban vueltas sobre los cinco capiteles del Comitium para ver si veían a Sandriel de lejos.

Hunt se inclinó y pasó una mano por debajo de las rodillas de Bryce, la otra por su espalda y la levantó. Su olor le llenó los sentidos y le lavó el recuerdo restante de ese calabozo maloliente.

—Gracias —dijo él y la vio a los ojos—. Por salvarme allá abajo.

Ella se encogió de hombros lo mejor que pudo entre sus brazos pero volvió a sentir miedo cuando él se acercó a la orilla.

—Pensaste rápido —continuó él—. Fue ridículo en muchos niveles pero te debo una.

Ella le pasó los brazos alrededor del cuello y lo apretó tanto que casi lo estrangulaba.

—Tú me ayudaste anoche. Estamos a mano.

Hunt no le dio oportunidad de cambiar de parecer y empezó a batir sus alas con un salto poderoso y salieron de la plataforma. Ella se aferró a él, tanto que le dolía, y él la sostuvo con firmeza. Traía el bolso con sus cosas cruzado en el pecho y venía dándole golpes contra el muslo.

—¿Estás mirando siquiera? —le preguntó para que escuchara a pesar del viento porque iban volando muy rápido y muy alto, alto, alto por uno de los lados del rascacielos que estaba junto en el Distrito Central de Negocios.

—Por supuesto que no —le dijo ella al oído.

Él rio mientras llegaban a la altura deseada y volaban por encima de las torres del DCN; el Istros como un brillo serpenteante a su derecha, la isla cubierta de niebla del Sector de los Huesos detrás. A la izquierda se podían ver los muros de la ciudad y luego la tierra extensa y abierta más allá de la Puerta de los Ángeles. No había casas ni edificios ni carreteras allá. Nada salvo el puerto aéreo. Pero una vez en la Puerta, a la derecha de ambos —la Puerta de los Comerciantes del Mercado de Carne— se podía apreciar que la línea ancha y clara de la carretera Occidental se extendía hacia las colinas llenas de cipreses.

Una ciudad agradable y hermosa, en medio de un paisaje agradable y hermoso.

En Pangera, las ciudades eran poco más que rediles para que los vanir atraparan y se alimentaran de humanos... y de sus hijos. No era sorpresa que los humanos se hubieran rebelado. No era sorpresa que estuvieran destrozando esos territorios con sus bombas químicas y sus máquinas.

Un escalofrío de rabia le recorrió la columna vertebral a Hunt al pensar en esos niños y se obligó a volver a mirar hacia la ciudad. El Distrito Central de Negocios estaba separado de la Vieja Plaza por la clara línea divisoria de la Avenida Ward. La luz del sol se reflejaba en las piedras blancas del Templo de Luna y, como si fuera el reflejo de un espejo directamente enfrente, parecía que el domo negro del Templo del Oráculo la absorbía por completo. Su destino mañana por la mañana.

Pero Hunt se fijó más allá de la Vieja Plaza, hacia el sitio donde el verdor de Cinco Rosas brillaba en la niebla húmeda. Los grandes cipreses y palmeras se elevaban junto con brillantes explosiones de magia. En Moonwood había más robles, menos adornos mágicos. Hunt no se molestó en mirar hacia otra dirección. Prados de Asfódelo no tenía mucho para admirar. Sin embargo, los Prados era un desarrollo de lujo comparado con los distritos humanos en Pangera.

—¿Por qué querrías vivir en la Vieja Plaza? —preguntó después de varios minutos de volar en silencio y de escuchar sólo la canción del viento.

Ella todavía seguía sin ver y él empezó a descender con cuidado en su pequeña sección de la Vieja Plaza, a una cuadra del río y a unas cuadras de la Puerta del Corazón. Incluso a la distancia podía observar el cuarzo transparente brillando como una flecha helada hacia el cielo gris.

—Es el corazón de la ciudad —dijo ella—. Por qué no ahí.

—CiRo es más limpio.

—Y está lleno de hadas que son como pavorreales y cuyo pasatiempo es burlarse de las *mestizas* —dijo y escupió el término.

—¿Moonwood?

—¿El territorio de Sabine?

Rio con aspereza y se apartó un poco para verlo. Sus pecas se arrugaron cuando frunció el gesto.

—Creo que la Vieja Plaza es casi el único lugar seguro para alguien como yo. Además, está cerca del trabajo y tengo mucha variedad de restaurantes, salas de conciertos y museos. Nunca tengo que irme.

—Pero sí te vas... recorres toda la ciudad en tus carreras matutinas. ¿Por qué tomas una ruta diferente con tanta frecuencia?

—Mantiene las cosas frescas y divertidas.

Su edificio empezó a verse con más claridad. La azotea estaba vacía. Había lugar para encender una fogata, también había sillas y un asador. Hunt se acercó, dio una vuelta, aterrizó sin dificultades y con cuidado dejó a Bryce en el piso. Ella se quedó colgada de él hasta que sintió que sus piernas estaban estables y luego dio un paso atrás.

Él se acomodó el bolso de ropa y se dirigió hacia la entrada de la azotea. La mantuvo abierta para ella y sintieron la luzprístina que calentaba la escalera adentro.

—¿Lo que dijiste a Micah fue en serio?

Ella bajó las escaleras y su coleta iba meciéndose.

—Por supuesto que sí. ¿Por qué demonios querría salir con él?

—Es el gobernador de Valbara.

—¿Y? Nada más porque le salvé la vida eso no quiere decir que estoy destinada a ser su novia. Sería como coger con una estatua, de todas maneras.

Hunt sonrió.

—Para ser justos, las mujeres que han estado con él dicen lo contrario.

Ella abrió su puerta con la boca torcida.

—Como ya lo dije, no me interesa.

—Estás segura de que no es porque estás evadiendo...

—Ves, ése es justo el problema. Tú y el resto del mundo parecen pensar que yo existo *sólo* para encontrar alguien como él. Que *por supuesto* no puedo estar *no* interesada, ¿por qué *no* querría un hombre grande y fuerte que me proteja? Seguro si soy bonita y soltera, en cuanto *cualquier* vanir poderoso muestre interés yo *sin duda* dejaré caer mi ropa interior. De hecho, ni siquiera tenía una *vida* hasta que él apareció, nunca tuve buen sexo, nunca me sentí *viva*...

Demonios del Averno con esta mujer.

—Tienes un resentimiento por ahí, sabes.

Bryce rio.

—Ustedes me la ponen muy pinche fácil, *sabes*.

Hunt se cruzó de brazos. Ella también.

La estúpida puta coleta parecía también cruzarse de brazos.

—Entonces —dijo Hunt entre dientes mientras dejaba caer su bolso en el piso. La ropa y las armas hicieron un sonido fuerte—. ¿Mañana vendrás conmigo a ver al Oráculo o qué?

—Oh, no, Athalar —ronroneó ella. Sus palabras le recorrieron la piel y su sonrisa era pura maldad. Hunt se preparó para lo que fuera a salir de su boca. Hasta lo anticipaba un poco—. Tú tendrás que lidiar con ella solo.

32

Después de dejar sus cosas en el departamento, Hunt siguió a Bryce de regreso al trabajo, donde dijo que tenía la intención de revisar los datos que les envió Declan sobre los sitios en donde Danika estuvo para compararlos con su propia lista, así como con las escenas del crimen hasta el momento.

Pero la idea de sentarse bajo tierra durante varias horas le parecía tan desagradable que prefirió quedarse en la azotea. Necesitaba aire fresco y espacio. Sin importar que los ángeles siguieran volando, saliendo de la ciudad. Él se concentró en no mirar en dirección al Comitium que se erguía a sus espaldas.

Justo antes de que se pusiera el sol, acompañada de Syrinx, Bryce salió de la galería con una expresión seria que se asemejaba a la de Hunt.

—¿Nada? —preguntó él cuando aterrizó en la acera a su lado.

—Nada —confirmó ella.

—Buscaremos mañana con mirada fresca.

Tal vez habían pasado algo por alto. El día de hoy había sido largo y horrible y extraño y estaba más que listo para colapsar en el sillón de Bryce.

Hunt preguntó lo más desinteresado que pudo.

—Hay un juego importante de solbol hoy en la noche. ¿Te importa si lo veo?

Ella lo miró de soslayo y arqueó las cejas.

—¿Qué? —preguntó él incapaz de reprimir una sonrisa.

—Es sólo que eres... eres tan... un *hombre* —movió la mano en su dirección—. Con los deportes y esas cosas.

—A las mujeres les gustan tanto los deportes como a los hombres.

Ella puso los ojos en blanco.

—Esta persona que ve partidos de solbol no se ajusta a mi imagen mental de la Sombra de la Muerte.

—Perdón por decepcionarte —ahora él arqueó la ceja—. ¿Qué *crees* que hago en mi tiempo libre?

—No sé. Asumí que maldecías las estrellas y estabas por ahí rumiando y planeando cómo vengarte de todos tus enemigos.

No sabía lo que decía. Pero Hunt rio en voz baja.

—De nuevo, siento decepcionarte.

Los ojos de Bryce se arrugaron con diversión. Los últimos rayos del sol de ese día los iluminaron y los convirtieron en oro líquido. Él se obligó a prestar atención a las calles a su alrededor.

Estaban a una cuadra del departamento de Bryce cuando sonó el teléfono de Hunt. Ella se tensó y se asomó a la pantalla al mismo tiempo que él.

El teléfono sonó una segunda vez. Ambos se quedaron viendo el nombre que apareció mientras los peatones los esquivaban para continuar por sus caminos.

—¿Vas a contestar? —preguntó Bryce en voz baja.

Sonó una tercera vez.

Hunt sabía. Antes de presionar el botón, sabía.

Por eso dio un paso para alejarse de Quinlan y se puso el teléfono al oído mientras decía con voz aburrida.

—Hola, jefe.

—Tengo trabajo para ti esta noche —dijo Micah.

Hunt sintió que se le hacía un nudo en el estómago.

—Claro.

—Espero no estar interrumpiendo tu diversión con la señorita Quinlan.

—No hay problema —dijo Hunt con seriedad.

La pausa que hizo Micah le comunicó lo necesario.

—Lo que ocurrió en el vestíbulo esta mañana nunca deberá suceder otra vez, ¿entendido?

—Sí —dijo él de mala gana.

Pero lo dijo, y lo dijo en serio, porque la alternativa a Micah estaba hospedada en la residencia del gobernador en el Comitium. Porque Sandriel hubiera extendido su castigo por negarse a hacer una reverencia, por avergonzarla, durante días, semanas. Meses.

Pero Micah le daría esta advertencia y lo haría hacer un trabajo en la noche para recordarle dónde putas estaba en la jerarquía y eso sería todo.

—Bien —dijo Micah—. El expediente está esperándote en tu habitación en las barracas.

Hizo una pausa como si percibiera la pregunta que quemaba a Hunt por dentro.

—La oferta sigue en pie, Athalar. No me obligues a reconsiderar.

La llamada terminó.

Hunt apretó la mandíbula tanto que le dolió.

La frente de Quinlan estaba fruncida con preocupación.

—¿Todo bien?

Hunt se metió el teléfono al bolsillo.

—Está bien —dijo y empezó a caminar de nuevo—. Sólo un asunto de la legión.

No era mentira. No del todo.

Las puertas de vidrio a su edificio se abrieron. Hunt asintió en dirección al vestíbulo.

—Tú sube. Tengo algo qué hacer. Te llamaré si conseguimos la fecha y la hora para la reunión con Briggs.

Ella entrecerró los ojos. Sí, por supuesto que se daba cuenta de la mentira. O, más bien, escuchó todo lo que no estaba diciendo él. Sabía lo que Micah le había ordenado hacer.

Pero dijo:

—Está bien —volteó hacia el vestíbulo pero le dijo por encima del hombro—. Buena suerte.

Él no se molestó en responder y saltó hacia los cielos con el teléfono ya en la oreja llamando a Justinian para pedirle que la vigilara unas horas. Justinian se quejó porque iba a perderse el partido de solbol, pero Hunt se valió de su rango y obligó al ángel a prometerle que estaría en la azotea vecina en diez minutos.

Justinian llegó en ocho. Con su hermano de batalla como vigilante, Hunt inhaló una bocanada de aire polvoso y seco, el Istros un listón verde azulado a su izquierda, y salió a hacer lo que hacía mejor.

—Por favor.

Era siempre la misma palabra. La única palabra que la gente solía decir cuando el Umbra Mortis se paraba frente a ellos.

A través de la sangre salpicada en su casco, Hunt miró al metamorfo de jaguar asustado frente a él. Tenía las manos con garras levantadas.

—Por favor —lloró el hombre.

Cada palabra alejaba más a Hunt. Hasta el brazo que estiró estaba distante, hasta que la pistola que apuntó a la cabeza del hombre fue sólo un pedazo de metal.

Una muerte por una muerte.

—Por favor.

El hombre había hecho cosas horribles. Cosas innombrables. Se merecía esto. Se merecía algo peor.

—Porfavorporfavorporfavor.

Hunt no era más que una sombra, una brizna de vida, un instrumento de muerte.

Era nada y nadie.

—*Por fa...*

Los dedos de Hunt se cerraron en el gatillo.

Hunt regresó temprano. Bueno, temprano para él.

Por fortuna, no había nadie en el baño de las barracas cuando se duchó para lavarse la sangre. Luego se sentó bajo el chorro ardiente y perdió la noción del tiempo.

Se hubiera quedado más de no ser porque sabía que Justinian estaba esperando.

Así que se levantó y se reconstruyó. Salió medio arrastrándose de la ducha hirviente y se volvió a meter en la persona que era cuando no lo obligaban a disparar a alguien entre los ojos.

Hizo unas cuantas paradas antes de regresar al departamento de Bryce. Pero regresó, liberó a Justinian de sus obligaciones y entró a las once.

Ella estaba en su recámara con la puerta cerrada, pero Syrinx aulló un poco como bienvenida. Ella lo regañó para que se callara y eso le informó a Hunt que ella lo había escuchado regresar. Hunt rezó para que no saliera al pasillo. Todavía estaba más allá de las palabras.

La perilla de la puerta de Bryce giró. Pero Hunt ya estaba frente a su recámara y no se atrevió a voltear hacia la estancia cuando la escuchó decir con sequedad:

—Ya regresaste.

—Sí —alcanzó a decir él.

Desde el otro lado de la habitación podía sentir las preguntas de ella. Pero Bryce dijo con suavidad:

—Te grabé el partido. Si todavía quieres verlo.

Algo se apretó de manera insoportable en su pecho. Pero Hunt no volteó.

Se metió a su recámara y murmuró:

—Buenas noches.

Luego cerró la puerta.

33

La cámara negra del Oráculo apestaba a azufre y a carne asada: el primero por los gases naturales que subían del agujero al centro del espacio, el segundo por el montón de huesos de toro que se quemaban sobre el altar en la pared más alejada, una ofrenda a Ogenas, la Guardiana de los Misterios.

Después de lo de anoche, lo que había hecho, un templo sagrado era el último lugar que quería visitar. El último lugar donde merecía estar.

Las puertas de siete metros de altura se cerraron detrás de Hunt y él avanzó hacia la cámara silenciosa, dirigiéndose hacia el agujero en el centro y la pared de humo detrás. Le ardían los ojos por los diferentes olores acres e invocó un viento para mantenerlos alejados de su cara.

Detrás del humo se movió una figura.

—Me preguntaba cuándo la Sombra de la Muerte oscurecería mi cámara—dijo una voz encantadora. Joven, llena de luz y diversión pero con un toque de crueldad antigua.

Hunt se detuvo en la orilla del agujero tratando de no ceder a su instinto de asomarse al abismo interminable.

—No te quitaré demasiado tiempo —dijo.

La habitación, el agujero, el humo se tragaron su voz.

—Te daré el tiempo que ofrezca Ogenas.

El humo se abrió y él inhaló con fuerza al presenciar el ser que emergió.

Las esfinges eran raras, sólo había unas cuantas docenas en el planeta y todas habían sido llamadas al servicio de los dioses. Nadie sabía qué tan viejas eran y ésta en particular frente a él... Era tan hermosa que él olvidó qué hacer con su cuerpo. La forma de leona dorada se movía con gracia fluida, caminaba al otro lado del agujero, entraba y salía del humo. Sus alas doradas dobladas contra el cuerpo delgado brillaban como si estuvieran hechas de metal derretido. Y sobre ese cuerpo de león alado... el rostro de una mujer de cabello dorado era tan perfecto como había sido el de Shahar.

Nadie conocía su nombre. Era sólo su título: Oráculo. Él se preguntó si ella sería tan vieja que había olvidado su verdadero nombre.

La esfinge parpadeó sus grandes ojos color marrón y las pestañas rozaron sus mejillas color moreno claro.

—Hazme tu pregunta y te diré lo que el humo me susurre.

Las palabras retumbaron sobre sus huesos y lo atrajeron. No en la forma que a veces se permitía con una mujer hermosa sino como si una araña atrajera a una mosca a su tela.

Tal vez Quinlan y su primo tenían razón en no querer venir a este lugar. Demonios, Quinlan se había rehusado incluso a entrar al parque que rodeaba el templo de rocas negras y prefirió esperar en una banca en las afueras con Ruhn.

—Lo que diga aquí es confidencial, ¿verdad? —preguntó.

—Cuando hablan los dioses, yo me convierto en un conducto a través del cual pasan sus palabras.

Se acomodó en el piso frente al agujero, dobló las patas delanteras y sus garras reflejaron la luz tenue de los braseros ardientes a cada uno de sus lados

—Pero sí, será confidencial.

Sonaba como un montón de tonterías, pero él exhaló y miró esos ojos grandes directamente. Dijo:

—¿Por qué quiere alguien el Cuerno de Luna?

No preguntó quién lo había robado, sabía por los informes que eso ya se lo habían preguntado hacía dos años y que se había negado a responder.

Ella parpadeó y sus alas se agitaron como si se hubiera sorprendido pero volvió a tranquilizarse. Respiró los gases que subían por el agujero. Pasaron varios minutos y a Hunt le empezó a doler la cabeza por todos los olores, en especial el del azufre.

El humo se movió y volvió a ocultar a la esfinge a pesar de que estaba tan sólo a tres metros de distancia.

Hunt se obligó a permanecer quieto.

Una voz ronca se arrastró desde el humo.

—Para abrir la puerta entre mundos —Hunt se sintió atrapado por el frío—. Desean usar el Cuerno para volver a abrir la Fisura Septentrional. El propósito del Cuerno no era sólo cerrar puertas, también las abre. Depende de lo que desee el que lo usa.

—Pero el Cuerno está roto.

—Puede sanar.

Hunt sintió que el corazón se le detenía.

—¿Cómo?

Una pausa muy larga. Luego.

—Eso está velado. No puedo ver. Nadie puede ver.

—Las leyendas hadas dicen que no se puede reparar.

—Esas son leyendas. Esto es verdad. El Cuerno puede repararse.

—¿Quién quiere hacer esto? —tenía que preguntar aunque fuera una tontería.

—Eso también está velado.

—Cuánta ayuda.

—Agradece, Señor de los Relámpagos, que hayas aprendido algo —esa voz, ese título... Él sintió que se le secaba la boca.

—¿Deseas saber lo que veo en tu futuro, Orión Athalar?

Él se encogió un poco al escuchar el nombre que le habían dado al nacer, como si le hubieran dado un puñetazo en el abdomen.

—Nadie ha pronunciado ese nombre en doscientos años —murmuró.

—Es el nombre que te dio tu madre.

—Sí —dijo él y sintió que se le hacía un nudo en el estómago ante el recuerdo del rostro de su madre, el amor que siempre había brillado en sus ojos. Un amor totalmente inmerecido, en especial porque él no había estado ahí para protegerla.

El Oráculo susurró:

—¿Te digo lo que veo, Orión?

—No estoy seguro de querer saber.

El humo volvió a abrirse lo suficiente para que él alcanzara a ver los labios sensuales separarse en una sonrisa cruel que no pertenecía del todo a este mundo.

—La gente viene del otro lado de Midgard para rogarme que les diga mis visiones, pero ¿tú no deseas saber?

Él sintió que se le erizaba el pelo de la nuca.

—Te lo agradezco, pero no.

Agradecerle parecía sabio, como algo que tranquilizaría a un dios.

Los dientes de la esfinge brillaron. Sus colmillos eran capaces de destrozar carne.

—¿Bryce Quinlan te dijo lo que sucedió cuando se paró en esta cámara hace doce años?

Su sangre se congeló.

—Eso es asunto de Quinlan.

La sonrisa no titubeó.

—¿Tampoco deseas saber lo que vi para ella?

—No —dijo de corazón—. Eso es su asunto —repitió.

Los relámpagos empezaron a activarse, juntándose para enfrentar a un enemigo que él no podía matar.

El Oráculo parpadeó y esas pestañas gruesas se movieron despacio hacia abajo y arriba.

—Me recuerdas lo que se perdió hace mucho tiempo —dijo ella en voz baja—. No me había dado cuenta que podría volver a aparecer.

Antes de que Hunt se atreviera a preguntar a qué se refería, su cola de león, una versión más grande que de la de Syrinx, se meció por el piso. Las puertas se abrieron a sus espaldas con un viento fantasma, era claro que lo estaba despidiendo. Pero antes de perderse entre los vapores, el Oráculo dijo:

—Hazte un favor, Orión Athalar: mantente lejos de Bryce Quinlan.

34

Bryce y Ruhn habían esperado a Hunt en las afueras del Parque del Oráculo. Los minutos goteaban lento. Y cuando salió por fin, sus ojos buscaron en cada centímetro de su rostro... Bryce sabía que había sido algo malo. Lo que fuera que le hubiera dicho.

Hunt esperó hasta que iban caminando por una calle residencial silenciosa al lado del parque antes de decirles lo que el Oráculo había dicho sobre el Cuerno.

Sus palabras seguían colgando en el aire brillante de la mañana a su alrededor. Bryce exhaló y Hunt hizo lo mismo a su lado. Luego dijo:

—Si alguien aprendió a reparar el Cuerno después de tanto tiempo, entonces pueden hacer lo opuesto a lo que hizo el príncipe Pelias. Pueden *abrir* la Fisura Septentrional. Parece como un excelente motivo para matar a alguien que los pudiera delatar.

Ruhn se pasó la mano por la parte la cabeza con el cabello corto.

—Como la acólita del templo: una advertencia para que nosotros mantengamos nuestra puta distancia del Cuerno o para evitar que ella dijera algo, en caso de que hubiera averiguado algo.

Hunt asintió.

—Isaiah le preguntó a otras en el templo. Dijeron que la niña era la única acólita de guardia la noche que se robaron el Cuerno y la entrevistaron entonces pero ella dijo que no sabía nada al respecto.

La culpa se retorció y se enroscó dentro de Bryce.

Ruhn dijo:

—Tal vez tenía miedo de decir algo. Y cuando aparecimos...

Hunt terminó la idea:

—Quien sea que esté buscando el Cuerno no quiere que nosotros estemos cerca. Pudieron averiguar que ella había estado de guardia esa noche e intentaron extraerle información. Habrían querido asegurarse de que ella no revelara lo que sabía a nadie más, asegurarse de que se mantuviera en silencio. Para siempre.

Bryce agregó la muerte de la niña a la lista de otras que debía pagar antes de que esto terminara.

Luego preguntó:

—Si esa marca en la caja en realidad era el Cuerno, tal vez el Ophion, o incluso sólo la secta Keres, está buscando el Cuerno como apoyo para su rebelión. Abrir un portal al Averno y traer de vuelta a los príncipes demonios aquí con una especie de alianza para derrocar a los asteri —sintió un escalofrío—. Morirían millones —ante el silencio helado, continuó—. Tal vez Danika se enteró de sus planes sobre el Cuerno y por eso la mataron. Y también a la acólita.

Hunt se frotó la nuca. Tenía el rostro cenizo.

—Necesitarían ayuda de un vanir para invocar un demonio así, pero es una posibilidad. Hay algunos vanir comprometidos con su causa. O tal vez una de las brujas lo invocó. La nueva reina bruja podría estar probando su poder o algo así.

—Es poco probable que esté involucrada una bruja —dijo Ruhn un poco seco. Los piercings de su oreja brillaron bajo el sol—. Las brujas obedecen a los asteri, han mostrado una lealtad ininterrumpida durante milenios.

Bryce dijo:

—Pero sólo un hada Astrogénita puede utilizar el Cuerno... por ti, Ruhn.

Las alas de Hunt hicieron ruido.

—Entonces tal vez están buscando alguna forma de evadir esto del Astrogénito.

—Para ser honesto —dijo Ruhn—, no estoy seguro de que yo *pudiera* usar el Cuerno. En sentido estricto, el príncipe Pelias tenía un mar de luzastral a su disposición.

El hermano de Bryce frunció el ceño y un punto del tamaño de la punta de un alfiler apareció en su dedo:

—Esto es todo lo que yo puedo producir.

—Bueno, tú no vas a usar el Cuerno, aunque lo encontremos, así que no importará —dijo Bryce.

Ruhn se cruzó de brazos.

—Si alguien puede reparar el Cuerno... Ni siquiera sé cómo sería eso posible. En algunos de los textos que leí mencionaban que tenía una especie de conciencia, casi como si estuviera vivo. ¿Tal vez una especie de poder de sanación funcionaría? Una medibruja podría saber algo al respecto.

Bryce agregó:

—Ellas sanan a la gente, no objetos. Y el libro que encontraste en la biblioteca de la galería decía que el Cuerno nada más podía repararse con luz que no es luz y magia y que no es magia.

—Leyendas —dijo Hunt—. Eso no es verdad.

—Vale la pena investigar —dijo Ruhn.

Se detuvo y miró a Bryce y luego a Hunt, que estaba observándola con cuidado por el rabillo del ojo. Sepan los dioses qué carajos quería decir eso. Ruhn agregó:

—Buscaré algunas medibrujas y haré unas cuantas visitas discretas.

—Bien —dijo ella. Cuando vio que él se tensaba, agregó—: Eso suena bien.

Aunque nada de este caso sonaba bien.

Bryce se desconectó del sonido de Lehabah viendo uno de sus dramas e intentó concentrarse en el mapa de los lugares donde había estado Danika. Lo intentaba, aunque sin éxito, porque podía sentir la mirada de Hunt sobre ella desde el otro lado de la mesa de la biblioteca. Por centésima vez en esta hora. Lo miró a los ojos y él apartó la mirada de prisa.

—¿Qué?

Él negó con la cabeza y regresó a su investigación.

—Me has estado viendo así toda la tarde, con esa cara tan pinche rara.

Él golpeó la mesa con los dedos y luego dijo:

—¿Quieres decirme por qué el Oráculo me advirtió que me mantuviera lejos de ti?

Bryce rio una risa corta.

—¿Por eso estabas todo asustado cuando saliste del templo?

—Me dijo que revelaría lo que vio para ti, como si estuviera molesta contigo.

Un escalofrío le recorrió la espalda a Bryce al escuchar eso.

—No la culpo si sigue enojada.

Hunt palideció pero Bryce dijo:

—En la cultura hada, hay una costumbre: cuando las niñas tienen su primer ciclo menstrual, o cuando cumplen trece años, van a un Oráculo. La visita les da un vistazo del tipo de poder al que podrían ascender cuando maduren y así sus padres pueden planear uniones años antes de que hagan el Descenso. Los niños también van a los trece. En la actualidad, si los padres son progresistas, es sólo una vieja tradición para averiguar qué carrera es mejor para sus hijos. Soldados o sanadores o lo que sea que hagan las hadas si no pueden darse el lujo de estar echadas comiendo uvas todo el día.

—Las hadas y los malakim tal vez se odien entre sí, pero tienen mucha mierda en común.

Bryce hizo un sonido para indicar que estaba de acuerdo.

—Mi ciclo empezó cuando me faltaban unas semanas para cumplir trece años. Y mi madre estaba pasando por esta... no sé. ¿Crisis? Un miedo repentino de haberme separado de parte de mi linaje. Se puso en contacto con mi padre biológico. Dos semanas después, aparecieron los documentos que me declaraban una civitas completa. Pero llegaron con un precio. Tenía que aceptar a Cielo y Aliento como mi casa. Yo me negué, pero mi mamá insistió que lo hiciera. Lo veía como una especie de... protección. No sé. Al parecer, ella estaba convencida de las intenciones de mi padre de protegerme y le preguntó si quería conocerme. Por primera vez. Al final me tranquilicé sobre todo el asunto de lealtad a la Casa para darme cuenta de que también quería conocerlo.

Hunt leyó el silencio que siguió.

—Las cosas no salieron bien.

—No. Esa visita fue la primera vez que conocí a Ruhn también. Vine aquí... me quedé en CiRo durante el verano. Conocí al Rey del Otoño —la mentira era sencilla—. Conocí también a mi padre —agregó—. En los primeros días, la visita no fue tan mala como mi madre había temido. Me gustaba lo que veía. Aunque algunos de los otros niños hada susurraban que yo era una mestiza, yo sabía lo que era. Nunca me he avergonzado de ello, de ser humana, digo. Y sabía que mi padre me había invitado, así que al menos él sí me quería ahí. No me importaba lo que los demás pensaran. Hasta que conocí al Oráculo.

Él se encogió un poco.

—Esto me da mala espina.

—Fue catastrófico —ella tragó saliva al recordar—. Cuando el Oráculo vio entre su humo, gritó. Se arañó los ojos —no tenía sentido ocultarlo. El acontecimiento se había comentado en algunos círculos—. Luego me enteré de que se quedó ciega durante una semana.

—Santo cielo.

Bryce rio para sí misma.

—Al parecer, mi futuro es *así* de malo.

Hunt no sonrió.

—¿Qué pasó?

—Regresé a la antecámara de los solicitantes. Lo único que se podía escuchar era al Oráculo gritando y maldiciéndome... las acólitas entraron corriendo.

—Quise decir, con tu padre.

—Él me dijo que era una desgracia sin valor, se fue por la salida VIP del templo para que nadie pudiera saber qué vínculo tenía conmigo y cuando lo alcancé, ya se había subido a su coche y se había ido. Cuando regresé a la casa encontré mis maletas en la acera.

—Imbécil. ¿Danaan no dijo nada de que hubiera lanzado a su prima a la calle?

—El rey le prohibió a Ruhn interferir —se examinó las uñas—. Créeme, Ruhn intentó pelear. Pero el rey lo ató. Así que tomé un taxi a la estación de trenes. Ruhn logró darme el dinero para los boletos.

—Tu madre debe haberse puesto como loca.

—Sí —Bryce pausó un momento. Luego dijo—: Parece que el Oráculo sigue enojada.

Él le sonrió sonrisa medias.

—Yo lo consideraría como una marca de honor.

Bryce, a pesar de no querer, sonrió.

—Creo eres el único que piensa eso.

Los ojos de él se volvieron a detener en su cara y ella supo que no tenía nada que ver con lo que había dicho el Oráculo.

Bryce se aclaró la garganta.

—¿Averiguaste algo?

Él entendió que ella quería cambiar de tema, así que giró la laptop hacia ella.

—He estado viendo estas porquerías de antigüedades por días y esto es todo lo que he encontrado.

El jarrón de terracota era de hace casi quince mil años. Después de la época del príncipe Pelias por alrededor de un siglo, pero el kristallos todavía no desaparecía de la memoria colectiva. Ella leyó la breve copia del catálogo y dijo:

—Está en una galería en Mirsia.

Esto quería decir un océano y más de tres mil kilómetros de distancia de Lunathion. Bryce acercó la computadora y presionó el cursor en la imagen pequeña.

—Pero estas fotografías deberían ser suficiente.

—Tal vez nací antes de que existieran las computadoras, Quinlan, pero sí sé cómo usarlas.

—Sólo estoy intentando evitar que arruines más tu imagen ruda como el Umbra Mortis. No podemos dejar que se sepa que eres un nerd de computadoras.

—Gracias por tu preocupación —la miró a los ojos y la comisura de sus labios tiró hacia arriba.

A ella tal vez se le enroscaron los dedos de los pies dentro de sus tacones. Un poco.

Bryce se enderezó.

—Está bien. Dime qué es lo que estoy viendo.

—Una buena señal.

Hunt señaló la imagen de color negro sobre el fondo de terracota naranja, del demonio kristallos rugiendo mientras un guerrero con casco le enterraba una espada en la cabeza.

Ella se acercó a la pantalla.

—¿Por qué lo dices?

—Podemos ver que el kristallos se puede matar a la antigua. Por lo que alcanzo a distinguir en la imagen, no hay magia ni ningún artefacto especial que se esté usando para matarlo. Pura fuerza bruta.

Ella sintió un hueco en el estómago.

—Este jarrón podría ser la interpretación artística. Esa cosa mató a Danika y a la Jauría de Diablos y también derribó a Micah. ¿Y tú me estás diciendo que un guerrero antiguo lo mató nada más enterrándole una espada en la cabeza?

Aunque el programa de Lehabah seguía encendido, Bryce sabía que la duendecilla estaba escuchando cada una de las palabras.

Hunt dijo:

—Tal vez el kristallos tuvo la ventaja de la sorpresa esa noche.

Ella hizo un intento fallido por bloquear las masas rojas, las salpicaduras de sangre en las paredes, la manera en que todo su cuerpo parecía desplomarse a pesar de seguir de pie cuando vio lo que quedaba de sus amigos.

—O tal vez esto es una representación equivocada hecha por un artista que escuchó una canción exagerada alrededor de la fogata y lo interpretó como quiso.

Empezó a mover el pie debajo de la mesa, como si eso fuera a tranquilizar de alguna manera su corazón acelerado.

Él la vio con una mirada dura y honesta en sus ojos negros.

—Está bien.

Ella esperó a que él presionara, que insistiera, pero Hunt tomó la computadora y la jaló de nuevo hacia su lado de la mesa. Entrecerró los ojos.

—Es raro. Aquí dice que el jarrón es originario de Parthos ladeó la cabeza—. Pensé que Parthos era un mito. Un cuento de hadas de los humanos.

—¿Porque los humanos no sabían usar herramientas hasta que llegaron los asteri?

—Dime que no crees en esa mierda de teorías conspiratorias sobre una antigua biblioteca en el corazón de una civilización humana preexistente —dijo Hunt. Como ella no contestó, agregó en tono desafiante—: Si algo así *existiera*, ¿dónde está la evidencia?

Bryce movió su amuleto a lo largo de la cadena y asintió hacia la imagen en la pantalla.

—Este jarrón lo hizo una ninfa —dijo él—. No un humano mítico e iluminado.

—Tal vez en ese momento Parthos no había sido eliminado por completo del mapa.

Hunt la miró con el ceño fruncido.

—¿En serio, Quinlan? —ella volvió a guardar silencio y él hizo un gesto hacia la tableta en sus manos—. ¿Cómo vas con los datos sobre los lugares donde estuvo Danika?

El teléfono de Hunt vibró antes de que ella pudiera responder, pero, recuperándose de la imagen del kristallos muerto mezclada con el asesinato de Danika, Bryce dijo lo que había quedado de ella.

—Todavía estoy eliminando las cosas que tal vez no tenían relación, pero... En realidad, lo único atípico es el hecho de que Danika estaba de guardia en el Templo de Luna. A veces estaba en el área en general, pero nunca dentro del templo. ¿Y, de alguna manera, días antes de su muerte, le ordenaron vigilar ese sitio? Además, los datos indican que ella estaba *justo ahí* cuando robaron el Cuerno. La acólita *también* estaba ahí esa noche. Todo tiene que estar relacionado.

Hunt dejó su teléfono.

—Tal vez Philip Briggs nos pueda aclarar algo esta noche.

Ella levantó la cabeza muy rápido.

—¿Esta noche?

Lehabah dejó de ver el programa en ese momento.

—Acabo de recibir el mensaje de Viktoria. Lo transfirieron de Adrestia. Nos reuniremos con él en una hora en la celda de detención debajo del Comitium —miró los datos frente a ellos—. Será difícil.

—Lo sé.

Él se recargó en la silla.

—No va a tener cosas lindas que decir sobre Danika. ¿Estás segura de que puedes manejar que escupa ese tipo de veneno?

—Estaré bien.

—¿De verdad? Porque ese jarrón acaba de afectarte y dudo que estar cara a cara con este tipo sea más sencillo.

Las paredes empezaron a cerrarse a su alrededor.

—Vete —las palabras cortaron el espacio entre ellos—. Que trabajemos juntos no significa que tengas derecho a meterte en mis asuntos personales.

Hunt la miró. Vio todo eso. Pero dijo con voz áspera.

—Quiero ir al Comitium en veinte minutos. Te espero afuera.

Bryce siguió a Hunt al exterior para asegurarse de que no tocara ninguno de los libros y que ellos no lo tocaran a él, luego cerró la puerta antes de que él estuviera del todo afuera.

Se recargó contra el hierro y se deslizó hasta la alfombra. Recargó los antebrazos en las rodillas.

Se habían ido, todos ellos. Gracias a ese demonio representado en un jarrón antiguo. Ya no estaban y no habría más lobos en su vida. Ya no estarían juntos en su departamento. Ya no bailarían borrachos en las esquinas de la ciudad ni tocarían música a todo volumen a las tres de la mañana hasta que los vecinos amenazaran con llamar a la 33a.

No más amigos que le dijeran *te amo* y fuera en serio.

Syrinx y Lele entraron con cautela. La quimera se acurrucó debajo de sus piernas dobladas y la duendecilla se acostó boca abajo en el antebrazo de Bryce.

—No culpes a Athie. Creo que quiere ser nuestro amigo.

—Me importa una mierda lo que quiera Hunt Athalar.

—June está ocupada con el ballet, Fury es como si no existiera. Tal vez es momento de más amigos, BB. Pareces triste otra vez. Como estabas hace dos inviernos. Bien un momento y luego no bien. No bailas, no sales con nadie, no...

—Déjalo, Lehabah.

—Hunt es agradable. Y el príncipe Ruhn es agradable. Pero Danika nunca fue amable conmigo. Siempre estaba mordiendo y enojada. O me ignoraba.

—*Cuidado con lo que dices.*

La duendecilla se bajó de su brazo y flotó frente a ella con los brazos cruzados frente a su vientre redondo.

—Puedes ser tan fría como un segador, Bryce.

Luego se fue volando para detener un libro grueso empastado en cuero que iba subiendo las escaleras.

Bryce exhaló e intentó reconstruir el agujero que tenía en el pecho.

Veinte minutos, había dicho Hunt. Tenía veinte minutos antes de ir a interrogar a Briggs. Veinte minutos para reponerse. O al menos fingirlo.

35

Las varas fluorescentes de luzprístina vibraban en el corredor de paneles blancos impecables muy por debajo del Comitium. Hunt era una tormenta de negro y gris contra las losetas blancas y avanzaba con pasos seguros hacia una de las puertas metálicas selladas al final del pasillo largo.

Un paso detrás, Bryce veía a Hunt moverse, la manera en que surcaba el mundo, la manera en que los guardias de la entrada no habían ni siquiera revisado su identificación antes de dejarlos pasar.

Ella no se había percatado de que existía este lugar debajo de las cinco torres resplandecientes del Comitium. Que tenían celdas de interrogación.

En la que había estado la noche de la muerte de Danika estaba a cinco cuadras de allí. Unas instalaciones gobernadas por protocolos. Sin embargo, este lugar... Intentó no pensar en la finalidad de este sitio. Qué leyes dejaban de aplicarse cuando uno pasaba el umbral.

La falta de olores salvo cloro le sugirió que lavaban el lugar con frecuencia. Las coladeras que observó estaban distribuidas cada metro...

No sabía qué era lo que sugerían las coladeras.

Llegaron a una habitación sin ventanas y Hunt presionó la palma de la mano contra el cerrojo metálico circular a su izquierda. Tras una ligera vibración y un poco de ruido abrió la puerta recargándose en ella. Se asomó antes de asentirle a Bryce.

Las lucesprístinas del techo zumbaban como avispones. ¿Hacia dónde se dirigiría su propia luzprístina, aunque fuera muy pequeña? Con Hunt, la explosión de luz llena de energía que surgió de él cuando hizo el Descenso tal vez se usó para a surtir de energía a toda una ciudad.

A veces se preguntaba: de quién será la luzprístina que tenía su teléfono, o el estéreo o la cafetera.

Y ahora no era el momento de pensar en esas tonterías, se dijo a sí misma y siguió a Hunt hacia la celda donde estaba sentado un hombre de piel pálida.

Había dos sillas frente a la mesa de metal en el centro de la habitación, donde estaba encadenado Briggs. Su overol blanco estaba impecable, pero...

Bryce miró el estado de ese rostro demacrado y hueco, y tuvo que hacer un esfuerzo por no reaccionar con horror. El cabello negro era muy corto, pegado al cuero cabelludo, y a pesar de que no tenía un moretón ni rasguño en la piel, sus ojos azules y profundos... estaban vacíos y sin esperanza.

Briggs permaneció en silencio mientras ella y Hunt ocupaban las sillas frente a la mesa. Los focos rojos de las cámaras parpadeaban en todas las esquinas y Bryce no tenía duda de que alguien escuchaba en alguna sala de control cercana.

—No te quitaremos demasiado tiempo —dijo Hunt como si leyera muy bien esos ojos turbados.

—Tiempo es lo que me sobra ahora, ángel. Y estar aquí es mejor que estar... allá.

Allá, donde estaba encerrado en la Prisión Adrestia. Donde le hacían cosas que resultaban en esos ojos rotos y terribles.

Bryce podía sentir a Hunt pidiéndole en silencio que ella hiciera la primera pregunta, así que inhaló y se preparó para llenar esta habitación resonante y demasiado pequeña con su voz.

Pero Briggs preguntó:

—¿Qué mes es? ¿Cuál es la fecha de hoy?

El horror se le arremolinó en el estómago. Tuvo que obligarse a recordar que este hombre había querido matar gente. Aunque daba la impresión de que no había matado a Danika, había planeado matar a muchos otros, planeaba generar una guerra a gran escala entre los humanos y los vanir. Derrocar a los asteri. Por eso permanecía tras las rejas.

—Es doce de abril —dijo Hunt con voz baja— del año 15035.

—¿Sólo han pasado dos años?

Bryce tragó saliva para aliviar la sequedad de su boca.

—Estamos aquí para hacerte unas preguntas sobre lo que sucedió hace dos años. Así como de otros acontecimientos recientes.

Briggs la miró. Con intensidad.

—¿Por qué?

Hunt se recargó en el respaldo de la silla, una indicación silenciosa de que ella estaba a cargo ahora.

—Hubo un atentado de bomba en el club Cuervo Blanco hace unos días. Considerando que era uno de tus principales objetivos hace unos años, la evidencia apunta a que los Keres están activos otra vez.

—¿Y piensan que yo soy responsable?

Una sonrisa amarga se dibujó en su rostro anguloso y duro. Hunt se tensó.

—No sé ni qué *año* es, niña. ¿Y crees que de alguna manera puedo estar en contacto con el exterior?

—¿Qué hay de tus seguidores? —preguntó Hunt con cuidado—. ¿Lo habrían hecho en tu nombre?

—¿Para qué molestarse? —dijo Briggs y se reclinó en la silla—. Yo les fallé. Le fallé a nuestra gente —hizo un movimiento hacia Bryce con la cabeza—. Y le fallé a la gente como tú, a los indeseables.

—Tú nunca me representaste —dijo Bryce en voz baja—. Aborrezco lo que intentabas hacer.

Briggs rio, un sonido resquebrajado.

—Cuando los vanir te dicen que no sirves para ningún trabajo por tu sangre humana, cuando los hombres como este pendejo junto a ti te ven nada más como un trozo de carne para coger y luego tirar a la basura, cuando a tu madre... es una madre humana en tu caso, ¿no? Siempre lo es... Cuando a tu madre la están tratando como basura, te das cuenta de que esos sentimientos tan correctos empiezan a desvanecerse muy aprisa.

Ella se negó a responder. Pensar en las veces que había visto que alguien ignoraba o se burlaba de su madre...

Hunt dijo:

—Entonces estás diciendo que no estás detrás de este atentado.

—De nuevo —dijo Briggs tirando de sus cadenas— las únicas personas que veo a diario son las que me desmembran como un cadáver y luego me vuelven a armar antes de que anochezca. Las medibrujas entonces borran todo.

Ella sintió que se le revolvía el estómago. Hunt tragó saliva y se movió su garganta.

—¿Tus seguidores no habrían considerado bombardear el club por venganza?

Briggs exigió:

—¿Contra quién?

—Contra nosotros. Por investigar el asesinato de Danika Fendyr y por buscar el Cuerno de Luna.

Los ojos azules de Briggs se cerraron.

—Entonces los pendejos de la 33a por fin se dieron cuenta de que yo no la maté.

—No te han retirado oficialmente ningún cargo —dijo Hunt con rudeza.

Briggs negó con la cabeza y miró hacia la pared a su izquierda.

—No sé nada sobre el Cuerno de Luna y estoy jodidamente seguro de que ningún soldado de Keres sabe algo al respecto, pero me agradaba Danika Fendyr. A pesar de que ella me capturó, me agradaba.

Hunt se quedó mirando al hombre demacrado y turbado... un cascarón del adulto de complexión poderosa que había sido hace dos años. ¿Qué le estarían haciendo en esa prisión? Puto Averno.

Hunt podía adivinar cuál era el tipo de tortura. Los recuerdos de cuando lo habían sometido a él a ese tipo de cosas todavía lo despertaban en las noches.

Bryce parpadeaba a Briggs.

—¿Qué quieres decir con que te *agradaba*?

Briggs sonrió y saboreó la sorpresa de Quinlan.

—Durante semanas nos acechó a mí y mis agentes. Incluso se reunió conmigo dos veces. Me dijo que abandonara mis planes o se vería obligada a arrestarme. Bueno, eso fue la primera vez. La segunda vez me advirtió que tenía suficientes evidencias contra mí y *tenía* que arrestarme, pero que yo podría librarme fácil si admitía mis planes y les ponía fin en ese momento. Entonces tampoco la escuché. La tercera vez... Llegó con su jauría y eso fue todo.

Hunt controló sus emociones y dejó una expresión neutra en su rostro.

—¿Danika fue amable contigo?

El color había desaparecido de la cara de Bryce. Hunt tuvo que hacer un enorme esfuerzo para no tocarle la mano.

—Lo intentó.

Briggs recorrió sus dedos maltratados por su overol impecable.

—Para ser vanir, era justa. No creo que en esencia estuviera en desacuerdo con nosotros. Con mis métodos, sí, pero yo incluso pensaba que podría haber sido una simpatizante.

Miró de nuevo a Bryce con una crudeza que despertó alertas en Hunt.

El ángel reprimió un reproche al escuchar el término.

—¿Tus seguidores sabían eso?

—Sí. Creo que incluso permitió que algunos escaparan esa noche.

Hunt exhaló.

—Ésa es una declaración muy fuerte contra un líder del Aux.

—¿Está muerta, no? ¿Qué importa?

Bryce reaccionó a sus palabras de manera visible. Tanto que Hunt no pudo controlar su molestia en esta ocasión.

—Danika no era simpatizante de los rebeldes —dijo entre dientes Bryce.

Briggs la miró con desprecio.

—Tal vez no todavía —dijo—, pero Danika podría haber representado el inicio de ese camino. Tal vez *ella* veía cómo la gente trataba a su bonita amiga mestiza y tampoco le gustaba mucho.

Sonrió al ver que Bryce parpadeaba por lo acertado de su juicio acerca de su relación con Danika. Las emociones que él quizá podía leer en su cara.

Briggs continuó:

—Mis seguidores sabían que Danika era una aliada potencial. Lo discutimos, hasta el momento de la redada. Y esa noche, Danika y su jauría fueron justos con nosotros. Peleamos, incluso logramos darle algunos buenos golpes a su segundo al rango —silbó—. Connor Holstrom —Bryce se quedó rígida—. El tipo era un matón.

La curvatura cruel de sus labios dejaba claro que había notado la reacción de Bryce cuando mencionó el nombre de Connor.

—¿Holstrom era tu novio? Qué pena.

—Eso no es de tu incumbencia —las palabras eran tan planas como los ojos de Briggs.

Eso, las palabras, hicieron que algo en el pecho de Hunt se tensara. Lo vacío de su voz.

Hunt le preguntó:

—¿Mencionaste esto cuando te arrestaron?

Briggs contestó con desdén:

—¿Por qué *carajos* delataría yo a una vanir simpatizante y muy poderosa como Danika Fendyr? Tal vez yo estaba encaminado a *esto* —hizo un ademán a la celda que los rodeaba— pero la causa sobreviviría. *Tenía* que sobrevivir y yo sabía que alguien como Danika podría ser un aliado poderoso a nuestro lado.

Hunt intervino.

—¿Pero por qué no lo mencionaste en tu juicio por el asesinato?

—¿Mi juicio? ¿Te refieres a la farsa de dos días que transmitieron por televisión? ¿Con ese *abogado* que me asignó el gobernador? —Briggs rio y rio.

Hunt tuvo que recordar que aquel era un hombre encarcelado y que estaba soportando una tortura innombrable. Y no alguien a quien podría darle un puñetazo en la cara. Ni siquiera por la manera en que su risa estaba haciendo que Quinlan se moviera en su silla.

—Sabía que me culparían de todas maneras. Sabía que aunque dijera la verdad terminaría aquí. Así que ante la posibilidad de que Danika tuviera amigos todavía vivos que compartieran sus sentimientos, guardé sus secretos.

—Ahora la estás delatando —dijo Bryce.

Pero Briggs no respondió a eso y se puso a estudiar la mesa de metal abollado.

—Lo dije hace dos años y lo repetiré ahora: Keres no mató a Danika ni a la Jauría de Diablos. El atentado del Cuervo Blanco... tal vez podrían haber hecho eso. Bien por ellos si lo hicieron.

Hunt rechinó los dientes. ¿Había estado así de desconectado de la realidad cuando siguió a Shahar? ¿Había sido este nivel de fanatismo lo que lo impulsó a guiar a los ángeles de la 18va al monte Hermon? En esos últimos días, ¿hubiera *escuchado* a alguien que le aconsejara no seguir adelante?

Un recuerdo borroso surgió de su memoria, de Isaiah haciendo justo eso, gritando en la tienda de campaña de Hunt en el campo de batalla. Carajo.

Briggs preguntó:

—¿Murieron muchos vanir en el atentado?

La repugnancia cubrió el rostro de Bryce.

—No —dijo ella y se puso de pie—. No murió ninguno.

Habló con el poderío de una reina. Hunt sólo podía ponerse de pie con ella.

Briggs chasqueó la lengua.

—Qué mal.

Los dedos de Hunt se doblaron para formar puños. Él había estado locamente enamorado de Shahar, de su causa... ¿había estado igual de mal que este hombre?

Bryce dijo con seriedad:

—Gracias por responder a nuestras preguntas.

Sin esperar a que Briggs contestara, se apresuró hacia la puerta. Hunt se mantuvo un paso detrás de ella a pesar de que Briggs estaba encadenado a la mesa.

Que ella hubiera puesto fin a la junta tan pronto le demostró a Hunt que compartía su opinión: Briggs en realidad no había matado a Danika.

Casi había llegado a la puerta abierta cuando Briggs le dijo:

—¿Tú eres uno de los caídos, verdad? —Hunt se detuvo. Briggs sonrió—. Toneladas de respeto para ti, hombre —miró a Hunt de pies a cabeza—. ¿En qué parte de la 18va serviste?

Hunt permaneció en silencio. Pero los ojos azules de Briggs brillaron.

—Un día derrocaremos a los bastardos, hermano.

Hunt miró a Bryce que ya iba a medio camino por el pasillo con pasos rápidos. Como si no soportara respirar el mismo aire que el hombre encadenado a la mesa, como si tuviera que salir de este horrible lugar. Hunt mismo había estado ahí, interrogando gente, con más frecuencia de la que quisiera recordar.

Y el asesinato de anoche... Había perdurado. Había eliminado otra deuda de vida, pero había perdurado.

Briggs seguía viéndolo fijamente, esperando a que hablara. El acuerdo que Hunt hubiera expresado hacía unas semanas ahora se le disolvió en la lengua.

No, no había sido mejor que ese hombre.

No estaba seguro de dónde lo dejaba eso.

—Entonces Briggs y sus seguidores están tachados de la lista —dijo Bryce, doblando los pies debajo de sus piernas en el sillón de su sala. Syrinx ya estaba roncando a su lado—. ¿O tú piensas que estaba mintiendo?

Hunt, sentado al otro lado del sillón, frunció el ceño ante el juego de solbol que empezaba en la televisión.

—Estaba diciendo la verdad. He lidiado con suficientes... prisioneros para darme cuenta de cuándo alguien está mintiendo.

Sus palabras eran cortantes. Había estado de mal humor desde que salieron del Comitium por la misma puerta que daba a la calle que usaron para entrar. No querían arriesgarse y encotrar de nuevo a Sandriel.

Hunt señaló los documentos que Bryce había traído de la galería y observó algunos de los movimientos y la lista de nombres que había elaborado.

—Recuérdame quién sigue en tu lista de sospechosos.

Bryce no respondió porque estaba observando su perfil, la luz de la televisión que rebotaba en sus pómulos y hacía más pronunciada la sombra debajo de su mandíbula fuerte.

En realidad era hermoso. Y en realidad parecía estar de un humor del carajo.

—¿Qué pasa?

—Nada.

—Lo dice el tipo que está rechinando tanto los dientes que lo puedo oír.

Hunt la miró con molestia y extendió uno de sus brazos musculosos en el respaldo del sillón. Se había cambiado cuando llegaron al departamento, hacía media hora, después de comer en un puesto de tallarines y bolitas de masa que había en su cuadra. Ahora traía puesta una camiseta color gris claro, pantalones deportivos negros y una gorra de solbol blanca volteada hacia atrás.

La gorra era lo que le parecía más confuso... tan ordinaria y tan... *masculín-osa*, a falta de una mejor palabra. Bryce llevaba quince minutos de no poder evitar voltear a verlo. Algunos mechones de su cabello oscuro sobresalían de las orillas, la banda ajustable casi cubría el tatuaje sobre su frente y ella no sabía por qué pero todo era... distractor, insoportable.

—¿Qué? —preguntó él al notar su mirada.

Bryce se inclinó hacia el frente y su larga trenza se deslizó por encima de su hombro. Tomó el teléfono de Hunt de la mesa de centro para fotografiarlo en esa posición y se envió una copia a ella misma, sobre todo porque dudaba que alguien creería que el mismísimo Hunt Athalar estaba sentado en su sillón, con ropa informal, una gorra de solbol al revés, viendo televisión y tomando cerveza.

Les presento a: La Sombra de la Muerte.

—Eso es molesto —dijo él entre dientes.

—Tu cara también —dijo ella con dulzura y le arrojó el teléfono.

Hunt lo atrapó, le tomó una foto a *ella* y luego lo volvió a dejar en la mesa para concentrarse en el partido.

Ella le permitió ver un minuto más antes de decir:

—Has estado de mal humor desde Briggs.

Él hizo una mueca con la boca.

—Perdón.

—¿Por qué te estás disculpando?

Los dedos de él trazaron un círculo en el cojín del sillón.

—Me trajo malos recuerdos. Sobre... sobre la manera en que ayudé a liderar la rebelión de Shahar.

Ella consideró lo que dijo y recordó cada palabra y comentario horrible en la celda bajo el Comitium.

Oh. *Oh*. Dijo con cautela:

—Tú no eres nada parecido a Briggs, Hunt.

Los ojos oscuros del ángel se deslizaron hacia ella.

—No me conoces tan bien como para decir eso.

—¿Arriesgaste vidas inocentes voluntaria y alegremente para promover tu rebelión?

Él apretó los labios.

—No.

—Ahí lo tienes.

Hunt empezó a apretar la mandíbula de nuevo. Luego dijo:

—Pero estaba cegado. Sobre muchas cosas.

—¿Cómo qué?

—Muchas cosas —respondió él, evasivo.

—Al ver a Briggs, lo que le estaban haciendo... No sé por qué me afectó esta vez. He estado ahí abajo muchas veces junto con otros prisioneros que... digo... —empezó a mover la rodilla de prisa. Luego dijo sin voltearla a ver—: Ya sabes el tipo de mierda que tengo que hacer.

Ella respondió con suavidad.

—Sí.

—Pero por alguna razón, ver a Briggs así hoy hizo que recordardara mi propio...

No terminó la frase y dio un trago a su cerveza.

Un temor helado y aceitoso le llenó el estómago a Bryce y retorció esos tallarines fritos que acababa de tragarse hacía media hora.

—¿Cuánto tiempo te hicieron eso ... después de monte Hermon?

—Siete años.

Ella cerró los ojos y sintió el peso de esas palabras recorrerle el cuerpo.

Hunt dijo:

—También perdí la noción del tiempo. Los calabozos asteri están tan debajo de la tierra, tan faltos de luz, que los días son años y los años son días y... Cuando me liberaron, fui directamente con el arcángel Ramuel. Mi primer... *operador*. Él continuó con el patrón durante dos años, luego se aburrió y se dio cuenta de que yo sería más útil matando demonios y obedeciendo sus órdenes que pudriéndome en sus cámaras de tortura.

—Solas flamígero, Hunt —dijo ella en un susurro.

Él todavía no la miró.

—Cuando Ramuel decidió que yo sería uno de sus asesinos, ya habían pasado nueve años desde la última que vez que había visto la luz del sol. Desde que había escuchado el viento u olfateado la lluvia. Desde que había visto el pasto, o un río, o una montaña. Desde que había volado.

A ella le temblaban tanto las manos que tuvo que cruzar los brazos y apretar sus dedos contra el cuerpo.

—Lo-lo siento mucho.

La mirada de Hunt se volvió distante, vidriosa.

—El odio era lo único que me seguía impulsando. Un odio del tipo que siente Briggs. No la esperanza, no el amor. Sólo un odio implacable y furioso. Por los arcángeles. Por los asteri. Por todo —al fin la miró con ojos tan huecos como los de Briggs—. Así que, sí. Tal vez jamás estuve dispuesto a matar inocentes para ayudar a la rebelión de Shahar, pero esa es la única diferencia entre Briggs y yo. Lo sigue siendo.

Ella no se permitió pensarlo dos veces y lo tomó de la mano.

No se había percatado de cuánto más grande era la mano de Hunt comparada con la suya hasta que las vio juntas. No se había dado cuenta de cuántos callos tenía en las palmas y los dedos hasta que le rasparon la piel.

Hunt miró sus manos, sus uñas crepusculares que contrastaban con el dorado profundo de su piel. Ella contuvo el aliento, esperando que él le quitara la mano de un tirón, y preguntó:

—¿Sigues sintiendo que el odio es lo único que te ayuda a soportar el día?

—No —respondió él y levantó la mirada de sus manos para estudiar su expresión—. A veces, para algunas cosas, sí, pero... No, Quinlan.

Ella asintió pero él seguía viéndola, así que buscó las hojas de cálculo.

—¿No tienes nada más que decir? —preguntó Hunt con la boca de lado—. Tú, la persona que tiene una opinión de todo y de todos, ¿no tienes nada más que comentar sobre lo que acabo de decirte?

Ella se pasó la trenza por encima del hombro.

—Tú no eres como Briggs —dijo nada más.

Él frunció el entrecejo. Y empezó a quitarle la mano.

Bryce le apretó los dedos.

—Tal vez te veas a ti mismo así, pero yo también te veo, Athalar. Veo tu amabilidad y tu... lo que sea —le apretó la mano para enfatizar sus palabras—. Veo toda la mierda que tú prefieres olvidar. Briggs es una mala persona. Quizá alguna vez entró a la rebelión de los humanos por los motivos correctos, pero es una *mala persona*. Tú no. Tú nunca lo serás. Fin de la historia.

—Este trato que tengo con Micah sugiere lo opuesto...

—Tú no eres como él.

El peso de su mirada le presionó la piel, le calentó el rostro.

Ella retiró su mano con el mayor desenfado que pudo, intentando no fijarse en cómo los dedos de él parecían resistirse a soltarla. Pero se inclinó hacia él, estiró el brazo y le movió la gorra con un suave golpe.

—¿Qué es esto, por cierto?

Él le dio un manotazo para apartarla.

—Es una gorra.

—No va bien con tu imagen de depredador nocturno.

Por un instante, él se quedó mudo. Luego rio y echó la cabeza hacia atrás. La columna fuerte y bronceada de su garganta siguió al movimiento de cabeza y Bryce volvió a cruzarse de brazos.

—Ah, Quinlan —dijo él sacudiendo la cabeza. Se quitó la gorra y se la puso a ella—. Eres despiadada.

Ella sonrió, se volteó la gorra al revés como él la traía y empezó a acomodar los documentos.

—Veamos esto otra vez. Como lo de Briggs no sirvió de nada, y la Reina Víbora queda fuera... tal vez hay algo que estamos ignorando en cuanto a la presencia de Danika en el Templo de Luna la noche que robaron el Cuerno.

Él se acercó más, su muslo rozó su rodilla doblada, para asomarse a los documentos que tenía sobre las piernas. Ella notó que sus ojos la veían mientras estudiaba la lista de lugares. E intentó no pensar en el calor de ese muslo contra su pierna. El músculo sólido que había ahí.

Luego él levantó la mirada.

Estaba tan cerca que ella se dio cuenta de que sus ojos no eran negros sino una tonalidad muy oscura de marrón.

—Somos unos idiotas.

—Al menos dijiste *somos*.

Él rio pero no retrocedió. No movió su pierna poderosa.

—El templo tiene cámaras exteriores. Podrían haber estado grabando la noche que robaron el Cuerno.

—Lo dices como si la 33a no hubiera revisado eso hace dos años. Dijeron que después del apagón todas las grabaciones habían quedado inservibles.

—Tal vez no hicimos las pruebas correctas en las grabaciones. Tal vez no vimos en los campos indicados. O no le pedimos a la gente indicada que las examinaran. Si Danika estaba ahí esa noche, ¿por qué nadie lo sabía? ¿Por qué *ella* no dijo que estaba en el templo cuando robaron el Cuerno? ¿Por qué no dijo nada la acólita sobre su presencia?

Bryce se mordisqueó el labio. Hunt se fijó en lo que hacía. Ella podría haber jurado cómo vio que sus ojos se oscurecían. Que su muslo presionaba con más fuerza contra el suyo. A manera de desafío, para ver si ella retrocedía.

No lo hizo, pero su voz se escuchó ronca cuando habló:

—¿Crees que Danika podría saber quién se llevó el Cuerno e intentó ocultarlo? —sacudió la cabeza—. Danika no hubiera hecho eso. No parecía importarle en lo absoluto que alguien robara el Cuerno.

—No lo sé —dijo él—. Pero podemos empezar por ver las grabaciones aunque sea un montón de material inútil. Y enviárselo a alguien que pueda darnos un análisis más detallado.

Le quitó la gorra de la cabeza y se la volvió a poner, hacia atrás, con esos mechones de cabello salidos por los bordes. Y para rematar, le jaló la trenza y luego se sentó con las manos detrás de la cabeza y continuó viendo su partido.

La ausencia de su pierna contra la de ella fue como una cachetada.

—¿A quién tienes en mente?

Las comisuras de sus labios se curvaron hacia arriba.

36

El campo de tiro de tres niveles en Moonwood servía a una clientela creativa y letal. Ocupaba el espacio de una bodega convertida que se extendía a lo largo de cuatro cuadras de la ciudad a orillas del Istros y tenía la única galería para francotiradores en la ciudad.

Hunt iba cada cierto número de semanas para mantener sus habilidades en forma, por lo general a media noche cuando nadie podía pasmarse ante la presencia del Umbra Mortis con orejeras y lentes protectores caminando por los pasillos de concreto hacia una de sus galerías privadas.

Ya era tarde cuando pensó en la idea de esta reunión, y luego al día siguiente Jesiba le había asignado demasiado trabajo a Quinlan, por lo que pensaron que era mejor esperar hasta la noche para ver dónde los conducía su presa. Hunt le había apostado a Bryce un marco de oro que sería un salón de tatuajes y ella le apostó dos marcos de oro que sería un bar de rock falso. Pero cuando recibió la respuesta a su mensaje, los llevó a este sitio.

La galería de práctica de francotirador estaba en el extremo norte del edificio, accesible a través de una pesada puerta de metal que aislaba todo sonido. Al entrar tomaron sus orejeras electrónicas que ahogarían el estallido de las pistolas, pero que les seguían permitiendo oír sus voces. Antes de ingresar a la galería, Hunt miró a Bryce por encima del hombro para comprobar que tuviera puestas las orejeras.

Ella notó su atención y rio.

—Mamá gallina.

—No quisiera que te reventaran esas orejas bonitas, Quinlan.

No le dio oportunidad de responder al abrir la puerta. El ritmo a todo volumen de la música les dio la bienvenida y vieron a tres hombres formados en una barrera de vidrio que llegaba a la altura de la cintura.

Lord Tristan Flynn tenía el rifle de francotirador apuntando hacia un blanco en forma de persona al extremo más, más lejano del espacio, tan lejos que un mortal apenas lo podría distinguir. Había optado por no usar la mira y valerse sólo de su aguda vista de hada. Danaan y Declan Emmet estaban cerca de él con sus rifles colgados al hombro.

Ruhn asintió hacia ellos y les hizo una señal de que esperaran un momento.

—Va a fallar —dijo Emmet por encima del retumbar del bajo de la música y sin prestar mucha atención a Hunt y Bryce—. Por un centímetro.

—Vete al carajo, Dec —dijo Flynn y disparó.

El disparo explotó por todo el espacio, pero el material aislante de las paredes y el techo absorbió el sonido. Al fondo de la galería, el pedazo de papel se meció y el torso onduló.

Flynn bajó el rifle.

—Directo a los huevos, pendejos —extendió la mano abierta hacia Ruhn—. Paguen.

Ruhn hizo un gesto de fastidio y le colocó una moneda de oro en la mano. Luego volteó a ver a Hunt y Bryce.

Hunt vio a los dos amigos del príncipe que ahora estaban estudiándolo mientras se quitaban las orejeras y los lentes. Él y Bryce hicieron lo mismo.

No esperaba sentir un toque de envidia en la boca del estómago al ver juntos a los amigos. Una mirada a los hombros tensos de Quinlan le sugirió que tal vez ella estaba sintiendo lo mismo, que estaba recordando las noches con Danika y la Jauría de Diablos cuando no tenían otra cosa que hacer que fastidiarse mutuamente por tonterías.

Bryce se sacudió la sensación más rápido que Hunt y dijo despacio:

—Perdón por interrumpir su jueguito de comandos, chicos, pero los adultos tenemos unas cosas que discutir.

Ruhn colocó su rifle en la mesa de metal a su izquierda y se recargó contra la barrera de vidrio.

—Podrían haber llamado.

Bryce se acercó a la mesa para estudiar la pistola que su primo había dejado ahí. Sus uñas brillaron contra el negro mate. Armas furtivas diseñadas para perderse en las sombras y no delatar a su portador con un destello.

—No quería que esta información se difundiera por las redes.

Flynn le sonrió.

—Como espías. Qué bien —se acercó a ella en la mesa, tanto que Hunt se empezó a tensar—. Me siento intrigado.

Por lo general, el don de Quinlan de ver con menosprecio a los hombres mucho más altos que ella irritaba mucho a Hunt. Pero verla usar este gesto con alguien más era un verdadero deleite.

Sin embargo, esa mirada imperiosa pareció servir para hacer que Flynn sonriera aún más, en especial cuando Bryce dijo:

—No vine aquí a hablar contigo.

—Me lastimas, Bryce —dijo Flynn.

Declan Emmet rio.

—¿Estás dispuesto a hacer mierdas de hackeo? —le preguntó Quinlan.

—Vuelve a decir que es mierda y a ver si me dan ganas de ayudarte, Bryce —dijo Declan con frialdad.

—Perdón, perdón. Tus... cosas de tecnología —movió una mano—. Necesitamos analizar parte de las grabaciones del Templo de Luna de la noche que se robaron el Cuerno.

Ruhn se quedó inmóvil y sus ojos azules brillaron cuando le dijo a Hunt.

—¿Tienen una pista sobre el Cuerno?

Hunt dijo:

—Nada más estamos viendo las piezas del rompecabezas.

Declan se frotó el cuello.

—De acuerdo. ¿Qué están buscando exactamente?

—Todo —dijo Hunt—. Lo que sea que surja en audio o en térmico, o si no hay alguna manera de hacer más claro el video a pesar del apagón.

Declan dejó su rifle junto al de Ruhn.

—Tal vez tenga algún software que ayude, pero no puedo prometer nada. Si los investigadores no encontraron nada hace dos años, son pocas las probabilidades de que yo encuentre alguna anomalía ahora.

—Lo sabemos —dijo Bryce—. ¿Cuánto tiempo necesitas para ver con cuidado?

Él pareció hacer unos cálculos mentales.

—Dame unos días. Veré lo que puedo encontrar.

—Gracias.

Flynn fingió ahogar un grito.

—¡Creo que es la primera vez que nos dices esas palabras, B!

—No te acostumbres —los miró de nuevo con esa indiferencia fría y burlona que hacía que el pulso de Hunt empezara a acelerarse tanto como el ritmo de la música que salía por las bocinas del lugar—. ¿Por qué están ustedes tres aquí?

—Tenemos trabajo en el Aux, Bryce. Eso requiere de algunos entrenamientos ocasionales.

—¿Entonces dónde está el resto de su unidad? —hizo los movimientos de estar buscando a su alrededor. Hunt no se molestó en ocultar su diversión—. ¿O esto es algo de compañeritos de habitación?

Declan rio.

—Ésta fue una sesión sólo con invitación.

Bryce puso los ojos en blanco y le dijo a Ruhn.

—Estoy segura de que el Rey del Otoño te dijo que quiere informes sobre todos nuestros movimientos —se cruzó de brazos—. Mantengan esto —le hizo una señal a todos— en secreto por unos días.

—Me estás pidiendo que le mienta a mi rey —dijo Ruhn con el ceño fruncido.

—Te estoy pidiendo que no le informes esto por el momento —dijo Bryce.

Flynn arqueó la ceja.

—¿Estás diciendo que el Rey del Otoño es uno de tus sospechosos?

—Estoy diciendo que quiero que esto se mantenga en silencio.

Le dirigió una sonrisa a Ruhn y le mostró todos los dientes, la expresión más salvaje que divertida.

—Estoy diciendo que si ustedes tres idiotas filtran algo de esto a sus amigos del Aux o a sus novias borrachas, voy a estar *muy* decepcionada.

Hunt de verdad hubiera querido tener unas palomitas de maíz y una cerveza, sentarse en una silla y verla hacer pedazos verbalmente a estos pendejos.

—Suena como mucha palabrería —dijo Ruhn y señaló el blanco al fondo de la habitación—. ¿Por qué no haces un show para Athalar, Bryce?

Ella sonrió.

—No tengo que demostrarle que puedo usar una pistola grande para andar en el club de los niños.

Hunt sintió que la piel se le tensaba al ver el deleite feroz de sus ojos al decir *pistola grande*. Otras partes de él también se tensaron.

Tristan Flynn dijo:

—Veinte marcos de oro a que nosotros disparamos mejor que tú.

—Sólo unos pendejos ricos tienen veinte marcos para desperdiciar en concursos idiotas —dijo Bryce.

Sus ojos de ámbar bailaban divertidos y le guiñó a Hunt. Él sintió que la sangre se le agolpaba en el cuerpo y se tensaba igual que si ella lo hubiera agarrado del pene. Pero su mirada ya se dirigía al blanco distante.

Ella se puso las orejeras encima de las orejas arqueadas.

Flynn se frotó las manos.

—Sí, carajo, ahí vamos.

Bryce se puso los lentes, se ajustó la coleta de caballo y levantó el rifle de Ruhn. Sintió su peso en los brazos y Hunt no pudo separar la vista de cómo sus dedos rozaban el chasis, acariciando toda el arma hasta la culata.

Él tragó saliva con dificultad, pero ella sólo se acomodó el arma en el hombro, cada movimiento tan seguro como lo que esperaría de alguien criado por un francotirador. Liberó el seguro y no se molestó en usar la mirilla y dijo:

—Permítanme demostrarles por qué todos ustedes pueden besarme el trasero.

Tres disparos sonaron sobre la música, uno tras otro. El cuerpo de Bryce absorbía el retroceso de la pistola como los mejores. A Hunt se le secó la boca por completo.

Todos se asomaron a la pantalla con la imagen del blanco.

—Nada más diste uno —rio Flynn al ver el agujero a través del corazón del blanco.

—No —murmuró Emmet al mismo tiempo que Hunt veía lo mismo también: el círculo no era perfecto. No, tenía dos bultos a los lados, apenas distinguibles.

Tres tiros, tan precisos, que habían pasado por el mismo espacio.

Un escalofrío, que no tenía nada que ver con el miedo, recorrió el cuerpo de Hunt. Bryce puso de nuevo el seguro al arma, colocó el rifle sobre la mesa y se quitó las orejeras y los lentes.

Dio la vuelta y miró de nuevo a Hunt, una nueva especie de vulnerabilidad brillando debajo de esa mirada satisfecha. Un desafío. Esperando a ver cómo reaccionaba él.

¿Cuántos hombres habían huido de esta parte de ella, sus egos de alfadejos amenazados? Hunt los odió a todos por siquiera provocar esa pregunta en la mirada de Bryce.

No escuchó lo que fuera que estuviera diciendo Flynn cuando se puso las orejeras y los lentes y tomó el rifle que ella acababa de dejar y cuyo metal seguía tibio por el contacto de su cuerpo. No escuchó a Ruhn preguntándole algo mientras se preparaba para disparar.

No, Hunt miró a Bryce a los ojos y liberó el seguro.

El sonido vibró entre ambos, fuerte como un trueno. Él tragó saliva.

Hunt apartó su mirada de la de ella y disparó una vez. Con su vista de águila, no necesitaba la mirilla para ver que la bala había pasado por el agujero que había hecho ella.

Cuando bajó el arma, vio que Bryce tenía las mejillas sonrojadas y los ojos como whiskey tibio. Brillaban con una especie de luz silenciosa.

Todavía no escuchaba nada de lo que estaban diciendo los demás hombres, sólo tenía una ligera noción de que Ruhn estaba maldiciendo con admiración. Hunt le sostuvo la mirada a Bryce.

Te veo, Quinlan le dijo sin pronunciar palabra. *Y me gusta todo.*

Igual parecía decir ella con su media sonrisa.

El teléfono de Hunt sonó y tuvo que obligarse a apartar la mirada de esa sonrisa que hacía que el piso se sintiera ondulado. Lo sacó de su bolsillo con dedos sorprendentemente temblorosos. La pantalla decía *Isaiah Tiberian.* Contestó de inmediato.

—¿Qué pasó?

Hunt sabía que Bryce y las hadas podían escuchar cada una de las palabras de Isaiah:

—Vengan en este momento a Prados de Asfódelo. Hubo otro asesinato.

37

—¿Dónde? —preguntó Hunt al teléfono con un ojo en Quinlan que tenía los brazos cruzados mientras escuchaba. Toda la luz había desaparecido de su mirada.

Isaiah le dio la dirección. Como a tres kilómetros de distancia.

—Ya tenemos un equipo instalándose allá —dijo el comandante.

—Llegamos en unos minutos —respondió Hunt y colgó.

Los tres hombres hada, tras escuchar la llamada, empezaron a empacar su equipo con rápida eficiencia. Estaban bien entrenados. Eran un fastidio pero estaban bien entrenados.

Pero Bryce titubeó y no podía mantener las manos quietas a sus costados. Había visto esa mirada antes, así como la calma fingida que la invadió cuando Ruhn y sus amigos voltearon a verla.

Antes, Hunt había creído esa mirada y prácticamente la había presionado a asistir a la otra escena del asesinato.

Sin voltear a ver a los otros hombres, Hunt dijo:

—Supongo que oyeron la dirección —no esperó a que le confirmaran. Les ordenó—: Nos vemos allá.

Los ojos de Quinlan centellearon pero Hunt no le quitó la mirada de encima y se acercó. Sintió que Danaan, Flynn y Emmet estaban saliendo de la galería, pero no volteó para confirmarlo y se detuvo frente a Bryce.

El vacío frío del campo de tiro se abrió como fauces negras a su alrededor.

De nuevo, las manos de Quinlan se enroscaron y empezó a mover los dedos a su lado.

Como si pudiera sacudirse el miedo y el dolor. Hunt dijo con calma:

—¿Quieres que yo lo maneje?

El color le subió por las mejillas pecosas. Señaló la puerta con un dedo tembloroso.

—Alguien *murió* mientras nosotros estábamos aquí haciendo estupideces.

Hunt le envolvió el dedo con la mano. Lo bajó hacia el espacio entre ellos.

—Esta culpa no es tuya. Es de quien sea que lo haya hecho.

La gente como él, asesinando en la noche.

Ella intentó quitarle su dedo y él la dejó, recordando su reacción a los hombres vanir. A los alfadejos.

Bryce tragó saliva y se asomó detrás de las alas de Hunt.

—Quiero ir a la escena del crimen —él esperó que terminara lo que quería decir. Ella exhaló temblorosa.

—Necesito ir —dijo, más para ella misma. Empezó a golpear con el pie en el piso de concreto al ritmo de la música que todavía se escuchaba. Luego hizo una mueca de arrepentimiento

—Pero no quiero que Ruhn o sus amigos me vean así.

—¿Así cómo? —era normal, esperado, estar afectado por algo como lo que ella había soportado.

—Así como un puto desastre —dijo ella con los ojos brillantes.

—¿Por qué?

—Porque no es asunto de ellos pero lo van a convertir en su asunto si lo ven. Son hombres hada, meter sus narices en cosas que no les corresponde es un arte para ellos.

Hunt ahogó una risa.

—Cierto.

Ella volvió a exhalar.

—Está bien —murmuró—. Está bien.

Las manos seguían temblándole como si los recuerdos sangrientos la hubieran invadido.

Era el instinto intentando controlar sus manos.

Le temblaban como vidrio en una repisa. Se sentían igual de delicadas, incluyendo el sudor pegajoso y frío que las cubría.

—Respira —le dijo Hunt y apretó sus dedos con suavidad.

Bryce cerró los ojos e inclinó la cabeza mientras obedecía.

—Otra vez —le ordenó él.

Ella lo hizo.

—Otra vez.

Entonces Quinlan volvió a respirar y Hunt no le soltó las manos hasta que se secó el sudor. Hasta que levantó la cabeza.

—Está bien —repitió ella y, en esta ocasión, sus palabras sonaron sólidas.

—¿Estás bien?

—Tan bien como estaré —dijo ella pero su mirada ya estaba despejada.

Hunt no pudo evitar acomodarle un mechón suelto del cabello. Se deslizó como seda fresca contra sus dedos cuando lo pasó por detrás de la oreja arqueada.

—Yo igual, Quinlan.

Bryce le permitió a Hunt que la llevara volando a la escena del crimen. El callejón en Prados de Asfódelo era de lo más sórdido: un basurero repleto y con basura derramada, charcos sospechosos de líquido brillante, animales delgados como esqueletos buscando entre la basura, vidrio roto brillando en la luzprístina del poste de alumbrado oxidado.

Unas magibarreras color azul brillante bloqueaban la entrada al callejón. Algunos técnicos y legionarios estaban en la escena, entre ellos, Isaiah Tiberian, Ruhn y sus amigos.

El callejón estaba justo al lado de la calle principal, a la sombra de la Puerta Norte, la Puerta Mortal como la llamaba la mayoría de la gente. Los edificios de departamentos se elevaban en la cercanía. La mayoría eran públicos y todos necesitaban mantenimiento de manera urgente. Los sonidos que provenían de la avenida transitada cercana hacían eco en los muros de ladrillo desmoronándose. El olor dulzón de la basura se le introducía por la nariz. Bryce intentó no inhalar demasiado.

Hunt estudió el callejón y murmuró con una mano fuerte en su espalda:

—No tienes que ver, Bryce.

Lo que había hecho por ella en el campo de tiro... Ella nunca le había permitido a nadie, ni siquiera a sus padres, verla así jamás. Esos momentos en que no podía respirar. Por lo general iba al baño o salía por unas horas o empezaba a correr.

El instinto de escapar había sido casi tan fuerte como el pánico y la angustia que le quemaban el pecho pero... había visto a Hunt regresar de su misión la otra noche. Sabía que él, más que nadie, podría entenderlo.

Lo había entendido. Y no había retrocedido ni por un segundo.

Igual que no retrocedió cuando la vio tirar con precisión a ese blanco y, en vez de eso, respondió con su propio tiro. Como si fueran dos del mismo tipo, como si ella pudiera lanzarle lo que fuera y él lo atraparía. Como si él pudiera enfrentar cualquier desafío con esa sonrisa maliciosa y feroz.

Bryce podría jurar que todavía sentía la calidez de sus manos.

Después de terminar su conversación con Isaiah, Flynn y Declan avanzaron hacia la magibarrera. Ruhn estaba a unos tres metros más allá, hablando con una medibruja hermosa de cabello oscuro. Sin duda le preguntaba qué pensaba de la escena.

Flynn y Declan se asomaron detrás del borde azul brillante de la pantalla para ver el cuerpo y maldijeron.

Ella sintió cómo el estómago se le iba a los pies. Tal vez venir a este lugar había sido una mala idea. Se recargó un poco en Hunt.

Él le clavó los dedos en la espalda como apoyo silencioso antes de murmurar:

—Puedo asomarme por ambos.

Ambos, como si fueran una unidad contra este puto mundo desquiciado.

—Estoy bien —dijo ella con voz calmada.

Pero no se movió en dirección de la pantalla.

Flynn se alejó del lugar donde estaba el cuerpo y le preguntó a Isaiah:

—¿Qué tan reciente es este asesinato?

—Estamos calculando que la hora de muerte fue hace treinta minutos —respondió Isaiah con voz seria—. Por los restos de la ropa, parece que era uno de los guardias del Templo de Luna. Iba de camino a casa.

El silencio vibró a su alrededor. Bryce sintió el estómago revuelto.

Hunt maldijo.

—Voy a atreverme a adivinar que estaba de guardia la noche que robaron el Cuerno.

Isaiah asintió.

—Fue lo primero que revisé.

Bryce tragó saliva y dijo:

—Entonces debemos estar cerca de algo importante. O el asesino ya va un paso delante de nosotros, interrogando y luego matando a todos los que podrían tener idea de dónde está ese Cuerno.

—¿Ninguna de las cámaras captó algo? —preguntó Flynn. Su cara apuesta estaba muy seria, no era normal.

—Nada —dijo Isaiah—. Es como si supiera dónde están. O quien lo invocó lo supiera. Se mantuvo fuera de vista.

Hunt subió su mano por toda la espalda de Bryce, una caricia sólida y tranquilizadora y luego dio un paso hacia el Comandante de la 33a, con voz baja y dijo:

—Saber dónde están todas las cámaras en esta ciudad, en especial las ocultas, requeriría cierta autorización.

Sus palabras quedaron colgando entre ellos. Nadie más se atrevía a decir otra cosa, no en público. Hunt preguntó:

—¿Alguien reportó haber visto un demonio?

Una técnica de ADN salió detrás de la pantalla con sangre en las rodillas de su overol blanco. Como si se hubiera arrodillado en sangre mientras recogía las muestras que traía en la mano cubierta por un par de guantes.

Bryce apartó la mirada y vio hacia la calle principal de nuevo.

Isaiah negó con la cabeza.

—No hay informes de civiles ni de patrullas todavía.

Bryce apenas lo alcanzó a oír mientras registraba los datos en su mente. La calle principal.

Sacó el teléfono y abrió un mapa de la ciudad. Su localización apareció, un punto rojo en la red de calles.

Los hombres seguían hablando sobre la escasa evidencia cuando ella colocó otros identificadores más en el mapa y miró el piso debajo de ellos. Ruhn se acercó y se integró a la conversación con sus amigos pero ella se estaba desconectando de la plática.

Pero Hunt notó que ella estaba pensando en otra cosa y volteó a verla con las cejas oscuras muy arqueadas.

—¿Qué?

Ella se acercó hacia la sombra de su ala y podría haber jurado que él la cerró un poco a su alrededor.

—Éste es un mapa de los lugares donde han ocurrido los asesinatos.

Le permitió a Ruhn y sus amigos acercarse. Incluso se dignó a mostrarles la pantalla de su teléfono aunque las manos le temblaban un poco.

—Éste —dijo ella señalando el punto que parpadeaba—, somos nosotros.

Luego señaló otro punto cercano.

—Éste es el lugar donde murió Maximus Tertian.

Señaló otro lugar, esta vez cerca de avenida Central.

—Éste es el asesinato de la acólita —sintió cómo se le empezaba a cerrar la garganta pero se obligó a señalar el siguiente punto, a unas cuadras al norte—. Aquí es donde...

Las palabras le quemaban. Carajo. Carajo, tenía que decirlo, pronunciarlo...

—Donde mataron a Danika y la Jauría de Diablos —terminó de decir Hunt.

Bryce lo miró agradecida.

—Sí. ¿Ven lo que yo veo?

—¿No? —dijo Flynn.

—¿No fuiste a una escuela de hadas muy elegante? —preguntó ella.

Al ver el ceño fruncido de Flynn, suspiró y alejó un poco la vista de la pantalla.

—Miren: todos sucedieron en lugares a pasos de alguna de las avenidas principales. Sobre líneas ley, los canales naturales para que viaje la luzprístina por la ciudad.

—Carreteras de energía —dijo Hunt con un brillo en los ojos—. Fluyen justo por las Puertas.

Sí, Athalar lo entendió. Él se dirigió hacia donde estaba Isaiah a unos metros de distancia hablando con una ninfa alta y rubia con uniforme de forense.

Bryce le dijo a los hombres hada, a su hermano que tenía los ojos muy abiertos:

—Tal vez quien sea que esté invocando a este demonio está usando la energía de estas líneas ley bajo la ciudad para conseguir la fuerza necesaria y así invocarlo. Si todos los asesinatos sucedieron en lugares cercanos a estas líneas, tal vez es así como aparece el demonio.

Uno de los miembros del equipo Aux llamó a Ruhn, y su hermano hizo un gesto para indicarle lo impresionado que estaba antes de dirigirse donde lo llamaban. Ella no hizo caso de lo que esa admiración le provocaba y volteó a ver a Hunt que seguía caminando por el callejón, los músculos poderosos de sus piernas en movimiento. Lo escuchó llamar a Isaiah mientras caminaba hacia el comandante.

—Pídele a Viktoria que haga una búsqueda en las cámaras a lo largo de calle Principal, la Central y Ward. A ver si encuentra algún parpadeo en la energía, cualquier pico o caída en la temperatura que pudiera ocurrir si se invoca un demonio.

El kristallos podría mantenerse fuera de la vista, pero sin duda las cámaras captarían una pequeña alteración en el flujo de energía o en la temperatura.

—También dile que se fije en la red de luzprístina alrededor de esas horas. A ver si se registró algo.

Declan observó al ángel alejarse y luego le dijo a Bryce.

—¿Sí sabes lo que hace, verdad?

—¿Verse muy bien de negro? —dijo ella con dulzura.

Declan gruñó.

—Eso de ser cazador de demonios es un frente. Hace el trabajo sucio del gobernador —dijo y apretó su elegante mandíbula un segundo—. Hunt Athalar es malas noticias.

Ella parpadeó y lo vio por debajo de las pestañas.

—Entonces qué bueno que me gustan los chicos malos.

Flynn hizo un silbido grave.

Pero Declan sacudió la cabeza.

—A los ángeles les importa una mierda todos los demás, B. Sus metas no son *tus* metas. Las metas de Athalar tal vez ni siquiera sean las mismas que las de Micah. Ten cuidado.

Ella asintió en dirección a su hermano que otra vez estaba hablando con la guapa medibruja.

—Ya me dio la plática Ruhn, no te preocupes.

En el callejón, Hunt hablaba con Isaiah.

—Llámame si Viktoria consigue algo de video —dijo. Luego agregó, como si no estuviera acostumbrado a hacerlo—: Gracias.

A la distancia las nubes empezaban a acumularse. Las predicciones del clima decían que llovería a la media noche, pero al parecer la lluvia llegaría antes.

Hunt caminó a toda velocidad para alcanzarlos.

—Ya están averiguando.

—Veremos si la 33a sí cumple esta ocasión —murmuró Declan—. Aunque yo no me confiaría.

Hunt se enderezó. Bryce esperó a que se defendiera pero el ángel se encogió de hombros.

—Yo tampoco.

Flynn movió la cabeza hacia los ángeles que estaban trabajando en la escena.

—¿No hay lealtad?

Hunt leyó el mensaje que apareció en la pantalla de su teléfono y luego lo guardó.

—No tengo alternativa más que ser leal.

Y para ir tachando esas muertes una por una. Bryce sintió que se le retorcía el estómago.

Los ojos color ámbar de Declan se fijaron en el tatuaje de la muñeca de Hunt.

—Es algo jodido.

Flynn murmuró algo para expresar que estaba de acuerdo. Al menos los amigos de su hermano estaban en la misma página que ella en lo que tenía que ver con las políticas de los asteri.

Hunt miró a los hombres de nuevo. Evaluando.

—Sí —dijo en voz baja—. Lo es.

—Es el comentario más subvaluado del siglo.

Bryce estudió la escena del asesinato y su cuerpo volvió a tensarse, no quería ver. Hunt la vio a los ojos, como si hubiera sentido esa tensión, el cambio en su olor. Le asintió con sutileza.

Bryce levantó la barbilla y declaró:

—Nos vamos a ir.

Declan se despidió con un movimiento de la mano.

—Te llamo pronto, B.

Flynn le mandó un beso.

Ella hizo una cara de fastidio.

—Adiós.

Vio a Ruhn que la miraba fijamente y le hizo una señal de despedida. Su hermano se despidió también y continuó hablando con la bruja.

Avanzaron una cuadra en total antes de que Hunt dijera, con demasiada soltura:

—¿Tú y Tristan Flynn tuvieron algo que ver?

Bryce parpadeó.

—¿Por qué me preguntarías eso?

Él guardó las alas.

—Porque coquetea contigo todo el tiempo.

Ella resopló.

—¿Quieres contarme sobre todas las personas que han tenido algo que ver contigo, Athalar?

Su silencio le dijo lo suficiente. Ella sonrió.

Pero entonces el ángel dijo, como si necesitara algo para distraerse de los restos de carne què acababan de dejar atrás:

—No vale la pena mencionar a ninguna de las personas con quienes *he tenido que ver* —hizo una pausa de nuevo e inhaló antes de continuar—. Pero eso es porque Shahar me arruinó para cualquier otra persona.

Me arruinó. Las palabras rebotaron dentro de Bryce.

Hunt continuó con los ojos húmedos por el recuerdo:

—Yo crecí en el territorio de Shahar al sureste de Pangera y al ir ascendiendo en los rangos de sus legiones me enamoré de ella. De su visión del mundo. De sus ideas sobre cómo debían cambiar las jerarquías de los ángeles —tragó saliva—. Shahar fue la única persona que me sugirió que se me había negado todo por haber nacido bastardo. Me promovió entre sus filas hasta que llegué a ser su mano derecha. Hasta que fui su amante —exhaló profundo—. Ella dirigió la rebelión contra los asteri y yo fui el líder de sus fuerzas, la 18va Legión. Ya sabes cómo terminó.

Todo el mundo en Midgard lo sabía. La Estrella Diurna hubiera liderado a los ángeles, quizá a todos, a un mundo más libre pero la habían apagado. Otra soñadora aplastada bajo la bota de los asteri.

Hunt dijo:

—¿Entonces, tú y Flynn...?

—¿Me contaste toda esta trágica historia de amor y esperas que yo te responda con mis tonterías?

El silencio del ángel fue suficiente respuesta. Ella suspiró. Pero... estaba bien. Ella también necesitaba hablar de *algo* para sacudirse esa escena del crimen. Y para despejar las sombras que le habían llenado los ojos cuando habló de Shahar.

Sólo por eso, dijo:

—No. Flynn y yo nunca tuvimos nada que ver —sonrió un poco—. Cuando visité a Ruhn en la adolescencia apenas podía *funcionar* en la presencia de Flynn y Declan —la boca de Hunt se curvó hacia arriba—. Ellos soportaron mis coqueteos descarados y, por un rato, estuve convencida de que Flynn sería mi esposo algún día.

Hunt rio y Bryce le dio un codazo.

—Es verdad. Escribí *Lady Bryce Flynn* en todos mis cuadernos escolares durante dos años seguidos.

Él se quedó con la boca abierta.

—No es cierto.

—Claro que sí. Puedo demostrarlo: todavía tengo todos mis cuadernos en casa de mis padres porque mi mamá se niega a tirar cualquier cosa.

Su diversión empezó a flaquear. No le dijo sobre aquella vez en el último año de la universidad, cuando ella y Danika se encontraron a Flynn y Declan en un bar. Cómo Danika se había ido a su casa con Flynn porque Bryce no quería echar a perder nada entre él y Ruhn.

—¿Quieres oír sobre la peor cita que he tenido? —le preguntó con una sonrisa forzada.

Él rio.

—Creo que me da un poco de miedo, pero claro.

—Salí con un vampiro durante tres semanas. Fue la primera y única vez que tuve algo que ver con alguien de Flama y Sombra.

Los vamps habían trabajado mucho para lograr que la gente olvidara el pequeño dato de que todos ellos venían del Averno, que ellos mismos eran demonios menores. Que sus ancestros habían desertado a sus siete príncipes durante las Primeras Guerras y habían filtrado información vital a las Legiones Imperiales de los asteri que les ayudó a obtener la victoria. Traidores y convenencieros que seguían teniendo el hambre de sangre de los demonios.

Hunt arqueó una ceja.

—¿Y?

Bryce hizo una mueca de dolor.

—Y no podía dejar de preguntarme a mí misma qué parte de mí quería más: mi sangre o... ya sabes. Y luego él sugirió comer *mientras* comía, si entiendes a lo que me refiero.

Hunt tardó un segundo en comprender. Luego sus ojos oscuros se abrieron de par en par.

—Mierda. *¿En serio?*

Ella se dio cuenta de que él vio sus piernas, entre ellas. La manera en que sus ojos parecieron oscurecerse más, algo en ellos se enfocó.

—¿Eso no dolería?

—No quise averiguarlo.

Hunt movió la cabeza y ella se preguntó si estaría dudando si horrorizarse o reír. Pero la luz había regresado a sus ojos.

—¿Y después de eso ya no hubo más vamps?

—Para nada. Él decía que el mejor placer siempre estaba cubierto de dolor pero yo lo eché a la calle.

Hunt expresó guturalmente su aprobación. Bryce sabía que tal vez no debería hacerlo pero preguntó con cautela:

—¿Tú todavía sientes algo por Shahar?

Un músculo de la mandíbula de Hunt se movió como reflejo. Miró hacia el cielo.

—Hasta el día que muera.

Las palabras no tenían añoranza ni dolor, pero ella de todas maneras no se sentía del todo segura de qué hacer con la sensación en el estómago que le provocó esa afirmación.

Hunt la volteó a ver al fin. Una mirada triste y sin luz.

—No veo cómo puedo olvidarme de amarla cuando ella renunció a *todo* por mí. Por la causa —negó con la cabeza—. Cada vez que estoy con alguien lo recuerdo.

—Ah.

No había manera de discutir con eso. Lo que dijera en contra sonaría egoísta y quejumbroso. Y tal vez ella era tonta por permitirse interpretar algo más cuando sus piernas se tocaron o cuando la miró de esa manera en el campo de tiro o cuando la ayudó a salir de su pánico o cualquiera de esas cosas.

Él la estaba viendo fijamente. Como si estuviera entendiendo todo. Tragó saliva.

—Quinlan, eso no quiere decir que yo no...

Sus palabras fueron interrumpidas por un grupo de gente que se acercaba a ellos desde el otro lado de la calle.

Ella vio cabello rubio platinado y dejó de respirar. Hunt maldijo.

—Vámonos volando...

Pero Sabine ya los había visto. Su cara angosta y pálida estaba retorcida en un una mueca de enojo.

Bryce odió que sus manos empezaron a estremecerse de manera incontrolable. Sus rodillas empezaron a temblar.

Hunt le dio una advertencia a Sabine.

—Sigue tu camino, Fendyr.

Sabine no le hizo caso. Su mirada era como si estuviera lanzándole a Bryce astillas de hielo.

—Escuché que andabas enseñando la cara de nuevo —le dijo a Bryce furiosa—. ¿Dónde *putas* está mi espada, Quinlan?

Bryce no pudo pensar en nada que decirle, ninguna respuesta o explicación. Dejó que Hunt la llevara del otro lado. El ángel se convirtió en una verdadera pared de músculo entre ambas.

La mano de Hunt estaba apoyada en la espalda de Bryce empujándola para que siguiera caminando.

—Vámonos.

—Puta estúpida —le dijo con odio Sabine y escupió a los pies de Bryce cuando pasó.

Hunt se tensó y dejó escapar un gruñido pero Bryce lo tomó del brazo con fuerza en una petición silenciosa de que no hiciera caso.

Él enseñó los dientes y volteó a ver a Sabine por encima del hombro pero Bryce dijo:

—Por favor.

Él miró su cara y estaba listo para objetar. Ella los obligó a seguir caminando a pesar de que las palabras de Sabine se le habían quedado grabadas en la espalda.

—Por favor —repitió Bryce.

El pecho de Hunt subía y bajaba, como si tuviera que hacer acopio de toda su fuerza para controlar la ira, pero siguió viendo al frente. La risa grave y engreída de Sabine avanzaba hacia ellos.

El cuerpo de Hunt se petrificó y Bryce le apretó más el brazo. Sentía la miseria arremolinándose en su estómago.

Tal vez él lo olió, tal vez lo podía ver en su cara, pero Hunt empezó a caminar otra vez. Su mano volvió a calentar la espalda de Bryce, una presencia estable mientras caminaban hasta que por fin lograron cruzar la calle.

Estaban a medio camino de atravesar la calle principal cuando Hunt la tomó en sus brazos y, sin decir palabra, se elevó hacia el cielo.

Ella recargó la cabeza contra su pecho. Dejó que el viento ahogara el rugido de su mente.

Aterrizaron en la azotea de su edificio cinco minutos después y ella hubiera ido sin dilación al departamento pero él la sostuvo del brazo.

Hunt volvió a estudiar su cara. Sus ojos.

Ambos había dicho antes. Una unidad. Un equipo. Una jauría de dos personas.

Las alas de Hunt se movieron un poco con el viento proveniente del Istros.

—Vamos a encontrar a quien está detrás de todo esto, Bryce. Lo prometo.

Y, por alguna razón, ella le creyó.

Se lavaba los dientes cuando sonó su teléfono.

Declan Emmet.

Bryce escupió la pasta de dientes antes de contestar.

—Hola.

—¿Todavía tienes guardado mi número? Me conmueves, B.

—Sí, sí, sí. ¿Qué pasó?

—Encontré algo interesante en las grabaciones. Los residentes que pagan impuestos en esta ciudad deberían rebelarse al ver cómo se está desperdiciando su dinero en analistas de segunda en vez de invertir en personas como yo.

Bryce caminó hacia el pasillo, luego hacia la estancia, luego hacia la puerta de Hunt. Tocó una vez y le dijo a Declan:

—¿Me vas a decir o sólo vas a regodearte?

Hunt abrió la puerta.

Puta. Solas. En llamas.

No tenía puesta la camisa y, por su aspecto, también se lavaba los dientes. Pero a ella no le importaba un carajo su higiene dental si se veía *así*.

Tenía músculos sobre músculos sobre músculos, todos cubiertos por una piel dorada tostada que brillaba bajo las lucesprístinas. Era ridículo. Ya lo había visto antes sin camisa, pero no se había dado cuenta... no así.

Ella había visto muchos cuerpos de hombres hermosos y bien formados, pero el de Hunt Athalar la dejó sin habla.

Él estaba sufriendo por un amor perdido, se recordó a sí misma. Se lo había dejado *muy* claro esa tarde. A través de pura voluntad, levantó la mirada y se topó con la sonrisa burlona de su cara.

Pero esa sonrisa engreída se disolvió cuando ella puso a Declan en el altavoz. Dec dijo:

—No sé si deba decirles que se sienten o no.

Hunt salió hacia la estancia con el ceño fruncido.

—Sólo dilo —dijo Bryce.

—Está bien, entonces admitiré que alguien pudo haber cometido un error con demasiada facilidad. Gracias al apagón, la grabación es sólo oscuridad con algunos sonidos. Sonidos ordinarios de gente de la ciudad que reaccionaba al apagón. Así que separé cada audio individual de los sonidos de la calle frente al templo. Aumenté los del fondo que las computadoras del gobierno tal vez no tenían la tecnología para escuchar. ¿Saben qué escuché? Gente riendo, invitando a otras a *tocarlo*.

—Por favor dime que esto no va a terminar en una asquerosidad —dijo Bryce.

Hunt rio.

—Era gente en la Puerta de la Rosa. Podía escuchar a la gente en la Puerta de la Rosa en CiRo desafiándose a tocar el disco en el apagón para ver si todavía funcionaba. Sí funcionaba, por cierto. Pero también los podía escuchar haciendo sonidos de admiración por las flores que se abrían al anochecer en la Puerta misma.

Hunt se acercó. Su olor se envolvió alrededor de Bryce y la mareó. Le dijo al teléfono:

—La Puerta de la Rosa está a media ciudad del Templo de Luna.

Declan rio.

—Hola, Athalar. ¿Te gusta ser el invitado de Bryce?

—Sólo dinos ya —dijo Bryce entre dientes. Luego dio un gran paso con cuidado para apartarse de Hunt.

—Alguien cambió la grabación del templo durante las horas del robo del Cuerno. Fue un trabajo muy jodidamente inteligente, lo arreglaron para que no hubiera ni un parpadeo en la estampa del tiempo. Tomaron la grabación de audio que era casi idéntico a lo que hubiera sonado en el templo, con el ángulo de los edificios y todo. Un truco muy astuto. Pero no lo suficiente. La 33a debería haberse acercado a mí. Yo hubiera encontrado un error como ése.

A Bryce le latía el corazón con fuerza.

—¿Puedes averiguar quién lo hizo?

—Ya lo averigüé —todo lo engreído de la voz de Declan desapareció—. Investigué quién era el responsable de liderar la investigación sobre las grabaciones de las cámaras esa noche. Ellos serían la única persona con la autorización para hacer un cambio así.

Bryce dio golpes con el pie en el piso y Athalar le rozó el hombro con el ala en apoyo silencioso.

—¿Quién *es*, Dec?

Declan suspiró.

—Miren, no estoy diciendo cien por ciento de certeza que sea esta persona sea la responsable... pero la oficial que lideró esa parte de la investigación fue Sabine Fendyr.

PARTE III

EL CAÑÓN

38

—Tiene sentido —dijo Hunt con tacto mientras veía a Bryce sentada en el brazo de su sofá, mordiéndose el labio inferior. Ella apenas le dijo gracias a Declan antes de colgar.

Hunt continuó:

—El demonio se ha mantenido fuera de la vista de las cámaras de la ciudad. Sabine sabría dónde están esas cámaras, en especial si ella tenía la autoridad de supervisar las grabaciones para casos penales.

El comportamiento de Sabine esa noche... Él la había querido matar.

Había visto a Bryce reírse en la cara de la Reina Víbora, enfrentarse de frente a Philip Briggs y retar a tres de los guerreros hada más letales de la ciudad, pero había temblado al ver a Sabine.

Él no había podido soportarlo, su miedo y miseria y culpa.

Cuando Bryce no respondió, volvió a decir:

—Tiene sentido que Sabine sea responsable.

Se sentó junto a ella en el sillón. Acababa de ponerse una camisa aunque había disfrutado la mirada de admiración pura en la cara de Bryce cuando lo vio.

—Sabine no hubiera matado a su propia hija.

—¿De verdad crees eso?

Bryce se abrazó las rodillas con los brazos.

—No.

Estaba usando unos shorts para dormir y una camiseta grande y vieja y se veía joven. Pequeña. Cansada.

Hunt dijo:

—Todos saben que el Premier estaba considerando saltarse a Sabine para que Danika fuera su heredera. Eso me parece un buen puto motivo —lo reconsideró cuando un viejo recuerdo atrajo su atención. Sacó su teléfono y dijo—: Espera.

Isaiah respondió al tercer timbrazo.

—¿Sí?

—¿Qué tan fácil es que consigas acceso a tus notas de la sala de observación de la noche que murió Danika? —no le permitió a Isaiah responder y siguió hablando—. En específico, ¿escribiste lo que nos dijo Sabine?

La pausa que hizo Isaiah estaba llena de tensión.

—Dime que no piensas que Sabine la mató.

—¿Puedes conseguir las notas? —presionó Hunt.

Isaiah dijo una mala palabra pero después de un momento, respondió:

—Está bien, lo tengo.

Hunt se acercó a Quinlan para que ella pudiera escuchar la voz del comandante cuando decía:

—¿Quieres que recite todo?

—Sólo lo que dijo sobre Danika. ¿Lo tienes?

Sabía que Isaiah lo tenía. El ángel tomaba notas extensas sobre todo.

—Sabine dijo, *Danika no podía mantenerse fuera de problemas.*

Bryce se puso tensa y Hunt le puso la mano libre en la rodilla y apretó una vez.

—*Nunca pudo mantener la boca* cerrada *y saber cuándo quedarse en silencio alrededor de sus enemigos. Y mira lo que le pasó. Esa perra estúpida de allá adentro sigue respirando y Danika* no. *Danika debería haber sido más inteligente.* Hunt, luego tú le preguntaste sobre qué debería haber sido más inteligente y Sabine dijo, *Sobre todo. Empezando por esa puta de compañera de departamento.*

Bryce se encogió un poco ante lo que escuchaba y Hunt le frotó el pulgar en la rodilla.

—Gracias, Isaiah.

Isaiah se aclaró la garganta.

—Ten cuidado.

La llamada terminó.

Los ojos de Bryce brillaban.

—Lo que dijo Sabine se puede interpretar de muchas maneras —admitió—. Pero...

—Suena como que Sabine quería que Danika mantuviera la boca cerrada sobre algo. Tal vez Danika amenazó con hablar sobre el robo del Cuerno y Sabine la mató por eso.

Bryce tragó saliva y asintió.

—Pero, ¿por qué esperar dos años?

—Supongo que eso lo averiguaremos de ella.

—¿Qué podría querer Sabine con un artefacto roto? Y aunque supiera cómo repararlo, ¿qué haría con él?

—No lo sé. Y no sé si alguien más lo tiene y ella lo quiere, pero...

—Si Danika vio a Sabine robarlo, tendría sentido que Danika nunca dijera nada. Sería lo mismo con el guardia y la acólita. Es probable que estuvieran demasiado asustados como para declarar.

—Eso explicaría por qué Sabine cambió las grabaciones. Y por qué la asustó cuando nos presentamos en el templo, lo que la obligó a matar a quien pudiera haber visto algo aquella noche. Tal vez la bomba en el club era una manera de intimidarnos o de matarnos haciéndolo parecer como que los humanos estaban detrás del atentado.

—Pero... no creo que ella lo tenga —dijo Bryce pensativa y jugando con los dedos de sus pies.

Tenía las uñas pintadas de un color rubí oscuro. Ridículo, se dijo a sí mismo. No la alternativa. La que lo tenía imaginándose el sabor de cada uno de sus dedos para luego empezar a avanzar por esas piernas suaves y desnudas. Piernas desnudas que estaban a centímetros de él, la piel dorada brillando bajo las lucesprístinas. Se obligó a quitar la mano de su rodilla aunque sus dedos le rogaban que se moviera, que le acariciara el muslo. Más arriba.

Bryce continuó, sin saber el verdadero curso de sus pensamientos:

—No veo por qué Sabine pudiera tener el Cuerno y de todas maneras invocar al kristallos.

Hunt se aclaró la garganta. Había sido un puto día muy largo. Un día extraño, si es que era ahí el lugar donde sus pensamientos habían terminado. Para ser honesto, habían estado flotando en esa dirección desde el campo de tiro. Desde que la vio sosteniendo el rifle como una maldita profesional.

Se obligó a poner atención. A considerar la conversación presente y no a contemplar si las piernas de Quinlan se sentirían tan suaves bajo su boca como se veían.

—No olvides que Sabine odia a Micah a muerte. Además de silenciar a las víctimas, los asesinatos ahora también servirían para restarle poder. Ya viste lo nervioso que está para que esto quede resuelto antes de la Cumbre. ¿Este tipo de asesinatos, causados por un demonio desconocido, cuando Sandriel está aquí? Lo convertiría en una burla. El perfil de Maximus Tertian era tan alto como para provocarle un dolor de cabeza político a Micah. La muerte de Tertian podría ser sólo para joder la posición de Micah. Carajo, ella y Sandriel podrían estar coludidas con la esperanza de debilitarlo a los ojos de los asteri para que así designaran a Sandriel en Valbara. Con bastante facilidad ella podría hacer que Sabine fuera la Premier de todos los metamorfos de Valbara, no sólo de los lobos.

El rostro de Bryce palideció. No existía ese título, pero los gobernadores estaban en su derecho de crearlo.

—Sabine no es de ese tipo. Le gusta el poder, pero no a esa escala. Ella piensa en pequeño... *es* pequeña. La escuchaste pelear sobre la espada perdida de Danika.

Bryce se empezó a trenzar su cabello de manera distraída.

—No deberíamos gastar nuestro aliento adivinando sus motivos. Podría ser cualquier cosa.

—Tienes razón. Tenemos una razón muy buena para pensar que ella mató a Danika pero nada sólido como para explicar estos nuevos asesinatos.

Hunt observó los dedos largos y delicados de Bryce enredados en su cabello. Se obligó a ver la pantalla oscura de la televisión.

—Atraparla con el demonio podría comprobar su intervención —terminó de decir Hunt.

—¿Crees que Viktoria pueda encontrar los videos que le pedimos?

—Espero que sí —dijo él.

Hunt lo pensó. Sabine... puta madre si había sido ella...

Bryce se levantó del sillón.

—Voy a correr.

—Es la una de la mañana.

—Necesito correr un poco o no podré dormir.

Hunt se puso de pie de un salto.

—Acabamos de regresar de la escena de un asesinato y Sabine quiere ver sangre. Bryce...

Ella se dirigió a su recámara sin voltear atrás.

Salió dos minutos después con su ropa para hacer ejercicio y lo encontró en la puerta también vestido para correr. Ella frunció el ceño.

—Quiero correr sola.

Hunt abrió la puerta y salió al pasillo.

—Qué puta mala suerte.

Ahí estaba su respiración y el golpeteo de sus pies en las calles mojadas y la música sonando a todo volumen en sus oídos. Ella la había puesto tan fuerte que casi era puro ruido. Ruido ensordecedor con ritmo. Nunca ponía la música tan fuerte cuando corría en las mañanas, pero con Hunt corriendo a paso estable a su lado, podía poner la música alta y no preocuparse de que algún depredador se aprovechara de ello.

Así que corrió. Por las avenidas anchas, los callejones y las calles secundarias. Hunt se movía con ella, cada movimiento agraciado y vibrando de poder. Ella podría haber jurado que iba dejando relámpagos a su paso.

Sabine. ¿Ella había matado a Danika?

Bryce no lograba hacerse a la idea. Cada respiración se sentía como astillas de vidrio.

Necesitaban encontrarla en el acto. Encontrar evidencias en su contra.

La pierna le empezó a doler, como si le quemara un ácido en el hueso del muslo. No le hizo caso.

Bryce cortó hacia Prados de Asfódelo, una ruta tan familiar que le sorprendía que no estuvieran marcadas sus huellas en las piedras. Dio la vuelta en una esquina tratando de controlar el gemido de dolor cuando su pierna objetó al movimiento. La mirada de Hunt se dirigió a ella de inmediato pero ella no volteó.

Sabine. Sabine. Sabine.

La pierna le quemaba pero siguió adelante. Por los Prados. Por CiRo.

Siguió corriendo. Siguió respirando. No se atrevió a detenerse.

Bryce sabía que Hunt estaba haciendo un gran esfuerzo por mantener la boca cerrada cuando al fin regresaron a su departamento una hora después. Tuvo que sostenerse en la puerta para no caer.

Él entrecerró los ojos pero no dijo nada. No mencionó que su cojeo había sido tan obvio al final que casi no había podido correr las últimas diez cuadras. Bryce sabía que el cojeo y el dolor estarían peor en la mañana. Cada paso le provocaba un grito en la garganta que tenía que tragarse y enviar hacia abajo, abajo, abajo.

—¿Estás bien? —le preguntó él con seriedad y se levantó la camisa para limpiarse el sudor de la cara.

Ella alcanzó a echar un vistazo demasiado breve a esos músculos ridículos de su abdomen que brillaban con el sudor. Él se había mantenido a su lado todo el tiempo, no se había quejado ni había hablado. Sólo le siguió el paso.

Bryce se concentró en no recargarse en la pared al ir hacia su recámara.

—Estoy bien —dijo sin aliento—. Necesitaba correr para despejarme.

Él intentó tocar su pierna y un músculo se movió en su mandíbula.

—¿Eso te pasa con frecuencia?

—No —mintió ella.

Hunt la miró.

Ella no pudo evitar cojear al dar el siguiente paso.

—A veces —admitió con una mueca de dolor—. Me voy a poner hielo. Mañana estaré bien.

Si tuviera sangre pura de hada hubiera sanado en una hora o dos. Pero, si tuviera sangre pura hada, la herida no hubiera permanecido así durante tanto tiempo.

La voz de él estaba ronca cuando le preguntó:

—¿Alguna vez te revisaron la herida?

—Sí —mintió ella de nuevo y se frotó el cuello sudoroso. Antes de que él pudiera decirle que estaba mintiendo, agregó—: Gracias por acompañarme.

—Sí.

No fue una respuesta real, pero por fortuna Hunt no dijo nada más cuando ella se fue cojeando por el pasillo y cerró la puerta de su recámara.

39

A pesar de su entrada con vista a la siempre activa Vieja Plaza, a Ruhn le pareció que la clínica de la medibruja era bastante silenciosa. Las paredes pintadas de blanco en la sala de espera brillaban con la luz del sol que se filtraba por las ventanas que daban al tráfico omnipresente y el sonido de una pequeña fuente de cuarzo sobre el escritorio de mármol blanco se mezclaba de manera interesante con la sinfonía que salía de las bocinas del techo.

Había esperado cinco minutos mientras la bruja que había venido a ver terminaba con un paciente. Se había contentado con permanecer entre los vapores de lavanda del difusor que estaba en la mesa junto a su silla. Hasta sus sombras dormían en su interior.

Había revistas y panfletos extendidos en la mesa de centro de roble blanco frente a él. Los primeros eran anuncios para todo tipo de cosas, desde tratamientos de fertilidad pasando por terapia de cicatrices y hasta la curación de artritis.

Una puerta al fondo del pasillo angosto detrás del escritorio de la entrada se abrió y se asomó una cabeza oscura de cabello rizado. Una voz musical dijo:

—Por favor llámeme si tiene más síntomas.

La puerta se cerró, tal vez para darle más privacidad al paciente.

Ruhn se quedó parado, sintiéndose fuera de lugar con su ropa color negro que lo cubría de pies a cabeza, en medio de las tonalidades suaves blancas y cremas de la clínica, por lo que se mantuvo muy quieto hasta que la medibruja se acercó al escritorio.

En la escena del crimen de la noche anterior le preguntó si ella había observado algo interesante sobre el cadáver. Le impresionó tanto su inteligencia de ojos despejados que le preguntó si era prudente pasar a verla en la mañana.

La medibruja sonrió un poco al llegar al otro lado del escritorio y sus ojos oscuros se iluminaron como bienvenida.

Y también estaba eso. Su rostro arrebatador. No la belleza cultivada de una estrella de cine o una modelo, no, esto era belleza en su forma más cruda, desde los grandes ojos color café hasta su boca de labios pronunciados y sus pómulos prominentes, todo en simetría casi perfecta. El conjunto irradiaba una serenidad y conciencia tranquilas. Él no había podido dejar de verla, ni siquiera con el cadáver destrozado que estaba a sus espaldas.

—Buenos días, príncipe.

Y también estaba eso. Su voz clara y hermosa. Las hadas eran muy sensibles al sonido gracias a su oído más perceptivo. Podían escuchar notas dentro de las notas, acordes dentro de los acordes. Ruhn una vez casi tuvo que salir huyendo de una cita con una joven ninfa cuando su risa aguda le sonó similar al sonido de un delfín. Y en la cama... carajo, ¿a cuántas parejas dejó llamar porque los sonidos que hacían eran insoportables? Demasiadas como para llevar la cuenta.

Ruhn le ofreció una sonrisa a la medibruja.

—Hola —hizo un movimiento con la cabeza hacia el pasillo—. Sé que estás ocupada, pero tenía la esperanza de que pudieras darme unos minutos para platicar de este caso en el que estoy trabajando.

Vestida con pantalones holgados color azul marino y una camisa de algodón blanco con mangas de tres cuartos de longitud que resaltaba el color café brillante de su piel, la medibruja estaba parada con un nivel impresionante de quietud.

Eran un grupo extraño y único, las brujas. Aunque parecían humanas, su magia considerable y sus largas vidas las marcaban como vanir, su poder pasaba sobre todo por la línea materna. Todas ellas eran consideradas civitas. El poder era heredado, de alguna fuente antigua que las brujas decían era una diosa de tres caras pero también aparecían brujas en familias no mágicas de vez en cuando. Sus dones variaban, desde videntes hasta guerreras o creadoras de pociones, pero las sanadoras eran las más visibles en Ciudad Medialuna. Su educación era meticulosa y muy larga, por lo que la joven bruja que estaba frente a él era inusual. Tenía que ser buena para trabajar en una clínica cuando no podía tener más de treinta años.

—Tengo otro paciente pronto —dijo mirando por encima del hombro de Ruhn hacia la calle transitada—. Pero después tengo mi hora del almuerzo. ¿Te importaría esperar media hora? —hizo una señal hacia el pasillo detrás de ella. Al fondo se veía una puerta de vidrio por la cual entraba la luz del sol—. Tenemos un jardín interior. El día está agradable y podrías esperar afuera.

Ruhn estuvo de acuerdo y se fijó en el nombre que estaba en el escritorio.

—Gracias, señorita Solomon.

Ella parpadeó sorprendida con sus pestañas largas y aterciopeladas.

—Oh... yo no... Ésta es la clínica de mi hermana. Ella está de vacaciones y me pidió que la cubriera mientras no estaba —volvió a hacer una señal hacia el patio con la gracia de una reina.

Ruhn la siguió por el pasillo tratando de no inhalar demasiado de su olor a eucalipto y lavanda.

No seas un pinche patán.

La luz del sol se enredó en su cabello grueso y oscuro como la noche cuando llegó a la puerta del patio y la abrió con el hombro. Del otro lado había un patio con lajas de piedra rodeado por jardines de hierbas en terrazas. El día era de verdad hermoso y la brisa del río hacía que las plantas se movieran y sonaran, que desprendieran sus fragancias tranquilizantes.

Ella le señaló la mesa de hierro forjado y las sillas que estaban junto a un macizo de menta.

—Regreso pronto.

—Está bien —dijo él y ella no esperó a que él se sentara antes de desaparecer en el interior.

Los treinta minutos pasaron rápido gracias a un montón de llamadas que recibió de Dec y Flynn junto con otras de sus capitanes del Aux. Cuando se abrió la puerta de vidrio otra vez, él acababa de dejar su teléfono y tenía la intención de disfrutar unos momentos del silencio impregnado del dulce olor de la vegetación.

Se puso de pie en cuanto vio la bandeja pesada que traía la bruja en las manos. Traía una tetera humeante, tazas, un platón de quesos, miel y pan.

—Pensé que si me voy a dar un *break* para comer, sería mejor que comiéramos juntos —le dijo a Ruhn cuando le ayudó con la bandeja.

—No tenías que traerme nada —dijo él mientras colocaba la bandeja sobre la mesa cuidando no voltear la tetera.

—No fue ninguna molestia. De todas maneras, no me gusta comer sola.

Se sentó frente a él y empezó a repartir los cubiertos.

—¿De dónde es tu acento?

Ella no hablaba con la dicción rápida de la gente de la ciudad sino más bien como alguien que seleccionaba cada una de sus palabras con mucho cuidado.

Ella le untó un poco de queso a una rebanada de pan.

—Mis tutores eran de una parte antigua de Pelium, cerca del mar Rhagan. Supongo que se me pegó su acento.

Ruhn se sirvió un poco de té y luego le sirvió a ella.

—Toda esa zona es vieja.

A ella le brillaron los ojos.

—Es verdad.

Él esperó hasta que bebiera un trago de su té para decir:

—He hablado de esto con otras medibrujas de la ciudad pero ninguna me ha podido dar una respuesta. Estoy muy consciente de que puedo estar buscando lo imposible. Pero antes de que diga algo, me gustaría pedir tu... discreción.

Ella tomó unas cuantas uvas y dátiles y los puso en su plato.

—Puedes preguntar lo que quieras. No diré una sola palabra.

Él inhaló el olor de su té: menta y orozuz y algo más, un suspiro de vainilla y algo... leñoso. Se recargó en el respaldo de su silla.

—De acuerdo. Sé que tu tiempo es limitado así que iré directo al grano: ¿puedes pensar en alguna manera en la que un objeto mágico roto pueda repararse si nadie, ni brujas, ni hadas, ni los mismos asteri han podido repararlo? ¿Alguna manera de... sanarlo?

Ella vertió un poco de miel sobre su queso.

—¿El objeto estaba hecho de magia o era un objeto ordinario al que luego se le infundió poder?

—La leyenda dice que está hecho con magia y podía ser usado por aquellos con dones de Astrogénito.

—Ah —sus ojos claros lo estudiaron y se fijaron en su color—. Entonces es un artefacto hada.

—Sí. De las Primeras Guerras.

—¿Estás hablando del Cuerno de Luna?

Ninguna otra bruja lo había adivinado tan rápido.

—Tal vez —dijo él evadiendo la pregunta, pero le permitió ver la verdad en sus ojos.

—La magia y el poder de las siete estrellas sagradas no lo podría reparar —dijo ella—. Y brujas mucho más sabias que yo lo han visto y les ha parecido una tarea imposible.

La decepción se asentó en el estómago del príncipe.

—Yo pensé que las medibrujas podrían tener una idea de cómo sanarlo, considerando su área de experiencia.

—Entiendo por qué podrías pensar eso. Esta clínica está llena de maravillas que yo no sabía que existían, que mis tutores no sabían que existían. Láseres y cámaras y máquinas que pueden ver al interior de tu cuerpo de la misma manera que puede mi magia —sus ojos se hacían más brillantes con cada palabra y Ruhn, por más que quisiera, no podía apartar la vista de ella.

—Y tal vez... —ladeó la cabeza y se quedó mirando un macizo de lavanda que se mecía con el viento.

Ruhn mantuvo la boca cerrada y le permitió pensar. Su teléfono vibró al recibir un mensaje y lo silenció al instante.

La bruja se quedó inmóvil. Sus dedos delgados se contrajeron sobre la mesa. Sólo un movimiento, una ola de reacción, para sugerir que algo se había conectado en esa linda cabecita de ella. Pero no dijo nada.

Cuando ella volvió a verlo, sus ojos se veían más oscuros. Llenos de advertencia.

—Es posible que con todos los avances de la medicina actual alguien haya encontrado una forma de reparar un objeto de poder roto. Tratar el artefacto no como algo inerte sino como algo vivo.

—¿Entonces, qué... usarían alguna especie de láser para repararlo?

—Un láser, una droga, un injerto de piel, un trasplante... la investigación actual ha abierto muchas puertas.

Mierda.

—¿Te sonaría familiar si te dijera que las hadas de la antigüedad decían que el Cuerno sólo podía repararse con luz que no es luz, magia que no es magia? ¿Suena como tecnología moderna?

—En eso, debo admitir que no estoy tan informada como mis hermanas. Mi conocimiento de la sanación está fundado en nuestras costumbres más antiguas.

—Está bien —dijo él y se levantó de su silla—. Muchas gracias por tu tiempo.

Ella lo miró a los ojos con sorprendente franqueza. Carente de miedo y nada impresionada por él.

—Estoy segura de que ya lo estás haciendo, pero te aconsejo que procedas con cuidado, príncipe.

—Lo sé. Gracias —se talló la nuca y se preparó para lo que preguntaría—. ¿Crees que tu reina pudiera tener una respuesta?

La medibruja volvió a ladear la cabeza y todo ese cabello glorioso se derramó por encima de su hombro.

—Mi... Oh —él podría haber jurado que el dolor le nubló la vista—. Te refieres a la nueva reina.

—Hypaxia —el nombre brilló en su lengua—. Lamento la muerte de tu anterior reina.

—Yo también —dijo la bruja.

Por un momento, sus hombros parecieron curvarse hacia adentro; su cabeza se agachó bajo un peso fantasma. Hécuba había sido muy amada por su gente... el dolor por su muerte perduraría. La bruja exhaló por la nariz y volvió a erguirse, como si se estuviera sacudiendo el manto del dolor.

—Hypaxia ha estado de luto por su madre. No recibirá visitantes hasta que aparezca en la Cumbre —sonrió con discreción—. Tal vez tú puedas preguntarle en persona entonces.

Ruhn reaccionó a las palabras. Por un lado, al menos no tendría que ver a la mujer con la que su padre quería que se casara.

—Por desgracia, este caso es tan urgente que no puede esperar a la Cumbre.

—Le rezaré a Cthona para que te ayude a encontrar tus respuestas en otra parte, entonces.

—Espero que escuche.

Ruhn empezó a caminar hacia la puerta.

—Espero verte otra vez, príncipe —dijo la medibruja y devolvió su atención a la comida.

Las palabras no eran una insinuación, una invitación no tan sutil. Pero incluso más tarde, cuando estaba en los Archivos Hada investigando descubrimientos médicos, seguía pensando en el tono de promesa de su despedida.

Y se dio cuenta de que nunca le dijo su nombre.

40

Viktoria tardó dos días en encontrar algo raro en las cámaras de la ciudad y la red de energía. Pero cuando lo halló, no llamó a Hunt. No, envió a un mensajero.

—Vik me dijo que fueras a su oficina, la del laboratorio —le dijo Isaiah a modo de saludo tras aterrizar en la azotea de la galería.

Recargado en el marco de la puerta que llevaba a los pisos inferiores, Hunt analizó a su comandante. El brillo usual de Isaiah estaba apagado y tenía sombras debajo de los ojos.

—¿Las cosas están tan mal con Sandriel por allá?

Isaiah guardó sus alas. Apretadas.

—Micah la está controlando, pero estuve despierto toda la noche lidiando con gente petrificada.

—¿Soldados?

—Soldados, personal, empleados, vecinos... Ella los altera —Isaiah movió la cabeza—. También está reservándose el momento de anunciar la llegada de Pollux para mantenernos nerviosos. Sabe el tipo de miedo que él provoca.

—Tal vez tengamos suerte y ese pedazo de mierda se quede en Pangera.

—Nunca tenemos tanta suerte, ¿o sí?

—No, nunca —Hunt rio con amargura—. Todavía falta un mes para la Cumbre —un mes de soportar la presencia de Sandriel—. Yo... Si necesitas que ayude en algo, por favor dime.

Isaiah parpadeó, estudiando a Hunt de la cabeza hasta la punta de las botas. No debería avergonzarle esa sorpresa en la expresión del comandante por su oferta. La mirada de

Isaiah pasó a las baldosas debajo de sus botas iguales, como si estuviera contemplando qué o quién podría ser el responsable de este nuevo altruismo. Pero Isaiah preguntó:

—¿En serio crees que Roga convierta a sus exes y a sus enemigos en animales?

Él había observado a las criaturas en los pequeños tanques de la biblioteca así que sólo pudo decir:

—Espero que no.

En especial por el bien de su asistente, quien fingía no quedarse dormida en su escritorio hacía veinte minutos, cuando le habló para ver cómo estaba.

Desde que Declan les había dado la sorprendente información sobre Sabine, el malhumor de Bryce era constante. Hunt le aconsejó que fuera cuidadosa si decidían ir tras la futura Premier, y ella parecía más convencida de esperar a que Viktoria encontrara alguna pista sobre los patrones del demonio, cualquier prueba de que Sabine en efecto estaba usando las líneas ley para invocarlo, ya que la fuerza de sus propios poderes no era suficiente. La mayoría de los metamorfos no tenían suficiente poder, aunque Danika era una excepción. Otra razón para los celos de su madre... y otro motivo.

No habían tenido noticias de Ruhn, sólo un mensaje el día de ayer sobre más investigación en el tema del Cuerno. Pero si Vik había encontrado algo... Hunt preguntó:

—¿Vik no puede venir a darme la noticia?

—Quiere mostrarte en persona. Y dudo que a Jesiba le agrade que Vik venga acá.

—Qué amable de tu parte.

Isaiah se encogió de hombros.

—Jesiba nos está ayudando, necesitamos sus recursos. Sería tonto poner a prueba sus límites. No tengo ningún interés en verlos convertidos en cerdos si la fastidiamos demasiado.

Y ahí estaba. Esa mirada cargada de significado, demasiado larga.

Hunt levantó las manos con una sonrisa.

—No hace falta preocuparse en lo que a mí respecta.

—Micah te caería encima como un martillo si pones esto en peligro.

—Bryce ya le dijo a Micah que no está interesada.

—Micah no lo va a olvidar pronto.

Carajo, Hunt sabía eso. El asesinato que Micah había ordenado la semana pasada como castigo por haberlo avergonzado en el vestíbulo del Comitium... Había perdurado.

—Pero no me refiero a eso. Me refiero a que si no encontramos al responsable de todo esto, si resulta que estás equivocado sobre Sabine... no sólo desaparecerá la oferta de reducir tu sentencia sino que Micah *te responsabilizará*.

—Por supuesto que lo hará.

El teléfono de Hunt vibró y lo sacó de su bolsillo.

Casi se ahogó. No sólo por el mensaje de Bryce: *La azotea de la galería no es un nido de palomas, sabes*, sino por el nombre del contacto que ella había cambiado, tal vez cuando estaba en el baño o en la ducha o cuando dejó su teléfono en la mesita de centro: *Bryce es lo máximo*.

Y ahí, debajo del nombre ridículo, agregó una fotografía a su contacto: la que se había sacado en la tienda de teléfonos sonriendo de oreja a oreja.

Hunt reprimió un gruñido de irritación y respondió: *¿No deberías estar trabajando?*

Bryce es lo máximo respondió un segundo después, *¿Cómo puedo trabajar si ustedes dos andan pisoteando allá arriba?*

Él le contestó, *¿Cómo averiguaste mi contraseña?* Ella no la necesitaba para activar la cámara, pero para tener acceso a sus contactos necesitaba la combinación de siete dígitos.

Presté atención. Un segundo después, *Y tal vez vi cómo la escribirías unas cuantas veces mientras veías el tonto partido de solbol*.

Hunt puso los ojos en blanco y guardó su teléfono sin contestar. Bueno, al menos estaba saliendo de esa nube de silencio en la que había estado durante días.

Se dio cuenta entonces de que Isaiah lo observaba con atención:

—Hay destinos peores que la muerte, sabes.

Hunt miró hacia el Comitium donde estaba la arcángel.

—Lo sé.

Bryce hizo una mueca de hartazgo hacia la puerta de la galería.

—La predicción del clima no decía que fuera a llover —frunció el ceño hacia el cielo—. *Alguien* debe estar haciendo una rabieta.

—Es ilegal interferir con el clima —dijo Hunt a su lado mientras escribía un mensaje en su teléfono.

Bryce notó que no había cambiado el nuevo nombre de contacto que ella se había puesto. Ni había borrado la foto absurda que ella agregó a su lista de contactos.

Ella imitó en silencio las palabras de él y luego dijo:

—No tengo un paraguas.

—No es un vuelo tan largo al laboratorio.

—Sería más fácil pedir un taxi.

—¿A esta hora? ¿En la lluvia? —Hunt mandó su mensaje y guardó el teléfono—. Te tomará una hora cruzar la avenida Central.

La lluvia caía en cortinas por toda la ciudad.

—Me podría electrocutar allá arriba.

A Hunt le brillaron los ojos y le ofreció una mano.

—Qué bueno que yo te puedo mantener a salvo.

Con todos esos relámpagos corriéndole por las venas, supuso que eso era verdad.

Bryce suspiró y frunció el ceño al ver su vestido, los tacones de gamuza negros que sin duda quedarían arruinados.

—No voy a volar con esta ropa inadecuada...

La palabra terminó en un grito cuando Hunt la levantó hacia el cielo.

Ella se aferró a él como un gato que bufaba.

—Tenemos que regresar antes de que cierren para recoger a Syrinx.

Hunt voló sobre las calles congestionadas y azotadas por la lluvia mientras abajo, tanto vanir como humanos, se metían por las puertas o bajo cualquier toldo para escapar del clima. Los únicos que estaban en la calle eran los que tenían paraguas o escudos mágicos. Bryce enterró la cara en el pecho de Hunt, como si eso la fuera a proteger de la lluvia, y de la terrible caída. Eso resultaba en tener toda la cara llena de su olor y la calidez de su cuerpo contra su mejilla.

—Más lento —le ordenó y le clavó los dedos en los hombros y el cuello.

—No seas llorona —le dijo él al oído, y la profundidad de su voz le recorrió cada uno de los huesos del cuerpo—. Mira a tu alrededor, Quinlan. Disfruta de la vista —dijo. Luego agregó—: A mí me gusta la ciudad bajo la lluvia.

Como ella mantuvo la cabeza escondida en su pecho, él le dio un apretón.

—Vamos —insistió entre los sonidos de bocinas de carros y los salpicones de neumáticos en charcos. Con una voz como casi un ronroneo, agregó—: Te compraré una malteada si lo haces.

Ella sentía que los dedos de los pies se le enroscaban al escuchar la voz grave y persuasiva.

—Sólo por helado —dijo ella entre dientes y se ganó una risa de Hunt.

Luego abrió un ojo. Se obligó a abrir el otro también. Tomada de sus hombros con tanta fuerza que casi le perforaba la piel, trabajando contra todos sus instintos que le indicaban a su cuerpo que se congelara, miró a través del agua que le golpeaba la cara hacia la ciudad que pasaba debajo de ellos.

En la lluvia, los edificios de mármol brillaban como si estuvieran hechos de piedra lunar, el empedrado de las calles parecía pulido y adquiría un color azul plateado salpicado de dorado del alumbrado público de lucesprístinas. A su derecha, las Puertas de la Vieja Plaza, Moonwood y CiRo se elevaban en la extensión de la urbe, como la espina jorobada de una bestia ondulante que rompiera la superficie de un lago, su cristal brillaba como hielo fundiéndose. Desde esta altura, las avenidas que los conectaban a todos, las líneas ley debajo de ellas, se extendían como lanzas a lo largo de la ciudad.

El viento sacudió las palmeras y movió las hojas en todas direcciones, su sonido casi ahogaba a las bocinas molestas de los conductores que estaban parados en el tráfico. Toda la ciudad, de hecho, parecía haberse detenido por un momento, excepto ellos que volaban rápido sobre todo.

—No está tan mal, ¿no crees?

Ella le pellizcó el cuello a Athalar y la risa que obtuvo como respuesta le rozó la oreja. Ella tal vez presionó su cuerpo con un poco más de fuerza contra el muro sólido del de él. Él también tal vez la abrazó con más fuerza. Sólo un poco.

En silencio, observaron los edificios que iban cambiando de roca antigua y ladrillo a brillante metal y vidrio. Los automóviles se hicieron más elegantes también... los taxis viejos se transformaron en sedanes negros con las ventanas polarizadas, choferes uniformados que esperaban en los asientos delanteros haciendo fila fuera de los rascacielos. Había menos gente en las calles mucho más limpias, no había música ni restaurantes llenos de comida y bebida y risas. Ésta era una zona limpia y ordenada de la ciudad donde el propósito no era ver alrededor sino ver hacia *arriba*. En lo alto, entre la penumbra empapada por la lluvia que envolvía las secciones superiores de los edificios, las luces y espirales de color alumbraban la niebla. Una mancha roja brillaba a su izquierda y no tenía que voltear para saber que venía de las oficinas centrales de Industrias Redner. No había visto ni sabido nada de Reid en los dos años que habían pasado desde el asesinato de Danika... él nunca le envió siquiera un pésame después. Aunque Danika había trabajado de medio tiempo en su compañía. Idiota.

Hunt dio vuelta y se dirigió hacia un edificio de concreto sólido que Bryce había intentado bloquear de su memoria. Aterrizó con cuidado en el balcón del segundo piso. Hunt estaba abriendo las puertas de vidrio y mostrando una especie de identificación de entrada en un escáner cuando dijo:

—Viktoria es un espectro.

Ella casi respondió *Lo sé* pero asintió y lo siguió al interior. Ella y Hunt casi no hablaban sobre aquella noche. Sobre lo que ella recordaba.

El aire acondicionado estaba encendido al máximo y ella de inmediato se abrazó y los dientes empezaron a castañetearle por el choque de pasar de la tormenta al frío.

—Camina rápido —fue la única ayuda que le brindó Hunt, que se limpiaba la lluvia de la cara.

Después de pasar por un elevador lleno de gente y dos pasillos, Bryce estaba temblando en la puerta de una oficina espaciosa que tenía vista a un pequeño parque.

Viendo cómo se daban la mano Hunt y Viktoria por encima del escritorio curvo de vidrio de la espectro.

Hunt la señaló:

—Bryce Quinlan, ella es Viktoria Vargos.

Viktoria, había que reconocérselo, fingió conocerla por primera vez.

Había muchas cosas de esa noche que eran como un manchón sin forma. Pero Bryce recordaba la habitación estéril. Recordaba a Viktoria cuando le puso la grabación.

Al menos ahora Bryce podía apreciar la belleza que tenía enfrente: el cabello oscuro, la piel pálida y los ojos verdes impresionantes provenían todos de un linaje de Pangera que remitía a viñedos y palacios de mármol labrado. Pero la gracia con la que se movía Viktoria... Lo más probable era que la espectro fuese tan vieja como el Averno para tener ese tipo de belleza fluida. Para saber mover su cuerpo con esa suavidad.

Tenía un halo tatuado en la frente también. Bryce ocultó su sorpresa: su memoria no había conservado ese detalle. Sabía que los duendecillos habían luchado en la rebelión de los ángeles pero no se había percatado de que otros no-malakim también habían marchado bajo la bandera Estrella Diurna de Shahar.

Una calidez brilló en los ojos de Viktoria cuando ronroneó:

—Un placer.

De alguna forma, Athalar lograba verse mejor al estar empapado y con la camisa pegada a cada uno de sus músculos duros y esculpidos. Bryce estaba más que consciente, al extender la mano para saludar, de cómo tenía el cabello pegado a la cabeza por la lluvia y tenía el maquillaje manchándole toda la cara.

Viktoria tomó la mano de Bryce, con un saludo firme pero amistoso, y sonrió. Le guiñó el ojo.

Hunt dijo entre dientes:

—A todos les sonríe así de coqueta, no sientas halagada.

Bryce se sentó en una de las dos sillas de cuero al otro lado del escritorio y parpadeó con coquetería a Hunt.

—¿También lo hace contigo?

La risa de Viktoria fue como un ladrido de sonido profundo y encantador.

—Te ganaste eso, Athalar.

Hunt frunció el ceño y se dejó caer en la otra silla, una con el respaldo cortado, se dio cuenta Bryce, para facilitar la comodidad de alguien con alas.

—Isaiah dijo que habías encontrado algo —dijo Hunt y cruzó la pierna apoyando el tobillo en la rodilla.

—Sí, aunque no es exactamente lo que ustedes pidieron —respondió Viktoria y le dio la vuelta al escritorio para darle un expediente a Bryce.

Hunt se acercó para ver por encima de su hombro. Su ala le rozó la nuca a Bryce pero él no la quitó.

Bryce miró la fotografía borrosa con los ojos entrecerrados, la pata con garras en la esquina inferior derecha.

—Eso es...

—Lo vieron en Moonwood anoche. Estaba revisando las fluctuaciones de temperaturas en las avenidas principales, como dijiste, y noté un bajón, sólo durante dos segundos.

—Una invocación —dijo Hunt.

—Sí —coincidió Viktoria—. La cámara logró obtener esta pequeña imagen de la pata... se mantuvo casi todo el tiempo oculto. Pero fue muy cerca de una de las avenidas principales, como tú habías sospechado. Tenemos más capturas borrosas de otros lugares anoche, pero esas muestran aún menos, una garra, más que toda la pata.

La foto era borrosa pero ahí estaba: esas garras afiladas que nunca olvidaría.

Le costó un gran esfuerzo no tocarse la pierna. Recordar los dientes transparentes que la habían desgarrado.

Ambos voltearon a verla. Esperando. Bryce logró decir:

—Eso es el demonio kristallos.

El ala de Hunt se extendió un poco más hacia ella pero él no dijo nada.

—No pude hallar las fluctuaciones de temperatura de la noche de cada asesinato —dijo Vik con el rostro serio—. Pero sí encontré una de la noche de la muerte de Maximus Tertian. A diez minutos y dos cuadras de dónde él estaba. No hay video pero fue el mismo descenso de setenta y siete grados en un lapso de dos segundos.

—¿Atacó a alguien anoche? —preguntó Bryce y notó que su voz se había vuelto distante, incluso para ella misma.

—No —dijo Viktoria—. No que nosotros sepamos.

Hunt seguía estudiando la imagen.

—¿El kristallos fue a alguna parte en específico?

Viktoria le dio otro documento. Era un mapa de Moonwood, lleno de grandes parques y andadores frente al río, suntuosas villas y complejos para los vanir y algunos humanos adinerados, con algunas de las mejores escuelas y muchos de los restaurantes más elegantes de la ciudad. En su corazón: la Madriguera. Había como seis puntos rojos a su alrededor. La criatura había caminado por sus paredes altas. Justo en el corazón del territorio de Sabine.

—Solas flamígero —exhaló Bryce y sintió un escalofrío recorrerle la columna vertebral.

—Habría encontrado una manera de entrar a la Madriguera si lo que caza estuviera ahí dentro —dijo Hunt en voz baja—. Tal vez estaba siguiendo un rastro viejo.

Bryce pasó el dedo entre los diversos puntos.

—¿No hay un patrón más grande?

—Lo pasé por el sistema y no salió nada aparte de lo que ustedes dedujeron sobre la proximidad de las líneas ley debajo de esas avenidas y el descenso en temperatura —Viktoria suspiró—. Parece como si hubiera estado buscando algo. O a alguien.

Sangre y hueso y vísceras, salpicados y desgarrados y en trozos...

Vidrio abriéndole los pies; colmillos destrozándole la piel...

Una mano fuerte y cálida la tomó del muslo. Apretó una vez.

Pero cuando Bryce miró a Hunt, él tenía su atención concentrada en Viktoria, a pesar de que dejó la mano en su pierna desnuda y conservó el ala ligeramente curvada a su alrededor.

—¿Cómo lo perdieron?

—Estuvo ahí un instante y desapareció al siguiente.

El pulgar de Hunt le acariciaba la pierna, justo arriba de la rodilla. Un toque distraído pero reconfortante.

Algo que era demasiada distracción cuando Viktoria se acercó para mostrarles otro punto en el mapa. Sus ojos verdes se levantaron del mapa para observar también la mano de Hunt. Una especie de cautela le invadió la mirada pero dijo:

—Ésta es la última ubicación conocida, al menos en lo que respecta a lo que pudieron encontrar nuestras cámaras.

La Puerta de la Rosa en CiRo. Nada cercano al territorio de Sabine.

—Como les acabo de decir, en un momento estaba ahí y luego desapareció. He tenido dos unidades separadas y una cuadrilla del Auxiliar buscándolo todo el día pero no hemos tenido suerte.

La mano de Hunt se separó de su pierna y dejó en su lugar un espacio frío. Echó una mirada a su expresión y adivinó la causa: Viktoria ahora lo veía a los ojos con una mirada de advertencia.

Bryce dio unos golpes con las uñas crepusculares en el brazo cromado de la silla.

Bueno, al menos ya sabía qué harían después de cenar esa noche.

41

La lluvia no cesó.

Hunt no podía decidir si era una bendición porque las calles se mantenían casi vacías salvo por los vanir asociados con el agua, o si era una pésima suerte porque eso eliminaba toda posibilidad de encontrar un rastro del olor del demonio que recorría las calles.

—Vamos... *ya* —resopló Bryce.

Recargado contra el muro al lado de la puerta de la galería, con el atardecer a minutos de distancia, Hunt consideró si debería sacar su teléfono y grabar la escena frente a él: Syrinx con las garras clavadas en la alfombra aullando, y Bryce intentando jalarlo hacia la puerta sosteniéndolo de las patas traseras.

—Es. Sólo. *¡Agua!* —dijo entre dientes y volvió a jalar al animal.

—*¡Eeettzzz!* —ladró Syrinx.

Bryce había declarado que dejarían a Syrinx en el departamento para luego ir a CiRo a investigar.

Volvió a gruñir e hizo fuerza con las piernas para levantar a la quimera.

—Ya. Nos. Vamos. A. *¡Casa!*

La alfombra verde empezó a levantarse y las uñas de Syrinx al fin se soltaron contra su voluntad.

Que Cthona lo salvara. Riendo, Hunt le hizo a Jesiba Roga el favor antes de que Syrinx empezara en los pisos de madera y envolvió a la quimera con una brisa fresca. Con el ceño fruncido por la concentración, levantó a Syrinx de la alfombra y lo llevó flotando con un viento de tormenta directo hacia sus brazos.

Syrinx le parpadeó y luego erizó su pelo y le enseñó los diminutos dientes blancos.

Hunt dijo con tranquildad:

—Nada de eso, bestiecilla.

Syrinx gruñó y luego se dejó caer.

Hunt vio que Bryce también estaba parpadeando. Le sonrió.

—¿Vas a seguir gritando?

Ella refunfuñó y sus palabras se ahogaron un poco en la noche lluviosa. Syrinx se tensó en los brazos de Hunt cuando salieron a la noche mojada. Bryce cerró la puerta detrás de ellos. Iba cojeando un poco. Como si su forcejeo con la quimera le hubiera lastimado el muslo de nuevo.

Hunt mantuvo la boca cerrada y le pasó a Syrinx. La quimera casi le hizo agujeros al vestido de Bryce. Él sabía que le molestaba la pierna. Sabía que él era el motivo, con su engrapado de campo de batalla. Pero si ella se iba a portar como tonta y no iba a que la atendieran, entonces bien. Bien.

No dijo nada de eso mientras Bryce envolvía los brazos alrededor de Syrinx, con el cabello ya pegado a la cabeza, y dio un paso hacia él. Hunt estaba muy consciente de cada parte de su cuerpo que entraba en contacto con cada parte del de ella cuando la tomó en sus brazos, batió las alas y se lanzó hacia el cielo tormentoso con ella en brazos y con Syrinx gruñendo y ladrando.

Syrinx perdonó a ambos cuando estaban en la cocina, goteando, y Bryce se redimió un poco por la comida adicional que le puso en el plato.

Bryce se cambió, se puso ropa deportiva y, treinta minutos después, estaban frente a la Puerta de la Rosa. Sus rosas, glicina e incontables otras flores brillaban bajo la lluvia y la luzprístina de los postes de alumbrado que flanqueaban la glorieta detrás. Unos cuantos automóviles pasaron y se dispersaron hacia las calles de la ciudad o por la avenida Central, misma que cruzaba por la Puerta y se convertía en la larga y oscura extensión de la carretera Oriental.

Hunt y Bryce entrecerraron los ojos bajo la lluvia para ver la plaza, la Puerta, la glorieta.

No había señal del demonio que había estado caminando por ahí en las grabaciones de Vik.

Por el rabillo del ojo, él vio a Bryce frotarse el muslo e intentar controlar su mueca de dolor. Él apretó los dientes, pero evitó decirle algo.

No se sentía con ganas de que le dieran otro sermón sobre el comportamiento de alfadejo dominante.

—Bien —dijo Bryce con las puntas de su coleta de caballo enroscadas en la humedad—. Como tú eres el enfermo con docenas de fotografías de escenas del crimen en tu teléfono, te dejaré investigar.

—Graciosa —dijo Hunt y sacó su teléfono para tomarle una fotografía bajo la lluvia con cara de pocos amigos y luego abrió una fotografía que había tomado de las impresiones de Vik.

Bryce se acercó para ver la fotografía en su teléfono, el calor de su cuerpo como una canción atrayente. Él se mantuvo perfectamente inmóvil, negándose a hacer caso, cuando ella levantó la cabeza.

—Esa cámara de allá —dijo señalando a una de las diez cámaras montadas en la Puerta misma—. Ésa es la que logró captar el pequeño manchón.

Hunt asintió y estudió la Puerta de la Rosa y sus alrededores. No había señal de Sabine. No que él anticipara encontrarse a la futura Premier parada en el exterior invocando demonios como un charlatán en la plaza pública. En especial no en un lugar tan visible como éste que por lo general estaba lleno de turistas.

En los siglos que siguieron desde que las hadas habían decidido cubrir su Puerta con flores y enredaderas, la Puerta de la Rosa se había convertido en una de las mayores atracciones turísticas, y la visitaban miles de personas todos los días para darle una gota de su poder y hacer un deseo en su disco casi oculto bajo la enredadera, así como para tomarse fotografías con las impresionantes criaturas que ahora hacían sus nidos y hogares entre las ramas verdes. Pero a esta hora, con este clima, incluso la Puerta de la Rosa estaba silenciosa. Oscura.

Bryce se frotó su maldito muslo de nuevo. Él se tragó su molestia y preguntó:

—¿Crees que el demonio salió de la ciudad?

—Estoy rezando que no lo haya hecho.

La larga carretera Oriental se abría paso hacia las colinas oscuras llenas de cipreses. Unas cuantas lucesprístinas doradas brillaban entre ellas, la única indicación de que ahí existían granjas y villas esparcidas entre los viñedos, los campos de pastura y los huertos de olivos. Todos eran buenos lugares para ocultarse.

Bryce se mantuvo cerca cuando cruzaron la calle hacia el corazón del pequeño parque en el centro de la glorieta. Buscó en los árboles mojados a su alrededor.

—¿Algo?

Hunt empezó a negar con la cabeza pero luego hizo una pausa. Vio algo al otro lado del círculo de mármol donde estaba la Puerta. Sacó su teléfono y la luz rebotó en los planos fuertes de su rostro.

—Tal vez estamos equivocados. Sobre las líneas ley.

—¿A qué te refieres?

Le mostró el mapa de la ciudad que había abierto y recorrió la avenida Ward con el dedo. Luego Central. La calle principal.

—El kristallos apareció cerca de todas estas calles. Pensamos que era porque estaban cerca de las líneas ley. Pero olvidamos lo que está justo debajo de las calles y que le permite al demonio aparecer y desaparecer sin que nadie lo vea. El lugar perfecto para que Sabine invoque algo y le ordene que se mueva por toda la ciudad.

Señaló al otro lado de la puerta. A la tapa de una alcantarilla.

Bryce gimió.

—Debes estar bromeando.

—Dioses, apesta —dijo molesta Bryce por encima del sonido del agua que corría debajo. Ocultó la cara en su codo al arrodillarse junto a Hunt para asomarse a la alcantarilla abierta—. Qué carajos.

Empapados por la lluvia y arrodillados en Ogenas sepa qué acera, Hunt ocultó su sonrisa cuando dirigió con cuidado la luz de su linterna por los ladrillos mojados del túnel abajo, luego pasó la luz por el río turbio y oscuro que estaba crecido gracias a las cascadas de lluvia que entraban por el enrejado de las alcantarillas.

—Es el drenaje —dijo—. ¿Qué esperabas?

Ella le hizo una seña obscena.

—Tú eres el guerrero-investigador-lo-que-sea. ¿No puedes bajar y conseguir algunas pistas?

—¿De verdad piensas que Sabine dejó un rastro fácil así nada más?

—Tal vez hay marcas de garras o yo qué sé.

Miró las rocas antiguas. Hunt no sabía por qué se tomaba la molestia. Había marcas de garras y rasguños *en todas partes*. Quizá por los malvivientes que habían vivido y cazado ahí abajo durante siglos.

—Esto no es una escena del crimen de un programa de investigación de la tele, Quinlan. No es así de fácil.

—A nadie le cae bien un pendejo condescendiente, *Athalar*.

Él esbozó una sonrisa. Bryce estudió la oscuridad debajo y apretó la boca como si pudiera hacer que Sabine o el kristallos se aparecieran por su voluntad. Ya le había mandado un mensaje a Isaiah y a Vik para que más cámaras grabaran en la Puerta y en la rejilla del alcantarillado, junto con cualquier otra que estuviera en el rumbo. Si algo se movía aunque fuera un par de centímetros, lo sabrían. No se atrevió a pedirles que siguieran a Sabine. Todavía no.

—Deberíamos bajar —declaró Bryce—. Tal vez podamos detectar su olor.

Él dijo con cautela.

—No has hecho el Descenso.

—Ahórrate tus estupideces protectoras.

Averno oscuro, esta mujer.

—No voy a bajar a menos que tengamos un chingo de armas más —sólo traía dos pistolas y un cuchillo—. Aparte del demonio, si Sabine está allá abajo...

Tal vez tuviera un rango mayor a Sabine en términos de poder, pero con los hechizos de las brujas que limitaban la mayor parte de su poder con la tinta del halo, estaba atado de manos.

Así que todo se reducía a fuerza bruta y, aunque también tenía la ventaja ahí, Sabine era letal. Motivada. Y malvada como una serpiente.

Bryce frunció el entrecejo.

—Sé cómo comportarme —dijo.

Después del campo de tiro, él estaba seguro de ello.

—No tiene que ver contigo, corazón. Es que *yo* no quiero terminar muerto.

—¿No puedes usar tu cosa de relámpagos para protegernos?

Él volvió a reprimir su sonrisa ante el *cosa de relámpagos*, pero dijo:

—Hay agua allá abajo. Agregarle relámpagos no parece sabio.

Ella lo miró molesta. Él la miró igual.

Hunt sentía que había pasado alguna especie de prueba cuando vio que ella sonreía un poco.

Intentando no hacer caso a esa sonrisita, Hunt estudió el río de porquería que fluía debajo.

—Todo el sistema de alcantarillado termina en el Istros. Tal vez los miembros de Muchas Aguas han visto algo.

Bryce arqueó las cejas.

—¿Por qué habrían visto algo?

—Un río es un buen lugar para tirar un cadáver.

—Pero el demonio dejó restos. El demonio, o Sabine, no parecen estar interesados en ocultarlos. No si está haciendo esto como parte de una estrategia para poner en peligro la imagen de Micah.

—Por ahora es una teoría —contestó Hunt—. Tengo un contacto de Muchas Aguas que podría darnos información.

—Vayamos entonces a los muelles. Será menos probable que nos vean en la noche de todas maneras.

—Pero hay el doble de probabilidades de encontrar un depredador en busca de comida. Esperaremos a que amanezca.

Los dioses sabían que ya se habían arriesgado lo suficiente viniendo acá abajo. Hunt colocó la tapa de metal de regreso en la coladera con un golpe seco. Vio la cara molesta y sucia de ella y rio. Antes de poder reconsiderar, dijo:

—Me divierto contigo, Quinlan. A pesar de lo terrible del caso, a pesar de todo eso, no me había divertido así en mucho tiempo.

En *nunca*.

Podría haber jurado que ella se sonrojó.

—Júntate conmigo, Athalar —dijo e intentó limpiarse la mugre de las piernas y manos por haberse hincado junto a la alcantarilla— y tal vez te deshagas de ese palo de escoba que tienes en el trasero.

Él no respondió. Tan sólo se oyó un *clic*.

Ella volteó y lo vio con el teléfono en la mano. Sacándole una foto.

La sonrisa de Hunt era una rebanada de blancura en la oscuridad lluviosa.

—Prefiero tener un palo dc escoba en el trasero que verme como rata ahogada.

Bryce usó la llave de agua de la azotea para lavar sus zapatos y sus manos. No tenía ganas de meter la porquería de la calle a su casa. No fue tan lejos como para obligar a Hunt a quitarse las botas en el pasillo y tampoco se fijó si él estaba planeando ducharse porque corrió a su recámara y abrió la llave en cuestión de segundos.

Dejó su ropa en un montón en el rincón, subió la temperatura lo más alto que podía tolerar y empezó el proceso de tallarse y enjabonarse y tallarse un poco más. Recordó cómo se había hincado en la calle sucia y cómo había respirado el aire del drenaje y volvió a tallarse.

Hunt tocó a su puerta veinte minutos después.

—No olvides lavarte entre los dedos de los pies.

A pesar de la puerta cerrada, ella se cubrió.

—Vete al carajo.

La risa se escuchó a pesar de que ella estaba bajo el chorro del agua. Hunt dijo:

—El jabón del cuarto de visitas ya se terminó. ¿Tienes otra barra?

—Hay un poco en el clóset de blancos del pasillo. Toma lo que necesites.

Gruñó su agradecimiento y se fue un instante después. Bryce se volvió a lavar y enjabonar toda. Qué asco. La ciudad era tan asquerosa. La lluvia sólo empeoraba todo.

Luego Hunt volvió a tocar a la puerta.

—Quinlan.

Su tono serio hizo que ella cerrara el agua.

—¿Qué pasó?

Se envolvió en una toalla y patinó por la loseta de mármol hacia la puerta. Hunt estaba sin camisa, recargado en el marco de la puerta de su recámara. Podría haber admirado los músculos del tipo si no estuviera tan serio.

—¿Quieres decirme algo?

Ella tragó saliva y lo miró de la cabeza a los pies.

—¿Sobre qué?

—¿Sobre qué carajos es esto?

Extendió la mano y abrió su gran puño. En él había un unicornio morado con brillantina.

Ella tomó el juguete de su mano. Los ojos oscuros de Hunt se iluminaron divertidos y Bryce dijo:

—¿Por qué estabas esculcando en mis cosas?

—¿Por qué tienes una caja de unicornios en tu clóset de blancos?

—Éste es un unicornio-*pegaso* —acarició la crin color lila—. Jelly Jubilee.

Él la miró. Bryce pasó a su lado en el pasillo, donde todavía estaba abierta la puerta del clóset, y su caja de juguetes ahora estaba en una de las repisas inferiores. Hunt la siguió un paso atrás. Todavía sin camisa.

—El jabón está *justo aquí* —dijo ella y señaló el montón que estaba directamente frente a él.

—¿Pero tuviste que bajar una caja de la repisa más alta?

Podría haber jurado que él se sonrojaba.

—Vi brillantina morada.

Ella parpadeó.

—Pensaste que era un juguete sexual, ¿verdad?

Él no dijo nada.

—¿Crees que guardo mi vibrador en mi *clóset de blancos*?

Él se cruzó de brazos.

—Lo que quiero saber es por qué tienes una caja de estas cosas.

—Porque me encantan —colocó a Jelly Jubilee en la caja pero sacó un juguete anaranjado y amarillo—. Ésta es mi pegaso, Peaches and Dreams.

—Tienes veinticinco años.

—¿Y? Son brillantes y suaves —le dio un apretón a P&D, la volvió a poner en la caja y sacó un tercero, un unicornio de patas delgadas y pelaje color verde menta con melena rosada—. Y ésta es Princess Creampuff.

Casi rio ante la yuxtaposición de estarle enseñando el juguete brillante al Umbra Mortis.

—Ese nombre ni siquiera queda bien con sus colores. ¿Por qué nombres de comida?

Ella pasó el dedo por la brillantina morada que estaba rociada en el flanco del juguete.

—Es porque son tan lindos que te los podrías comer. Lo cual hice cuando tenía seis años.

A él se le movieron un poco los labios.

—No es cierto.

—Se llamaba Pineapple Shimmer y sus piernas eran todas suaves y brillantes y no pude resistir más y simplemente... le di una mordida. Resulta que el interior en realidad es una especie de gel. Pero no es comestible. Mi mamá tuvo que llamar al centro de envenenamiento.

Él estudió el interior de la caja.

—¿Y todavía tienes esto porque...?

—Porque me hace feliz —repuso. Al ver que él seguía confundido, agregó

—De acuerdo. Si quieres profundizar en esto, Athalar, jugar con ellos fue la primera vez que los otros niños no me trataron como un bicho raro. Los caballos Fantasía de Luzastral fueron el juguete número uno en el Solsticio de Invierno de todas las listas de las niñas cuando tenía cinco años. Y *no* todos eran iguales. La pobre de Princess Creampuff era tan común como un sapo. Pero Jelly Jubilee... —sonrió al unicornio-pegaso morado y el recuerdo que evocaba—. Mi mamá salió de Nidaros por primera vez en años para comprarla en una ciudad grande a dos horas de distancia. Era la mayor conquista de Fantasía de Luzastral. No sólo un unicornio, no sólo un pegaso, sino *ambos*. Yo enseñé este muñequito en la escuela y me aceptaron al instante.

Los ojos de Hunt brillaron cuando ella volvió a poner la caja en la repisa más alta.

—Nunca me volveré a reír de ellos.

—Bien —dijo ella.

Le dio la espalda y recordó que todavía estaba envuelta sólo en una toalla y que él no traía camisa. Tomó una caja de jabón y la empujó en su dirección.

—Toma. La próxima vez que quieras ver mis vibradores, pregunta, Athalar —ladeó la cabeza hacia su recámara y le guiñó el ojo—. Están en el buró de la izquierda.

De nuevo, él se ruborizó.

—Yo no... eres un fastidio, ¿lo sabías?

Ella cerró la puerta del clóset de blancos con la cadera y caminó de regreso a su recámara.

—Prefiero ser un fastidio —dijo con picardía por encima de su hombro desnudo— que un pervertido entrometido.

El gruñido la siguió hasta que llegó al baño de nuevo.

42

En la luz de media mañana, el río Istros brillaba con un color azul profundo. Sus aguas eran suficientemente transparentes para alcanzar a ver la basura desperdigada entre las rocas claras y la hierba ondulante. Siglos de artefactos de Ciudad Medialuna estaban oxidándose allá abajo, carcomidos una y otra vez por las diversas criaturas que vivían buscando comida entre las porquerías que terminaban en el río.

Según los rumores los funcionarios de la ciudad alguna vez habían querido instituir multas estrictas a quien se descubriera tirando cosas al río, pero los carroñeros del río se habían enterado y armaron tal escándalo que la Reina del Río no tuvo alternativa más que rechazar la iniciativa cuando se propuso de manera oficial.

En el cielo, los ángeles, brujas y metamorfos alados volaban alto y se mantenían fuera de la penumbra nebulosa del Sector de los Huesos. La lluvia de la noche anterior se había despejado y hoy era un día agradable de primavera, sin señal de las luces parpadeantes que flotaban bajo la superficie del río, visibles sólo tras caer la noche.

Bryce frunció el ceño a un crustáceo, una especie de cangrejo azul gigante, que iba avanzando por el piso junto al bloque de piedra del muelle, abriéndose paso entre un montón de botellas de cerveza. Los restos de un festejo alcoholizado de la noche anterior.

—¿Alguna vez has ido a la ciudad mer?

—No —dijo Hunt. Sus alas hicieron ruido, una rozó contra su hombro—. Me conformo con mantenerme sobre la superficie —la brisa del río flotó a su lado, fresca a pesar del día cálido—. ¿Tú?

Ella frotó los brazos de la suave chamarra de cuero de Danika intentando generar algo de calor.

—Nunca me han invitado.

La mayoría nunca recibiría una invitación. La gente del río se distinguía por mantener secretos y su ciudad bajo la superficie, la Corte Azul, era un sitio que pocos de los habitantes terrestres verían en sus vidas. Un submarino de cristal iba y venía todos los días y los que viajaban en él eran invitados. E incluso si tenían la capacidad pulmonar o medios artificiales para respirar bajo el agua, nadie era tan estúpido como para nadar hacia allá abajo. No con lo que rondaba en esas aguas.

Una cabeza de cabello rojizo subió a la superficie a unos doscientos metros de distancia y un brazo musculoso y con escamas en ciertas partes saludó antes de volver a desaparecer. Los dedos tenían uñas grises puntiagudas en sus puntas que brillaban bajo el sol.

Hunt miró a Bryce.

—¿Conoces a algún mer?

Bryce levantó la comisura de la boca.

—Una vivía en el mismo pasillo que yo en mi primer año en UCM. Era más fiestera que todos los demás combinados.

Los mer podían transformarse y adoptar un cuerpo humano por periodos cortos pero si pasaban mucho tiempo en esa forma, el cambio se hacía permanente, sus escamas se secaban y se convertían en polvo, sus agallas se encogían y desaparecían. La mer del final del pasillo tenía una tina gigante en su habitación para no tener que interrumpir sus estudios para regresar al Istros una vez al día.

Para finales del primer mes en la escuela, la mer había convertido su tina en un salón de fiestas. Fiestas a las cuales Bryce y Danika asistían encantadas con Connor y Thorne. Al final del año, todo su piso terminó tan mal que los multaron a todos con una cantidad fuerte por los daños que habían causado.

Bryce se aseguró de interceptar la carta antes de que sus padres la sacaran del buzón y pagó su multa con discreción con los marcos que había ganado en el verano como empleada de una heladería la ciudad.

Sabine sí recibió la carta, pagó la multa y obligó a Danika a pasar todo ese verano recogiendo basura en los Prados.

Sí vas a portarte como basura le dijo Sabine a su hija, *entonces puedes pasar todo el día en ella.*

Como era de esperarse, al siguiente otoño, Bryce y Danika se vistieron como botes de basura para el Equinoccio de Otoño.

El agua del Istros era transparente y Bryce y Hunt alcanzaron a ver el poderoso cuerpo masculino acercarse nadando. Las escamas color marrón-rojizo de la cola larga brillaban en la luz como cobre pulido. Las cruzaban rayas negras y el patrón continuaba por el torso y en los brazos. Como una especie de tigre acuático. La piel desnuda de los brazos y del pecho estaba muy bronceada, lo cual sugería que pasaba horas cerca de la superficie o asoleándose en las rocas de alguna cueva de la costa.

La cabeza del hombre salió a la superficie y sus manos con garras se quitaron el cabello rojizo de la cara para sonreírle a Hunt.

—Hace mucho que no nos vemos.

Hunt le sonrió al mer que flotaba en el agua.

—Me alegra que no estés demasiado ocupado con tu nuevo título como para venir a saludar.

El mer movió la mano como restándole importancia y Hunt llamó a Bryce.

—Bryce, él es Tharion Ketos —ella se acercó más a la orilla de concreto del muelle—. Un viejo amigo.

Tharion le sonrió de nuevo a Hunt.

—No tan viejo como tú.

Bryce le sonrió al hombre en el agua.

—Gusto en conocerte.

Los ojos color café claro de Tharion brillaron.

—El placer, Bryce, es todo mío.

Que los dioses lo perdonaran. Hunt se aclaró la garganta.

—Estamos aquí para una consulta oficial.

Tharion nadó los pocos metros que lo separaban del borde del muelle y tiró al crustáceo hacia las aguas azules con un movimiento descuidado de la cola. Plantó sus manos con garras en el concreto y sacó su enorme cuerpo del agua con facilidad. Las agallas debajo de sus orejas se sellaron cuando cambió el control de su respiración a su nariz y boca. Le dio unas palmadas al concreto mojado a su lado y le guiñó el ojo a Bryce.

—Siéntate, Piernas, y cuéntamelo todo.

Bryce rio.

—Ya veo que te gusta causar problemas.

—Es mi segundo nombre, de hecho.

Hunt hizo un gesto de aburrimiento. Pero Bryce se sentó junto al hombre, al parecer sin preocuparse de que el agua mojaría el vestido verde que tenía puesto bajo la chamarra de cuero. Se quitó los zapatos color beige y metió los pies al agua, salpicando con suavidad. Lo normal sería que él la arrastrara lejos de la orilla del río y le dijera que tendría suerte si sólo perdía la pierna al meter el pie al agua. Pero con Tharion a su lado, ninguno de los habitantes del río se atrevería a acercarse.

Tharion le preguntó a Bryce:

—¿Eres parte de la 33a o del Auxiliar?

—Ninguno. Estoy trabajando con Hunt como consultora en un caso.

Tharion hizo un sonido sin abrir la boca.

—¿Qué piensa tu novio de que estés trabajando con el famoso Umbra Mortis?

Hunt se sentó al otro lado del hombre.

—Qué sutil, Tharion.

Sin embargo, la boca de Bryce floreció en una gran sonrisa.

Era un gesto casi idéntico al que le había hecho esa mañana, cuando se asomó a su recámara para ver si ya estaba lista para irse. Por supuesto, él había enfocado la mirada en el buró de la izquierda. Y luego esa sonrisa se hizo salvaje, como si supiera exactamente lo que él se estaba preguntando.

Seguro él no había estado buscando juguetes sexuales al abrir el clóset de blancos anoche. Pero vio algo morado con brillantina y, de acuerdo tal vez sí lo pensó, sacó la caja antes de pensarlo bien.

Y ahora que sabía dónde estaban, no pudo evitar voltear a ver el buró e imaginarla ahí, en esa cama, recargada contra las almohadas y...

Tal vez por eso anoche fue un poco incómodo dormir.

Tharion se recargó en sus manos, mostrando su abdomen musculoso, y preguntó inocente:

—¿Qué dije?

Bryce rio y no hizo nada por ocultar su obvia admiración del cuerpo escultural del mer.

—No tengo novio. ¿Quieres el puesto?

Tharion sonrió.

—¿Te gusta nadar?

Y eso fue todo lo que Hunt pudo soportar con sólo una taza de café en su sistema.

—Sé que estás ocupado, Tharion —dijo entre dientes con apenas el tono necesario para que el mer desprendiera su atención de Bryce— así que esto será rápido.

—Tómate tu tiempo —dijo Tharion, y lo miró con desafío masculino—. La Reina del Río me dio la mañana libre, así que soy todo suyo.

—¿Trabajas para la Reina del Río? —preguntó Bryce.

—Soy un simple peón de su corte, pero sí.

Hunt se inclinó para ver a Bryce a los ojos.

—Acaban de promover a Tharion como Capitán de inteligencia. No dejes que sus encantos e irreverencia te engañen.

—El encanto y la irreverencia son mis dos rasgos favoritos —dijo Bryce y le guiñó a Tharion.

La sonrisa del hombre se hizo más profunda.

—Cuidado, Bryce. Podría decidir que me gustas y llevarte Debajo.

Hunt le lanzó una mirada de advertencia a Tharion. Algunos de los mer más oscuros habían hecho justo eso, hacía muchos años. Se llevaban a novias humanas a sus cortes submarinas y las mantenían ahí, atrapadas dentro de grandes burbujas que contenían partes de sus palacios y ciudades. Después ya no podían escapar.

Bryce hizo una señal para desestimar la terrible historia.

—Tenemos unas preguntas para ti, si estás de acuerdo.

Tharion respondió con un gesto de sus garras palmeadas. Las marcas de los mer eran variadas y vivas: diferentes colores, rayas o puntos o de un solo color, en las colas tenían aletas largas o cortas o delgadas. Su magia tenía que ver sobre todo con el elemento en el que vivían, aunque algunos podían invocar tormentas. La Reina del Río, parte mer, parte espíritu del río, podía invocar cosas mucho peores, decían. Tal vez usar agua para arrasar con todo Lunathion, si algo la provocaba.

Ella era hija de Ogenas, según la leyenda, nacida del río poderoso que rodea-al-mundo y hermana de la Reina del Océano, la solitaria gobernante de los seis grandes mares de Midgard. Las probabilidades de que fuera verdad que la Reina del Río era una diosa, suponía Hunt, eran de cincuenta por ciento. Pero al margen de eso, los residentes de esta ciudad se esforzaban por no hacerla enojar. Inclusive el propio Micah mantenía una relación sana y respetuosa con ella.

Hunt preguntó:

—¿Has visto algo fuera de lo común recientemente?

Distraído, Tharion movió el agua cristalina con la cola.

—¿Qué tipo de investigación es ésta? ¿Asesinato?

—Sí —respondió Hunt y el rostro de Bryce se tensó.

Las garras de Tharion hicieron un sonido sobre el concreto.

—¿Asesino serial?

—Sólo responde la pregunta, pendejo.

Tharion miró a Bryce.

—Si te habla así a ti, espero que le des una patada en los huevos.

—Ella lo disfrutaría —murmuró Hunt.

—Hunt ya sabe qué pasa si me hace enojar —dijo Bryce con dulzura.

La sonrisa de Tharion fue maliciosa.

—*Ésa* es una historia que me gustaría escuchar.

—Por supuesto que te gustaría —gruñó Hunt.

—¿Esto tiene que ver con que la Reina Víbora retirara a su gente la otra semana?

—Sí —dijo Hunt con cautela.

Los ojos de Tharion se ensombrecieron, un recordatorio de que el hombre podía ser letal si así lo deseaba y de que había buenos motivos por los cuales las criaturas del río no se metían con los mer.

—Algo malo está pasando, ¿verdad?

—Estamos intentando detenerlo —dijo Hunt.

El mer asintió con seriedad.

—Déjame preguntar.

—Con discreción, Tharion. Mientras menos gente sepa que algo está pasando, mejor.

Tharion se volvió a meter al agua y volvió a tirar al pobre cangrejo que ya había logrado volver a escalar de regreso al muelle. La cola poderosa del mer lo mantenía en su sitio sin que él pareciera esforzarse. Miró a Hunt y a Bryce.

—¿Le digo a mi reina que retire a nuestra gente también?

—Hasta el momento, el patrón no parece indicar que sea necesario —dijo Hunt—, pero no estaría de más que le dieras una advertencia.

—¿De qué le debo advertir?

—Un demonio antiguo llamado el kristallos —dijo Bryce con suavidad—. Un monstruo que viene del Foso, criado por el Astrófago en persona.

Por unos instantes, Tharion no dijo nada y su rostro bronceado palideció. Luego:

—Carajo —se pasó la mano por el cabello mojado—. Voy a preguntar —prometió de nuevo.

A lo lejos en el río, un movimiento llamó la atención de Hunt. Un barco negro flotaba hacia la niebla del Sector de los Huesos.

En el Muelle Negro, que salía de la resplandeciente costa de la ciudad como espada oscura, un grupo de dolientes estaba reunido bajo los arcos negros como el carbón, rezando para que el barco llevara con bien el féretro de pino velado al cruzar el agua.

Alrededor del barco de madera, unas espaldas amplias y con escamas rompieron la superficie del río, revolviéndose y dando vueltas. Esperando el juicio final... y el almuerzo.

Tharion siguió la línea de visión de Hunt.

—Cinco marcos a que se voltea.

—Eso es asqueroso —siseó Bryce.

Tharion movió la cola y salpicó un poco las piernas de Bryce.

—Yo no apostaré en tu Travesía, Piernas. Lo prometo —dijo y luego le echó agua a Hunt—. Y ya sabemos que *tu* barco se va a voltear desde antes de salir de la costa.

—Qué gracioso.

Detrás de ellos, una nutria con chaleco amarillo reflejante pasó corriendo. Traía un tubo sellado con cera con un mensaje en los colmillos. Casi no les prestó atención antes de saltar al río y desaparecer. Bryce se mordió el labio y dejó escapar un sonido agudo.

Los mensajeros peludos e intrépidos eran difíciles de resistir, incluso para Hunt. Aunque eran verdaderos animales y no metamorfos, tenían un insólito nivel de inteligencia gracias a la vieja magia que corría por sus venas. Encontraron su lugar en la ciudad encargándose de la comunicación libre de tecnología entre quienes vivían en los tres reinos de Ciudad Medialuna: los mer en el río, los segadores en el Sector de los Huesos y los residentes de Lunathion.

Tharion rio al ver el deleite franco en la cara de Bryce.

—¿Crees que a los segadores también les encanten?

—Apuesto que hasta el mismo Rey del Inframundo grita de gusto cuando las ve —dijo Bryce—. Esas nutrias son el motivo por el cual me mudé a este lugar.

Hunt arqueó la ceja.

—¿En serio?

—Las vi cuando era niña y pensé que eran la cosa más mágica que había visto jamás —sonrió ampliamente—. Sigo pensándolo.

—Considerando a lo que te dedicas, es una declaración seria.

Tharion ladeó la cabeza.

—¿Qué tipo de trabajo?

—Antigüedades —respondió Bryce—. Si alguna vez encuentras algo interesante en las profundidades, búscame.

—Te enviaré una nutria de inmediato.

Hunt se puso de pie y le ofreció a Bryce su mano para levantarse.

—Estaremos en contacto.

Tharion le hizo un saludo irreverente.

—Nos vemos cuando nos veamos —dijo con las agallas abiertas y se hundió bajo la superficie.

Lo observaron nadar hacia el corazón profundo del río, seguir el mismo camino que la nutria, y luego sumergirse a lo profundo, hacia esas luces distantes y titilantes.

—Es un seductor —murmuró Bryce mientras Hunt le ayudaba a pararse con la otra mano en su codo.

Hunt no quitó la mano, su calor la quemaba incluso a través del cuero de la chamarra.

—Espera a verlo en su forma humana. Es un escándalo.

Ella rio.

—¿Cómo lo conociste?

—Tuvimos una serie de asesinatos entre los mer el año pasado —los ojos de ella se ensombrecieron con el recuerdo, había estado en todos los noticieros—. La hermana menor de Tharion fue una de las víctimas. Fue un caso tan conocido que Micah me designó para ayudar. Tharion y yo trabajamos en el caso juntos durante las semanas que duró.

Micah le había dado tres *deudas* enteras a cambio.

Ella hizo una mueca de dolor.

—¿Ustedes dos capturaron al asesino? Nunca dijeron en las noticias, sólo que lo habían aprehendido. Nada más, ni siquiera quién era.

Hunt le soltó el codo.

—Sí. Un metamorfo de pantera. Lo entregué a Tharion.

—Asumo que la pantera no llegó a la Corte Azul.

Hunt miró la extensión de agua brillante frente a ellos.

—No, no llegó.

—¿Bryce se está portando bien contigo, Athie?

Bryce estaba sentada en el escritorio de la entrada a la sala de exhibición y murmuró:

—Ay, por favor.

Luego siguió escribiendo en la computadora, revisando los documentos que Jesiba le había enviado.

Hunt, tirado en la silla al otro lado del escritorio, el vivo retrato de la arrogancia angelical, se limitó a preguntar a la duendecilla de fuego que estaba asomada detrás de la puerta de hierro:

—¿Qué harías si te dijera que no, Lehabah?

Lehabah flotó hacia el arco, sin atreverse a entrar a la sala de exhibición. Porque era probable que Jesiba la viera.

—Le quemaría todos sus almuerzos durante un mes.

Hunt rio y el sonido le recorrió los huesos de Bryce. A pesar de todo, ella sonrió.

Se oyó el ruido de algo pesado cayendo a pesar de que estaban un piso arriba de la biblioteca y Lehabah salió volando escaleras abajo y se quejó:

—*¡Malo!*

Bryce miró a Hunt que estaba revisando las fotos del demonio de hacía unas noches. El pelo le tapaba la frente y los mechones de azabache brillaban como seda negra. Los dedos de Bryce se enroscaron sobre el teclado.

Hunt levantó la cabeza.

—Necesitamos más información sobre Sabine. El hecho de que haya cambiado las grabaciones del robo del Cuerno en el templo ya es sospechoso y lo que dijo en la sala de observación aquella noche también es bastante sospechoso, pero eso no significa necesariamente que ella sea la asesina. No puedo ir con Micah sin tener pruebas concretas.

Ella se frotó la nuca.

—Ruhn no tiene ninguna pista sobre el Cuerno tampoco, para que podamos atraer al kristallos.

Se hizo el silencio. Hunt cruzó la pierna con un tobillo sobre la rodilla y luego extendió una mano hacia el sitio donde Bryce había dejado la chamarra de Danika sobre la silla porque le había dado flojera colgarla.

—Vi que Danika tenía esta chamarra en la fotografía de tu cuarto de visitas. ¿Por qué la conservaste?

Bryce exhaló profundo, agradecida por el cambio de tema.

—Danika solía guardar sus cosas en el clóset de aquí en vez de molestarse en regresar al departamento o a la Madriguera. Guardó su chamarra aquí el día... —exhaló y miró hacia el baño en la parte trasera del lugar, donde Danika se había cambiado unas horas antes de morir—. No quería que Sabine se la quedara. Habría leído lo que dice en la espalda y la habría tirado a la basura.

Hunt tomó la chamarra y leyó:

—Con amor, todo es posible.

Bryce asintió.

—El tatuaje que tengo en la espalda dice lo mismo. Bueno, en un alfabeto elegante que ella encontró en línea, pero... Danika tenía algo con esa frase. Parece que fue todo lo que le dijo el Oráculo, lo cual no tiene sentido porque Danika era una de las personas menos cursis que he conocido, pero... —Bryce se puso a jugar con el amuleto que tenía colgado al cuello, moviéndolo a lo largo de la cadena—. Algo tenía la frase que a ella le asombraba. Así que cuando murió, me quedé con la chamarra. Y la empecé a usar.

Hunt regresó la chamarra con cuidado a la silla.

—Lo entiendo... sobre los artículos personales —parecía como si no fuera a decir algo más. Sin embargo, continuó—. ¿Esa gorra de solbol de la que te burlaste?

—No me burlé. Pero no pareces el tipo de hombre que *usa* esas cosas.

Él volvió a reír, de esa misma manera que sentía en la piel.

—Esa gorra fue lo primero que compré cuando llegué aquí. Con el primer cheque que recibí de Micah —sonrió—. La vi en una tienda deportiva y me pareció tan ordinaria. No tienes idea de lo diferente que es Lunathion a la Ciudad Eterna. A cualquier cosa en Pangera. Y esa gorra pues...

—¿Lo representaba?

—Sí. Parecía un nuevo inicio. Un paso hacia una existencia un poco más normal. Bueno, una existencia tan normal como puede tenerla alguien como yo.

Ella hizo un esfuerzo por no verle la muñeca.

—Entonces tú tienes tu gorra y yo tengo a Jelly Jubilee.

La sonrisa del ángel iluminó la oscuridad de la galería.

—Me sorprende que no tengas un tatuaje de Jelly Jubilee en alguna parte —dijo Hunt mientras le recorría el cuerpo con la mirada y se detenía en el vestido corto y ajustado.

Ella sintió que se le enroscaban los dedos de los pies.

—¿Quién dice que no tengo el tatuaje en alguna parte que no puedes ver, Athalar?

Lo observó pensar en todo lo que *ya* había visto. Desde que él se mudó al departamento ella había dejado de pasearse por todas partes en ropa interior mientras se preparaba en las mañanas, pero sabía que él la había visto por la ventana los días anteriores. Sabía que él sabía que había un número limitado y muy íntimo de sitios donde podría estar oculto otro tatuaje.

Podría haber jurado que su voz se hizo una octava o dos más grave cuando preguntó:

—¿Lo tienes?

Con cualquier otro hombre, ella hubiera dicho, *¿por qué no vienes a averiguarlo?*

Con cualquier otro hombre ella ya estaría del otro lado del escritorio. Sentándose encima de él. Desabrochándole el cinturón y luego sentándose en su pito para montarlo hasta que ambos estuvieran gimiendo y sin aliento y...

Se obligó a regresar a sus documentos.

—Hay algunos hombres que pueden responder esa pregunta, si tienes tanta curiosidad —dijo Bryce pero no tenía idea de cómo logró mantener la voz calmada.

El silencio de Hunt era palpable. Ella no se atrevió a levantar la vista del monitor de la computadora.

Pero los ojos de él permanecieron en ella, la quemaban como un hierro de marcar.

El corazón de Bryce latía desbocado en todo su cuerpo. Peligroso, estúpido, imprudente...

Hunt exhaló tenso, una exhalación profunda. La silla en la que estaba sentado gimió con el movimiento y sus alas hicieron un sonido rasposo. Ella seguía sin atreverse a ver. Honestamente, no sabía qué haría si volteara a verlo.

Pero entonces Hunt dijo, con voz áspera:

—Necesitamos concentrarnos en Sabine.

Escuchar ese nombre fue como si la bañaran con una cubeta de agua helada.

Sí. Claro. Por supuesto. Porque ligar con el Umbra Mortis no era una posibilidad. Las razones empezaban por el hecho de que él seguía añorando un amor perdido y terminaban con que era la posesión de un maldito gobernador. Con un millón de obstáculos más en medio.

Ella seguía sin poder verlo y él preguntó:

—¿Tienes alguna idea sobre cómo podemos obtener más información sobre ella? ¿Aunque sea un vistazo a su mente en estos momentos?

Ella necesitaba hacer algo con las manos, con su cuerpo demasiado cálido, así que imprimió, luego firmó y puso fecha a los documentos que Jesiba había enviado.

—No podemos traer a Sabine para un interrogatorio formal sin que sepa que estamos investigándola —dijo Bryce y al fin miró a Hunt.

Él estaba sonrojado y sus ojos... Por puta Solas, sus ojos negros brillaban y estaban totalmente fijos en ella. Como si estuviera pensando en tocarla.

En probarla.

—Está bien —dijo él a secas y se pasó la mano por el cabello.

Sus ojos regresaron a la normalidad y el fuego oscuro que los iluminaba se redujo. Gracias a los dioses.

Entonces, Bryce tuvo una idea y dijo con la garganta seca y el estómago revuelto por la angustia:

—Entonces supongo que tendremos que llevarle las preguntas a Sabine.

43

La Madriguera de los lobos en Moonwood ocupaba diez cuadras enteras de la ciudad, era una villa enorme construida alrededor de una zona boscosa y de pastizales que, según decía la leyenda, había crecido ahí desde antes de que estas tierras fueran habitadas. A través de la cerca de hierro integrada a los grandes arcos de piedra caliza, Bryce alcanzaba a ver el parque privado, donde la luz del sol convencía a las flores adormiladas de abrir durante el día. Había cachorros de lobo brincando y saltando unos sobre otros, persiguiéndose la cola mientras los cuidaban ancianos de hocico gris cuyos días brutales en el Aux habían quedado atrás hacía tiempo.

Ella sintió que se le hacía un nudo en el estómago; tanto que agradeció no haber desayunado nada. Apenas había dormido la noche anterior por estar considerando y reconsiderando este plan. Hunt le había ofrecido hacerlo personalmente, pero ella se había negado. Había llegado aquí, tenía que enfrentarlo. Por Danika.

Hunt vestía su traje de batalla normal y guardaba silencio a un paso de distancia, como había hecho en el camino hacia este lugar. Como si supiera que ella apenas lograba evitar que le temblaran las piernas. Deseaba haber usado tenis. El ángulo pronunciado de sus tacones le irritaba la herida del muslo. Bryce apretó la mandíbula para aguantar el dolor de pie frente a la Madriguera.

Hunt mantuvo los ojos oscuros fijos en los cuatro guardias apostados en la cerca de entrada.

Había tres mujeres y un hombre. Todos en su forma humanoide, todos de negro, todos armados con pistolas y espadas enfundadas a la espalda. El tatuaje de una rosa de ónix con tres marcas de garras cortando los pétalos les adornaba un lado del cuello y los marcaba como miembros de la Cuadrilla de Lobos de la Rosa Negra.

El estómago le dio un vuelco al ver las empuñaduras que se asomaban por encima de sus hombros acorazados. Pero ella hizo un esfuerzo por apartar el recuerdo de la trenza rubia platinada con mechones morados y rosados que constantemente se atoraba en la empuñadora de una espada antigua e invaluable.

Aunque los lobos de la Jauría de Diablos eran jóvenes, se les admiraba por ser los más talentosos en generaciones. Los lideraba la Alfa más poderosa que había pisado Midgard.

La Jauría de la Rosa Negra era muy diferente. Muy, muy pinche diferente.

Sus ojos se encendieron con deleite depredador al ver a Bryce.

Ella sintió la boca seca. Y luego la sintió árida cuando vio aparecer un quinto lobo que salía del vestíbulo de seguridad a la izquierda de la reja.

La Alfa llevaba el cabello oscuro recogido en una trenza apretada que acentuaba su cara angulosa cuando rio al ver a Bryce y Hunt. La mano de Athalar se acercó con despreocupación al cuchillo que traía en el muslo.

Bryce dijo con la mayor informalidad que pudo:

—Hola, Amelie.

Amelie Ravenscroft le mostró los dientes.

—¿Qué carajos quieres?

Hunt le mostró los dientes también.

—Estamos aquí para ver al Premier —le mostró su placa de la legión y el oro brilló bajo el sol—. En nombre del gobernador.

Los ojos dorados de Amelie voltearon a ver a Hunt, el halo que tenía tatuado. Miró su mano sobre el cuchillo y el *SPQM* que seguro sabía estaba tatuado del otro lado de su muñeca. Hizo una mueca con el labio levantado.

—Bueno, al menos elegiste compañía interesante, Quinlan. Danika habría estado de acuerdo. Demonios, a lo mejor se lo hubieran tirado las dos al mismo tiempo —Amelie se recargó en el costado de la caseta de vidrio—. Hacían eso, ¿no? Me enteré de su encuentro con esos dos daemonaki. Clásico.

Bryce sonrió aburrida.

—En realidad eran tres daemonaki.

—Puta estúpida —le gruñó Amelie.

—Cuidado —gruñó Hunt de regreso.

Los miembros de la jauría de Amelie permanecieron a sus espaldas, con la atención puesta en Hunt y a una distancia prudente. Suponía que era el beneficio de estar con el Umbra Mortis.

Amelie rio, un sonido lleno de odio. No sólo odio por ella, se dio cuenta Bryce. Sino por los ángeles. Las Casas de Tierra y Sangre y de Cielo y Aliento eran rivales en un buen día, enemigas en uno malo.

—¿O qué? ¿Vas a usar tus relámpagos conmigo? —le dijo a Hunt—. Si lo haces, te meterías en tantos problemas que tu *amo* te enterraría vivo.

Sonrió con desagrado mirando el tatuaje de su frente.

Hunt se quedó inmóvil. Y aunque hubiera sido interesante ver al fin cómo mataba Hunt Athalar, tenían una razón para estar en ese lugar. Así que Bryce le dijo a la líder de la jauría:

—Eres un amor, Amelie Ravenscroft. Por favor llama por radio a tu jefe y dile que estamos aquí para ver al Premier.

Movió las cejas para enfatizar sus palabras con algo de desprecio porque sabía que así enfurecería al Alfa.

—Cállate la boca —le dijo Amelie— si no quieres que te arranque la lengua.

Un hombre de pelo castaño parado detrás de Amelie dijo en tono retador:

—¿Por qué no vas a cogerte a alguien en un baño otra vez, Quinlan?

Ella ignoró cada una de sus palabras. Pero Hunt ahogó una risa que prometía huesos fracturados.

—Les dije que tuvieran cuidado.

—Adelante, ángel —se burló Amelie—. Veamos lo que puedes hacer.

Bryce apenas podía moverse por el pánico y la tensión que la invadían, casi no podía respirar, pero Hunt dijo en voz baja:

—Hay seis cachorros jugando cerca de esta reja. ¿De verdad los quieres exponer al tipo de pelea que tendríamos, Amelie?

Bryce parpadeó. Hunt ni siquiera la volteó a ver y continuó dirigiéndose a Amelie:

—No voy a golpearte así frente a los niños. Así que o nos dejas entrar o regresaremos con una orden de cateo —su mirada no titubeó—. No creo que Sabine Fendyr se sienta particularmente contenta con la Opción B.

Amelie le sostuvo la mirada y todos los demás se tensaron. La arrogancia y soberbia habían hecho que Sabine promoviera a su Alfa de la Jauría de la Rosa Negra antes que a Ithan Holstrom, quien era ahora el Segundo de Amelie. Pero Sabine quería a alguien justo como ella, al margen del mayor rango de Ithan. Y tal vez a alguien un poco menos Alfa también, para poderla mantener bajo el control de sus garras.

Bryce esperó que Amelie se burlara de la orden de cateo. Esperó el comentario mordiente o la aparición de colmillos.

Sin embargo, Amelie tomó el radio de su cinturón y dijo:

—Hay visitas aquí para el Premier. Vengan por ellos.

Hubo una época en que Bryce podía entrar y salir por estas puertas que vigilaba la cabeza oscura de Amelie, una época en la que pasaba horas jugando con los cachorros en el pasto y la zona arbolada detrás cada vez que Danika tenía guardia y debía cuidar a los niños.

Apartó de su mente ese recuerdo de cómo habían sido las cosas: observar a Danika jugando con los cachorros peludos o con los niños que gritaban, porque todos la idolatraban. Su futura líder, su protectora, la que llevaría a los lobos a nuevas alturas.

Bryce sintió que el pecho se le oprimía tanto como para dolerle. Hunt la miró en ese momento y arqueó las cejas.

No podía hacer eso. Estar aquí. Entrar a este lugar.

Amelie sonrió, como si se hubiera dado cuenta. Olfateó su miedo y su angustia.

Y ver a esa puta perra ahí parada, donde alguna vez había estado Danika... Bryce sintió que veía todo rojo y dijo:

—Me agrada ver que los delitos hayan disminuido tanto para que lo único que tengas que hacer con tu día, Amelie, sea vigilar la puerta.

Amelie sonrió despacio. Se escucharon pasos al otro lado de la puerta, justo antes de que la abrieran, pero Bryce no se atrevió a ver. No se atrevió mientras Amelie decía:

—Sabes, a veces creo que debería agradecerte... dicen que si Danika no hubiera estado tan distraída enviándote mensajes por tus estupideces de borracha, podría haber anticipado el ataque. Y entonces yo no estaría donde estoy, ¿no crees?

Las uñas de Bryce le cortaron las palmas de las manos. Pero su voz, gracias a los dioses se escuchó serena cuando dijo:

—Danika era mil veces la loba que tú eres. No importa *dónde estés*, nunca serás lo que *ella* era.

Amelie se puso blanca de rabia, arrugó la nariz y sus labios se retrajeron para dejar expuestos sus dientes que empezaban a crecer...

—Amelie —dijo una voz masculina desde las sombras del arco de entrada.

Oh, dioses. Bryce apretó los dedos para formar puños y que no se notara que le temblaban las manos al ver al joven lobo.

Pero los ojos de Ithan Holstrom iban de ella a Amelie mientras se acercaba a su Alfa.

—No vale la pena —dijo Ithan.

Las palabras implícitas ebullían en su mirada. *Bryce no vale la pena*.

Amelie resopló y se dio la vuelta para regresar al vestíbulo. Una mujer más baja de estatura y de cabello castaño la siguió. La Omega de la jauría, si recordaba bien. Amelie hizo una mueca de desdén a Bryce por encima del hombro:

—Regresa al basurero del que saliste.

Luego cerró la puerta. Y dejó a Bryce parada frente al hermano menor de Connor.

El rostro bronceado de Ithan no tenía nada de amable. Su cabello castaño dorado estaba más largo que la última vez que lo había visto, pero entonces era un estudiante de segundo año que jugaba solbol para UCM.

Este hombre alto y musculoso que estaba frente a ellos ya había hecho el Descenso. Había ocupado los zapatos de su hermano y se había unido a la jauría que reemplazó la de Connor.

El roce de las alas de Hunt suaves como terciopelo en su brazo la hizo empezar a caminar. Cada paso en dirección del lobo elevaba su ritmo cardiaco.

—Ithan —logró decir Bryce.

El hermano menor de Connor no dijo nada y se dio la vuelta hacia los pilares que flanqueaban el pasillo.

Iba a vomitar. Encima de todo: las losetas de piedra caliza, los pilares, las puertas de vidrio que llevaban hacia el parque al centro de la villa.

No debería haber permitido que viniera Athalar. Lo debería haber obligado a quedarse en la azotea de algún lugar para que no fuera testigo de la crisis espectacular que estaba a tres segundos de tener.

Los pasos de Ithan Holstrom eran pausados, su camiseta gris se estiraba a lo largo de la considerable extensión de su espalda musculosa. Era un joven engreído de veinte años cuando murió Connor, estudiante de historia como Danika y la estrella del equipo de solbol. Se rumoraba que iba a hacerse profesional en cuanto su hermano diera su aprobación. Podría haber iniciado su vida como jugador profesional saliendo del bachillerato pero Connor, que había criado a Ithan desde la muerte de sus padres cinco años antes, había insistido que el título profesional era primero y los deportes segundo. Ithan, que veneraba a Connor, siempre había obedecido a pesar de los ruegos de Bronson para que Connor le permitiera al chico hacerse profesional.

La Sombra de Connor, le decían en broma a Ithan.

Había embarnecido desde entonces. Al fin empezaba a parecerse a su hermano mayor... incluso el tono de su cabello castaño dorado era como una estaca en el pecho de Bryce.

Estoy loco por ti. No quiero a nadie más. Hace tiempo que no quiero a nadie más.

Bryce no podía respirar. No podía dejar de ver, de escuchar esas palabras y de sentir el puto desgarramiento en el espacio-tiempo donde debería estar Connor, en un mundo donde no pudiera suceder nada malo jamás...

Ithan se detuvo frente a otro par de puertas de vidrio. Abrió una, con los músculos de sus brazos largos muy visibles, y la sostuvo abierta para ellos.

Hunt entró primero, sin duda para revisar el espacio en un parpadeo.

Bryce logró levantar la vista hacia Ithan al pasar.

Los dientes blancos del lobo brillaron cuando se los mostró.

Ya no existía ese chico engreído con el que ella bromeaba; ya no existía el chico que había ensayado sus técnicas de conquista con ella para luego usarlas con Nathalie, quien se había reído de él cuando la invitó a salir pero le dijo que esperara un par de años más; ya no existía el chico que había cuestionado a Bryce sin parar sobre cuándo iba a empezar a salir con su hermano y que no aceptaba un *nunca* como respuesta.

En su lugar ahora había un depredador entrenado. Que seguro no había olvidado los mensajes filtrados que ella había enviado y recibido esa horrible noche. Que ella estaba cogiendo con un extraño en el baño del club mientras Connor... Connor, quien le había abierto su corazón, estaba muriendo masacrado.

Bryce bajó la mirada, odiando esto, odiando cada segundo de esta puta visita.

Ithan sonrió, como si saboreara su vergüenza.

Él se había salido de UCM después de la muerte de Connor. Dejó de jugar solbol. Ella sólo lo sabía porque había visto un partido en la televisión dos meses después y los comentaristas todavía hablaban al respecto. Nadie, ni sus entrenadores, ni sus amigos, ni los miembros de su jauría, lo pudo convencer de regresar. Se alejó del deporte y al parecer nunca miró atrás.

Ella no lo había visto desde unos días antes de los asesinatos.

Su última foto de él era la que Danika había tomado en su partido, jugando al fondo. La fotografía con la cual ella se había torturado durante horas anoche mientras se preparaba para lo que traería el amanecer.

Pero antes de eso había cientos de fotos de los dos juntos. Seguían en su teléfono como una canasta llena de serpientes, esperando a morderla si ella siquiera movía la tapa.

La sonrisa cruel de Ithan no titubeó cuando cerró la puerta a sus espaldas.

—El Premier está durmiendo una siesta. Sabine se reunirá con ustedes.

Bryce miró a Hunt y él asintió discreto. Justo como lo habían planeado.

Bryce estaba consciente de cada una de las respiraciones de Ithan a sus espaldas mientras avanzaban hacia las escaleras que Bryce sabía los llevarían un piso arriba, a las oficinas de Sabine. Hunt parecía también muy consciente de Ithan y permitió que suficientes relámpagos se acumularan alrededor de sus manos y muñecas de manera que el joven lobo retrocedió un paso.

Al menos los alfadejos servían para algo.

Ithan no se fue. No, al parecer él sería su guardia y torturador silencioso por el resto de esta visita miserable.

Bryce conocía cada paso hacia la oficina de Sabine en el segundo piso, pero Ithan los guio: por las grandes escaleras de piedra caliza marcadas con tantos rasguños y ranuras que nadie se molestaba por arreglarlas ya; por el brillante pasillo de techos altos cuyas ventanas daban hacia la calle transitada en el exterior y, por último, por el desgastado piso de madera. Danika había crecido aquí y se mudó en cuanto entró a UCM. Después de la graduación, se quedaba ahí sólo durante los eventos formales y los días feriados de los lobos.

El paso de Ithan fue pausado. Como si pudiera olfatear la miseria de Bryce y quisiera obligarla a soportarlo todo el tiempo posible.

Ella supuso que se lo merecía. *Sabía* que se lo merecía.

Ella intentó bloquear el recuerdo que le vino a la mente.

Las veintiún llamadas ignoradas de Ithan, todas en los primeros días tras el asesinato. La media docena de mensajes de voz. El primero había sido sollozos con pánico y lo había dejado unas horas después: *¿Es cierto, Bryce? ¿Están muertos?*

Y luego los mensajes empezaron a volverse preocupados. *¿Dónde estás? ¿Estás bien? Llamé a todos los hospitales y no estás en sus listas, pero nadie me dice nada. Por favor llámame.*

Y luego, al final, el último mensaje de voz de Ithan con frialdad cortante. *Los inspectores de la Legión me mostraron todos los mensajes. Connor prácticamente te dijo que te amaba y tú al fin aceptaste salir con él, ¿y luego fuiste a coger con un desconocido en el baño del Cuervo? ¿Mientras él* moría? *¿Es broma esta mierda? No vengas a la Travesía mañana. No eres bienvenida.*

Ella nunca le había contestado, nunca lo había buscado. No había sido capaz de soportar la idea de enfrentarlo. Ver la tristeza y el dolor en su expresión. La lealtad era el rasgo más preciado entre los lobos. En sus ojos, ella y Connor eran algo inevitable. Casi pareja. Sólo cuestión de tiempo. Sus aventuras anteriores no importaban y tampoco las de él porque nada se había declarado aún.

Hasta que al fin la invitó a salir. Y ella había dicho que sí. Había emprendido ese camino.

Para los lobos, ella era de Connor y él de ella.

Mándame un mensaje cuando hayas llegado a tu casa.

Ella sintió que se le estrujaba el corazón y que las paredes empezaban a cerrarse a su alrededor, aplastándola...

Se obligó a respirar hondo. A inhalar hasta que las costillas le dolían por sostener la respiración. Y luego a exhalar, soltando-soltando-soltando, hasta expulsar el pánico que le rasgaba las entrañas y que le quemaba todo el cuerpo como ácido.

Bryce no era loba. Ella no vivía bajo sus reglas de cortejo. Y había estado muy asustada de lo que significaría acceder a tener esa cita con Connor. A Danika no le había importado que Bryce se acostara con un desconocido pero Bryce nunca había tenido el valor de explicarle a Ithan después de ver y escuchar sus mensajes.

Los conservó todos. Escucharlos había sido un sólido arco central en su rutinaria espiral de muerte emocional. La culminación, por supuesto, habían sido los últimos mensajes de Danika felices, casi ridículos.

Ithan tocó a la puerta de Sabine y dejó que se abriera de par en par para revelar la oficina soleada y blanca cuyas ventanas veían al verdor del parque de la Madriguera. Sabine estaba sentada tras su escritorio, su pelo rubio y sedoso casi parecía encendido bajo la luz.

—Qué atrevimiento presentarse aquí.

Las palabras se secaron en la garganta de Bryce al ver ese rostro pálido y manos delgadas entrelazadas sobre el escritorio de roble, esos hombros angostos que ocultaban su tremenda fuerza. Danika había sido un incendio sin control; su madre era de hielo sólido. Y si Sabine la había matado, si Sabine había hecho esto...

Bryce empezó a escuchar un rugido en su cabeza.

Hunt debió percibirlo, olfatearlo, porque avanzó para pararse al lado de Bryce. Ithan se quedó en el pasillo. Hunt dijo:

—Queríamos reunirnos con el Premier.

A Sabine le brillaron los ojos con irritación.

—¿Sobre?

—Sobre el asesinato de tu hija.

—No te metas en nuestros putos asuntos —gritó Sabine con tal fuerza que el vaso en su escritorio empezó a vibrar. La bilis le quemaba la garganta a Bryce y se concentró en no gritar o lanzarse contra la mujer.

Las alas de Hunt rozaron la espalda de Bryce, un roce accidental para quien observara, pero esa calidez y suavidad le ayudaron a tranquilizarse. Danika. Por Danika haría esto.

Los ojos de Sabine estaban encendidos.

—¿Dónde diablos está mi espada?

Bryce se negó a responder o siquiera a decir que esa espada era y siempre sería de Danika y dijo:

—Tenemos información que sugiere que Danika estaba apostada en el Templo de Luna la noche del robo del Cuerno. Necesitamos que el Premier nos confirme la información.

Bryce mantuvo la vista en la alfombra, el retrato de una sumisión aterrada y avergonzada y permitió que Sabine cavara su propia tumba.

Sabine exigió saber:

—¿Qué carajos tiene esto que ver con su muerte?

Hunt dijo sereno:

—Estamos elaborando un panorama de los movimientos de Danika antes de que el demonio kristallos la matara. Con quién podría haberse reunido, lo que podría haber visto o hecho.

Otro trozo de carnada: observar su reacción cuando le dijeran la raza del demonio que aún no se había hecho pública. Sabine ni siquiera parpadeó. Como si ya estuviera familiarizada con eso, tal vez porque ella lo había invocado. Aunque tal vez no le importaba, supuso Bryce. Sabine siseó:

—Danika no estaba en el templo esa noche. No tuvo nada que ver con el robo del Cuerno.

Bryce controló su necesidad de cerrar los ojos ante la mentira que lo confirmaba todo. Sabine sacó las garras por los nudillos y las enterró en su escritorio.

—¿Quién les dijo que Danika estaba en el templo?

—Nadie —mintió Bryce—. Creo recordar que ella me lo había mencionado...

—¿*Crees*? —dijo Sabine con desdén y un tono agudo para imitar la voz de Bryce—. Es difícil recordar, ¿no es así? Porque estabas drogada, borracha y cogiendo con desconocidos.

—Es verdad —exhaló Bryce a pesar del gruñido de Hunt—. Esto fue un error.

No permitió que Hunt objetara antes de darse la media vuelta y salir intentando recuperar el aliento.

No supo cómo logró mantener la espalda recta, el estómago dentro de su cuerpo.

Apenas alcanzó a oír a Hunt que salió caminando detrás de ella. No pudo soportar ver a Ithan cuando salió al pasillo y lo vio esperando recargado en la pared opuesta.

Bajaron por las escaleras de nuevo. Ella no se atrevió a ver a los lobos que pasaban.

Sabía que Ithan venía a sus espaldas pero no le importaba, no le importaba...

—Quinlan —dijo la voz de Hunt que cortó en la escalera de mármol. Ella bajó otro tramo de la escalera y él repitió—: *Quinlan*.

Su voz fue lo suficientemente fuerte como para hacerla pausar. Miró por encima de su hombro. Hunt estudió su expresión: en la mirada del ángel había preocupación, no triunfo por la mentira descarada de Sabine.

Pero Ithan estaba en medio de ellos en las escaleras con los ojos impenetrables como piedras.

—Dime de qué se trata esto.

Hunt dijo en voz baja:

—Es información clasificada, pendejo.

El gruñido de Ithan hizo eco por toda la escalera.

—Está volviendo a empezar —dijo Bryce en voz baja, consciente de todas las cámaras, de la orden de Micah de mantener esto en silencio. Su voz se escuchó áspera—: Estamos intentando averiguar por qué y quién es responsable. Ha habido tres asesinatos hasta ahora. Iguales. Tengan cuidado... adviértele a tu jauría que tenga cuidado.

La expresión de Ithan permaneció inmutable. Ése era uno de sus atributos como jugador de solbol, su capacidad de no revelar sus movimientos a sus contrincantes. Había sido brillante y engreído como la chingada, pero esa arrogancia se la había ganado a pulso a través de horas de entrenamiento y disciplina brutal.

El rostro de Ithan permaneció frío.

—Les avisaré si sé de algo.

—¿Necesitas nuestros teléfonos? —preguntó Hunt con frialdad.

Ithan le mostró los dientes.

—Tengo el de ella —ella hizo un esfuerzo por mirarlo a los ojos. En especial cuando preguntó—: ¿Te vas a tomar la molestia de responder esta vez?

Ella se dio la vuelta y bajó volando las escaleras hacia la recepción.

El Premier de los lobos estaba ahí. Hablando con la recepcionista, encorvado sobre su bastón de secuoya. El abuelo de Danika levantó su cara arrugada cuando ella se detuvo en seco frente a él.

La miró con sus ojos cafés y cálidos, los ojos de Danika.

El anciano le ofreció una sonrisa triste y amable. Era peor que cualquier mirada desdeñosa o gruñido.

Bryce logró inclinar la cabeza antes de salir huyendo por las puertas de vidrio.

Logró llegar hasta la cerca sin encontrarse a nadie más. Casi había llegado a la calle cuando Ithan la alcanzó. Hunt venía un paso atrás. Ithan dijo:

—Nunca te lo mereciste.

Él podría haber sacado el cuchillo que traía oculto en la bota y habérselo clavado en el pecho:

—Lo sé —logró decir con la garganta cerrada.

Los cachorros seguían jugando, saltando entre la hierba alta. Él hizo un ademán hacia el segundo piso, donde estaba la oficina de Sabine que veía hacia el jardín:

—Tomaste decisiones muy pendejas, Bryce, pero nunca pensé que fueras tan estúpida. Ella quiere verte muerta.

Otra confirmación, tal vez.

Las palabras le detonaron algo en su interior.

—Igual —señaló la puerta, incapaz de controlar la ira que hervía en su interior al darse cuenta de que todo apuntaba hacia Sabine—. Connor se hubiera avergonzado de que permitieras que Amelie hiciera lo que quisiera. Por dejar que un pedazo de mierda como ella fuera tu Alfa.

Las garras brillaron en los nudillos de Ithan.

—*Nunca* vuelvas a pronunciar su nombre.

—Aléjate —le dijo Hunt con suavidad. Los relámpagos le recorrían las alas.

Ithan parecía tentado a arrancarle la garganta pero Hunt ya estaba al lado de Bryce y la iba siguiendo hacia la calle bañada en sol. Ella no se atrevió a voltear a ver a Amelie o su jauría en la entrada, burlándose y riéndose de ellos.

—¡Eres basura, Quinlan! —gritó Amelie cuando pasaron a su lado y sus amigos estallaron en carcajadas.

Bryce no se atrevió a ver si Ithan se reía con ellos.

44

—Sabine mintió al afirmar que Danika no había estado en el templo. Pero necesitamos un plan sólido para atraparla si es ella quien está invocando a este demonio —le dijo Hunt a Bryce veinte minutos más tarde, durante el almuerzo.

El ángel devoró no menos de tres tazones de cereal, uno tras otro. Ella no había hablado en el camino de regreso al departamento. Necesitó toda la caminata para recuperarse un poco.

Bryce movió el arroz inflado que flotaba en su propio tazón. No tenía ningún interés en comer.

—Ya estoy cansada de esperar. Sólo arréstala.

—Ella es la Líder no oficial de Moonwood y básicamente la Premier de los lobos —advirtió Hunt—. Si no oficial, sí en la práctica. Tenemos que ser cuidadosos al entrar a esto. Las consecuencias podrían ser catastróficas.

—Seguro —dijo Bryce y volvió a mover su cereal.

Sabía que debería estar gritando, sabía que debería estar entrando a la Madriguera para matar a esa puta perra. Bryce apretó los dientes. No habían sabido nada de Tharion ni de Ruhn.

Hunt golpeó la mesa de vidrio con un dedo mientras estudiaba la expresión de ella. Luego, por fortuna, cambió de tema:

—Entiendo lo de Ithan pero ¿cuál es el problema de Amelie contigo?

Tal vez Bryce estaba cansada pero terminó diciendo:

—¿Alguna vez los viste... los mensajes de esa noche? Todos los periódicos los publicaron en primera plana después de que se filtraron.

Hunt se quedó inmóvil.

—Sí —dijo con sutileza—. Sí los vi.

Ella se encogió de hombros y continuó moviendo el cereal en su tazón. Vuelta y vuelta.

—Amelie sentía... algo. Por Connor. Desde que eran niños. Creo que todavía.

—Ah.

—Y... bueno, ya sabes sobre mí y Connor.

—Sí. Lo siento.

Odiaba esas dos palabras. Las había oído tantas putas veces que las *odiaba*. Le dijo:

—Cuando ella vio los mensajes de esa noche, supongo que Amelie al fin se dio cuenta de por qué él no le correspondía.

Él frunció el entrecejo.

—Ya pasaron dos años.

—¿Y?

Pues eso no le había servido a ella para sentirse mejor al respecto.

Hunt negó con la cabeza.

—¿La gente sigue mencionándolos? ¿Esos mensajes?

—Por supuesto —dijo ella, resopló y movió la cabeza—. Sólo búscame en línea, Athalar. Tuve que cerrar todas las cuentas que tenía —respondió. Sólo recordarlo hacía que se le revolviera el estómago y un pánico nauseabundo tensaba cada músculo y vena del cuerpo. Había logrado controlarlo un poco mejor, ese sentimiento, pero no mucho—. La gente me odia. Literalmente me *odia*. Algunas de las jaurías de lobos incluso escribieron una canción y la subieron a la red. Se llama «Acabo de cogerme a alguien en el baño. No le digas a Connor». La cantan cada vez que me ven.

La cara de Hunt se puso fría como el hielo.

—¿Cuáles jaurías?

Ella movió la cabeza. No pensaba decirle, no al ver esa expresión asesina en su cara.

—No importa. La gente es nefasta.

Era así de sencillo, eso había aprendido. La mayoría de la gente era nefasta y en esta ciudad abundaban.

A veces se preguntaba qué dirían si supieran sobre aquella vez que alguien le envió mil hojas con la letra de la canción impresa a su nuevo departamento, junto con el arte del supuesto disco tomada de las fotografías que había tomado esa noche. Si sabían que ella había subido a la azotea a quemar todo, pero en vez de eso se quedó mirando por la orilla del edificio. Se preguntó qué habría sucedido si Juniper, por casualidad, no hubiera llamado esa noche. Justo cuando Bryce tenía las manos apoyadas en el barandal.

Sólo el sonido de esa voz amistosa al otro lado de la línea impidió que Bryce saltara de la azotea.

Juniper mantuvo a Bryce en el teléfono, hablando de tonterías. Hasta el momento en que su taxi se detuvo frente al departamento. Juniper se negó a colgar hasta que llegó a la azotea con Bryce, riendo. Sólo supo dónde encontrarla porque Bryce le había dicho que estaba sentada allá arriba. Y tal vez se había apresurado a llegar por lo hueca que sonó la voz de Bryce cuando lo dijo.

Juniper se quedó a quemar las copias de la canción y luego bajó con ella al departamento, donde vieron televisión acostadas en la cama hasta que se quedaron dormidas. Bryce se levantó en un momento para apagar la televisión e ir al baño. Cuando regresó, Juniper estaba despierta, esperando.

Su amiga no se separó de su lado durante tres días.

Nunca habían hablado de eso. Pero Bryce se preguntaba si Juniper le habría dicho a Fury más tarde lo cerca que había estado, el trabajo que le había costado mantener esa llamada telefónica activa mientras corría por toda la ciudad sin alertar a Bryce, porque percibía que algo estaba mal-mal-mal.

A Bryce no le gustaba pensar en ese invierno. Esa noche. Pero nunca dejaría de agradecerle a Juniper por esa intuición, por ese amor que evitó que cometiera ese error terrible y estúpido.

—Sí —dijo Hunt—. La gente es nefasta.

Supuso que él había pasado por cosas peores. Mucho peores.

Dos siglos de esclavitud que apenas estaba disfrazada como una especie de camino retorcido hacia la redención. El trato de Micah con él, reducido o no, era una vergüenza.

Se obligó a dar un bocado al cereal ya aguado. Se obligó a preguntar algo, lo que fuera, para aclarar un poco su mente.

—¿Tú elegiste tu sobrenombre? ¿La Sombra de la Muerte?

Hunt dejó su cuchara en el plato.

—¿Parezco el tipo de persona que necesita inventar su propio sobrenombre?

—No —admitió Bryce.

—Sólo me llaman así porque me ordenan hacer ese tipo de cosas. Y lo hago bien —se encogió de hombros—. Me quedaría mejor el Esclavo de la Muerte.

Ella se mordió el labio y dio otro bocado de cereal.

Hunt se aclaró la garganta.

—Ya sé que la visita de hoy fue dura. Y sé que no lo aparenté al principio, Quinlan, pero me alegra que te pusieran a trabajar en este caso. Has sido... muy buena.

Ella se guardó lo que sus palabras halagadoras le hacían a su corazón, cómo ayudaban a despejar la niebla que se había asentado sobre ella.

—Mi papá era un capitán Dracon en la 25a Legión. Estuvo en el frente durante los tres años que duró su servicio militar. Me enseñó algunas cosas.

—Lo sé. No sobre lo que te enseñó, digo. Sino sobre tu padre. Es Randall Silago, ¿verdad? Él te enseñó a tirar.

Ella asintió y una especie de orgullo se abrió paso por su cuerpo.

Hunt dijo:

—Yo nunca peleé a su lado pero supe de él la última vez que estuve en el frente, hace unos veintiséis años. Escuché sobre su talento como francotirador. ¿Qué opina él sobre... —con un movimiento de la mano la señaló a ella, la ciudad a su alrededor.

—Quiere que regrese a vivir a casa. Tuve que luchar con él, literalmente, para lograr venir a UCM.

—¿Peleaste con él físicamente?

—Sí. Me dijo que si lograba sostenerlo contra el piso, que entonces sabía suficiente defensa personal para defenderme en la ciudad. Resultó que había estado prestando más atención de lo que él creía.

La risa grave de Hunt rebotó por toda su piel.

—¿Y él te enseñó a disparar un rifle de francotirador?

—Rifles, pistolas, cuchillos, espadas.

Pero las pistolas eran la especialidad de Randall. Le había enseñado sin misericordia, una y otra y otra vez.

—¿Alguna vez has usado un arma aparte de en el entrenamiento?

Te amo, Bryce.

Cierra los ojos, Danika.

—Cuando tuve que hacerlo —dijo con voz áspera.

No que hubiera supuesto ninguna diferencia cuando importó.

Su teléfono vibró. Se asomó a ver el mensaje de Jesiba y se quejó.

Vendrá un cliente en treinta minutos. Si no estás te ganarás un boleto sencillo a una vida como musaraña.

Bryce dejó su cuchara, consciente de que Hunt la observaba, y empezó a responder. *Estaré en...*

Jesiba agregó otro mensaje antes de que Bryce pudiera terminar.

¿Y dónde están los documentos de ayer?

Bryce borró lo que había escrito y empezó de nuevo... *Los tendré...*

Otro mensaje de Jesiba:

Lo quiero todo listo para el mediodía.

—Alguien está enojada —observó Hunt y Bryce hizo una mueca antes de tomar su tazón y llevarlo rápido al fregadero.

Los mensajes siguieron llegando mientras caminaba hacia la oficina, junto con media docena de amenazas de convertirla en diversas criaturas patéticas, lo cual sugería que alguien en verdad había hecho enojar a Jesiba. Cuando llegaron a la puerta de la galería, Bryce abrió los cerrojos físicos y mágicos y suspiró.

—Tal vez debas quedarte en la azotea esta tarde. Quizá me va a estar monitoreando por las cámaras. No sé si ya te haya visto dentro, pero...

Él le puso la mano en el hombro.

—Está bien, Quinlan —su chamarra negra vibró y sacó su teléfono—. Es Isaiah —murmuró e hizo una señal con la cabeza en dirección a la puerta abierta de la galería, desde donde alcanzaban a ver a Syrinx rascando la puerta de la biblioteca y aullando su saludo a Lehabah—. Me reportaré en un rato —dijo.

Bryce sabía que él había esperado a que ella cerrara el cerrojo de la galería antes de volar a la azotea. Le llegó un mensaje suyo quince minutos más tarde.

Isaiah me necesita para que le dé mi opinión sobre un caso distinto. Voy para allá en este momento. Justinian se queda a vigilarte. Regresaré en unas horas.

Ella respondió, *¿Justinian es guapo?*

Él dijo, *¿Quién es la pervertida ahora?*

Una sonrisa tiró de los bordes de su boca.

Tenía los pulgares sobre el teclado para responder el mensaje cuando sonó el teléfono. Con un suspiro, se lo llevó al oído para contestar.

—¿Por qué no estás lista para el cliente? —exigió saber Jesiba.

La mañana había sido un desastre. De guardia en la azotea de la galería unas horas después, Hunt no podía dejar de pensar en eso. Sí, habían descubierto la mentira de Sabine y todo apuntaba a que ella era la asesina, pero... Carajo. No se había dado cuenta de lo difícil que sería para Quinlan, a pesar de que estaba consciente de que Sabine la odiaba. No sabía que los demás lobos también sentían animadversión por Bryce. Nunca debería haberla llevado. Debería haber ido solo.

Las horas pasaron, una por una, mientras él pensaba.

Hunt se aseguró de que nadie estuviera volando sobre la azotea antes de abrir la grabación a la que ingresó desde los archivos de la 33a. Alguien había compilado un video corto, sin duda en un intento por tener una mejor imagen del demonio que sólo un dedo o garra.

El kristallos era una mancha gris al explotar por la puerta principal del edificio de departamentos. No habían podido conseguir las grabaciones del momento en que había entrado al edificio, lo cual sugería que había sido invocado en el sitio o se había metido por la azotea y ninguna cámara cercana lo había capturado. Pero ahí estaba, rompiendo la puerta delantera a tal velocidad que parecía humo gris.

Y luego, ahí estaba *ella*. Bryce. Salió disparada por la puerta, descalza y corriendo sobre astillas de vidrio, con la pata de la mesa en la mano y el rostro desfigurado por el puro enojo.

Había visto la grabación dos años antes, pero ahora tenía más sentido al saber que Randall Silago la había entrenado. Al verla saltar por encima de los automóviles, corriendo a toda velocidad por las calles, era tan rápida como un hombre hada. Su cara estaba manchada de sangre y sus labios contraídos en un gruñido que él no podía escuchar.

Pero incluso en esa grabación borrosa, se podía ver que sus ojos estaban nublados. Todavía estaba bajo el efecto de esas drogas.

Sin duda no recordaba que él había estado en esa sala de interrogatorio con ella, si había preguntado sobre los mensajes a la hora del almuerzo. Y carajo, él sabía todo sobre la filtración de su teléfono pero nunca había pensado en cómo debía haber sido para ella.

Ella tenía razón: la gente era nefasta.

Bryce pasó por la calle Main, deslizándose por el cofre de un auto y ahí terminaba la grabación.

Hunt exhaló. Si en realidad era Sabine quien estaba detrás de esto...

Micah le había dado autorización para matar al culpable. Pero era muy probable que la propia Bryce lo hiciera.

Hunt frunció el ceño hacia la pared de niebla visible al otro lado del río, la niebla era impenetrable incluso en la luz del atardecer. El Sector de los Huesos.

Nadie sabía lo que sucedía en la Ciudad Durmiente. Si los muertos estaban caminando ente los mausoleos, si los segadores patrullaban y gobernaban como reyes, si simplemente era un lugar con niebla y piedra tallada y silencio. Nadie volaba encima de ese lugar... nadie se atrevía.

Pero Hunt a veces sentía que el Sector de los Huesos los observaba y algunas personas sostenían que sus amados muertos podían comunicarse a través del Oráculo o de videntes baratos del mercado.

Hacía dos años, Bryce no había estado presente en la Travesía de Danika. Él la buscó. Habían asistido las personalidades más importantes de Ciudad Medialuna pero ella no había estado ahí. Por evitar que Sabine la matara en cuanto la viera o por sus propios motivos. Después de lo que había visto el día de hoy, él apostaba por lo primero.

Entonces ella no había sido testigo del momento en que Sabine empujó el antiguo barco negro al Istros, la caja envuelta en seda gris, todo lo que quedaba del cuerpo de Danika, en el centro. No había contado los segundos mientras flotaba en las aguas turbias, aguantando la respiración con todos los que estaban en la costa para ver si el barco sería arrastrado por esa corriente rápida que la llevaría a las orillas del Sector de los Huesos o si se voltearía y los restos no merecedores de Danika serían entregados al río y a las bestias que nadaban en él.

Pero el barco de Danika se dirigió directo a la isla cubierta de niebla al otro lado del río; el Rey del Inframundo la consideraba merecedora y más de una persona suspiró aliviada. El audio de la cámara de porquería del edificio de departamentos donde Danika suplicaba por piedad se había filtrado un día antes.

Hunt sospechaba que la mitad de la gente que había ido a su Travesía esperaba que esas súplicas de Danika significarían que sería entregada al río, que podían considerar a la engreída y salvaje Alfa una cobarde.

Sabine, consciente de quienes anticipaban dicho resultado, sólo había esperado a que se abrieran las puertas del río para revelar las nieblas ondulantes del Sector de los Huesos, el barco atraído por unas manos invisibles, y se fue. No se esperó para ver las Travesías del resto de la Jauría de Diablos.

Pero Hunt y todos los demás sí se quedaron. Fue la última vez que vio a Ithan Holstrom. Llorando mientras empujaba los restos de su hermano a las aguas azules, tan fuera de sí que sus compañeros de equipo de solbol se vieron obligados a sostenerlo de pie. El hombre de ojos fríos que hoy les había servido de escolta era una persona totalmente distinta a aquel chico.

Talentoso, Hunt había escuchado a Naomi decir sobre Ithan en sus comentarios eternos sobre las cuadrillas de Aux y cómo las clasificaba comparadas con la 33a. Más allá de su talento en el campo de solbol, Ithan Holstrom era un guerrero con muchos dones, había hecho el Descenso y su poder había resultado casi idéntico al de Connor. Naomi siempre decía que a pesar de ser engreído, Ithan era un hombre sólido: justo, inteligente y leal.

Y un hijo de puta, al parecer.

Hunt negó con la cabeza y volvió a mirar en dirección del Sector de los Huesos.

¿Danika Fendyr estaría caminando en esa isla llena de niebla? ¿O una parte de ella, al menos? ¿Se acordaría de la amiga que, tanto tiempo después de su muerte, no toleraba que nadie insultara su recuerdo? ¿Sabía que Bryce haría lo que fuera, incluso descender al nivel de rabia preservado para siempre en el video, para destruir a su asesino? ¿Aunque la asesina fuera la propia madre de Danika?

Leal hasta la muerte y más allá.

El teléfono de Hunt sonó y volvió a aparecer el nombre de Isaiah, pero Hunt no respondió de inmediato. Estaba viendo el techo de la galería bajo sus botas y se preguntaba cómo sería... tener una amiga así.

45

—¿Entonces crees que te ascenderán a bailarina principal después de la temporada? —preguntó Bryce.

Traía el teléfono entre la oreja y el hombro, se quitó los zapatos en la puerta de su departamento y se dirigió al muro de ventanas. Syrinx, libre de su correa, corrió a su plato de comida para esperar su cena.

—Lo dudo —dijo Juniper con voz baja y suave—. Eugenie está que arde este año. Creo que ella será la siguiente principal. Yo he estado un poco mal en mis solos, lo puedo sentir.

Bryce se asomó por la ventana y vio a Hunt justo donde dijo que esperaría hasta que ella le hiciera una seña de que estaba sana y salva en su departamento y le hizo una señal con la mano.

—Sabes que has estado maravillosa. No finjas que no estás que ardes también.

Hunt levantó la mano y se lanzó hacia el cielo. Le guiñó al pasar volando junto a la ventana y luego se dirigió al Munin y Hugin.

No había logrado convencerla de que lo acompañara con sus compañeros de triarii al bar y la hizo jurar por todos los cinco dioses que no saldría del departamento ni abriría la puerta a nadie mientras él no estuviera.

Bueno, *casi* nadie.

De su breve conversación, ella entendió que a Hunt lo invitaban con frecuencia al bar pero nunca había ido. Por qué iba esta noche por primera vez... Tal vez ella lo estaba volviendo loco. No sentía que así fuera pero tal vez necesitaba una noche libre.

—Me ha ido bien, supongo —admitió Juniper.

Bryce chasqueó la lengua.

—No me vengas con esas estupideces de «me ha ido bien».

—Estaba pensando, B —dijo Juniper con cautela—. Mi instructora mencionó que está empezando una clase que está abierta al público en general. Podrías ir.

—Tu instructora es la maestra más solicitada en esta ciudad. De ninguna manera podría entrar —la evadió Bryce mientras veía a los automóviles y peatones caminar por la calle bajo su ventana.

—Lo sé —dijo Juniper—. Por eso le pedí que te guardara un lugar.

Bryce se quedó inmóvil.

—Estoy muy ocupada.

—Es una clase de dos horas, dos veces a la semana. Después del trabajo.

—Gracias, pero estoy bien.

—Eras buena, Bryce. *Buena.*

Bryce apretó los dientes.

—No lo pinche suficiente.

—No te importaba antes de que muriera Danika. Sólo ve a la clase. No es una audición, literalmente sólo es una clase para quienes les encanta. Como tú.

—*Antes* me encantaba.

La respiración de Juniper vibró en el teléfono.

—Danika estaría muy triste de saber que ya no bailas. Ni siquiera por diversión.

Bryce fingió considerarlo.

—Lo voy a pensar.

—Qué bueno —dijo Juniper—. Te enviaré la información.

Bryce cambió de tema.

—¿Quieres venir a ver algo de televisión basura? *Beach House Hookup* pasa hoy a las nueve.

—¿Está el ángel? —preguntó Juniper como quien no quiere la cosa.

—Salió por unas cervezas con su grupito de asesinos.

—Se llaman los triarii, Bryce.

—Sí, pregúntale a ellos —dijo Bryce y se apartó de la ventana para dirigirse a la cocina. Syrinx seguía esperando junto a su plato, moviendo su cola de león—. ¿Cambiarías de opinión si Hunt estuviera aquí?

—Llegaría mucho más rápido.

Bryce rio.

—Desvergonzada.

Le sirvió a Syrinx su comida en el plato. Las garras de la bestia hacían sonidos sobre el piso cuando bailaba emocionado esperando su alimento.

—Por desgracia para ti, creo que está enamorado de alguien.

—Por desgracia para *ti*.

—Por favor —abrió la puerta del refrigerador y sacó diferentes alimentos. Sería una cena variada—. El otro día conocí a un mer que era tan sexy que podrías freír un huevo en su abdomen ardiente.

—Nada de lo que dices tiene sentido pero creo que entiendo.

Bryce volvió a reír.

—¿Debería recalentarte una hamburguesa vegetariana o qué?

—Quisiera, pero...

—Pero tienes ensayo.

Juniper suspiró.

—No me van a dar el papel de bailarina principal si me la paso echada en un sillón toda la noche.

—Te vas a lastimar si sigues presionándote tanto. Ya tienes ocho presentaciones a la semana.

La voz suave se hizo más seria.

—Estoy bien. Tal vez el domingo, ¿está bien?

Era el único día que la compañía no tenía espectáculo.

—Seguro —dijo Bryce. Sintió una presión en el pecho, suficiente para decir—: Llámame cuando estés libre.

—Lo haré.

Se despidieron rápido y Bryce apenas había colgado cuando ya estaba llamando a otro número.

El teléfono de Fury se fue directo a mensaje de voz. Bryce no se molestó en dejar un mensaje, así que dejó el teléfono y abrió un recipiente de hummus, unos tallarines que habían sobrado y un guiso de cerdo que tal vez ya estaba echado a perder. La magia mantenía la mayor parte de la comida fresca en el refrigerador, pero había ciertos límites racionales.

Con un gruñido, tiró el guisado a la basura. Syrinx le hizo un gesto desaprobatorio.

—Ni tú te comerías eso, amigo —le dijo.

Syrinx movió la cola de nuevo y corrió hacia el sillón.

El silencio de su departamento se hizo más pesado.

Una amiga, a eso se había reducido su círculo social. Fury le había dejado claro que no tenía interés en molestarse más con ella.

Así que ahora, con su única amiga demasiado ocupada con su carrera como para pasar tiempo con ella en un horario más o menos predecible, en especial ahora con la llegada de los meses de verano, cuando la compañía tenía presentación toda la semana... Bryce supuso que el número se había reducido a cero.

Se comió el hummus sin muchas ganas con unas zanahorias un poco aguadas. El crujir de la verdura llenó el silencio del departamento.

La conocida sensación de autocompasión llegó despacio y Bryce lanzó las zanahorias y el hummus a la basura antes de ir al sillón.

Empezó a cambiar canales hasta que encontró las noticias locales. Syrinx la vio con esperanzas.

—Somos sólo tú y yo hoy, amigo —le dijo y se sentó a su lado.

En el noticiero, Rigelus, la Mano Brillante de los asteri, apareció para dar un discurso sobre las nuevas leyes comerciales en un podio dorado. Detrás de él, otros cinco asteri estaban sentados en tronos en su cámara de cristal, sus rostros fríos irradiaban riqueza y poder. Como siempre, el séptimo trono estaba vacío en honor a su hermana muerta hacía mucho tiempo. Bryce cambió de nuevo de canal, esta vez a otra estación de noticias que estaba pasando grabaciones sobre filas de mecatrajes construidos por humanos que peleaban mano a mano con las Legiones Imperiales en un campo de batalla lodoso. Otro canal mostraba a humanos muertos de hambre formados para conseguir pan en la Ciudad Eterna, sus niños lloraban de hambre.

Bryce cambió de canal a un programa sobre compra de casas vacacionales sin verlas antes y lo vio sin procesarlo en realidad.

¿Cuándo había sido la última vez que había leído un libro? ¿No para el trabajo o para investigación, sino por placer? Antes de todo lo de Danika leía muchos libros, pero esa parte de su cerebro se había apagado después.

Quería ahogar cualquier especie de tranquilidad y calma. La televisión y su sonido se había convertido en su compañera para ahuyentar el silencio. Mientras más tonto el programa, mejor.

Se acurrucó en los cojines y Syrinx se acomodó junto a su pierna mientras ella le rascaba las orejas suaves como terciopelo. Él se movió un poco, con ganas de más.

El silencio continuó cerrándose sobre ella, cada vez más rígido y denso. Se le secó la boca y sus extremidades se empezaron a sentir ligeras y huecas. Lo sucedido en la Madriguera amenazaba con empezar a repetirse en su cabeza, la cara fría de Ithan por delante.

Vio el reloj. Apenas eran las cinco y media.

Bryce exhaló. Lehabah estaba equivocada, esto no era como aquel invierno. Nada podía ser tan malo como aquel primer invierno sin Danika. No permitiría que sucediera.

Se puso de pie y Syrinx resopló molesto porque lo había movido.

—Regreso pronto —prometió y apuntó hacia el pasillo y su jaula.

La quimera le hizo una cara molesta y se metió a su jaula. Él mismo cerró la puerta de metal con una garra.

Bryce la cerró con llave, le aseguró que no iba a tardar y se puso los tacones otra vez. Le había prometido a Hunt que se quedaría en el departamento, lo había jurado por los dioses.

Qué mal que el ángel no sabía que ella ya no le rezaba a ninguno de ellos.

Hunt se había tomado media cerveza cuando sonó su teléfono.

Sabía exactamente lo que había sucedido antes de contestar el teléfono.

—Ya salió, ¿verdad?

Naomi rio en voz baja.

—Sí. Y muy arreglada, además.

—Así se viste siempre —gruñó él y se frotó la sien.

En la barra de roble tallado, Vik arqueó una ceja elegante y su halo se movió. Hunt sacudió la cabeza y buscó su cartera. No debería haber salido esta noche. Le habían ofrecido venir tantas veces en los últimos cuatro años, y nunca había aceptado, no porque se sentía muy similar a volver a estar en la 18va. Pero esta vez, cuando Isaiah le habló y pronunció las palabras de siempre (*Ya sé que vas a decir que no, pero...*) había dicho que sí.

No sabía por qué, pero había ido.

Hunt preguntó:

—¿A dónde va?

—La voy siguiendo en este momento —dijo Naomi y pudo escuchar el viento soplando en el teléfono. Ella no le había hecho preguntas cuando Hunt le habló hacía una hora para pedirle que vigilara a Bryce y le había dado la dirección del sitio donde estarían reunidos.

—Parece que se dirige a CiRo.

Tal vez estaba buscando a su primo para que le diera un informe actualizado.

—Síguela de cerca y mantente con la guardia en alto —dijo.

Sabía que no tenía que recordárselo. Naomi era una de las guerreras más talentosas que jamás había conocido y no toleraba tonterías de nadie. Un vistazo a su trenza negra, el tatuaje colorido que le cubría las manos y la colección de armas que cargaba en su cuerpo musculoso y la mayoría de la gente no se atrevía a meterse con ella. Tal vez incluso Bryce la habría obedecido si le diera la orden de quedarse quieta.

—Mándame tus coordenadas.

—Lo haré.

La llamada se cortó.

Hunt suspiró. Viktoria dijo:

—Deberías haberlo supuesto, amigo.

Hunt se pasó las manos por el pelo.

—Sí.

Junto a él, Isaiah dio un trago a su cerveza.

—Podrías dejar que Naomi se encargue de ella.

—Tengo la sensación de que eso terminaría con las dos haciendo algún desastre juntas y yo tendría que ir a ponerle fin a su diversión.

Vik e Isaiah rieron y Hunt dejó un marco de plata sobre la barra. Viktoria levantó la mano en protesta, pero Hunt la ignoró. Podrían ser esclavos todos, pero él pagaría sus propias malditas bebidas.

—Nos vemos después.

Isaiah levantó su cerveza para despedirse y Viktoria le sonrió comprensiva. Hunt entonces se abrió paso por el bar lleno. Justinian estaba jugando billar en la parte de atrás y también le hizo una señal de despedida. Hunt no les había preguntado nunca por qué todos preferían estar apretados en un bar al nivel de la calle en vez de ir a uno de los lounges de las azoteas donde estaban la mayoría de los ángeles. Supuso que no tendría la oportunidad de enterarse por qué el día de hoy.

Hunt no estaba sorprendido de que Bryce se hubiera escapado. Para ser franco, lo único que le sorprendía era que hubiera esperado tanto tiempo.

Avanzó por la puerta de vidrio emplomado y hacia la calle bochornosa. La gente bebía sentada frente a viejos barriles de roble y un grupo ruidoso de metamorfos, tal vez lobos o algún felino grande, fumaba cigarrillos.

Hunt frunció el ceño ante la peste que lo siguió hacia el cielo y luego de nuevo hacia las nubes que se aproximaban desde el oeste, el olor pesado de la lluvia ya era presente en el viento. Fantástico.

Naomi le envió las coordenadas en Cinco Rosas y después de un vuelo de cinco minutos, Hunt llegó a uno de los jardines nocturnos que apenas empezaba a despertar en la luz crepuscular. Las alas negras de Naomi eran una mancha contra la creciente oscuridad, sobrevolaba una fuente llena de lirios lunares, las flores bioluminiscentes ya abiertas emanaban un azul pálido.

—Por allá —dijo Naomi, la suave luz de las plantas iluminaba los planos angulosos de su cara.

Hunt le asintió al ángel.

—Gracias.

—Buena suerte.

Las palabras eran suficientes para ponerlo de mal humor y Hunt no se molestó en despedirse y salió volando. El camino estaba bordeado por robles estrella y sus hojas brillaban como un dosel viviente sobre su cabeza. La suave iluminación bailaba sobre el cabello de Bryce mientras ella avanzaba por el sendero empedrado y las flores nocturnas iban abriéndose a su alrededor. El aire del anochecer tenía un aroma denso a jazmín, dulce y atractivo.

—¿No podías darme una hora de paz?

Bryce no se inmutó cuando él aterrizó a su lado.

—Necesitaba aire fresco —dijo ella y luego se acercó a admirar un helecho que se desenroscaba con las hojas iluminadas desde el interior para alumbrar cada vena.

—¿Vas a algún sitio en particular?

—Sólo... afuera.

—Ah.

—Estoy esperando a que empieces a gritarme.

Continuó caminando junto a los macizos de azafranes nocturnos con sus pétalos morados brillando entre el musgo vivo. El jardín parecía despertar para ella, darle la bienvenida.

—Te gritaré cuando averigüe qué fue tan importante para que rompieras tu promesa.

—Nada.

—¿Nada?

—Nada es importante.

Dijo las palabras en voz tan baja que él se detuvo a verla con más atención.

—¿Estás bien?

—Sí.

Era claro que *no*, entonces.

Ella admitió:

—El silencio me molesta a veces.

—Te invité al bar.

—No quería ir al bar con un montón de triarii.

—¿Por qué no?

Ella lo miró de soslayo.

—Soy civil. No podrían relajarse.

Hunt abrió la boca para negarlo pero ella lo miró.

—Bueno —admitió él—. Puede ser.

Caminaron unos pasos en silencio.

—Podrías regresar a tu bebida, sabes. Ese ángel peligroso que mandaste para que me vigilara puede encargarse.

—Naomi ya se fue.

—Se ve intensa.

—Lo es.

Bryce le lanzó un intento de sonrisa.

—¿Ustedes dos...?

—No —aunque Naomi lo había insinuado alguna vez—. Eso sólo complicaría las cosas.

—Mmm.

—¿Ibas a ver a tus amigas?

Ella negó con la cabeza.

—Sólo tengo una amiga estos días, Athalar. Y está demasiado ocupada.

—Así que saliste sola. ¿Para hacer qué?

—Caminar por este jardín.

—Sola.

—Sabía que mandarías a una niñera.

Hunt se movió antes de poder pensarlo y la tomó del codo.

Ella lo miró a la cara.

—¿Ésta es la parte en que me empiezas a gritar?

Un relámpago tronó en el cielo e hizo eco en las venas del ángel que se acercó a ella y ronroneó:

—¿Te gustaría que te gritara, Bryce Quinlan?

Ella tragó saliva y sus ojos brillaron con un fuego dorado.

—¿Tal vez?

Hunt rio suavemente. No intentó detener el calor que lo invadió.

—Puede hacerse.

Dirigió toda su concentración hacia el movimiento de los ojos de Bryce hacia su boca. Al rubor que floreció en sus mejillas pecosas y que lo invitaba a probar cada centímetro rosado.

Nadie ni nada existía salvo esto... salvo ella.

No escuchó el ruido en los arbustos oscuros detrás de él. No escuchó las ramas crujir.

No hasta que el kristallos chocó contra él y le enterró los dientes en el hombro.

46

El kristallos chocó contra Hunt con la fuerza de una camioneta.

Bryce sabía que él sólo había tenido tiempo para sacar su arma o para empujarla y apartarla. Hunt eligió apartarla.

Ella chocó contra el asfalto a varios metros de él, sintió el dolor en sus huesos, y se quedó congelada. El ángel y el demonio cayeron al suelo. El kristallos tenía sostenido a Hunt con un rugido que hizo que todo el jardín nocturno temblara.

Era peor. Mucho peor que aquella noche.

La sangre salió volando y un cuchillo brilló cuando Hunt lo sacó de su funda y lo enterró en la piel grisácea y casi translúcida.

Las venas de relámpagos envolvían las manos de Hunt y se disolvían en la oscuridad.

La gente gritaba y corría por el camino, gritos de *¡Corran!* sonaban por todas partes entre la flora luminosa. Bryce apenas alcanzó a escucharlos y se levantó sobre las rodillas.

Hunt rodó, se quitó a la criatura de encima y la lanzó hacia el sendero no sin antes sacar su cuchillo de su cuerpo. La sangre transparente goteaba por el metal y Hunt lo inclinó frente a él con el hombro destrozado estirado para proteger a Bryce. Los relámpagos se encendían y se apagaban en las puntas de sus dedos.

—Pide refuerzos —jadeó sin apartar la mirada del demonio, que se acercó un paso con su garra, de uñas cristalinas brillantes, dirigiéndose hacia la herida en su costado.

Ella nunca había visto algo así. Nada así de extraño, primitivo y furioso. Su recuerdo de aquella noche estaba nublado por la ira, el dolor y las drogas así que esto, el ser real y sin ningún filtro...

Bryce sacó su teléfono pero la criatura se lanzó hacia Hunt.

El ángel le clavó el cuchillo al demonio. No importó.

Volvieron a caer sobre el sendero y Hunt gritó cuando el demonio cerró las quijadas en su antebrazo y *crujieron*.

Sus relámpagos se apagaron por completo.

Moverse. *Moverse*, ella tenía que *moverse*...

El puño libre de Hunt golpeó la cara de la criatura con fuerza como para romperle los huesos, pero los dientes de cristal permanecieron cerrados.

Esta cosa lo había atrapado tan fácil. ¿Le había hecho justo esto a Danika? ¿Hasta triturarla?

Hunt gruñó con el entrecejo fruncido por el dolor y la concentración. Sus relámpagos habían desparecido. No volvió a surgir ni una chispa.

A Bryce le temblaba todo el cuerpo.

Hunt golpeó la cara del demonio de nuevo.

—*Bryce*...

Ella despabiló para moverse. No por su teléfono sino por la pistola que Hunt tenía en la cadera.

El demonio ciego la percibió y sus fosas nasales se abrieron cuando Bryce tomó la pistola. Liberó el seguro, la levantó y se puso de pie.

La criatura soltó el brazo de Hunt y saltó hacia ella. Bryce disparó pero fue demasiado lenta. El demonio se hizo a un lado y esquivó la bala. Bryce cayó hacia atrás mientras la criatura rugía y saltaba de nuevo hacia ella...

Su cabeza tronó hacia un lado y empezó a caer sangre transparente como lluvia cuando un cuchillo se le clavó hasta la empuñadura encima de su boca.

Hunt estaba de nuevo sobre él, desempuñó otro cuchillo largo de un panel oculto en la parte trasera de su traje de batalla y se lo enterró justo en el cráneo y hacia la columna vertebral.

La criatura luchó intentando alcanzar a Bryce, sus dientes transparentes estaban manchados de rojo con la sangre de Hunt. Ella terminó en el pavimento de alguna manera y se arrastró hacia atrás mientras el demonio intentaba lanzarse contra ella. No lo logró porque Hunt tomó el cuchillo y lo *giró*.

Los árboles cubiertos de musgo amortiguaron el crujido al cortarle el cuello.

Bryce seguía apuntando con la pistola.

—Apártate.

Hunt soltó el cuchillo y dejó que la criatura se desplomara en el camino musgoso. Su lengua negra cayó inerte de su boca de colmillos transparentes.

—Por si las dudas —dijo Bryce y disparó. No falló esta vez.

Se escuchó el ruido de sirenas y alas llenar el aire. Le zumbaba la cabeza.

Hunt retiró su cuchillo del cráneo de la criatura y lo volvió a clavar con un movimiento poderoso del brazo. La cabeza cercenada cayó rodando. Hunt volvió a moverse y la cabeza se partió por la mitad. Luego en cuartos.

Otro movimiento y el odioso corazón también terminó en el cuchillo. La sangre transparente salía por todos lados, como un vial de suero derramado.

Bryce se quedó mirando fijamente la cabeza cercenada, el horrible cuerpo monstruoso.

Unas figuras poderosas aterrizaron entre ellos, esa malakh de alas negras se posó al lado de Hunt.

—Carajo, Hunt, qué...

Bryce apenas alcanzó a escuchar. Alguien la ayudó a ponerse de pie. Vio luces azules y una magibarrera que cercó el sitio y lo resguardó de las miradas de los que todavía pudieran estar en la zona. Debería estar gritando, debería estar atacando al demonio, destrozando su cadáver con sus propias manos. Pero sólo un silencio pulsante le llenaba la cabeza.

Miró alrededor del parque, con pesadez y sin sentido, como si pudiera ver a Sabine ahí.

Hunt gimió y ella giró para verlo caer de cara al piso. La ángel de alas oscuras lo atrapó. Su cuerpo poderoso pudo sostener su peso sin esfuerzo.

—¡Traigan una medibruja *ahora*!

La sangre le brotaba del hombro. También del antebrazo. Sangre y una especie de baba plateada.

Ella sabía cómo quemaba esa sustancia, como fuego viviente.

Una cabeza de rizos negros pasó corriendo y Bryce parpadeó al ver a una joven voluptuosa con traje azul de medibruja que se quitó el bolso que traía cruzado al pecho y se arrodilló al lado de Hunt.

Él estaba doblado hacia adelante con una mano en su antebrazo y jadeando con fuerza. Sus alas grises estaban caídas y salpicadas de sangre transparente y de sangre roja.

La medibruja le preguntó algo, la insignia de escoba y campana de su brazo derecho brillaba bajo la luz azul de las pantallas. Sus manos morenas no titubearon al utilizar un par de pinzas para extraer algo que parecía un pequeño gusano de un frasco lleno de musgo húmedo y colocarlo en el antebrazo de Hunt.

Él hizo una mueca de dolor y enseñó los dientes.

—Está extrayendo el veneno —le explicó una voz femenina a Bryce.

La ángel de alas oscuras, Naomi. Señaló con un dedo tatuado a Hunt.

—Son sanguijuelas mithridate.

El cuerpo negro de la sanguijuela se hinchó de inmediato. La bruja puso otra en la herida del hombro de Hunt. Luego otra en su antebrazo.

Bryce no dijo nada.

Hunt estaba pálido, tenía los ojos cerrados, parecía concentrado en su respiración.

—Creo que el veneno anuló mi poder. En cuanto me mordió... —siseó por la agonía que avanzaba por su cuerpo—. No pude invocar mis relámpagos.

Cayó en cuenta de algo, eso explicaba muchas cosas. Por qué el kristallos había podido capturar a Micah, para empezar. Si le había tendido una emboscada al arcángel y le había dado una buena mordida, probablemente eso lo dejó sólo con su fuerza física. Micah tal vez nunca se dio cuenta de lo que había pasado. Probablemente pensaba que había sido la impresión o la rapidez del ataque. Tal vez la mordida también había anulado la fuerza sobrenatural de Danika y la Jauría de Diablos.

—Oye —Naomi le puso el brazo a Bryce en el hombro—. ¿Estás herida?

La medibruja retiró la sanguijuela comeveneno del hombro de Hunt, la volvió a colocar en el frasco de vidrio y sacó otra. Una luz pálida le envolvía las manos mientras valoraba las demás heridas de Hunt y luego empezó el proceso de sanarlas. No se molestó con los viales de luzprístina que brillaban en su bolso, el curatodo para muchos médicos. Como si prefiriera usar la magia de sus propias venas.

—Estoy bien.

El cuerpo de Hunt tal vez podría curarse solo, pero le hubiera tomado más tiempo. Con el veneno de las heridas, Bryce sabía demasiado bien que tal vez nunca sanaría del todo.

Naomi se pasó la mano por el cabello negro como tinta.

—Deberías dejar que la medibruja te revisara.

—No.

La ángel la miró fijamente.

—Si Hunt permite que la medibruja lo cure, entonces tú...

Un poder enorme y frío hizo erupción en el sitio, el jardín, toda la zona de la ciudad. Naomi volteó cuando Micah aterrizó. Reinó el silencio. Los vanir de todo tipo empezaron a retroceder cuando el arcángel avanzó hacia el demonio caído y Hunt.

Naomi era la única con suficientes agallas para acercarse a él.

—Yo estaba de guardia justo antes de que Hunt llegara y no había ninguna señal...

Micah pasó de largo con los ojos clavados en el demonio. La medibruja, había que reconocérselo, no dejó de atender a su paciente, pero Hunt logró levantar la cabeza para ver la interrogación en la mirada de Micah.

—Qué pasó.

—Emboscada —dijo Hunt con voz áspera.

Las alas blancas de Micah parecían brillar con su poder. Y a pesar del fuerte zumbido en la cabeza de Bryce, la distancia que sentía entre su cuerpo y lo que restaba de su alma, dio un paso al frente. Por ningún motivo permitiría que esto pusiera en peligro el trato de Micah con Hunt. Bryce dijo:

—Salió de las sombras.

El arcángel la recorrió con la mirada.

—¿A quién de ustedes atacó?

Bryce señaló a Hunt.

—A él.

—¿Y quién de ustedes lo mató?

Bryce empezó a repetir «él» pero Hunt la interrumpió:

—Fue un esfuerzo conjunto.

Bryce lo miró para indicarle que se callara la boca, pero Micah ya estaba viendo el cadáver del demonio. Lo tocó con la punta de la bota y frunció el ceño.

—No podemos permitir que la prensa se entere de esto —ordenó Micah—. Ni los demás que vienen para la Cumbre.

La parte implícita de esas palabras quedó flotando en el aire. *Sandriel no debe enterarse de una sola palabra.*

—Lo mantendremos fuera de los periódicos —prometió Naomi.

Pero Micah movió la cabeza con un gesto de negación y extendió una mano.

Antes de que Bryce pudiera siquiera parpadear, una flama blanca estalló alrededor del demonio y su cabeza. En cuestión de un segundo, no era nada más que cenizas.

Hunt se sorprendió.

—Necesitábamos examinarlo para buscar evidencias...

—Nada de prensa —dijo Micah y luego se dirigió a un grupo de comandantes ángeles.

La medibruja empezó a retirar sus sanguijuelas y a vendar a Hunt. Cada una de las tiras de seda estaba empapada de su poder, que haría que la piel y el músculo se volvieran a entretejer y evitaría una infección. Se disolverían cuando las heridas sanaran, como si nunca hubieran existido.

El montón de cenizas seguía ahí, era irónico lo suaves que parecían considerando el verdadero terror que había causado el kristallos. ¿Este demonio habría sido el que mató a Danika o uno de los miles que esperaban al otro lado de la Fisura Septentrional?

¿El Cuerno estaría aquí, en este parque? ¿Ella, de alguna manera, se había acercado a él? O tal vez, quien fuera que lo estuviera buscando —¿Sabine?— había enviado al kristallos como otro mensaje. No estaban cerca de Moonwood, pero Sabine patrullaba toda la ciudad.

Bryce todavía sentía el golpe de la pistola en las palmas de las manos, su retroceso todavía vibraba en sus huesos.

La medibruja se quitó los guantes ensangrentados. Un tronido de relámpagos en los nudillos de Hunt demostró que su poder estaba regresando.

—Gracias —le dijo a la bruja que hizo un ademán para desestimar su trabajo.

En cuestión de unos segundos, ella ya había empacado las sanguijuelas hinchadas de veneno en sus frascos y desapareció detrás de las magibarreras.

La mirada de Hunt se cruzó con la de Bryce. Las cenizas y los oficiales ocupados y guerreros a su alrededor se confundieron y se convirtieron en ruido blanco.

Naomi se acercó, su trenza se mecía a sus espaldas.

—¿Por qué los atacó?

—Todo el mundo quiere un bocado de mí —dijo Hunt para evadir la pregunta.

Naomi los miró a ambos de tal manera que Bryce supo que ella no les creía nada, pero se alejó para hablar con la mujer hada del Aux.

Hunt intentó ponerse de pie y Bryce se acercó para ofrecerle su mano. Él negó con la cabeza e hizo una mueca de dolor al apoyarse en la rodilla y ponerse de pie.

—Supongo que hicimos enojar Sabine —dijo—. Debe haber deducido que estamos tras ella. Esto fue una advertencia como el atentado del club o un intento fallido de solucionar un problema como hizo con la acólita y el guardia.

Ella no respondió. Un viento sopló a su alrededor y movió las cenizas.

—Bryce.

Hunt dio un paso hacia ella, tenía los ojos oscuros despejados a pesar de la lesión.

—No tiene sentido —susurró ella al fin—. Tú... lo matamos demasiado rápido.

Hunt no respondió y le dio el espacio que necesitaba para pensarlo, para decirlo.

Dijo:

—Danika era tan fuerte. Connor era fuerte. Cualquiera de ellos podría haber vencido a ese demonio y salir caminando. Pero toda la Jauría de Diablos estaba ahí esa noche. Aunque su veneno anulara algunos de sus poderes, toda la jauría hubiera podido...

Sintió que se le cerraba la garganta.

—Incluso Mic... —Hunt se dio cuenta y se detuvo. Miró en dirección al arcángel que seguía hablando con sus comandantes aparte—. Él tampoco salió caminando.

—Pero yo sí. Dos veces ya.

—Tal vez tiene alguna debilidad contra las hadas.

Ella sacudió la cabeza.

—No creo. Es que... no tiene sentido.

—Lo pensaremos mañana —Hunt asintió en dirección a Micah—. Creo que esta noche nos confirmó que es momento de compartirle nuestras sospechas sobre Sabine.

Ella iba a vomitar. Pero asintió.

Esperaron a que la mayoría de los comandantes de Micah se fueran a sus diversas tareas antes de acercarse. Hunt iba haciendo muecas de dolor con cada paso.

Hunt gruñó:

—Tenemos que hablar contigo.

Micah se cruzó de brazos. Y luego Hunt, con brevedad y eficiencia, le contó todo. Sobre el Cuerno, sobre Sabine, sobre sus sospechas. Sobre el Cuerno que quizás estaba en reparación, aunque todavía no sabían por qué ella quería o necesitaba abrir un portal a otro mundo.

Los ojos de Micah pasaron de molestos a furiosos a absolutamente glaciales.

Cuando Hunt terminó de hablar, el gobernador los vio a los dos.

—Necesitan más evidencias.

—Las conseguiremos —prometió Hunt.

Micah los miró, su rostro tan oscuro como el Foso.

—Búsquenme cuando tengan alguna evidencia concreta. O si encuentran ese Cuerno. Si alguien se está esforzando tanto para conseguirlo, entonces es muy probable que haya averiguado cómo repararlo. No quiero que esta ciudad corra peligro por una perra hambrienta de poder —Bryce podría haber jurado que las espinas en la frente de Hunt oscurecieron cuando vio al arcángel a los ojos—. No eches esto a perder, Athalar.

Sin decir otra palabra, batió sus alas y salió volando por los aires.

Hunt exhaló y miró el montón de cenizas.

—Idiota.

Bryce se frotó los brazos con las manos. El frío que empezaba a recorrer su cuerpo no tenía nada que ver con la noche primaveral. Ni con la tormenta que amenazaba con empezar en cualquier momento.

—Vamos —le dijo él suavemente y rotó su brazo lastimado para probar su fuerza—. Creo que puedo lograr volar de regreso a tu casa.

Ella miró al equipo ocupado, los metamorfos rastreadores que buscaban huellas entre los árboles antes de que la lluvia las borrara.

—¿No necesitamos responder preguntas?

Él le extendió una mano.

—Saben dónde encontrarnos.

Ruhn llegó al jardín nocturno momentos después de que su hermana y Athalar se habían ido, según Naomi Boreas, la capitana de la infantería de la 33a. Esta ángel que no se andaba con rodeos le había dicho que los dos estaban bien y volteó para recibir un informe del capitán de unidad bajo su mando.

Lo único que quedaba del kristallos era una mancha quemada y unas cuantas gotas de sangre transparente derramada, como agua de lluvia sobre las piedras y el musgo.

Ruhn se acercó a una roca tallada al lado del sendero. Se sentó junto a ella y sacó el cuchillo de su bota para tocar la sangre extraña que permanecía en el musgo antiguo.

—Yo no haría eso.

Conocía bien esa voz serena, su cadencia tranquila y constante. Miró por encima de su hombro y vio a la medibruja de la clínica de pie detrás de él, llevaba el cabello rizado suelto alrededor de su rostro hermoso. Pero ella miraba la sangre.

—El veneno está en la saliva —dijo—, pero no sabemos qué otros horrores puede contener la sangre.

—No ha afectado el musgo —dijo él.

—Sí, pero este demonio fue criado para un propósito específico. Su sangre podría ser inofensiva para la vida noconsciente pero muy peligrosa para todo lo demás.

Ruhn se sorprendió.

—¿Reconociste al demonio?

La bruja parpadeó, como si la hubiera descubierto.

—Tuve tutores muy viejos, como te dije. Ellos exigieron que estudiara los textos antiguos.

Ruhn se puso de pie.

—Podríamos haberte utilizado hace años.

—Entonces no había terminado mi entrenamiento.

Una respuesta vaga. Ruhn frunció el ceño. La bruja dio un paso atrás.

—Estaba pensando, príncipe —dijo mientras seguía retrocediendo— en lo que me preguntaste. Investigué y sí hay una... investigación potencial. Tengo que salir de la ciudad unos días por un asunto personal, pero a mi regreso lo revisaré a fondo y te lo enviaré.

—¡Ruhn! —el grito de Flynn se escuchó en medio del caos del equipo de investigación.

Ruhn miró por encima del hombro para decirle a su amigo que esperara dos malditos segundos, pero el movimiento de la bruja le llamó la atención.

No había visto la escoba que había dejado junto al árbol, pero sin duda la vio ahora cuando ella salió volando hacia el cielo nocturno, su cabello parecía una cortina oscura detrás de ella.

—¿Quién era? —preguntó Flynn mirando a la bruja que desaparecía.

—No lo sé —dijo Ruhn en voz baja y se quedó viendo en su dirección hacia la noche.

47

La tormenta azotó cuando estaban a dos cuadras del edificio de Bryce y los empapó en cuestión de segundos. El dolor recorrió el antebrazo y hombro de Hunt cuando aterrizó en la azotea, pero se lo tragó. Bryce seguía temblando, su expresión era tan distante que él no la soltó de inmediato cuando la puso sobre las baldosas mojadas por la lluvia.

Ella lo miró al notar que su brazo todavía abrazaba su cintura.

Hunt no pudo evitar acariciarle las costillas con el pulgar. No pudo evitar hacerlo una segunda vez.

Ella tragó saliva y él registró cada uno de los movimientos de su garganta: la gota de lluvia que corría por su cuello, su pulso golpeando suavemente debajo

Antes de que él pudiera reaccionar, ella se acercó y lo abrazó. Lo abrazó con fuerza.

—Esta noche fue muy mala —dijo y se recargó en su pecho empapado.

Hunt también la abrazó e intentó que su calor infundiera el cuerpo tembloroso de ella

—Así es.

—Me alegra que no estés muerto.

Hunt rio y se permitió enterrar la cabeza contra el cuello de Bryce.

—A mí también.

Bryce le acarició la espalda, explorando con suavidad.

Cada uno de sus sentidos se enfocó en ese contacto. Despertaron por completo.

—Debemos protegernos de la lluvia —murmuró ella.

—Debemos —respondió él. Pero no se movió.

—Hunt.

Él no sabía si su nombre era una advertencia, una petición o algo más. No le importó y rozó su nariz contra la columna húmeda de su cuello. Carajo, olía bien.

Lo volvió a hacer, incapaz de contenerse o de tener suficiente de ese aroma. Ella levantó un poco la barbilla. Sólo lo suficiente para exponer más de su cuello para él.

Sí, demonios. Hunt casi gimió las palabras y se permitió acercarse a ese cuello suave y delicioso, con un ansia como un puto vampiro de estar ahí, de olerla, de probarla.

Renunció a todos sus instintos, todos los recuerdos dolorosos, todos los juramentos que había hecho.

Bryce le enterró los dedos en la espalda y luego empezó a acariciarlo. Él casi ronroneó.

No se permitió pensar, no mientras le pasaba los labios sobre el cuello. Ella se arqueó ligeramente hacia él. Hacia la dureza que le dolía detrás del cuero reforzado de su traje de batalla.

Tragándose otro gemido contra su cuello, Hunt apretó el abrazo alrededor de su cuerpo cálido y suave y bajó las manos hacia ese trasero dulce y perfecto que lo había torturado desde el primer puto día y...

Se abrió la puerta de metal de la azotea. Hunt ya tenía la pistola en la mano y apuntada hacia ella cuando Sabine salió y gritó furiosa:

—*Hazte a un puto lado.*

48

Hunt consideró sus opciones con cuidado.

Apuntaba la pistola a la cabeza de Sabine. Ella apuntaba la suya al corazón de Bryce.

¿Quién de los dos era más rápido? La pregunta le atormentaba.

Bryce obedeció la orden de Sabine y levantó las manos. Hunt la siguó, se paró detrás de Bryce para recargarla contra su pecho, pasarle la mano libre por la cintura y sostenerla. ¿Podría salir volando lo suficientemente rápido para evitar la bala?

Bryce no sobreviviría a un tiro de cerca al corazón. Estaría muerta en segundos.

Bryce logró preguntar a pesar de la lluvia:

—¿Dónde está tu amiguito el demonio?

Sabine pateó la puerta de la azotea para cerrarla. Él se dio cuenta de que todas las cámaras estaban desactivadas. Tenían que estarlo, o la legión ya estaría ahí informados por Marrin. Las grabaciones debían estar retransmitiendo material inofensivo, igual como hicieron en el Templo de Luna. Lo cual significaba que nadie, absolutamente nadie, sabía lo que estaba sucediendo.

Hunt empezó a subir su brazo sano despacio por el cuerpo tembloroso y empapado de Bryce.

Sabine dijo con desdén:

—Ni lo pinche pienses, Athalar.

Él detuvo su brazo antes de que pudiera cubrir los senos de Bryce, sentía su corazón latir debajo. Su traje de batalla tenía suficiente armadura para detener una bala. Para que él absorbiera el impacto. Sería mejor que él perdiera un brazo que luego podría volver a crecer a que ella...

No pudo pensar la última palabra.

Sabine dijo entre dientes:

—Te dije que no te metieras. Y no hiciste caso, tenías que presentarte a la Madriguera, hacer preguntas que *no tenías derecho* de hacer.

Bryce gruñó:

—Estamos haciendo esas preguntas porque mataste a Danika, maldita psicópata.

Sabine se quedó completamente inmóvil. Casi tan inmóvil como podían mantenerse las hadas.

—¿Creen que hice *qué*?

Hunt sabía que Sabine era transparente en cuanto a sus emociones y todas las mostraba en su cara sin molestarse nunca en ocultarlo. Su sorpresa fue genuina. La lluvia caía por los ángulos pronunciados de su cara y dijo furiosa:

—¿Creen que maté a mi propia hija?

Bryce temblaba tan fuerte que Hunt tuvo que apretarla más. Con voz cortante, dijo:

—La mataste porque iba a ocupar tu lugar como futura Premier, le robaste el Cuerno para restarle autoridad y has estado usando a ese demonio para matar a quien sea que te haya podido ver y para humillar a Micah antes de la Cumbre...

Sabine rio, una risa grave y hueca.

—Qué montón de idioteces.

Hunt gruñó:

—Borraste las grabaciones del robo del Cuerno en el templo. Lo confirmamos. Nos mentiste al decir que Danika no estuvo ahí esa noche. Y te quejaste de que tu hija no pudo mantener la boca cerrada la noche que murió. Lo único que necesitamos para demostrar que mataste a Danika es ligarte con el demonio kristallos.

Sabine bajó la pistola y le volvió a poner el seguro. Estaba temblando con rabia y apenas lograba contenerse.

—No robé nada, pendejos. Y no maté a mi hija.

Hunt no se atrevió a bajar su pistola. No se atrevió a soltar a Bryce.

No al escuchar a Sabine decir, con frialdad y tristeza:

—La estaba protegiendo. *Danika* robó el Cuerno.

49

—Danika no robó nada —susurró Bryce y sintió que el frío le carcomía el cuerpo. Lo único que la mantenía de pie era el brazo de Hunt que la envolvía, su cuerpo era un muro cálido a sus espaldas.

Los ojos marrones de Sabine, del mismo tono que los de Danika pero sin su calidez, eran implacables.

—¿Por qué creen que cambié las grabaciones? Ella pensaba que el apagón la ocultaría, pero era demasiado tonta como para darse cuenta de que era posible que el audio siguiera grabando y que se registrara cada uno de sus pasos al dejar su puesto para ir a robar el Cuerno y luego reaparecer un minuto después, regresar a su patrulla, como si no le hubiera escupido en la cara a nuestra diosa. No sé si ella provocó el apagón para robarlo o si sólo aprovechó la oportunidad.

—¿Por qué se lo llevaría? —preguntó Bryce, apenas capaz de pronunciar las palabras.

—Porque Danika era una niña mimada que quería ver si podía salirse con la suya. En cuanto me alertaron que habían robado el Cuerno, vi los videos y cambié las grabaciones de todas las bases de datos —la sonrisa de Sabine era una llaga cruel—. Yo limpié su cochinero... como lo hice toda su vida. Y con sus *preguntas* han puesto en peligro el poco legado que iba a dejar.

Hunt abrió ligeramente las alas.

—Enviaste a ese demonio esta noche a atacarnos...

Sabine arqueó las cejas claras.

—¿Cuál demonio? Llevo toda la noche esperándolos aquí. Me quedé pensando en su puta visita a *mi* Madriguera y decidí que necesitaban un recordatorio no meterse este caso —les enseñó los dientes—. Amelie Ravenscroft está esperando del otro lado de la calle, lista para hacer la llamada si haces cualquier cosa, Athalar. Dice que hace unos momentos estaban dando un buen espectáculo —concluyó con una sonrisa maliciosa.

Bryce se sonrojó y dejó que Hunt lo confirmara. Por la manera en que se tensó, supo que era verdad.

Sabine dijo:

—Y en lo que respecta a lo que dije la noche que murió Danika: *no podía* mantener la boca cerrada, sobre nada. Sabía que ella había robado el Cuerno, también sabía que era probable que alguien la hubiera matado por eso porque no pudo callarse —otra risa fría—. Todo lo que hice fue proteger a mi hija. Mi hija imprudente y arrogante. Todo lo que *tú* hacías sacaba lo peor en ella.

El grito de Hunt retumbó en la noche.

—Cuidado, Sabine.

Pero la Alfa se limitó a resoplar.

—Se van a arrepentir de haberse metido conmigo.

Caminó hacia el borde de la azotea. Su poder pulsaba a su alrededor con un ligero brillo mientras consideraba el mismo salto que Bryce había contemplado hacía un año y medio. Sólo que Sabine podría aterrizar con gracia en el pavimento. Sabine volteó para verlos por encima del hombro delgado y vieron el brillo de dientes alargados.

—No maté a mi hija. Pero si ponen en peligro su legado, *los* mataré.

Y luego saltó. Se transformó con un suave destello de luz y se fue. Hunt corrió hacia la orilla, pero Bryce sabía lo que vería: un lobo que aterrizaba con suavidad en el pavimento y que salía corriendo hacia la oscuridad.

50

Hunt no se había dado cuenta de cuánto le había afectado a Bryce la noticia de Sabine hasta la mañana siguiente. No salió a correr. Casi no se levantó a tiempo para ir a trabajar.

Se tomó una taza de café pero rechazó el huevo que él había preparado. Apenas le dijo tres palabras en total.

Él sabía que ella no estaba enojada con él. Sabía que sólo estaba... procesando.

Si ese proceso también tenía que ver con lo que habían hecho en la azotea, pero no se atrevió a preguntarlo. No era el momento. Aunque él tuvo que darse un regaderazo muy, muy frío después. Y tomar el asunto en sus propias manos. Inspirado en la cara de Bryce, el recuerdo de su aroma y ese gemido jadeante que había hecho cuando se arqueó hacia él, fue lo que lo llevó al orgasmo, con tanta intensidad que vio estrellas.

Pero eso era la menor de sus preocupaciones, esto que sucedía entre ellos. Lo que fuera.

Por suerte, nada se filtró a la prensa sobre el ataque en el parque.

Bryce casi no habló después del trabajo. Él le preparó la cena y ella apenas la tocó y se fue a dormir antes de las nueve. No le quedó ni puta duda de que no habría más abrazos que llevaran a rozarle el cuello con la nariz y la boca.

El día siguiente fue igual. Y el siguiente.

Él estaba dispuesto a darle su espacio. Los dioses sabían que él a veces también lo necesitaba. Cada vez que mataba para Micah lo necesitaba.

Sabía que sería mejor no sugerir que Sabine podría estar mintiendo, porque no hay una persona más fácil de acusar que un muerto. Sabine era un monstruo pero Hunt nunca la había considerado mentirosa.

La investigación estaba llena de callejones sin salida y Danika había muerto... ¿para qué? Por un artefacto antiguo que ni siquiera funcionaba. Que tenía quince mil años de no funcionar y que nunca funcionaría.

¿La propia Danika había querido reparar y usar el Cuerno? No tenía idea de por qué.

Él sabía que esos pensamientos agobiaban a Bryce. Durante cinco putos días casi no comió. Iba a trabajar, dormía y luego regresaba a trabajar.

Todas las mañanas le preparó el desayuno. Todas las mañanas ella ignoró el plato que él le ponía enfrente.

Micah llamó sólo una vez, para preguntar si habían conseguido alguna evidencia sobre Sabine. Hunt le dijo que había sido un callejón sin salida y el gobernador le colgó el teléfono, su rabia por el caso sin resolver era muy palpable.

Eso había sido hacía dos días. Hunt seguía esperando que sucediera algo.

—Pensé que buscar armas antiguas y letales sería emocionante —se quejó Lehabah desde su pequeño diván donde prestaba poca atención a un programa televisivo insulso.

—Yo también —murmuró Bryce.

Hunt levantó la vista del informe de evidencias que estaba revisando y estaba a punto de decir algo cuando se escuchó el timbre de la puerta principal. El rostro de Ruhn apareció en el video de las cámaras de vigilancia y Bryce suspiró muy profundo antes de abrirle la puerta.

Hunt rotó su hombro entumecido. El brazo todavía le punzaba un poco, un eco del veneno letal que le había arrancado la magia del cuerpo.

Las botas negras del príncipe aparecieron en los escalones de alfombra verde segundos después, pareció haber deducido dónde estaban por la puerta abierta de la biblioteca. Lehabah cruzó el espacio volando al instante, dejando chispas en el camino, sonrió y dijo:

—¡*Su Alteza!*

Ruhn le sonrió a medias y miró directamente a Quinlan. No les pasó desapercibido el agotamiento silencioso y meditabundo. Ni el tono de voz de Bryce que dijo:

—¿Y a qué debemos este placer?

Ruhn se sentó en una silla frente a ellos ante la mesa llena de libros. La Espadastral que traía enfundada en la espalda no reflejaba las luces de la biblioteca.

—Quería reportarme. ¿Algo nuevo?

Ninguno de los dos le había dicho sobre Sabine. Y parecía que Declan tampoco.

—No —dijo Bryce—. ¿Algo sobre el Cuerno?

Ruhn no hizo caso a su pregunta.

—¿Qué pasa?

—Nada —respondió ella pero tensó la espalda.

Ruhn parecía listo para iniciar una discusión con su prima así que Hunt les hizo a ambos, y a sí mismo para ser francos, un favor y dijo:

—Hemos estado esperando un contacto de Muchas Aguas que quedó de informarnos lo antes posible sobre un posible patrón en los ataques del demonio. ¿Has encontrado más información sobre el kristallos y cómo anula la magia?

Días después, no podía dejar de pensar en ello, cómo se había sentido cuando su poder desapareció y murió en sus venas.

—No. Todavía no he encontrado nada sobre la creación del kristallos excepto que está hecho de la sangre del primer príncipe Astrogénito y la esencia del Astrófago. Nada sobre cómo anular la magia —Ruhn asintió en su dirección—. ¿Tú nunca te habías encontrado con un demonio que pudiera hacer eso?

—Ni uno. Los hechizos de las brujas y las piedras gorsianas pueden anular la magia pero esto era diferente.

Él había tenido que enfrentarse a ambas cosas. Antes de que lo ataran con la tinta de bruja en la frente, lo habían encadenado con grilletes labrados de piedras gorsianas de las montañas Dolos, un metal raro cuyas propiedades adormecían el acceso a su magia. Se usaban con los enemigos de alto perfil del imperio, la Cierva las utilizó cuando ella y sus interrogadores hicieron confesar a los vanir entre los espías y líderes rebeldes. Pero durante años, había corrido el rumor en las barracas de la 33a de que los rebeldes estaban experimentando con maneras de convertir el metal en un líquido para atomizarlo y lanzarlo sobre los guerreros vanir en el campo de batalla.

Ruhn hizo un movimiento hacia el antiguo libro que había dejado en la mesa días antes, todavía abierto en el pasaje sobre las hadas Astrogénitas.

—Si el Astrófago en persona puso su esencia en el kristallos, probablemente eso le dio la capacidad al demonio de comer magia. De la misma manera que la sangre del príncipe Pelias le daba la capacidad de buscar el Cuerno.

Bryce frunció el ceño:

—¿Y ese instinto de El Elegido que tienes no ha detectado ningún rastro del Cuerno?

Ruhn tiró del aro de plata que tenía en el labio inferior.

—No. Pero recibí un mensaje esta mañana de una medibruja que conocí el otro día... la que curó a Hunt en el jardín nocturno. Es una adivinanza a ciegas, pero ella mencionó que hay una droga relativamente nueva en el mercado que se está empezando a usar. Es una magia sanadora sintética —Hunt y Bryce se enderezaron—. Puede tener efectos secundarios importantes si no se controla con mucho cuidado. Ella no tenía acceso a su fórmula exacta ni a las pruebas, pero dice que las investigaciones demuestran que es capaz de sanar a un ritmo que casi duplica el de la luzprístina.

Bryce dijo:

—¿Crees que algo así podría reparar el Cuerno?

—Es una posibilidad. Coincide con ese estúpido acertijo sobre la luz que no es luz, la magia que no es magia, para reparar el Cuerno. Es más o menos la descripción de un compuesto sintético como ése.

A ella le brillaron los ojos.

—¿Y es algo que... ya está disponible?

—Al parecer está en el mercado desde hace pocos años. Nadie lo ha probado en objetos inanimados pero, ¿quién sabe? Si la magia real no lo puede sanar, tal vez un compuesto sintético sí podría.

—Nunca había escuchado nada sobre magia sintética —dijo Hunt.

—Ni yo —admitió Ruhn.

—Entonces tenemos una manera hipotética de reparar el Cuerno —dijo Bryce pensativa— pero no el Cuerno en sí —suspiró—. Y todavía no sabemos si Danika robó el Cuerno por pura diversión o si tenía una intención.

Ruhn se sorprendió.

—¿Danika hizo *qué*?

Bryce hizo un gesto de arrepentimiento pero luego le informó al príncipe todo lo que habían averiguado. Cuando terminó, Ruhn se recargó en la silla y todo su rostro expresaba su sorpresa.

Hunt dijo a nadie en particular:

—Al margen de si Danika robó el Cuerno por diversión o para hacer algo con él, la cosa es que lo robó.

Ruhn preguntó con cautela:

—¿Crees que lo quisiera para ella? ¿Para repararlo y usarlo?

—No —respondió Bryce en voz baja—. No, Danika tal vez me ocultaba cosas pero yo conocía su corazón. Nunca hubiera buscado un arma tan peligrosa como el Cuerno, algo que pudiera poner el mundo en peligro así —se pasó las manos por la cara—. Su asesino sigue libre. Danika debe haber robado el Cuerno para evitar que se lo llevaran. Por eso la mataron, pero seguro no lo encontraron si siguen usando al kristallos para buscarlo —movió la mano hacia la espada de Ruhn—. ¿Esa cosa no te puede ayudar a encontrarlo? Yo sigo pensando que atraer al asesino con el Cuerno es la manera más segura de encontrarlo.

Ruhn negó con la cabeza.

—La espada no funciona así. Aparte de ser selectiva sobre quién la puede desenvainar, no tiene poder sin el cuchillo.

—¿El cuchillo? —preguntó Hunt.

Ruhn sacó la espada y el metal rechinó. Luego la colocó sobre la mesa entre ellos. Bryce se alejó de ella y una gota de luzastral bajó por la ranura a la mitad de la espada y brilló en la punta.

—Elegante —dijo Hunt y Ruhn lo miró molesto. A Bryce le había arqueado las cejas, sin duda porque esperaba alguna especie de reverencia de parte de ella por la espada que era más antigua que la ciudad, más antigua que los primeros pasos de los vanir en Midgard.

—La espada es parte de un par —le dijo Ruhn al ángel—. Un cuchillo largo fue forjado con el iridio que se minó del mismo meteorito que cayó en nuestro viejo mundo —el mundo que las hadas habían dejado para cruzar la Fisura Septentrional hacia Midgard—. Pero perdimos el cuchillo hace eones. Incluso los Archivos de las Hadas no tienen registro de cómo se pudo haber perdido, pero al parecer fue en algún momento durante las Primeras Guerras.

—Es otra de incontables profecías hadas —murmuró Bryce—. *Cuando se reúnan el cuchillo y la espada, así igual lo hará nuestra gente.*

—Literalmente está grabado sobre la entrada de los Archivos de las Hadas, lo que sea que esto signifique —dijo Ruhn. Bryce sonrió un poco al escucharlo.

Hunt sonrió. La expresión de Bryce era como ver salir el sol después de días de lluvia.

Bryce fingió que no había notado su sonrisa pero Ruhn lo miró molesto.

Como si supiera cada uno de los pensamientos sucios que Hunt había tenido sobre Bryce, todo lo que había hecho para procurarse placer mientras se imaginaba que era su boca, sus manos, su suave cuerpo lo que lo tocaba.

Mierda... estaba metido en esta mierda hasta el cuello.

Ruhn sólo resopló, como si él también lo supiera y volvió a enfundar la espada.

—Me gustaría ver los Archivos de las Hadas —suspiró Lehabah—. Pensar en la historia antigua, tantos objetos gloriosos.

—Todo bajo llave y sólo para los ojos de los herederos de sangre pura —terminó de decir Bryce mirando a Ruhn.

Ruhn levantó las manos.

—He intentado que cambien las reglas —dijo—. Sin suerte.

—Dejan entrar visitantes en los días feriados —dijo Lehabah.

—Sólo de una lista aprobada —dijo Bryce—. Y las duendecillas de fuego *no* están en esa lista.

Lehabah giró y se recostó de lado con la cabeza apoyada en su mano de fuego.

—Me dejarían entrar a mí. Soy descendiente de la Reina Ranthia Drah.

—Sí, y yo soy la séptima asteri —dijo Bryce con sequedad.

Hunt tuvo cuidado de no reaccionar ante ese tono. Era la primera señal de una chispa que había visto en días.

—Lo soy —insistió Lehabah y volteó a ver a Ruhn—. Era mi sexta bisabuela, derrocada en las Guerras Elementales. Nuestra familia quedó desfavorecida...

—La historia cambia cada vez que la cuenta —le dijo Bryce a Hunt, quien empezó a tratar de disimular su sonrisa.

—No es cierto —se quejó Lehabah. Ruhn también estaba sonriendo ahora—. Tuvimos una oportunidad de volver a ganar nuestro título, pero expulsaron a mi tatarabuela de la Ciudad Eterna...

—Expulsada.

—Sí, *expulsada*. Por una acusación completamente falsa de haber intentado robar al consorte real de la reina impostora. Estaría revolcándose en su tumba si supiera lo que sucedió con su última vástaga. Poco más que un ave en una jaula.

Bryce dio un sorbo a su agua.

—Éste es el momento, chicos, cuando les pedirá dinero para comprar su libertad.

Lehabah se puso color carmesí.

—Eso *no* es verdad —señaló a Bryce—. Mi *bis*abuela peleó con Hunt contra los ángeles, y *ése* fue el final para la libertad de toda mi gente.

Hunt se quedó mudo. Todos lo voltearon a ver.

—Lo siento —dijo. No se le ocurrió nada más.

—Oh, Athie —dijo Lehabah y voló hacia él mientras se ponía de color rosa—. No era mi intención… —se puso las manos en las mejillas—. No te culpo a *ti*.

—Dirigí a todos hacia la batalla. No veo cómo puedes culpar a alguien más por lo que le ha pasado a tu gente.

Sus palabras sonaron tan huecas como él las sintió.

—Pero Shahar te dirigió a *ti* —dijo Danaan, cuyos ojos azules no se perdían de ningún detalle.

Hunt se sintió irritado al escuchar su nombre en labios del príncipe. Pero miró a Quinlan, para torturarse con la mirada de aprobación condenatoria que encontraría en su cara.

Pero ahí sólo encontró tristeza. Y algo similar a la comprensión. Como si lo pudiera ver, como él la había visto en aquel campo de tiro, como si pudiera distinguir cada pedazo roto y no le importaran sus filos. Bajo la mesa, le rozó la bota con la punta de su zapato de tacón. Una ligera confirmación de que, sí, percibía su culpa, el dolor, y no se alejaría por eso. Él sintió que algo le comprimía el pecho.

Lehabah se aclaró la garganta y le preguntó a Ruhn:

—¿Alguna vez has visitado los Archivos de las Hadas en Avallen? He escuchado que son más grandes que lo que se trajo acá —se enroscó un mechón de flama en el dedo.

—No —repuso Ruhn—. Pero las hadas de esa isla de niebla son todavía menos hospitalarias que las de aquí.

—Les gusta acaparar toda su riqueza, ¿verdad? —dijo Lehabah y miró a Bryce—. Como tú, BB. Sólo gastas en ti y nunca me compras nada lindo.

Bryce quitó el pie.

—¿No te compro shisha de fresa cada dos semanas?

Lehabah se cruzó de brazos.

—Eso no es un regalo.

—Lo dice la duendecilla que se encierra en su domo de vidrio, la quema toda la noche y me da instrucciones de no molestarla hasta que termine.

Se recargó en su silla, engreída como gato, y Hunt casi volvió a sonreír por la chispa en su mirada.

Bryce tomó su teléfono de la mesa y le sacó una fotografía antes de que él pudiera protestar. Luego una a Lehabah. Y otra a Syrinx.

Si Ruhn se dio cuenta de que no se tomó la molestia de tomarle una fotografía a él, no dijo nada. Aunque Hunt podría haber jurado que las sombras en la habitación se hicieron más profundas.

—Lo único que quiero, BB —dijo Lehabah— es un poco de gratitud.

—Que los dioses me perdonen —dijo Bryce.

Hasta Ruhn sonrió.

El teléfono del príncipe sonó y contestó antes de que Hunt pudiera ver quién era.

—Flynn.

Hunt alcanzó a escuchar la voz de Flynn.

—Necesitas venir a las barracas. Hubo una pelea porque la novia de alguien se está acostando con alguien más, honestamente me importa un carajo pero se puso violento.

Ruhn suspiró.

—Llego en quince minutos —dijo y colgó el teléfono.

Hunt preguntó:

—¿De verdad tienes que ir a solucionar peleas como ésa?

Ruhn recorrió la empuñadura de Espadastral con la mano.

—¿Por qué no?

—Eres un príncipe.

—No entiendo por qué lo dices como si fuera un insulto —se quejó Ruhn.

Hunt dijo:

—¿Por qué no hacer... cosas más importantes?

Bryce contestó por Ruhn.

—Porque su papi le tiene miedo.

Ruhn le lanzó una mirada de advertencia.

—Él tiene mayor rango que yo tanto en poder *como* en título.

—Y sin embargo se aseguró de tenerte bajo su control lo antes posible, como si fueras una especie de animal que debía domesticar.

Ella dijo las palabras con tranquilidad pero Ruhn se tensó.

—Todo iba bien —dijo Ruhn—, hasta que llegaste.

Hunt se preparó para la tormenta que se cernía.

Bryce dijo:

—Él estaba vivo la última vez que apareció un Príncipe Astrogénito, lo sabes. ¿Alguna vez has preguntado qué le pasó? ¿Por qué murió antes de hacer el Descenso?

Ruhn palideció.

—No seas estúpida. Fue un accidente durante su Prueba.

Hunt mantuvo la expresión neutra pero Bryce se recargó en el respaldo de su silla y dijo:

—Si tú lo dices.

—¿Sigues creyendo esas tonterías que intentaste venderme cuando eras niña?

Ella también se cruzó de brazos.

—Quería que te dieras cuenta de quién es en realidad antes de que fuera demasiado tarde para ti también.

Ruhn parpadeó pero se enderezó y movió la cabeza al levantarse de la mesa.

—Créeme, Bryce, hace tiempo que sé lo que es. Tuve que pinche vivir con él —Ruhn movió la cabeza hacia la mesa desordenada—. Si escucho algo nuevo sobre el Cuerno o esta magia sanadora sintética, les avisaré —miró a Hunt a los ojos. Luego agregó—, tengan cuidado.

Hunt le sonrió a medias como para mostrarle al príncipe que sabía exactamente a qué se refería con esa advertencia. Y no le importaba un carajo.

Dos minutos después de que Ruhn se fue, volvió a sonar el timbre de la puerta principal.

—¿Qué carajos quiere ahora? —murmuró Bryce y le quitó a Lehabah la tableta que estaba usando para ver sus programas basura y abrió el video de la cámara frontal.

Se le escapó un grito agudo. Una nutria con chaleco reflejante amarillo estaba parada sobre sus patas traseras, con su patita tocaba el timbre inferior que ella le había pedido a Jesiba que instalara para los clientes de menor estatura. Con la esperanza de que algún día, por alguna razón, encontrara a un mensajero peludo y bigotón de pie en la entrada.

Bryce salió corriendo de su silla un instante después. Sus tacones iban comiéndose la alfombra mientras corría escaleras arriba.

El mensaje que la nutria traía de Tharion era corto y dulce.

Creo que esto les parecerá interesante. Besos, Tharion.

—¿Besos? —preguntó Hunt.

—Son para ti, obvio —dijo Bryce que seguía sonriendo por la nutria.

Le dio un marco de plata y recibió un movimiento de bigotes y una sonrisa colmilluda.

Era por mucho lo mejor de su día. Semana. Año.

Para ser honesta, de toda su vida.

En el escritorio de la sala de exhibición, Bryce quitó la carta de Tharion del montón mientras Hunt empezó a ver las páginas debajo.

La sangre se le drenó de la cara al ver la fotografía en la mano de Hunt.

—¿Es un cuerpo?

Hunt resopló.

—Lo que queda después de que Tharion lo extrajo de una guarida de sobek.

Bryce no pudo detener el escalofrío que le recorrió la columna vertebral. Los sobeks medían más de ocho metros de largo y pesaban casi mil quinientos kilos de músculo cubierto de escamas. Eran de los peores depredadores alfa que acechaban en el río. Eran malos, fuertes y con dientes que podían partirte en dos. Un sobek macho adulto casi podía hacer que un vanir retrocediera.

—Está loco.

Hunt rio.

—Sí lo está.

Bryce frunció el ceño al ver la fotografía espantosa y luego leyó las notas de Tharion.

—Dice que las mordidas en el torso no son consistentes con los dientes de sobek. Esta persona ya estaba muerta cuando la tiraron al Istros. El sobek debe haber visto una presa fácil y se la llevó a su madriguera para comérsela después.

Tragó la sequedad de su boca y vio el cuerpo otra vez. Una dríada. Le habían arrancado la cavidad torácica, le habían quitado el corazón y los órganos internos y tenía mordidas...

—Las lesiones se parecen a las que te causó el kristallos. Y el laboratorio de los mer determinó que el cuerpo tenía cinco días de muerto, a juzgar por el nivel de descomposición.

—La noche que nos atacaron.

Bryce estudió los análisis.

—Tenía veneno transparente en las heridas. Tharion dice que lo pudo sentir dentro del cadáver desde antes de que le hicieran las pruebas —la mayoría de los miembros de la Casa de Muchas Aguas sentía lo que fluía por el cuerpo de alguien, enfermedad y debilidades y, por lo visto, veneno—. Pero cuando hicieron la prueba... —exhaló—, invalidó la magia —Bryce continuó leyendo horrorizada. Tenía que ser el kristallos—. Buscó en los registros de todos los cuerpos no identificados que han encontrado los mer en los últimos dos años. Encontraron dos con lesiones idénticas y este veneno transparente justo después de... —tragó saliva— después de la muerte de Danika y la jauría. Una dríada y un metamorfo de zorro. Ambos reportados como desaparecidos. Este mes han encontrado *cinco* con estas marcas y el veneno. Todos fueron reportados como desaparecidos, pero unas semanas después de lo ocurrido.

—Entonces son personas que tal vez no tenían muchos amigos cercanos o familia —dijo Hunt.

—Tal vez —dijo Bryce y volvió a ver la fotografía.

Se obligó a ver las heridas. Se hizo el silencio que sólo era interrumpido por los sonidos distantes del programa de Lehabah en el piso de abajo.

Dijo en voz baja:

—Ésta no es la criatura que mató a Danika.

Hunt se pasó la mano por el cabello.

—Podría haber múltiples kristallos...

—No —insistió ella y dejó los papeles sobre el escritorio—. El kristallos no mató a Danika.

Hunt frunció el ceño.

—Pero tú estabas ahí. Tú lo viste.

—Lo vi en el pasillo, no en el departamento. Danika, la jauría y las otras tres víctimas recientes estaban *apilados*.

Apenas podía soportar decirlo, volver a pensarlo.

Estos últimos cinco días no habían sido... sencillos. Poner un pie delante del otro era lo único que la mantenía a flote tras el desastre con Sabine. Después de la información que les dio sobre Danika. Y si habían estado buscando la puta cosa equivocada todo este tiempo...

Bryce levantó la fotografía.

—Estas lesiones no son iguales. El kristallos quería llegar a tu corazón, a tus órganos. No convertirte en una... pila. Danika, la Jauría de Diablos, Tertian, la acólita y el guardia del templo, *ninguno* de ellos tenía heridas como ésta. Y *ninguno* tenía este veneno en su sistema —Hunt se le quedó viendo. La voz de Bryce se quebró—. ¿Qué tal si otra cosa cruzó a este mundo? ¿Qué tal si el kristallos fue invocado para buscar el Cuerno, pero algo peor estuvo presente aquella noche? ¿Si tuvieras el poder para invocar al kristallos, por qué no invocar a múltiples demonios?

Hunt lo pensó.

—No se me ocurre qué demonio pueda hacer pedazos a sus víctimas así. A menos que sea otro horror antiguo salido directo del Foso —se frotó el cuello—. Si el kristallos mató a esta dríada, si mató a estas personas que aparecieron en el río por el drenaje, entonces *¿por qué* invocar a dos tipos de demonios? El kristallos ya es superletal.

Literalmente.

Bryce levantó las manos.

—No tengo idea. Pero si todo lo que sabemos sobre la muerte de Danika está mal, entonces tenemos que pensar *cómo* murió. Necesitamos que alguien nos dé su opinión.

Él se tocó la mandíbula, pensativo.

—¿Alguna idea?

Ella asintió despacio y la angustia se empezó a arremolinar en su estómago.

—Prométeme que no te vas a poner loco.

51

—Invocar a un demonio es una puta mala idea —exhaló Hunt; caía la noche del otro lado de las cortinas cerradas del departamento—. En especial si consideramos que eso fue lo que empezó todo este desastre.

Estaban en la estancia del departamento, con las luces tenues y velas encendidas. Syrinx estaba envuelto en mantas y encerrado en su jaula en la recámara de Bryce, rodeado por un círculo protector de sal blanca.

Lo que los rodeaba en los pisos claros y apestaba a moho y tierra podrida, era lo opuesto a eso.

Bryce había molido el bloque de sal de obsidiana en algún momento, tal vez en el puto procesador de alimentos. Para ser algo que le había costado diez mil marcos de oro, Bryce no lo trataba con ninguna reverencia particular. Lo echó a un gabinete de la cocina como si fuera una bolsa de papas fritas.

Él no se había dado cuenta de que ella había estado esperando el momento en que lo necesitara.

Ahora ya había hecho dos círculos con la sal de obsidiana. El que estaba más cercano a la ventana tenía tal vez un metro y medio de diámetro. El otro tenía el tamaño suficiente para refugiarse junto con Hunt.

Bryce dijo:

—No voy a perder mi tiempo buscando respuestas sobre qué tipo de demonio mató a Danika. Ir directo a la fuente me ahorrará un dolor de cabeza.

—Ir directo a la fuente hará que termines embarrada en una pared. Y, si no, arrestada por invocar a un demonio en una zona residencial.

Mierda. *Él* debería arrestarla, ¿verdad?

—A nadie le cae bien un soplón, Athalar.

—Yo *soy* un soplón.

Levantó una de sus cejas rojas.

—Me podrías haber engañado, Sombra de la Muerte. Se metió con él al círculo de sal. Su coleta larga formaba un pozo de pelo en el cuello de su chamarra de cuero, la luz de las velas le iluminaba los mechones rojos.

Los dedos de Hunt se movían involuntariamente, como si intentaran tocar ese pelo. Pasarlos entre los mechones. Envolverlos con el puño y jalarle la cabeza, acercar de nuevo ese cuello a su boca. Su lengua. Sus dientes.

Hunt refunfuñó.

—Sabes que es mi *trabajo* evitar que estos demonios entren a este mundo.

—No lo vamos a liberar —contestó molesta—. Esto es tan seguro como hacer una llamada telefónica.

—¿Vas a invocarlo con su número maldito, entonces? —muchos demonios tenían números asociados a ellos, como una especie de antigua dirección de correo electrónico.

—No, no lo necesito. Sé cómo encontrar a este demonio —él empezó a decir algo pero ella lo interrumpió—. La sal de obsidiana lo contendrá.

Hunt miró los círculos que ella había hecho y luego suspiró. Bien. Aunque discutir con ella era casi tan excitante como el jugueteo previo al sexo, él tampoco tenía ganas de desperdiciar el tiempo.

Pero entonces la temperatura en la habitación empezó a descender. Rápido.

El aliento de Hunt empezó a ser visible en el aire, de repente apareció una figura humanoide que vibraba con poder oscuro que le revolvió el estómago...

Bryce le sonrió a Hunt y el corazón del ángel se detuvo.

—Sorpresa.

Había perdido la puta cabeza. La mataría por esto, si no morían ambos en los siguientes segundos.

—¿Quién es?

Se formó hielo en la habitación. No había ropa que pudiera proteger contra el frío que produjo el demonio. Perforaba todas las capas, arrancaba el aliento del pecho de Hunt con sus garras. La única señal de que Bryce estaba incómoda fue una inhalación temblorosa. Siguió viendo el círculo al otro lado de la habitación, cuyos bordes oscuros ya contenían al macho.

—Aidas —dijo ella con suavidad.

Hunt siempre se había imaginado al Príncipe de las Profundidades como algo similar a los demonios de niveles inferiores que había cazado a lo largo de los siglos: escamas, colmillos o garras, músculos en bruto y gruñidos con rabia animal ciega.

No este... niño bonito, delgado, de piel pálida.

El cabello rubio de Aidas le llegaba a los hombros, llevaba los rizos suaves sueltos pero bien cortados alrededor de su cara de facciones finas. Sin duda para resaltar los ojos como ópalos azules enmarcados por gruesas pestañas doradas. Esas pestañas subieron una vez en un parpadeo tentativo. Luego su boca sensual y carnosa se abrió en una sonrisa para revelar una hilera de dientes demasiado blancos.

—Bryce Quinlan.

La mano de Hunt se movió hacia su pistola. El Príncipe de las Profundidades conocía su nombre, su cara. Y la manera en que había pronunciado su nombre con voz suave como el terciopelo era a la vez saludo y pregunta.

Aidas ocupaba el quinto nivel del Averno, las Profundidades. Sólo obedecía a otros dos: el Príncipe del Abismo y el Príncipe del Foso, el séptimo y más poderoso de los príncipes demoníacos. El Astrófago en persona, cuyo nombre nunca se pronunciaba de este lado de la Fisura Septentrional.

Nadie se atrevía a decir su nombre, no después de que el Príncipe del Foso se convirtió en el primer y único ser en matar a un asteri. Había masacrado a la séptima estrella sagrada, Sirius, la Estrella Lobo, durante las Primeras Guerras, acontecimiento que seguía siendo una balada favorita alrededor de las fogatas en los campamentos militares. Y lo que le había hecho a Sirius después de matarla le había ganado ese horrible título de Astrófago.

—Apareciste como gato la vez pasada —fue lo único que dijo Bryce.

Lo. Único. Que. Dijo.

Hunt se atrevió a apartar la mirada del Príncipe de las Profundidades y vio que Bryce estaba inclinando la cabeza.

Aidas metió sus manos delgadas en los bolsillos de su saco y pantalón ajustados, cuyo material era más negro que las Profundidades en las cuales residía.

—Eras muy joven entonces.

Hunt tuvo que plantar sus pies para evitar caer. Ella ya conocía al príncipe, ¿cómo?

Su sorpresa debe haber sido visible porque ella lo miró de una manera que sólo se podía interpretar como *Cálmate de una puta vez,* pero dijo:

—Tenía trece años, no era *tan* joven.

Hunt intentó controlar su gruñido porque habría sugerido lo opuesto.

Aidas ladeó la cabeza.

—Estabas muy triste entonces también.

A Hunt le tomó un momento procesarlo, las palabras. Ese fragmento de historia y el fragmento de ahora.

Bryce se frotó las manos.

—Hablemos de *ti,* Su Alteza.

—Siempre es un gusto.

El frío le quemaba los pulmones a Hunt. Podían durar apenas unos minutos a esta temperatura antes de que sus habilidades de sanación empezaran a echarse a andar. Y a pesar de la sangre hada de Bryce, era posible que no se recuperara. Sin haber hecho aún el Descenso, el congelamiento sería permanente para Bryce. Y también la pérdida de dedos o extremidades.

Ella le dijo al príncipe demonio:

—Tú y tus colegas parecen estarse inquietando en la oscuridad.

—¿Ah, sí? —dijo Aidas con el ceño fruncido y miró sus zapatos de cuero brillantes, como si pudiera ver hasta el fondo de las Profundidades—. Tal vez invocaste al príncipe equivocado porque apenas me estoy enterando de esto.

—¿Quién está invocando al demonio kristallos para que cace por toda la ciudad? —palabras duras y cortantes—. ¿Y qué mató a Danika Fendyr?

—Ah, sí, supimos de eso, cómo gritaba Danika cuando la estaba despedazando.

La pausa que hizo Bryce reveló la herida que Aidas había tocado. Por la sonrisa que tenía Aidas en los labios, el Príncipe de las Profundidades también lo sabía.

Ella continuó.

—¿Sabes qué demonio lo hizo?

—A pesar de lo que digan tus mitologías, no me entero de todos los movimientos de todos los seres del Averno.

Ella dijo tensa:

—¿Pero lo sabes? ¿O sabes quién lo invocó?

Las pestañas doradas brillaron cuando parpadeó.

—¿Crees que yo lo envié?

—No estarías ahí parado si lo creyera.

Aidas rio suavemente.

—No tienes lágrimas esta vez.

Bryce sonrió un poco.

—Me dijiste que no les permitiera verme llorar. Me tomé en serio tus consejos.

¿Qué demonios había sucedido en esa reunión hacía doce años?

—La información no es gratuita.

—¿Cuál es tu precio? —los labios de Bryce empezaban a verse azules. Tendrían que terminar la conexión pronto.

Hunt permaneció inmóvil mientras Aidas la estudiaba. Luego su mirada registró a Hunt.

Parpadeó... una vez. Como si no hubiera notado su presencia hasta ese momento. Como si no le hubiera interesado darse cuenta, con Bryce frente a él. Hunt se dio cuenta justo cuando Aidas murmuró.

—Quién eres.

Era una orden.

—Es para mi placer visual —dijo Bryce y tomó a Hunt del brazo y se acercó a él. Por calor o por estabilidad, no sabía. Estaba temblando—. Y no está a la venta —señaló el halo de la frente de Hunt.

—A mis mascotas les gusta arrancar plumas, sería un buen intercambio.

Hunt miró al príncipe a los ojos. Bryce lo miró con discreción, pero el castañeteo de sus dientes anuló el efecto.

Aidas sonrió y lo volvió a ver con atención.

—Un guerrero caído con el poder de... —Aidas arqueó sus cejas bien delineadas en señal de sorpresa. Estrechó los ojos de ópalo azul hasta que se volvieron dos ranuras y luego hirvieron como la flama más caliente—. ¿Qué estás haciendo *tú* con una corona negra en la frente?

Hunt no permitió que se notara su sorpresa ante la pregunta. Él nunca había oído que la llamaran así: una corona negra. Halo, tinta de bruja, marca de vergüenza, pero nunca eso.

Aidas los veía ahora a los dos. Con atención. No se molestó en permitirle a Hunt responder la pregunta antes de volver a sonreír.

—Los siete príncipes viven en la oscuridad y no se mueven. No nos interesa tu reino.

—Lo creería si tú y tus compañeros no llevaran dos décadas sacudiendo la puerta de la Fisura Septentrional

—dijo Hunt—. Y si no me dedicara a limpiar las consecuencias.

Aidas inhaló, como si estuviera probando el aire en el que Hunt había pronunciado esas palabras.

—¿Te das cuenta de que tal vez no sea mi gente? La Fisura Septentrional abre a otros lugares, otros reinos, sí, pero también otros planetas. ¿Qué es el Averno sino un planeta distante atado al suyo por una onda en el espacio y el tiempo?

—¿El Averno es un planeta? —Hunt juntó las cejas.

La mayoría de los demonios que había matado y con los que había lidiado no podían o no querían hablar.

Aidas encogió un hombro.

—Es un lugar tan real como Midgard, aunque la mayoría te haría creer que no es así —el príncipe lo señaló—. Los asteri concibieron a tu especie, los caídos, en Midgard. Pero las hadas, los metamorfos y muchos otros vinieron de sus propios mundos. El universo es masivo. Algunos creen que no tiene fin. O que nuestro universo podría ser uno en una multitud de universos, tan abundantes como las estrellas en el cielo o la arena en la playa.

Bryce miró a Hunt como para decirle que ella también se preguntaba qué diablos estaba fumando el príncipe demonio en las Profundidades.

—Estás intentando distraernos —dijo Bryce y se cruzó de brazos. La escarcha iba avanzando por el piso—. ¿No están empujando la Fisura Septentrional?

—Los príncipes menores lo hacen, en los niveles del uno al cuatro —dijo Aidas y ladeó la cabeza de nuevo—. Los que tenemos dentro de nosotros la verdadera oscuridad no tenemos necesidad ni interés en la luz del sol. Pero ni siquiera ellos enviaron al kristallos. No es parte de nuestros planes.

Hunt refunfuñó.

—En otra época los de tu clase querían vivir aquí. ¿Por qué habría cambiado?

Aidas rio.

—Es muy divertido escuchar las historias que los asteri te han contado —le sonrió a Bryce—. ¿Qué ciega a un Oráculo?

Bryce palideció ante la mención de su visita al Oráculo. Hunt sólo podía imaginar cómo lo sabía Aidas. Ella le respondió:

—¿Qué tipo de gato visita un Oráculo?

—Buenas respuesta—dijo Aidas y se metió las manos a los bolsillos de nuevo—. No sabía lo que preferirías ahora que eres grande —una sonrisa hacia Hunt—, pero puedo volver a adoptar esa forma, si te complace, Bryce Quinlan.

—Mejor aún, no vuelvas a aparecer para nada —le dijo Hunt al príncipe demonio.

Bryce le apretó el brazo. Él la pisó con suficiente fuerza para que lo dejara de hacer.

Pero Aidas rio.

—Empieza a bajar tu temperatura. Me marcho.

—Por favor —dijo Bryce—. Sólo dime si sabes qué demonio mató a Danika. Por favor.

Una risa suave.

—Vuelve a hacer las pruebas. Lee entre líneas.

Se empezó a desvanecer, como si se tratara de una llamada telefónica que se cortaba.

—Aidas —dijo ella rápidamente y se acercó a la orilla de su círculo. Hunt se esforzó por no jalarla. En especial porque una oscuridad empezaba a deshacer los bordes del cuerpo de Aidas—. Gracias, por aquel día.

El Príncipe de las Profundidades hizo una pausa, como si estuviera aferrándose a este mundo.

—Haz el Descenso, Bryce Quinlan —su imagen parpadeó—. Y búscame cuando lo hayas hecho.

Aidas casi había desaparecido cuando agregó:

—El Oráculo no vio. Pero yo sí —las palabras de un fantasma en la habitación.

Reinó el silencio tras su desaparición conforme la habitación iba descongelándose y la escarcha se esfumaba.

Hunt volteó a ver a Bryce.

—Para empezar —dijo furioso— *vete a la mierda* por esa sorpresa.

Ella se frotó las manos para empezar a recuperar el calor.

—Nunca me hubieras permitido invocar a Aidas si te hubiera dicho.

—¡Porque deberíamos estar *muertos* en este puto momento! —la miró con la boca abierta—. ¿Estás loca?

—Sabía que no me lastimaría. Ni a nadie que estuviera conmigo.

—¿Quieres decirme cómo *conociste* a Aidas cuando tenías trece años?

—Yo… te dije que las cosas terminaron muy mal con mi padre biológico después de mi visita al Oráculo —la rabia de Hunt empezó a disminuir al ver el dolor que todavía tenía en el rostro—. Así que después, cuando estaba llorando en una de las bancas del parque afuera del templo, se apareció un gato blanco junto a mí. Tenía los ojos de un azul que no era natural. Lo supe, incluso desde antes de que hablara, que no era un gato… y que no era un metamorfo.

—¿Quién lo invocó entonces?

—No lo sé. Jesiba me dijo que los príncipes pueden escabullirse en las ranuras de cualquier Fisura y adoptar la forma de animales comunes. Pero se quedan atrapados en esas formas y privados de sus poderes salvo la capacidad de hablar. Y sólo pueden quedarse unas horas en cada visita.

Un escalofrío le recorrió las alas grises.

—¿Qué dijo Aidas?

—Me preguntó: *¿Qué ciega a un Oráculo?* y yo respondí: *¿Qué especie de gato visita un Oráculo?* Él escuchó los gritos al entrar. Supongo que le intrigó. Me dijo que dejara de llorar. Me dijo que eso sólo le provocaría satisfacción a los que me habían lastimado. Que no debía darles el regalo de mi tristeza.

—¿Por qué estaba el Príncipe de las Profundidades en el Oráculo?

—Nunca me dijo. Pero se sentó conmigo hasta que reuní el valor suficiente para regresar caminando a casa de mi padre. Para cuando quise agradecerle, ya se había ido.

—Extraño.

Entendía por qué ella no había sentido temor de invocarlo si había sido amable con ella en el pasado.

—Tal vez algo del cuerpo felino se le pegó y simplemente sentía curiosidad por mí.

—Al parecer te extrañaba —una pregunta capciosa.

—Al parecer —ella la esquivó—. Aunque no nos dio mucha información que digamos.

Su mirada se volvió distante mientras veía el círculo vacío frente a ellos, luego sacó su teléfono del bolsillo. Hunt alcanzó a ver a quién le hablaba: *Declan Emmet*.

—Hola, B.

En el fondo se escuchaba el ritmo de la música y risas de hombres.

Bryce no se molestó en hacerle plática superficial.

—Nos han dado una pista y sugieren que hagamos varias pruebas de nuevo: supongo que se refiere a las que se hicieron en las víctimas y las escenas del crimen hace varios años. ¿Se te ocurre algo que debamos reexaminar?

En el fondo, Ruhn preguntó *¿Es Bryce?* Pero Declan dijo:

—Sin duda haría un diagnóstico del olor. Necesitarás ropa.

Bryce respondió:

—Deben haber hecho un diagnóstico del olor hace dos años.

Declan preguntó:

—¿Fue el común o el Mimir?

A Hunt se le hizo un nudo en el estómago. En especial cuando Bryce dijo:

—¿Cuál es la diferencia?

—El Mimir es mejor. Es relativamente nuevo.

Bryce miró a Hunt y él negó con la cabeza despacio. Ella dijo en voz baja hacia el teléfono:

—Nadie hizo una prueba Mimir.

Declan titubeó.

—Bueno... es tecnología hada en su mayoría. La prestamos a la legión para sus casos más importantes —una pausa—. Alguien debió haber dicho algo.

Hunt se preparó. Bryce preguntó:

—¿Tenían acceso a esa tecnología hace dos años?

Declan volvió a hacer una pausa.

—Ah... mierda.

Luego Ruhn tomó la llamada.

—Bryce, nos dieron una orden directa de que no debíamos seguir investigando. Se consideró un asunto fuera del ámbito de las hadas.

Devastación, rabia, dolor... todo explotó en su rostro. Enroscó los dedos a los lados.

Hunt dijo, a sabiendas de que Ruhn podía escuchar:

—El Rey del Otoño es un verdadero pendejo, ¿lo sabes?

Bryce gruñó:

—Le iré a decir justo eso.

Colgó.

Hunt exigió saber:

—¿Qué?

Pero ella ya salía corriendo del departamento.

52

A Bryce le bullía la sangre mientras iba corriendo por la Vieja Plaza, por las calles empapadas de lluvia, hasta Cinco Rosas. Las villas brillaban bajo la lluvia, hogares palaciegos con céspedes y jardines inmaculados, todos con cercas de hierro forjado. Había guardias serios, hadas o metamorfos del Auxiliar, en cada esquina.

Como si los residentes vivieran en el terror abyecto de que los peregrini y unos cuantos esclavos de Ciudad Medialuna fueran a saquearlos en cualquier momento.

Pasó corriendo junto al gigante de mármol que albergaba los Archivos de las Hadas, un edificio cubierto con velos de flores que bajaban por sus varias columnas. Rosas, jazmines, glicinas... todas siempre floreaban sin importar la estación.

Corrió hasta que llegó a la enorme villa blanca cubierta de rosas rosadas y a la reja de hierro forjado que la resguardaba, vigilada por cuatro guerreros hada.

Le obstruyeron el paso cuando se detuvo patinándose en las rocas resbalosas por la lluvia.

—Déjenme entrar —dijo entre dientes, jadeando.

Ellos ni siquiera parpadearon.

—¿Tienes una cita con Su Majestad? —preguntó uno.

—Déjame entrar —repitió ella.

Él sabía. Su padre sabía que había pruebas para averiguar qué había matado a Danika y no había hecho *nada*. Deliberadamente se había mantenido al margen.

Tenía que verlo. Tenía que escucharlo de él. No le importaba la hora.

La puerta negra pulida estaba cerrada pero las luces estaban encendidas. Estaba en casa. Tenía que estar.

—No sin una cita —dijo el mismo guardia.

Bryce dio un paso hacia ellos y rebotó, con fuerza. Un muro de calor rodeaba el complejo, sin duda generado por los hombres hada frente a ella. Uno de los guardias rio. Ella sintió que la cara se le calentaba y le ardían los ojos.

—Ve a decirle a tu *rey* que Bryce Quinlan necesita hablar con él. *Ahora.*

—Regresa cuando tengas una cita, mestiza —dijo otro de los guardias.

Bryce golpeó la mano contra el escudo. Ni siquiera se movió un poco.

—*Díle...*

Los guardias se pusieron rígidos al sentir el poder oscuro y enorme que pulsaba a sus espaldas Los relámpagos rebotaron en las piedras. Los guardias llevaron las manos a sus espadas.

Hunt dijo, con voz como un trueno:

—La señorita quiere una audiencia con Su Majestad.

—Su Majestad no está disponible.

Era evidente que el guardia que habló había notado el halo en la frente de Hunt. La risa irónica que se extendía por su cara era una de las cosas más horribles que Bryce había visto jamás.

—En especial para basura Caída y putas mediohumanas —terminó de decir el guardia.

Hunt dio un paso hacia ellos.

—Repite lo que dijiste.

El guardia siguió sonriendo.

—¿No fue suficiente una vez?

Hunt formó un puño a su costado. Lo haría, se dio cuenta ella. Golpearía a estos pendejos y los haría polvo por ella, pelearía para lograr entrar por esas puertas para que ella pudiera hablar con el rey.

Más lejos en la cuadra, apareció Ruhn, envuelto en sombra y el cabello negro pegado a la cabeza. Flynn y Declan venían cerca de él.

—Alto —le ordenó Ruhn a los guardias—. Deténganse, carajo.

No lo hicieron.

—Ni siquiera tú, príncipe, tienes la autorización para dar esa orden.

Las sombras de Ruhn hicieron remolinos alrededor de sus hombros, como un par de alas fantasmas, pero le dijo a Bryce:

—Hay otras batallas que vale la pena combatir con él. Ésta no es una de ellas.

Bryce se alejó un poco de la reja, a pesar de que los guardias podían escuchar todo lo que decía.

—Deliberadamente eligió no ayudar con lo que le pasó a Danika.

Hunt dijo:

—Algunos podrían considerarlo interferir con una investigación imperial.

—Vete al carajo, Athalar —gritó Ruhn. Intentó tomar a Bryce del brazo pero ella dio un paso atrás. Él apretó la quijada—. Se te considera miembro de esta corte, lo sabes. Te involucraste en un problema mayúsculo. Él decidió que lo mejor para tu seguridad era cerrar el caso, no seguir investigando.

—Como si a él le hubiera importado mi seguridad en algún momento.

—Le importó lo suficiente como para designarme tu guardia. Pero quisiste a Athalar para jugar a los compañeritos sexys.

—Él quiere encontrar el Cuerno por *él* —escupió ella—. No tiene *nada* que ver conmigo —señaló la casa detrás de la cerca de hierro—. Ve y dile a ese pedazo de mierda que no voy a olvidar esto. *Jamás.* Dudo que le importe, pero dile.

Las sombras de Ruhn se quedaron quietas, colgando de sus hombros.

—Lo siento, Bryce. Sobre Danika...

—*No* —dijo ella furiosa— digas su nombre nunca. Nunca vuelvas a pronunciar su nombre en mi presencia.

Podría haber jurado que un dolor que ni siquiera sus sombras podían ocultar se manifestó en la cara de su hermano, pero se dio la media vuelta y vio a Hunt observando la escena cruzado de brazos.

—Te veo en el departamento —no se molestó en decir nada más y salió corriendo.

Había estado mal no advertirle a Hunt a quién estaba invocando. Lo admitía.

Pero no tan mal como una prueba de las hadas a la cual su padre les había *negado* el acceso.

Bryce no se fue a su casa. A medio camino, decidió que iría a otra parte. El Cuervo Blanco estaba cerrado, pero su bar de whisky favorito estaba bien.

Lethe estaba abierto y tenía servicio de bebidas, lo cual era bueno, porque la pierna le punzaba sin misericordia y tenía los pies llenos de ampollas por correr con esos estúpidos zapatos planos. Se los quitó en cuanto se subió al banco de cuero del bar y suspiró cuando sus pies desnudos tocaron el descansapiés de latón fresco que corría por toda la barra de madera oscura.

Lethe no había cambiado en los dos años desde que lo había visitado por última vez. El piso seguía siendo como una ilusión óptica, tenía cubos negros, grises y blancos. Los pilares de cerezo seguían altos como árboles para formar el dominante techo tallado y abovedado que colgaba sobre una barra hecha de vidrio esmerilado y metal negro, todo eran líneas limpias y ángulos rectos.

Le había enviado un mensaje a Juniper hacía cinco minutos para invitarla a tomar un trago. Todavía no recibía respuesta. Así que vio el noticiero en la pantalla sobre el bar, los campos de batalla lodosos de Pangera, los cascarones de los mecatrajes tirados por todas partes como juguetes rotos, cuerpos tanto de humanos como de vanir tirados a lo largo de kilómetros, un festín para los cuervos.

Incluso el garrotero humano se había detenido para ver la masacre con expresión tensa. El cantinero le dio una orden a gritos y eso lo puso espabiló pero Bryce percibió el brillo en los ojos cafés del joven. La furia y la determinación.

—Qué demonios —dijo ella entre dientes y bebió un trago del whisky que tenía frente a ella.

Sabía tan acre y horrible como recordaba y le quemó hasta llegar al estómago. Precisamente lo que quería. Bryce bebió otro trago.

Una botella de una especie de tónico morado apareció en la barra junto a su vaso.

—Para tu pierna —dijo Hunt y se sentó junto a ella—. Tómatelo.

Ella miró el vial de vidrio.

—¿Fuiste con una medibruja?

—Hay una clínica a la vuelta. Me imaginé que no ibas a salir pronto de aquí.

Bryce le dio un trago a su whisky.

—Te imaginaste bien.

Él le acercó el tónico.

—Tómatelo antes de que te termines lo demás.

—¿No vas a hacer ningún comentario sobre romper mi regla de No Beber?

Él se recargó en la barra y guardó bien sus alas.

—Es tu regla... la puedes dejar de seguir cuando quieras.

Como fuera. Estiró la mano hacia el tónico, lo destapó y se lo tomó. Hizo una mueca de desagrado.

—Sabe a refresco de uva.

—Le dije que lo hiciera dulce.

Ella batió las pestañas.

—¿Porque yo soy tan dulce, Athalar?

—Porque sabía que no te lo ibas a tomar si sabía a alcohol puro.

Ella le enseñó su whisky.

—Opino lo contrario.

Hunt le hizo una señal al cantinero, ordenó agua y le dijo a Bryce:

—Entonces, hoy estuvo bien.

Ella rio y volvió a dar un sorbo a su whisky. Dioses, sabía horrible. ¿Por qué había bebido tanto de esto antes?

—Maravilloso.

Hunt bebió de su agua. La miró un momento y luego dijo:

—Mira, me quedaré aquí mientras te emborrachas si eso quieres, pero sólo diré esto antes: hay mejores maneras de lidiar con todo.

—Gracias, mamá.

—Lo digo en serio.

El cantinero le sirvió otro whisky pero Bryce no bebió.

Hunt dijo con cuidado:

—No eres la única que ha perdido a alguien que ama.

Ella apoyó la cabeza en una mano.

—Cuéntame sobre ella, Hunt. Cuéntame toda la triste historia por fin.

Él la miró a los ojos.

—No seas cabrona. Estoy tratando de hablar contigo.

—Y yo estoy tratando de beber —dijo ella y levantó el vaso al decirlo.

Su teléfono vibró y ambos se asomaron para ver quién escribía. Juniper al fin había respondido.

No puedo, lo siento. Ensayo. Luego otro mensaje de Juniper. *Espera... ¿por qué estás bebiendo en Lethe? ¿Estás volviendo a tomar? ¿Qué pasó?*

Hunt dijo en voz baja:

—Tal vez tu amiga también está intentando decirte algo.

Bryce cerró los puños, pero dejó su teléfono con la pantalla hacia abajo sobre el vidrio.

—¿No ibas a contarme la conmovedora historia de tu increíble novia? ¿Qué pensaría *ella* de cómo me manoseaste y prácticamente devoraste mi cuello la otra noche?

Se arrepintió de las palabras al momento de decirlas. Por muchos motivos, se arrepintió, el menos importante porque no había podido dejar de pensar en ese momento de locura en la azotea, cuando su boca se había posado en su cuello y ella había empezado a deshacerse.

Lo bien que se había sentido... lo bien que se *él* se había sentido.

Hunt la miró fijamente. Ella sintió que el calor le subía al rostro.

Pero lo único que dijo él fue:

—Nos vemos en la casa —las palabras hicieron eco entre ellos. Él puso otro tónico morado sobre la barra—. Tómate ése en treinta minutos.

Luego se fue, caminó por el bar vacío y salió a la calle.

Hunt acababa de instalarse en el sillón para ver el partido de solbol cuando Bryce llegó al departamento con dos bolsas de comida en las manos. Ya era puta hora.

Syrinx se lanzó del sillón y corrió hacia ella, se paró en las patas traseras para exigir besos. Ella lo complació y le esponjó el pelo dorado antes de levantar la vista hacia Hunt en el sillón. Él estaba dando un sorbo a su cerveza y la saludó con un movimiento corto de la cabeza.

Ella movió la cabeza como respuesta pero no lo miró directo a los ojos y se dirigió a la cocina. Su pierna estaba mejor pero todavía cojeaba un poco.

Hunt había enviado a Naomi a monitorear la calle afuera del bar mientras él había ido al gimnasio para bajar su mal humor.

Manoseaste. La palabra había perdurado. Igual que la verdad: él no había pensado en Shahar ni por un segundo cuando estuvieron en la azotea. Ni en los días siguientes. Y cuando tenía la mano alrededor del pene en la regadera esa noche, y todas las noches subsiguientes, tampoco había pensado en la arcángel. Ni un poco.

Quinlan tenía que saberlo. Tenía que saber la herida que había tocado.

Así que las opciones eran gritarle o ir a hacer ejercicio. Eligió la segunda.

Eso había sido hacía dos horas. Limpió toda la sal de obsidiana, paseó y le dio de comer a Syrinx y luego se sentó en el sillón a esperar.

Bryce puso las bolsas en la mesa de la cocina y Syrinx se quedó a sus pies para inspeccionar todo lo que había comprado. Entre jugadas, Hunt se fijaba en lo que ella iba desempacando. Verduras, frutas, carne, leche de avena, leche de vaca, arroz, una hogaza de pan negro...

—¿Vamos a tener invitados? —preguntó él.

Ella sacó una sartén y la puso sobre la estufa.

—Se me ocurrió preparar la cena aunque sea tarde.

Ella tenía la espalda tensa, los hombros derechos. Podría pensar que estaba enojada, pero el hecho de que estuviera preparando la cena para los dos sugería lo opuesto.

—¿Es sabio ponerte a cocinar cuando has estado bebiendo whisky?

Ella lo miró por encima del hombro, molesta.

—Estoy intentando hacer algo amable y no lo estás haciendo sencillo.

Hunt levantó las manos.

—Está bien. Perdón.

Ella regresó a la estufa, ajustó la temperatura y abrió un paquete de algún tipo de carne molida.

—No estuve bebiendo mucho whisky —dijo ella—. Me fui de Lethe en cuanto te fuiste.

—¿A dónde fuiste?

—A una bodega cerca de Moonwood —empezó a reunir especias—. Ahí guardé muchas cosas de Danika. Sabine las iba a tirar, pero me las llevé antes que ella —echó algo de carne molida en la sartén y luego señaló hacia una bolsa que había dejado junto a la puerta—. Quería asegurarme de que no hubiera rastro del Cuerno ahí, algo que no hubiera notado en ese entonces. Y para tomar algo de la ropa de Danika, la que estaba en mi recámara esa noche y que el equipo de Evidencias no se llevó. Sé que ya tienen ropa de antes pero pensé... Tal vez haya algo en esta también.

Hunt abrió la boca para decir algo —qué exactamente, no lo sabía— pero Bryce continuó.

—Después de eso, fui al mercado. Porque los condimentos no son comida, por lo visto.

Hunt tomó su cerveza y se dirigió a la cocina.

—¿Necesitas ayuda?

—No. Ésta es una comida de disculpa. Ve a ver tu partido.

—No necesitas disculparte.

—Me porté como una idiota. Déjame cocinarte algo para compensarlo.

—Viendo todo el chile que le acabas de poner a la sartén, no estoy seguro de querer aceptar esta disculpa en particular.

—¡Carajo, olvidé agregar el comino! —giró hacia la sartén, bajó la temperatura y agregó la especia a lo que olía como ser pavo molido y lo movió. Suspiró—. Soy un desastre.

Él esperó a que ella encontrara las palabras.

Bryce empezó a cortar una cebolla con movimientos sencillos y fluidos.

—Para ser honesta, era un desastre desde antes de lo que le paso a Danika y... —cortó la cebolla en aros—. No mejoré.

—¿Por qué eras un desastre antes de que muriera?

Bryce echó la cebolla a la sartén.

—Soy mitad humana con un título universitario inútil. Todas mis amigas están yendo a alguna parte, haciendo algo con sus vidas —movió la boca de lado—. Soy una secretaria glorificada. Sin ningún plan de largo plazo para nada —movió la cebolla un poco—. Las salidas de noche eran los únicos momentos en los que estábamos en igualdad de circunstancias. Cuando no importaba que Fury fuera una especie de mercenaria o que Juniper fuera tan increíblemente talentosa o que Danika algún día sería esta loba todopoderosa.

—¿Alguna vez lo usaron en tu contra?

—No —sus ojos color ámbar estudiaron el rostro del ángel—. No, nunca harían eso. Pero no podía olvidarlo.

—Tu primo dijo que bailabas. Que dejaste de bailar cuando murió Danika. ¿Nunca quisiste seguir por ese camino?

Ella señaló sus caderas.

—Me dijeron que mi cuerpo medio humano era *demasiado estorboso*. También me dijeron que mis senos eran demasiado grandes y que mi trasero se podía usar como pista de aterrizaje.

—Tu trasero es perfecto.

Se le salieron las palabras. Evitó seguir comentando sobre cuánto le gustaban otras partes de su cuerpo. Cuánto quería idolatrarlas. Empezando por ese trasero.

El color se le subió a las mejillas.

—Muchas gracias —dijo y movió el contenido de la sartén.

—¿Pero ya no bailas por diversión?

—No —dijo y su mirada se tornó fría—. No bailo.

—¿Y nunca has pensado hacer algo más?

—Por supuesto que sí. Tengo diez solicitudes de empleo escondidas en mi computadora del trabajo pero no logro concentrarme lo suficiente para terminarlas. Ha pasado tanto tiempo desde que vi los empleos disponibles que seguro ya ni están vigentes. Y eso sin considerar que tengo que convencer a Jesiba de que seguiré pagando mi deuda con ella —siguió moviendo—. Una vida humana parece mucho tiempo pero, ¿una inmortal? —se acomodó el cabello detrás de la oreja—. No tengo idea de qué hacer.

—Tengo doscientos treinta y tres años y sigo intentando entenderlo.

—Sí, pero tú... *hiciste* algo. Peleaste por algo. *Eres* alguien.

Él se tocó el tatuaje de esclavo en la muñeca.

—Y mira dónde me llevó.

Ella se volteó de la estufa.

—Hunt, de verdad lamento mucho lo que dije sobre Shahar.

—No te preocupes.

Bryce movió la barbilla hacia la puerta abierta de la recámara de Hunt, la fotografía de Danika y ella era apenas visible sobre el vestidor.

—Mi mamá tomó esa foto el día que salimos del hospital en Rosque.

Él sabía que ella se estaba preparando para decir algo y estaba dispuesto a seguirle el juego.

—¿Por qué estaban en el hospital?

—La tesis de último año de Danika era sobre la historia del comercio ilegal de animales. Descubrió a un grupo de traficantes pero nadie del Aux o de la 33a la quiso ayudar, así que ella y yo fuimos a encargarnos del asunto por nuestra cuenta —Bryce resopló—. Cinco metamorfos de áspid lideraban la red de tráfico; nos descubrieron liberando a los animales. Los llamamos asptúpidos y las cosas empeoraron a partir de ahí.

Por supuesto que sí.

—¿Qué tanto empeoraron?

—Una persecución en motocicleta y un choque, se me rompió el brazo derecho en tres lugares, Danika se fracturó la pelvis. Danika recibió dos balazos en la pierna.

—Dioses.

—Deberías haber visto a los asptúpidos.

—¿Los mataron?

Su mirada se tornó sombría, pero al fondo se percibía un brillo puro de hada depredadora.

—A algunos. Los que le dispararon a Danika... Yo los maté. La policía arrestó a los demás —Solas flamígero. Tenía la impresión de que la historia era mucho más complicada—. Sé que la gente cree que Danika era una fiestera imprudente y que tenía una pésima relación con su madre, sé que Sabine lo cree, pero... Danika liberó a esos animales porque no podía dormir en las noches sabiendo que estaban en jaulas, aterrados y solos.

La princesa fiestera, así se habían burlado de ella Hunt y los triarii a sus espaldas.

Bryce continuó:

—Danika siempre hacía ese tipo de cosas: ayudaba a la gente que Sabine consideraba inferior. En parte tal vez lo hacía por fastidiar a su mamá, claro, pero la mayor parte lo hacía porque quería ayudar. Por eso no fue dura con Philip Briggs y su grupo, por eso les dio tantas oportunidades —exhaló profundo—. Era difícil, pero era buena.

—¿Y qué hay de ti? —preguntó él con cautela.

Ella se pasó las manos por el pelo.

—La mayor parte de los días siento frío como cuando estaba aquí Aidas. La mayor parte de los días lo único que quiero es regresar. A cómo eran las cosas antes. No puedo soportar seguir adelante.

Hunt la miró un buen rato.

—Algunos de los Caídos aceptaron el halo y el tatuaje de esclavos, sabes. Después de unas décadas, lo aceptaron. Dejaron de luchar.

—¿Por qué nunca has dejado de hacerlo?

—Porque teníamos la razón entonces y la seguimos teniendo ahora. Shahar era la punta de la lanza. Yo la seguí a ciegas hacia la batalla que nunca pudimos haber ganado, pero yo creía en lo que ella representaba.

—Si pudieras hacerlo todo de nuevo, marchar bajo la bandera de Shahar otra vez, ¿lo harías?

Hunt lo pensó. En general no se permitía pensar demasiado en lo que había sucedido, lo que había pasado desde entonces.

—Si no me hubiera rebelado con ella, quizás otro arcángel habría notado mis relámpagos. Es probable que ahora estuviera sirviendo como comandante en alguna de las ciudades de Pangera, con la esperanza de algún día ganar suficiente dinero para pagar mi salida del servicio. Pero nunca permitirían que alguien con mis dones se fuera. Y tenía poca elección salvo unirme a una legión. Era el camino al que me empujaron, y los relámpagos, los asesinatos... nunca pedí ser bueno en esas cosas. Renunciaría a eso sin pensarlo, si pudiera.

Ella lo miró comprensiva.

—Lo sé —él arqueó la ceja. Ella aclaró—: Sé lo que es ser bueno en algo que no quieres ser bueno. Ese talento del que te desprenderías en un momento —él ladeó la cabeza—. Digo, mírame: soy *increíble* para atraer a pendejos.

Hunt se tragó una carcajada. Ella dijo:

—No respondiste a mi pregunta. ¿Te habrías rebelado si hubieras sabido lo que sucedería?

Hunt suspiró.

—Eso era lo que estaba empezando a decir: aunque no me hubiera rebelado, habría terminado en una versión menos mala de mi vida actual. Porque sigo siendo un legionario usado por mis supuestos dones, sólo que ahora soy *oficialmente* un esclavo en vez de verme forzado a estar en el servicio por falta de otras opciones. La única diferencia es que estoy sirviendo en Valbara, en un trato imposible con un arcángel, con la esperanza de que algún día me perdonen por mis supuestos pecados.

—No crees que hayan sido pecados.

—No. Creo que las jerarquías de los ángeles son puras estupideces. Teníamos razón de rebelarnos.

—¿Aunque te haya costado todo?

—Sí. Así que supongo que ésa es mi respuesta. Lo haría de todas maneras, aun sabiendo lo que sucedería. Y si alguna vez soy libre... —Bryce dejó de mover la carne en la sartén y lo miró sin parpadear. Hunt dijo— recuerdo a cada una de las personas que estaban en el campo de batalla cuando mataron a Shahar. Y a todos los ángeles, los asteri, el senado, los gobernadores, a todos, a los que estaban en nuestra sentencia.

Se recargó contra el mueble de la cocina detrás de ellos y dio un trago a su cerveza. Dejó que ella se imaginara el resto.

—¿Y después de matarlos a todos? ¿Entonces qué?

Él parpadeó ante la falta de miedo, ante su negativa a juzgarlo.

—Asumiendo que sobreviva, quieres decir.

—Asumiendo que sobrevivas después de enfrentarte a los arcángeles y a los asteri, ¿qué entonces?

—No lo sé —sonrió a medias—. Tal vez tú y yo podamos averiguarlo, Quinlan. Tenemos siglos para hacerlo.

—Si hago el Descenso.

Él se le quedó viendo.

—¿Elegirías no hacerlo?

Era raro... tan, tan raro para un vanir negarse a hacer el Descenso y vivir sólo lo que duraba una vida mortal.

Ella agregó más verduras y sazonadores a la sartén antes de echar un paquete de arroz instantáneo al microondas.

—No lo sé. Necesitaría un Ancla.

—¿Qué tal Ruhn?

Aunque ninguno de ellos lo admitiera, su primo enfrentaría a todas las bestias del Foso mismo para protegerla.

Ella lo miró con ojos que exudaban desdén.

—De ninguna puta manera.

—¿Juniper, entonces?

Alguien en quien confiaba de verdad, que amaba.

—Ella lo haría, pero no estaría bien. Y usar una de las Anclas públicas no es para mí.

—Yo usé una. Estuvo bien —pudo percibir las preguntas en su mirada y la interrumpió antes de que las articulara—. Tal vez cambies de parecer.

—Tal vez —dijo ella y se mordió el labio—. Siento que hayas perdido a tus amigos.

—Yo también que tú hayas perdido a los tuyos.

Bryce asintió para dar las gracias y volvió a mover la carne.

—Sé que la gente no lo entiende. Es que... una luz se apagó en mi interior cuando sucedió. Danika no era mi hermana, ni mi amante. Pero era la única persona con quien podía ser yo misma y nunca sentir que me juzgaba. La única que sabía que contestaría el teléfono o me volvería a llamar. Era la única que me hacía sentir valiente porque no importaba lo que sucediera, no importaba qué tan mal o vergonzoso o patético fuera, sabía que estaba de mi lado. Que si todo se iba al Averno, podía hablar con ella y estaría bien.

Le brillaron los ojos y él tuvo que hacer un gran esfuerzo para no atravesar el espacio que los separaba y tomarla de la mano mientras ella continuaba:

—Pero... no está bien. *Nunca* voy a volver a hablar con ella. Creo que la gente espera que lo supere. Pero no puedo. Cada vez que me acerco a la verdad de mi nueva realidad, quiero volver a desconectarme. A no tener que *ser* yo. No puedo bailar porque me recuerda a ella, todo lo que bailamos juntas en clubes o en las calles o en nuestro departamento o en el dormitorio. *No* me permitiré bailar de nuevo porque me hacía feliz y... Y no quería, no quiero, sentir eso —tragó saliva—. Sé que suena patético.

—No lo es —dijo él en voz baja.

—Perdón por echarte todo esto encima.

Elevó una de las comisuras del labio.

—Puedes echarme lo que quieras encima, Quinlan.

Ella rio y sacudió la cabeza.

—Qué asco.

—Tú lo dijiste primero.

A Bryce le tembló el labio. Maldición, esa sonrisa hacía que se le contrajera el pecho.

Pero Hunt sólo dijo:

—Sé que saldrás adelante, Quinlan, aunque no sea agradable.

—¿Qué te hace estar tan seguro?

Hunt atravesó la cocina en silencio. Ella levantó la cabeza para seguirlo mirando a los ojos.

—Porque finges ser irreverente y floja pero, en el fondo, no te das por vencida. Porque sabes que si lo hicieras, ellos ganarían. Todos los asptúpidos, como los llamaste, ganarían. Así que vivir, y vivir bien, es el mayor *váyanse al carajo* posible.

—Por eso sigues luchando.

Él se pasó la mano sobre el tatuaje de la frente.

—Sí.

Ella dejó escapar un *mm* y continuó mezclando la comida en la sartén.

—Muy bien, Athalar. Supongo que entonces seremos tú y yo otro rato en las trincheras.

Él le sonrió, con más honestidad de la que se había atrevido mostrar en mucho tiempo.

—Sabes —dijo—, creo que me gusta la idea.

La mirada de Bryce se hizo aún más cálida y sus mejillas pecosas se sonrojaron un poco.

—Hace rato dijiste *casa*. En el bar.

Eso había dicho. Él había intentado no pensarlo.

Ella continuó:

—Sé que se supone que debes vivir en las barracas o cómo diga Micah, pero si de logramos resolver este caso... esa habitación es tuya, si la quieres.

La oferta le emocionó. Y no pudo pensar en ninguna palabra más allá de «Gracias». Se dio cuenta de que era lo único necesario.

El arroz terminó de cocerse y ella lo dividió en dos tazones y luego echó la mezcla de la carne encima. Le dio un tazón a él.

—No es nada gourmet, pero... toma. Lamento lo de hace rato.

Hunt miró el vapor que salía del arroz con carne. Había visto perros que comían cosas más elegantes. Pero sonrió y sin explicación aparente, volvió a sentir esa presión en el pecho.

—Disculpa aceptada, Quinlan.

Había un gato sobre su vestidor.

El agotamiento le cerraba los párpados, los sentía tan pesados que apenas podía abrirlos.

Unos ojos como el cielo antes del amanecer la miraban fijamente.

¿Qué ciega a un oráculo, Bryce Quinlan?

Su boca formó una palabra pero el sueño la volvió a arrastrar en sus brazos.

Los ojos azules del gato vibraban. *¿Qué ciega a un Oráculo?*

Ella intentó mantener los ojos abiertos para responder a la pregunta, a esa urgencia.

Lo sabes, intentó decir.

La única hija del Rey del Otoño, descartada como basura.

El gato lo había adivinado en el templo hacía años o la había seguido a casa para confirmar a cuál villa había intentado entrar.

Me matará si se entera.

El gato se lamió la pata. *Entonces haz el Descenso.*

Ella volvió a intentar hablar. El sueño se aferraba a ella pero al fin lo logró.

¿Y luego qué?

El gato movió los bigotes. *Ya te dije. Ven a buscarme.*

Sus ojos se cerraron, un descenso final hacia el sueño. *¿Por qué?*

El gato ladeó la cabeza. *Para que terminemos esto.*

53

Seguía lloviendo a la mañana siguiente, lo cual Bryce decidió era un presagio.

Hoy sería horrible. La noche anterior había sido horrible.

Syrinx se negó a salir de debajo de las sábanas a pesar de que Bryce intentó convencerlo con un desayuno *antes* de su caminata, y para cuando Bryce al fin lo logró sacar a la calle, bajo la vigilancia de Hunt desde la ventana, la lluvia había pasado de unas cuantas gotas agradables a un franco diluvio.

Un sapo gordo estaba sentado en la esquina de la entrada del edificio, bajo una ligera saliente, esperando que algún pequeño vanir desafortunado volara a su lado. Vio a Bryce y Syrinx cuando pasaron salpicando a su lado y se ganó un resoplido bigotudo del segundo que hizo que se acercara más al edificio.

—Patán —le murmuró ella al sapo bajo la insistente lluvia ruidosa sobre la capucha de su impermeable porque sentía que se les quedaba viendo al caminar por la cuadra. Para ser una criatura no más grande que su puño, encontraban maneras de ser amenazantes. En particular para todo tipo de duendecillos. Incluso resguardada en la biblioteca, Lehabah los aborrecía y les temía.

A pesar del impermeable grueso azul marino, sus mallas negras y camiseta blanca terminaron empapadas. Como si de alguna manera la lluvia estuviera cayendo del suelo hacia *arriba*. También empezó a acumularse en sus botas verdes de lluvia y el agua hacía sonidos con cada paso que daba bajo el azote de la lluvia. Las palmeras en lo alto se mecían y silbaban por el viento.

La primavera más lluviosa de la que se tiene registro, habían dicho en los noticieros anoche. No lo dudaba.

El sapo seguía ahí cuando regresaron. Syrinx había terminado su rutina matutina en tiempo récord y Bryce podría o no haberse desviado un poco para saltar en un charco cercano.

El sapo le sacó la lengua pero se marchó.

Hunt estaba junto a la estufa, cocinando algo que olía a tocino. La miró por encima del hombro mientras se quitaba el impermeable, goteando por todo el piso.

—¿Tienes hambre?

—Estoy bien.

Él entrecerró los ojos.

—Deberías comer algo antes de irnos.

Ella no le hizo caso y fue a poner comida en el plato de Syrinx.

Cuando se enderezó, Hunt le estaba dando un plato. Tocino y huevos y una rebanada gruesa de pan negro tostado.

—Vi cómo no comiste durante cinco días la semana pasada —dijo él con aspereza—. No vamos a volver a empezar.

Ella puso los ojos en blanco.

—No necesito que un hombre me diga cuándo comer.

—¿Qué tal un amigo que te diga que tuviste una noche difícil y que te pones imposible cuando tienes hambre?

Bryce frunció el ceño. Hunt le siguió ofreciendo el plato.

—Es normal si te sientes nerviosa, sabes —le dijo él.

Hizo un movimiento con la cabeza en dirección a la bolsa de papel que ella había dejado junto a la puerta: la ropa de Danika, doblada y lista para el análisis. Ella había escuchado cuando Hunt le había hablado a Viktoria hacía media hora para pedirle que consiguiera la tecnología Mimir de las hadas. Ella había respondido que Declan ya la había enviado.

Bryce dijo:

—No estoy nerviosa. Es sólo ropa —él se quedó mirándola y ella refunfuñó—. No lo estoy. Por mí que pierdan esa ropa en Evidencias.

—Entonces come.

—No me gusta el huevo.

Él empezó a esbozar una sonrisa.

—Te he visto comerte como tres docenas.

Se miraron a los ojos un rato.

—¿Quién te enseñó a cocinar, a todo esto?

Él era mejor cocinero que ella, sin duda. La cena patética de la noche anterior era prueba suficiente.

—Yo solo. Es una buena habilidad para un soldado. Te hace popular en cualquier campamento de legión. Además, tengo dos siglos de práctica. Sería patético no saber cocinar a estas alturas —le acercó más el plato—. Come, Quinlan. No voy a dejar que nadie pierda esa ropa.

Ella consideró si debería lanzarle el plato a la cara, pero al final lo tomó y se sentó en la cabecera del comedor. Syrinx se acercó corriendo con la mirada esperanzada en el tocino.

Una taza de café apareció sobre la mesa un instante después, la crema todavía formaba una espiral en movimiento.

Hunt le sonrió.

—No quisiera que salieras al mundo sin las provisiones adecuadas.

Bryce le mostró el dedo medio, tomó el teléfono de Hunt de la mesa y sacó algunas fotografías: el desayuno, el café, su estúpida cara sonriente, Syrinx a su lado y su propio gesto molesto. Pero se tomó el café de todas maneras.

Para cuando puso la taza en el fregadero, cuando Hunt ya estaba terminando de comer en la mesa a sus espaldas, ella sintió que sus pasos eran más ligeros de lo que se habían sentido en mucho tiempo.

—No pierdan esta ropa —le advirtió Hunt a Viktoria cuando estaba viendo la bolsa sobre su escritorio.

La espectro levantó la vista de la camiseta gris descolorida, estampada con una figura en túnica y gritando. Era de la banda *The Banshees*.

—Tenemos ropa de Danika Fendyr y de las otras víctimas en Evidencia.

—Perfecto, pero usa estas también —dijo Hunt.

Sólo en caso de que alguien hubiera alterado la evidencia y para hacer que Quinlan sintiera que había ayudado. Bryce estaba en la galería lidiando con un cliente altanero y Naomi vigilaba.

—¿Declan trajo la tecnología Mimir?

—Como te dije por teléfono: sí —Vik volvió a mirar dentro de la bolsa—. Te llamaré si sabemos algo.

Hunt estiró un pedazo de papel en el escritorio.

—Revisa si hay rastros de alguno de estos, también.

Viktoria miró las palabras escritas en el papel y palideció, el contraste entre el halo y su frente se hizo más pronunciado.

—¿Piensas que fue uno de estos demonios?

—Espero que no.

Había hecho una lista de demonios que podrían estar colaborando con el kristallos, todos antiguos y terribles, cada que agregaba un nombre a la lista aumentaba su temor. Muchos eran pesadillas que se paseaban por los cuentos para dormir. Todos eran catastróficos si entraban a Midgard. Había enfrentado a dos antes y apenas salió vivo de los encuentros.

Hunt asintió en dirección a la bolsa.

—Lo digo en serio: no pierdas esa ropa —repitió.

—¿Te estás ablandando, Athalar?

Hunt no disimuló su reacción y se dirigió a la puerta.

—Prefiero conservar mis testículos.

Viktoria le avisó a Hunt esa noche que todavía estaba haciendo el diagnóstico. La tecnología Mimir de las hadas era tan meticulosa que tardaría bastante en analizar.

Él rezó para que los resultados no fueran tan devastadores como esperaba.

Le había enviado un mensaje a Bryce al respecto mientras terminaba su trabajo y rio cuando vio que otra vez había cambiado su contacto en su teléfono: *Bryce es una reina.*

Se quedaron despiertos hasta la medianoche viendo un *reality* sobre un grupo de jóvenes vanir que trabajaba en un club de playa en las islas Coronal. Él se negó al principio pero para el final de la primera hora, él fue quien presionó el botón para empezar el siguiente capítulo. Luego el siguiente.

Ayudaba que habían pasado de estar sentados en lados opuestos del sillón a sentarse lado a lado, él tenía el muslo pegado al de ella. Tal vez él jugó con la trenza de Bryce. Tal vez ella lo permitió.

A la mañana siguiente, Hunt estaba siguiendo a Bryce hacia el elevador de los departamentos cuando sonó su teléfono. Tras echar un vistazo a la pantalla hizo una mueca y contestó:

—Hola, Micah.

—Mi oficina. Quince minutos.

Bryce presionó el botón del elevador pero Hunt apuntó hacia la puerta de la azotea. La llevaría volando a la galería y luego se dirigiría al DCN.

—Está bien —dijo con cautela—. ¿Quieres que nos acompañe la señorita Quinlan?

—Sólo tú.

La llamada se cortó.

54

Hunt ingresó a la torre por una entrada trasera y fue cuidadoso para evitar cualquier área que pudiera frecuentar Sandriel. Isaiah no le había contestado el teléfono y él sabía que no debía seguir llamando hasta que contestara.

Micah estaba viendo por la ventana cuando llegó y su poder ya estaba generando una tormenta en la habitación.

—¿Por qué —preguntó el arcángel— estás haciendo pruebas hada en evidencias viejas en el laboratorio?

—Teníamos buenos motivos para pensar que el demonio que identificamos no es el responsable de la muerte de Danika Fendyr. Si podemos encontrar qué la mató, podría conducirnos a quién lo invocó.

—La Cumbre es en dos semanas.

—Lo sé. Estamos haciendo todo lo posible.

—¿De verdad? ¿Beber en un bar de whisky con Bryce Quinlan cuenta como trabajo?

Idiota.

—Estamos trabajando. No te preocupes.

—Sabine Fendyr me habló a la oficina, sabes. Para gritarme porque se le considera *sospechosa*.

No había nada compasivo detrás de esos ojos. Sólo un frío depredador.

—Fue un error y lo aceptamos, pero teníamos suficientes motivos para creer...

—Hagan. El. Trabajo.

Hunt dijo entre dientes:

—Lo haremos.

Micah lo miró con frialdad. Luego dijo:

—Sandriel ha estado preguntando por ti, y también por la señorita Quinlan. Me ha hecho algunas ofertas generosas para hacer un intercambio de nuevo —a Hunt se le convirtió el estómago en plomo—. Hasta el momento las he rechazado. Le dije que eras demasiado valioso para mí.

Micah lanzó un expediente a la mesa y luego volvió a mirar por la ventana.

—No me obligues a reconsiderar, Hunt.

Hunt leyó el expediente, la orden silenciosa que transmitía. Su castigo. Por Sabine, por tardar demasiado, sólo por existir. Una muerte por una muerte.

Se detuvo en las barracas para recoger su casco.

Micah había escrito una nota en el margen de la lista de víctimas y sus crímenes. *Sin pistola.*

Así que Hunt tomó algunas de sus dagas de empuñadura negra y su cuchillo de empuñadura larga también.

Cada uno de sus movimientos fue cuidadoso. Deliberado. Cada cambio en su cuerpo mientras se ponía el traje negro de batalla acallaba su mente y lo apartaba más y más de sí mismo.

Su teléfono sonó sobre el escritorio y cuando volteó alcanzó a ver que *Bryce es una reina* le había escrito: *¿Todo bien?*

Hunt se puso los guantes negros.

Su teléfono volvió a sonar.

Voy a ordenar sopa de bolitas de masa para comer. ¿Quieres?

Hunt volteó el teléfono para no tener que ver la pantalla. Como si eso hiciera que ella no se enterara de lo que estaba haciendo. Tomó sus armas con siglos de eficiencia. Y luego se puso su casco.

El mundo se convirtió en cálculos fríos, con colores tenúes.

En ese momento tomó el teléfono y le contestó a Bryce, *Estoy bien. Nos vemos más tarde.*

Ella ya le había respondido para cuando llegó a la terraza de aterrizaje de las barracas. Vio que la burbuja de escribir apareció, desapareció y luego volvió a aparecer. Como si hubiera escrito diez distintas respuestas antes de decidirse por *Okey*.

Hunt apagó su teléfono y se abrió paso hacia las puertas y al aire libre.

Era una mancha contra el resplandor. Una sombra frente al sol.

Un aleteo y salió por los aires. Y no miró atrás.

Algo andaba mal.

Bryce lo supo en cuanto se dio cuenta de que no había sabido nada de él después de una hora en el Comitium.

La sensación había empeorado con la vaga respuesta a su mensaje. No mencionó por qué lo habían llamado, qué estaba haciendo.

Como si alguien más hubiera contestado en su lugar.

Le había escrito una docena de respuestas a ese mensaje que no parecía ser de Hunt.

Por favor dime que todo está bien.

Escribe 1 si necesitas ayuda.

¿Hice algo para molestarte?

¿Pasa algo?

¿Necesitas que vaya al Comitium?

Rechazar una oferta de sopa de bolitas de masa, ¿alguien se robó este teléfono?

Y así, siguió escribiendo y borrando, hasta que escribió, *Estoy preocupada. Por favor llámame.* Pero no tenía derecho a estar preocupada, a pedirle esas cosas.

Así que se decidió por un patético *Okey*.

Y no había sabido nada de él. Estuvo revisando su teléfono con obsesión todo el día.

Nada.

La preocupación era un nudo viviente en su estómago. Ni siquiera ordenó la sopa. Un vistazo a las cámaras de la azotea mostraba que Naomi llevaba ahí todo el día con el rostro serio.

Bryce había subido como a las tres.

—¿Tienes idea de dónde podría haber ido? —preguntó abrazándose con fuerza.

Naomi la miró con cuidado.

—Hunt está bien —dijo—. Él... —se detuvo al leer algo en el rostro de Bryce. Su mirada reflejó su sorpresa—. Está bien —dijo el ángel con suavidad.

Para cuando Bryce llegó a su casa, con Naomi apostada en la azotea del edificio frente al suyo, ya le había dejado de creer.

Así que decidió mandarlo todo al Averno. Al demonio con la precaución o con fingir despreocupación o lo que fuera.

Desde su cocina, mientras el reloj avanzaba hacia las ocho, le escribió a Hunt:

Por favor llámame. Estoy preocupada por ti.

Listo. Que saliera al éter o donde fuera que flotaran los mensajes.

Sacó a Syrinx a caminar una última vez por el día con el teléfono apretado en la mano. Como si al apretarlo con más fuerza fuera más probable que él respondiera.

A las once ya no pudo más y llamó a un número familiar. Ruhn contestó de inmediato.

—¿Qué pasa?

Cómo sabía, no le importaba.

—Yo... —tragó saliva.

—Bryce —dijo Ruhn con la voz alerta.

Se escuchaba música al fondo pero empezó a disminuir, como si se estuviera moviendo a una parte más silenciosa en el sitio donde estaba.

—¿Has visto a Hunt hoy? —su voz sonaba estridente, aguda.

En el fondo, Flynn preguntó:

—¿Todo bien?

Ruhn sólo le preguntó a ella:

—¿Qué pasó?

—Mira, ¿has visto a Hunt en el campo de tiro o en alguna parte...?

La música desapareció y una puerta se cerró.

—¿Dónde estás?

—En casa.

En ese momento se dio cuenta de lo estúpido que era esto, llamar a Ruhn, entre toda la gente, para preguntarle si sabía qué estaba haciendo el asesino personal del gobernador.

—Dame cinco minutos...

—No, no necesito que vengas. Estoy bien. Sólo... —le quemaba la garganta—. No lo encuentro.

¿Y si Hunt estaba hecho una pila de huesos y carne y sangre?

Cuando su silencio se prolongó, Ruhn dijo con intensidad sigilosa:

—Le diré a Dec y Flynn que salgan de inmediato...

Los encantamientos zumbaron y se abrió la puerta principal.

Bryce se quedó inmóvil mientras la puerta se abría despacio. Mientras entraba Hunt, vestido con su traje negro de batalla y el famoso casco.

Parecía como si cada uno de sus pasos requiriera toda su concentración. Y su olor...

Sangre.

No de él.

—¿Bryce?

—Ya llegó —dijo con una exhalación al teléfono—. Te marco mañana —le dijo a su hermano y colgó.

Hunt se detuvo en el centro de la habitación.

Tenía sangre en las alas. Brillaba en su traje de cuero. Salpicada en el visor de su casco.

—¿Qué... qué pasó? —logró decir ella.

Él empezó a caminar de nuevo. Pasó a su lado y el olor de toda esa sangre, varios distintos tipos de sangre, manchó el aire. No dijo una palabra.

—Hunt.

Todo el alivio que le había recorrido el cuerpo ahora se estaba transformando en algo más intenso.

Él se dirigió a su recámara y no se detuvo. Ella no se atrevió a moverse. Él era un espectro, un demonio, una... una sombra de la muerte.

A este hombre, con casco y en su ropa de batalla... no lo conocía.

Hunt entró a su recámara y ni siquiera la miró al cerrar la puerta.

No podía soportarlo.

No podía soportar la mirada de alivio puro, del que dobla las piernas, que había visto en su cara cuando entró al departamento. Había regresado directo a su casa al terminar porque había creído que ella estaría dormida y que él podría limpiarse la sangre sin tener que regresar a las barracas del Comitium, pero estaba en la sala. Esperándolo.

Y en cuanto entró al departamento ella había visto y olido la sangre...

Él tampoco pudo soportar el terror y el dolor de su cara.

¿Ves lo que esta vida me ha hecho? quería preguntarle. Pero estaba más allá de las palabras. Sólo había habido gritos. De los tres hombres que había estado aniquilando durante horas, todo siguiendo las especificaciones de Micah.

Hunt fue al baño y abrió la regadera a la temperatura más alta. Se quitó el casco y la luz brillante le lastimó los ojos al cambiar de los tonos fríos del visor. Luego se quitó los guantes.

Ella se veía horrorizada. No era sorpresa. En realidad no podía entender qué era él, quién era, hasta ahora. Por qué la gente se alejaba de él. Por qué no lo miraban a los ojos.

Hunt se quitó el traje, su piel golpeada ya estaba sanando. Los narcotraficantes a quienes había matado esta noche habían logrado darle algunos golpes antes de que él los sometiera. Antes de que los lograra sostener en el suelo y empalarlos con sus cuchillos.

Y los dejó ahí, gritando de dolor, horas.

Desnudo, se metió a la regadera cuyos mosaicos blancos ya sudaban por el vapor.

El agua hirviendo le golpeó la piel como si fuera ácido.

Él se tragó su grito, su sollozo, su llanto y no se movió del chorro hirviendo.

No hizo nada y dejó que quemara todo hasta eliminarlo.

Micah lo había enviado a una misión. Le había ordenado que matara a alguien. A varias personas, por los diferentes olores que se percibían en él. ¿Cada una de esas vidas contaría para su horrible *deuda*?

Era su trabajo, su camino a la libertad, lo que hacía por el gobernador, sin embargo... Sin embargo, en el fondo Bryce nunca lo había considerado. Lo que le hacía a él. Las consecuencias.

Esto no era un camino a la libertad. Era un camino al Averno.

Bryce se quedó un rato en la sala, esperando que terminara de ducharse. El agua seguía saliendo. Veinte minutos. Treinta. Cuarenta.

Cuando el reloj llegó a una hora, ella se acercó a tocar en su puerta.

—¿Hunt?

No hubo respuesta. El agua continuaba cayendo.

Abrió la puerta un poco y se asomó a la recámara casi a oscuras. La puerta del baño estaba abierta y salía vapor. Tanto vapor que la recámara se sentía bochornosa.

—¿Hunt?

Avanzó y se asomó hacia el baño iluminado. No se veía en la regadera...

Un fragmento de ala gris empapada salía detrás del vidrio de la regadera.

Ella se movió sin pensar. Sin que le importara.

Entró al baño en un segundo con el nombre de él en los labios, preparándose para lo peor, deseando haber traído su teléfono que había dejado en la cocina...

Pero ahí estaba él. Sentado desnudo en el piso de la regadera con la cabeza inclinada entre las rodillas. El agua le golpeaba la espalda, las alas, goteaba de su cabello. Su piel morena dorada brillaba de un color rojo intenso.

Bryce dio un paso a la regadera y se quejó de dolor. El agua estaba hirviendo. Quemaba.

—Hunt —dijo ella. Él ni siquiera parpadeó.

Lo vio a él y después la regadera. El cuerpo de Hunt estaba sanando las quemaduras; sanando y luego quemándose, sanando y quemándose. Debía ser una tortura.

Ella se mordió el labio para no gritar al meter la mano al chorro del agua casi hirviendo que le empapó la blusa y los pantalones y bajó la temperatura.

Él no se movió. Ni siquiera la volteó a ver. Bryce se dio cuenta de que tal vez él había hecho esto muchas veces. Cada vez que Micah lo enviaba a un trabajo y también en los casos de todos los demás arcángeles con quienes había servido antes.

Syrinx se acercó a investigar, olisqueó la ropa ensangrentada y luego se echó en el tapete del baño con la cabeza entre las patas delanteras.

Hunt no dio ninguna señal de saber que ella estaba ahí.

Pero su respiración se hizo más profunda. Un poco más relajada.

Y ella no podría explicar por qué lo hizo pero tomó una botella de champú y el jabón de lavanda del agujero entre las losetas. Luego se arrodilló frente a él.

—Te voy a limpiar —dijo en voz baja—. Si estás de acuerdo.

La única respuesta de él fue un ligero pero evidente movimiento de la cabeza. Como si las palabras todavía fueran demasiado difíciles.

Así que Bryce se puso champú en las manos y luego le pasó los dedos por el cabello. Los mechones gruesos eran pesados y ella lo frotó con suavidad para después moverle la cabeza hacia atrás y enjuagarlo. Al fin él levantó la vista. La miró a los ojos y dejó que su cabeza quedara en el chorro del agua.

—Te ves como yo me siento —dijo ella con la garganta cerrada—. Todos los días.

Él parpadeó, la única señal de que la había escuchado.

Ella retiró las manos de su pelo y tomó la barra de jabón. Por alguna razón había olvidado que él estaba desnudo. Completamente desnudo. No se permitió pensar en eso mientras empezaba a enjabonarle el cuello, los hombros poderosos, los brazos musculosos.

—Dejaré que disfrutes de tu mitad inferior —le dijo sonrojada.

Él sólo la miraba con esa honestidad absoluta. Más íntima que cualquier roce de sus labios en el cuello. Como si de verdad viera todo lo que era, lo que había sido y en lo que aún podía convertirse ella.

Le talló la parte superior del cuerpo lo mejor que pudo.

—No puedo lavarte las alas si estás recargado contra la pared.

Hunt se puso de pie con un impulso poderoso y grácil.

Ella apartó la vista de lo que ese movimiento ponía directamente en su línea de visión. Aquello muy considerable que él no parecía notar ni importarle.

Así que ella tampoco se fijaría en eso. Se puso de pie y el agua la salpicó mientras le daba la vuelta al Ángel. No se permitió admirar la vista trasera tampoco. Los músculos y su perfección.

Tu trasero es perfecto, le había dicho él.

Igualmente, podía responder ahora.

Le enjabonó las alas que ahora habían adquirido un tono más oscuro por el agua.

Él era mucho más alto que ella, tanto que tenía que pararse de puntas para alcanzar la parte superior de sus alas.

Lo lavó en silencio y Hunt apoyó las manos contra la pared, con la cabeza colgada. Necesitaba descansar y olvidar. Así que Bryce lo enjuagó y se aseguró de que cada pluma estuviera limpia y luego se estiró para cerrar la regadera.

Lo único que llenaba ya el baño vaporoso era el agua que desaparecía por la coladera.

Bryce tomó una toalla, sin bajar la vista cuando Hunt volteó a verla. Se la puso alrededor de la cadera, sacó una segunda toalla de la barra justo al lado de la regadera y la pasó por su piel bronceada. Secó sus alas con suavidad. Luego le secó un poco el pelo.

—Vamos —murmuró—. A la cama.

El rostro de Hunt se puso más alerta pero no objetó cuando ella lo sacó de la regadera, empapada y con la ropa goteando. No objetó tampoco cuando lo llevó a la recámara, hacia el cajón donde tenía sus cosas.

Sacó unos calzones negros y se agachó con la mirada fija en el piso al estirar el elástico de la cintura.

—Métete.

Hunt obedeció, primero un pie y luego el otro. Ella se puso de pie y subió los calzones por sus muslos poderosos para luego soltar el elástico con un suave chasquido. Bryce tomó una camiseta blanca de otro cajón, frunció el ceño al ver las aberturas complejas de la espalda para ajustarse a las alas, y la volvió a dejar.

—Te quedarás entonces en ropa interior —dijo y abrió la cama que él tendía con diligencia todas las mañanas. Dio un golpe sobre el colchón—. Duerme un poco, Hunt.

De nuevo, él obedeció y se metió entre las mantas con un suave gemido.

Ella apagó la luz del baño, lo cual oscureció la recámara, y regresó a donde lo había dejado acostado, todavía la miraba fijamente. Se atrevió a acariciarle el pelo húmedo para apartárselo de la frente y sus dedos rozaron el terrible tatuaje. Él cerró los ojos.

—Estaba tan preocupada por ti —susurró y le volvió a acariciar el cabello—. Yo... —no pudo terminar la frase.

Así que empezó a retroceder para dirigirse a su recámara, ponerse ropa seca y tal vez también dormir un poco.

Pero una mano cálida y fuerte la tomó de la muñeca. La detuvo.

Ella lo miró y vio que Hunt estaba viéndola fijamente.

—¿Qué?

Un ligero tirón de la muñeca le dijo todo.

Quédate.

Ella sintió que el pecho se le comprimía tanto que le dolía.

—Está bien —dijo e inhaló—. Está bien, claro.

Y por algún motivo, la idea de regresar a su recámara, dejarlo aunque fuera sólo un momento, parecía demasiado arriesgada. Como si pudiera volver a desaparecer si ella se iba a cambiar.

Así que tomó la camiseta blanca que le iba a dar a él, se quitó la ropa y el brasier empapados y los aventó al baño. Aterrizaron con un golpe húmedo sobre la loseta y opacaron el suave sonido de su camiseta cuando se la puso. Le llegaba a las rodillas y cubría suficiente para que se pudiera quitar los pantalones y ropa interior mojada y también los lanzó al baño.

Syrinx se había subido a la cama y se acurrucó a sus pies. Y Hunt se movió a un lado para hacerle espacio.

—Está bien —dijo ella otra vez, más para sí misma.

Las sábanas estaban tibias y olían a él: cedro bajo la lluvia. Intentó no ser demasiado obvia al inhalar y se quedó sentada, recargada contra la cabecera. Intentó no verse demasiado sorprendida cuando él recargó la cabeza en su muslo y su brazo sobre ella para descansar en la almohada.

Un niño que recarga su cabeza en el regazo de su madre. Un amigo en busca de cualquier tipo de contacto tranquilizador que le recuerde que es un ser vivo. Una buena persona, sin importar lo que lo obligaran a hacer.

Bryce le quitó el cabello de la frente con cuidado otra vez.

Hunt cerró los ojos pero se acercó un poco a su mano. Una petición silenciosa.

Así que Bryce continuó acariciándole el pelo, una y otra vez, hasta que su respiración se hizo más profunda y regular, hasta que el cuerpo poderoso se relajó por completo a su lado.

Olía al paraíso. Como el hogar y la eternidad, tal como si estuviera donde debía estar.

Hunt abrió los ojos y vio la suavidad y calidez femeninas acompañadas de una respiración suave.

En la media luz, notó que estaba recostado en el regazo de Bryce, ella dormía profundamente recargada contra la cabecera y con la cabeza de lado. Tenía la mano todavía en su pelo y la otra en las mantas junto a su brazo.

El reloj indicaba que eran las tres treinta. No le sorprendió la hora sino el hecho de que su mente estuviera despejada lo suficiente como para notarlo.

Ella lo había cuidado. Lo lavó y lo vistió y lo tranquilizó. Él no recordaba la última vez que alguien había hecho eso.

Hunt separó la cara de su regazo y se dio cuenta de que ella tenía las piernas desnudas. Que no llevaba nada debajo de la camiseta. Y su rostro había estado a pocos centímetros de distancia.

Sus músculos protestaron un poco cuando se levantó. Bryce apenas se movió.

Le había puesto la ropa interior, carajo.

Sintió que las mejillas se le sonrojaban pero se levantó de la cama y Syrinx abrió un ojo para ver qué estaba sucediendo. Él le hizo un ademán a la bestiecilla y se acercó al lado del colchón donde estaba Bryce.

Ella se movió apenas un poco cuando él la tomó entre sus brazos y la cargó hacia su propia recámara. La recostó en su cama y ella protestó por las sábanas frescas, pero él la tapó con el cobertor y salió antes de que despertara.

Iba a medio camino de regreso por la estancia cuando el teléfono de Bryce, que estaba sobre el mueble de la cocina, se encendió. Hunt lo vio, no pudo evitarlo.

Una cadena de mensajes de Ruhn llenaba la pantalla. Todos de las últimas horas.

¿Athalar está bien? Más tarde, *¿Tú estás bien?*

Luego, de hacía una hora, *Llamé al portero de tu edificio y me dijo que ambos estaban arriba, así que asumo que los dos están bien. Pero llámame en la mañana.*

Y después, hacía treinta segundos como si se le acabara de ocurrir, *Me alegra que me llamaras hoy. Sé que las cosas están jodidas entre nosotros y sé que en buena parte por mi culpa pero, cuando me necesites, aquí estoy. En cualquier momento, Bryce.*

Hunt miró hacia el pasillo de su recámara. Ella le había hablado a Ruhn... con él había estado al teléfono cuando él había llegado. Se frotó el pecho.

Se quedó dormido en su propia cama, donde el olor a ella permanecía como un suave roce fantasma.

55

Los rayos dorados del amanecer sacaron a Bryce de su sueño. Las mantas estaban cálidas y la cama suave, y Syrinx seguía roncando...

Estaba en su recámara. En su cama.

Se sentó y el movimiento despertó a Syrinx, que aulló para demostrar su molestia y se metió más dentro de las mantas, no sin antes patearla en las costillas con las patas traseras.

Bryce lo dejó ahí y, en cuestión de segundos, salió de la cama y de su recámara. Hunt debió haberla movido en algún momento. No había estado en condiciones para hacerlo y si, por alguna razón, lo habían obligado a salir de nuevo...

Suspiró al ver el ala gris sobre la cama de la recámara de visitas. La piel dorada de la espalda musculosa. Subiendo y bajando. Todavía dormido.

Gracias a los dioses. Se frotó la cara con las manos porque sabía que no tenía caso intentar volver a dormir y se dirigió a la cocina a hacer café. Necesitaba una taza de café fuerte y luego salir a correr. Permitió que la memoria muscular tomara el control y, mientras la cafetera hacía sus zumbidos y traqueteos, tomó el teléfono del mueble.

Casi todos sus avisos eran de mensajes de Ruhn. Los leyó todos dos veces.

Él habría dejado cualquier cosa que estuviera haciendo para venir a verla. Habría mandado a sus amigos a buscar a Hunt. Lo habría hecho sin cuestionarlo. Ella lo sabía, aunque se había obligado a olvidarlo.

Sabía por qué, también. Había estado muy consciente de que su reacción a la discusión con Ruhn de años atrás había sido justificada pero exagerada. Él había intentado disculparse y ella sólo lo había utilizado en su contra. Y él debía haberse sentido culpable y nunca le cuestionó por qué lo había sacado de su vida. Él nunca se había dado cuenta de que no había sido sólo una ofensa leve la que la había obligado a sacarlo, sino miedo. Terror absoluto.

Él la había lastimado y le asustaba mucho que él tuviera tal poder. Que ella quisiera tanto de él, se había imaginado tantas cosas con su hermano, aventuras y días festivos y momentos ordinarios, y que él tuviera la capacidad de arrebatarle todo eso.

Los pulgares de Bryce se quedaron inmóviles sobre el teclado de su teléfono, como si estuvieran buscando las palabras indicadas. *Gracias*, sería bueno. O siquiera *Te llamo después* sería suficiente, porque tal vez debía pronunciar esas palabras en voz alta.

Pero dejó los dedos inmóviles sobre el teléfono, las palabras esquivas y escurridizas.

Así que las dejó escapar y se concentró en el otro mensaje que había recibido: de Juniper.

Madame Kyrah me dijo que nunca fuiste a su clase. ¿Qué demonios, Bryce? Tuve que rogarle que te guardara el lugar. Estaba muy enojada.

Bryce apretó los dientes. Respondió, *Perdón. Díle que estoy trabajando en algo con el gobernador y que me llamaron.*

Bryce dejó el teléfono y se dirigió a la cafetera. El teléfono vibró un segundo después. Juniper seguro iba de camino a su ensayo matutino.

Esta mujer no acepta excusas. Me costó mucho trabajo empezar a agradarle, Bryce.

June estaba enojada si le decía *Bryce* en vez de *B*.

Bryce le contestó, *Lo siento, ¿está bien? Te dije que tal vez. No debías haberle dicho que era seguro.*

Juniper respondió, *Como sea. Tengo que irme.*

Bryce exhaló y se obligó a aflojar los dedos que tenía apretados alrededor del teléfono. Tomó la taza de café caliente entre sus dos manos.

—Hola.

Se dio la vuelta y vio a Hunt con la cadera apoyada en la isla de mármol. Para ser alguien tan musculoso y alado, el ángel era sigiloso, debía admitirlo. Se había puesto una camisa y pantalones pero todavía estaba despeinado.

Ella carraspeó y las rodillas se le doblaron un poco.

—¿Cómo te sientes?

—Bien.

La palabra no era agresiva, sólo indicaba una resignación silenciosa y la petición de no insistir. Así que Bryce sacó otra taza, la puso en la cafetera y presionó los botones para que preparara otra taza.

La mirada de Hunt le recorrió todo el cuerpo como si la estuviera tocando físicamente. Ella se vio y se dio cuenta de por qué.

—Perdón, tomé una de tus camisetas —dijo mientras arrugaba la tela blanca en su mano. Dioses, no tenía ropa interior. ¿Él lo sabía?

Él bajó la mirada a sus piernas desnudas y sus ojos se ensombrecieron. Por supuesto que sabía.

Hunt se separó de la isla para acercarse y Bryce se preparó. No sabía para qué, pero...

Él sólo pasó a su lado. Directo al refrigerador, de donde sacó huevos y el trozo de tocino.

—Aunque puede sonar a cliché de un alfadejo —dijo sin verla mientras ponía la sartén sobre la estufa—. Me gusta verte con mi camiseta.

—Total cliché de alfadejo —dijo ella pero enroscó los dedos de sus pies sobre el piso de madera clara.

Hunt rompió los huevos en un tazón.

—Siempre parecemos terminar en la cocina.

—No me importa —dijo Bryce dando un sorbo a su café— siempre y cuando estés cocinando.

Hunt resopló y luego se quedó inmóvil.

—Gracias —dijo en voz baja—. Por lo que hiciste.

—Ni lo menciones —le dijo ella y dio otro sorbo al café.

Recordó entonces el que le había preparado a él y tomó la taza que ya estaba llena.

Hunt volteó de la estufa cuando ella le pasó el café. Miró la taza y luego su cara.

Y cuando su mano grande tomó la taza, se inclinó hacia ella y llenó el espacio que los separaba. Le rozó la mejilla con la boca. Breve, suave y dulce.

—Gracias —repitió y se volvió a alejar para devolver la atención a la estufa.

Como si no pudiera notar que ella no podía mover un solo músculo, no podía encontrar ni una sola palabra.

Las ganas de tomarlo entre sus manos, de acercar su cara a la de ella y probar todas las partes de su cuerpo casi la cegaron. Los dedos le temblaban y casi podía sentir esos músculos duros debajo de ellos.

Él tenía un amor perdido de hacía muchos años por el cual seguía sufriendo. Y ella llevaba mucho tiempo sin tener sexo. Por las tetas de Cthona, habían pasado semanas desde ese encuentro casual con el metamorfo de león en el baño del Cuervo. Y con Hunt ahí, no se había atrevido a abrir su buró para encargarse de las cosas por su propia mano

Sigue tratando de convencerte de eso, dijo una pequeña voz.

Los músculos de la espalda de Hunt se tensaron. Sus manos dejaron de hacer lo que hacían.

Carajo, él podía oler ese tipo de cosas, ¿no? La mayoría de los vanir podían hacerlo. Los cambios en el aroma de una persona: miedo y excitación eran dos de los más importantes.

Él era el Umbra Mortis. Fuera de su alcance de diez millones de maneras. Y el Umbra Mortis no salía con mu jeres... no, con él sería todo o nada.

Hunt preguntó con voz rasposa:

—¿En qué estás pensando?

No volteó de la estufa.

En ti. Como una pinche idiota, estoy pensando en ti.

—Hay una venta de muestras en una dc las tiendas de diseñador esta tarde —mintió.

Hunt volteó a verla por encima del hombro. Carajo, tenía la mirada ensombrecida.

—¿Ah, sí?

¿Eso fue un ronroneo en su voz?

No pudo evitar dar un paso atrás y chocó con la isla de la cocina.

—Sí —alcanzó a decir pero no pudo apartar la mirada.

Los ojos de Hunt se ensombrecieron aún más. No dijo nada.

No podía respirar bien con esa mirada sobre ella. Esa mirada que le decía que podía oler todo lo que estaba pasando en su cuerpo.

Sus pezones se endurecieron bajo esa mirada.

Hunt se quedó tan quieto que era sobrenatural. Bajó la mirada. Vio sus senos. Los muslos que ahora tenía apretados, como si eso fuera a detener la pulsación que empezaba a torturarla entre ellos.

El rostro de Hunt adquirió un aspecto animal. Un gato montés listo para atacar.

—No sabía que la venta de ropa te excitaba tanto, Quinlan.

A ella casi se le escapó un gemido. Se obligó a permanecer quieta.

—Los pequeños placeres de la vida, Athalar.

—¿En eso piensas cuando abres el buró izquierdo en las noches? ¿En ventas de ropa?

La estaba viendo de frente ahora. Ella no se atrevió a bajar la mirada.

—Sí —exhaló ella—. Toda esa ropa, por todo mi cuerpo.

No tenía idea de qué carajos estaba diciendo.

¿Cómo era posible que todo el aire del departamento, de la ciudad, hubiera desaparecido?

—Tal vez deberías comprar ropa interior nueva —murmuró él con un gesto hacia sus piernas desnudas—. Parece que ya no tienes.

Ella no pudo detenerlo... la imagen que arrasó con sus sentidos: Hunt poniendo esas manos grandes en su cintura y levantándola hacia el mueble que estaba presionando su espalda, luego levantándole la camiseta, su camiseta, de hecho, por arriba de la cintura y abriéndole las piernas. Metiéndole la lengua y luego el pene, hasta que ella terminara llorando de placer, gritando, no le importaba siempre y cuando la estuviera tocando, estuviera dentro de ella...

—Quinlan.

Él parecía estar temblando ahora. Como si lo único que lo estuviera manteniendo bajo control fuera un hilo delgado de pura fuerza de voluntad. Como si hubiera visto la misma imagen ardiente y sólo estuviera esperando que ella asintiera.

Eso complicaría todo. La investigación, lo que él sentía por Shahar, su propia vida...

A la mierda con todo. Lo resolverían después. Lo...

El espacio se llenó de humo. Humo molesto y picante.

—Carajo —gritó Hunt y se dio la vuelta para quitar el huevo que había dejado sobre la estufa.

Como si se hubiera acabado el hechizo de una bruja, Bryce parpadeó y el calor abrasador desapareció. Dioses. Anoche Hunt seguro se había sentido muy voluble, y las emociones de ella eran de por sí un lío en un buen día y...

—Tengo que vestirme para el trabajo —logró decir y salió rápido hacia su recámara antes de que él apartara su atención del desayuno quemado.

Había perdido la cabeza, se dijo en la regadera, en el baño, en la caminata demasiado silenciosa con Syrinx al trabajo, mientras Hunt sobrevolaba por lo alto. Mantenía su distancia. Como si él se hubiera dando cuenta de lo mismo.

Si dejas entrar a alguien, si le das el poder de lastimarte, lo terminarán haciendo.

No podía hacerlo. No podía soportarlo.

Bryce ya se había resignado para cuando llegó a la galería. Levantó la vista y vio que Hunt ya estaba descendiendo y Syrinx ladró feliz ante el prospecto de pasar el día en un espacio cerrado con él y sólo Lehabah como distractor...

Gracias a la puta Urd, su teléfono sonó en cuanto abrió la puerta de la galería. Pero no era Ruhn llamando para ver cómo estaba, ni Juniper para gritarle por no haber ido a la clase de baile.

—Jesiba.

La hechicera no se molestó en ser amable.

—Abre la puerta trasera. Ahora.

—Oh, es horrible, BB —susurró Lehabah en la oscuridad de la biblioteca—. Es horrible.

Bryce levantó la vista al enorme acuario poco iluminado y sintió escalofrío en los brazos al ver la más reciente adquisición que estaba explorando su entorno. Hunt se cruzó de brazos y se asomó a la oscuridad. Toda idea de desnudarse con él había desaparecido hacía una hora.

Una mano oscura y con escamas chocó contra el vidrio grueso y las garras de marfil rasguñaron la superficie. Bryce tragó saliva.

—Quiero saber en dónde encontraron un nøkk en estas aguas.

Por lo que sabía, sólo existían en los mares helados del norte y sobre todo en Pangera.

—Prefiero al kelpie —dijo Lehabah en voz baja y se escondió detrás de su pequeño diván. Su flama se volvió amarilla y temblorosa.

Como si el nøkk las hubiera escuchado, se detuvo frente al vidrio y sonrió.

Medía más de dos metros y medio y bien podría ser el hermano gemelo infernal de un mer macho. Pero en vez de tener facciones humanoides, el nøkk tenía la mandíbula inferior saliente con una boca demasiado ancha y sin labios llena de dientes como agujas. Sus ojos demasiado grandes eran lechosos, como algunos peces de las profundidades. Su cola era casi toda translúcida, huesuda y afilada, y encima de ella surgía un torso retorcido y musculoso.

No tenía pelo en el pecho ni en la cabeza y sus manos de cuatro dedos terminaban en garras como puñales.

El acuario abarcaba una de las alas de la biblioteca, así que no había manera de escapar a su presencia, a menos que el nøkk se ocultara en el conjunto de rocas oscuras del fondo. La criatura arrastró las garras por el vidrio de nuevo. El *SPQM* tatuado en su muñeca gris verdosa brillaba con un blanco contrastante.

Bryce se llevó el teléfono al oído. Jesiba respondió al primer timbrazo.

—¿Sí?

—Tenemos un problema.

—¿Con el contrato Korsaki? —preguntó Jesiba en voz baja, como si no quisiera que la escucharan.

—No —dijo Bryce con gesto molesto hacia el nøkk—. El monstruo del acuario debe irse.

—Estoy en una junta.

—Lehabah está aterrada.

El aire era letal para los nøkks... si quedaban expuestos a él más de unos segundos, sus órganos vitales empezaban a apagarse y su piel a pelarse como si se hubieran quemado. Pero de todas maneras Bryce subió por la pequeña escalera a la derecha del tanque para asegurarse de que la puerta para alimentación de la rejilla sobre el agua estuviera bien cerrada. La puerta en sí era una plataforma cuadrada que podía elevarse y bajarse al agua, se operaba desde un panel de controles en la parte trasera del espacio sobre el tanque y Bryce revisó tres veces que la maquinaria estuviera completamente apagada.

Cuando regresó a la biblioteca, vio a Lehabah hecha un ovillo detrás de un libro con su llama parpadeante amarilla.

Lehabah susurró desde su diván:

—Es una criatura odiosa y horrible.

Bryce la calló.

—¿No se lo puedes regalar a algún macho perdedor en Pangera?

—Voy a colgar.

—Pero él...

La llamada se cortó. Bryce se dejó caer en su silla frente a la mesa.

—Ahora se lo va a quedar para siempre —le dijo a la duendecilla.

—¿Qué le vas a dar de comer? —preguntó Hunt mientras el nøkk volvía a poner a prueba la pared de vidrio, sintiéndola con esas manos terribles.

—Le encantan los humanos —murmuró Lehabah—. Arrastran a los nadadores de la superficie de los estanques y lagos y los ahogan, luego se comen el cadáver despacio a lo largo de días y días...

—Res —dijo Bryce y sintió que el estómago se le revolvía al mirar la pequeña puerta de acceso a la escalera hacia la parte superior del acuario—. Comerá unos trozos de carne de res al día.

Lehabah se ocultó más.

—¿No podemos poner una cortina?

—Jesiba la arrancaría.

Hunt sugirió:

—Podría hacer una torre de libros en la mesa, bloquearlo de tu vista.

—Él seguiría sabiendo dónde estoy —dijo Lehabah con un mohín a Bryce—. No puedo dormir con él aquí.

Bryce suspiró.

—¿Qué tal si finges que es un príncipe encantado o algo?

La duendecilla señaló el tanque. Al nøkk que flotaba en el agua moviendo la cola con fuerza. Sonriéndoles.

—Un príncipe del Averno.

—¿Quién querría un nøkk como mascota? —preguntó Hunt y se sentó frente a Bryce en el escritorio.

—Una hechicera que eligió unirse a Flama y Sombra y que convierte a sus enemigos en animales.

Bryce señaló todos los pequeños tanques y terrarios integrados a las repisas a su alrededor y luego se frotó el dolor persistente del muslo debajo de su vestido rosado. En la mañana, cuando al fin se había animado a salir de su recámara tras el fiasco de la cocina, Hunt se le quedó viendo un rato. Pero no dijo nada.

—Deberías ver una medibruja para esa pierna —le dijo ahora.

Hunt no levantó la vista de lo que estaba leyendo, un informe que le había enviado Justinian en la mañana para que le diera una segunda opinión. Bryce le había preguntado qué era pero le había dicho que era clasificado y eso fue todo.

—Mi pierna está bien.

No se molestó en voltear desde donde ya estaba empezando a trabajar llenando los detalles del contrato Korsaki que Jesiba tenía tanta urgencia por finalizar. Era trabajo tedioso y rutinario pero que de todas maneras tenía que hacerse en algún momento.

En especial porque ya habían llegado de nuevo a un callejón sin salida. No habían sabido nada de Viktoria y las pruebas Mimir. Por qué Danika había robado el Cuerno, quién tenía tanto interés en conseguirlo que la mataría por ello... Bryce seguía sin tener idea de cómo responder a esto. Pero si Ruhn tenía razón sobre un método para sanar el Cuerno... Todo debía estar ligado de alguna manera.

Y ella sabía que aunque habían matado a un demonio kristallos, había otros kristallos esperando en el Averno que todavía podían ser invocados para buscar el Cuerno. Y si su especie no lo había logrado, cuando los príncipes del Averno lo habían diseñado para rastrearlo... ¿Qué esperanza podía tener ella de hallarlo?

Después estaba el asunto de esos asesinatos terribles, las víctimas hechas puré... que no había cometido el kristallos.

Hunt ya había solicitado que se volvieran a revisar las grabaciones pero no había aparecido nada.

El teléfono de Hunt vibró y lo sacó de su bolsillo, vio la pantalla y lo volvió a guardar. Desde el otro lado del escritorio ella apenas alcanzaba a distinguir la burbuja del mensaje de texto.

—¿No vas a contestar?

Él torció un poco la boca.

—Es uno de mis colegas, fastidiando.

Pero sus ojos brillaron un poco cuando la vio. Y cuando ella le sonrió y se encogió de hombros, él tragó saliva, con discreción.

Hunt dijo con un poco de aspereza:

—Tengo que salir un rato. Naomi vendrá a vigilar. Pasaré por ti cuando estés lista para irte.

Antes de que ella pudiera preguntar, él ya se había marchado.

—Sé que ya pasó tiempo —dijo Bryce con el teléfono entre el hombro y la oreja.

Hunt la había estado esperando cuando ella cerró la galería, sonriéndole a Syrinx que rascaba la puerta. La quimera aulló en protesta cuando se dio cuenta de que Bryce no se lo llevaría todavía y Hunt se agachó para acariciarle la cabeza dorada antes de que Bryce lo encerrara.

—Tendré que revisar mi calendario —estaba diciendo Bryce y le asintió a Hunt como saludo.

Se veía hermosa con su vestido rosado, aretes de perlas y el cabello peinado hacia atrás con peinetas de perlas a juego.

Carajo, *hermosa* no era siquiera la palabra correcta.

Había salido de su recámara y él se había quedado anonadado.

Ella no pareció darse cuenta de que *él* lo había notado, aunque supuso que sabía que se veía increíble todos los días. Sin embargo, hoy tenía cierta luz, un color que no había tenido, un brillo en los ojos ámbar y un ligero rubor en la piel.

Pero ese vestido rosado... Llevaba todo el día distrayéndolo.

Igual que su encuentro en la cocina esa mañana. Él había hecho lo posible por ignorarlo, por olvidar lo cerca que estuvo de rogarle que lo tocara, que le permitiera tocarla. No dejó de estar en un estado de semiexcitación todo el día.

Tenía que recuperar la cordura. Considerando que la investigación se había frenado la última semana, no podía darse el lujo de distraerse. No se podía dar el lujo de voltearla a ver cada vez que ella se volteaba. Esta tarde, ella se había puesto de puntas y estiraba el brazo para tomar un libro de los estantes superiores de la biblioteca y era como si ese color rosado fuera el puto Cuerno y él fuera el demonio kristallos.

Se paró de su silla en un instante y llegó a su lado un parpadeo después para ayudarle a bajar el libro.

Ella se quedó ahí parada cuando él le dio el libro. No retrocedió un paso y lo vio a la cara y vio el libro que él sostenía en su mano. Él sintió que la sangre se le agolpaba en las orejas, que su piel empezaba a tensarse. Igual que en la mañana cuando vio sus pezones firmes y pudo olfatear lo sucios que se habían vuelto sus pensamientos.

Pero ella tomó el libro y se alejó. Sin alterarse y totalmente ajena a su estupidez.

Las cosas no mejoraron con el paso de las horas. Y cuando ella le sonrió... Él casi se sintió aliviado de que lo hubieran llamado un minuto antes. Cuando iba de camino y respiraba el aire fresco del Istros, Viktoria le envió un mensaje: *Encontré algo. Ven a verme en Munin y Hugin en 15.*

Dudó qué debía responderle a la espectro. Retrasar las inevitables malas noticias, pasar unos días más con la hermosa sonrisa de Bryce y ese deseo que empezaba a arder en sus ojos... pero las advertencias de Micah hacían eco en sus oídos. La Cumbre todavía estaba a dos semanas de distancia, pero Hunt sabía que la presencia de Sandriel estaba poniendo a prueba la paciencia de Micah. Que si se atrasaba mucho más, su oferta quedaría anulada.

Así que, la información que tuviera Vik, por mala que fuera... tendría que encontrar una manera de lidiar con ella. Llamó a *Bryce es genial* y le dijo que saliera a verlo.

—No sé, mamá —estaba diciendo Bryce a su teléfono cuando empezó a caminar al lado de Hunt por la calle. El sol se estaba poniendo y bañaba la ciudad en dorados y naranjas, convirtiendo hasta los charcos de agua sucia en pozos de oro—. Por supuesto que te extraño pero, ¿qué te parece el mes entrante?

Pasaron por un callejón a unas cuadras de distancia. Los letreros de neón apuntaban a las diferentes tiendas donde servían té y antiguos puestos de comida atiborrados a lo largo de toda la calle. Había varios salones de tatuajes salpicados por ahí y algunos de los artistas o clientes estaban fumando afuera antes de que llegara la hora pico de idiotas borrachos.

—¿Qué... *este* fin de semana? Bueno, es que tengo un invitado... —chasqueó la lengua—. No, para no hacerte el cuento largo es como... ¿un compañero de departamento? ¿Su nombre? Eh, Athie. *No*, mamá —suspiró—. Este fin de semana de *verdad* no puedo. No, no los estoy evitando otra vez —apretó los dientes—. ¿Qué tal si hacemos una videollamada? Ajá, sí, por supuesto que encontraré el tiempo —volvió a hacer una mueca—. Está bien, mamá. Adiós.

Bryce lo volteó a ver con un gesto de dolor.

—Tu mamá parece... insistente —dijo Hunt con cuidado.

—Voy a tener una videollamada con mis padres a las siete —suspiró hacia el cielo—. Quieren conocerte.

Viktoria estaba en el bar cuando llegaron, con un vaso de whisky enfrente. Sonrió con seriedad y luego les deslizó un expediente por la barra cuando se sentaron a su izquierda.

—¿Qué encontraste? —preguntó Bryce y abrió el fólder color crema.

—Léelo —dijo Viktoria y luego volteó a ver las cámaras del bar. Que grababan todo.

Bryce asintió al entender la advertencia y Hunt se acercó más cuando ella se agachó para leer. No podía evitar extender un poco el ala, ligeramente, alrededor de su espalda.

Pero se le olvidó cuando leyó los resultados de la prueba.

—Esto no puede estar bien —dijo en voz baja.

—Es lo que yo dije —respondió Viktoria con el rostro angosto impasible.

Ahí, en la prueba Mimir de las hadas, estaban los resultados: pequeños restos de algo sintético. No orgánico, no tecnológico, no mágico... sino una combinación de las tres cosas.

Lee entre líneas había dicho Aidas.

—Danika trabajaba como independiente para Industrias Redner —dijo Bryce—. Ellos hacen toda clase de experimentos. ¿Ésa podría ser la explicación?

—Podría ser —dijo Viktoria—. Pero estoy haciendo el Mimir en todas las otras muestras que tenemos... de los demás. Las pruebas iniciales también dieron positivas en la ropa de Maximus Tertian —el tatuaje de la frente de Viktoria se arrugó cuando frunció el ceño—. No es magia pura, ni tecnología, ni orgánico. Es un híbrido y sus otros rastros cancelan las otras categorías. Casi como un mecanismo de ocultamiento.

Bryce arrugó el entrecejo.

—¿Qué es, exactamente?

Hunt conocía a Viktoria lo suficiente como para detectar la cautela en su mirada. Le dijo a Bryce:

—Es una especie de... droga. Por lo que pude averiguar, parece que se usa casi siempre con fines medicinales en dosis muy bajas pero podría haber salido a las calles y eso hizo que las dosis se hicieran mucho más altas e inseguras.

—Danika no hubiera usado una droga así.

—Por supuesto que no —se apresuró a decir Viktoria—. Pero estuvo expuesta a la sustancia; toda su ropa lo estuvo. No nos queda claro si fue al momento de morir o antes. Estamos por hacer una prueba en las muestras que tomamos de la Jauría de Diablos y dos de las víctimas más recientes.

—Tertian estaba en el Mercado de Carne —murmuró Hunt—. Es posible que él la haya usado.

Pero Bryce quiso saber.

—¿Cómo se llama? ¿Esta cosa?

Viktoria señaló los resultados.

—Tal como suena. Sinte.

Bryce volteó a ver a Hunt.

—Según Ruhn la medibruja mencionó un compuesto de sanación sintético que tal vez podía reparar... —no terminó de decirlo.

Los ojos de Hunt estaban oscuros como el Foso y su mirada atormentada.

—Probablemente sea lo mismo.

Viktoria levantó las manos al aire.

—De nuevo, estoy haciendo pruebas todavía en las otras víctimas pero... pensé que debía avisarles.

Bryce se bajó del taburete de un salto.

—Gracias.

Hunt dejó que llegara a la entrada del lugar antes de decirle a la espectro:

—Que no se sepa, Vik.

—Ya borré los archivos de la base de datos de la legión —dijo Vik.

Apenas hablaron mientras iban de regreso a la galería a recoger a Syrinx y luego durante el regreso a casa. Cuando llegaron a la cocina, Hunt se recargó contra el mueble y dijo:

—Las investigaciones pueden tomar tiempo. Nos estamos acercando. Es algo bueno.

Ella sirvió comida en el plato de Syrinx con expresión ilegible.

—¿Qué piensas sobre este sinte?

Hunt consideró sus palabras con cautela.

—Como dices, podría ser la exposición de Danika en Redner. Tertian podría haberla usado como droga recreativa justo antes de morir. Y seguimos esperando los resultados para ver si está en la ropa de las otras víctimas.

—Quiero saber más sobre la sustancia —dijo ella.

Sacó su teléfono y empezó a marcar.

—Tal vez no valga la...

Ruhn contestó.

—¿Sí?

—Esa droga sanadora sintética que te mencionó la medibruja, ¿qué sabes de ella?

—Me envió la investigación hace un par de días. El documento tiene muchas partes censuradas por Industrias Redner, pero lo estoy revisando. ¿Por qué?

Bryce miró en dirección a la recámara abierta de Hunt, hacia la foto de ella y Danika sobre el vestidor, se pudo percatar Hunt.

—Había rastros de algo llamado sinte en la ropa de Danika, es una medicina sintética relativamente nueva. Y parecería que se filtró a las calles y está siendo usada en concentraciones más altas como sustancia ilegal. Me pregunto si será lo mismo.

—Sí, lo que está en este documento es sobre sinte —se escuchó el movimiento de papel al fondo—. Puede lograr cosas bastante sorprendentes. Tiene una lista de ingredientes aquí... de nuevo, mucho está censurado, pero...

El silencio de Ruhn fue como una bomba al caer.

—¿Pero qué? —dijo Hunt al teléfono, tan cerca que podía escuchar el corazón desbocado de Bryce.

—Uno de los ingredientes listados es sal de obsidiana.

—Sal de obsidiana —Bryce parpadeó cuando miró a Hunt—. ¿Se podría usar el sinte para invocar a un demonio? Si alguien no tuviera el poder necesario, ¿la sal de obsidiana de la droga le podría permitir invocar algo como el kristallos?

—No estoy seguro —dijo Ruhn—. Leeré todo el documento y les aviso qué averiguo.

—Está bien —exhaló Bryce y Hunt se apartó un paso cuando ella se volvió a poner en movimiento—. Gracias, Ruhn.

La pausa de Ruhn fue distinta en esta ocasión.

—No hay problema, Bryce.

Colgó el teléfono.

Hunt la miró a los ojos. Bryce dijo:

—Necesitamos averiguar quién está vendiendo esta sustancia. Tertian debe haberlo sabido antes de morir. Iremos al Mercado de Carne.

Porque si había un lugar en esta ciudad donde estaría disponible una droga así, sería en esa cloaca.

Hunt tragó saliva.

—Necesitamos ser *cuidadosos*...

—Quiero respuestas —dijo ella y se dirigió al clóset.

Hunt se paró frente a ella.

—Iremos mañana —ella se detuvo en seco y abrió la boca. Pero Hunt sacudió la cabeza—. Descansemos esta noche.

—No puede...

—Sí, sí puede esperar, Bryce. Habla con tus padres esta noche. Yo iré a ponerme ropa de verdad —dijo señalando su traje de batalla—. Y luego, mañana, iremos al Mercado de Carne a preguntar. Puede esperar —Hunt, a pesar de intentar no hacerlo, la tomó de la mano. Le acarició el dorso con el pulgar—. Disfruta de la plática con tus padres, Bryce. Están *vivos*. No te pierdas un momento de esto. No por este motivo —ella seguía con aspecto de objetar, de insistir en salir a buscar el sinte. Hunt agregó—: Desearía poderme dar ese lujo.

Ella le miro la mano, cómo sostenía la de ella, por un segundo... por toda una vida. Preguntó:

—¿Qué le pasó a tus padres?

Él respondió con un nudo en la garganta:

—Mi madre nunca me dijo quién era mi padre. Y ella... Ella era un ángel de baja categoría. Limpiaba las villas de algunos ángeles poderosos porque ellos no confiaban en los humanos u otros vanir para ese trabajo.

Hunt sintió que le dolía el pecho al recordar la cara hermosa y amable de su madre. Su sonrisa suave, sus ojos angulares y oscuros. Las canciones de cuna que todavía podía escuchar, más de doscientos años después. Luego continuó:

—Trabajaba día y noche para darme de comer y jamás se quejó porque sabía que si lo hacía se quedaría sin trabajo y tenía que hacerse cargo de mí. Cuando era soldado raso y le enviaba cada moneda de cobre que ganaba, ella se negaba a gastarlas. Al aprecer, alguien se enteró, pensó que tenía toneladas de dinero oculto en su departamento, y se metió a robar una noche. La mataron y se llevaron el dinero. Los quinientos marcos de plata que había ahorrado a lo largo de su vida y los cincuenta marcos de oro que yo había logrado enviarle tras cinco años en el servicio.

—Lo siento tanto, Hunt.

—Ninguno de los ángeles, los ángeles poderosos y adorados, para quienes trabajaba mi madre se preocuparon por su muerte. Nadie investigó quién la había matado y nadie me dio unos días de duelo. No era nada para ellos. Pero ella era... era todo para mí —le ardía la garganta—. Hice el Descenso y me uní a la causa de Shahar poco después. Luché en el monte Hermon ese día por ella, por mi madre. En su memoria.

Shahar había tomado esos recuerdos y los había convertido en armas.

Los dedos de Bryce presionaron los suyos.

—Por lo que dices, era una persona increíble.

—Lo era —dijo él y al fin le soltó la mano.

Pero ella siguió sonriéndole e hizo que el pecho se le contrajera aún más, al punto de dolerle, cuando dijo:

—Está bien. Haré la videollamada con mis padres. Jugar a los legionarios contigo puede esperar.

Bryce pasó la mayor parte de la tarde limpiando. Hunt le ayudó y ofreció volar al apotecario más cercano para conseguir un hechizo de limpieza instantánea pero Bryce no lo permitió. Su madre era una obsesa con la limpieza, dijo, y podía notar la diferencia entre los baños que se habían limpiado con magia y los que se habían tallado a mano. Incluso en una videollamada.

Ese olor de cloro me dice que el trabajo está bien hecho, Bryce la imitó para Hunt en una voz llana y seria que lo ponía un poco nervioso.

Bryce usó su teléfono durante todo el proceso, le tomó fotos mientras limpiaba, a Syrinx cuando sacó los rollos de papel de baño de su contenedor y los destrozó en la alfombra que acababan de aspirar, de ella con Hunt agachado sobre la taza del baño cepillando el interior.

Para cuando él le arrebató el teléfono de las manos enguantadas, ella ya había vuelto a cambiar el nombre de su contacto, esta vez por *Bryce es más cool que yo.*

Pero a pesar de la sonrisa que eso le provocó, Hunt seguía oyendo la voz de Micah, las amenazas explícitas e implícitas. *Encuentra quién está detrás de esto. Termina. El. Trabajo. No me hagas reconsiderar mi oferta. Antes de que te retire del caso. Antes de que te vuelva a vender Sandriel. Antes de que haga que tú y Bryce Quinlan se arrepientan.*

Cuando resolviera el caso, todo acabaría, ¿no? Le quedarían diez asesinatos que cometer por Micah, lo cual podría tomar años. Tendría que regresar al Comitium. A la 33a.

Se dio cuenta de que la estaba viendo mientras limpiaban. Él también sacó el teléfono y le tomó fotografías .

Sabía demasiado. Había averiguado demasiado. Sobre todo. Sobre lo que podría haber tenido, sin el halo y los tatuajes de esclavo.

—Puedo abrir una botella de vino, si necesitas algo de valor líquido —decía Bryce cuando se sentaron frente a su computadora en la isla de la cocina y empezaron a marcarle a sus padres.

Había comprado una bolsa de pan dulce en el mercado de la esquina de camino de regreso, un mecanismo para lidiar con el estrés, asumió él.

Hunt simplemente la observó. Esto... llamar a sus padres, sentarse muslo con muslo con ella... Carajo.

Iba directo a un choque frontal. No podría evitarlo.

Antes de que Hunt pudiera abrir la boca para sugerir que esto podría ser un error, una voz femenina dijo:

—¿Y exactamente por qué podría necesitar valor líquido, Bryce Adelaide Quinlan?

56

Una mujer hermosa de cuarenta y tantos años apareció en la pantalla. Las canas aún no tocaban su cortina de cabello negro y su rostro pecoso apenas empezaba a mostrar señales de su ciclo de vida mortal.

Por lo que alcanzaba a ver Hunt, Ember Quinlan estaba sentada en un sillón verde y desgastado situado frente a una pared cubierta con paneles de roble. Tenía las piernas largas enfundadas en jeans dobladas debajo de ella.

Bryce puso los ojos en blanco.

—Yo diría que la mayoría de la gente necesita valor líquido al tratar contigo, mamá —dijo, pero sonrió. Una de esas sonrisas amplias que le hacían cosas raras al sentido de equilibrio de Hunt.

Ember clavó sus ojos oscuros en Hunt.

—Creo que Bryce me está confundiendo con ella misma.

Bryce hizo un ademán para desestimar el comentario.

—¿Dónde está papá?

—Tuvo un día largo en el trabajo y está haciendo café para no quedarse dormido.

Incluso a través de la videollamada, Ember tenía una presencia sólida que obligaba a prestar atención. Dijo:

—Tú debes ser Athie.

Antes de que él pudiera responder, un hombre se sentó en el sofá al lado de Ember.

Bryce sonrió de una manera que Hunt no había visto antes.

—Hola, papá.

Randall Silago tenía dos cafés, le dio uno a Ember y le sonrió a su hija. A diferencia de su esposa, los años de guerra habían dejado su huella en él: su cabello negro trenzado tenía mechones blancos, su piel morena estaba marcada con varias cicatrices brutales. Pero sus ojos oscuros lucían amistosos mientras daba un sorbo a su café... en una taza vieja y desportillada que decía *Inserte mal chiste de papá aquí.*

—Sigo asustado de esa cafetera elegante que nos compraste para el Solsticio de Invierno —dijo a modo de saludo.

—Te he enseñado a usarla literalmente tres veces.

Su madre rio y se puso a jugar con el dije de plata que colgaba de su cuello.

—Él es de la vieja escuela.

Hunt había investigado cuánto costaba la cafetera del departamento. Si Bryce había comprado algo remotamente similar, seguro le había costado una porción considerable de su salario. Dinero que no tenía. No con su deuda con Jesiba.

Él dudaba que sus padres lo supieran, dudaba que hubieran aceptado esa cafetera si hubieran sabido que el dinero se podría haber destinado a pagar sus deudas con la hechicera.

Randall miró a Hunt y la calidez se enfrió y se convirtió en algo más duro. Los ojos del famoso francotirador, el hombre que le había enseñado a su hija cómo defenderse.

—Tú debes ser el especie-de-compañero-de-departamento de Bryce.

Hunt vio que el hombre notó sus tatuajes, el de la frente y el de la muñeca. Randall pareció reconocerlo.

Pero no lo miró con desdén. Tampoco se estremeció.

Bryce le dio un codazo a Hunt en las costillas para recordarle que debía *hablar*.

—Yo soy Hunt Athalar —dijo mirando a Bryce—. O Athie, como me llaman ella y Lehabah.

Randall dejó su café despacio en la mesa. Sí, lo que había notado en su expresión instantes antes había sido reconocimiento. Pero Randall miró a su hija con los ojos entrecerrados.

—¿Cuándo ibas a contarnos?

Bryce buscó en la bolsa de pan que tenía sobre el mueble de la cocina y sacó un cuernito de chocolate. Lo mordió y dijo con la boca llena:

—No es tan cool como piensas, papá.

Hunt rio.

—Gracias.

Ember no dijo nada. Ni siquiera se movió. Pero observó cada bocado que dio Bryce.

Randall miró a Hunt a los ojos a través de la cámara.

—Estabas apostado en Meridan cuando yo estuve allá. Estaba haciendo labores de reconocimiento el día que tú enfrentaste ese batallón.

—Fue una batalla difícil —fue lo único que dijo Hunt.

Las sombras oscurecieron los ojos de Randall.

—Sí, lo fue.

Hunt reprimió el recuerdo de la masacre unilateral, cómo muchos humanos y sus pocos aliados vanir no se habían salvado de su espada o sus relámpagos. Entonces le servía a Sandriel y sus órdenes habían sido brutales: acaben con todos. Ella los había enviado a él y a Pollux ese día al frente de la legión, para interceptar la pequeña fuerza rebelde que estaba acampando en el paso de la montaña.

Hunt hizo lo posible por cumplir la orden haciendo el menor daño. Había procurado que las muertes fueran rápidas.

Pollux se había tomado su tiempo. Y había disfrutado cada segundo.

Y cuando Hunt ya no podía escuchar a la gente que gritaba pidiendo piedad a Pollux, también los mataba. Pollux se puso furioso y el pleito entre ambos los dejó escupiendo sangre en el suelo rocoso. Sandriel estaba encantada, aunque echó a Hunt a los calabozos unos días como castigo por ponerle fin a la diversión de Pollux antes de tiempo.

Debajo del mueble, Bryce rozó su mano cubierta de migajas sobre la de Hunt. No había habido nadie, después de esa batalla, que le ayudara a lavarse la sangre y que lo acostara. ¿Hubiera sido mejor o peor haber conocido a Bryce entonces? ¿Haber peleado sabiendo que regresaría con ella?

Bryce le apretó los dedos, le dejó un rastro de hojuelas mantequillosas y luego abrió la bolsa para sacar un segundo cuernito.

Ember vio a su hija comerse el pan y de nuevo se puso a jugar con el dije de plata, un círculo sobre dos triángulos. El abrazo, se dio cuenta Hunt. La unión de Solas y Cthona. Ember frunció el ceño.

—¿Por qué —le preguntó a Bryce— es Hunt Athalar tu compañero de departamento?

—Lo echaron de la 33a por su cuestionable sentido de la moda —dijo ella con la boca llena de cuernito—. Le dije que su ropa negra aburrida no me importa y le di permiso de quedarse aquí.

Ember puso los ojos en blanco. La misma expresión que él había visto en la cara de Bryce momentos antes.

—¿Alguna vez logras sacarle una respuesta directa, Hunt? Porque yo tengo veinticinco años de conocerla y nunca lo he logrado.

Bryce miró a su madre molesta y luego volteó a ver a Hunt.

—No te sientas obligado a responder.

Ember chasqueó la lengua.

—Desearía poder decir que la gran ciudad corrompió a mi hermosa hija, pero ella ya era así de grosera desde antes de la universidad.

Hunt no pudo evitar su risa grave. Randall se recargó en el sofá.

—Es cierto —dijo Randall—. Deberías haber visto cómo peleaban. Creo que no había una sola persona en Nidaros que no alcanzara a escuchar sus gritos. Hacían eco en las malditas montañas.

Las dos mujeres Quinlan lo miraron molestas. Esa expresión también era la misma.

Ember pareció asomarse detrás de sus hombros.

—¿Cuándo fue la última vez que limpiaste, Bryce Adelaide Quinlan?

Bryce se puso tensa.

—*Hace veinte minutos.*

—Se ve polvo en esa mesa de centro.

—Claro. Que. No.

La mirada de Ember era pícara.

—¿Athie sabe sobre JJ?

Hunt no pudo evitar tensarse. JJ... ¿un ex? Ella nunca había mencionado... Ah, cierto. Hunt sonrió.

—Jelly Jubilee y yo somos buenos amigos.

Bryce murmuró algo que él decidió no escuchar.

Ember se acercó a la pantalla.

—Muy bien, Hunt. Si te mostró a JJ entonces debes agradarle —Bryce, por suerte, no les mencionó a sus padres cómo había descubierto él su colección de juguetes. Ember continuó—: Cuéntame de ti.

Randall le dijo a su esposa con tono llano:

—Es Hunt Athalar.

—Ya lo sé —dijo Ember—. Pero lo único que he escuchado de él son terribles historias de guerra. Quiero conocer al hombre real. Y que me des una respuesta directa sobre por qué estás viviendo en el cuarto de visitas de mi hija.

Bryce le había advertido mientras limpiaban: *No digas ni una palabra sobre los asesinatos.*

Pero él tenía la sensación de que Ember Quinlan podía detectar mentiras como un sabueso, así que le dijo una verdad a medias.

—Jesiba está trabajando con mi jefe para encontrar una reliquia robada. La Cumbre está a dos semanas y las barracas están llenas de invitados, así que Bryce fue muy generosa y me ofreció una habitación para que fuera más fácil trabajar juntos.

—Seguro —dijo Ember—. Mi hija que jamás compartió sus preciados juguetes de Fantasía de Luzastral con un solo niño en Nidaros y que sólo los dejaba *verlos*, ofreció toda una recámara por su propia voluntad.

Randall le dio un suave rodillazo a su esposa, una advertencia silenciosa tal vez de un hombre acostumbrado a mantener la paz entre dos mujeres de opiniones fuertes.

Bryce dijo:

—Por eso le dije que tomara algo antes de hablarles.

Ember dio un sorbo a su café. Randall tomó un periódico de la mesa y empezó a hojearlo. Ember preguntó:

—¿Entonces no podemos ir a visitarte este fin de semana por este caso?

Bryce hizo una mueca de sufrimiento.

—Sí. No es el tipo de actividad en la que nos puedan acompañar.

Un destello del guerrero alcanzó a brillar cuando Randall enfocó la mirada

—¿Es peligrosa?

—No —mintió Bryce—. Pero necesitamos ser un poco sigilosos.

—¿E ir acompañados de dos humanos —dijo Ember irritada— es lo opuesto a eso?

Bryce suspiró mirando el techo.

—Ir acompañados de mis *papás* —dijo— sería malo para mi imagen como vendedora de antigüedades sensacional.

—*Asistente* de vendedora de antigüedades —la corrigió su madre.

—Ember —advirtió Randall.

Bryce apretó los labios. Al parecer ya habían hablado de esto. Él se preguntó si Ember alcanzaría a ver el destello de dolor en los ojos de su hija.

Fue suficiente para invitar a Hunt a decir:

—Bryce conoce a más gente en esta ciudad que yo, es una verdadera profesional para navegar en todo este asunto. Ha sido de gran valor para la 33a.

Ember lo miró con ojos francos.

—Micah es tu jefe, ¿no es así?

Una manera cortés de describir lo que era Micah para él.

—Sí —dijo Hunt. Randall lo estaba observando ahora—. El mejor que he tenido.

La mirada de Ember se detuvo en el tatuaje de su frente.

—Eso no dice mucho.

—Mamá, ¿podemos no hacer esto? —suspiró Bryce—. ¿Qué tal va el negocio de la alfarería?

Ember abrió la boca pero Randall le volvió a dar un golpe con la rodilla, una petición silenciosa de que dejara el tema por la paz.

—El negocio —dijo Ember con seriedad— va de maravilla.

Bryce sabía que su mamá siempre era una tempestad a punto de estallar.

Hunt fue amable con ellos, incluso amistoso, muy consciente de que su madre estaba decidida a averiguar por qué estaba él ahí y qué sucedía entre ambos. Pero le preguntó a Randall sobre su trabajo como codirector de una organización para ayudar a los humanos traumatizados por su servicio militar y le preguntó a su mamá sobre su puesto de alfarería que vendía piezas en formas de bebés rollizos tumbados entre vegetales.

Su mamá y Hunt estaban discutiendo cuáles jugadores de solbol eran mejores esta temporada y Randall seguía hojeando el periódico y participaba de vez en cuando.

Ella se había sentido muy mal de saber lo que le había sucedido a la madre de Hunt. Permitió que la llamada fuera más larga que lo normal por ese motivo. Porque él tenía razón. Se frotó la pierna adolorida debajo de la mesa, se la había lastimado en algún momento mientras limpiaban, y empezó a comerse el tercer cuernito. Le dijo a Randall:

—De todas maneras no están igual de buenos que los tuyos.

—Múdate para acá —dijo su padre— y puedes comerlos todos los días.

—Sí, sí —dijo ella y dio otro bocado. Se masajeó el muslo—. Pensé que eras el papá buena onda. Ya estás atosigando peor que mamá.

—Siempre he sido peor que tu madre —dijo él con suavidad—. Era mejor para ocultarlo.

Bryce le dijo a Hunt:

—Por eso mis padres tienen que tenderme emboscadas si me quieren visitar. Nunca los dejaría pasar por la puerta.

Hunt miró su regazo, su muslo, antes de preguntarle a Ember:

—¿Has intentado que vaya a una medibruja a revisarse esa pierna?

Bryce se congeló en el mismo instante que su madre.

—¿Qué le pasa a su pierna? —la mirada de Ember bajó hacia la mitad inferior de la pantalla, como si de alguna manera pudiera ver la pierna de Bryce debajo de lo que alcanzaba a ver la cámara. Randall hizo lo mismo.

—Nada —dijo Bryce y miró a Hunt molesta—. Un ángel entrometido, eso es todo.

—Es la herida de hace dos años —contestó Hunt—. Sigue doliéndole —esponjó las alas, como si no pudiera evitar el gesto de impaciencia—. Pero sigue insistiendo en correr.

Ember parecía alarmada.

—¿Por qué harías eso, Bryce?

Bryce dejó su cuernito.

—No es asunto de ninguno de ustedes.

—Bryce —dijo Randall—. Si te molesta, deberías ir con una medibruja.

—No me molesta —dijo Bryce entre dientes.

—¿Entonces por qué te estás masajeándolo debajo de la mesa? —dijo Hunt con voz lenta.

—Porque estaba intentando convencer a mi pierna de no patearte la cara, pendejo —le gritó Bryce.

—*Bryce* —dijo su madre ahogando el grito. Los ojos de Randall se abrieron como platos.

Pero Hunt rio. Se puso de pie, tomó la bolsa vacía de los cuernitos y la hizo una bola para lanzarla hacia el cubo de basura con la habilidad de uno de sus amados jugadores de solbol.

—Creo que la herida todavía tiene veneno de ese demonio que la atacó. Si no se lo revisa antes del Descenso, le va a doler durante siglos.

Bryce se puso de pie de un salto y trató de ocultar la mueca por la onda de dolor que le recorrió el muslo. Nunca lo habían discutido, que el veneno del kristallos podía seguir en su pierna.

—No necesito que decidas lo que me conviene...

—¿Alfadejo? —sugirió Hunt y se dirigió al fregadero para abrir el agua—. Somos compañeros. Los compañeros se cuidan entre sí. Si no me haces caso a mí sobre tu maldita pierna, tal vez les hagas caso a tus padres.

—¿Qué tan mal está? —preguntó Randall en voz baja.

Bryce volteó a ver la computadora.

—Está *bien*.

Randall señaló el piso detrás de ella.

—Párate sobre esa pierna y repite lo que me estás diciendo.

Bryce se negó a moverse. Hunt llenó un vaso con agua y sonrió con pura satisfacción masculina.

Ember buscó su teléfono, que había aventado entre los cojines a su lado.

—Voy a buscar la medibruja más cercana para ver si puede atenderte mañana...

—No iré con una medibruja —gruñó Bryce y tomó el borde de su laptop—. Fue un placer platicar con ustedes. Estoy cansada. Buenas noches.

Randall empezó a objetar y miró furioso a Ember pero Bryce cerró la laptop de un golpe.

En el fregadero, Hunt era el vivo retrato de la arrogancia angelical. Ella se dirigió a su recámara.

Ember, al menos, esperó dos minutos antes de hacer una videollamada al teléfono de Bryce.

—¿Tu padre está al tanto de este *caso*? —preguntó Ember con veneno en cada una de las palabras. Incluso a través de la cámara, su rabia era evidente.

—Randall no está al tanto de esto —respondió Bryce a secas y se dejó caer en la cama.

—Tu *otro* padre —dijo Ember molesta—. Este trato apesta a él.

Bryce mantuvo el rostro neutro.

—No. Jesiba y Micah están trabajando juntos. Hunt y yo somos meros peones.

—Micah Domitus es un monstruo —exhaló Ember.

—Todos los arcángeles lo son. Es un idiota arrogante pero no tan malo.

Ember la vio controlando sus emociones.

—¿Estás siendo cuidadosa?

—Sigo tomando anticonceptivos, sí.

—Bryce Adelaide Quinlan, ya sabes a qué me refiero.

—Hunt me apoya.

Aunque la hubiera delatado con lo de la pierna.

Su madre no se conformaría con eso.

—No me queda ninguna duda de que esa hechicera te pondría en peligro si así ganara más dinero. Micah es igual. Hunt tal vez te apoye pero no olvides que estos vanir sólo se preocupan por ellos. Él es el asesino personal de Micah, carajo. Y es uno de los Caídos. Los asteri lo *odian*. Es esclavo por eso.

—Es esclavo porque vivimos en un mundo jodido.

Una ira turbadora empezó a nublarle la vista, pero parpadeó para intentar disiparla.

Su padre gritó desde la cocina, preguntando dónde estaban las palomitas de maíz para el microondas. Ember respondió a gritos que estaban en el mismo lugar donde siempre sin apartar la vista de la cámara del teléfono ni un segundo.

—Ya sé que me vas a odiar por esto pero lo voy a decir...

—Dioses, mamá...

—Tal vez Hunt sea un buen compañero de departamento y tal vez sea agradable a la vista, pero recuerda que es un hombre vanir. Un hombre vanir muy, *muy* poderoso, a pesar de los tatuajes que lo controlan. Él y todos los hombres como él son letales.

—Sí, y tú nunca me dejarás olvidarlo.

Le costaba mucho no fijarse en la pequeña cicatriz que su madre tenía en el pómulo.

Una recuerdo apagó la luz de los ojos de su madre y Bryce se arrepintió un poco.

—Verte con un hombre vanir mayor...

—No estoy *con* él, mamá...

—Me hace recordar eso, Bryce —se pasó la mano por el cabello oscuro—. Lo siento.

Su mamá podría haberle dado un puñetazo en el corazón.

Bryce deseó poder meterse a la cámara para abrazarla, oler su aroma a madreselva y nuez moscada.

Luego Ember dijo:

—Haré unas llamadas y te conseguiré la cita con la medibruja.

Bryce frunció el ceño.

—No, gracias.

—Vas a ir a esa cita, Bryce.

Bryce volteó el teléfono y estiró la pierna sobre la cama para que su madre la pudiera ver. Rotó su pie.

—¿Ves? No tengo nada.

El rostro de su madre se endureció tanto como el acero de su anillo de bodas.

—Sólo porque Danika murió no significa que tú también tengas que sufrir.

Bryce se quedó viendo a su madre, que siempre era tan buena para llegar al meollo de todo, para hacerla polvo con unas palabras.

—No tiene nada que ver.

—*Mentiras,* Bryce —a su mamá se le humedecieron los ojos—. ¿Crees que Danika hubiera querido que pasaras el resto de tu existencia cojeando y adolorida? ¿Crees que hubiera querido que dejaras de bailar?

—No quiero hablar de Danika —dijo ella con voz temblorosa.

Ember negó con la cabeza en señal rechazo.

—Te enviaré la dirección de la medibruja y su teléfono por mensaje cuando consiga la cita. Buenas noches.

Colgó sin decir otra palabra.

57

Treinta minutos después, Bryce ya se había puesto sus shorts para dormir y estaba pensativa en la cama cuando escuchó que tocaban a su puerta.

—Eres un puto traidor, Athalar —le gritó.

Hunt abrió la puerta y se recargó en el marco.

—Con razón te mudaste para acá si tú y tu mamá pelean tanto.

El instinto de estrangularlo era casi irrefrenable pero respondió:

—Nunca he visto a mi mamá darse por vencida sin luchar. Eso se me pegó, supongo —lo miró con gesto enojado—. ¿Qué quieres?

Hunt se separó de la puerta y se acercó. La recámara se hizo demasiado pequeña con cada paso que él daba. Le empezó a faltar el aire. Se detuvo a los pies del colchón.

—Yo te acompañaré a la cita con la medibruja.

—No voy a ir.

—¿Por qué?

Ella inhaló con brusquedad. Y luego escupió todo.

—Porque cuando desaparezca esa herida, cuando me deje de doler, entonces *Danika* se habrá ido. La Jauría de Diablos se habrá ido —pateó las mantas y mostró sus piernas desnudas, se subió los shorts de seda para que la cicatriz retorcida quedara completamente visible—. Todo será un recuerdo, un sueño que sucedió en un instante y luego desapareció. Pero esta cicatriz y el dolor... —le ardían los ojos—. No puedo permitir que se borren. No puedo permitir que *los* borren.

Hunt se sentó a su lado despacio, como si le estuviera dando tiempo para protestar. El cabello le rozaba la frente, el tatuaje, mientras estudiaba la cicatriz. Y pasó su dedo lleno de callos sobre ella.

El roce le provocó un hormigueo en la piel.

—No vas a borrar a Danika y la jauría si te ayudas a ti misma.

Bryce hizo un movimiento negativo con la cabeza y miró hacia la ventana pero él la tomó de la barbilla. Volteó su rostro con suavidad hacia el de él. Su mirada oscura y sin fondo era suave. Comprensiva.

¿Cuánta gente veía esos ojos así? ¿Cuántos lo veían a *él* así?

—Tu madre te ama. Como madre, no puede soportar la idea de que sientas dolor —le soltó la barbilla pero no apartó la mirada de sus ojos—. Yo tampoco.

—Apenas me conoces.

—Eres mi amiga —las palabras quedaron suspendidas entre ellos. Él volvió a inclinar la cabeza, como si pudiera ocultar la expresión de su rostro al matizar lo que había dicho—. Si quieres serlo.

Por un momento, ella se le quedó viendo. La oferta que le había hecho. La vulnerabilidad silenciosa. Borró toda irritación que pudiera quedarle en las venas.

—¿No lo sabías, Athalar? —la esperanza tentativa de su cara casi la destrozaba—. Hemos sido amigos desde el momento que pensaste que Jelly Jubilee era un vibrador.

Él echó la cabeza hacia atrás y rio. Bryce se sentó en la cama. Acomodó las almohadas y prendió la televisión. Dio unas palmadas en el espacio a su lado.

Sonriendo, con los ojos llenos de una luz que nunca había visto antes, él se acomodó a su lado. Luego sacó su teléfono y le tomó una fotografía.

Bryce exhaló y su sonrisa se desvaneció mientras lo observaba.

—Mi mamá ha pasado por muchas cosas. Sé que no es fácil de trato, pero gracias por portarte bien con ella.

—Me cayó bien tu mamá —dijo Hunt y ella le creyó—. ¿Cómo se conocieron ella y tu papá?

Bryce sabía que él se refería a Randall.

—Mi mamá se escapó de mi padre biológico antes de que él se enterara que estaba embarazada. Terminó en un templo a Cthona en Korinth y sabía que las sacerdotisas de ahí la recibirían, la protegerían, porque embarazada era un receptáculo sagrado o algo así —Bryce rio—. Nací ahí y pasé mis tres primeros años enclaustrada tras los muros del templo. Mi mamá lavaba la ropa para ganarse casa y sustento. Para no hacer el cuento largo, mi padre biológico escuchó el rumor de que tenía un hijo y envió a sus matones a buscarla —apretó los dientes—. Les dijo que si había un hijo que fuera sin duda suyo, que se lo llevaran. Sin importar el costo.

Hunt apretó los labios.

—Mierda.

—Había espías en todas las estaciones pero las sacerdotisas nos sacaron de la ciudad con la esperanza de que lográramos llegar hasta las oficinas de la Casa de Tierra y Sangre en Hilene, donde mi madre podía solicitar asilo. Ni siquiera mi padre se atrevería a infringir en su territorio. Pero es un camino de tres días y ninguna de las sacerdotisas de Korinth tenía la capacidad de defendernos contra guerreros hada. Así que nos fuimos en automóvil las cinco horas hasta el Templo de Solas en Oia, en parte para descansar pero también para recoger a nuestro guardia sagrado.

—Randall —Hunt sonrió. Pero luego arqueó una ceja—. Espera... ¿Randall era un sacerdote del sol?

—No del todo. Había regresado del frente un año antes pero las cosas que hizo y vio cuando estaba en el servicio... lo dejaron mal. Muy mal. No quería regresar a casa, no podía enfrentar a su familia. Así que se había ofrecido como acólito de Solas con la esperanza de que eso le ayudara a pagar sus deudas del pasado. Estaba a dos semanas de hacer los juramentos cuando el Alto Sacerdote le pidió que nos escoltara a Hilene. Muchos de los sacerdotes eran guerreros entrenados, pero Randall era el único humano y el Alto Sacerdote supuso que mi madre no confiaría en un hombre vanir. Justo antes de que llegáramos a Hilene, la gente de mi padre nos alcanzó. Esperaban encontrar a una mujer indefensa e histérica —Bryce volvió a sonreír—. Lo que encontraron fue a un francotirador legendario y a una madre que movería la tierra misma para conservar a su hija.

Hunt se enderezó.

—¿Y qué pasó?

—Lo que podrías esperar. Mis padres se encargaron del desastre después —lo miró—. Por favor no le digas eso a nadie. Es que... nunca hubo preguntas sobre las hadas que no regresaron a Ciudad Medialuna. No quiero que surjan ahora.

—No diré una palabra.

Bryce sonrió con seriedad.

—Después de eso, la Casa de Tierra y Sangre consideró a mi madre un receptáculo para Cthona y a Randall un receptáculo para Solas y bla, bla, basura religiosa, pero básicamente se redujo a una orden oficial de protección con la cual mi padre no se atreviera a meterse. Y por fin Randall pudo regresar a casa, nos fuimos con él y por supuesto, no hizo los juramentos a Solas —su sonrisa se hizo más cálida—. Le propuso matrimonio a mi mamá a finales de ese año. Han estado asquerosamente enamorados desde entonces.

Hunt sonrió.

—Es agradable escuchar que a veces a la gente buena tiene finales felices.

—Sí. A veces.

Reinó un silencio tenso. En su cama, estaban en su cama y apenas esa mañana ella había fantaseado que él le hiciera sexo oral en la cocina...

Bryce tragó saliva con mucho ruido.

—*Fajes salvajes* empieza en cinco minutos. ¿Quieres verlo?

Hunt sonrió despacio, como si supiera exactamente por qué había tragado saliva pero se recargó en las almohadas con las alas extendidas debajo de él. Un depredador conforme con esperar a que su presa se acercara a él.

Carajo. Pero Hunt le guiñó el ojo y pasó el brazo atrás de la cabeza. El cambio de postura hizo que se movieran los músculos de su bíceps. Sus ojos brillaron como si él fuera muy consciente de eso también.

—Claro que sí.

Hunt no se había dado cuenta de cuánto había necesitado preguntarlo. Cuánto había necesitado que ella respondiera.

Amigos. Eso no cubría ni de lejos lo que estaba sucediendo entre ellos, pero era cierto.

Se recargó en la gran cabecera y ambos vieron el programa obsceno. Para cuando iban a la mitad del capítulo, ella empezó a hacer comentarios sobre la trama insulsa. Y él empezó a hacerlo también.

Empezó otro programa, un *reality* donde competían distintos vanir en tareas de fuerza y agilidad y se sentía natural verlo también. Todo se sentía natural. Él se permitió acostumbrarse a esa sensación.

Y eso era tal vez lo más peligroso que había hecho jamás.

58

A la mañana siguiente, cuando se estaba preparando para ir al trabajo su mamá le envió un mensaje con la hora y dirección de la cita con la medibruja. *Hoy a las once. Está a cinco cuadras de la galería. Por favor ve.*

Bryce no le contestó. Para nada iría a esa cita.

No lo haría porque tenía otra programada en el Mercado de Carne.

Hunt quería esperar hasta la noche, pero Bryce sabía que los vendedores estarían mucho más dispuestos a platicar durante las horas tranquilas de la mañana, cuando no estuvieran trabajando atrayendo a sus clientes normales de la noche.

—Hoy estás callado otra vez —murmuró Bryce mientras se abrían paso por los caminos atiborrados de cosas de la bodega. Era la tercera vez que visitaban este lugar; las otras dos habían demostrado ser un absoluto fracaso.

No, los vendedores no sabían nada sobre drogas. No, ése era un estereotipo del Mercado de Carne que no les gustaba. No, no sabían quién podría ayudarlos. No, no les interesaba recibir marcos a cambio de información porque no sabían nada útil.

Hunt se quedó a unos puestos de distancia en todas las conversaciones porque nadie hablaría con un legionario y esclavo Caído.

Hunt mantuvo sus alas pegadas al cuerpo.

—No creas que se me olvida que a esta hora deberías estar en la cita con la medibruja.

Ella no debió haberlo mencionado.

—No recuerdo haberte dado permiso de meter tu narizota en mis asuntos.

—¿Ya estamos con eso otra vez? —él resopló riendo—. Creo que acurrucarse frente a la televisión me autoriza por lo menos a *expresar* mis opiniones sin que me ataques.

Ella hizo una expresión de fastidio.

—No nos acurrucamos.

—¿Qué quieres, exactamente? —preguntó Hunt mientras estudiaba los cuchillos antiguos de un puesto—. ¿Un novio o pareja o esposo que se siente ahí, sin opiniones, y que esté de acuerdo con todo lo que digas y que nunca se atreva a pedirte nada?

—Por supuesto que no.

—Sólo porque soy hombre y tengo una opinión no soy un patán psicópata dominante.

Ella se metió las manos a los bolsillos de la chamarra de cuero de Danika.

—Mira, mi mamá pasó por muchas cosas gracias a los patanes psicópatas dominantes.

—Lo sé —dijo él y su mirada se suavizó—. Pero de todas maneras, fíjate en ella y tu papá. Él expresa sus opiniones. Y parece bastante psicópata cuando se trata de protegerlas a ambas.

—No tienes idea —gruñó Bryce—. Yo no salí en una sola cita hasta que llegué a UCM.

Hunt levantó las cejas.

—¿En serio? Hubiera creído... —negó con la cabeza.

—¿Pensado qué?

Él se encogió de hombros.

—Que los niños humanos estarían muriéndose por ti.

Le costó trabajo no mirarlo, con la manera en que había dicho *niños humanos*, como si fueran otra especie diferente a él, un hombre malakh maduro.

Ella supuso que lo eran, en sentido estricto, pero ese indicio de arrogancia masculina...

—Bueno, si querían, no se atrevieron a mostrarlo. Randall prácticamente era un dios para ellos, y aunque nunca dijo nada, todos tenían la idea de que yo no estaba disponible.

—Eso no hubiera sido suficiente motivo para alejarme.

Ella sintió que se le sonrojaban las mejillas al escuchar el tono más grave de su voz.

—Bueno, aparte de que idolatraban a Randall, yo también era diferente —hizo un ademán hacia sus orejas puntiagudas, su cuerpo alto—. Demasiado hada para los humanos. Pobre de mí, ¿verdad?

—Ayuda a fortalecer el carácter —dijo él.

Se puso a examinar un puesto lleno de ópalos de todos colores: blanco, negro, rojo, azul, verde. Todos estaban cubiertos de venas iridiscentes como arterias preservadas de la tierra misma.

—¿Para qué son éstas? —le preguntó a la mujer humanoide con plumas negras que atendía el puesto. Una urraca.

—Son amuletos de la buena suerte —dijo la urraca y señaló las bandejas con gemas con la mano emplumada—. El blanco es para la alegría; el verde para la riqueza; el rojo para el amor y la fertilidad; el azul para la sabiduría... Elige el que quieras.

Hunt preguntó:

—¿Para qué es el negro?

La urraca curvó su boca de color de ónix hacia arriba.

—Para lo opuesto de la suerte —le dio unos golpecitos a uno de los ópalos negros dentro de un domo de vidrio—. Ponle uno a tu enemigo debajo de la almohada y ve qué pasa.

Bryce se aclaró la garganta.

—A pesar de lo interesante que es esto...

Hunt le dio un marco de plata.

—Dame el blanco.

Bryce arqueó las cejas, pero la urraca tomó el marco y le dejó caer el ópalo blanco a Hunt en la palma de la mano.

Se marcharon sin hacer caso a los agradecimientos de la urraca por haber comprado en su puesto.

—No me parecías supersticioso —dijo Bryce.

Pero Hunt se detuvo al final de la fila de puestos y le tomó la mano. Le puso el ópalo en la suya, la roca se sintió tibia por el contacto con su cuerpo. Era del tamaño de un huevo de cuervo y brillaba bajo las lucesprístinas en lo alto.

—Te vendría bien un poco de alegría —dijo Hunt en voz baja.

Algo luminoso resplandeció en su pecho.

—A ti también —dijo ella e intentó devolverle el ópalo.

Pero Hunt dio un paso atrás.

—Es un regalo.

Bryce volvió a sentir que se ruborizaba. Al sonreír, se esforzó por ver en cualquier dirección que no fuera él. Aunque podía sentir su mirada en su cara cuando guardó el ópalo en el bolsillo de su chamarra.

El ópalo había sido una estupidez. Impulsivo.

Seguro eran puras mentiras, pero Bryce al menos se lo había quedado. No había hecho ningún comentario sobre lo torpe de sus habilidades porque hacía doscientos años que no había pensado en comprarle nada a una mujer.

Shahar habría sonreído con el ópalo y lo habría olvidado poco después. Tenía cofres llenos de joyas en su palacio de alabastro: diamantes del tamaño de pelotas de solbol, bloques sólidos de esmeraldas apilados como ladrillos, bañeras literalmente llenas de rubíes. Un pequeño ópalo blanco, aunque fuera para la alegría, habría sido como un grano de arena en una playa de kilómetros de largo. Ella habría apreciado el regalo pero, al final, lo dejaría desaparecer en el fondo de un cajón en alguna parte. Y él, tan dedicado a su causa, quizá también lo habría olvidado.

Hunt apretó la mandíbula cuando Bryce se acercó a un puesto de pieles. La adolescente, una metamorfa felina por su olor, estaba en su forma larguirucha de humana y los vio acercarse desde un taburete donde estaba sentada. Su trenza castaña le colgaba por encima del hombro y casi rozaba el teléfono que tenía en las manos.

—Hola —dijo Bryce y señaló una pila de alfombras maltratadas—. ¿Cuánto cuesta una de ésas?

—Veinte de plata —dijo la metamorfa con voz tan aburrida como su aspecto.

Bryce sonrió y acarició la piel blanca con la mano. Hunt sintió que la piel se le restiraba sobre los huesos. Había sentido esa mano la otra noche, acariciándolo mientras se quedaba dormido. Y la podía sentir ahora que estaba acariciando la piel de oveja.

—¿Veinte de plata por una piel de oveja blanca? ¿No es un poco bajo?

—Mi mamá me obliga a trabajar los fines de semana. Le chocaría que la vendiera por menos de su valor.

—Muy leal de tu parte —dijo Bryce riendo. Se acercó a la chica y bajó la voz—. Esto te va a sonar *muy* raro pero tengo una pregunta.

Hunt se mantuvo lejos, observándola trabajar. La chica fiestera irreverente y natural que simplemente quería conseguir algunas nuevas drogas.

La metamorfa apenas levantó la vista.

—¿Sí?

Bryce dijo:

—¿Sabes dónde puedo conseguir algo... divertido por aquí?

La chica puso los ojos color castaño en blanco.

—Está bien. Ya dime.

—¿Ya dime qué? —preguntó Bryce con inocencia.

La metamorfa levantó su teléfono y sus dedos adornados con uñas de arcoíris empezaron a escribir.

—La actuación falsa que le estás haciendo a todos aquí y en las otras dos bodegas —levantó el teléfono—. Todos estamos en un chat grupal —hizo una señal a todos los que estaban en el mercado a su alrededor—. Tengo como diez advertencias de que vendrías preguntando alguna tontería sobre drogas o algo así.

Era, tal vez, la primera vez que Hunt veía que Bryce no sabía qué decir. Así que se acercó.

—Bien —le dijo a la adolescente—. ¿Pero *sí* sabes algo?

La chica lo miró de arriba a abajo.

—¿Crees que la Víbora permitiría una mierda como ese sinte aquí?

—Permite todas las demás depravaciones y delitos —dijo Hunt entre dientes.

—Sí, pero no es tonta —respondió la metamorfa y se echó la trenza por encima del hombro.

—Así que sí la has oído mencionar —dijo Bryce.

—La Víbora me dijo que les dijera que es muy peligrosa, que no la vende y nunca lo hará.

—Pero ¿alguien sí la vende? —preguntó Bryce.

Esto estaba mal. No terminaría bien para nada...

—La Víbora también me dijo que les dijera que deberían revisar el río —regresó a su teléfono, seguro para contarle a *la Víbora* que había transmitido el mensaje—. Es el lugar en donde encuentran ese tipo de mierda.

—¿A qué te refieres? —preguntó Bryce.

Ella se encogió de hombros.

—Pregúntale a los mer.

—Deberíamos hacer una lista de lo que sabemos —dijo Hunt cuando iban saliendo hacia los muelles del Mercado de Carne— antes de que nos encontremos a los mer y los acusemos de ser traficantes de drogas.

—Demasiado tarde —dijo Bryce.

Él no había podido evitar que ella enviara un mensaje vía nutria a Tharion hacía veinte minutos y sin duda no podría evitar que se dirigiera a la orilla del río a esperar.

Hunt la tomó del brazo, el muelle estaba a pasos de distancia.

—Bryce, a los mer *no* les gusta que los acusen falsamente...

—¿Quién dijo que es falso?

—Tharion no es traficante de drogas y no está vendiendo algo tan malo como parece ser este sinte.

—Él podría conocer a alguien que sí lo venda —se zafó de Hunt—. Hemos estado pendejeando suficiente tiempo. Quiero respuestas. Ahora —entrecerró los ojos—. ¿No quieres que esto se termine? ¿Para que te *reduzcan* la sentencia?

Sí quería, pero dijo:

—Es probable que el sinte no tenga *nada* que ver con esto. No deberíamos...

Pero ella ya había llegado a los tablones de madera del muelle y no se atrevió a ver el agua arremolinándose bajo sus pies. Los muelles del Mercado de Carne eran un sitio famoso por lo que se iba a tirar ahí. Y era también el abrevadero de los carroñeros acuáticos.

El agua salpicó y luego apareció un poderoso cuerpo masculino sentado en el borde del muelle.

—Esta parte del río es asquerosa —dijo Tharion a modo de saludo.

Bryce no sonrió. No dijo nada salvo:

—¿Quién está vendiendo sinte en el río?

A Tharion se le borró la sonrisa. Hunt empezó a objetar, pero el mer dijo:

—No en el río, Piernas —sacudió la cabeza—. *Sobre* el río.

—Así que es cierto, entonces. Es... ¿qué es? ¿Una droga para sanar que se filtró de los laboratorios? ¿Quién es responsable?

Hunt se acercó a su lado.

—Tharion...

—Danika Fendyr —dijo Tharion con una mirada suave. Como si supiera quién había sido Danika para ella—. La información llegó un día antes de su muerte. La vieron haciendo negocios en un barco cerca de aquí.

59

—¿Qué quieres decir con que *Danika* la estaba vendiendo?

Tharion sacudió la cabeza muy lento.

—No sé si la estaba vendiendo o comprando o qué, pero justo antes de que el sinte empezara a aparecer en las calles, la vieron en un barco del Auxiliar en la madrugada. Había una caja de sinte a bordo.

Hunt murmuró:

—Todo nos remite a Danika.

Sin lograr acallar el rugido que le ocupaba toda la cabeza, Bryce dijo:

—Tal vez lo estaba confiscando.

—Tal vez —admitió Tharion y luego se pasó la mano por el cabello rojizo—. Pero ese sinte... es una mierda, Bryce. Si Danika estaba involucrada...

—No lo estaba. Ella nunca haría algo así —sentía que el corazón le latía tan rápido que iba a vomitar. Volteó a ver a Hunt—. Pero explica por qué había rastros de la sustancia en toda su ropa si lo tuvo que confiscar para el Aux.

La cara de Hunt era seria.

—Tal vez.

Ella se cruzó de brazos.

—¿Qué piensas, exactamente?

—Es magia sintética —dijo Tharion y miró a ambos—, empezó como auxiliar en la sanación pero al parecer, alguien se dio cuenta de que en dosis superconcentradas puede dar a los humanos una fuerza más grande que la mayoría de los vanir. Por periodos cortos, pero es potente. Llevan siglos intentando hacerla pero parecía imposible. La mayoría pensaba que era similar a la alquimia, tan improbable como convertir algo en oro. Pero al parecer la ciencia moderna funcionó esta vez —ladeó la cabeza—. ¿Esto tiene que ver con el demonio que están cazando?

—Es una posibilidad —dijo Hunt.

—Les diré si recibo más informes —dijo Tharion y no esperó despedirse antes de echarse al agua.

Bryce miró hacia el río bajo el sol del mediodía y apretó el ópalo blanco que tenía en el bolsillo.

—Sé que no era lo que querías escuchar —dijo Hunt con cautela a su lado.

—¿La mató quien sea que esté creando el sinte? ¿Estaba en ese barco para confiscar el cargamento? —se acomodó un mechón de cabello detrás de la oreja—. ¿La persona que vende el sinte y la persona que busca el Cuerno podrían ser la misma si el sinte pudiera reparar el Cuerno?

Él se frotó la barbilla.

—Supongo. Pero esto también podría ser otro callejón sin salida.

Ella suspiró.

—No entiendo por qué nunca lo mencionó.

—Tal vez no valía la pena mencionarlo —sugirió él.

—Tal vez —murmuró ella—. Tal vez.

Bryce esperó a que Hunt se fuera al gimnasio del edificio de departamentos antes de marcarle a Fury.

No sabía por qué se molestaba. Fury no le había respondido a sus llamadas en meses.

La llamada casi se fue a buzón de voz pero ella contestó.

—Hola.

Bryce se recargó contra su cama y dijo:

—Me sorprende que hayas contestado.

—Me atrapaste entre mis trabajos.

O tal vez Juniper le había gritoneado por haber desaparecido.

Bryce dijo:

—Pensé que ibas a regresar a cazar a quien haya sido responsable del atentado del Cuervo.

—Yo también, pero resultó que no tuve que cruzar el Haldren para hacerlo.

Bryce se recargó contra la cabecera y estiró las piernas.

—¿Entonces es verdad que la rebelión humana está detrás de eso?

Tal vez esa C en las cajas que Ruhn pensaba que era el Cuerno era sólo eso: una letra.

—Sí. Los datos y nombres específicos están clasificados, por supuesto.

Fury le había dicho eso tantas veces antes que ya había perdido la cuenta.

—¿Al menos me puedes decir si los encontraste?

Era muy probable que Fury estuviera afilando su arsenal de armas sobre el escritorio del hotel elegante donde estuviera hospedada en ese momento.

—Dije que estaba entre trabajos, ¿no?

—¿Felicidades?

Su risa suave seguía sacando mucho de onda a Bryce.

—Seguro —dijo Fury y luego hizo una pausa—. ¿Cómo estás, B?

Como si así borrara casi dos años de completo silencio.

—¿Danika te mencionó el sinte alguna vez?

Bryce podría haber jurado que oyó cómo algo pesado y metálico se caía al fondo. Fury dijo suavemente:

—¿Quién te dijo sobre el sinte?

Bryce se enderezó.

—Creo que se está distribuyendo por acá. Hoy conocí a un mer que dice que vieron a Danika en un barco del Aux donde había una caja de la sustancia, justo antes de morir —exhaló.

—Es peligroso, Bryce. Muy peligroso. No te metas en eso.

—No —Dioses—. No he tocado ninguna droga en dos años —dijo, Luego agregó, incapaz de contenerse—. Lo cual sabrías si te hubieras molestado en contestar mis llamadas o si me hubieras visitado.

—He estado ocupada.

Mentirosa. Puta mentirosa y cobarde. Bryce dijo despacio:

—Mira, quiero saber si Danika alguna vez te mencionó el sinte antes de morir, porque a mí nunca me lo mencionó.

Otra de esas pausas.

—Sí, ¿verdad?

Incluso ahora, Bryce no estaba segura de por qué los celos le carcomían el pecho.

—Tal vez mencionó que estaban vendiendo una mierda horrible —dijo Fury.

—¿Nunca contemplaste mencionárselo a alguien?

—Sí lo hice. A ti. En el Cuervo Blanco la noche que Danika murió. Alguien trató de venderte, carajo. Te dije que te alejaras.

—¿Y no tuviste oportunidad de mencionarlo entonces o después de la muerte de Danika que ella te había advertido sobre eso?

—Un demonio la hizo puré, Bryce. Los arrestos por posesión drogas no parecían estar conectados con eso.

—¿Y qué tal si sí?

—¿Cómo?

—No sé, sólo —Bryce daba unos golpes con el pie en la cama—. ¿Por qué no me diría?

—Porque... —Fury se detuvo.

—¿Porque *qué*? —exclamó Bryce.

—Está bien —dijo Fury y su voz adquirió un tono severo—. Danika no quería decirte porque no quería que te acercaras a eso. No quería siquiera que *pensaras* en probarlo.

Bryce se puso de pie de un salto.

—¿Por qué *carajos* haría...?

—Porque literalmente te hemos visto meterte de todo.

—Has estado conmigo, metiéndote lo mismo que yo, tú...

—El sinte es *magia sintética*, Bryce. Para reemplazar la magia *real*. De la cual no tienes *nada*. Le da a los humanos poderes y fuerza de vanir como por una hora. Y luego te puede hacer daños muy graves. Adicción y cosas peores. Para los vanir es todavía más riesgosa, un subidón de locura y superfuerza pero se puede poner feo muy rápido. Danika no quería que siquiera supieras que existía algo así.

—Como si estuviera tan desesperada por ser como ustedes los vanir, grandes y rudos, como para meterme algo...

—Su objetivo era protegerte. *Siempre*. Hasta de ti misma.

Las palabras la golpearon como una bofetada. Bryce sintió que la garganta se le cerraba.

Fury exhaló.

—Mira, ya sé que sonó un poco fuerte. Pero créeme, no te metas con el sinte. Si ya lograron producirlo en grandes cantidades fuera de un laboratorio oficial y hacer concentraciones más fuertes, son malas noticias. No te acerques ni a nadie que lo venda.

A Bryce le temblaban las manos, pero logró decir:

—Está bien —sin delatar que estaba a nada de llorar.

—Oye, tengo que irme —dijo Fury—. Tengo algo que hacer esta noche. Pero regresaré a Lunathion en unos días. Quieren que esté en la Cumbre en dos semanas, es en un complejo a unas horas de la ciudad.

Bryce no preguntó por qué Fury Axtar asistiría a una Cumbre de diversos líderes de Valbara. En realidad no le importaba que Fury regresara.

—Tal vez podamos ir a comer algo —dijo Fury.

—Claro.

—Bryce —su nombre era a la vez regaño y disculpa. Fury suspiró—. Nos veremos.

Ella sintió que le quemaba la garganta pero colgó. Respiró profundo unas cuantas veces. Fury podía irse al Averno.

Bryce esperó a estar sentada en el sofá, con la laptop en las piernas y con el buscador abierto para llamar a su hermano. Él respondió al segundo timbrazo.

—¿Sí?

—Quiero que te ahorres los sermones y las advertencias y todas esas pendejadas, ¿está bien?

Ruhn hizo una pausa.

—Está bien.

Ella puso la llamada en altavoz y recargó los antebrazos en las rodillas. El cursor esperaba sobre la barra de búsqueda.

Ruhn preguntó:

—¿Que está pasando contigo y Athalar?

—Nada —dijo Bryce y se talló los ojos—. No es mi tipo.

—Te estaba preguntando por qué no está en esta llamada, no si están saliendo, pero es bueno saberlo.

Ella apretó los dientes y escribió *magia sintética* en la barra del buscador. Mientras aparecían los resultados, dijo:

—*Athalar* está entrenando para marcar aún más sus lindos músculos.

Ruhn rio un poco.

Ella buscó entre los resultados: artículos pequeños y cortos sobre los usos de una magia de sanación sintética para ayudar en casos de humanos.

—Esa medibruja que te envió la información sobre la magia sintética, ¿tiene alguna idea de cómo pudo haber llegado la droga a las calles?

—No. Creo que le preocupan más sus orígenes... y encontrar un antídoto. Me contó que hizo unas pruebas con el veneno de kristallos que le sacó a Athalar la otra noche con el sinte para tratar de producir uno. Cree que su magia de sanación puede actuar como una especie de estabilizador para el veneno para hacer el antídoto, pero necesita más veneno para seguir haciendo pruebas. No sé. Sonaba complejo —agregó con ironía—. Si te encuentras a un kristallos, ¿le pides un poco de veneno, por favor?

—¿Estás enamorado, Ruhn?

Él resopló.

—Nos hizo un enorme favor. Me gustaría pagarle si es posible.

—Está bien.

Siguió buscando entre los resultados que incluían una solicitud de patente de Industrias Redner para la droga que databa de hacía diez años. Mucho antes de la temporada en que Danika trabajó ahí.

—La investigación dice que sólo se liberan cantidades diminutas, incluso para las medibrujas y su sanación. Es muy costoso y difícil de hacer.

—Qué tal si... qué tal si hace dos años se filtraron la fórmula y un cargamento de Redner y enviaron a Danika a buscarlo. Y tal vez ella se dio cuenta de que quien quería robarse el sinte planeaba usarlo para reparar el Cuerno y ella se robó el Cuerno antes de que ellos pudieran. Y la mataron por eso.

—Pero, ¿por qué mantenerlo en secreto? —preguntó Ruhn—. ¿Por qué no arrestar al responsable?

—No lo sé. Es una teoría.

Mejor que nada.

Ruhn volvió a quedarse callado. Ella sintió que se acercaba una Plática Seria y se preparó.

—Creo que es admirable, Bryce. Que te siga importando tanto Danika y la Jauría de Diablos para seguir investigando.

—Mi jefa y el gobernador me ordenaron hacerlo, ¿te acuerdas?

—Hubieras investigado de todas maneras cuando te enteraras de que no había sido Briggs —suspiró—. Sabes, Danika una vez casi me dio una golpiza.

—No es cierto.

—Ah, claro que sí. Nos encontramos en el vestíbulo de la Torre Redner cuando fui a reunirme con Declan después de una junta elegante que tuvo con los directivos. Espera... andabas con el idiota del hijo de Redner, ¿no?

—Sí —dijo ella con seriedad.

—Qué asco. Es asqueroso, Bryce.

—Dime cómo estuvo la golpiza que te puso Danika y cómo limpió el piso con tu trasero patético.

Casi pudo escuchar la sonrisa de su hermano al otro lado de la línea.

—No sé cómo empezamos a discutir sobre ti, pero empezamos.

—¿Qué dijiste?

—¿Por qué estás asumiendo que fui el instigador? ¿Conocías a Danika? Tenía una bocota como pocas —chasqueó la lengua y la admiración en ese sonido hizo que a Bryce se le hiciera un nudo en el pecho—. Pero, bueno, le dije que te pidiera que me disculparas. Me dijo que me fuera al carajo y que mi disculpa se podía ir al carajo.

Bryce parpadeó.

—Nunca me dijo que te hubiera visto.

—*Verme* es poco para describir lo que hizo —silbó—. Todavía ni siquiera hacía el Descenso y casi me lanzó hasta el otro lado del vestíbulo. Declan tuvo que... meterse para detenerla.

Sonaba a Danika, claro que sí. A pesar de que todo lo que había averiguado hacía poco, no.

60

—Es poco probable —dijo Hunt una hora después desde su lugar junto a ella en el sillón. Ella le había dado todos los detalles de su teoría más reciente y él arqueó las cejas con cada palabra que salía de la boca de Bryce.

Bryce buscó entre los documentos en el sitio web de Industrias Redner.

—Danika trabajó de medio tiempo en Redner. Rara vez quería hablar sobre lo que hacía ahí. Alguna especie de división de seguridad —abrió la página de ingreso—. Tal vez sigue sirviendo su vieja cuenta del trabajo y tenga todos sus encargos.

A ella le temblaron un poco los dedos al escribir el usuario de Danika, que había visto tantas veces en el teléfono en el pasado: *dfendyr.*

Dfendyr... defender. Nunca se había percatado de eso hasta este momento. Las palabras duras de Fury resonaron en su mente. Bryce no les hizo caso.

Escribió una de las claves patéticas de Danika: 1234567. Nada.

—De nuevo —dijo Hunt con cautela—, es poco probable —se recargó en los cojines—. Nos iría mejor si insistimos con Danaan en encontrar el Cuerno, y no seguir la pista de esta droga.

Bryce le replicó:

—Danika estaba involucrada con esto del sinte y nunca dijo una palabra. ¿No crees que es raro? ¿No piensas que podría haber algo más aquí?

—Tampoco te dijo la verdad sobre Philip Briggs —dijo Hunt con precaución—. Ni que había robado el Cuerno. No decirte cosas podría ser lo normal.

Bryce escribió otra contraseña. Luego otra. Y otra.

—Necesitamos el panorama completo, Hunt —dijo ella e intentó de nuevo. *Ella* necesitaba el panorama completo—. Todo está vinculado de alguna forma.

Pero todas las contraseñas fallaron. Todas las combinaciones usuales de Danika.

Bryce cerró los ojos y empezó a mover el pie de arriba a abajo en la alfombra mientras recitaba:

—Tal vez el Cuerno podría sanar con el sinte en una dosis suficientemente grande. La magia sintética tiene sal de obsidiana en sus ingredientes. El kristallos puede invocarse con sal de obsidiana... —Hunt permaneció en silencio mientras ella lo pensaba—. El kristallos fue criado para buscar el Cuerno. El veneno del kristallos puede cancelar la magia. La medibruja quiere un poco de veneno para probar si es posible crear un antídoto para el sinte con su magia o algo.

—¿Qué?

Ella abrió los ojos.

—Ruhn me dijo.

Le contó la petición medio en broma de Ruhn de que consiguieran más veneno para llevarle a la medibruja.

A Hunt se le ensombreció la mirada.

—Interesante. Si el sinte está a punto de convertirse en una droga letal callejera... deberíamos ayudarla a conseguir el veneno.

—¿Y qué hay del Cuerno?

Él apretó la mandíbula.

—Lo seguiremos buscando. Pero si el uso de esta droga se dispara... no sólo en esta ciudad, sino en todo el territorio, en el mundo... ese antídoto es vital —miró su cara con cuidado—. ¿Cómo podemos conseguir un poco de veneno para ella?

Bryce exhaló.

—Si invocamos un kristallos...

—No correremos ese riesgo —gruñó Hunt—. Encontraremos una manera de conseguir ese veneno.

—Yo puedo controlarme…

—*Yo* no puedo controlarme, Quinlan. No si tú estás en peligro.

Las palabras de Hunt se propagaron entre ambos. La emoción relucía en los ojos del ángel si ella se atreviera a leer lo que expresaban.

Pero el teléfono de Hunt vibró y él levantó la cadera del sillón para sacarlo del bolsillo trasero de sus pantalones. Miró la pantalla y sus alas se movieron y se pegaron un poco más a su cuerpo.

—¿Micah? —se atrevió ella a preguntar.

—Unos asuntos de la legión —murmuró él y se puso de pie—. Tengo que salir un momento. Naomi me relevará —hizo una señal hacia la computadora—. Sigue intentando si quieres pero *pensemos* Bryce antes de hacer cualquier cosa drástica para conseguir ese veneno.

—Sí, sí.

Al parecer eso fue suficiente para que Hunt se fuera, pero no sin antes despeinarla un poco e inclinarse para decirle rozándole la curva de la oreja:

—JJ estaría orgullosa de ti.

Ella sintió que los dedos de los pies se le enroscaban en las pantuflas y así se quedaron mucho tiempo después de que él se fue.

Después de intentar otras opciones de contraseñas, Bryce suspiró y apagó la computadora. Estaban acercándose… a la verdad. Lo podía sentir.

¿Pero estaría lista para ella?

Su periodo llegó a la mañana siguiente como un maldito tren que arrasaba con su cuerpo, lo cual Bryce decidió que era adecuado, dada la fecha.

Entró a la estancia y vio a Hunt haciendo el desayuno con el pelo todavía despeinado. Pero él se tensó un poco al sentir que ella se acercaba. Luego volteó y la recorrió con la mirada. Su olfato sobrenatural no se perdía de nada.

—Estás sangrando.

—Cada tres meses, como reloj.

Las hadas de sangre pura rara vez tenían periodos; las humanas lo tenían una vez al mes... ella de alguna manera había quedado en un lugar intermedio.

Se sentó en un taburete frente al mueble de la cocina. Un vistazo a su teléfono le mostró que no tenía mensajes de Juniper ni de Fury. Ní siquiera un mensaje de su mamá para regañarla por no haber ido a la cita con la medibruja.

—¿Necesitas algo? —dijo Hunt y le extendió un plato de huevos y tocino. Luego una taza de café.

—Tomé algo para los cólicos —dio un sorbo a su café—. Pero gracias.

Él gruñó y volteó para servirse su propio desayuno. Se quedó al otro lado del mueble y dio varios bocados antes de decir:

—Más allá del sinte y el antídoto, creo que el Cuerno es lo que vincula todo. Deberíamos concentrarnos en buscarlo. No ha habido asesinatos desde el guardia del templo, pero dudo que la persona haya desistido de la búsqueda si ya le dedicó tanto trabajo. Si conseguimos el Cuerno, me parece que el asesino nos ahorrará el trabajo y vendrá directo a nosotros.

—O tal vez ya encontraron dónde lo escondió Danika —dijo ella y dio otro bocado—. Tal vez están esperando a la Cumbre o algo.

—Tal vez. Si ése es el caso, entonces tenemos que averiguar quién lo tiene. De inmediato.

—Pero ni siquiera Ruhn puede encontrarlo. Danika no dejó ni una pista sobre dónde lo escondió. Ninguna de sus últimas ubicaciones parecen ser sitios probables para ocultarlo.

—Entonces tal vez hoy regresemos al principio. Ver todo lo que hemos averiguado y...

—Hoy no puedo —dijo ella. Se terminó su desayuno y llevó el plato al fregadero—. Tengo juntas hoy.

—Reprográmalas.

—Jesiba necesita que sean hoy.

Él la vio fijamente, como si supiera con exactitud lo que no estaba diciendo, pero por fin asintió.

Ella no hizo caso a la decepción y preocupación de su cara, ni a su tono, cuando dijo:

—Está bien.

Lehabah suspiró.

—Estás siendo mala hoy, BB. Y no le eches la culpa a tu periodo.

Sentada frente a la mesa en el corazón de la biblioteca de la galería, Bryce se masajeaba las sienes con el pulgar y el índice.

—Lo siento.

Su teléfono estaba oscuro y quieto sobre la mesa a su lado.

—No invitaste a Athie acá abajo a almorzar.

—No necesito esa distracción.

La mentira fue fácil. Hunt tampoco le había dicho nada sobre la otra mentira, que Jesiba estaba viendo las cámaras el día de hoy y que tenía que quedarse en la azotea.

Pero a pesar de necesitarlo, de necesitar a todos, a cierta distancia el día de hoy, y a pesar de decir que no podía buscar el Cuerno, llevaba varias horas revisando documentos sobre el Cuerno. No había nada en ellos, sólo la misma información, una y otra vez.

Se percató de un ligero sonido de rasguños por toda la biblioteca. Bryce acercó la tableta de Lehabah y subió el volumen de las bocinas para que la música ahogara ese ruido.

Se escuchó un golpe fuerte y rabioso. Por el rabillo del ojo vio al nøkk salir nadando y su cola translúcida azotarse por las aguas oscuras.

Música pop: ¿quién hubiera pensado que ahuyentaría así a la criatura?

—Me quiere matar —susurró Lehabah—. Lo puedo notar.

—Dudo que seas un platillo muy satisfactorio —dijo Bryce—. Ni siquiera un bocado.

—Él sabe que si me sumerjo en agua moriré en un segundo.

Era otra manera de torturar a la duendecilla, se dio cuenta Bryce poco después de llegar a la galería. Una manera en que Jesiba mantenía a Lehabah controlada aquí abajo, enjaulada dentro de una jaula, igual que los demás animales que estaban en este espacio. No había mejor manera de intimidar a una duendecilla de fuego que tener cerca un tanque de quinientos mil litros enfrente.

—A ti también te quiere matar —susurró Lehabah—. Tú lo ignoras y él odia eso. Puedo ver la rabia y el hambre en sus ojos cuando te ve, BB. ten cuidado cuando lo alimentes.

—Siempre soy cuidadosa.

La compuerta para alimentarlo era demasiado pequeña para él, de cualquier manera. Y como el nøkk no se atrevía a sacar la cabeza del agua por miedo al aire, si se abría la compuerta y la plataforma estaba sumergida en el agua la única amenaza eran sus brazos. Pero se mantenía en el fondo del tanque, oculto entre las rocas, cuando ella echaba la carne y dejaba que flotara despacio al fondo.

Quería cazar. Quería algo grande, jugoso y asustado.

Bryce miró el tanque oscuro, iluminado por tres reflectores integrados en él.

—Jesiba se aburrirá de él pronto y se lo regalará a un cliente —le mintió a Lehabah.

—¿Por qué nos colecciona? —susurró la duendecilla—. ¿No soy también una persona? —señaló el tatuaje en su muñeca—. ¿Por qué insisten en esto?

—Porque vivimos en una república que ha decidido que las amenazas a su orden establecido merecen ser castigadas... y castigadas con tal severidad que cualquier otro que piense en rebelarse lo piense dos veces.

Sus palabras fueron inexpresivas. Frías.

—¿Alguna vez has pensado cómo sería... sin los asteri?

Bryce le miró como advertencia.

—Cállate, Lehabah.

—Pero, BB...

—*Cállate*, Lehabah.

Había cámaras en todas partes en esta biblioteca y todas tenían micrófonos. Sólo las podía ver Jesiba, sí, pero hablar de eso aquí...

Lehabah flotó hacia su silloncito.

—Athie hablaría conmigo de esto.

—Athie es un esclavo que no tiene mucho que perder.

—No digas esas cosas, BB —siseó Lehabah—. *Siempre* hay algo que perder.

Bryce estaba de muy mal humor. Tal vez estaba sucediendo algo con Ruhn o Juniper. Hunt la había visto revisar su teléfono varias veces en la mañana, como si esperara una llamada o un mensaje. No había llegado ninguno. Al menos, por lo que él pudo notar de camino a la galería. Y a juzgar por la mirada distante y severa de su rostro cuando salió justo antes de la puesta del sol, no había llegado ningún mensaje durante el día tampoco.

Pero ella no se dirigió directo a casa. Fue a la panadería.

Hunt se mantuvo en las azoteas cercanas, mirándola entrar hacia la tienda color verde agua y luego salir tres minutos después con una caja blanca entre las manos.

Luego se dirigió hacia el río, esquivando a trabajadores, turistas y compradores que disfrutaban la tarde. Si estaba consciente de que la iba siguiendo, no parecía importarle. Ni siquiera levantó la vista una sola vez cuando se dirigió a una banca de madera en el andador a lo largo de la orilla del río.

La puesta de sol pintaba de dorado la niebla que velaba el Sector de los Huesos. A unos cuantos metros por el camino pavimentado, se veían los arcos oscuros del Muelle Negro. No había familias dolientes debajo de ellos el día de hoy esperando el barco de ónix para que se llevara su ataúd.

Bryce se sentó en la banca que veía al río y la Ciudad Durmiente, con la caja de la panadería a su lado, y volvió a revisar su teléfono.

Harto de esperar a que ella se dignara a hablarle sobre lo que le carcomía la mente, Hunt aterrizó en silencio a su lado y se sentó junto a ella, con la caja entre ambos.

—¿Qué pasa?

Bryce miraba hacia el río. Se veía agotada. Como esa primera noche que la había visto en el centro de detención de la legión

Ella no lo volteó a ver cuando respondió:

—Danika habría cumplido veinticinco años hoy.

Hunt se quedó inmóvil.

—Es... Hoy es el cumpleaños de Danika.

Ella miró el teléfono a su lado.

—Nadie se acordó. Ni Juniper ni Fury... ni siquiera mi mamá. El año pasado se acordaron pero... supongo que fue sólo esa vez.

—Les podrías haber preguntado.

—Sé que están ocupadas. Y... —se pasó la mano por el cabello—. Para ser honesta, pensé que se acordarían. *Quería* que se acordaran. Aunque fuera un mensaje que dijera algo tonto como *la extraño* o lo que fuera.

—¿Qué hay en la caja?

—Cuernitos de chocolate —dijo ella con voz ronca—. Danika siempre los pedía en su cumpleaños. Eran sus favoritos.

Hunt miró la caja y luego a ella. Después el Sector de los Huesos al otro lado del río. ¿Cuántos cuernitos la había visto comer en estas semanas? Tal vez en parte porque la conectaban con Danika de la misma manera que la cicatriz del muslo. Cuando la volvió a mirar se dio cuenta de que tenía los labios apretados y temblorosos.

—Es horrible —dijo ella con voz grave—. Es horrible que todo el mundo simplemente... sigue con sus vidas y la olvida. Esperan que yo la olvide. Pero no puedo —se frotó el pecho—. No *puedo* olvidar. Y tal vez es una puta pendejada haberle comprado unos cuernitos de cumpleaños a mi amiga muerta. Pero el mundo siguió como si ella nunca hubiera existido.

Él la vio un buen rato. Luego dijo:

—Shahar fue eso para mí. Nunca había conocido a nadie como ella. Creo que la amé desde el momento en que la vi en su palacio, aunque ella estaba tan por encima de mí que bien podría haber sido la luna. Pero ella también me vio. Y por alguna razón, me eligió. De todos, ella me eligió a mí —movió la cabeza y las palabras le salieron agudas a medida que se escapaban de esa caja donde las había mantenido encerradas tanto tiempo—. Hubiera hecho lo que fuera por ella. *Hice* todo por ella. Lo que me pedía. Y cuando todo se fue al Averno, cuando me dijeron que había terminado, me negué a creerlo. ¿Cómo podía ella ya no estar? Era como decir que el sol ya no estaba. Simplemente... no quedaba nada si ella ya no estaba —se peinó con las manos—. Esto no será consuelo, pero me tomó unos cincuenta años creerlo al fin. Que se había terminado. Y de todas maneras, incluso ahora...

—¿Todavía la amas tanto?

Él la miró detenidamente y sin titubeos.

—Después de que murió mi madre, me perdí en mi dolor. Pero Shahar, ella me ayudó a salir de eso. Me hizo sentir vivo por primera vez. Consciente de mí mismo, de mi potencial. Siempre la amaré aunque sea sólo por eso.

Ella miró hacia el río.

—Nunca me había dado cuenta —murmuró ella— de que tú y yo somos espejos.

Él tampoco. Pero recordó una voz. *Te ves como me siento todos los días*, le dijo cuando lo estaba bañando después del último trabajo que hizo para Micah.

—¿Eso es malo?

Ella sonrió a medias.

—No. No lo es.

—¿No tienes problema de ser la gemela emocional del Umbra Mortis?

El rostro de ella se volvió a poner serio.

—Así te llaman, pero no es quien eres.

—¿Y quién soy?

—Un fastidio —su sonrisa era más brillante que el sol que se ponía tras el río. Él rio pero ella agregó—: Eres mi amigo. Que ve televisión basura conmigo y soporta mis pendejadas. Eres la persona a quien no tengo que explicarle nada, no cuando es importante. Ves todo lo que soy y no sales huyendo.

Él le sonrió, dejó que eso le transmitiera todo lo que se iluminaba en su interior al escuchar sus palabras.

—Eso me gusta.

El color le pintó las mejillas a Bryce, pero exhaló y volteó a ver a la caja.

—Bueno, Danika —dijo—. Feliz cumpleaños.

Quitó la cinta adhesiva y abrió la caja.

Su sonrisa desapareció. Cerró la caja antes de que Hunt pudiera ver lo que estaba dentro.

—¿Qué pasa?

Ella sacudió la cabeza e intentó apartar la caja pero Hunt la tomó primero, la puso sobre su regazo y la abrió.

Dentro había media docena de cuernitos acomodados con cuidado en una pila. Y el de arriba estaba decorado con chocolate con una palabra: *Basura*.

No fue la palabra odiosa lo que le rompió el alma. No, era la manera en que temblaban las manos de Bryce, la manera en que su cara se puso roja y contrajo la boca en una línea delgada.

—Tírala —susurró ella.

No había rastro del desafío leal y la rabia. Sólo dolor teñido de cansancio y humillación.

La mente de Hunt se silenció. Un silencio terrible.

—Tírala, Hunt —susurró ella de nuevo. Las lágrimas brillaban en sus ojos.

Así que Hunt tomó la caja. Y se puso de pie.

Sabía quién lo había hecho. Quién había alterado el mensaje. Quién le había gritado esa misma palabra, *basura*, a Bryce la otra semana cuando salieron de la Madriguera.

—No —le rogó Bryce. Pero Hunt ya iba volando.

Amelie Ravenscroft estaba riendo con sus amigos, bebiendo una cerveza, cuando Hunt entró como una detonación en el bar de Moonwood. La gente gritó y retrocedió, la magia destellaba.

Pero Hunt la vio a ella. Vio cómo se le formaban las garras cuando se rio de él. Puso la caja de pan en la barra de madera con precisión cuidadosa.

Una llamada al Aux le había dado la información sobre el paradero de la metamorfa. Y Amelie parecía haberlo estado esperando, o al menos a Bryce, porque se recargó contra la barra y dijo con desdén:

—Vaya, pero si es...

Hunt la sostuvo del cuello contra la pared.

Los gruñidos e intentos de ataque de su jauría contra el muro de relámpagos que él lanzó eran el ruido de fondo. El miedo brillaba en los ojos grandes y sorprendidos de Amelie mientras Hunt le gruñía en la cara.

Pero le dijo con suavidad:

—No le volverás a hablar, no volverás a acercarte a ella, ni siquiera volverás a *pensar* en ella —envió suficiente poder de sus relámpagos a través de su mano para asegurarse de que el dolor le recorriera el cuerpo a la metamorfa. Amelie intentaba respirar—. ¿Me entiendes?

La gente tomó sus teléfonos, para llamar a la Legión 33a o al Auxiliar.

Amelie le rasguñó las muñecas y le pateaba las espinillas con las botas. Él apretó más su cuello. Los relámpagos se envolvieron alrededor de su garganta.

—¿Me entiendes?

Su voz era gélida. Totalmente tranquila. La voz del Umbra Mortis.

Un hombre se acercó a su vista periférica. Ithan Holstrom.

Pero Ithan miraba a Amelie y dijo con una exhalación:

—¿Qué hiciste, Amelie?

Hunt respondió gruñendo todavía mirando a Amelie a la cara:

—No te hagas tonto, Holstrom.

Entonces Ithan vio la caja de pan sobre la barra. Amelie intentaba liberarse pero Hunt la mantuvo en su sitio mientras su Segundo abría la tapa y miraba dentro. Ithan preguntó en voz baja:

—¿Qué es esto?

—Pregúntale a tu Alfa —dijo Hunt.

Ithan se quedó completamente inmóvil. Pero lo que estuviera pensando no era asunto de Hunt, no ahora que estaba concentrado en la mirada abrasadora de Amelie. Le dijo:

—La dejarás por la puta paz. *Para siempre.* ¿Entendiste?

Amelie parecía querer escupirle pero él le lanzó otro rayo de poder, como un latigazo interno. Ella hizo una mueca de dolor y emitió grito siseo ahogado. Pero asintió.

Hunt la soltó de inmediato pero su poder la mantuvo pegada a la pared. La miró, luego a su jauría. Luego a Ithan, cuya expresión había pasado del horror a algo más cercano al dolor cuando se dio cuenta de qué día era y comprendió lo que había sucedido, al menos recordó quién siempre comía cuernitos de chocolate.

Hunt concluyó:

—Son todos patéticos.

Y luego se fue. Se tardó un rato en volar de regreso a casa.

Bryce lo estaba esperando en la azotea. Con el teléfono en la mano.

—No —le estaba diciendo ella a alguien en el teléfono—. No, ya regresó.

—Bien —escuchó decir a Isaiah, sonó como si fuera a decir otra cosa pero Bryce terminó la llamada.

Bryce se abrazó.

—Eres un puto idiota.

Hunt no lo negó.

—¿Está muerta Amelie?

Había miedo, miedo real, en su rostro.

—No —la palabra salió de él retumbando, acompañada de un relámpago.

—Tú... —ella se frotó la cara—. Yo no...

—No me digas que soy un alfadejo o posesivo y agresivo o el término que sea que uses.

Ella bajó las manos y su rostro se veía demacrado por el temor.

—Te vas a meter en muchos problemas por esto, Hunt. No hay forma de que no...

Era miedo *por* él. Terror por *él*.

Hunt cruzó la distancia que los separaba. La tomó de las manos.

—Tú eres mi espejo. Tú misma lo dijiste.

Él estaba temblando. Por alguna razón, él estaba temblando mientras esperaba que ella respondiera.

Bryce miró sus manos, envueltas en las de él, y respondió:

—Sí.

A la mañana siguiente, Bryce le envió un mensaje a su hermano. *¿Cuál es el número de tu medibruja?*

Ruhn se lo envió de inmediato, sin hacer ninguna pregunta.

Bryce habló a su consultorio un minuto después, con las manos temblorosas. La medibruja de voz hermosa podía recibirla... de inmediato. Así que Bryce no se dio tiempo para reconsiderarlo y se puso sus shorts para correr, una camiseta y le envió un mensaje a Jesiba:

Tengo una cita médica esta mañana. Llegaré a la galería a la hora del almuerzo.

Encontró a Hunt haciendo el desayuno. Él arqueó las cejas al ver que ella lo miraba.

—Sé dónde podemos conseguir el veneno de kristallos para las pruebas del antídoto de la medibruja —dijo.

61

La clínica blanca e inmaculada de la medibruja era pequeña, no como los consultorios más grandes que Bryce había visitado antes. Y en vez del letrero estándar azul neón que se veía casi en todas las cuadras de la ciudad, la insignia de la escoba y campana estaba hecha con amoroso cuidado, un letrero de madera con chapa de oro colgaba en el exterior. Era prácticamente lo único antiguo de todo el lugar.

Se abrió la puerta al final del pasillo detrás del escritorio de recepción y apareció la medibruja con su cabello oscuro y rizado recogido en un chongo que resaltaba las líneas elegantes de su rostro moreno.

—Tú debes ser Bryce —dijo la mujer.

Su sonrisa sincera de inmediato le dio confianza a Bryce. Miró a Hunt y asintió en reconocimiento. Pero no mencionó su encuentro en el jardín nocturno y se volvió a dirigir a Bryce:

—Tu compañero puede entrar contigo si quieres. Sus alas caben en la sala de tratamiento.

Hunt miró a Bryce y ella vio la pregunta en su expresión: *¿Quieres que entre contigo?*

Bryce le sonrió a la bruja.

—A mi compañero le encantaría entrar.

A pesar del tamaño pequeño de la clínica, la sala de tratamiento contenía toda la última tecnología. Había varias computadoras contra una de las paredes y en la otra estaba instalado el brazo mecánico largo de una lámpara quirúrgica. La tercera pared tenía una repisa con varios tónicos, pociones y polvos en viales de vidrio, y en la cuarta un gabinete de cromo que quizás contenía el instrumental quirúrgico.

Muy diferente a las tiendas con paneles de madera que Hunt había visitado en Pangera, donde las brujas todavía hacían sus propias pociones en calderos de hierro que habían estado en sus familias por generaciones.

La bruja dio unas palmadas en la mesa de auscultación de cuero blanco al centro de la habitación. En los costados de plástico había paneles ocultos, extensiones para vanir de todas las formas y tamaños.

Hunt se sentó en la única silla de madera junto al gabinete y Bryce se subió a la mesa. Se veía un poco pálida.

—Dijiste por teléfono que recibiste esta herida de un demonio kristallos y que nunca ha sanado... sigues teniendo veneno.

—Sí —dijo Bryce en voz baja. Hunt odió todo el dolor que rodeaba esa palabra.

—¿Y me das autorización para usar el veneno que extraiga en mis experimentos de búsqueda para un antídoto contra el sinte?

Bryce lo miró y él asintió para animarla.

—Un antídoto para el sinte parece importante —dijo ella—, así que sí, tienes mi autorización.

—Bien. Gracias —la medibruja revisó una tabla, probablemente con la información que Bryce había ingresado en el sitio web de la clínica, junto con los registros médicos que estaban ligados a su expediente como civitas—. ¿Veo que la herida en tu pierna es de hace casi dos años?

Bryce se puso a jugar con la orilla de su camisa.

—Sí. Se... eh, cicatrizó pero me sigue doliendo. Cuando corro o camino demasiado, me quema, a lo largo del hueso.

Hunt se esforzó por no gruñir molesto.

La bruja frunció el entrecejo y levantó la vista del expediente para ver la pierna de Bryce.

—¿Cuánto tiempo has tenido dolor?

—Desde el principio —dijo Bryce sin voltear a ver al ángel.

La medibruja miró a Hunt.

—¿Tú también estabas cuando sucedió el ataque?

Bryce abrió la boca para contestar, pero Hunt respondió.

—Sí —Bryce volteó a verlo rápido. Él no dejó de ver a la bruja—. Llegué tres minutos después de que ocurrió. Tenía la pierna abierta a lo largo del muslo debido a los dientes del kristallos —las palabras salieron sin control y la confesión brotó de sus labios—. Usé una de las engrapadoras médicas de la legión para sellar la herida lo mejor que pude —Hunt continuó sin saber bien por qué le latía el corazón a toda velocidad—. La nota médica sobre la lesión la hice yo. No recibió ningún tratamiento después. Por eso la cicatriz... —tragó saliva para controlar la culpa que le subía por la garganta—. Por eso se ve así —vio a Bryce a los ojos intentando transmitirle una disculpa—. Es mi culpa.

Bryce se le quedó viendo. No había rastro de condena en su expresión, sólo comprensión cruda.

La bruja los vio a ambos, como si estuviera considerando si debía dejarlos solos un momento. Pero le preguntó a Bryce:

—¿Así que no viste a una medibruja después de esa noche?

Bryce continuó mirando a Hunt a los ojos y respondió:

—No.

—¿Por qué?

Ella seguía sin apartar la mirada, pero contestó con voz áspera:

—Porque quería que me doliera. Quería que fuera un recordatorio todos los días.

Tenía lágrimas en los ojos. Se estaban formando lágrimas y él no sabía por qué.

Amable, la bruja ignoró las lágrimas.

—Muy bien. Los *por qués* y los *cómos* no son tan importantes como lo que queda en la herida —frunció el entrecejo—. Puedo atenderte hoy y si te quedas un rato puedes verme hacer la prueba en tu muestra. Para ser un antídoto efectivo, el veneno tiene que estabilizarse para interactuar con el sinte y revertir sus efectos. Mi magia de sanación lo puede hacer, pero necesito estar presente para mantener esa estabilidad. Estoy intentando encontrar una manera de que la magia mantenga la estabilización de forma permanente para sacarlo al mundo y se utilice.

—Suena complicado —dijo Bryce y al fin apartó la mirada de Hunt. Él sintió la ausencia de su mirada como si hubieran extinguido una flama cálida.

La bruja levantó las manos y la luz blanca brilló en las puntas de sus dedos y luego se apagó, como si estuviera revisando si su magia estaba lista.

—Me educaron tutores expertos en nuestras formas más antiguas de magia. Me enseñaron varias cosas especializadas.

Bryce exhaló por la nariz.

—De acuerdo. Empecemos, entonces.

Pero la bruja se puso seria.

—Bryce, tengo que abrir la herida. Puedo adormecerte para que no sientas, pero si el veneno está tan profundo como sospecho... no puedo usar sanguijuelas mithridate para extraerlo —hizo una señal a Hunt—. Con su herida del otro día, el veneno no había enraizado todavía. Con una herida como la tuya, profunda y vieja... El veneno es una especie de organismo. Se alimenta de ti. No va a querer salir fácilmente, en especial después de haber estado tanto tiempo entrelazado con tu cuerpo. Tendré que usar mi propia magia para sacarlo de tu cuerpo. Y el veneno podría intentar convencerte de que me detengas. A través del dolor.

—¿Le va a doler? —preguntó Hunt.

La bruja hizo una mueca.

—Suficiente para que la anestesia local no funcione. Si quieres, puedo conseguir que te atiendan en un centro quirúrgico para que te pongan anestesia general, pero eso tomaría un par de días...

—Lo haremos hoy. En este momento —dijo Bryce y miró a Hunt de nuevo. Lo único que él podía hacer era devolverle un movimiento de cabeza para mostrarle su apoyo.

—Muy bien —dijo la bruja y se dirigió al lavabo para lavarse las manos—. Empecemos.

El daño era tan malo como lo sospechaba. Peor.

La bruja sacó una imagen de la pierna de Bryce, primero con una máquina y luego con su poder. Combinó ambas en una sola y la proyectó en la pantalla de la pared opuesta.

—¿Ves esa banda oscura a lo largo del fémur? —la bruja señaló una línea serrada, como relámpagos, que recorría el muslo de Bryce—. Es el veneno. Cada vez que corres o caminas mucho tiempo, entra al área de alrededor y te lastima —señaló un área blanca encima—. Todo esto es tejido de cicatrización. Tendré que cortar eso primero, pero debe ser rápido. La extracción será lo que tarde un rato.

Bryce intentó ocultar su temblor al asentir. Ya había firmado media docena de responsivas.

Hunt estaba en la silla, observando.

—Bien —dijo la bruja y se volvió a lavar las manos—. Ponte una bata y podemos empezar.

Buscó en el gabinete de metal cerca de Hunt y Bryce se quitó los shorts. La camiseta.

Hunt apartó la vista y la bruja ayudó a Bryce a ponerse una bata ligera de algodón y le ató las cintas a la espalda.

—Tu tatuaje es hermoso —dijo la medibruja—. No reconozco el alfabeto, ¿qué dice?

Bryce todavía podía sentir cada uno de los piquetes de la aguja que había hecho las líneas de texto en su espalda.

—«Con amor, todo es posible». Es un recordatorio de que nuestra amistad nunca terminará.

La bruja vio a Bryce y luego a Hunt y asintió.

—Ustedes dos tienen un vínculo muy poderoso.

Bryce no se molestó en corregir su suposición de que el tatuaje era para Hunt. El tatuaje que un día Danika borracha había insistido que se hicieran, argumentando que tatuarse la promesa de amistad eterna en otro idioma lo haría menos cursi.

Hunt volvió a voltear a verlas y la bruja le preguntó:

—¿El halo te duele?

—Sólo cuando me lo pusieron.

—¿Qué bruja lo puso?

—Una bruja imperial —dijo Hunt entre dientes—. Una de las Antiguas.

El rostro de la bruja se tensó.

—Es un aspecto más oscuro de nuestro trabajo, atar a individuos a través del halo. Debería dejarse de hacer por completo.

Él le sonrió un poco, aunque no con muchas ganas.

—¿Me lo quieres quitar?

La bruja se quedó inmóvil y Bryce ahogó un grito.

—¿Qué harías si lo hiciera? —preguntó la bruja con voz baja y sus ojos brillaron con interés... un poder antiguo—. ¿Castigarías a quienes te han mantenido cautivo?

Bryce abrió la boca para advertirles que esa conversación era peligrosa, pero por suerte Hunt dijo:

—No vine a hablar de mi tatuaje.

Pero la respuesta se veía en sus ojos. La confirmación. Sí, mataría a las personas que lo habían hecho. La bruja inclinó la cabeza ligeramente, como si pudiera percibir esa respuesta.

Devolvió su atención a Bryce y dio unas palmadas en la mesa de auscultación.

—Muy bien. Recuéstate sobre la espalda, señorita Quinlan.

Bryce empezó a temblar mientras obedecía. La bruja le ató el torso y luego las piernas y ajustó el brazo de la lámpara quirúrgica. Un carrito hizo ruido cuando la bruja acercó una bandeja con varios instrumentos plateados y brillantes, compresas de algodón y un frasco de vidrio vacío.

—Primero voy a adormecerte —dijo la bruja y tomó una aguja entre sus manos enguantadas.

Bryce tembló más.

—Respira profundo —dijo la bruja mientras sacaba algunas burbujas de aire de la jeringa.

Una silla raspó el piso y luego una mano cálida y con callos tomó la de Bryce.

Hunt la miró a los ojos.

—Respira profundo, Bryce.

Ella respiró. La aguja se hundió en su muslo y el piquete le provocó lágrimas. Apretó la mano de Hunt con tanta fuerza que sintió que los huesos chocaban unos con otros. Él no reaccionó.

El dolor desapareció pronto y un hormigueo le cubrió la pierna. Muy profundo.

—¿Sientes esto? —preguntó la bruja.

—¿Qué cosa?

—Bien —declaró la bruja—. Voy a empezar. Puedo poner una pequeña cortina si...

—No —dijo Bryce entre dientes—. Sólo hazlo.

Nada de retrasos. Nada de espera.

Ella vio a la bruja levantar el bisturí y luego una ligera presión contra su pierna. Bryce volvió a temblar y exhaló con fuerza entre los dientes apretados.

—Con cuidado —dijo la bruja—. Estoy cortando el tejido de cicatrización.

Los ojos oscuros de Hunt se mantuvieron en los de ella y ella se obligó a pensar en él en vez de en su pierna. Había estado ahí aquella noche. En el callejón.

El recuerdo surgió, la niebla de dolor y terror y pesar se aclaró un poco. Unas manos fuertes y cálidas que la sostenían. De la misma manera que ahora sostenía su mano. Una voz que le hablaba. Luego quietud absoluta, como si su voz hubiera sido una campana. Y luego esas manos fuertes y cálidas en su muslo, sosteniéndola mientras ella lloraba y gritaba.

Tranquila le había dicho una y otra vez. *Tranquila.*

—Creo que puedo quitar casi todo este tejido cicatrizado —apuntó la bruja—. Pero... —maldijo con suavidad—. Por Luna, miren esto.

Bryce se negó a ver, pero Hunt volteó a la pantalla detrás de ella, donde su herida sangrienta estaba visible. Un músculo se le movió en la mandíbula. Eso le dijo suficiente sobre lo que había dentro de la herida.

—No entiendo cómo caminas —murmuró la bruja—. ¿Dices que no estabas tomando analgésicos para controlar el dolor?

—Sólo cuando tenía un ataque grave —susurró Bryce.

—Bryce —la bruja titubeó—. Necesito que te quedes muy quieta. Y que respires tan profundo como puedas.

—Está bien —dijo ella y su voz sonó pequeña.

Hunt le apretó la mano. Bryce respiró para tranquilizarse...

Alguien le vertió ácido en la pierna y su piel estaba hirviendo, los huesos se estaban derritiendo...

Adentro y afuera, afuera y adentro, sus respiraciones pasaban entre sus dientes. Oh dioses, oh dioses...

Hunt entrelazó sus dedos y apretó.

Quemaba y quemaba y quemaba y quemaba...

—Cuando llegué al callejón esa noche —dijo él mientras ella respiraba desesperada— estabas sangrando por todas partes. Pero de todas maneras intentaste protegerlo primero. No nos permitiste acercarnos hasta que te mostramos nuestras placas y demostramos que éramos de la legión.

Ella lloriqueó un poco, su respiración no podía controlar la sensación de la navaja afilada que escarbaba, escarbaba, escarbaba...

Hunt le acarició la frente.

—Pensé *Aquí hay alguien que quisiera me vigilara las espaldas. Es una amiga que me gustaría tener.* Creo que por eso te fastidié tanto cuando nos volvimos a ver porque... porque una parte de mí lo sabía y tenía miedo de lo que significaría.

Ella no pudo detener las lágrimas que escurrían por su cara.

Él no apartó la mirada de ella.

—También estuve en la sala de interrogatorio —le pasó los dedos por el cabello con suavidad para tranquilizarla—. Estuve ahí todo el tiempo.

El dolor la tocó profundo y no pudo controlar el grito que se abrió paso por su cuerpo.

Hunt se acercó y recargó su frente fresca en la de ella.

—He sabido quién eres todo este tiempo. Nunca te olvidé.

—Estoy empezando la extracción y estabilización del veneno —dijo la bruja—. Se pondrá peor, pero estoy a punto de terminar.

Bryce no podía respirar. No podía pensar más allá de Hunt y sus palabras, y el dolor en su pierna, la cicatriz que le atravesaba hasta el alma.

Hunt murmuró:

—Tú puedes. Tú puedes, Bryce.

No pudo. Y el Averno que hizo erupción en su pierna la hizo arquearse contra las correas, se lastimó las cuerdas vocales cuando sus gritos inundaron la habitación.

El apoyo de Hunt nunca titubeó.

—Ya casi sale —gritó la bruja que gruñía por el esfuerzo— aguanta, Bryce.

Lo hizo. Se sostuvo de Hunt, de su mano, de esa suavidad en sus ojos. Con todas sus fuerzas.

—Aquí estoy —murmuró él—. Corazón, aquí estoy.

Nunca lo había dicho de esa manera, la palabra. Siempre había sido en tono de burla, por fastidiarla. A ella siempre le había parecido molesto.

Pero no esta vez. No ahora que le sostenía la mano y la mirada y todo lo que ella era. Soportando el dolor a su lado.

—Respira —le ordenó—. Puedes hacerlo. Podemos soportar esto.

Soportarlo... juntos. Soportar este cochinero de vida juntos. Soportar este cochinero de mundo. Bryce lloró, aunque esta vez no sólo fue por el dolor.

Y Hunt, como si también lo percibiera, se volvió a acercar. Le rozó los labios con la boca.

Un beso superficial, un roce suave como pluma de sus labios sobre los de ella.

Una estrella floreció dentro de ella con ese beso. Una luz que llevaba mucho tiempo dormida empezó a llenarle el pecho, las venas.

—Solas flamígero —susurró la bruja y el dolor cesó.

Como si hubieran apagado un interruptor, el dolor desapareció. Fue tan sorprendente que Bryce apartó la cara de Hunt y miró su cuerpo, la sangre, la herida abierta. Se podría haber desmayado al ver los quince centímetros de su pierna abierta de no ser por lo que la bruja sostenía entre unas pinzas, como si fuera un gusano.

—Si mi magia no estuviera estabilizando el veneno así, sería líquido —dijo la bruja y con cuidado metió el veneno, un gusano transparente y ondulante con manchas negras, al frasco de vidrio. Se movía, como un ser vivo.

La bruja lo depositó en el frasco y cerró la tapa con un zumbido de magia. El veneno se disolvió al instante en un charco, pero seguía vibrando. Como si estuviera buscando salir.

Hunt seguía mirando fijamente a Bryce. Como lo había hecho durante todo este tiempo. Nunca se fue.

—Déjame limpiarte y coserte y luego probaremos el antídoto —dijo la bruja.

Bryce apenas alcanzó a escuchar a la mujer y asintió. Apenas alcanzó a escuchar otra cosa aparte de las palabras de Hunt que se quedaron flotando en el aire. *Aquí estoy.*

Ella le apretó los dedos. Dejó que sus ojos le dijeran todo lo que su garganta destrozada no le podía decir. *Yo también aquí estoy.*

Treinta minutos después, Bryce estaba sentada, con el brazo y ala de Hunt abrazándola, ambos veían a la bruja envolver el charco de veneno en el vial con su magia para convertirlo en un hilo delgado.

—Perdón si mi método para probar el antídoto no califica como un experimento médico formal —declaró mientras caminaba hacia donde había una píldora blanca ordinaria en una caja de plástico transparente. Abrió la tapa y dejó caer ahí el hilo de veneno. Flotó revoloteando como un listón por encima de la píldora y la bruja cerró la tapa—. Lo que se está usando en las calles es una versión mucho más potente de esto —dijo—, pero quiero ver si esta cantidad de mi magia de sanación inmoviliza el veneno y se fusiona con él, para combatir el sinte.

Con cuidado, la bruja dejó que el hilo de veneno infundido en magia aterrizara sobre la tableta. Desapareció en un parpadeo, la píldora lo absorbió. Pero el rostro de la bruja permaneció contraído por la concentración. Como si estuviera enfocada en lo que estaba sucediendo dentro de la píldora.

Bryce preguntó:

—¿Entonces tu magia está estabilizando el veneno en esa tableta? ¿Para detener el sinte?

—En esencia —dijo la bruja distante, todavía concentrada en la píldora—. Requiere casi toda mi concentración mantenerlo estable para que pueda detener el sinte. Por eso me gustaría encontrar una manera de eliminarme del proceso, para que lo pueda usar quien sea, aunque yo no esté.

Bryce se quedó en silencio después y dejó que la bruja trabajara en paz.

No sucedió nada. La píldora se quedó ahí.

Pasó un minuto. Dos. Y justo cuando estaban acercándose a los tres minutos...

La píldora se puso gris. Y luego se disolvió en partículas minúsculas que después también desaparecieron. Hasta que no quedó nada.

Hunt rompió el silencio.

—¿Funcionó?

La bruja parpadeó frente a la caja vacía.

—Parece ser —volteó a ver a Bryce, el sudor le cubría la frente—. Me gustaría continuar probando esto para encontrar alguna manera de que funcione el antídoto sin que mi magia estabilice el veneno. Puedo enviarles un vial cuando termine, si quieren. A algunas personas les gusta conservar recuerdos de sus batallas.

Bryce asintió distraída. Y se dio cuenta de que no tenía ni idea de lo que haría después.

62

A Jesiba no pareció importarle cuando Bryce le explicó que tendría que tomarse el resto del día. Sólo le exigió a Bryce estar en la galería a primera hora del día siguiente o la convertiría en un burro.

Hunt la llevó volando a casa después del consultorio de la medibruja e incluso la cargó por las escaleras desde la azotea del edificio y la metió al departamento. La depositó en el sillón donde insistió que se quedara el resto del día, acurrucada a su lado, aprovechando su calidez.

Ella se podría haber quedado ahí toda la tarde y toda la noche si no hubiera sonado el teléfono de Hunt.

Estaba haciéndole el almuerzo cuando contestó.

—Hola, Micah.

Incluso desde el otro lado de la habitación, Bryce alcanzó a escuchar la voz hermosa y fría del arcángel.

—Mi oficina. De inmediato. Trae a Bryce Quinlan.

Mientras se ponía su traje de batalla y recogía su casco y sus armas, Hunt consideró si debía decirle a Bryce que se subiera a un tren y se largara de la ciudad. Sabía que esta reunión con Micah no sería agradable.

Bryce cojeaba porque su herida todavía le dolía tanto que él le tuvo que ayudar a ponerse unos pantalones deportivos holgados en la sala. Ella había hecho una cita para seguimiento en un mes y en ese momento se le ocurrió a Hunt que era posible que él no estuviera ahí para acompañarla.

Ya fuera porque este caso cerrara o por lo que fuera a suceder en el Comitium entonces.

Bryce intentó dar un paso antes de que Hunt la levantara y la sacara del departamento y hacia los cielos. Ella apenas habló y él tampoco. Después de esa mañana, ¿para qué servían las palabras? Ese beso demasiado breve que él le había dado había dicho suficiente. Al igual que la luz que él podría haber jurado brilló en sus ojos cuando él se apartó.

Habían cruzado una línea, y no había manera de dar marcha atrás.

Hunt aterrizó en un balcón del capitel del gobernador, el central de los cinco del Comitium. El pasillo que por lo general estaba lleno de gente, estaba silencioso. Eso era mala señal. Llevó a Bryce a la oficina. Si la gente había huido, o si Micah les había ordenado que se fueran...

Si veía a Sandriel, si se daba cuenta de que Bryce estaba herida...

El temperamento de Hunt se convirtió en una cosa viviente y mortífera. Sus relámpagos empezaron a presionarle la piel, enrollándose por todo su cuerpo, como una cobra lista para atacar.

Colocó a Bryce en el piso con cuidado frente a las puertas con vidrio esmerilado de la oficina. Se aseguró de que estuviera estable sobre sus pies antes de soltarla para separarse un poco y estudiar cada centímetro de su cara.

Se le veía preocupada, tanto que él se acercó y le dio un beso suave en la sien.

—Ánimo, Quinlan —murmuró hacia su piel suave—. Quiero verte hacer ese truco donde puedes ver para abajo a gente que es treinta centímetros más alta que tú.

Ella rio y le dio un manotazo en el brazo. Hunt se alejó con una media sonrisa antes de abrir la puerta y guiar a Bryce al interior con la mano en su espalda. Sabía que probablemente sería su última sonrisa en mucho tiempo. Pero no permitiría que Quinlan lo supiera. Ni siquiera cuando vieron quién estaba en la oficina de Micah.

A la izquierda del escritorio del gobernador estaba Sabine, con los brazos cruzados y la columna rígida, el vivo retrato de la ira helada. Amelie estaba a su lado con el rostro serio.

Él sabía muy bien de qué se trataba esta junta.

Micah estaba parado frente a la ventana, con el rostro gélido y disgustado. Isaiah y Viktoria estaban a los lados de su escritorio. Los ojos del primero indicaban una advertencia.

Bryce los miró a todos y titubeó.

Hunt le dijo en voz baja a Micah, a Sabine:

—Quinlan no tiene nada que hacer aquí.

El cabello rubio platinado de Sabine brilló bajo las lámparas de luzprístina cuando dijo:

—Ah, claro que sí. La quiero aquí cada segundo.

—No voy a molestarme con preguntar si es verdad —le dijo Micah a Hunt cuando él y Bryce se detuvieron en el centro de la habitación. Las puertas se cerraron a sus espaldas. Con llave.

Hunt se preparó.

Micah dijo:

—Había seis cámaras en el bar. Todas capturaron lo que hiciste y lo que le dijiste a Amelie Ravenscroft. Ella le reportó tu comportamiento a Sabine y Sabine me lo informó directamente a mí.

Amelie se sonrojó.

—Sólo lo mencioné —corrigió—. No lloriqueé como un cachorro.

—Es inaceptable —le gritó Sabine a Micah—. ¿Crees que puedes echar a tu asesino sobre un miembro de *mis* jaurías? ¿Mi heredera?

—Te lo diré de nuevo, Sabine —dijo Micah aburrido—. No envié a Hunt Athalar a atacarla. Él actuó por su propia voluntad —miró a Bryce—. Actuó en nombre de su compañera.

Hunt respondió de prisa:

—Bryce no tuvo nada que ver con esto. Amelie le hizo una broma de pésimo gusto y decidí visitarla.

Le enseñó los dientes a la joven Alfa, quien tragó saliva.

Sabine dijo con brusquedad:

—Atacaste a mi capitana.

—Le dije a Amelie que no se le acercara —ladró Hunt—. Que la dejara en paz —ladeó la cabeza, incapaz de detener sus palabras—. ¿O no sabes que Amelie ha estado atacando a Bryce desde que murió tu hija? ¿Provocándola? ¿Llamándola basura?

Sabine no reaccionó para nada.

—¿Qué importa si es verdad?

A Hunt estalló la cabeza. Pero Bryce se quedó parada. Y bajó la mirada.

Sabine le dijo a Micah:

—Esto no puede quedar sin castigo. Hiciste mal la investigación del asesinato de mi hija. Le permitiste a estos dos meter sus narices y acusarme a *mí* de matarla. Y ahora esto. Estoy a nada de decirle a esta ciudad que ni siquiera puedes controlar a tus *esclavos*. Estoy segura de que a tu invitada le interesaría mucho esta información.

El poder de Micah retumbó ante la mención de Sandriel.

—Athalar será castigado.

—Aquí. Ahora —dijo Sabine con rostro francamente lupino—. Quiero verlo.

—Sabine —murmuró Amelie. Sabine le gruñó a su joven capitana.

Sabine había anhelado este momento y usó a Amelie como pretexto. Sin duda había arrastrado a la loba aquí. Había jurado que pagarían por haberla acusado de asesinar a Danika. Y Hunt supuso que era una mujer de palabra.

—Tu posición entre los lobos —dijo Micah con tranquilidad aterradora— no te da derecho a decirle a un gobernador de la República qué hacer.

Sabine no se retractó. Ni un milímetro.

Micah exhaló. Miró a Hunt a los ojos, decepcionado.

—Actuaste con imprudencia. Hubiera pensado que tú, por lo menos, te sabrías comportar.

Bryce temblaba. Pero Hunt no se atrevió a tocarla.

—La historia nos indica que si un esclavo ataca a un ciudadano libre, renuncia a su vida en el acto—dijo Sabine.

Hunt reprimió la risa amarga ante sus palabras. ¿No era eso lo que llevaba siglos haciendo para los arcángeles?

—Por favor —susurró Bryce.

Y tal vez fue lástima lo que suavizó el rostro del arcángel. Micah dijo:

—Esas son tradiciones antiguas. Para Pangera, no Valbara.

Sabine abrió la boca para protestar, pero Micah levantó una mano.

—Hunt Athalar será castigado. Y morirá... de la manera que mueren los ángeles.

Bryce dio un paso cojeando hacia Micah. Hunt la tomó del hombro, deteniéndola.

Micah dijo:

—La Muerte Viviente.

La sangre de Hunt se heló. Pero inclinó la cabeza. Había estado preparado para las consecuencias desde el momento en que salió volando por los aires con la caja de pan en las manos el día de ayer.

Bryce miró a Isaiah, que estaba muy serio, para que le explicara. El comandante le dijo a ella y a la confundida Amelie:

—La Muerte Viviente es cuando le cortan las alas a un ángel.

Bryce negó con la cabeza.

—No, por favor...

Pero Hunt miró a los ojos a Micah, leyó la justicia de su mirada. Se arrodilló y se quitó la chamarra, luego la camisa.

—No necesito levantar cargos —insistió Amelie—. Sabine, *yo no quiero esto.* Déjalo.

Micah caminó hacia Hunt y una espada de doble filo apareció en su mano.

Bryce se aventó frente al arcángel.

—Por favor... *por favor...*

El olor de sus lágrimas llenó la oficina.

Viktoria apareció a su lado. La detuvo. El susurro de la espectro fue tan bajo que Hunt apenas lo alcanzó a oír.

—Van a volverle a crecer. En varias semanas, sus alas le van a volver a crecer.

Pero le dolería muchísimo. Le dolería tanto que Hunt empezó a respirar para prepararse. Se adentró en sí mismo, en ese sitio donde soportaba todo lo que le habían hecho, cada tarea que le habían asignado, cada vida que le habían ordenado tomar.

—Sabine, *no* —insistió Amelie—. Esto ya fue demasiado lejos.

Sabine no dijo nada. Sólo se quedó ahí parada.

Hunt extendió las alas y las levantó, manteniéndolas altas sobre su espalda para que el corte pudiera ser limpio.

Bryce empezó a gritar, pero Hunt miró a Micah.

—Hazlo.

Micah ni siquiera asintió antes de mover la espada.

Un dolor que Hunt no había experimentado en doscientos años le recorrió el cuerpo, le hizo corto circuito en todo...

Hunt recuperó la conciencia y oyó los gritos de Bryce.

Fue suficiente motivo para forzarse a aclarar su mente a pesar de la agonía que sentía en la espalda, en su alma.

Seguro había perdido la conciencia sólo un momento, porque la sangre todavía brotaba de sus alas donde habían caído como dos ramas en el piso de la oficina de Micah.

Parecía que Amelie iba a vomitar; Sabine sonreía burlona y Bryce estaba ahora a su lado. La sangre le empapaba los pantalones, las manos, mientras sollozaba.

—*Oh dioses, oh dioses...*

—Estamos a mano —le dijo Sabine a Micah, quien presionó un botón en su teléfono para llamar a una medibruja.

Había pagado por sus actos, ya había pasado y se podría ir a casa con Bryce.

—Eres una desgracia, Sabine —las palabras de Bryce se abrieron camino como una lanza en la habitación y le enseñó los dientes a la Premier Heredera—. Eres una desgracia para todos los lobos que han pisado el planeta.

Sabine dijo:

—No me importa lo que una mestiza piense de mí.

—No te merecías a Danika —gritó Bryce, temblando—. No la mereciste ni un segundo.

Sabine se detuvo.

—No me merecía una niña mimada, egoísta y cobarde como hija, pero no fue así como salieron las cosas, ¿o sí?

Apagados y distantes, los gritos de Bryce sortearon el dolor de Hunt. Pero no la alcanzó a detener cuando se puso de pie, con una mueca de agonía por la pierna que aún estaba sanando.

Micah dio un paso frente a ella. Bryce jadeaba, sollozando entre dientes. Pero Micah se quedó ahí parado, inamovible como una montaña.

—Llévate a Athalar —dijo el arcángel tranquilamente, la orden de irse era clara—. A tu casa, a las barracas, me da igual.

Pero Sabine, por lo visto, había decidido quedarse. Para darle su opinión a Bryce.

Sabine le dijo, en tono bajo y venenoso:

—Busqué al Rey del Inframundo el invierno pasado, ¿lo sabías? Para que me diera respuestas sobre mi hija, con cualquier pizca de su energía que viva en la Ciudad Durmiente.

Bryce se quedó quieta. La inmovilidad pura de las hadas. Su mirada era de terror.

—¿Sabes qué me dijo? —la cara de Sabine era inhumana—. Dijo que Danika no vendría. Que no obedecería mis invocaciones. Mi patética hija ni siquiera se dignaría a reunirse conmigo en la otra vida. Por la *vergüenza* de lo que hizo. Cómo murió, indefensa y gritando, rogando como una de *ustedes* —Sabine parecía vibrar de rabia— ¿Y sabes qué me dijo el Rey del Inframundo cuando de nuevo le exigí que la invocara?

Nadie más se atrevió a hablar.

—Me dijo que *tú*, tú pedazo de basura, habías hecho un trato con él. Por *ella*. Que *tú* habías acudido con él después de su muerte y habías intercambiado tu sitio en el Sector de los Huesos a cambio del pasaje de Danika. Que te preocupaba que no se le diera acceso por su muerte cobarde y que le *rogaste* que se la llevara a ella en tu lugar.

Incluso el dolor de Hunt se detuvo un momento.

—¡No fui por eso! —gritó Bryce—. ¡Danika no fue cobarde ni por un *puto* segundo de su vida! —la voz se le quebró al gritar las últimas palabras.

—No tenías *derecho* —explotó Sabine—. ¡*Era* una cobarde y murió como tal y merecía que la tiraran al río! —la Alfa estaba gritando—. ¡Y ahora está condenada a eones de *vergüenza* por tu culpa! Porque ella no debería *estar ahí*, puta *estúpida*. ¡Y ahora ella debe *sufrir* por eso!

—Es suficiente —dijo Micah y sus palabras transmitieron su orden. *Fuera*.

Sabine dejó escapar una risa muerta y fría y se dio la media vuelta.

Bryce seguía sollozando cuando Sabine salió caminando con Amelie asombrada detrás de ella. La segunda murmuró al cerrar la puerta:

—Lo siento.

Bryce le escupió.

Fue lo último que vio Hunt antes de que volviera a reinar la oscuridad.

Ella nunca los perdonaría. A ninguno de ellos.

Hunt permaneció inconsciente mientras las medibrujas lo curaban en la oficina de Micah, cosiéndolo para que los muñones donde habían estado sus alas dejaran de sangrar en el piso y luego le curaron las heridas con vendajes que promoverían un crecimiento rápido. No usaron luzprístina. Al parecer su ayuda para sanar no se permitía en la Muerte Viviente. Deslegitimaba el castigo.

Bryce se arrodilló con Hunt todo el tiempo, con su cabeza en el regazo. No escuchó a Micah decirle cómo la alternativa era que Hunt muriera, una muerte oficial e irrevocable

Ella le acarició el cabello a Hunt cuando estuvieron en su cama una hora después, su respiración era profunda y regular. *Dale la poción de sanación cada seis horas* le ordenó la medibruja. *Le ayudará a mitigar el dolor también.*

Isaiah y Naomi los habían llevado a casa y ella apenas les permitió que pusieran a Hunt boca abajo en su colchón antes de ordenarles que se fueran.

Ella no esperaba que Sabine entendiera por qué había renunciado a su lugar en el Sector de los Huesos por Danika. Sabine nunca escuchaba cuando Danika hablaba sobre cómo un día estaría ahí enterrada, con todos los honores, con todos los grandes héroes de su Casa. Seguir viviendo, como esa pizca de energía, por toda la eternidad. Seguir siendo una parte de la ciudad que tanto amaba.

Bryce había visto cómo se volteaban los barcos de la gente. Nunca olvidaría cómo Danika suplicaba en el audio de la cámara del pasillo del edificio.

Bryce no estaba dispuesta a arriesgarse a que ese barco no llegara a la otra orilla. No por Danika.

Así que lanzó un Marco de la Muerte al Istros, el pago para el Rey del Inframundo, una moneda de hierro puro de un antiguo reino extinto hacía mucho al otro lado del mar. El pasaje para un mortal en el barco.

Y luego se arrodilló en los escalones derruidos de piedra, el río a unos metros detrás, los arcos de las puertas de hueso por encima, y esperó.

El Rey del Inframundo apareció momentos después, con sus velos negros y silencioso como la muerte.

Ha pasado una eternidad desde la última vez que un mortal se atrevió a pisar mi isla.

La voz había sido al mismo tiempo vieja y joven, masculina y femenina, amable y llena de odio. Ella nunca había escuchado algo tan horrible, y tan seductor.

Deseo intercambiar mi lugar.

Sé por qué estás aquí, Bryce Quinlan. Qué pasaje quieres negociar. Una pausa divertida. *¿No deseas un día vivir aquí entre los muertos honrados? Tu saldo se sigue inclinado hacia la aceptación, continúa por tu camino y serás bienvenida cuando llegue tu momento.*

Deseo intercambiar mi lugar. Por Danika Fendyr.

Si haces esto debes saber que ningún otro de los Reinos Silenciosos de Midgard estará abierto para ti. No el Sector de los Huesos, no las Catacumbas de la Ciudad Eterna, no las Islas Verano del norte. Ninguno, Bryce Quinlan. Negociar con el sitio de tu descanso aquí es negociar con tu lugar en todas partes.

Deseo intercambiar mi lugar.

Eres joven y estás apesadumbrada por el dolor. Considera que tu vida puede parecer larga, pero es sólo un parpadeo de eternidad.

Deseo intercambiar mi lugar.

¿Estás tan segura de que a Danika Fendyr se le negará la bienvenida? ¿Tienes tan poca fe en sus acciones y hechos que debes hacer esta oferta?

Deseo intercambiar mi lugar. Dijo las palabras sollozando.

No hay manera de revertirlo.

Deseo intercambiar mi lugar.

Entonces dilo, Bryce Quinlan, y que el intercambio se haga. Dilo una séptima y última vez y que los dioses y los muertos y todos los que estén en medio escuchen tu juramento. Dilo y así será.

Ella no titubeó, sabía que era el antiguo rito. Lo había buscado en los archivos de la galería. Se había robado el Marco de la Muerte de ahí también. Se lo había dado el mismo Rey del Inframundo a Jesiba, le había dicho la hechicera, cuando ella juró lealtad a la Casa de Flama y Sombra.

Deseo intercambiar mi lugar.

Y así se hizo.

Bryce no se había sentido nada distinta después, cuando regresó al otro lado del río. Ni los días siguientes. Ni siquiera su madre había podido detectarlo, no había notado que Bryce se había salido de la habitación del hotel en la madrugada.

En los siguientes dos años, Bryce a veces se había preguntado si lo habría soñado, pero luego buscaba en el cajón de la galería donde estaban todas las monedas viejas y veía el espacio vacío y oscuro donde había estado el Marco de la Muerte. Jesiba nunca se había dado cuenta de que ya no estaba.

A Bryce le gustaba pensar que su oportunidad de alcanzar el descanso eterno había desaparecido, al igual que la moneda. Se imaginaba que las monedas descansaban en sus compartimentos de terciopelo en el cajón como si fueran las almas de sus seres amados, vivían todos juntos para siempre. Y ahí estaba la suya, faltante y a la deriva, eliminada en el momento de su muerte.

Pero lo que Sabine había dicho sobre Danika sufriendo en el Sector de los Huesos... Bryce se negaba a creerlo. Porque la alternativa... No. Danika merecía ir al Sector de los Huesos, no tenía nada de qué avergonzarse, estuvieran o no de acuerdo Sabine y otros idiotas. Aunque el Rey del Inframundo, o quien fuera que no considerara *merecedoras* sus almas, estuviera en desacuerdo.

Bryce pasó la mano por el cabello sedoso de Hunt, los sonidos de su respiración llenaban la habitación.

Era horrible. Este estúpido puto mundo en el que vivían.

Era horrible y estaba lleno de gente horrible. Y los buenos siempre terminaban pagando.

Tomó su teléfono del buró y empezó a escribir un mensaje.

Lo envió un momento después, sin siquiera reconsiderar lo que le había escrito a Ithan. Era el primer mensaje que le enviaba en dos años. Sus mensajes frenéticos de aquella noche fatídica y luego su fría petición de que no lo buscara, seguían siendo los últimos en una conversación que había iniciado hacía cinco años.

Dile a tu Alfa que Connor nunca se molestó en hacerle caso porque siempre supo que era una mierda. Y dile a Sabine que, si la vuelvo a ver, la mataré.

Bryce se recostó junto a Hunt sin atreverse a tocar su espalda destrozada.

Su teléfono vibró. Ithan había respondido, *No tuve nada que ver en lo que sucedió hoy.*

Bryce escribió de nuevo, *Me dan asco. Todos ustedes.*

Ithan no respondió y ella puso el teléfono en silencio antes de exhalar y recargar su frente contra el hombro de Hunt.

Encontraría cómo arreglar esto. De alguna manera. Algún día.

Hunt abrió los ojos y sintió que el dolor constante le pulsaba en el cuerpo. No era tan agudo, quizá por alguna especie de poción o conjunto de drogas.

El contrapeso estable que debía estar a sus espaldas ya no existía. El vacío lo golpeó como un tráiler. Pero una respiración suave y femenina llenaba la oscuridad. Un aroma a paraíso le llenaba la nariz, lo tranquilizaba. Le ayudaba a aliviar el dolor.

Sus ojos se ajustaron a la oscuridad lo suficiente para darse cuenta de que estaba en la recámara de Bryce. Que ella estaba recostada a su lado. Junto a la cama había artículos médicos y frascos. Todos para él, muchos usados. El reloj marcaba las cuatro de la mañana. ¿Cuántas horas se habría quedado despierta, cuidándolo?

Ella tenía las manos juntas en el pecho, como si se hubiera quedado dormida suplicándole a los dioses.

Él movió la boca para pronunciar su nombre, pero su lengua estaba tan seca como una lija.

El dolor le recorrió todo el cuerpo, pero logró estirar un brazo. Logró pasarlo por encima de la cintura de Bryce y acercarla a él. Ella hizo un sonido suave y acercó la cabeza a su cuello.

Algo profundo dentro de él se movió y se acomodó. Lo que ella había hecho y dicho hoy, lo que había revelado al mundo mientras suplicaba por él... Era peligroso. Para ambos. Muy, muy peligroso.

Si fuera inteligente, encontraría una manera de alejarse. Antes de que esto entre ellos llegara a su final horrible e inevitable. Como todas las cosas en la República tenían un final horrible.

Y sin embargo Hunt no podía obligarse a quitar su brazo. A ignorar el instinto de respirar su olor y escuchar su suave respiración.

No se arrepentía, de lo que había hecho. Ni un poco.

Pero tal vez llegaría el día cuando eso no fuera verdad. Un día que podría llegar muy pronto.

Así que Hunt saboreó sentir a Bryce. Su olor y su respiración.

Saboreó cada segundo.

63

—¿Athie está bien, BB?

Bryce se frotó los ojos mientras estudiaba el monitor de la computadora en la biblioteca de la galería.

—Está durmiendo.

Lehabah había llorado en la mañana cuando Bryce llegó y le dijo lo que había ocurrido. Casi no se había dado cuenta de que no le dolía la pierna, nada. Había querido quedarse en casa, cuidar a Hunt, pero cuando le habló a Jesiba, la respuesta había sido clara: *No*.

Había pasado la mitad de la mañana llenando solicitudes de empleo.

Y había enviado todas y cada una.

No sabía dónde demonios terminaría, pero el primer paso era salir de este lugar. El primer paso de muchos.

Hoy había dado otros cuantos.

Ruhn había contestado el teléfono de inmediato y acudido directo al departamento.

Hunt seguía dormido cuando ella lo había dejado bajo el cuidado de su hermano. No quería a nadie de esa puta legión en su casa. No quería ver a Isaiah ni a Viktoria ni a ninguno de los triarii en el futuro cercano.

Ruhn había visto la espalda mutilada de Hunt y hecho una arcada. Pero había prometido cumplir con el horario de pastillas y cuidado de herida que ella le dio.

—Micah fue generoso —dijo Ruhn jugando con uno de sus aretes cuando ella llegó para comer—. Muy pinche generoso. Sabine tenía el derecho de pedir su muerte.

Como esclavo, Hunt no tenía ningún derecho. Ni uno.

—Nunca lo voy a olvidar en toda mi vida —respondió Bryce con la voz apagada. El golpe de la espada de Micah. El grito de Hunt, como si le estuvieran destrozando el alma. La sonrisa de Sabine.

—Yo debería haber sido el que callara a Amelie —unas sombras aparecieron un momento en la habitación.

—Bueno, pero no lo hiciste —ella midió la poción para que Ruhn se la diera a Hunt a la siguiente hora.

Ruhn estiró un brazo por el respaldo del sofá.

—Me hubiera gustado, Bryce.

Ella miró a su hermano a los ojos.

—¿Por qué?

—Porque eres mi hermana.

No sabía qué responder... todavía no.

Podría haber jurado que vio un poco de dolor en sus ojos cuando ella guardó silencio. En un minuto ya estaba fuera del departamento y apenas llegó a la galería antes de que llamara Jesiba, furiosa porque Bryce no estaba lista para la cita de las dos en punto con el metamorfo de búho que quería comprar una estatua de mármol que valía tres millones de marcos de oro.

Bryce ejecutó la junta, y la venta, y no escuchó ni la mitad de lo que se dijo.

Firma, sello, adiós.

Regresó a la biblioteca a las tres. Lehabah le calentaba el hombro cuando abrió su laptop.

—¿Por qué estás en el sitio de Industrias Redner?

Bryce miró los dos campos pequeños:

Nombre de usuario. Contraseña.

Escribió *dfendyr*. El cursor flotaba sobre el espacio para la contraseña.

Tal vez alguien podría enterarse de que estaba tratando entrar. Y si conseguía el acceso, alguien bien podría recibir una alerta. Pero... Era un riesgo que valía la pena correr. Ya no tenía más opciones.

Lehabah leyó el nombre del usuario.

—¿Esto tiene algo que ver con el Cuerno?

—Danika sabía algo... algo importante —dijo Bryce.

Contraseña. ¿Cuál podría ser la contraseña de Danika?

Industrias Redner le habría indicado que escribiera algo al azar y lleno de símbolos.

Danika habría odiado que le dijeran qué hacer y hubiera hecho lo opuesto.

Bryce escribió *SabineApesta.*

Pero no tuvo suerte. Aunque lo había hecho el otro día, otra vez escribió el cumpleaños de Danika. El de ella. Los números sagrados. Nada.

Su teléfono vibró con un mensaje de Ruhn que iluminó la pantalla.

Despertó, tomó sus pociones como niño bueno y exigió saber dónde estabas.

Ruhn agregó, *No es un mal hombre.*

Ella escribió, *No, no lo es.*

Ruhn contestó, *Ya está durmiendo de nuevo, pero parecía estar de buen humor a pesar de las circunstancias.*

Una pausa y luego su hermano escribió, *Me dijo que te dijera que gracias. Por todo.*

Bryce leyó los mensajes tres veces antes de regresar a la interface. Y escribió la única otra contraseña que se le ocurrió. Las palabras escritas en la espalda de la chamarra de cuero que había usado casi todos los días los últimos dos años. Las palabras que ella misma tenía tatuadas en la espalda en un alfabeto antiguo. La frase favorita de Danika, la que le susurró el Oráculo el día que cumplió dieciséis años.

La Vieja Lengua de las hadas no funcionó. Tampoco la lengua formal de los asteri.

Así que la escribió en lenguaje común.

Con amor, todo es posible.

La pantalla de ingreso desapareció. Y apareció una lista de archivos.

La mayoría eran reportes de los proyectos más recientes de Redner: mejorar el estudio de la calidad de los teléfonos; comparar la velocidad a la que los metamorfos podían cambiar de forma; analizar la tasa de sanación de la magia de brujas contra las medicinas de Redner. Ciencia aburrida y cotidiana.

Casi se había dado por vencida cuando vio una subcarpeta: *Invitaciones a fiestas*.

Danika nunca había sido tan organizada como para conservar esas cosas, mucho menos tenerlas en una carpeta. O las borraba de inmediato o las dejaba que se pudrieran en su bandeja de entrada, sin contestar.

Era una anomalía lo suficientemente grande para que Bryce abriera la carpeta y en ella encontró una lista de carpetas. Incluyendo una que se llamaba *Bryce*.

Un archivo con su nombre. Escondido en otro archivo. Justo como Bryce había escondido sus propias solicitudes de empleo en esta computadora.

—¿Qué es eso? —le susurró Lehabah sobre el hombro.

Bryce abrió el archivo.

—No lo sé. Nunca le envié invitaciones a su mail del trabajo.

La carpeta contenía una foto.

—¿Por qué tiene una fotografía de su chamarra? —preguntó Lehabah—. ¿Iba a venderla?

Bryce se quedó mirando la imagen. Luego se puso de pie. Cerró la sesión de la cuenta y salió corriendo por las escaleras hacia la sala de exhibición, donde estaba la chamarra sobre la silla.

—Era una pista —le dijo sin aliento a Lehabah al regresar corriendo por las escaleras. Iba sintiendo todas las costuras de la chamarra con los dedos—. Esa foto es una puta pista...

Algo duro se atoró en sus dedos. Un bulto. Justo a lo largo de la línea vertical de la letra A en *amor*.

—Con amor, todo es posible —susurró Bryce y tomó un par de tijeras de la taza sobre la mesa. Danika incluso había tatuado la pista en la puta *espalda* de Bryce, carajo. Lehabah miró por encima de su hombro mientras Bryce cortaba la prenda.

Un rectángulo pequeño y delgado de metal cayó sobre la mesa. Una memoria.

—¿Por qué ocultaría eso en su chamarra? —preguntó Lehabah.

Pero Bryce ya se había movido de nuevo. Las manos le temblaban cuando puso la memoria en el puerto de su laptop.

Había tres videos sin título en la memoria.

Abrió el primer video. Ella y Lehabah lo vieron en silencio.

El susurro de Lehabah llenó la biblioteca, incluso más alto que el rasguño del nøkk.

—Que los dioses nos libren.

64

Hunt había logrado salir de la cama y demostrarle a Ruhn Danaan que estaba suficientemente vivo como para que se fuera. No tenía duda de que el príncipe hada le había hablado a su prima para informarle, pero no le importaba: Bryce llegó a casa en quince minutos.

Tenía el rostro pálido como la muerte, tanto que sus pecas resaltaban como sangre salpicada. No había otra señal de algo que estuviera mal, no tenía ni un hilo de su vestido negro fuera de lugar.

—Qué —dijo.

Llegó a la puerta al instante, con una mueca por el dolor de salir tan rápido de donde había estado en el sillón viendo las noticias de la noche en las cuales Rigelus, la Mano Brillante de los asteri, estaba dando un discurso emotivo sobre el conflicto rebelde en Pangera. Todavía le quedaban un par de días más antes de caminar sin dolor. Y varias semanas más antes de que le volvieran a crecer las alas. Y unos días después de eso para intentar volar. Mañana, tal vez, empezaría la comezón insufrible.

Recordaba cada miserable segundo de la primera vez que le habían cortado las alas. Todos los Caídos que habían sobrevivido tuvieron que sufrirlo. Junto con el insulto de que expusieran sus alas en el palacio de cristal de los asteri como trofeos y advertencias.

Pero ella preguntó primero:

—¿Cómo te sientes?

—Bien —mentira. Syrinx daba saltos a sus pies y le daba besos en las manos—. ¿Qué pasa?

Bryce cerró la puerta sin decir palabra. Cerró las cortinas. Sacó el teléfono del bolsillo de su chamarra, abrió un correo electrónico, de ella para ella, y abrió el archivo adjunto.

—Danika tenía una memoria oculta en el forro de su chamarra —dijo Bryce con voz temblorosa y lo llevó al sillón.

Le ayudó a sentarse mientras el video cargaba. Syrinx saltó sobre los cojines y se acurrucó junto al ángel. Bryce se sentó al otro lado, tan cerca que sus muslos se tocaban. Ella no parecía darse cuenta. Después de un momento, Hunt tampoco.

Era una grabación borrosa y sin sonido de una celda acojinada.

En la parte inferior del video, había un listón que decía: *Amplificación artificial para disfunción de poder, sujeto de prueba 7.*

Una mujer humana demasiado delgada estaba sentada en la habitación, vestida con una bata médica.

—¿Qué carajos es esto? —preguntó Hunt. Pero ya lo sabía.

Sinte. Eran las pruebas realizadas en la investigación del sinte.

Bryce refunfuñó... *sigue viendo.*

Un joven draki con bata de laboratorio entró a la habitación con una bandeja de cosas. El video se aceleró, como si alguien hubiera acelerado la velocidad de la grabación por urgencia. El draki tomó los signos vitales de la paciente y luego le inyectó algo en el brazo.

Luego se fue. Cerró la puerta con llave.

—Acaso... —Hunt tragó saliva—. ¿Le acaban de inyectar sinte?

Bryce emitió un sonido apenas audible con la garganta para confirmarlo.

La cámara siguió filmando. Pasó un minuto. Cinco. Diez.

Dos vanir entraron a la habitación. Dos metamorfos grandes y serpentinos que vieron a la humana encerrada sola con ellos. Hunt sintió que se le revolvía el estómago. Más cuando vio los tatuajes de esclavos en sus brazos y supo que eran prisioneros. Supo, por la manera en que le sonreían a la humana que se encogía contra la pared, por qué los habían encerrado.

Ellos se le abalanzaron.

Pero la humana también.

Sucedió tan rápido que Hunt apenas lo logró ver. La persona que había editado la grabación también regresó y repitió la escena más despacio.

Así que él vio, paso por paso, cómo la humana se lanzaba contra los dos hombres vanir.

Y los hacía pedazos.

Era imposible. Completamente imposible. A menos...

Tharion había dicho que el sinte podía dar a los humanos más poderes que los de la mayoría de los vanir, de forma temporal. Poderes suficientes para matar.

—¿Sabes cuánto darían los rebeldes humanos por esto? —dijo Hunt.

Bryce apuntó la barbilla a la pantalla. Donde la grabación continuaba.

Enviaron a otros dos hombres. Más grandes que los anteriores. Y ellos, también, terminaron hechos pedazos.

Montones.

Oh dioses.

Luego otros dos. Luego tres. Luego cinco.

Hasta que toda la habitación estaba roja. Hasta que los vanir estaban arañando las puertas, suplicando que los dejaran salir. Suplicando mientras sus compañeros, y luego ellos mismos, eran masacrados.

La humana gritaba, con la cabeza inclinada hacia el techo. Gritaba con rabia o dolor o algo, no se sabía sin el sonido.

Hunt sabía lo que seguiría. Sabía, pero no podía evitar verlo.

Se atacó a ella misma. Se hizo pedazos. Hasta que ella también terminó hecha un montón de carne sobre el piso.

La grabación se cortó.

Bryce dijo con voz suave:

—Danika debe haber averiguado lo que estaban haciendo en los laboratorios. Creo que alguien que participó en estas pruebas... ¿Podría haberle vendido la fórmula a algún narcotraficante? Quien sea que haya matado a Danika y la jauría y a los demás debe haber estado usando sinte. O inyectó a alguien con la sustancia y lo lanzó sobre las víctimas.

Hunt movió la cabeza.

—Tal vez, ¿pero eso cómo está vinculado con los demonios y el Cuerno?

—Tal vez invocaron al kristallos por el antídoto de su veneno y nada más. Querían intentar producir un antídoto, en caso de que el sinte se volviera en su contra. Tal vez esto no tiene nada que ver con el Cuerno a fin de cuentas —dijo Bryce—. Tal vez esto es lo que debíamos hallar. Hay otros dos videos como éste, de otros dos humanos con los que se hicieron pruebas. Danika los dejó para *mí*. Debe haber sabido que alguien la estaría buscando. Debió haber sabido cuando estaba en ese barco del Aux, confiscando la caja de sinte, que irían tras ella pronto. No había otro tipo de demonio cazando junto con el kristallos. Era una persona... de *este* mundo. Alguien que estaba usando sinte y que se valió de su poder para romper los encantamientos de nuestro departamento. Y que luego tuvo la fuerza para matar a Danika y toda la jauría.

Hunt consideró sus siguientes palabras con mucho cuidado, esforzándose por luchar contra su mente acelerada.

—Podría ser, Bryce. Pero el Cuerno sigue perdido, con una droga que podría repararlo, coincidencia o no. Y no estamos más cerca de encontrarlo —no, esto sólo los acercaba mucho más al peligro. Añadió—: Micah ya demostró lo que significa salirnos del camino. Debemos ir despacio en la cacería del sinte. Estar por completo seguros esta vez. Y cuidadosos.

—*Ninguno* de ustedes pudo encontrar nada parecido a esto. ¿Por qué debería ir más lento con la única clave que tengo sobre quién mató a Danika y a la Jauría de Diablos? Esto tiene que ver, Hunt. Sé que así es.

Y porque estaba abriendo la boca para volver a objetar, él dijo lo que sabía la detendría.

—Bryce, si seguimos con esto y estamos mal, si Micah se entera de otra metida de pata, olvida su oferta. Es posible que yo no salga vivo de su siguiente castigo.

Ella se encogió un poco.

Todo su cuerpo protestó, pero él estiró una mano para tocarle la rodilla.

—Este sinte es horrible, Bryce. Yo... yo nunca había visto nada parecido —lo cambiaba todo. *Todo*. Ni siquiera sabía cómo empezar a darle sentido a todo lo que había visto. Debía hacer unas llamadas... *necesitaba* hacer unas llamadas—. Pero para encontrar al asesino y tal vez el Cuerno, y para asegurarnos de que haya algo en el futuro para ti y para mí —porque habría un *tú y yo* para ellos, de eso se encargaría él—, necesitamos ser *inteligentes* —asintió en dirección a la grabación—. Envíame eso. Yo me aseguraré de que le llegue a Vik en nuestro servidor encriptado. Veremos qué puede investigar sobre estas pruebas.

Bryce estudió su rostro. La apertura en su expresión casi hizo que él cayera de rodillas frente a ella. Hunt esperó que ella discutiera, que lo desafiara. Que le dijera que era un idiota.

Pero dijo «Está bien». Exhaló profundo y volvió a recargarse en los cojines.

Era tan pinche hermosa que él apenas lograba soportarlo. Apenas podía soportar escucharla preguntando en voz baja:

—¿Qué tipo de futuro para ti y para mí tienes en mente, Athalar?

Él no retrocedió de su mirada inquisitiva.

—Del bueno —dijo él con la misma voz baja.

Pero ella no preguntó. Cómo sería posible. Cómo sería eso posible para él, para ellos. Qué haría para que lo fuera.

Empezó a esbozar una sonrisa.

—Me parece un buen plan.

Por un momento, por una eternidad, se quedaron mirando.

Y a pesar de lo que acababan de ver, lo que se ocultaba en el mundo fuera de ese departamento, Hunt dijo:

—¿Sí?

—Sí —ella se puso a jugar con las puntas de su cabello—. Hunt. Me besaste... en el consultorio de la medibruja.

Él sabía que no debía, sabía que era una estupidez, pero dijo:

—¿Y qué tiene?

—¿Fue en serio?

—Sí —nunca había dicho algo más cierto—. ¿Querías que lo fuera?

A él empezó a acelerársele el pulso tanto que casi olvidó el dolor en su espalda. Ella dijo:

—Ya sabes la respuesta a eso, Athalar.

—¿Quieres que lo haga otra vez?

Carajo, su voz estaba una octava más grave.

Bryce tenía la mirada despejada y reluciente. Sin miedo, esperanzada, y todo lo que siempre le impedía pensar en otra cosa si ella estaba alrededor.

—*Yo* quiero hacerlo —agregó—. Si te parece bien.

Carajo, sí. Él se obligó a sonreírle una media sonrisa.

—Haz lo que puedas, Quinlan.

Ella rio un poco y volteó a verlo a la cara. Hunt apenas se atrevía a inhalar profundamente por miedo a asustarla. Syrinx se fue a su jaula, parecía haber entendido.

A Bryce le temblaban las manos cuando las levantó hacia el cabello del ángel, hizo hacia atrás un mechón y luego tocó la banda del halo.

Hunt tomó sus dedos temblorosos.

—¿Qué pasa? —murmuró.

No pudo evitar presionar su boca contra las uñas crepusculares. ¿Cuántas veces había pensado en estas manos sobre él? ¿Acariciando su cara, recorriendo su pecho, alrededor de su pene?

Bryce tragó saliva. Él le dio otro beso en los dedos.

—Esto no debía pasar... entre nosotros —susurró.

—Lo sé —dijo él y le volvió a besar los dedos temblorosos. Los estiró con suavidad y expuso la palma de su mano. Ahí también presionó su boca—. Pero gracias a la puta Urd que sí sucedió.

A ella le dejaron de temblar las manos. Hunt levantó la vista y vio que sus ojos estaban delineados con plateado... y llenos de fuego. Entrelazó sus dedos.

—Carajo, sólo bésame, Quinlan.

Lo hizo. Averno oscuro, lo hizo. Sus palabras apenas habían terminado de sonar cuando ella le pasó la mano por la mandíbula, alrededor del cuello y acercó sus labios a los de ella.

En el momento que los labios de Hunt hicieron contacto con los de ella, Bryce hizo erupción.

No sabía si serían las semanas sin sexo o el mismo Hunt, pero se desató. Era la única manera de describirlo mientras ella le pasaba las manos por el cabello y ladeaba la boca contra la de él.

No fueron besos suaves y cuidadosos. No para ellos. Nunca para ellos.

Ella abrió la boca en ese primer contacto y la lengua de él entró, probándola con movimientos salvajes e implacables. Hunt gimió con ese primer contacto y el sonido fue como avivar la leña de una fogata.

Ella se puso de rodillas, tomó el suave pelo del ángel con los dedos. Nada era suficiente, no podía probarlo demasiado: lluvia y cedro y sal y relámpagos puros. Él pasó su mano sobre sus caderas, despacio y con firmeza a pesar de la boca que atacaba la de ella con besos feroces y profundos.

Su lengua bailaba con la de ella. Ella gimió un poco y él rio con una risa oscura cuando su mano recorrió la parte trasera de su vestido, a lo largo de su columna, le raspaba con sus callos. Ella se arqueó al sentirlo y él apartó su boca.

Antes de que pudiera volver a acercar la cara del ángel a la de ella, los labios de él encontraron su cuello. Le dio besos con la boca abierta y mordiscos en la piel sensible debajo de sus orejas.

—Dime lo que quieres, Quinlan.

—Todo.

No había duda en ella. Ninguna.

Hunt le recorrió el cuello con los dientes y ella jadeó, toda su conciencia enfocada en esa sensación.

—¿Todo?

Ella bajó la mano por el frente de su cuerpo. A sus pantalones, la longitud dura y considerable que estiraba la tela. Que Urd la salvara. Sintió su pene con la palma de la mano y él gimió.

—Todo, Athalar.

—Qué bueno, carajo —exhaló él contra su cuello y ella rio.

Su risa desapareció cuando él le puso la boca sobre la de ella de nuevo, como si también quisiera probar el sonido.

Lenguas y dientes y aliento, sus manos le desabrocharon el brasier debajo del vestido con habilidad. Ella terminó montada en su regazo, moviéndose contra esa hermosa y perfecta dureza. Terminó con el vestido hasta la cintura, sin sostén y luego la boca y dientes de Hunt estaban alrededor de su seno, succionando y mordiendo y besando y nada, nada, nada se había sentido nunca así de bien, así de correcto.

A Bryce no le importó estar gimiendo tan fuerte que todos los demonios en el Foso la podrían escuchar. No le importó cuando Hunt cambió a su otro seno y succionó su pezón profundamente a su boca. Ella movió su cadera sobre la de él, la liberación ya ascendiendo en ella como una ola.

—Carajo, Bryce —murmuró él hacia su seno.

Ella metió la mano debajo de la cintura de sus pantalones. Pero él le sostuvo la muñeca. La detuvo a milímetros de lo que ella llevaba semanas de querer en sus manos, en su boca, en su cuerpo.

—Todavía no —gruñó él y arrastró la lengua por la parte inferior de su seno. Satisfecho saboreándola—. No hasta que me haya tocado a mí.

Las palabras hicieron corto circuito en todos sus pensamientos lógicos. Y cualquier objeción desapareció cuando él subió la mano por abajo de su vestido, acariciando su muslo. Más arriba. De nuevo encontró su cuello con la boca y con un dedo exploró el frente de encaje de su ropa interior.

Volvió a gemir al darse cuenta de que estaba empapada y el encaje no hacía nada por ocultar la prueba de cuánto quería ella esto, cuánto lo quería a él. La recorrió con el dedo de un lado al otro, y de regreso.

Luego ese dedo aterrizó en ese punto en la cúspide de sus muslos. Su pulgar presionó suavemente sobre la tela y le provocó un gemido a Bryce que salió de lo más profundo de su garganta.

Ella sintió que él sonreía en su cuello. Su pulgar empezó a hacer círculos lentos, cada roce una bendición tortuosa.

—Hunt.

Ella no sabía si su nombre era una súplica o una pregunta.

Él apartó su ropa interior y puso los dedos directamente en ella.

Ella volvió a gemir y Hunt la acarició, dos dedos hacia arriba y hacia abajo con una ligereza que a ella le hacía apretar los dientes. Le lamió el costado del cuello y sus dedos continuaron jugando con ella sin misericordia. Él le susurró contra la piel:

—¿Sabes tan bien como te sientes, Bryce?

—Por favor averígualo ya —logró jadear ella.

La risa de Hunt retumbó por todo su cuerpo, pero los dedos no se detuvieron en su pausada exploración.

—Todavía no, Quinlan.

Uno de sus dedos encontró su entrada y se quedó ahí, haciendo círculos.

—Hazlo —dijo ella.

Si no lo sentía dentro de ella, sus dedos, su pene, lo que fuera, podría empezar a suplicar.

—Qué mandona —ronroneó Hunt contra su cuello y luego regresó a tomar su boca. Y cuando sus labios se posaron sobre los de ella, mordiendo y provocando, metió ese dedo profundamente en ella.

Ambos gimieron.

—Carajo, Bryce —dijo él otra vez—. Carajo.

Ella puso los ojos en blanco al sentir ese dedo. Empezó a mover la cadera, desesperada por hacer qué él la penetrara más profundo, y él la complació, sacó su dedo casi por completo, agregó un segundo y los metió de regreso en su cuerpo.

Ella se movió con violencia y le clavó las uñas en el pecho. Sentía el latido del corazón del ángel en sus palmas. Ella le enterró la cara en el cuello, mordiendo y lamiendo, desesperada por probarlo mientras él movía la mano dentro de ella otra vez.

Hunt le susurró al oído

—Te voy a coger hasta que se te olvide tu maldito nombre.

Dioses, sí.

—Igualmente —gimió ella.

Empezó a sentir la descarga, era un canto salvaje e intrépido, y montó su mano para alcanzarla. Él le sostuvo el trasero con la otra mano.

—No creas que he olvidado este atributo en particular —murmuró él y la apretó para hacer énfasis—. Tengo planes para estas nalgas deliciosas, Bryce. Planes muy, muy sucios.

Ella volvió a gemir y él movió los dedos dentro de ella, una y otra vez.

—Vente para mí, corazón —le ronroneó en el seno, lamiéndole el pezón justo cuando dobló un poco uno de sus dedos dentro de ella y tocó ese maldito punto.

Bryce lo hizo. Con el nombre de Hunt en los labios, inclinó la cabeza hacia atrás y se dejó ir, montando su mano con abandono, empujándolos a ambos hacia los cojines del sillón.

Él gimió y ella se tragó el sonido con un beso con la boca abierta cuando cada uno de los nervios de su cuerpo explotó en gloriosa luz astral.

Luego hubo respiración, y él... su cuerpo, su olor, esa fuerza.

La luzastral empezó a apagarse y ella abrió los ojos y lo vio con la cabeza inclinada hacia atrás, enseñando los dientes.

No por placer. Por dolor.

Lo había empujado contra los cojines. Había empujado su espalda lastimada contra el sillón.

El horror la recorrió como agua helada y apagó todo el calor que estaba en sus venas.

—Oh, dioses. Perdón...

Él abrió los ojos. Ese gemido que había hecho cuando ella se vino había sido de *dolor* y ella estaba tan enloquecida que no se había dado cuenta...

—¿Te duele? —exigió saber ella. Se levantó de sus piernas y le buscó la mano con los dedos todavía dentro de ella.

Él la detuvo con la otra mano en su muñeca.

—Sobreviviré —sus ojos ensombrecieron cuando vio sus senos desnudos, a centímetros de su boca. El vestido a medio cuerpo—. Tengo en qué distraerme —murmuró y se agachó hacia su pezón.

O lo intentó. Una mueca de dolor le recorrió la cara.

—Averno oscuro, Hunt —ladró ella, se apartó bruscamente de sus dedos y casi se cayó de sus regazo. Él ni siquiera se resistió cuando ella lo tomó del hombro para asomarse a su espalda.

Había sangre fresca en los vendajes.

—¿Estás loco? —gritó ella y empezó a buscar algo para detener el sangrado—. ¿Por qué no me dijiste?

—Como te gusta decir a ti —jadeó él temblando un poco—, es mi cuerpo. Yo decido sus límites.

Ella controló el deseo de estrangularlo y buscó su teléfono.

—Voy a llamar a una medibruja.

Él la tomó de nuevo de la muñeca.

—No hemos terminado.

—Claro, sí, carajo. Ya terminamos —dijo ella furiosa—. No voy a tener sexo contigo si te brota sangre como una fuente.

Era una exageración, pero de todas maneras.

La mirada de Hunt era ardiente. Así que Bryce le tocó la espalda, a unos quince centímetros de distancia de la herida. Su mueca de dolor cerró la discusión.

Ella se acomodó la ropa interior y se puso el vestido de nuevo sobre el pecho y brazos y marcó el número de una medibruja pública.

La medibruja llegó y se fue en cuestión de una hora. La herida de Hunt estaba bien, declaró, para el gran alivio de Bryce.

Luego Hunt tuvo el atrevimiento de preguntar si podía tener sexo.

La bruja, había que reconocérselo, no rio. Solamente dijo, *Cuando puedas volar otra vez, entonces diría que ya puedes ser sexualmente activo de nuevo.* Asintió hacia los cojines del sillón, la mancha de sangre que requeriría un hechizo para limpiarse. *Sugeriría que cualquier... interacción que haya causado la lesión de esta noche también se posponga hasta que hayan sanado tus alas.*

Hunt parecía listo para discutir, pero Bryce se apresuró a acompañar a la bruja a la puerta del departamento. Luego lo ayudó a meterse a su cama. A pesar de todas sus preguntas, él se tambaleaba con cada paso. Casi colapsó en su cama. Contestó unos cuantos mensajes en su teléfono y se quedó dormido antes de que ella apagara las luces.

Listo para tener sexo, claro.

Bryce durmió profundo en su propia cama, a pesar de todo lo que había aprendido y visto sobre el sinte.

Pero despertó a las tres. Y supo lo que tenía que hacer.

Escribió un correo electrónico con su petición y sin importar la hora recibió una respuesta en veinte minutos: necesitaría esperar a que la 33a le autorizara su petición. Bryce frunció el ceño. No tenía tiempo para eso.

Salió de su recámara. La puerta de Hunt estaba cerrada, su habitación a oscuras. Él no salió a investigar cuando ella se salió del departamento.

Y se dirigió a su antiguo departamento.

No había estado en esta cuadra en dos años.

Pero cuando dio la vuelta en la esquina y vio las luces y las multitudes aterradas, lo supo.

Supo qué edificio estaba ardiendo a mitad de la cuadra.

Alguien debió haberse dado cuenta de que había entrado a la cuenta de Danika en Industrias Redner. O tal vez alguien había monitoreado su correo electrónico y había visto el mensaje que le había enviado al casero del edificio. Quien hubiera hecho esto, debió actuar rápido al descubrir que vendría a buscar otras pistas que Danika pudiera haber dejado en el departamento.

Tenía que haber más. Danika era inteligente y no habría puesto todos sus descubrimientos en un solo sitio.

En la calle vio a gente aterrorizada y llorando, sus antiguos vecinos, abrazándose y mirando hacia las llamas con incredulidad. El fuego salía de todas las ventanas.

Ella había provocado esto, por su culpa esta gente veía sus casas arder. Se le comprimió el pecho, el dolor no se le quitó al escuchar una ninfa acuática anunciar a su grupo de bomberos que todos los residentes estaban afuera.

Era su culpa.

Pero... eso significaba que se estaba acercando. *Busca donde duela más* le había dicho la Reina Víbora hacía unas semanas. Había creído que la metamorfa se refería a lo que la había lastimado a ella. Pero tal vez se había referido al asesino.

Y al empezar a acercarse a la verdad sobre el sinte... había molestado a alguien.

Bryce iba a medio camino de regreso a su casa cuando vibró su teléfono. Lo sacó de su chamarra reparada con prisas, el ópalo blanco chocó contra la pantalla, y se preparó para las preguntas de Hunt.

Pero era un mensaje de Tharion.

Hay un intercambio en el río en este momento. Hay un barco acá, haciendo señales. Justo después del Muelle Negro. Llega en cinco minutos y te puedo llevar a verlo.

Ella apretó el ópalo blanco en su puño y respondió, *¿Tráfico de sinte?*

Tharion respondió, *No, de algodón de azúcar.*

Ella hizo un gesto de fastidio. *Estaré ahí en tres.*

Y se echó a correr. No llamó a Hunt. Ni a Ruhn.

Sabía lo que le dirían. *No vayas allá sin mí, Bryce. Espera.*

Pero ella no tenía tiempo que perder.

65

Bryce se aferró a la cintura de Tharion con tanta fuerza que era una maravilla que él no tuviera dificultades para respirar. Debajo de ellos, la motocicleta acuática rebotaba en la corriente del río. Sólo el brillo ocasional que pasaba por debajo de la superficie oscura indicaba que había algo o alguien a su alrededor.

Ella titubeó cuando el mer llegó al muelle y detuvo su motocicleta acuática color negro mate. *Es esto o nadar, Piernas*, le informó él.

Ella optó por la motocicleta, pero llevaba los últimos cinco minutos arrepintiéndose.

—Allá —murmuró el mer y apagó el motor de por sí silencioso.

Seguro era un vehículo de espionaje de la Reina del Río. O de Tharion, como su Capitán de Inteligencia.

Bryce miró la pequeña embarcación que flotaba en el río. La niebla la cubría y hacía que las lucesprístinas parecieran esferas flotantes.

—Son seis personas —dijo Tharion.

Ella se asomó hacia la oscuridad que tenían delante.

—No alcanzo a ver qué son. Son formas humanoides.

El cuerpo de Tharion vibraba y la motocicleta flotó hacia adelante, impulsada por una corriente que él estaba haciendo.

—Buen truco —murmuró ella.

—Siempre les gusta a las mujeres —respondió él.

Bryce hubiera reído de no ser porque ya habían llegado cerca de la embarcación.

—Mantente de este lado de la brisa para que no nos huelan.

—Sé cómo ocultarme, Piernas —respondió él, pero la obedeció.

La gente del barco usaba capuchas para protegerse de la lluvia fina pero cuando se acercaron...

—Es la Reina Víbora —dijo Bryce con voz apagada. Nadie más en esta ciudad tendría la desfachatez de usar ese ridículo impermeable morado—. *Estúpida* mentirosa. Dijo que ella no comerciaba con sinte.

—No me sorprende —gruñó Tharion—. Siempre está haciendo cosas sospechosas.

—Sí, pero ¿qué hace ahora, compra o vende?

—Sólo hay una forma de averiguarlo.

Se acercaron más. La embarcación, se dieron cuenta, estaba pintada con un par de ojos de serpiente. Y las cajas estaban apiladas en la parte trasera.

—Vendiendo —apuntó Tharion y movió la barbilla hacia una figura alta frente a la Reina Víbora, parecía enfrascada en una acalorada discusión con alguien a su lado—. Esos son los compradores —con un movimiento de la cabeza señaló a la persona medio oculta en las sombras, que discutía con la figura alta—. Parece que no están de acuerdo en el valor.

La Reina Víbora estaba vendiendo sinte. ¿Había sido ella desde el principio? ¿Era ella responsable de las muertes de Danika y la jauría, a pesar de su coartada? ¿O simplemente había conseguido la sustancia después de que se filtró del laboratorio?

El comprador que discutía sacudió la cabeza con molestia clara. Pero su socio pareció ignorar lo que se estaba diciendo y le lanzó a la Reina Víbora lo que parecía ser un costal oscuro. Ella miró al interior y sacó algo. El oro brilló en la niebla.

—Eso es un putamadral de dinero —murmuró Tharion—. Suficiente para todo ese cargamento, apuesto.

—¿Puedes acercarte más para que podamos oír?

Tharion asintió y empezaron a deslizarse otra vez. La embarcación se veía muy cerca, pero todos a bordo estaban atentos al trato que estaba teniendo lugar y no a las sombras más allá.

La Reina Víbora les decía:

—Creo que esto será suficiente para sus fines.

Bryce sabía que debería llamar a Hunt y Ruhn y a todos los legionarios y miembros del Aux para que le pusieran fin a esto antes de que más sinte llegara a las calles o terminara en peores manos. En las manos de fanáticos como Philip Briggs y la gente de su calaña.

Ella sacó el teléfono del bolsillo de su chamarra y presionó un botón para evitar que la pantalla se encendiera. Otro botón hizo aparecer la función de la cámara. Ella tomó unas fotos del barco, la Reina Víbora y la figura alta frente a ella. Humano, metamorfo o hada, no podía ver debajo de la capucha.

Bryce marcó el número de Hunt.

La Reina Víbora dijo a los compradores:

—Creo que es el principio de una hermosa amistad, ¿no creen?

El comprador más alto no respondió. Sólo se dio la vuelta para ver a sus compañeros, el disgusto era legible en todos sus movimientos cuando las lucesprístinas iluminaron la cara debajo de la capucha.

—Puta madre —susurró Tharion.

Todo pensamiento se drenó de la mente de Bryce.

No quedaba nada en ella salvo el silencio ensordecedor al ver con claridad la cara de Hunt.

66

Bryce no supo cómo terminó en la embarcación. Lo que le dijo a Tharion para que se acercara. Cómo se subió de la motocicleta acuática al barco.

Pero sucedió rápido. Tan rápido que Hunt sólo había dado tres pasos antes de que Bryce estuviera ahí, empapada y preguntándose si vomitaría.

Encañonaron las pistolas, apuntándole a ella. Ella no las vio.

Sólo vio a Hunt voltear a verla con los ojos muy abiertos.

Por supuesto que no lo había reconocido a la distancia. No tenía alas. Pero el cuerpo poderoso, la altura, el ángulo de su cabeza... Todo era él.

Y su colega detrás de él, la que había entregado el dinero: Viktoria. Justinian salió de entre las sombras más allá, llevaba las alas pintadas de negro para ocultarlas bajo la luz de la luna.

Bryce apenas era consciente de que Tharion estaba detrás de ella, diciéndole a la Reina Víbora que estaba arrestada en nombre de la Reina del Río. Apenas era consciente de la risa de la Reina Víbora.

Pero lo único que escuchó fue a Hunt exhalar:

—Bryce.

—¿Qué carajos es esto? —susurró ella. La lluvia le golpeaba la cara. No podía escuchar, no podía respirar, no podía pensar cuando repitió con la voz quebrada—: ¿Qué *carajos* es esto, Hunt?

—Es exactamente lo que parece —dijo una voz fría y grave detrás de ella.

En una tormenta de alas blancas, Micah emergió de entre la niebla y aterrizó, flanqueado por Isaiah, Naomi y otros seis ángeles, todos armados hasta los dientes y vestidos con el negro de la legión. Pero no hicieron ningún movimiento para incapacitar a la Reina Víbora ni sus secuaces.

No, todos estaban enfrentando a Hunt y sus compañeros. Les apuntaban con las pistolas.

Hunt miró al gobernador, luego a la Reina Víbora.

—Maldita perra —murmuró.

La Reina Víbora rio. Le dijo a Micah:

—Ahora me debes un favor, gobernador.

Micah movió la barbilla en confirmación.

Viktoria le gritó a la reina y el halo se arrugó en su frente.

—Nos pusiste una trampa.

La Reina Víbora se cruzó de brazos.

—Sabía que valdría la pena ver quién buscaría esta mierda cuando se corrió la voz de que había conseguido un cargamento —dijo con una señal hacia el sinte. Su sonrisa era de veneno puro cuando miró a Hunt—. Esperaba que fueras tú, Umbra Mortis.

El corazón de Bryce latía desbocado.

—¿De qué estás hablando?

Hunt giró hacia ella, su rostro lucía pálido en los reflectores.

—No se suponía que sería así, Bryce. Tal vez al principio, pero vi ese video esta noche y traté de detenerlo, de detenerlos, pero no *escucharon* carajo...

—Estos tres pensaron que el sinte sería una manera fácil de recuperar lo que les quitaron —dijo la Reina Víbora. Hizo una pausa viciosa—. El poder de derrocar a sus amos.

El mundo se movió debajo de sus pies. Bryce dijo:

—No te creo.

Pero el destello de dolor en los ojos de Hunt le dijo que su fe ciega y estúpida en su inocencia le partía el alma.

—Es verdad —dijo Micah con voz gélida—. Estos tres se enteraron del sinte hace días y desde entonces han buscado comprarlo y distribuirlo entre sus compañeros con proclividades rebeldes. Para aprovechar sus poderes el tiempo suficiente para romper sus halos y terminar lo que Shahar empezó en el monte Hermon —asintió hacia la Reina Víbora—. Ella tuvo la amabilidad de informarme de este plan después de que Justinian intentó reclutar a una mujer bajo su... influencia.

Bryce negó con la cabeza. Estaba temblando con tanta fuerza que Tharion la sostuvo de la cintura.

—Te dije que te llegaría al precio, Athalar —dijo la Reina Víbora.

Bryce empezó a llorar. Odió cada una de las lágrimas, cada temblor, cada jadeo estúpido. Odió el dolor en la mirada de Hunt cuando la veía, sólo a ella, y dijo:

—Lo siento.

Pero Bryce preguntó:

—¿Hace *días*?

Silencio.

Ella repitió:

—¿Sabías sobre el sinte desde hace *días*?

Su corazón, era su estúpido y tonto corazón que se cuarteaba en mil pedazos...

Hunt dijo:

—Micah me asignó a algunas víctimas. Tres narcotraficantes. Ellos me dijeron que hacía dos años, del laboratorio de Redner se había filtrado una pequeña cantidad de sinte a las calles. Pero se terminó rápido... demasiado rápido. Dijeron que después de dos años de intentar replicarlo, alguien al fin había logrado reproducir la fórmula y que ahora se estaba produciendo y que podría aumentar nuestro poder. Yo no pensé que tuviera nada que ver con el caso, hasta hace poco. No sabía la verdad sobre qué demonios podía *hacer* hasta que vi las grabaciones de las pruebas.

—¿Cómo? —la palabra de Bryce atravesó la lluvia—. ¿Cómo se filtró?

Hunt sacudió la cabeza.

—No importa.

Micah dijo con frialdad:

—Danika Fendyr.

Bryce retrocedió un paso y chocó con Tharion.

—No es posible.

Hunt dijo con una suavidad que la decimó:

—Danika lo vendió, Bryce. Por eso la vieron en el barco con la caja. Lo supe desde hace casi una semana. Ella se robó la fórmula, vendió lo que tenía y... —se detuvo.

—¿Y *qué*? —susurró Bryce—. ¿Y *qué*, Hunt?

—Y Danika lo usaba. Era adicta.

Iba a vomitar.

—Danika *nunca* lo hubiera hecho. Nunca hubiera hecho *nada* de esto.

Hunt volvió a hacer un movimiento de negación con la cabeza.

—Lo hizo, Bryce.

—No.

Cuando Micah no los interrumpió, Hunt siguió:

—Mira la evidencia —su voz era aguda como cuchillos—. Mira los últimos mensajes que se mandaron. Las drogas que encontramos en tu cuerpo esa noche, eso era normal para ustedes. ¿Qué más daba otra droga? Una que en pequeñas dosis tenía un efecto más intenso; que le ayudara a sentirse mejor después de un día difícil, después de que Sabine la hubiera hecho pedazos; que le diera una probada de lo que sería ser la Premier de los lobos, que le *daba* ese poder, porque estaba esperando a hacer el Descenso contigo.

—No.

La voz de Hunt se quebró.

—Lo consumía, Bryce. Todo apunta a que ella mató a esos dos estudiantes de UCM la noche que robaron el

Cuerno. Ellos la vieron robarlo y ella los persiguió y los mató.

Bryce recordó la palidez de Danika cuando le dijo sobre las muertes de los estudiantes, su mirada atormentada.

—No es verdad.

Hunt negó con la cabeza. Como si pudiera deshacerlo, borrarlo de su mente.

—Esos narcotraficantes que maté me dijeron que habían visto a Danika por el Mercado de Carne. Hablando sobre sinte. Así fue como Danika conoció a Maximus Tertian: él era adicto como ella. La novia no tenía idea.

—No.

Pero Hunt volteó a ver a Micah.

—Asumo que ya nos iremos ahora.

Extendió las muñecas. Para que lo esposaran. Y sí, en las manos de Isaiah brillaban las piedras gorsianas, las esposas gruesas que anulaban la magia.

El arcángel dijo:

—¿No le vas a contar el resto?

Hunt se quedó inmóvil.

—No hace falta. Vámonos.

—Decirme qué —susurró Bryce. Tharion le apretó los brazos como advertencia.

—Que ya sabe la verdad sobre el asesinato de Danika —dijo el arcángel con frialdad. Aburrido. Como si hubiera hecho esto miles de veces en mil casos distintos. Como si él ya hubiera adivinado.

Bryce miró a Hunt y lo vio en sus ojos. Empezó a sacudir la cabeza llorando.

—No.

Hunt dijo:

—Danika tomó sinte la noche que murió. Tomó demasiado. La volvió loca. Mató a su propia jauría. Y luego se mató.

Lo único que la mantenía de pie era que Tharion la estaba sosteniendo.

—No, no, no...

Hunt dijo:

—Por eso nunca hubo audio del asesino, Bryce.

—Ella estaba rogando por su vida...

—Se estaba rogando a ella misma para detenerse —dijo Hunt—. Los únicos gruñidos en la grabación eran los suyos.

Danika. Danika había matado a la jauría. Había matado a Thorne. Mató a Connor.

Y luego se hizo pedazos.

—Pero el Cuerno...

—Debe haberlo robado para hacer enojar a Sabine. Y luego seguro lo vendió en el mercado negro. No tenía nada que ver con esto. El objetivo siempre fue el sinte.

Micah interrumpió.

—Sé de buena fuente que Danika robó grabaciones de las pruebas del sinte de los laboratorios Redner.

—Pero el kristallos...

—Un efecto secundario del sinte cuando se usa en dosis altas —dijo Micah—. El aumento de la magia poderosa que le da al usuario también le da la capacidad de abrir portales, gracias a la sal de obsidiana en la fórmula. Danika hizo eso e invocó al kristallos por accidente. La sal negra del sinte puede tener mente propia. Una especie de conciencia. Su medida en la fórmula del sinte es el número maldito del kristallos. Con dosis altas de sinte, el poder de la sal adquiere el control y puede invocar al kristallos. Por eso los hemos estado viendo recientemente... la droga está en las calles ahora, en dosis con frecuencia más altas de las recomendadas. Como sospechabas, el kristallos se alimenta de órganos vitales y usa el sistema de alcantarillado para depositar los cuerpos en el agua. Las dos víctimas recientes, la acolita y el guardia del templo, fueron las víctimas desafortunadas de alguien que estaba consumiendo sinte.

Se hizo el silencio de nuevo. Y Bryce volvió a voltear a ver a Hunt.

—Lo sabías.

Él la miró a los ojos.

—Lo siento.

La voz de Bryce se elevó hasta convertirse en un grito.

—*¡Lo sabías!*

Hunt dio un paso, hacia ella.

Una pistola brilló en la oscuridad, se presionó contra su cabeza y lo detuvo en seco.

Bryce conocía esa pistola. Las alas plateadas talladas en el cañón negro.

—Te mueves, ángel, y te mueres.

Hunt levantó las manos. Pero no dejó de mirar a Bryce cuando Fury Axtar emergió de las sombras entre las cajas de sinte.

Bryce no se preguntó cómo había llegado Fury sin que siquiera Micah se diera cuenta o cómo había sabido que debía estar aquí. Fury Axtar era la noche líquida... se había vuelto famosa por conocer los secretos del mundo.

Fury pasó a un lado de Hunt y se acercó a Bryce. Guardó la pistola en la funda que tenía en el muslo, su traje negro entallado brillaba por la lluvia, llevaba el pelo negro al hombro, empapado.

—Lárgate de mi vista —le dijo a la Reina Víbora.

—Es mi barco —sonrió con ironía.

—Entonces vete a alguna parte donde no pueda ver tu cara.

Bryce no tenía ya energía para sorprenderse de que la Reina Víbora obedeciera las órdenes de Fury.

No tenía energía para hacer otra cosa que ver a Hunt.

—Lo sabías —dijo de nuevo.

Los ojos de Hunt la estudiaron.

—Nunca quise que salieras lastimada. No quería que supieras...

—*¡Lo sabías, lo sabías, lo sabías!* —él había descifrado la verdad y durante casi una semana no le había dicho nada. La había dejado hablar y hablar sobre cuánto amaba a su amiga, lo maravillosa que había sido Danika y la había dejado dar *vueltas*—. Me querías convencer de que investigar el sinte era una pérdida de tiempo —apenas pudo decirlo— porque ya sabías la verdad. Porque *mentiste* —apuntó hacia las cajas de drogas con el brazo—. Porque supiste la verdad y luego te diste cuenta de que querías el sinte para ti. Y cuando querías ayuda de la medibruja para encontrar un antídoto... Era para *ti*. Todo esto para qué... ¿para rebelarte otra vez?

Hunt cayó de rodillas, como si le fuera a rogar que lo perdonara.

—Al principio sí, pero todo se basaba en el rumor de sus efectos. Luego hoy vi las grabaciones que encontraste y quise salirme del trato. Sabía que no estaba bien, nada de esto. Ni siquiera con el antídoto. Es demasiado peligroso. Me di cuenta de que es el camino equivocado. Pero tú y yo, Bryce... Quiero estar contigo. Una vida... contigo. *Tú* eres mi puto camino —apuntó a Justinian y Viktoria, con sus rostros serios y esposados—. Les envié mensajes para decirles que ya había terminado todo, pero se asustaron, se pusieron en contacto con la Reina Víbora e insistieron que la compra se hiciera *esta noche*. Juro que vine a detenerlos, a ponerle un puto *final* a todo esto antes de que se volviera un desastre. Yo *nunca*...

Ella tomó el ópalo blanco de su chamarra y se lo lanzó.

Se lo lanzó con tanta fuerza que chocó contra la cabeza de Hunt. La sangre empezó a correrle por la sien. Como si el mismo halo estuviera sangrando.

—No quiero volverte a ver nunca —susurró mientras Hunt veía el ópalo manchado de sangre sobre la cubierta.

—No será problema —dijo Micah.

Isaiah avanzó con las esposas de piedra gorsiana que relucían como fuego de amatista. Las mismas que estaban alrededor de las muñecas de Viktoria y Justinian.

Bryce no podía dejar de temblar y se apoyó en Tharion, Fury era una fuerza silenciosa a su lado.

—Bryce, lo siento —dijo Hunt cuando Isaiah le puso las esposas—. No podía soportar pensar en...

—Es suficiente —dijo Fury—. Ya dijiste e hiciste suficiente —miró a Micah—. Ella ya terminó con ustedes. Con todos ustedes —tiró de Bryce hacia la motocicleta acuática al lado de la de Tharion y el mer les cuidó las espaldas—. Si la vuelves a molestar te visitaré a *ti*, gobernador.

Bryce no se dio cuenta cuando la pusieron sobre la moto. Ni cuando Fury se subió frente a ella y encendió el motor. Ni cuando Tharion se subió a la suya y las siguió para irlas vigilando de regreso a la orilla.

—Bryce —intentó Hunt de nuevo cuando ella abrazó la diminuta cintura de Fury—. Tu corazón ya estaba tan roto, y lo último que quería hacer era...

Ella no volteó a verlo cuando el viento le azotó el cabello y la motocicleta arrancó hacia la lluvia y la oscuridad.

—*¡BRYCE!* —gritó Hunt.

Ella no miró atrás.

67

Ruhn estaba en el vestíbulo del departamento cuando Fury la dejó. Tharion las dejó en los muelles y dijo que iba a ayudar con el cargamento confiscado de sinte. Fury se fue tan rápido que Bryce supo que iría a asegurarse de que la Reina Víbora no hubiera robado nada.

Ruhn no dijo nada mientras subieron en el elevador.

Pero ella sabía que Fury le había dicho. Sabía que lo había llamado para que fuera.

Su amiga había estado mensajeando a alguien cuando volvían caminando de los muelles. Y ella alcanzó a ver a Flynn y Declan de guardia en las azoteas de su cuadra, armados con sus rifles de largo alcance.

Su hermano no habló hasta que llegaron al departamento, el lugar oscuro y vacío y extraño. Toda la ropa y el equipo que pertenecía a Hunt era como una víbora lista para morder. Esa mancha de sangre en el sillón era la peor.

Bryce logró llegar a mitad de la estancia antes de vomitar por toda la alfombra.

Ruhn llegó a su lado de inmediato, la rodeó con los brazos y sus sombras.

Ella podía sentir sus propios sollozos, escucharlos; aunque eran distantes. Todo el mundo era distante cuando Ruhn la tomó en sus brazos y la cargó hacia el sillón, lejos del punto donde ella se había entregado por completo a Hunt. Pero no hizo ningún comentario sobre la mancha de sangre ni los olores que podrían haber quedado ahí.

No era verdad. No podía ser verdad.

No era mejor que un grupo de drogadictos. Eso era lo que Hunt había implicado. Que ella y Danika no eran mejor que dos adictas, inhalaban y se metían todo lo que caía en sus manos.

Pero no era así. Nunca había sido así. Había sido estúpido, pero había sido por diversión, por distracción y liberación, nunca por motivos oscuros...

Estaba temblando tanto que pensó que se le iban a romper los huesos.

Ruhn la sostuvo con más fuerza, como si él la pudiera mantener en una sola pieza.

Hunt debería haber sabido que ella estaba cerca de conocer la verdad cuando le mostró los videos de las pruebas. Así que le dijo las mentiras sobre el final feliz para los dos, un *futuro* para ellos, la distrajo con su boca y sus manos. Y luego, como uno de los triarii, había recibido la alerta de su antiguo casero sobre su petición de visitar el departamento y se salió, dejándola pensar que estaba dormido. Quizás él mismo provocó el incendio con sus relámpagos.

Recordó que la ninfa acuática dijo que no había habido víctimas. ¿Algún resto de decencia en Hunt lo había hecho activar las alarmas contra incendios para alertar a la gente? Ella tenía que creerlo.

Pero cuando Hunt quemó todo el edificio para que no quedara ninguna evidencia, se reunió con la Reina Víbora para negociar lo que necesitaba para su rebelión. Ella no le creyó sus mentiras sobre salirse del trato. Ni un segundo. Él sabía todo lo que le iba a pasar. Habría dicho cualquier cosa.

Danika había matado a la Jauría de Diablos. Había matado a Thorne y a Connor. Y luego se había suicidado.

Y ahora Danika seguía viviendo, en la vergüenza, entre los mausoleos de la Ciudad Durmiente. Sufriendo. Por Bryce.

No era verdad. No podía ser verdad.

Para cuando Fury regresó, Bryce llevaba horas viendo el mismo punto en la pared. Ruhn la dejó en el sillón para hablar con la asesina en la cocina.

Bryce oía sus murmullos de todas maneras.

Athalar está en una de las celdas debajo del Comitium dijo Fury.

¿Micah no lo ejecutó?

No. Justinian y Viktoria... Crucificó al ángel y le hizo alguna mierda horrible a la espectro.

¿Están muertos?

Peor. Justinian sigue desangrándose en el vestíbulo del Comitium. Le dieron algo para hacer más lenta su sanación. Morirá pronto si tiene suerte.

¿Y la espectro?

Micah la arrancó de su cuerpo y metió su esencia en una caja de vidrio. La puso en la base del crucifijo de Justinian. Los rumores dicen que va a echar la caja, Viktoria, a la fosa Melinoë y la va a dejar caer al fondo del mar para que se vuelva loca en el aislamiento y la oscuridad.

Carajo. ¿No puedes hacer nada?

Son traidores contra la República. Los capturaron conspirando en su contra. Así que, no.

¿Pero Athalar no está crucificado junto a Justinian?

Creo que Micah pensó en un castigo diferente para él. Algo peor.

¿Qué podría ser peor que lo que están soportando los otros dos?

Hizo una pausa larga y horrible. *Muchas cosas, Ruhn Danaan.*

Bryce procesó las palabras. Se quedó sentada en el sillón y vio la pantalla oscura de la televisión. Y miró hacia el vacío negro dentro de ella misma.

PARTE IV

EL DESFILADERO

68

Por alguna razón, Hunt había esperado un calabozo de piedra.

No sabía por qué, ya que había estado en estas celdas debajo del Comitium incontables veces para depositar a los pocos enemigos que Micah quería vivos, pero de alguna manera se había imaginado su captura similar a lo que había sucedido en Pangera: los calabozos oscuros y sucios de los asteri, tan similares a los del palacio de Sandriel.

No esta celda blanca, la magia vibraba en las barras de cromo para anular la suya. Una pantalla en el pasillo mostraba lo que sucedía en el atrio del Comitium: el cuerpo clavado en el crucifijo de hierro en el centro y la caja de vidrio, cubierta de sangre que le caía de arriba, a sus pies.

Justinian todavía gemía de vez en cuando, los dedos de sus pies o sus manos se movían mientras él se asfixiaba despacio, su cuerpo intentaba sin éxito sanar sus pulmones agotados. Ya le habían cortado las alas. Estaban en el piso de mármol detrás de él.

La esencia invisible de Viktoria en la caja de cristal estaba obligada a ver. A soportar la sangre de Justinian que caía en la tapa de su contenedor.

Hunt se sentó en el pequeño catre y vio cada segundo de lo que les habían hecho. Cómo gritó Viktoria cuando Micah la arrancó de ese cuerpo en el que llevaba atrapada tanto tiempo. Cómo había peleado Justinian, incluso cuando le sostuvieron el cuerpo brutalizado sobre el crucifijo, incluso cuando las estacas de hierro le perforaron el cuerpo. Incluso cuando levantaron el crucifijo y empezó a gritar de dolor.

Se escuchó el sonido de una puerta que se abría en el pasillo. Hunt no se levantó del catre para ver quién se acercaba. La herida de su sien ya había sanado, pero él no se había molestado en limpiarse la sangre que le manchaba la mejilla y la mandíbula.

Los pasos que venían por el pasillo eran firmes y sin prisa. Isaiah.

Hunt siguió sentado cuando su antiguo compañero se detuvo frente a las barras.

—Por qué.

No había nada encantador, nada cálido en la cara apuesta. Sólo rabia, agotamiento y miedo.

Hunt dijo, consciente de todas las cámaras y sin que le importara ya:

—Porque esto tiene que parar en algún momento.

—Terminará cuando estés *muerto*. Cuando *toda la gente que amamos* esté muerta —dijo Isaiah señalando la pantalla detrás de él, el cuerpo destrozado de Justinian y la caja empapada de sangre de Viktoria—. ¿Eso te hace sentir que estabas en el camino correcto, Hunt? ¿Valió la pena?

Cuando recibió el mensaje de Justinian de que iban a hacer el intercambio, cuando se metió a la cama, se dio cuenta de que *no* valía la pena. Ni siquiera con el antídoto de la medibruja. No después de estas semanas con Bryce. No después de lo que habían hecho en ese sillón. Pero Hunt dijo, porque seguía siendo verdad:

—Nada ha cambiado desde monte Hermon, Isaiah. Nada ha mejorado.

—¿Cuánto tiempo llevan ustedes tres planeando esto?

—Desde que maté a esos tres narcotraficantes. Desde que me dijeron sobre el sinte y todo lo que podía hacer. Desde que me dijeron qué tipo de poder le dio a Danika Fendyr cuando lo tomaba en las dosis adecuadas. Decidimos que había llegado el momento. Ningún otro puto trato con Micah. No más muertes por muertes. Sólo las que *nosotros* decidiéramos.

Los tres sabían que había un lugar, una persona, que podría conseguir el sinte. Él había visitado a la Reina Víbora unos días antes. La encontró en su madriguera de venenos y le dijo lo que quería. Vik tenía el oro, gracias a los cheques que llevaba siglos ahorrando.

No se le ocurrió que la serpiente estaría coludida con el arcángel. Ni que estuviera buscando estar en tratos con él.

Isaiah sacudió la cabeza.

—¿Y creíste que Vik, Justinian, *tú* y los idiotas que los estén siguiendo, podían usar el sinte y hacer qué? ¿Matar a Micah? ¿A Sandriel? ¿A todos?

—Ésa era la idea.

Habían planeado hacerlo durante la Cumbre. Y después, todos irían a Pangera. A la Ciudad Eterna. Y terminarían lo que habían empezado hacía tanto tiempo.

—¿Qué tal si se hubieran pasado de la dosis, si hubieran tomado tanto que se hicieran pedazos a ustedes mismos?

—Yo estaba consiguiendo un antídoto —dijo Hunt encogiéndose de hombros—. Pero ya confesé todo, así que ahórrate el interrogatorio.

Isaiah golpeó los barrotes de la celda con la mano. El viento aulló en el corredor a sus espaldas.

—No podías superarlo, no podías servir y probar tu valor y...

—Traté de detenerlo, carajo. Estaba en ese barco porque me di cuenta... —negó con la cabeza— ya da igual. Pero sí lo intenté. Vi las grabaciones de lo que le hacía a quien lo tomaba e incluso con un antídoto, era demasiado peligroso. Pero Justinian y Vik se negaron a renunciar. Para cuando Vik le dio el oro a la Reina Víbora, yo sólo quería que cada quien se fuera por su lado.

Isaiah movió la cabeza, asqueado.

Hunt escupió.

—Tal vez puedas soportar la correa que traes al cuello, pero yo *nunca* lo haré.

—No lo soporto —siseó Isaiah—, pero tengo una razón para trabajar por mi libertad, Hunt —le brillaron los ojos—. Pensé que tú también.

Hunt sintió que el estómago se le hacía un nudo.

—Bryce no tuvo nada que ver en esto.

—Por supuesto que no. Le rompiste el puto corazón enfrente de todos. Era obvio que ella no tenía idea.

Hunt se encogió un poco y sintió dolor en el pecho.

—Micah no irá tras ella para...

—No. Tienes mucha puta suerte, pero no. No la va a crucificar para castigarte. Aunque serías muy ingenuo si pensaras que no lo contempló

Hunt no pudo controlar el escalofrío de alivio.

Isaiah dijo:

—Micah sabe que intentaste detener el plan. Vio los mensajes entre tú y Justinian. Por eso ellos están ahora en el vestíbulo y tú estás aquí.

—¿Qué va a hacer conmigo?

—No lo ha declarado todavía —su rostro se suavizó un poco—. Vine a despedirme. Por si no podemos hacerlo después.

Hunt asintió. Había aceptado su destino. Había intentado y fallado, y pagaría el precio. Otra vez.

Era un mejor fin que la muerte lenta de su alma al ir tomando una vida tras otra bajo las órdenes de Micah.

—Dile que lo siento —dijo Hunt—. Por favor.

Al final del día, a pesar de Vik y Justinian, a pesar del brutal fin que le aguardaba, la expresión en la cara de Bryce era lo que lo atormentaba. Las lágrimas que él había provocado.

Le había prometido un futuro y luego le provocó ese dolor, desesperación y pesar a su cara. Nunca se había odiado más a sí mismo.

Isaiah levantó los dedos hacia los barrotes, como si quisiera tocar la mano de Hunt, pero luego la volvió a bajar.

—Lo haré.

—Han pasado tres días —dijo Lehabah—. Y el gobernador no ha anunciado lo que hará con Athie.

Bryce levantó la vista del libro que estaba leyendo en la biblioteca.

—Apaga esa televisión.

Lehabah no le hizo caso. Tenía el rostro pegado a la pantalla de la tableta. Los videos del vestíbulo del Comitium y el cadáver putrefacto del soldado triarii que estaba ahí crucificado. La caja de vidrio cubierta de sangre debajo. A pesar de las interminables especulaciones de los comentaristas y analistas, no se había filtrado información sobre por qué dos de los soldados más cercanos a Micah habían sido ejecutados con tal brutalidad. *Un golpe fallido* era todo lo que se había sugerido. No habían hecho ninguna mención de Hunt. Si vivía.

—Está vivo —susurró Lehabah—. Lo sé. Lo puedo sentir.

Bryce recorrió una línea de texto con el dedo. Era la décima vez que intentaba leerla en los veinte minutos desde que el mensajero se había ido. Había llegado para darle un frasco del antídoto que le enviaba la medibruja que le había sacado el veneno del kristallos de la pierna. Al parecer, había encontrado la manera de hacer que el antídoto funcionara sin que ella estuviera presente. Pero Bryce no se maravilló. No ahora que el frasco era un recordatorio silencioso de lo que ella y Hunt habían compartido ese día.

Ella consideró tirarlo, pero optó por guardar el antídoto en la caja fuerte de la oficina de Jesiba, junto a esa bala de oro de quince centímetros para el rifle Matadioses. Vida y muerte, salvación y destrucción, ahora encerrados ahí juntos.

—Violet Kappel dijo en las noticias de la mañana que podría haber más rebeldes...

—Apaga esa pantalla, Lehabah, antes de que la arroje al puto tanque.

Sus palabras duras hicieron un corte en la biblioteca. Las criaturas que se movían en sus jaulas se quedaron quietas. Incluso Syrinx despertó de su siesta.

Lehabah se apagó un poco y se puso color rosado claro.

—¿Estás segura de que no hay nada que podamos...?

Bryce cerró el libro de un golpe y se lo llevó hacia las escaleras.

No escuchó las siguientes palabras de Lehabah porque sonó el timbre de la puerta. El trabajo había estado más activo que lo normal, un gran total de seis compradores perdiendo su tiempo preguntando sobre cosas que no tenían interés en comprar. Si tenía que lidiar con un idiota más este día...

Miró los monitores. Y se quedó congelada.

El Rey del Otoño miró la galería, la sala de exhibición llena de artefactos invaluables, la puerta que llevaba a la oficina de Jesiba y la ventana que veía hacia todo el piso. Miró la ventana suficiente tiempo para que Bryce se preguntara si de alguna manera podía ver por el vidrio cromado y distinguir el rifle Matadioses montado en la pared detrás del escritorio de Jesiba. Si podría percibir su presencia mortal y la de la bala dorada en la caja fuerte en la pared a su lado. Pero el rey siguió mirando hacia la puerta de hierro sellada a su derecha y al fin, al fin a Bryce.

Nunca había venido a verla. En todos estos años, nunca había venido. ¿Por qué tomarse la molestia?

—Hay cámaras en todas partes —dijo ella y se quedó sentada detrás de su escritorio, odiando su aroma a ceniza y nuez moscada que la arrastraba doce años al pasado, a la niña de trece años que lloraba, la niña que había sido la última vez que había hablado con él—. En caso de que estés pensando robarte algo.

Él no hizo caso a la provocación y se metió las manos en los bolsillos de sus jeans negros, todavía estudiando la galería en silencio. Era hermoso, su padre. Alto, musculoso y con un rostro de una belleza absoluta debajo de ese cabello largo y rojo, de la misma tonalidad y textura sedosa que el de ella. Se veía apenas unos años mayor que ella también... vestido como joven, con los jeans negros y camiseta de manga larga a juego. Pero sus ojos color ámbar eran antiguos y crueles, y al final dijo:

—Mi hijo me contó lo que ocurrió en el río la noche del miércoles.

Cómo había logrado hacer que ese ligero énfasis en *mi hijo* se convirtiera en un insulto era algo que ella no lograba comprender.

—Ruhn es un buen perro.

—El *príncipe* Ruhn consideró necesario que lo supiera porque tú podrías estar... en peligro.

—¿Y esperaste tres días? ¿Estabas esperando que a mí también me crucificaran?

A su padre le brillaron los ojos.

—Vine a decirte que tu seguridad ha sido garantizada y que el gobernador sabe que tú fuiste inocente en el asunto y no se atreverá a lastimarte. Ni siquiera por castigar a Hunt Athalar.

Ella resopló. Su padre se quedó inmóvil.

—Eres muy tonta si piensas que eso no sería suficiente para quebrar al fin a Athalar.

Ruhn seguro le había dicho eso también. El desastre que había sido todo esto entre ella y Hunt. Lo que fuera que hubiera sido. Como se le pudiera llamar a cómo la había usado.

—No quiero hablar de esto.

No con él, no con nadie. Fury había vuelto a desaparecer y aunque Juniper le había enviado un mensaje, Bryce no quiso hablar mucho. Luego madre y Randall empezaron a llamarla. Y empezaron las grandes mentiras.

No supo por qué mintió sobre el involucramiento de Hunt. Tal vez para explicar su propia estupidez por dejar entrar a Hunt en su vida, por ser tan pinche *ciega* frente al hecho de que la había engañado cuando todos se lo habían advertido, incluso cuando él mismo *le dijo* que amaría a Shahar hasta el día de su muerte. La destrozaba saber que había elegido al arcángel y su rebelión por encima de ella, por encima de *ellos*... No podía hablar con su madre sobre eso. No sin perder por completo lo que le quedaba de su capacidad para funcionar.

Así que Bryce regresó al trabajo porque ¿qué más podía hacer? No había recibido respuesta de los lugares donde había enviado sus solicitudes de trabajo.

—*No* voy a hablar de esto —repitió.

—Hablarás de esto. Con tu rey.

Las brasas de su poder hicieron parpadear las luces-prístinas.

—Tú no eres mi rey.

—Legalmente, lo soy —dijo su padre—. Estás registrada como ciudadana mitad hada. Bajo mi jurisdicción en esta ciudad y como miembro de la Casa de Cielo y Aliento.

Ella hizo sonar sus uñas.

—¿Entonces de qué quieres hablar, *Su Majestad*?

—¿Ya dejaron de buscar el Cuerno?

Ella parpadeó.

—¿Eso importa todavía?

—Es un artefacto mortífero. Sólo porque averiguaste la verdad sobre Danika y Athalar no significa que quien lo quiera usar ya terminó.

—¿No te dijo Ruhn? Danika robó el Cuerno por diversión. Lo tiró en alguna parte cuando estuvo drogadísima. Era un callejón sin salida —al ver la expresión molesta de su padre, explicó—. Danika y los demás que usaron sinte invocaron a los kristallos por accidente, gracias a la sal negra que contiene. Nos equivocamos al buscar el Cuerno. Nadie lo está buscando.

No podía decidir a quién odiaba más: a Hunt, Danika o a ella misma por no ver sus mentiras. Por no *querer* ver nada de eso. La atormentaba cada paso, cada respiración, ese odio. Le quemaba el interior.

—Aunque ningún enemigo lo esté buscando, vale la pena asegurarse de que el Cuerno no caiga en las manos equivocadas.

—¿Sólo en manos de hadas, verdad? —dijo ella con una sonrisa fría—. Pensé que tu hijo El Elegido estaba buscándolo.

—Está ocupado en otras cosas.

Ruhn debió haberlo mandado al carajo.

—Bueno, si puedes pensar dónde lo tiró Danika en su estupor, soy toda oídos.

—No es un asunto trivial. Incluso si el Cuerno ya no sirve, sigue teniendo un lugar especial en la historia de las hadas. Recuperarlo significará mucho para mi gente. Creo que con tu *experiencia profesional* esa búsqueda podría ser de tu interés. Y del de tu jefa.

Ella miró la pantalla de su computadora.

—Como sea.

Él se detuvo un momento y luego su poder vibró y deformó todo el audio que se escuchaba cuando dijo:

—Yo amaba mucho a tu madre, sabes.

—Sí, tanto que le dejaste esa cicatriz en la cara.

Ella podría haber jurado que él se encogió un poco.

—No creas que no he pasado cada momento desde entonces arrepentido de mis actos. Viviendo en la vergüenza.

—Me tenías engañada.

Su poder retumbó por toda la habitación.

—Te pareces tanto a ella. Más de lo que sabes. Ella nunca perdonó a nadie por nada.

—Lo tomaré como un cumplido.

Ese mismo fuego ardía en su cabeza, en sus huesos.

Su padre dijo en voz baja:

—La hubiera hecho mi reina. Tenía listos los documentos.

Ella parpadeó.

—Qué poco elitista de tu parte. Me sorprende —su madre nunca lo había sugerido ni implicado—. Ella hubiera odiado ser reina. Hubiera dicho que no.

—Me amaba lo suficiente para decir que sí.

Certeza absoluta en sus palabras.

—¿Crees que de alguna manera borra lo que hiciste?

—No. Nada borrará jamás lo que hice.

—Ahorrémonos esta mierda de cuánto sufres. ¿Viniste aquí después de todos estos años para decirme estas estupideces?

Su padre la vio un largo rato. Luego se dirigió a la puerta y la abrió en silencio. Pero antes de salir a la calle, su cabello rojo brilló bajo la luz del atardecer y dijo:

—Vine aquí después de tantos años para decirte que tal vez seas como tu madre pero que también te pareces más a mí de lo que te das cuenta —le brillaron los ojos color ámbar, iguales a los de ella—. Y no es bueno.

La puerta se cerró y la galería se oscureció. Bryce se quedó mirando la pantalla de la computadora frente a ella y luego escribió unas palabras.

Seguía sin saber nada de Hunt. No lo mencionaban en las noticias. Ni un comentario sobre si el Umbra Mortis estaba en prisión, o torturado o vivo o muerto.

Como si él nunca hubiera existido. Como si ella lo hubiera soñado.

69

Hunt comía porque su cuerpo lo exigía, dormía porque no había otra cosa que hacer y veía la pantalla de la televisión en el pasillo al otro lado de los barrotes de su celda porque él se había buscado esto junto con Vik y Justinian, y no había manera de deshacerlo.

Micah había dejado el cuerpo de Justinian crucificado y estaría ahí colgado siete días completos antes de que lo bajaran del crucifijo y luego lo tirarían al Istros. No habría Travesías para los traidores. Sólo los estómagos de las bestias del río.

La caja de Viktoria ya había sido lanzada a la fosa Melinoë.

Pensar en ella atrapada en el fondo del mar, el sitio más profundo de Midgard, nada salvo oscuridad y silencio en ese espacio tan, tan reducido...

Hunt había tenido sueños de su sufrimiento que lo habían llevado a vomitar todo lo que tenía en el estómago.

Y luego empezó la comezón. Profunda en su espalda, le quemaba por el marco que empezaba a crecer, picaba y picaba y picaba. Sus alas incipientes seguían adoloridas y rascarlas resultaba en un dolor que casi lo cegaba, y con el paso de las horas, cada nuevo crecimiento lo obligaba a apretar la mandíbula.

Un desperdicio, le dijo en silencio a su cuerpo. Un puto desperdicio volver a crecer sus alas si estaba a horas o días de una ejecución.

No había tenido visitas desde Isaiah hacía seis días. Había medido el tiempo viendo la luz en el atrio de la transmisión de la televisión.

Ni una palabra de Bryce. No que se atreviera a tener esperanza de que encontrara la manera de verlo, aunque fuera sólo para permitirle arrodillarse para suplicarle que lo perdonara. Para decirle lo que tenía que decir.

Tal vez Micah lo dejaría pudrirse aquí abajo. Lo dejaría enloquecer como Vik, enterrado debajo de la superficie, incapaz de volar, sin sentir el aire fresco en su cara.

Escuchó la puerta al fondo del pasillo. Hunt parpadeó y espabiló de su silencio. Incluso sus miserables alas que picaban detuvieron su tortura.

El aroma femenino que le llegó un instante después no era el de Bryce.

Era un aroma que conocía igual de bien, que no olvidaría en toda su vida. Un aroma que lo atormentaba en sus pesadillas, que animaba su rabia para convertirla en algo que le hacía imposible pensar.

La arcángel del noroeste de Pangera sonrió cuando apareció frente a su celda. Nunca se acostumbraría: lo mucho que se parecía a Shahar.

—Esto me resulta familiar —dijo Sandriel.

Su voz era suave, hermosa. Como una melodía. Su rostro también.

Y sin embargo sus ojos, del color de tierra recién arada, la delataban. Eran afilados, perfeccionados a lo largo de milenios de crueldad y poder casi sin límites. Ojos que se deleitaban ante el dolor y el derramamiento de sangre y la desesperanza. Esa siempre había sido la diferencia entre ella y Shahar, sus ojos. Calidez en una; muerte en la otra.

—Supe que querías matarme, Hunt —dijo la arcángel y cruzó sus brazos delgados. Chasqueó la lengua—. ¿Ya estamos otra vez con ese viejo juego?

Él no dijo nada. Se quedó sentado en su catre y le sostuvo la mirada.

—Sabes, cuando te confiscaron tus bienes, encontraron algunas cosas interesantes que Micah tuvo la amabilidad de compartirme —sacó un objeto de su bolsillo. Su teléfono—. Esto en particular.

Ella movió una mano y la pantalla de su teléfono apareció en la televisión a sus espaldas. Su conexión inalámbrica mostraba cada movimiento de sus dedos en las diversas aplicaciones.

—Tu correo, por supuesto, aburridísimo. ¿Nunca borras las cosas? —no esperó a que él le respondiera. Continuó—: Pero tus mensajes de texto... —curvó los labios y abrió la cadena más reciente.

Bryce había cambiado el nombre de su contacto una última vez, por lo visto.

Bryce piensa que Hunt es el mejor había escrito:

Sé que no vas a ver esto. Ni siquiera sé por qué te estoy escribiendo.

Había enviado otro mensaje un minuto después, *Solo...* Luego otra pausa. *No importa. Quien sea que esté leyendo esto, no importa. Ignoren esto.*

Luego nada. Su mente se quedó en blanco.

—¿Y sabes qué es lo que me parece absolutamente fascinante? —dijo Sandriel mientras se salía de los mensajes e iba a las fotografías—. Éstas —rio—. *Mira* todo esto. ¿Quién diría que podías actuar de manera tan... *común*?

Presionó el botón de la función de presentación. Hunt se quedó sentado al ver las fotografías que iban apareciendo en la pantalla.

Nunca las había visto todas. Las fotografías que él y Bryce habían tomado en esas semanas.

Ahí estaba, bebiendo cerveza en su sillón, acariciando a Syrinx y viendo un partido de solbol.

Ahí estaba, haciéndole el desayuno porque disfrutaba sabiendo que podía cuidarla así. Ella le había tomado otra fotografía trabajando en la cocina: de su trasero. Con su propia mano haciendo una señal de pulgares arriba.

Él habría reído, tal vez podría haber sonreído, si la siguiente fotografía no hubiera aparecido. Una foto que él había tomado en esta ocasión, de ella a media oración.

Luego una de los dos en la calle, Hunt con aspecto obviamente molesto porque le estaba tomando una fotografía mientras ella sonreía orgullosa.

La fotografía que le había tomado, sucia y empapada junto a la alcantarilla, furiosa.

Una fotografía de Syrinx dormido de espaldas con las patas abiertas. Una fotografía de Lehabah en la biblioteca, posando como chica de calendario en su pequeño diván. Luego una fotografía que había tomado del río al atardecer cuando iba volando. Una fotografía de la espalda tatuada de Bryce en el espejo del baño mientras ella le guiñaba por encima del hombro, provocadora. Una fotografía que había tomado de una nutria con su chaleco amarillo, luego una que había logrado capturar un segundo después de la cara deleitada de Bryce.

No escuchó lo que Sandriel estaba diciendo.

Las fotografías habían empezado como una broma, pero se habían convertido en algo real. Agradable. Había más de los dos juntos. Y más fotografías que Hunt había tomado. De la comida que habían comido, grafiti interesante en los callejones, de nubes y cosas que él normalmente no se molestaba en notar pero que de pronto había querido capturar. Y luego unas en las que él veía a la cámara y sonreía.

Unas donde la cara de Bryce parecía brillar más, su sonrisa más suave.

Las fechas se fueron acercando al presente. Ahí estaban, en su sillón, ella con la cabeza en su hombro, sonriendo de oreja a oreja mientras él ponía los ojos en blanco. Pero la estaba abrazando. Sus dedos estaban enredados en su cabello. Luego una fotografía que él le había tomado con la gorra de solbol. Luego una mezcla ridícula que había tomado de Jelly Jubilee y Peaches and Dreams y Princess Creampuff en su cama. Posando en su vestidor. En su baño.

Y luego otras junto al río otra vez. Tenía un vago recuerdo de ella pidiéndole a un turista que les sacara algunas. Una por una, las diferentes fotografías fueron apareciendo.

Primero, una fotografía con Bryce todavía hablando y él haciendo muecas.

Luego una de ella sonriendo y Hunt mirándola.

La tercera era de ella todavía sonriendo... y Hunt todavía mirándola. Como si fuera la única persona en el planeta. En la galaxia.

Su corazón latió con fuerza. En las siguientes fotografías, ella estaba volteando a verlo. Se veían a los ojos. Su sonrisa había titubeado.

Como si se estuviera dando cuenta de cómo la estaba viendo él.

En la siguiente estaba sonriendo al piso, él todavía la miraba. Una sonrisa secreta y suave. Como si ella supiera y no le importara para nada.

Y luego en la última, ella tenía la cabeza recargada contra su pecho y lo abrazaba de la cintura. Él tenía su brazo y ala alrededor de ella. Y ambos habían sonreído.

Sonrisas auténticas y amplias. Pertenecientes a la gente que podrían haber sido sin el tatuaje en su frente y el dolor en su corazón y todo este estúpido puto mundo a su alrededor.

Una vida. Éstas eran las fotografías de alguien con una *vida* feliz. Un recordatorio de cómo se había sentido tener un hogar y alguien a quien le importaba si él vivía o moría. Alguien que lo había hecho sonreír sólo por entrar a una habitación.

Él nunca lo había tenido. Con nadie.

La pantalla se oscureció y luego volvió a mostrar las fotografías.

Y lo pudo ver esta vez. Cómo sus ojos habían estado tan fríos al principio. Cómo incluso en sus fotografías y poses ridículas, esa sonrisa no le llegaba a la mirada. Pero con cada foto, iba entrando luz a sus ojos. Los iba haciendo más brillantes. También los de él. Hasta esas últimas fotos. Donde Bryce casi brillaba de dicha.

Ella era lo más hermoso que él había visto jamás.

Sandriel estaba sonriendo como gato.

—¿De verdad eso era lo que querías al final, Hunt? —hizo un ademán hacia las fotos, hacia la cara sonriente de Bryce—. ¿Ser libre un día, casarte con la chica y vivir una vida ordinaria y básica? —rio—. ¿Qué diría Shahar?

El nombre no le hizo efecto. Y la culpa que él pensaba que lo desgarraría ni siquiera se hizo presente.

Los labios carnosos de Sandriel formaron una sonrisa, una burla de la de su gemela.

—Deseos tan simples y dulces, Hunt. Pero así no resultan estas cosas. No para la gente como tú.

Él sintió que el estómago se le hacía un nudo. Las fotografías eran tortura, se dio cuenta. Para recordarle la vida que podría haber tenido. Lo que había probado la otra noche en el sillón con Bryce. Lo que había tirado a la basura.

—Sabes —dijo Sandriel—, si hubieras continuado en tu papel de perro obediente, Micah hubiera solicitado tu libertad —las palabras lo golpearon—. Pero no podías ser paciente. No podías ser inteligente. No podías elegir esto —señaló hacia las fotografías— por encima de tu propia venganza patética —otra sonrisa de serpiente—. Así que aquí estamos. Aquí *estás* —estudió una fotografía que Hunt había tomado de Bryce con Syrinx, los dientes de la quimera parecían sonreír—. Es probable que esa chica llore un rato. Pero luego te olvidará y encontrará a alguien más. Tal vez haya un hombre hada que pueda soportar a una pareja inferior.

Los sentidos de Hunt empezaron a despertar y su temperamento se agitó.

Sandriel se encogió de hombros.

—O terminará en un basurero con los demás mestizos.

Él enroscó los dedos para formar puños. No había tono de amenaza en las palabras de Sandriel. Sólo la terrible practicidad de cómo trataba este mundo a la gente como Bryce.

—El punto es —continuó Sandriel— que ella seguirá adelante. Y tú y yo seguiremos adelante, Hunt.

Al fin, al fin, él apartó la mirada de Bryce y las fotos de la vida, del hogar que habían formado. La vida que él desesperada y estúpidamente todavía quería. Sus alas empezaron a picarle de nuevo.

—Qué.

La sonrisa de Sandriel se pronunció.

—¿No te lo dijeron?

Lo invadió el terror al ver su teléfono en sus manos. Cuando se dio cuenta de por qué lo habían dejado vivir y por qué le habían permitido a Sandriel llevarse sus pertenencias.

Eran de *ella* ahora.

Bryce entró al bar casi vacío justo después de las once. La falta de una presencia masculina malhumorada cuidándole las espaldas se sentía como un miembro fantasma, pero ella no le hizo caso y se obligó a olvidarlo al ver a Ruhn sentado en la barra, bebiendo su whisky.

Sólo Flynn estaba con él, pero estaba muy ocupado seduciendo a la mujer que jugaba billar con él para dedicarle a Bryce algo más que un movimiento de cabeza receloso y con lástima. Ella no le hizo caso y se sentó junto a Ruhn. Su vestido rechinó contra el cuero.

—Hola.

Ruhn la miró de lado.

—Hola.

El cantinero se acercó y arqueó las cejas a modo de pregunta silenciosa. Bryce negó con la cabeza. No planeaba quedarse a beber, ni agua ni nada. Quería que esto terminara lo más pronto posible para regresar a su casa, quitarse el sostén y ponerse sus pants.

Bryce dijo:

—Quería venir a agradecerte —Ruhn se le quedó mirando. Ella vio el partido de solbol en la televisión sobre la barra—. Por el otro día. Noche. Por cuidarme.

Ruhn miró hacia el techo.

—¿Qué? —preguntó ella.

—Estoy revisando si se va a caer el cielo porque me estás agradeciendo algo.

Ella le dio un empujón en el hombro.

—Idiota.

—Podrías haber hablado o enviado un mensaje —dijo Ruhn y dio un sorbo a su whisky.

—Pensé que sería más adulto hacerlo cara a cara.

Su hermano la miró con cuidado.

—¿Cómo estás?

—He estado mejor —admitió ella—. Me siento como una verdadera idiota.

—No lo eres.

—¿Ah, no? Media docena de personas me advirtieron, incluido tú, que fuera cuidadosa con Hunt y me reí en todas sus caras —exhaló—. Debí haberlo anticipado.

—En tu defensa, yo no pensaba que Athalar siguiera siendo tan despiadado —le brillaron los ojos azules brillaron—. Pensé que sus prioridades se habían modificado.

Ella le hizo una cara molesta.

—Sí, tú y nuestro querido papá.

—¿Te visitó?

—Sí. Me dijo que era una mierda igual que él. De tal padre, tal hija. Que lo mismo llama a lo mismo o algo así.

—No te pareces nada a él.

—No le mientas a una mentirosa, Ruhn —dio unos golpes en la barra—. De cualquier manera, eso fue lo que vine a decir —notó la Espadastral que colgaba a su lado, su empuñadura negra no reflejaba las lucesprístinas de la habitación—. ¿Estás de guardia esta noche?

—No hasta la media noche.

Con su metabolismo hada el whisky estaría fuera de su sistema mucho antes.

—Bueno... buena suerte.

Se bajó del taburete, pero Ruhn la detuvo con una mano en su codo.

—Voy a invitar a algunas personas a mi casa en un par de semanas a ver el partido de solbol. ¿Por qué no vienes?

—Paso.

—Ven sólo para el primer periodo. Si no es lo tuyo, no hay problema. Puedes irte cuando quieras.

Ella estudió su cara y sopesó la oferta que le estaba haciendo con la mano extendida.

—¿Por qué? —preguntó en voz baja—. ¿Por qué seguirme molestando?

—¿Por qué seguirme alejando, Bryce? —su voz se sintió tensa—. No fue sólo sobre esa pelea.

Ella tragó saliva y le molestó la garganta.

—Eras mi mejor amigo —dijo—. Antes de Danika, tú eras mi mejor amigo. Y yo... No importa ya —se dio cuenta entonces de que la verdad no importaba, que no se *permitiría* que importara. Se encogió de hombros, como si eso ayudara a aligerar el peso que le aplastaba el pecho—. Tal vez podamos volver a empezar. Pero *sólo* como un periodo de prueba.

Ruhn empezó a sonreír.

—¿Entonces vendrás a ver el partido?

—Se suponía que Juniper iría a casa ese día, pero veré si quiere ir —los ojos de Ruhn brillaron como estrellas pero Bryce interrumpió—. No prometo nada.

Él seguía sonriendo cuando ella se volvió a parar del taburete.

—Te guardaré un lugar.

70

Fury estaba sentada en el sillón cuando Bryce regresó del bar. En el mismo sitio donde se había acostumbrado a ver a Hunt.

Bryce lanzó sus llaves sobre la mesa junto a la puerta, soltó a Syrinx sobre su amiga y dijo:

—Hola.

—Hola a ti —dijo Fury y vio a Syrinx de una manera que lo hizo detenerse en seco. Lo hizo sentar su peludo trasero en la alfombra, movía la cola de león y esperó hasta que ella se dignara a saludarlo a *él*. Fury lo hizo después de un instante y le acarició las orejas sedosas y dobladas.

—¿Qué pasa? —dijo Bryce y se quitó los tacones, rotó sus pies adoloridos unas cuantas veces y buscó en su espalda para abrir el zíper de su vestido. Dioses, era increíble no tener dolor en la pierna, ni siquiera un poco. Caminó hacia su recámara antes de que Fury pudiera responder, sabiendo que la alcanzaría a oír de todas maneras.

—Tengo noticias —dijo Fury con despreocupación.

Bryce se quitó el vestido y suspiró cuando se quitó el sostén y luego se puso unos pantalones suaves y una camiseta vieja. Se recogió el cabello en una coleta.

—Déjame adivinar —dijo desde la recámara mientras metía los pies en unas pantuflas—. Por fin te diste cuenta de que usar negro siempre es aburrido y quieres que te ayude a encontrar ropa de persona normal.

Rio en voz baja.

—Tonta.

Bryce salió de su recámara y Fury la vio con esa mirada rápida de asesina. Tan diferente a la de Hunt.

Incluso cuando ella y Fury salían de fiesta, Fury nunca perdía esa frialdad. Ese cálculo y distancia. Pero la mirada de Hunt...

Bloqueó esa idea. La comparación. El fuego que rugía en sus venas se encendió.

—Mira —dijo Fury y se puso de pie del sillón—. Voy a salir unos días antes a la Cumbre. Así que pensé que deberías saber algo antes de que me vaya.

—¿Que me quieres y que me escribirás con frecuencia?

—Dioses, eres lo peor —dijo Fury y se pasó la mano por el peinado liso. Bryce extrañaba la larga coleta que su amiga había usado en la universidad. El nuevo look hacía que Fury se viera aún más letal—. Desde que te conocí en esa tonta clase, has sido lo peor.

—Sí, pero te encanta —dijo Bryce y se dirigió al refrigerador.

Resopló.

—Mira, te voy a decir esto, pero primero quiero que me prometas que no vas a hacer nada estúpido.

Bryce se quedó congelada con la mano en la puerta del refrigerador.

—Como me has dicho con mucha frecuencia, *estúpida* es mi segundo nombre.

—Lo digo en serio esta vez. Ni siquiera creo que se pueda hacer nada, pero necesito que me lo prometas.

—Lo prometo.

Fury estudió su cara y luego se recargó contra el mueble de la cocina.

—Micah regaló a Hunt.

El fuego en sus venas se apagó y se convirtió en cenizas.

—¿A quién?

—¿A quién crees? A la puta de Sandriel es a quien.

Ella no podía sentir los brazos, las piernas.

—Cuándo.

—Dijiste que no harías ninguna estupidez.

—¿Pedir detalles es estúpido?

Fury sacudió la cabeza.

—Esta tarde. El idiota sabía que darle Hunt a Sandriel era peor castigo que crucificarlo en público o meter su alma en una caja y lanzarlo al mar.

Lo era. Por tantas razones.

Fury continuó:

—Ella y los otros ángeles se dirigirán a la Cumbre mañana en la tarde. Y me dijeron de buena fuente que cuando termine la reunión la semana entrante, ella regresará a Pangera para seguir lidiando con los rebeldes de Ophion. Y se llevará a Hunt.

Y él nunca volvería a ser libre. Lo que Sandriel le haría... Se lo merecía. Se merecía *todo* lo que le hiciera, carajo.

—Si estás tan preocupada de que vaya a hacer algo estúpido, ¿por qué me lo dijiste? —dijo Bryce.

Fury la estudió de nuevo con la mirada oscura.

—Porque... pensé que deberías saberlo.

Bryce devolvió su atención al refrigerador. Lo abrió.

—Hunt cavó su propia tumba.

—Entonces ustedes dos no...

—No.

—Pero tienes su aroma.

—Vivimos en este departamento juntos durante un mes. Es normal.

Había pagado una enorme cantidad de marcos de plata para que eliminaran su sangre del sillón. Junto con todos los rastros de lo que había sucedido ahí.

Una mano pequeña y fuerte azotó la puerta del refrigerador. Fury la miró furiosa.

—No me mientas, Quinlan.

—No te estoy mintiendo —Bryce permitió que su amiga viera su verdadero rostro. El que le había descrito su padre. El que no se reía y no le importaba nadie ni nada—. Hunt es un mentiroso. Me *mintió* a mí.

—Danika hizo cosas horribles, Bryce. Lo sabes. Siempre lo supiste y te reías, mirabas hacia otro lado. No estoy tan segura de que Hunt mintiera sobre eso.

Bryce le enseñó los dientes.

—Ya lo superé.

—¿Qué superaste?

—Todo —abrió la puerta del refrigerador otra vez y empujó a Fury para quitarla del camino. Para su sorpresa, Fury la dejó—. ¿Por qué no regresas a Pangera y me ignoras otros dos años?

—No te ignoré.

—Cómo *carajos* no —escupió Bryce—. Hablas con June todo el tiempo, pero evades mis llamadas y apenas te dignas a responder a mis mensajes.

—June es diferente.

—Sí, lo sé. La especial.

Fury parpadeó.

—Casi *moriste* esa noche, Bryce. Y Danika *sí* murió —la asesina tragó saliva—. Te di drogas...

—Yo compré ese risarizoma.

—Y yo compré el buscaluz. No me importa un carajo, Bryce. Me acerqué demasiado a todas ustedes y suceden *cosas malas* cuando hago eso con la gente.

—¿Pero puedes seguir hablando con Juniper? —Bryce sintió que se le cerraba la garganta—. ¿Yo no valía la pena el riesgo para ti?

Fury se enojó.

—Juniper y yo tenemos algo que *no* es de tu estúpida incumbencia —Bryce intentó no quedarse con la boca abierta. Juniper nunca había siquiera implicado, nunca había sugerido—. No podría dejar de hablar con ella así como no podría arrancarme mi puto corazón, ¿está bien?

—Está bien, está bien —dijo Bryce y exhaló—. El amor lo puede todo.

Qué puta mala pata que Hunt no se había dado cuenta de eso. O se había dado cuenta, pero había elegido a la arcángel que todavía era dueña de su corazón y su *causa*. Qué puta mala pata que Bryce de todas maneras había sido lo suficientemente estúpida para creer tonterías sobre el amor y permitirle que la cegara.

La voz de Fury se quebró:

—Tú y Danika eran mis amigas. Eran estos dos pinches *cachorritos* que entraron corriendo en mi vida perfectamente en orden y luego una de ustedes murió masacrada —Fury le mostró los dientes—. Y. Yo. No. Pude. Con. Eso.

—Yo te necesitaba. Te necesitaba *aquí.* Danika murió, pero fue como si te hubiera perdido a ti también —Bryce no siguió luchando contra el ardor en sus ojos—. Te alejaste como si no hubiera pasado nada.

—No fue así —Fury exhaló—. Carajo, ¿Juniper no te dijo *nada*? —ante el silencio de Bryce, volvió a maldecir—. Mira, ella y yo hemos estado trabajando con mis pedos, ¿está bien? Sé que estuvo mal que me desapareciera así —se pasó los dedos por el cabello—. Es que todo... todo está más jodido de lo que crees, Bryce.

—Como sea.

Fury ladeó la cabeza.

—¿Debo llamar a Juniper?

—No.

—¿Esto será igual que hace dos inviernos?

—No.

Juniper le debía haber contado sobre aquella noche en la azotea. Se contaban todo, al parecer.

Bryce tomó un frasco de mantequilla de almendra, le quitó la tapa y metió una cuchara.

—Bueno, pues diviértete en la Cumbre. Nos vemos en otros dos años.

Fury no sonrió.

—No me hagas arrepentirme de haberte dicho todo esto.

Ella miró a los ojos a su amiga.

—Ya lo superé —repitió.

Fury suspiró.

—Está bien —su teléfono vibró y lo volteó a ver. Luego dijo—: Regresaré en una semana. Veámonos entonces, ¿está bien? Tal vez sin gritarnos.

—Claro.

Fury se fue caminando hacia la puerta, pero se detuvo en el umbral.

—Todo mejorará, Bryce. Sé que los últimos dos años han sido una mierda, pero las cosas van a mejorar. Yo he estado en esa situación y te prometo que van a mejorar.

—Está bien —agregó Bryce porque la cara normalmente fría de Fury expresaba preocupación—. Gracias.

Fury tenía el teléfono al oído desde antes de cerrar la puerta.

—Sí, voy en camino —dijo—. Bueno, ¿por qué no te callas la puta boca y me dejas conducir para que pueda llegar a tiempo, pendejo?

A través de la mirilla de la puerta, Bryce la vio subirse al elevador. Luego cruzó la habitación y vio desde la ventana que Fury se subía a un automóvil negro elegante, pisaba el acelerador a fondo y salía rugiendo hacia las calles.

Bryce vio a Syrinx. La quimera movió su pequeña colita de león.

Habían regalado a Hunt. Al monstruo que él odiaba y temía más que a todo lo demás.

—*Ya* lo superé —le dijo a Syrinx.

Miró el sillón y casi podía ver a Hunt sentado ahí, con la gorra de solbol al revés, viendo un partido en la televisión. Casi podía ver su sonrisa cuando la miraba por encima del hombro.

Ese fuego que rugía en sus venas se detuvo... y cambió de dirección. No perdería a otro amigo.

En especial no a Hunt. Nunca a Hunt.

No importaba lo que hubiera hecho, qué y a quién hubiera elegido, aunque esta fuera la última vez que lo viera... no permitiría que eso sucediera. Se podía ir al Averno después, pero haría esto. Por él.

Syrinx lloriqueó, caminó en un círculo, y sus garras hicieron ruido en el piso de madera.

—Le prometí a Fury no hacer nada *estúpido* —dijo Bryce mirando el tatuaje marcado de Syrinx—. No dije que no haría algo inteligente.

71

Hunt tuvo una noche para vomitar.

Una noche en esa celda, tal vez el último resabio de seguridad que tendría el resto de su existencia.

Sabía lo que sucedería después de la Cumbre. Cuando Sandriel se lo llevara a su castillo en las montañas salvajes y llenas de niebla del noroeste de Pangera. A la ciudad de piedras grises en su corazón.

A fin de cuentas había vivido ahí más de cincuenta años.

Ella dejó la colección de fotografías en la televisión del pasillo, para que él pudiera ver a Bryce una y otra y otra vez. Ver cómo lo había visto Bryce al final, como si él no fuera un verdadero desperdicio de vida.

No era sólo para torturarlo con lo que había perdido.

Era un recordatorio. De a quién se dirigiría si él desobedecía. Si se resistía. Si peleaba.

Para el amanecer, ya había dejado de vomitar. Se lavó la cara en el pequeño lavabo. Un cambio de ropa había llegado para él. Su armadura negra usual. Sin casco.

Mientras se vestía la espalda no le dejaba de picar y la tela raspaba contra las alas que empezaban a tomar forma. Pronto se regenerarían por completo. Una semana de cuidadosa terapia física después de eso y estaría de vuelta en los cielos.

Si Sandriel lo dejaba salir de los calabozos.

Ella lo había perdido una vez, para pagar sus deudas. Él no se hacía ilusiones de que eso volviera a suceder. No hasta que ella encontrara la forma de romperlo por la manera en que había atacado sus fuerzas en el monte Hermon.

Cómo él y Shahar se habían acercado a destruirla por completo.

No fue hasta que casi se puso el sol que vinieron por él. Como si Sandriel hubiera querido hacerlo esperar para ponerlo nervioso durante todo el día.

Hunt les permitió ponerle las esposas de piedras gorsianas de nuevo. Sabía lo que harían las piedras si siquiera se movía mal. Desintegración de sangre y hueso, su cerebro hecho sopa antes de salirle por la nariz.

La guardia armada, de diez soldados, lo llevó de la celda al elevador. Donde Pollux Antonius, el comandante de cabello dorado de los triarii de Sandriel esperaba con una sonrisa en su rostro bronceado.

Hunt conocía esa sonrisa muerta y cruel muy bien. Había hecho su mejor esfuerzo por olvidarla.

—¿Me extrañaste, Athalar? —preguntó Pollux con voz clara que ocultaba el monstruo que vivía dentro. El Martillo podía golpear todo un campo de batalla y deleitarse en cada segundo de la masacre. Cada instante de miedo y dolor. La mayoría de los vanir no habían salido de ahí Ningún humano.

Pero Hunt no permitió que su rabia, su odio por ese rostro déspota y apuesto se notaran en su cara ni por un instante. Percibió una ligera irritación en los ojos de cobalto de Pollux y sus alas blancas se movieron ligeramente.

Sandriel esperaba en el vestíbulo del Comitium, los últimos rayos del sol se reflejaban en su cabello rizado.

El vestíbulo. No en las plataformas de aterrizaje de arriba. Para que pudiera ver...

Para que pudiera ver...

Justinian todavía colgaba del crucifijo. Pudriéndose.

—Pensamos que querrías despedirte —ronroneó Pollux en su oído cuando cruzaron el espacio—. La espectro, por supuesto, está en el fondo del mar, pero estoy seguro de que sabe que la vas a extrañar.

Hunt dejó que las palabras fluyeran y que salieran. Eso sólo sería el principio. Tanto del Malleus como de la misma Sandriel.

La arcángel le sonrió a Hunt cuando se acercaron, la crueldad de su rostro hacía que la sonrisa de Pollux pareciera francamente agradable. Pero no dijo nada cuando se dio la media vuelta para dirigirse a las puertas del vestíbulo.

Afuera esperaba una camioneta blindada con las puertas traseras abiertas de par en par. Lo esperaba porque no podía volar. Por el brillo de burla en los ojos de Pollux, Hunt tenía la sensación de saber quién lo acompañaría.

Ángeles de los cinco edificios del Comitium llenaban el vestíbulo.

Notó la ausencia de Micah... cobarde. El bastardo no quería mancharse presenciando el horror que había provocado. Pero Isaiah estaba cerca del corazón de la multitud con expresión seria. Naomi le asintió a Hunt con severidad.

Eso era todo lo que se atrevía a hacer, la única despedida que podían tener.

Los ángeles miraron en silencio a Sandriel. A Pollux. A él. No habían venido a burlarse, a ser testigos de su desesperación y humillación. Ellos, también, habían venido a despedirse.

Cada paso hacia las puertas de vidrio era una vida, era imposible. Cada paso era aberrante.

Él había hecho esto, se lo había provocado a sus compañeros y a él, y pagaría por esto una y otra y otra...

—*¡Esperen!* —se escuchó la voz femenina resonar desde el otro lado del vestíbulo

Hunt se quedó petrificado. Todos se quedaron petrificados.

—*¡Esperen!*

No. No, no podía estar aquí. Él no podía soportar que ella lo viera así, con las rodillas temblando y a un instante de volver a vomitar. Porque Pollux iba a su lado y Sandriel frente a él y ellos la destrozarían...

Pero ahí estaba Bryce. Corriendo hacia ellos. Hacia él.

Leía el miedo y el dolor en su rostro, pero sus ojos bien abiertos estaban fijos en él cuando volvió a gritar, a Sandriel, a todo el vestíbulo lleno de ángeles:

—*¡Esperen!*

Iba sin aliento entre la multitud que le abría paso. Sandriel se detuvo, Pollux y los guardias se pusieron en alerta, lo que obligó a Hunt a hacer una pausa también.

Bryce se derrapó al detenerse frente a la arcángel.

—Por favor —jadeó con las manos en las rodillas, la coleta de caballo le caía sobre su hombro mientras intentaba recuperar el aliento. Sin señal ya del cojeo—. Por favor, esperen.

Sandriel la miró como haría con un mosquito que le estuviera zumbando alrededor de la cabeza.

—¿Sí, Bryce Quinlan?

Bryce se enderezó, todavía jadeando. Miró a Hunt un momento, una eternidad, antes de decirle a la arcángel del noroeste de Pangera:

—Por favor, no se lo lleven.

Hunt apenas podía soportar la súplica de su voz. Pollux emitió una risa suave y odiosa.

Sandriel no se veía contenta.

—Me lo regalaron. Los papeles se firmaron ayer.

Bryce sacó algo de su bolsillo, lo cual hizo que los guardias a su alrededor buscaran sus armas. La espada de Pollux llegó al instante a sus manos y la inclinó hacia ella con eficiencia letal.

Pero no era una pistola ni un cuchillo. Era un pedazo de papel.

—Entonces permíteme comprártelo.

Silencio absoluto.

Sandriel rio entonces, un sonido rico y musical.

—¿Sabes cuánto...?

—Te pagaré noventa y siete millones de marcos de oro.

El piso se movió debajo de los pies de Hunt. La gente ahogó un grito. Pollux parpadeó y miró a Bryce de nuevo.

Bryce le mostró el pedazo de papel a Sandriel, aunque la malakh no lo tomó. Desde donde estaba a un par de metros detrás de la arcángel, la vista aguda de Hunt alcanzó a distinguir lo que decía el papel.

Prueba de fondos. Un cheque del banco emitido a Sandriel. Por casi cien millones de marcos.

Un cheque de Jesiba Roga.

El horror lo empapó y lo dejó sin habla. ¿Cuántos años había añadido Bryce a su deuda?

Él no se lo merecía. No se la merecía. Ni por un instante. Nunca en mil años...

Bryce le dio el cheque a Sandriel.

—Son doce millones más que el precio que tenía cuando lo vendiste, ¿no? Tú...

—Sé contar.

Bryce permaneció con el brazo estirado. Con esperanza en su hermoso rostro. Luego levantó la mano, lo cual hizo que Pollux y los guardias volvieran a tensarse. Pero era para desabrocharse el amuleto dorado que traía al cuello.

—Toma. Para que te decidas. Un amuleto archesiano. Tiene quince mil años de antigüedad y cuesta unos tres millones de marcos de oro en el mercado.

¿Ese diminuto collar valía tres *millones* de marcos de oro?

Bryce extendió el papel y el collar, con su oro brillante.

—Por favor.

Él no podía permitirle hacerlo. Ni siquiera por lo que le quedaba de alma. Hunt abrió la boca, pero la arcángel tomó el collar de los dedos de Bryce. Sandriel los miró a ambos. Leyó todo en el rostro de Hunt. Una sonrisa de serpiente le deformó la boca.

—Tu lealtad a mi hermana era lo único bueno que tenías, Athalar —apretó la mano alrededor del amuleto—. Pero parece ser que esas fotografías no mentían.

El amuleto archesiano se fundió en hilos de oro en el piso.

Algo se rompió en el corazón de Hunt al ver la devastación que contorsionó el rostro de Bryce.

Le dijo en voz baja a ella, sus primeras palabras en todo el día.

—Sal de aquí, Bryce.

Pero Bryce guardó el cheque. Y cayó de rodillas.

—Entonces llévame a mí.

El terror lo azotó con tal violencia que no tenía palabras cuando Bryce miró a Sandriel con lágrimas en los ojos y dijo:

—Llévame a mí en su lugar.

Pollux empezó a sonreír despacio

No. Ella ya había cambiado su lugar de descanso eterno en el Sector de los Huesos para Danika. No podía permitirle intercambiar su vida mortal por él. No por él...

—*¡No te atrevas!*

El hombre gritó desde el otro lado del vestíbulo. Luego llegó Ruhn, envuelto en sombras, con Declan y Flynn a su lado. No fueron tan tontos como para sacar sus pistolas al ver a los guardias de Sandriel. Se dieron cuenta de que Pollux Antonius, el Malleus, tenía la espada desenfundada para atravesar el pecho de Bryce si Sandriel solo asentía para autorizarlo.

El Príncipe Heredero de las hadas señaló a Bryce.

—Levántate del piso.

Bryce no se movió. Le repitió a Sandriel.

—Llévame en su lugar.

Hunt le gritó a Bryce.

—*Cállate.*

Justo en ese momento Ruhn le gritaba a la arcángel:

—No escuches una sola de las palabras que diga...

Sandriel dio un paso hacia Bryce. Otro. Hasta que estuvo frente a ella, para mirarle el rostro sonrojado.

Hunt suplicó:

—Sandriel...

—Ofreces tu vida —le dijo Sandriel a Bryce—. Sin coerción, sin ser obligada.

Ruhn se aventó al frente, sus sombras se desdoblaron a su alrededor, pero Sandriel levantó una mano y un muro de viento lo mantuvo en su lugar. Ahuyentó las sombras del príncipe y las desbarató hasta no dejar nada.

También controló a Hunt mientras Bryce veía a Sandriel a los ojos y decía:

—Sí. A cambio de la libertad de Hunt me ofrezco a mí misma en su lugar.

Su voz temblaba, se quebraba. Ella sabía cómo había sufrido él en las manos de la arcángel. Sabía que lo que le aguardaría a ella sería todavía peor.

—Todo el mundo me diría tonta si aceptara esta oferta —dijo Sandriel—. Una mestiza sin poder ni esperanza de tenerlo, a cambio de la libertad de unos de los malakim más poderosos que hayan oscurecido los cielos jamás. El único guerrero de Midgard que puede controlar los relámpagos.

—Sandriel, *por favor* —suplicó Hunt.

El aire le arrancó las palabras de la garganta.

Pollux volvió a sonreír. Hunt le enseñó los dientes mientras Sandriel le limpiaba las lágrimas a Bryce de la mejilla.

—Pero yo sé tu secreto, Bryce Quinlan —susurró Sandriel—. Yo sé que eres un premio.

Ruhn interrumpió.

—Es *suficiente*...

Sandriel volvió a acariciar la cara de Bryce.

—La única hija del Rey del Otoño.

A Hunt se le doblaron las rodillas.

—Mierda —exhaló Tristan Flynn. Declan se puso tan pálido como la muerte.

Sandriel le ronroneó a Bryce:

—Sí, serías un gran premio.

El rostro de su primo lucía demacrado por el terror.

No primo. *Hermano*. Ruhn era su hermano. Y Bryce era...

—¿Qué piensa tu padre de que su hija bastarda pida prestada una cantidad tan grande a Jesiba Roga? —continuó Sandriel riendo porque Bryce empezó a llorar de verdad—. Qué vergüenza le traería a su casa real saber que vendiste tu vida a una hechicera mediocre.

Los ojos suplicantes de Bryce vieron los de él. Los ojos de ámbar del Rey del Otoño.

Sandriel dijo:

—¿Pensabas que estabas a salvo de *mí*? ¿Que después de ese numerito que hiciste cuando llegué no investigaría tu historia? Mis espías son los mejores. Encuentran lo que no puede encontrarse. Incluyendo tu prueba de expectativa de vida de hace doce años y quién reveló que era tu padre. Aunque él pagó mucho dinero para mantenerlo oculto.

Ruhn dio un paso al frente, ya fuera porque logró vencer el viento de Sandriel o porque ella se lo permitió. Tomó a Bryce por debajo del brazo y la levantó para ponerla de pie.

—Ella es un miembro de la casa real de las hadas y una civitas completa de la República. Yo la reconozco y la clamo como mi hermana y familia.

Palabras antiguas. De leyes que nunca habían cambiado aunque la ideología fuera diferente.

Bryce volteó a verlo.

—No tienes derecho...

—Con base en las leyes de las hadas, según fueron aprobadas por los asteri —continuó Ruhn—, ella es *mi* propiedad. De mi padre. Y no le permito intercambiarse por Athalar.

A Hunt casi se le vencieron las piernas por el alivio que sintió. Bryce empujó a Ruhn, lo rasguñó y gruñó:

—No soy tu propiedad...

—Eres una mujer hada de mi sangre —dijo Ruhn con frialdad—. Eres mi propiedad y de nuestro padre hasta que te cases.

Ella miró a Declan, a Flynn, cuyos rostros solemnes debieron informarle que no encontraría aliados en ellos. Le siseó a Ruhn:

—*Nunca* te voy a perdonar. *Nunca*...

—Hemos terminado aquí —le dijo Ruhn a Sandriel.

Jaló a Bryce y sus amigos lo siguieron en formación a su alrededor. Hunt intentó memorizar su cara, a pesar de que la desesperación y la rabia la habían deformado.

Ruhn volvió a jalarla, pero ella se resistió.

—Hunt —temblando estiró la mano hacia él—. Encontraré el modo.

Pollux rio. Sandriel empezó a voltearse, aburrida.

Pero Bryce continuó con el brazo extendido aunque Ruhn intentaba arrastrarla hacia las puertas.

Hunt se quedó viendo sus dedos extendidos. Su mirada desesperada.

Nadie había luchado por él jamás. A nadie le había importado tanto nunca.

—*Hunt* —suplicaba Bryce, temblando. Sus dedos se estiraban aún más—. *Voy a encontrar la manera de salvarte.*

—*Basta* —le ordenó Ruhn e intentó tomarla de la cintura.

Sandriel caminó hacia las puertas del vestíbulo y al vehículo que los esperaba. Le dijo a Ruhn:

—Deberías haberle cortado la garganta a tu hermana cuando pudiste, príncipe. Lo digo por experiencia propia.

Los sollozos desgarradores de Bryce destrozaron a Hunt cuando Pollux lo empujó para que empezara a moverse.

Ella nunca dejaría de luchar por él, nunca se daría por vencida. Así que Hunt decidió ponerle fin a la situación al pasar a su lado a pesar de que cada una de las palabras lo estaba haciendo pedazos:

—No te debo nada y no me debes nada. Nunca vengas a buscarme otra vez.

Bryce movió la boca para pronunciar su nombre. Como si él fuera la única persona en la habitación. La ciudad. El planeta.

Y cuando Hunt estuvo dentro de la camioneta blindada, cuando sus cadenas estuvieron ancladas a los lados metálicos y Pollux sonreía frente a él, cuando el conductor inició el camino de cinco horas hacia el poblado en el corazón del desierto Psamathe donde sería la Cumbre en cinco días, al fin se permitió respirar.

Ruhn vio cómo Pollux subía a Athalar en la camioneta de la prisión. Vio cómo se encendía y salía a toda velocidad, vio cómo la multitud del vestíbulo se empezaba a dispersar, marcando el final de este puto desastre.

Hasta que Bryce se liberó de sus manos. Hasta que Ruhn la soltó. Un odio puro y sin diluir le deformaba las facciones cuando repitió:

—*Nunca* te perdonaré por esto.

Ruhn dijo con frialdad:

—¿Tienes idea de lo que Sandriel le hace a sus esclavos? ¿Sabes que el que estaba con ella era Pollux Antonius, el puto *Martillo*?

—Sí. Hunt me lo contó todo.

—Entonces eres una reverenda pendeja —ella se le puso de frente, pero Ruhn le dijo furioso—. No me voy a disculpar por protegerte, no de ella y no de ti misma. Entiendo, de verdad. Hunt era tu... lo que sea que haya sido para ti. Pero lo último que él querría sería...

—Vete al carajo —dijo ella con la respiración entrecortada—. *Vete al carajo, Ruhn.*

Ruhn movió la barbilla hacia las puertas del vestíbulo para indicarle que se largara.

—Ve a llorarle a alguien más. Te va a costar trabajo encontrar alguien que esté de acuerdo contigo.

Ella enroscó los dedos a los lados, como si lo fuera a golpear, a arañar, a hacer pedazos.

Pero sólo escupió a los pies de Ruhn y se fue. Bryce llegó donde estaba su motoneta y no miró atrás al salir a toda velocidad.

Flynn dijo en voz baja:

—¿Qué carajos, Ruhn?

Ruhn inhaló. Ni siquiera quería pensar en qué tipo de trato había hecho con la hechicera para conseguir esa cantidad de dinero.

Declan estaba negando con la cabeza. Y Flynn... tenía una expresión de decepción y dolor.

—¿Por qué no nos dijiste? ¿Tu *hermana*, Ruhn? —Flynn señaló las puertas de vidrio—. Es nuestra puta *princesa*.

—No lo es —gruñó Ruhn—. El Rey del Otoño no la ha reconocido y no lo hará nunca.

—¿Por qué? —exigió saber Dec.

—Porque es su hija bastarda. Porque no la quiere. No lo sé —Ruhn gritó.

No podía, no lo haría, decirles cuáles eran sus propios motivos para hacerlo. Ese miedo profundamente arraigado de lo que la profecía del Oráculo podría significar para Bryce si ella alguna vez recibía un título real. Porque si toda la línea real terminara con Ruhn, y Bryce era oficialmente una princesa de su familia... Ella tendría que desaparecer para que se cumpliera. Para siempre. Él haría todo lo necesario para mantenerla a salvo de esa condena en particular. Aunque el mundo lo odiara por ello.

De hecho, al ver los gestos de desaprobación de sus amigos, dijo molesto:

—Lo único que sé es que me dieron la orden de nunca revelarlo, ni siquiera a ustedes.

Flynn se cruzó de brazos.

—¿Crees que le hubiéramos dicho a alguien?

—No. Pero no podía arriesgarme a que él se enterara. Y *ella* no quería que nadie lo supiera —y ahora no era el momento ni el lugar para hablar de eso—. Tengo que hablar con ella.

No sabía cómo manejaría lo que sucediera *después* de hablar con Bryce.

Bryce se fue al río. A los arcos del Muelle Negro.

Cuando encadenó su motoneta a un poste de alumbrado ya estaba oscuro. La noche era fresca y agradeció traer la chamarra de Danika para cubrirse mientras miraba al otro lado del Istros desde el borde del muelle oscuro.

Se dejó caer de rodillas despacio e inclinó la cabeza.

—Todo está tan jodido —susurró con la esperanza de que las palabras llegaran al otro lado del agua, a las tumbas y mausoleos ocultos detrás del muro de niebla—. Todo está tan, tan jodido, Danika.

Había fracasado. Había fracasado completa y absolutamente. Y Hunt estaba... estaba...

Bryce enterró la cara entre las manos. Por un rato, los únicos sonidos que se escucharon fueron el viento que soplaba entre las palmeras y el sonido del agua del río que chocaba contra el muelle.

—Desearía que estuvieras aquí —se permitió Bryce decir al fin—. Todos los días lo deseo pero sobre todo hoy.

El viento se silenció, las palmeras se quedaron quietas. Incluso el río pareció detenerse.

Sintió un escalofrío que la recorrió. Todos sus sentidos, de hada y de humana, estaban en alerta. Buscó entre la niebla, esperando, rezando por ver un barco negro. Estaba tan ocupada buscando que no vio el ataque que venía.

No volteó a ver al demonio kristallos que saltaba de las sombras con la mandíbula abierta y la tacleó hasta que cayó a las aguas arremolinadas.

72

Garras y dientes por todas partes. Rasgando su piel, atrapándola, tirando de ella hacia el fondo.

El río estaba completamente oscuro y no había nadie, nadie en absoluto, que hubiera visto o que supiera.

Algo le quemó el brazo y ella gritó. El agua se le metió por la garganta.

Luego las garras se abrieron. Se aflojaron.

Bryce pateó, empujando a ciegas, hacia la superficie que estaría en alguna dirección, en cualquier dirección, dioses, iba a elegir la equivocada...

Algo la tomó del hombro y la jaló y ella hubiera gritado si le hubiera quedado algo de aire en los pulmones.

Sintió el aire en la cara, libre y fresco, y luego escuchó una voz masculina al oído que decía:

—Aquí estoy, aquí estoy.

Ella podría haber llorado si no estuviera escupiendo agua, si no estuviera teniendo un ataque de tos. Hunt le había dicho esas palabras y ahora Hunt ya no estaba y la voz en su oído era... Declan Emmet.

Ruhn gritó a unos metros de distancia.

—Ya está muerto.

Ella luchó pero Declan la sostuvo con firmeza y murmuró:

—Está bien.

No estaba bien, carajo. Hunt debería haber estado ahí. Él debería haber estado con ella, él debería haber sido liberado y ella debería haber hallado la manera de ayudarlo...

Declan tardó medio instante en sacarla del agua. Serio, Ruhn la cargó el resto del camino, maldiciendo como nunca mientras ella tiritaba en el muelle.

—¿Qué putos carajos? —jadeaba Tristan Flynn con el rifle apuntando al agua negra, listo para soltar una lluvia de balas ante el menor movimiento.

—¿Estás bien? —preguntó Declan. El agua le chorreaba por la cara y tenía el cabello rojo pegado a la cabeza.

Bryce regresó a su cuerpo lo suficiente para evaluar cómo estaba. Tenía una herida en el brazo, pero el kristallos se la había hecho con las garras, no con los dientes venenosos. Tenía otras heridas, pero...

Declan no esperó y se arrodilló frente a ella, con las manos envueltas en luz, y las sostuvo sobre la herida de su brazo. Era raro, el don hada de sanación. No era tan poderoso como el talento de una medibruja, pero era una fortaleza valiosa . Ella no sabía que Dec tuviera esa habilidad.

Ruhn preguntó:

—¿Por qué *carajos* estabas parada en el Muelle Negro después de la puesta de sol?

—Estaba hincada —murmuró ella.

—Es la misma puta pregunta.

Ella miró a su hermano mientras su herida sanaba.

—Necesitaba respirar.

Flynn murmuró algo.

—¿Qué? —dijo y entrecerró los ojos al verlo.

Flynn se cruzó de brazos.

—Dije que llevo una hora de saber que eres una princesa y ya eres un fastidio.

—No soy una princesa —dijo ella al mismo tiempo que Ruhn.

—No es una princesa.

Declan resopló.

—Como sea, pendejos —se apartó de Bryce que ya había sanado por completo—. Debimos habernos dado cuenta. Eres la única que se acerca siquiera un poco a molestar a Ruhn tanto como su padre.

Flynn intervino:

—¿De dónde vino esa cosa?

—Al parecer —dijo ella— la gente que usa grandes cantidades de sinte puede invocar un demonio kristallos sin querer. Tal vez fue un accidente.

—O un ataque directo —la contradijo Flynn.

—El caso ya terminó —dijo Bryce sin expresión—. Está cerrado.

En los ojos del lord hada curiosamente percibió enojo.

—Tal vez no.

Ruhn se limpió el agua de la cara.

—En caso de que Flynn tenga razón, te quedarás conmigo.

—Primero muerta que pasar un puto minuto contigo —dijo Bryce y se puso de pie. Escurría agua por todas partes—. Miren, gracias por rescatarme. Y gracias por echar todo a perder para mí y para Hunt. Pero, ¿sabes qué? —le enseñó los dientes y sacó su teléfono, le quitó algo de agua y rezó porque el hechizo protector que había pagado funcionara. Sí había funcionado. Buscó entre las pantallas hasta que llegó a la información de contacto de Ruhn. Se la mostró—. ¿Tú? —deslizó el dedo y se borró el contacto—. Estás *muerto* para mí.

Podría haber jurado que su hermano, su que-se-joda-el-mundo hermano se encogió un poco.

Miró a Dec y a Flynn.

—Gracias por salvarme.

No la siguieron. Bryce apenas podía controlar su temblor cuando condujo de regreso a casa, pero lo logró. Llegó a su departamento. Sacó a pasear a Syrinx.

El departamento estaba demasiado silencioso sin Hunt. Nadie había venido por sus cosas. Si lo hubieran hecho, habrían visto que no estaba la gorra de solbol. Estaba oculta en la caja junto con Jelly Jubilee.

Exhausta, Bryce se quitó la ropa y se vio en el espejo del baño. Levantó una palma a su pecho, donde el peso del amuleto archesiano llevaba tres años.

Unas líneas fuertes y rojas marcaban su piel donde el kristallos la había rasguñado, pero la magia de Declan seguía surtiendo efecto y desaparecerían a la mañana siguiente.

Se volteó, preparándose para ver el daño al tatuaje en su espalda. El último recuerdo de Danika. Si ese puto demonio lo había arruinado...

Casi lloró al ver que estaba intacto. Ver esas líneas escritas en el alfabeto antiguo e ilegible y saber que, aunque todo se había ido al Averno, aquello permanecía: las palabras que Danika había insistido que se tatuara y Bryce había estado demasiado borracha para objetar. Danika había elegido el alfabeto de un libro en el salón, aunque no se parecía a nada que Bryce conociera. Tal vez el artista lo había inventado, y les dijo que decía lo que Danika quería:

Con amor, todo es posible.

Las mismas palabras en la chamarra a sus pies. Las mismas palabras que habían sido una clave para su cuenta de Redner, para encontrar esa memoria.

Tonterías. Todo eran puras tonterías. El tatuaje, la chamarra, perder el amuleto, perder a Danika, perder a Connor y a la Jauría de Diablos, perder a Hunt...

Bryce intentó sin éxito apartarse de ese ciclo de pensamientos, la tormenta que los iba acercando, los arremolinó hasta que todos confluyeron.

73

La última Cumbre a la que había asistido Hunt había sido en un enorme palacio antiguo en Pangera, lleno de todas las riquezas del imperio: tapices de seda y candeleros de oro puro, copas que brillaban con piedras preciosas y carnes suculentas cubiertas de las especias más exóticas.

Ésta sería en un centro de conferencias.

El espacio hecho de vidrio y metal era enorme y su distribución le recordaba a Hunt un montón de cajas de zapatos apiladas una sobre la otra. Su pasillo central tenía tres pisos de alto y las escaleras normales y eléctricas al fondo del espacio estaban adornadas con las banderas carmín de la República, el largo camino que llevaba a ellas, con una alfombra blanca.

Cada uno de los territorios en Midgard tenía su propia Cumbre cada diez años y asistían varios líderes dentro de sus fronteras junto con un representante de los asteri y algunos dignatarios visitantes relevantes para los asuntos que se iban a discutir. Ésta no sería distinta, salvo por su menor tamaño: Aunque Valbara era mucho más pequeña que Pangera, Micah tenía cuatro diferentes reuniones de la Cumbre, una por cada cuadrante separado de su reino. Ésta, para los territorios del sureste, con los líderes de Lunathion al centro, era la primera.

El lugar, localizado en el corazón del desierto Psamathe, a cinco horas de distancia en automóvil de Ciudad Medialuna, una hora para un ángel volando a su máxima velocidad o media hora por helicóptero, tenía sus propias celdas para encerrar a los vanir peligrosos.

Había pasado los últimos cinco días ahí. Marcaba el tiempo por el cambio en su comida: desayuno, almuerzo, comida. Al menos Sandriel y Pollux no habían venido a provocarlo. Al menos había tenido ese pequeño descanso. Apenas había prestado atención a los intentos del Martillo por provocarlo durante el camino. Apenas sintió o escuchó nada.

Sin embargo, esta mañana, junto con el desayuno llegó un cambio de ropa negra. No había armas, pero el uniforme era muy claro. También el mensaje: estaba a punto de ser puesto en exhibición, una burla de un desfile imperial Triumphus para que Sandriel se regodeara sobre haber recuperado posesión de él.

Pero obedeció, se vistió y permitió que los guardias de Sandriel le pusieran las esposas de piedra gorsiana y que anularan todos sus poderes.

Siguió a los guardias en silencio, por el elevador y luego al gran vestíbulo, decorado de gala imperial.

Había vanir de todas las Casas en el lugar. La mayoría vestían ropa de negocios o lo que alguna vez se conoció como ropa de corte. Ángeles, metamorfos, hadas, brujas... Delegaciones flanqueadas a ambos lados por la alfombra roja que conducía a las escaleras. Fury Axtar estaba en la multitud, vestida con su ropa de cuero usual de asesina, observando a todos. No volteó a verlo.

Llevaron a Hunt hacia una delegación de ángeles cerca de las escaleras: miembros de la Legión 45 de Sandriel. Sus triarii. Pollux estaba frente a ellos, su estatus de comandante estaba marcado por su armadura de oro, su capa color cobalto y su cara sonriente.

Esa sonrisa creció cuando Hunt tomó su posición cerca, entre dos de sus guardias.

Los otros triarii eran casi tan malos como el Martillo. Hunt nunca los olvidaría: la mujer delgada, de piel pálida y cabello oscuro conocida como la Harpía, el hombre de rostro pétreo y alas negras llamado el Mastín del Averno, el ángel engreído y de ojos fríos llamado el Halcón. Pero ellos lo ignoraron. Lo cual era preferible a tener su atención, y él lo sabía.

No había señal de la Cierva, la última integrante de los triarii, aunque tal vez su trabajo como torturadora de espías en Pangera era demasiado valioso para los asteri y no le habían permitido a Sandriel arrastrarla hasta acá.

Del otro lado de las alfombras rojas estaban Isaiah y la 33a. Lo que quedaba de sus triarii. Naomi se veía increíble con su uniforme, la barbilla en alto y la mano derecha en la empuñadura de su espada formal de la legión, le brillaba la guardia cruzada alada bajo la luz de la mañana.

Los ojos de Isaiah se posaron en los suyos. Hunt, con su armadura negra, estaba prácticamente desnudo comparado con el uniforme completo del comandante de la 33a: la pechera de bronce, las hombreras, las grebas y avambrazos... Hunt todavía recordaba cuánto pesaba. Lo estúpido que siempre se sentía cuando estaba vestido con el uniforme de gala del Ejército Imperial. Como si fuera un caballo premiado.

Las fuerzas Auxiliares del Rey del Otoño estaban a la izquierda de los ángeles, su armadura era más ligera pero no menos ornamentada. Frente a ellos estaban los metamorfos con sus mejores ropas. Amelie Ravenscroft no se atrevió a ver en su dirección. Grupos más pequeños de vanir llenaban el resto del espacio: mer y daemonaki. No había señal de humanos. Ningún mestizo tampoco.

Hunt intentó no pensar en Bryce. En lo que había sucedido en el vestíbulo.

Princesa de las hadas. Princesa bastarda, en realidad, pero ella seguía siendo la única hija del Rey del Otoño.

Ella podría estar furiosa con él por mentir, pero ella también le había mentido bastante.

Los tambores, carajo, los malditos tambores, empezaron a marcar el ritmo. Los trompetistas los siguieron un momento después. El himno largo y odioso de la República hizo eco en el espacio de vidrio cavernoso. Todos se enderezaron y una caravana se estacionó del otro lado de las puertas.

Hunt inhaló y vio a Jesiba Roga emerger primero, llevaba un vestido negro entallado que le llegaba al muslo y que destacaba su cuerpo curvilíneo, en sus orejas y garganta relucían piezas de oro antiguo, detrás de ella, una capa diáfana de medianoche fluía con un viento fantasma. A pesar de sus enormes tacones, se movía con la suavidad sobrenatural de la Casa de Flama y Sombra.

Tal vez ella había sido la que le dijo a Bryce cómo venderle su alma al gobernante de la Ciudad Durmiente.

La hechicera rubia mantuvo sus ojos grises en las tres banderas que colgaban sobre las escaleras y se movió hacia ellas: a la izquierda, la bandera de Valbara, a la derecha, la insignia de Lunathion con su luna creciente, su arco y su flecha. Y al centro, la *SPQM* y sus ramas gemelas de estrellas, la bandera de la República.

Las brujas siguieron con pasos sonoros. Una mujer joven y de piel morena con ropas holgadas y cerúleas caminó por la alfombra, su cabello negro trenzado resplandecía como tejido de la noche.

La Reina Hypaxia tenía apenas tres meses de portar la corona dorada y roja de moras del pantano de su madre, y aunque su rostro no tenía arrugas y era hermoso, se podía distinguir un cansancio en sus ojos oscuros que hablaba mucho sobre su persistente dolor.

Los rumores decían que la Reina Hécuba había criado a su hija en las profundidades del bosque boreal de las montañas Heliruna, lejos de la corrupción de la República. Hunt tal vez esperaría que una persona así se sintiera intimidada por la multitud ahí reunida y el esplendor imperial, o al menos que luciera un poco sorprendida, pero ella conservó la barbilla en alto y sus pasos fueron seguros. Como si hubiera hecho esto una docena de veces.

La reconocerían formalmente como Reina de las Brujas de Valbara cuando inaugurara la Cumbre. Su último espectáculo antes de heredar el trono. Pero...

Hunt vio su cara cuando ella se acercó.

La conocía: la medibruja de la clínica. Ella reconoció a Hunt con una mirada rápida al pasar.

¿Ruhn lo sabía? ¿Sabía con quién se había reunido, quién le había dado la investigación sobre el sinte?

Luego llegaron los líderes mer, Tharion vestía un traje gris oscuro y acompañaba a una mujer de vestido holgado color verde agua. No era la Reina del Río, ella casi nunca salía del Istros. Pero la mujer hermosa de piel oscura podría ser su hija. Muy probablemente era su hija, ya que todos los mer reconocían a la Reina del Río como su madre.

El cabello castaño rojizo de Tharion estaba peinado hacia atrás, con algunos mechones rebeldes sobre la frente. Había cambiado las aletas por piernas, pero no le fallaron cuando miró en dirección a Hunt. Se pudo ver la empatía en su mirada.

Hunt lo ignoró. No había olvidado quién había llevado a Bryce al barco aquella noche.

Tharion, había que reconocérselo, no retrocedió al ver la mirada de Hunt. Se limitó a esbozarle una sonrisa triste y continuó mirando al frente, siguiendo a las brujas al nivel del entrepiso y a las puertas abiertas de la sala de conferencias.

Luego llegaron los lobos. Sabine caminaba al lado de la figura encorvada del Premier, ayudando al anciano a avanzar. Los ojos cafés del hombre ya se veían lechosos por la edad y su cuerpo alguna vez fuerte estaba apoyado en su bastón. Sabine, vestida con un traje gris paloma miró a Hunt con desdén y dirigió al antiguo Premier hacia las escaleras eléctricas.

Pero el Premier se detuvo al ver dónde planeaba ella llevarlo. La llevó hacia las escaleras. Y empezó el ascenso, paso tras doloroso paso.

Bastardo orgulloso.

Las hadas salieron de sus automóviles negros y entraron caminando por la alfombra. El Rey del Otoño emergió con una corona de ónix sobre su cabellera roja, la roca era antigua como un trozo de noche a pesar de la luz matutina.

Hunt no sabía cómo no lo había visto antes. Bryce se perecía más a su padre que Ruhn. Claro, muchas hadas tenían esos tonos, pero la frialdad del rostro del Rey del Otoño...

Él había visto a Bryce hacer esa expresión incontables veces.

El Rey del Otoño, no un lordcito de segunda, había sido quien la había acompañado al Oráculo ese día. El que sacó a una niña de trece años a la calle.

Los dedos de Hunt formaron puños. No podía culpar a Ember Quinlan por salir huyendo en el momento que vio el monstruo que se ocultaba bajo la superficie. Cuando sintió su fría violencia.

Y cuando se dio cuenta de que estaba embarazada. Un heredero al trono en potencia, que podría complicar las cosas para su hijo de pura sangre, El Elegido. No era de sorprenderse que el Rey del Otoño las hubiera cazado con tanta insistencia.

Al ver Ruhn, un paso detrás de su padre, se quedó helado. En su atuendo principesco, con la Espadastral a su lado, podría bien haber sido uno de los primeros Astrogénitos con esos colores. Podría haber sido de los primeros en cruzar por la Fisura Septentrional hacía tanto tiempo.

Pasaron junto a Hunt y el rey no volteó siquiera a verlo. Pero Ruhn sí.

Ruhn miró las esposas en las muñecas de Hunt, los triarii del 45 a su alrededor. Y negó sutilmente con la cabeza. Para cualquier observador, era en señal de disgusto, castigo. Pero Hunt interpretó el mensaje.

Lo siento.

Hunt mantuvo su cara inexpresiva, neutra. Ruhn continuó caminando con el círculo de hojas de abedul doradas sobre su cabeza.

Y luego el atrio entero pareció inhalar. Hacer una pausa.

Los ángeles no llegaban en automóviles. No, caían de los cielos.

Cuarenta y nueve ángeles de la Guardia Asteriana, con sus galas completas de blanco y oro, marcharon en el vestíbulo. Traían lanzas en sus manos enguantadas y sus alas blancas relucían. Cada uno de ellos había sido criado, seleccionado con cautela, para esta vida de servicio. Sólo las alas más blancas y puras pasaban la prueba. Ni una mancha de color en ellas.

Hunt siempre los había considerado pendejos engreídos.

Ellos se acomodaron en sus sitios en la alfombra, firmes, con las alas en alto y las lanzas apuntando hacia el techo de vidrio, sus capas níveas caían al piso. Los mechones blancos de pelo de caballo en sus cascos dorados resplandecían como si los acabaran de cepillar y conservaron los visores abajo.

Los habían enviado de Pangera como un recordatorio para todos ellos, incluidos los gobernadores, de que los que tenían las riendas seguían monitoreando todo.

Micah y Sandriel llegaron después, lado a lado. Cada uno con su armadura de gobernador.

Los vanir se hincaron sobre una rodilla ante ellos. Sin embargo, la Guardia Asteriana, que sólo se inclinaría ante sus seis amos, permaneció de pie con las lanzas como muros gemelos de espinas entre los cuales desfilaron los gobernadores.

Nadie se atrevía a hablar. Nadie se atrevía a respirar al ver pasar a los dos arcángeles.

Todos ellos eran putos gusanos bajo sus pies.

La sonrisa de Sandriel le quemó a Hunt cuando pasó a su lado. Casi tanto como la absoluta decepción y cansancio de Micah.

Micah había elegido bien su método de tortura, eso se lo reconocía Hunt. No había manera de que Sandriel le permitiera morir rápidamente. El tormento cuando regresaran a Pangera duraría décadas. No había posibilidades de una nueva negociación o compra.

Y si él siquiera se salía un poco de la línea, ella sabría dónde atacar primero. A quién atacar.

Los gobernadores subieron por las escaleras, sus alas casi rozando. Por qué no habían formado una pareja era algo que Hunt no podía entender. Micah era suficientemente decente como para encontrar aborrecible a Sandriel, al igual que todos. Pero de todas maneras era una maravilla que los asteri no hubieran ordenado que se unieran los dos linajes. No hubiera sido raro. Sandriel y Shahar eran el resultado de una unión así.

Aunque tal vez la sospecha de que Sandriel mató a sus padres para conseguir el poder para ella y su hermana había sido motivo para que los asteri le pusieran fin a esa práctica.

Cuando los gobernadores llegaron a la sala de conferencias los que estaban reunidos en el vestíbulo se movieron. Primero los ángeles que se dirigieron a las escaleras y después el resto de la asamblea en fila detrás de ellos.

Hunt se mantuvo entre dos de los triarii de la 45, el Mastín del Averno y el Halcón, que lo veían con desdén, y se fijó en todos los detalles que pudo cuando entraron a la sala.

Era un espacio cavernoso con círculos concéntricos de mesas que fluían hacia un piso central y una mesa redonda donde se sentarían los líderes.

El Foso del Averno. Eso era. Era una maravilla que ninguno de sus príncipes estuviera parado ahí.

El Premier de los Lobos, el Rey del Otoño, los dos gobernadores, la hija de la Reina del Río, la Reina Hypaxia y Jesiba todos se sentaron alrededor de la mesa central. Sus segundos, Sabine, Ruhn, Tharion, una bruja de aspecto mayor, todos se sentaron en el círculo de mesas a su alrededor. Nadie más de la Casa de Flama y Sombra había venido con Jesiba, ni siquiera un vampiro. Los demás miembros se fueron acomodando detrás de ellos, cada círculo de mesas más y más grande, siete en total. La Guardia Asteriana delineaba el nivel más alto, parados contra la pared, dos en cada una de las tres salidas de la habitación.

Los siete niveles del Averno.

Había pantallas de video por la habitación, dos colgaban del techo, y había computadoras en las mesas, quizá para referencias. Para su sorpresa, Fury Axtar ocupó un lugar en el tercer círculo, recargada en su silla. Nadie la acompañaba.

Hunt fue llevado a un punto contra la pared, entre dos guardias asterianos que lo ignoraron por completo. Por un puto milagro el ángulo le bloqueaba la vista de Pollux y el resto de los triarii de Sandriel.

Hunt se preparó cuando se encendieron las pantallas. La habitación se quedó en silencio al ver lo que apareció.

Él conocía esos pasillos de cristal, esas antorchas de luzprístina que bailaban en los pilares de cuarzo tallado y que se elevaban hacia los techos abovedados. Conocía los siete tronos de cristal acomodados en un semicírculo sobre la plataforma dorada, el trono vacío en el extremo. Conocía la ciudad brillante que estaba más allá, las colinas ondulantes en la luz tenue, el Tiber una banda oscura que se abría paso entre ellas.

Todos se levantaron de sus asientos cuando aparecieron los asteri. Y todos se arrodillaron.

Incluso a diez mil kilómetros de distancia, Hunt podría haber jurado que su poder recorría la sala de conferencias. Podría haber jurado que le arrancaba el calor, el aire, la vida.

La primera vez que había estado ante ellos, pensó que nunca había experimentado algo peor. La sangre de Shahar todavía cubría su armadura, su garganta estaba destrozada de tanto gritar en la batalla, pero él nunca se había enfrentado a algo tan terrorífico. Tan sobrenatural. Como si toda su existencia fuera apenas una mosca, su poder una brizna en la brisa frente al huracán que eran ellos. Como si lo hubieran lanzado al espacio exterior.

Cada uno de ellos tenía el poder de una estrella sagrada, cada uno podía hacer polvo todo el planeta, pero no tenían luz en sus ojos fríos.

A través de las pestañas, Hunt miró quién más se atrevía a levantar la vista de la alfombra gris mientras los seis asteri los inspeccionaban: Tharion y Ruhn. Declan Emmet. Y la reina Hypaxia.

Ningún otro. Ni Fury o Jesiba.

Ruhn miró a Hunt. Y una voz silenciosa le dijo en la mente. *Valiente jugada.*

Hunt contuvo su sorpresa. Sabía que había telépatas ocasionales entre las hadas, en especial entre los que vivían en Avallen. Pero nunca había tenido una conversación con uno. Al menos no con la mente.

Buen truco.

Un regalo de la familia de mi madre... que he mantenido en secreto.

¿Y me confías este secreto?

Ruhn permaneció en silencio un momento.

No me pueden ver hablando contigo. Si necesitas algo, por favor dímelo. Haré lo que pueda por tí.

Otra sorpresa, tan física como sus relámpagos.

¿Por qué me ayudarías?

Porque hubieras hecho todo en tu poder para evitar que Bryce intercambiara lugares contigo con Sandriel. Lo vi en tu cara. Ruhn titubeó y luego agregó, un poco dudoso, *Y porque no pienso que seas tan maldito ahora.*

Hunt sonrió apenas.

Igualmente.

¿Es un cumplido? Otra pausa. *¿Cómo estás, Athalar?*

Bien. ¿Cómo está ella?

Ya regresó al trabajo, según la gente que la está vigilando.

Bien. Él no pensaba soportar hablar sobre Bryce sin perder el control, así que dijo, *¿Sabías que la medibruja era la reina Hypaxia?*

No. No tenía ni puta idea.

Ruhn tal vez habría continuado, pero los asteri empezaron a hablar. Como uno solo, como siempre lo hacían. Telépatas también.

—Han convergido para discutir asuntos pertinentes a su región. Les damos nuestra anuencia.

Miraron a Hypaxia.

Para su asombro, la bruja no se dudó ni tembló cuando los seis asteri la miraron, el mundo junto con ellos, y dijeron:

—Te reconocemos formalmente como la heredera de la difunta reina Hécuba Enador y con su muerte ahora te nombramos Reina de las Brujas de Valbara.

Hypaxia inclinó la cabeza, con expresión seria. La cara de Jesiba no revelaba nada. Ni una señal de pesar o rabia por el linaje del cual se había alejado. Así que Hunt se atrevió a ver a Ruhn, quien tenía el entrecejo fruncido.

Los asteri volvieron a inspeccionar la habitación, ninguno más engreído que Rigelus, la Mano Brillante. Ese cuerpo de adolescente delgado era una burla al poder monstruoso en su interior. Como uno, los asteri continuaron:

—Pueden iniciar. Que las bendiciones de los dioses y todas las estrellas del firmamento brillen sobre ustedes.

Las cabezas se inclinaron aún más, en agradecimiento por permitirles existir en su presencia.

—Esperamos que discutan una manera de terminar esta guerra inútil. La gobernadora Sandriel demostrará ser un testigo invaluable para su destrucción —una revisión lenta y horrible de la habitación siguió a esas palabras. Y Hunt sabía que su atención estaba puesta en él cuando dijeron—: Y hay otros aquí que también podrían proporcionar su testimonio.

Había sólo un testimonio que proporcionar: que los humanos eran desperdiciados y tontos y que la guerra era su culpa, su culpa, su culpa y que tenía que terminar. Que debía evitarse a toda costa. No habría compasión por la rebelión humana, no se escucharían los problemas de los humanos. Estaba el lado vanir, el lado bueno, y ningún otro.

Hunt miró directamente a Rigelus en la pantalla central. Sintió un golpe de viento helado por el cuerpo, cortesía de Sandriel, le advirtió que apartara la mirada. Él no lo hizo. Podría haber jurado que el Líder de los asteri había sonreído. La sangre de Hunt se heló, no sólo por el viento de Sandriel, y bajó la mirada.

Este imperio se había construido para durar una eternidad. En más de quince mil años, no había caído. Esta guerra no lo derrumbaría.

Los asteri dijeron en sintonía:

—Adiós.

El público volvió a sonreír, la sonrisa de Rigelus dirigida a Hunt era la peor de todas. Las pantallas se apagaron.

Todos en la habitación, incluidos los dos gobernadores, exhalaron. Alguien vomitó, por el sonido y el olor que llegó de una esquina lejana. Y dicho y hecho, un metamorfo de leopardo salió corriendo por las puertas con la mano sobre la boca.

Micah se recargó en su silla con la mirada en la mesa de madera frente a él. Por un momento, nadie habló. Como si todos necesitaran recuperarse. Incluso Sandriel.

Luego Micah se enderezo, agitó ligeramente las alas, y declaró con voz profunda y clara:

—Declaro iniciada la Cumbre de Valbara. Todo honor a los asteri y las estrellas que poseen.

La habitación hizo eco a sus palabras, aunque no de muy buena gana. Como si todos recordaran que incluso en estas tierras al otro lado del mar de Pangera, tan lejos de los lodosos campos de batalla y el brillante palacio de cristal en una ciudad de siete colinas, incluso aquí, no había escapatoria.

74

Bryce intentó no concentrarse en el hecho de que ahora Hunt y el mundo sabían quién era ella. Al menos la prensa no se había enterado todavía, pequeña bendición.

Como si ser una princesa bastarda importara. Como si eso revelara algo sobre ella como persona. La sorpresa de Hunt era la razón por la cual no le había dicho.

Había roto el cheque de Jesiba, y con él los siglos de deudas.

Ya nada importaba de todas maneras. Hunt se había ido.

Ella sabía que estaba vivo. Había visto las noticias de la procesión de apertura de la Cumbre. Hunt se veía igual que antes de que todo se fuera al carajo. Otra pequeña bendición.

Ella apenas había visto a los demás cuando llegaron: Jesiba, Tharion, su padre, su hermano... No, mantuvo la vista en ese punto en la multitud, en esas alas grises que ya habían vuelto a crecer.

Patética. Era completamente patética.

Ella lo habría hecho. Gustosa habría intercambiado lugares con Hunt, incluso a sabiendas de lo que Sandriel le haría. Lo que Pollux le haría.

Tal vez eso la convertía en una idiota, como dijo Ruhn. Ingenua.

Tal vez tenía suerte de haber salido caminando del vestíbulo del Comitium y todavía respirando.

Tal vez el ataque del kristallos era el precio que tuvo que pagar por sus metidas de pata.

Había pasado los últimos días buscando entre las leyes para ver si se podía hacer algo por Hunt. No encontró nada.

Había hecho las únicas dos cosas que podrían haberle conseguido la libertad: ofreció comprarlo y se ofreció a ella misma en su lugar.

No había creído las últimas palabras que le había dicho Hunt. Ella hubiera hecho lo mismo en su lugar. Hubiera sido lo más horrible posible si eso lo hubiera mantenido a salvo.

Bryce se sentó ante el escritorio de la recepción de la sala de exhibición, mirando el monitor de su computadora en blanco. La ciudad estaba callada estos días. Como si la atención de todos estuviera en la Cumbre, aunque sólo unos cuantos de los líderes de Ciudad Medialuna y algunos ciudadanos habían asistido.

Vio las noticias y los resúmenes por si notaba a Hunt, sin suerte.

Durmió en su recámara todas las noches. Se puso una de sus camisetas y se metió entre sus mantas que olían a él y fingió que él estaba acostado en la oscuridad a su lado.

Un sobre con remitente del Comitium había llegado a la galería hacía tres días. Su corazón latía desbocado cuando lo abrió, preguntándose si él habría logrado enviar un mensaje...

El ópalo blanco cayó en su escritorio. Isaiah le había escrito una nota reservada, como si estuviera consciente de que todos los correos eran leídos:

Naomi encontró esto en la embarcación. Pensé que tal vez lo querrías.

Luego agregó, como si lo hubiera pensado después, *Él lo siente.*

Ella puso la piedra en el cajón de su escritorio.

Con un suspiro, Bryce abrió ahora el cajón para ver la gema lechosa. Recorrió su superficie fresca con los dedos.

—Athie se ve miserable —dijo Lehabah flotando al lado de la cabeza de Bryce. Señaló la tableta, donde Bryce había pausado su grabación de la procesión de entrada donde se veía la cara de Hunt—. Tú también, BB.

—Gracias.

A sus pies, Syrinx se estiró y bostezó. Le brillaban las garras curvas.

—¿Qué hacemos ahora?

Bryce frunció el ceño.

—¿A qué te refieres?

Lehabah se abrazó y flotó en el aire.

—¿Regresamos a la normalidad?

—Sí.

Sus ojos relucientes miraron los de Bryce.

—¿Qué es *normal*, a fin de cuentas?

—A mí me suena aburrido.

Lehabah sonrió un poco y se puso color rosa claro.

Bryce sonrió.

—Eres buena amiga, Lele. Una verdadera buena amiga —suspiró de nuevo eso hizo parpadear a la flama de la duendecilla—. Siento no haber sido tan buena amiga contigo a veces.

Lehabah movió una mano y se puso color escarlata.

—Superaremos esto, BB —se paró en el hombro de Bryce y su calidez se filtró a la piel de Bryce que no estaba consciente de tener tanto frío—. Tú, yo y Syrie. Juntos, superaremos esto.

Bryce extendió un dedo y permitió que Lehabah lo tomara entre sus dos manitas brillantes.

—Trato.

75

Ruhn había anticipado que la Cumbre sería intensa, violenta y sin duda peligrosa, que pasaría cada momento preguntándose si alguien decapitaría a alguien más. Justo como había sucedido en todas las Cumbres a las que había asistido.

Esta vez, su único enemigo parecía ser el aburrimiento.

Sandriel había tardado dos horas en decirles que los asteri habían ordenado que más tropas de todas las casas fueran al frente. Que no tenía caso discutir. Que no cambiaría nada. La orden venía de los asteri.

La conversación entonces pasó a las nuevas propuestas comerciales. Y luego empezó a dar vueltas y vueltas y vueltas, incluso Micah se quedó atrapado en la semántica de quién hizo qué y qué obtuvo y así hasta el cansancio hasta que Ruhn se estaba preguntando si los asteri habían inventado esta junta como una especie de tortura.

Se preguntó cuántos de los miembros de la Guardia Asteriana estarían dormidos detrás de sus máscaras. Había descubierto a algunos de los miembros menores de varias delegaciones cabeceando. Pero Athalar estaba alerta, cada minuto, el asesino parecía estar escuchando. Observando.

Tal vez eso era lo que querían los gobernadores: que todos estuvieran tan aburridos y desesperados por terminar con la reunión que accederían a pactos que no les fueran ventajosos.

Había algunos que todavía se resistían. Entre ellos, el padre de Ruhn, junto con los mer y las brujas.

Una bruja en particular.

La reina Hypaxia hablaba poco, pero notó que ella, también, escuchaba cada una de las palabras que se pronunciaban, sus ojos castaños profundos revelaban mucha inteligencia a pesar de su juventud.

Había sido una sorpresa verla el primer día, el rostro familiar en este entorno, con su corona y vestimenta real. Saber que había estado hablando con su posible prometida durante semanas y no tenía ni puta idea.

Había logrado escabullirse entre dos de las brujas de su aquelarre cuando avanzaban hacia el comedor el primer día y, como un pendejo, exigió:

—¿Por qué no me dijiste nada? ¿Sobre quién eres en realidad?

Hypaxia sostenía su bandeja de comida con una gracia digna de sostener un cetro.

—No preguntaste.

—¿Qué carajos estabas haciendo en ese consultorio?

Cerró los ojos oscuros.

—Mis fuentes me informaron que una maldad se levantaba en la ciudad. Fui a ver por mí misma, con discreción —por eso había estado en la escena del asesinato del guardia del templo, se dio cuenta él. Y la noche que atacaron a Athalar y Bryce en el parque—. También quería ver cómo era ser... ordinario. Antes de esto —hizo un ademán con la mano hacia su corona.

—¿Sabes lo que mi padre espera de ti? ¿Y de mí?

—Tengo mis sospechas —dijo ella con tranquilidad—. Pero no estoy considerando esos... cambios en mi vida en este momento —lo miró y asintió antes de marcharse—. Con nadie.

Y eso fue todo. Lo había puesto en su lugar.

Hoy, al menos, había intentado poner atención. No ver a la bruja que no tenía ningún interés en casarse con él, gracias al puto cielo. Con sus dones de sanación, ¿ella podría percibir lo que estaba mal con él, aquello que explicaba que él sería el último de su linaje? No quería averiguarlo.

Ruhn apartó el recuerdo de la profecía del Oráculo. Al menos no era el único que ignoraba a Hypaxia. Jesiba Roga no le había dirigido la palabra.

Claro, la hechicera no había dicho gran cosa, aparte de afirmar que la Casa de Flama y Sombra florecía con la muerte y el caos y que ella no tenía ningún problema con una guerra larga y devastadora. A los segadores siempre les gustaba llevarse las almas de los muertos, dijo. Incluso los arcángeles se habían visto desconcertados ante sus palabras.

Cuando el reloj dio las nueve y todos se sentaron en la habitación, Sandriel anunció:

—Micah tuvo que irse y regresará más tarde.

Sólo una persona, bueno seis, podían mandar llamar a Micah de esta reunión. Sandriel parecía satisfecha de controlar la orden del día y declaró:

—Empezaremos con los mer que van a explicar su miope resistencia frente a la construcción de un canal para el transporte de nuestros tanques y la continuación de las líneas de abastecimiento.

La hija de la Reina del Río se mordió el labio, titubeando. Pero el Capitán Tharion Ketos le dijo a Sandriel:

—Yo diría que cuando tus máquinas de guerra destrocen nuestras zonas de crianza de ostiones y nuestros bosques de kelp, no es miope decir que destrozará nuestra industria pesquera.

A Sandriel le brillaron los ojos. Pero dijo con dulzura:

—Se les compensará.

Tharion no se retractó.

—No se trata del dinero, sino del cuidado de este planeta.

—La guerra requiere sacrificios.

Tharion se cruzó de brazos y sus músculos se alcanzaban a ver en movimiento debajo de su camisa negra de manga larga. Después del desfile inicial y ese primer día de juntas interminables, casi todos estaban usando ropa menos formal para el resto de las pláticas.

—Conozco los costos de la guerra, gobernadora.

Hombre valiente al atreverse a decir eso y a ver a Sandriel directo a los ojos.

La reina Hypaxia dijo, con voz suave pero decidida:

—La preocupación de Tharion tiene mérito. Y precedente —Ruhn se enderezo y todos los ojos voltearon a ver a la reina bruja. Ella tampoco se retractó al ver las tormentas en los ojos de Sandriel—. A lo largo de las fronteras orientales del mar Rhagan, los arrecifes de coral y los bosques de kelp que fueron destruidos en las Guerras Sorvakkian hace dos mil años todavía no se han recuperado. Los mer que vivían de esas tierras fueron compensados, como dices. Pero sólo por unas cuantas temporadas —silencio absoluto en la sala de juntas—. ¿Pagarán, gobernadora, por mil temporadas? ¿Dos mil temporadas? ¿Qué hay de las criaturas que construyeron sus hogares en los sitios que proponen destruir? ¿Cómo les pagarán a ellas?

—Ellos son Inferiores. Menos que los Inferiores —dijo Sandriel con frialdad, sin conmoverse.

—Son hijos de Midgard. Hijos de Cthona —dijo la reina bruja.

Sandriel sonrió, con todos los dientes.

—Ahórrate tus tonterías sensibleras.

Hypaxia no le sonrió. La miró fijamente. No estaba desafiándola sino evaluando lo que veía.

Para la eterna sorpresa de Ruhn, Sandriel fue la primera en apartar la vista. Puso los ojos en blanco y empezó a ordenar sus papeles. Incluso el padre de Ruhn parpadeó al ser testigo de esto. Y consideró a la joven bruja con los ojos entrecerrados. Sin duda se estaba preguntando cómo una bruja de veintiséis años se había atrevido. O bien, consideraba lo que Hypaxia podría saberle a Sandriel para hacer que una arcángel cediera ante ella.

Se estaría preguntando si la reina bruja sería en realidad una buena esposa para Ruhn o una constante molestia.

Del otro lado de la mesa, Jesiba Roga le sonrió con discrección a Hypaxia. Su primer reconocimiento de la joven bruja.

—El canal —dijo Sandriel con seriedad y colocando sus papeles sobre la mesa— lo discutiremos después. Las líneas de abastecimiento...

La arcángel empezó otro discurso sobre sus planes para perfeccionar el sistema de la guerra.

Hypaxia devolvió su atención a los documentos que tenía frente a ella. Pero levantó la mirada para ver hacia el segundo círculo de mesas.

A Tharion.

El mer le sonrió ligeramente, una sonrisa secreta: gratitud y reconocimiento.

La reina bruja asintió, apenas un ligero movimiento descendente de la barbilla.

El mer levantó su papel con indiferencia, y se pudo ver lo que parecían veinte hileras de marcas... como si estuviera llevando la cuenta de algo.

Hypaxia abrió los ojos como platos, con reproche e incredulidad y Tharion bajó el papel antes de que alguien más se diera cuenta. Agregó otra marca.

Las mejillas de la reina bruja se ruborizaron.

El padre de Ruhn, sin embargo, empezó a hablar así que Ruhn dejó de prestar atención a lo que estaban haciendo, se enderezó y se esforzó por simular estar prestando atención. Como si le importara.

Nada de eso importaría al final. Sandriel y Micah harían lo que quisieran.

Y todo seguiría igual.

Hunt estaba tan aburrido que honestamente pensaba que le iba a sangrar el cerebro por las orejas.

Pero intentó saborear estos últimos días de tranquilidad y confort relativo, a pesar de que Pollux monitoreaba todo desde el otro lado de la habitación. Estaba esperando a poder dejar de aparentar ser civilizado. Hunt sabía que Pollux estaba contando las horas para que lo dejaran hacer con él lo que quisiera.

Así que cada vez que el pendejo le sonreía, Hunt le sonreía.

Al menos, las alas de Hunt ya habían sanado. Las había estado probando todo lo posible, estirándolas y doblándolas. Si Sandriel le permitía volar, sabía que lo aguantarían. Tal vez.

Parado contra esa pared, analizando cada una de las palabras que se decían, era una forma particular de tortura, pero Hunt escuchaba. Prestaba atención incluso cuando parecía que tantos más estaban batallando contra el sueño.

Él esperaba que las delegaciones que resistían, las hadas, los mer, las brujas, duraran hasta el final de la Cumbre antes de recordar que el control era una ilusión y que los asteri podían emitir un edicto con las nuevas leyes comerciales. Igual que habían hecho con la información sobre la guerra.

Unos días más, era todo lo que quería Hunt. Eso era lo que se decía a sí mismo.

76

Bryce había acampado en la biblioteca de la galería los últimos tres días. Se quedaba mucho después de la hora de cerrar y regresaba al amanecer. No tenía ningún sentido pasar mucho tiempo en el departamento porque su refrigerador estaba vacío y Syrinx siempre estaba con ella. Pensó que sería mejor entonces estar en la oficina hasta que dejara de sentir que su casa era un cascarón hueco.

Jesiba, que estaba ocupada en la Cumbre, no revisaba las grabaciones de video de la galería. No veía los contenedores de comida para llevar que ensuciaban todas las superficies de la biblioteca, el minirefrigerador lleno sobre todo de queso o que Bryce estaba usando ropa deportiva en la oficina. O que se había empezado a bañar en el baño de la parte trasera de la biblioteca. O que había cancelado todas las juntas con los clientes. Y había tomado otro amuleto archesiano directo de la caja fuerte de la oficina de Jesiba, el último del territorio. Uno de cinco que quedaban en todo el mundo.

Pero era cuestión de tiempo para que Jesiba se aburriera y abriera las docenas de grabaciones y lo viera todo. O que viera su calendario y viera todas las citas reprogramadas.

Bryce había recibido respuesta de dos posibles trabajos y tenía programadas entrevistas. Necesitaría inventar alguna excusa para Jesiba, por supuesto. Una cita con la medibruja o una limpieza dental o algo igual de normal pero necesario. Y si obtenía alguno de esos empleos, tendría que encontrar una manera de pagar toda su deuda por Syrinx, algo que adulara a Jesiba lo suficiente para evitar que la transformara en alguna criatura horrible sólo por pedir irse.

Bryce suspiró y pasó la mano sobre un tomo antiguo de terminología legal que requería de un título para descifrarse. Nunca había visto tantos *por lo tantos* y *consiguientes* y *a lo conducentes* e *incluirá pero no estará limitado a*. Pero seguía buscando.

Igual que Lehabah.

—¿Qué hay de esto, BB? —la duendecilla brilló y señaló una página frente a ella—. Aquí dice, *Una sentencia criminal puede conmutarse por servicio si...*

—Eso lo vimos hace dos días —dijo Bryce—. Nos lleva directo de regreso a la esclavitud.

Un ligero rasguño se escuchó en la habitación. Bryce miró el nøkk sin levantar la vista, cuidando que él no viera que había capturado su atención.

La criatura le estaba sonriendo de todas maneras. Como si supiera algo que ella no.

Lo averiguó un momento después.

—Hay otro caso debajo de esto —dijo Lehabah—. La mujer humana fue liberada después de...

Syrinx gruñó. No al tanque. A las escaleras de alfombra verde.

Se escucharon pasos. Bryce se puso de pie, buscando su teléfono.

Un par de botas, luego unos jeans oscuros y luego...

Alas blancas como la nieve. Una cara hermosa.

Micah.

Todos sus pensamientos hicieron corto circuito cuando él entró a la biblioteca y se puso a revisar los estantes y las escaleras que llevaban a los entrepisos y nichos de latón, el tanque y el nøkk, que seguía sonriendo, la luz de sol que explotaba en las alturas.

No podía estar aquí abajo. No podía ver estos libros...

—Su Gracia —dijo Bryce.

—La puerta principal estaba abierta —dijo él. El poder detrás de su mirada la golpeó como un ladrillazo en la cara.

Por supuesto que los cerrojos y encantamientos no lo habían mantenido fuera. Nada podía mantenerlo fuera.

Ella tranquilizó su corazón desbocado lo suficiente para decir:

—Con gusto me reuniré contigo arriba, Su Gracia, si quieres que llame a Jesiba.

Jesiba que está en la Cumbre donde se supone que tú debías estar en este momento.

—Acá abajo está bien —respondió él.

Empezó a caminar hacia uno de los libreros altos.

Syrinx temblaba en el sillón; Lehabah se ocultó detrás de un pequeño montón de libros. Incluso los animales en sus diversos terrarios y tanques se escondieron. El único que seguía sonriendo era el nøkk.

—¿Por qué no tomas asiento, Su Gracia? —dijo Bryce.

Empezó a recoger los contenedores de comida y no le importó si su camiseta blanca se manchaba de aceite de chile, quería alejar a Micah de los entrepaños con esos preciados libros.

Él no le hizo caso y se puso a examinar los títulos que estaban a nivel de sus ojos.

Que Urd la salvara. Bryce tiró los contenedores al basurero de por sí lleno.

—Tenemos arte fascinante en el piso de arriba. Tal vez me puedas decir qué es lo que estás buscando.

Miró a Lehabah, que se había puesto de un sorprendente color verdiazul y movió la cabeza en señal silenciosa de que tuviera cuidado.

Micah dobló sus alas y volteó a verla.

—¿Qué estoy buscando?

—Sí —exhaló ella—. Yo...

Él la clavó con sus ojos helados.

—Estoy buscándote a ti.

La junta de ese día fue por mucho la peor. La más lenta.

Sandriel se deleitaba en hacerlos dar vueltas, de sus labios brotaron mentiras y verdades a medias, como si estuviera saboreando a su víctima que pronto caería: el momento en que ellos le cedieran todo a ella y a los deseos de los asteri.

Hunt se recargó contra la pared, entre los Guardias Asterianos vestidos de gala, y vio el reloj avanzar muy despacio hacia el cuatro. Ruhn parecía estar dormido desde hacía media hora. La mayoría de los grupos de niveles inferiores ya se habían marchado y la habitación había quedado casi vacía. Incluso Naomi había regresado a Lunathion para asegurarse de que la 33a se mantuviera en forma. Sólo quedaba personal indispensable y sus líderes. Como si todos ahora ya supieran que esto había terminado. Que esta *república* era un engaño. O se gobernaba o se obedecía.

—Abrir un nuevo puerto en la costa oriental de Valbara —decía Sandriel por centésima vez— nos permitiría construir instalaciones seguras para nuestra legión acuática...

Vibró un teléfono.

Para su sorpresa, Jesiba Roga lo sacó de un bolsillo interior del saco gris que tenía sobre un vestido a juego. Se movió en su asiento para que el hombre curioso a su izquierda no pudiera ver la pantalla.

Algunos líderes también percibieron el cambio en la atención de Roga. Sandriel siguió hablando, sin darse cuenta, pero Ruhn había escuchado el sonido y estaba mirando a la mujer. También Fury, sentada dos filas detrás de ella.

Los pulgares de Jesiba volaban sobre el teléfono y tenía la boca pintada de rojo apretada. Jesiba levantó la mano. Incluso Sandriel guardó silencio.

Roga dijo:

—Lamento la interrupción, gobernadora, pero hay algo que debes, que todos debemos, ver.

Él no tenía ningún motivo racional para el terror que empezó a acumularse en su estómago. Lo que estuviera en el teléfono de la hechicera podría ser sobre cualquier cosa. Pero se le secó la boca.

—¿Qué? —exigió saber Sabine desde el otro lado de la habitación.

Jesiba no le hizo caso y miró a Declan Emmet.

—¿Puedes conectar lo que está en mi teléfono con esas pantallas? —señaló las pantallas que estaban por toda la habitación.

Declan, quien había estado medio dormido en el círculo detrás de Ruhn, se enderezó de inmediato.

—Claro, sin problema.

Tuvo la inteligencia de mirar a Sandriel primero y la arcángel hizo un gesto de hartazgo pero asintió. Un instante después la laptop de Declan ya estaba abierta. Él frunció el ceño al ver lo que aparecía en el monitor, pero presionó un botón.

Y se revelaron docenas de diferentes transmisiones de cámaras, todas de Antigüedades Griffin. En la esquina inferior derecha, en una biblioteca conocida... Hunt olvidó respirar por completo.

En especial cuando volvió a sonar el teléfono de Jesiba y un mensaje, una continuación de la conversación previa, al parecer, apareció en las pantallas. Su corazón se frenó al leer el nombre: *Bryce Quinlan.*

El corazón se le detuvo por completo al leer el mensaje. *¿Ya están transmitiendo las cámaras?*

—¿Qué carajos? —siseó Ruhn.

Bryce estaba de pie frente a la cámara, sirviendo lo que parecía ser una copa de vino. Y detrás de ella, sentado en la mesa principal de la biblioteca, estaba Micah.

Sandriel murmuró:

—Dijo que tenía una junta...

La cámara estaba oculta en uno de los libros, justo sobre la cabeza de Bryce.

Declan presionó unas cuantas teclas en su computadora y abrió una de las transmisiones en particular. Siguió tecleando hasta que activó el audio en la sala de conferencias.

Bryce estaba diciendo por encima del hombro y sonriéndole a Micah.

—¿Quieres algo de comer con tu vino? ¿Queso?

Micah estaba relajado en la mesa, estudiando los libros ahí extendidos.

—Te lo agradecería.

Bryce tarareó y escribió algo en su teléfono mientras acomodaba cosas en el carrito de la comida.

El siguiente mensaje a Jesiba se vio en todas las pantallas de la sala de conferencias.

Una palabra que hizo que a Hunt se le helara la sangre.

Ayuda.

No era una petición en broma. Quedó claro cuando Bryce levantó la mirada hacia la cámara.

Indicaba miedo. Miedo descarnado y fresco. Todos los instintos de Hunt se pusieron en alerta.

—Gobernadora —dijo el Rey del Otoño a Sandriel—. Me gustaría una explicación.

Pero antes de que Sandriel pudiera responder, Ruhn ordenó en voz baja, con los ojos pegados a las cámaras:

—Flynn, envía una unidad del Aux a Antigüedades Griffin. Ahora.

Flynn sacó su teléfono de inmediato, moviendo los dedos a toda velocidad.

—Micah no ha hecho nada malo —le dijo Sandriel al príncipe hada—. Excepto demostrar su mal gusto en mujeres.

Hunt dejó escapar un gruñido

Le hubiera ganado un latigazo del viento helado de Sandriel, lo sabía, de no ser porque quedó oculto por los gruñidos de Declan y Ruhn.

Tristan Flynn le gritaba a alguien.

—Vayan a Antigüedades Griffin ahora mismo. Sí, en la Vieja Plaza. No, vayan. Es una *puta* orden.

Ruhn gritó otra orden al lord hada, pero Micah volvió a empezar a hablar.

—Ya veo que has estado ocupada —dijo Micah y señaló la mesa—. ¿Estás buscando una solución legal?

Bryce tragó saliva mientras empezaba a preparar un plato para Micah.

—Hunt es mi amigo.

Eran... eran libros de derecho sobre la mesa. El estómago de Hunt se le fue a los pies.

—Ah, sí —dijo Micah y se recargó en la silla—. Admiro eso de ti.

—¿Qué carajos está pasando? —dijo Fury.

—Leal hasta la muerte, y más allá —continuó Micah—. Incluso con todas las pruebas del mundo, seguías sin creer que Danika era poco más que una puta drogadicta.

Sabine y varios de los lobos gruñeron. Hunt escuchó a Amelie Ravenscroft decirle a Sabine:

—Deberíamos enviar una jauría de lobos.

—Todas las jauría importantes están aquí —murmuró Sabine con los ojos fijos en la transmisión—. Todas las fuerzas de seguridad importantes están aquí. Se quedaron pocos.

Pero como un cerillo encendido, el rostro de Bryce se modificó. El miedo se transformó en una rabia brillante y alerta. Hunt por lo general se emocionaba al ver esa mirada ardiente. No ahora.

Usa la puta cabeza, le suplicó en silencio. *Sé inteligente.*

Bryce dejó pasar el insulto de Micah y se concentró en el platón de uvas y queso que estaba sirviendo.

—¿Quién sabe cuál es la verdad? —preguntó sin expresión.

—Los filósofos de esta biblioteca ciertamente tenían opiniones al respecto.

—¿Sobre Danika?

—No te hagas la estúpida —la sonrisa de Micah se hizo más amplia. Hizo un ademán hacia los libros a su alrededor—. ¿Sabes que poseer estos volúmenes te merece una ejecución segura?

—Parece mucho por unos libros.

—Los humanos murieron por estos libros —ronroneó Micah e hizo una señal hacia las torres a su alrededor—. Libros prohibidos, si no me equivoco. Varios que se supone existen en los Archivos Asteri. Evolución, matemáticas, teorías que refutan la superioridad de los vanir y los asteri. Algunas teorías de filósofos que según la gente ya existían *antes* de que llegaran los asteri —una risa suave y terrible—. Mentirosos y herejes que admitieron que estaban equivocados cuando los asteri los torturaron para conocer la verdad. Los quemaron vivos con sus obras heréticas como combustible. Y aquí están, sobreviven. Todo el conocimiento del mundo antiguo. De un mundo anterior a los asteri. Y teorías sobre un mundo donde los vanir no son los amos.

—Interesante —dijo Bryce. Seguía sin voltear a verlo.

Ruhn le dijo a Jesiba:

—¿Exactamente qué hay en esa biblioteca?

Jesiba no dijo nada. Absolutamente nada. Pero sus ojos grises prometían una muerte helada.

Micah continuó y sin saberlo respondió la pregunta del príncipe:

—¿Siquiera sabes de qué estás rodeada, Bryce Quinlan? Esta es la Gran Biblioteca de Parthos.

Las palabras resonaron por toda la habitación. Jesiba se negó a siquiera abrir la boca.

Bryce, había que reconocérselo, dijo:

—Parece una teoría de la conspiración. Parthos es una historia para niños humanos.

Micah rio.

—Lo dice la mujer con el amuleto archesiano alrededor del cuello. El amuleto de las sacerdotisas que alguna vez sirvieron y vigilaron Parthos. Creo que sabes lo que hay aquí, que pasas los días en medio de lo que queda de la biblioteca después de que la mayor parte del acervo ardió en manos de los vanir hace quince mil años.

Hunt sintió que se le revolvía el estómago. Podría jurar que sintió una brisa helada que emitía Jesiba.

Micah continuó con serenidad:

—¿Sabías que durante las Primeras Guerras, cuando los asteri dieron la orden, el ejército humano condenado peleó su última batalla contra los vanir en Parthos? Para salvar las pruebas de lo que eran antes de que se abrieran las Fisuras, para salvar los *libros*. Cien mil humanos marcharon ese día sabiendo que morirían y perderían la guerra —Micah sonrió más—. Todo para darle un poco de tiempo a las sacerdotisas para que rescataran los volúmenes más vitales. Los cargaron en barcos y desaparecieron. Me da curiosidad saber cómo terminaron en manos de Jesiba Roga.

La hechicera que estaba viendo cómo se revelaba su verdad en las pantallas seguía sin hablar. Sin reconocer lo que se había sugerido. ¿Tendría algo que ver con el motivo por el que había dejado a las brujas? ¿O por qué se había unido al Rey del Inframundo?

Micah se recargó de nuevo en su asiento y sus alas crujieron un poco.

—Desde hace mucho tiempo sospechaba que los restos de Parthos estaban guardados aquí, un registro de dos mil años de conocimiento humano previo a la llegada de los asteri. Vi algunos de los títulos en estos estantes y supe que era verdad.

Nadie se atrevió parpadear mientras procesaban la verdad. Pero Jesiba señaló las pantallas y le dijo a Tristan Flynn, a Sabine, con la voz temblorosa:

—Dile al Aux que se muevan ya. Que salven esos libros. Te lo *ruego*.

Hunt apretó los dientes. Por supuesto los libros eran más importantes para ella que Bryce.

—El Aux no hará semejante cosa —dijo Sandriel con frialdad. Le sonrió a Jesiba y la mujer se quedó rígida—. Y lo que Micah tenga en mente para tu pequeña asistente será poco comparado con lo que los asteri te harán a *ti* por conservar esa basura llena de mentiras...

Pero Bryce levantó la bandeja con quesos y la copa de vino.

—Mira, gobernador, yo sólo trabajo aquí.

Por fin miró a Micah. Llevaba puesta ropa deportiva: mallas y una camiseta blanca de manga larga. Sus zapatos color rosa neón brillaban como luzprístina en la biblioteca poco iluminada.

—Corre —dijo Flynn a la pantalla como si Bryce lo pudiera escuchar—. *Corre*, Bryce, carajo.

Sandriel miró al guerrero hada furiosa.

—¿Te atreves a acusar a un gobernador de jugar sucio?

Pero su mirada expresaba duda.

El lord hada no le hizo caso y volvió a ver las pantallas.

Hunt no podía moverse. Vio a Bryce dejar el platón de quesos, el vino y decirle a Micah:

—Viniste a buscarme y aquí estoy —una media sonrisa—. La Cumbre debe haber estado muy aburrida —cruzó los brazos detrás de la espalda, el vivo retrato de la tranquilidad. Guiñó un ojo—. ¿Vas a volver a invitarme a salir?

Micah no podía ver el ángulo que transmitía la segunda cámara que Declan abrió, cómo los dedos de Bryce empezaron a moverse tras su espalda. Apuntaban hacia las escaleras. Una orden silenciosa y desesperada para que Lehabah y Syrinx huyeran. Ninguno de los dos se movió.

—Como alguna vez me dijiste —Micah respondió sin inmutarse—. No me interesa.

—Qué mal.

Reinaba el silencio en la sala de conferencias.

Bryce volvió a hacer una señal a sus espaldas, los dedos ahora le temblaban. *Por favor* sus manos parecían decir. *Por favor corran. Mientras yo lo distraigo.*

—Siéntate —le dijo Micah e hizo una señal hacia la silla del otro lado de la mesa—. Será mejor si somos civilizados al respecto.

Bryce obedeció y parpadeó.

—¿Acerca de qué?

—Acerca de que me des el Cuerno de Luna.

77

Bryce sabía que había pocas probabilidades de que esto terminara bien.

Pero Jesiba había visto sus mensajes y tal vez no sería en vano. Tal vez todos sabrían lo que le había ocurrido. Tal vez podrían salvar los libros, si los hechizos protectores resistían la ira de un arcángel. Aunque los hechizos de la galería no la habían resistido.

Bryce le dijo con tranquilidad a Micah:

—No tengo idea de dónde está el Cuerno.

No dejó de sonreír.

—Inténtalo de nuevo.

—¿No tengo idea de dónde está el Cuerno, *gobernador*?

Él apoyó sus potentes antebrazos sobre la mesa.

—¿Quieres saber lo que creo?

—¿No, pero me lo dirás de todas maneras?

Bryce sentía que su corazón le iba a estallar de lo rápido que latía.

Micah rio.

—Creo que ya lo averiguaste. Tal vez en el mismo momento que yo hace unos días.

—Me halaga que pienses que soy tan inteligente.

—No tú —otra risa helada—. Danika Fendyr era la inteligente. Se robó el Cuerno del templo y tú la conocías lo suficientemente bien como para inferir qué hizo con él.

—¿Por qué querría Danika el Cuerno? —preguntó Bryce con inocencia—. Está roto.

—Lo abrieron. Y creo que ya sabes qué lo podría reparar—el corazón le rugía en el pecho. Micah gruñó—: *Sinte.*

Ella se puso de pie y las rodillas le temblaban ligeramente.

—Gobernador o no, ésta es propiedad privada. Si quieres quemarme en la hoguera con todos estos libros, tendrás que traer una orden de cateo.

Bryce llegó a las escaleras. Syrinx y Lehabah no se habían movido.

—Dame el Cuerno.

—Te dije que no sé dónde está.

Puso un pie en los escalones y al instante Micah llegó ahí y la sostuvo del cuello de la camisa. gritó:

—*No mientas.*

Hunt avanzó un paso hacia las escaleras pero Sandriel lo detuvo con su viento y lo empujó de regreso contra la pared. El viento entró por su garganta y se aferró a sus cuerdas vocales. Lo dejó en silencio para ver lo que sucedía en las pantallas.

Micah gruñó en la oreja de Bryce, más animal que ángel:

—¿Quieres saber cómo lo deduje?

Ella temblaba mientras el gobernador recorría la curva de su columna con una mano posesiva.

Hunt vio color rojo al presenciar el privilegio de su tacto, el miedo puro que a ella le abría los ojos.

Bryce no era tan estúpida como para intentar correr mientras Micah le recorría la espalda con los dedos, con cada roce deliberado.

Hunt apretaba tanto la mandíbula que le dolía y respiraba fuerte y profundo. Lo mataría. Encontraría la manera de liberarse de Sandriel y *mataría* al pendejo de Micah por tocarla...

Micah recorrió la cadena delicada de su collar con los dedos. Era una cadena nueva, se dio cuenta Hunt.

Micah ronroneó, sin saber de la cámara a poca distancia:

—Vi la grabación del vestíbulo del Comitium. Le diste tu amuleto archesiano a Sandriel. Y ella lo destrozó —apretó su gran mano alrededor de su cuello y Bryce cerró los ojos—. Así fue como me di cuenta. Como te diste cuenta tú también.

—No sé de qué estás hablando —susurró Bryce.

La mano de Micah apretó más pero bien podría tener la mano alrededor del cuello de Hunt por la dificultad que él estaba teniendo para respirar.

—Durante tres años usaste ese amuleto. Todos los días, todas las horas. Danika lo sabía. También sabía que no tenías ambición y que quizá nunca tendrías la voluntad de renunciar a este trabajo. Y por lo tanto nunca te quitarías el amuleto.

—Estás loco —logró decir Bryce.

—¿Tú crees? Entonces explícame por qué, en menos de una hora después de que te quitaste el amuleto, el demonio kristallos te atacó.

Hunt se quedó inmóvil. ¿Un demonio la había *atacado* ese día? Vio a Ruhn y el príncipe asintió, tenía el rostro pálido como la muerte. *Llegamos a tiempo* fue lo único que Danaan le dijo por telepatía.

—¿Mala suerte? —intentó Bryce.

Micah ni siquiera sonrió, aún tenía la mano del cuello de Bryce.

—No sólo tienes el Cuerno. Tú *eres* el Cuerno —volvió a recorrerle la espalda con la mano—. Te convertiste en su portadora la noche que Danika lo molió, lo hizo polvo, lo mezcló con tinta de bruja y luego te emborrachó tanto que no hiciste ninguna pregunta cuando te lo tatuó en la espalda.

—*¿Qué?* —gritó Fury Axtar.

Santos putos dioses. Hunt enseñó los dientes aunque seguía sin poder hablar.

Pero Bryce dijo:

—Aunque suena genial todo eso, gobernador, el tatuaje dice...

—El lenguaje no es de este mundo. Es el lenguaje de los *universos*. Y tiene una orden directa para activar el Cuerno a través de una explosión de poder bruto directamente sobre el tatuaje. Como lo hizo alguna vez para el Príncipe Astrogénito. Es posible que no tengas los mismos dones que tu hermano, pero creo que tu linaje y el sinte lo compensarán cuando use mi poder en tu contra. Llenar el tatuaje, llenarte a *ti*, con poder es, en esencia, tocar el Cuerno.

Las fosas nasales de Bryce se ensancharon.

—*Tócame*, pendejo.

Lanzó la cabeza hacia atrás, tan rápido que ni siquiera Micah pudo detener el choque de su cráneo contra su nariz. Se tambaleó y eso le dio un poco de tiempo para moverse y huir...

Pero el arcángel no la soltó.

Y con un empujón que le rompió la camisa, Micah la lanzó al suelo.

El grito de Hunt se quedó atorado en su garganta, pero el de Ruhn hizo eco en toda la sala de conferencias cuando Bryce salió volando por la alfombra.

Lehabah gritó y Syrinx rugió, y Bryce logró decir:

—*Escóndanse*.

Pero el arcángel se detuvo y miró a la mujer tirada en el piso frente a él.

El tatuaje en su espalda. El Cuerno de Luna contenido en su tinta oscura.

Bryce se puso de pie, como si tuviera a dónde ir, un lugar donde esconderse del gobernador y su terrible poder. Logró cruzar la habitación, llegar a los escalones hacia el entrepiso...

Micah se movió tan rápido como el viento. Le tomó el tobillo con la mano y la lanzó al otro lado de la habitación.

El grito de Bryce cuando chocó con la mesa de madera que se rompió bajo su peso fue el peor sonido que Hunt había escuchado jamás.

Ruhn exhaló.

—Carajo, la va a matar.

Bryce se arrastró hacia atrás entre los restos de la mesa. La sangre le salía de la boca cuando le dijo a Micah en voz baja:

—Tú mataste a Danika y la jauría.

Micah sonrió.

—Y disfruté cada segundo.

La sala de conferencias tembló. O tal vez era solamente Hunt.

Y luego el arcángel se le fue encima ella y Hunt no podía soportarlo, verlo agarrar a Bryce del cuello y arrojarla de nuevo por la habitación, hacia los estantes.

—¿Dónde está el *puto* Aux? —le gritó Ruhn a Flynn. A Sabine.

Pero ella tenía los ojos abiertos como platos. Pasmada.

Así que despacio, Bryce se arrastró hacia atrás, de nuevo hacia las escaleras hacia el entrepiso, jalando libros para impulsarse. Una herida sangraba en sus mallas y se alcanzaba a ver un hueso bajo una astilla de madera. Ella jadeaba y sollozaba.

—¿Por qué?

Lehabah se había acercado a la puerta de metal del baño en la parte de atrás de la biblioteca y logró abrirla, como si le estuviera indicando a Bryce en silencio que se metiera ahí, que se encerraran hasta que llegara ayuda.

—En tus investigaciones, ¿averiguaste que soy inversionista en Industrias Redner? ¿Que tengo acceso a todos sus experimentos?

—Carajo —dijo Isaiah desde el otro lado de la sala.

—¿Y averiguaste alguna vez —continuó Micah— lo que Danika *hacía* para Industrias Redner?

Bryce seguía subiendo de espaldas por las escaleras. Aunque no tenía a dónde ir.

—Un trabajo de seguridad de medio tiempo.

—¿Eso te dijo? —sonrió—. Danika buscaba a la gente que Redner quería que ella encontrara. Gente que no quería ser encontrada. Incluido un grupo de rebeldes Ophion que habían estado experimentando con una fórmula para hacer magia sintética para ayudar a los humanos en su traición. Buscaron en la historia olvidada por muchos años y averiguaron que el veneno de los demonios kristallos anulaba la magia... *nuestra* magia. Así que estos rebeldes ingeniosos decidieron investigar por qué, aislar las proteínas que atacaba ese veneno. La fuente de la magia. Los espías humanos que tenía Redner le avisaron y Danika fue a conseguir esa investigación y a la gente responsable.

Bryce tragó aire, seguía retrocediendo hacia arriba despacio. Nadie habló en la sala de conferencias cuando ella dijo:

—Los asteri no aprueban la magia sintética. ¿Cómo logró Redner salirse con la suya para hacer esas investigaciones ?

Hunt temblaba. Ella estaba haciendo tiempo.

Micah parecía más que dispuesto a responder lo que ella quería saber.

—Como Redner sabía que los asteri le pondrían un alto a cualquier investigación sobre magia sintética, que *yo* le pondría un alto a los experimentos, disfrazaron los experimentos con el sinte como la investigación de una droga para sanar. Redner me invitó a ser inversionista. Las primeras pruebas fueron un éxito: con eso, los humanos podrían sanar más rápido que con cualquier medibruja o poder de hadas. Pero las pruebas posteriores no salieron como se había planeado. Averiguamos que los vanir se volvían locos cuando tomaban la sustancia. Y los humanos que tomaban demasiado sinte... bueno. Con su permiso de seguridad Danika se robó algunos videos de las pruebas... y sospecho que te las dejó en alguna parte, ¿no es así?

Solas flamígero. Más y más alto, Bryce seguía arrastrándose por las escaleras, sosteniéndose de los libros antiguos e invaluables.

—¿Cómo averiguó cuáles eran sus intenciones reales?

—Siempre metió sus narices donde nadie la llamaba. Siempre quería proteger a los débiles.

—De los monstruos como *tú* —gritó Bryce que seguía subiendo. Seguía haciendo tiempo.

La sonrisa de Micah era horrible.

—Ella no ocultaba que estaba al pendiente de las pruebas del sinte porque le interesaba encontrar una manera de ayudar a su amiga medio humana débil y vulnerable. Tú, que no heredarías ningún poder, se preguntaba si te podría dar una oportunidad contra los depredadores que rigen este mundo. Y cuando vio los horrores que podía provocar el sinte, se *preocupó* por los que estaban haciendo las pruebas. Se preocupó sobre lo que la droga haría a los humanos si llegaba a las calles. Pero los empleados de Redner descubrieron que Danika conducía su propia investigación. Nadie sabía qué, pero ella pasaba tiempo en sus laboratorios aparte del tiempo que dedicaba a sus tareas oficiales.

Todo eso tenía que estar en la memoria que Bryce había encontrado. Hunt esperó que la hubiera dejado en un sitio seguro. Se preguntó qué otra información devastadora podría contener.

Bryce preguntó:

—¿Ella no estaba vendiendo sinte en ese barco, verdad?

—No. Para ese momento, ya sabía que necesitaba de alguien con acceso ilimitado al templo para que se robara el Cuerno. A mí me detectarían de inmediato. Así que cuando se robó las grabaciones de las pruebas del sinte, tuve mi oportunidad de usarla.

Bryce logró subir otro escalón.

—Distribuiste el sinte en las calles.

Micah seguía detrás de ella.

—Sí. Sabía que la necesidad constante de Danika de ser una heroína haría que saliera corriendo para retirarlo, para salvar a los malvivientes de Lunathion de destruirse con la droga. La recuperó casi toda, pero le faltó. Cuando le dije que la había visto en el río, cuando le dije que nadie creería que la Princesa Fiestera estaba intentando sacar las drogas de las calles, quedó atada de manos. Le dije que lo olvidaría si me hacía un favorcito, justo en el momento indicado.

—Tú provocaste el apagón la noche que ella robó el Cuerno.

—Así es. Pero subestimé a Danika. Ella sospechaba de mi interés en el sinte desde mucho antes que yo lo distribuyera y cuando la chantajeé para que robara el Cuerno, debe haber deducido la conexión entre ambas cosas. Que el Cuerno podía repararse con el sinte.

—¿Así que la mataste por eso? —otro paso, otra pregunta para hacer tiempo.

—La maté porque escondió el Cuerno antes de que lo pudiera reparar con el sinte. Y así ayudar a mi gente.

—Creo que tu poder es suficiente para eso —dijo Bryce como si intentar la adulación le fuera a servir para salvarse.

El arcángel pareció estar triste un instante.

—Ni siquiera mi poder es suficiente para ayudarles. Para mantener la guerra lejos de las costas de Valbara. Para eso, necesito ayuda de más allá de nuestro mundo. El Cuerno abrirá un portal y me permitirá invocar un ejército que diezme a los rebeldes humanos y le ponga fin a su destrucción sin sentido.

—¿Qué mundo? —preguntó Bryce palideciendo—. ¿El Averno?

—El Averno se resistiría a someterse a mí. Pero la leyenda antigua cuenta sobre otros mundos que existen y que sí cederían a un poder como el mío... y al Cuerno —sonrió, frío como un pez abismal—. Quien posea el Cuerno con su poder completo puede hacer lo que sea. Tal vez imponerse como un asteri.

—Su poder viene de nacimiento, no se obtiene —dijo Bryce, su rostro se veía pálido.

—Con el Cuerno, no necesitarías heredar el poder de una estrella para gobernar. Y los asteri lo reconocerían. Me darían la bienvenida como uno de ellos —otra risa suave.

—Tú mataste a esos dos estudiantes de UCM.

—No. Los mató un sátiro que estaba drogado con sinte, mientras Danika estaba ocupada robando el Cuerno esa noche. Estoy seguro de que la culpa por eso la carcomía.

Bryce temblaba. Hunt también.

—¿Entonces fuiste a su departamento y la mataste a ella y a la Jauría de Diablos?

—Esperé a que liberaran a Philip Briggs.

Ella murmuró:

—Él tenía sal negra en su laboratorio y eso lo incriminaría.

—Así es. Cuando salió de nuevo a la calle, fui al departamento de Danika, tu departamento, incapacité a la Jauría de Diablos con mi poder y luego la inyecté con el sinte. Y la vi hacerlos pedazos antes de hacerse pedazos ella sola.

Bryce estaba llorando.

—Pero ella no te dijo. Dónde estaba el Cuerno.

Micah se encogió de hombros.

—No me lo dijo.

—¿Y qué... invocaste al kristallos después para encubrir lo que habías hecho? ¿Le permitiste que te atacara en el callejón para que tus triarii no sospecharan de ti? ¿O sólo para darte una razón para monitorear el caso muy de cerca sin que nadie sospechara? ¿Y luego esperaste dos putos años?

Él frunció el ceño.

—He pasado los últimos dos años buscando el Cuerno, invocando demonios kristallos para que lo busquen, pero no lo he podido hallar. Hasta que me di cuenta de que *yo* no tenía que hacer el trabajo tedioso. Porque tú, Bryce Quinlan, eras la clave para encontrar el Cuerno. Sabía que Danika lo había ocultado en alguna parte y *tú*, si te daba la oportunidad de vengarte, me llevarías a él. Todo mi poder no podía ayudarme a encontrarlo, pero tú... tú la amabas. Y el poder de tu amor me llevaría al Cuerno. Eso alentaría tu sed de justicia y te llevaría directo a él —resopló—. Pero cabía la posibilidad de que no llegaras tan lejos, no sola. Así que planté una semilla en la mente del Rey del Otoño.

Todos en la habitación voltearon a ver al hombre hada.

Ruhn le gruñó a su padre:

—Te manipuló como un puto niño.

En los ojos ámbar del Rey del Otoño se asomó una rabia incandescente, pero Micah continuó antes de que él pudiera hablar:

—Sabía que si lo provocaba un poco y lo convencía de que el poder de las hadas estaba desapareciendo, si hablaba sobre la pérdida del Cuerno, le pegaría en el orgullo *justo* lo suficiente para ordenarle a su hijo Astrogénito que lo buscara.

Bryce exhaló profundo.

—Así que si yo no lo podía encontrar, entonces Ruhn tal vez sí.

Ruhn parpadeó.

—Yo... cada vez que iba a buscar el Cuerno... —palideció—. Siempre sentía la necesidad de buscar aBryce.

Volteó en su asiento y miró a Hunt. Le dijo mente-a-mente, *Pensé que era la galería, alguna especie de conocimiento que albergaba, pero... carajo, era ella.*

Tu conexión Astrogénita con ella y el Cuerno deben haber superado incluso el poder de ocultamiento del amuleto archesiano respondió Hunt. *Es un vínculo fuerte, príncipe.*

Bryce exigió saber:

—¿Y la invocación de los kristallos estos meses? ¿Los asesinatos?

Micah respondió arrastrando las palabras:

—Invoqué a los kristallos para darles un empujoncito, me aseguré de que se mantuvieran fuera de las cámaras sabiendo que su conexión con el Cuerno te llevaría a él. Inyecté a Tertian, a la acólita y al guardia del templo con sinte y dejé que se hicieran pedazos también para alentarte. Tertian como excusa para acercarme a ti con esta investigación y los otros para continuar guiándote hacia el Cuerno. Usé a dos personas del templo que habían estado de guardia la noche que Danika lo robó.

—¿Y el atentado del Cuervo Blanco, con la imagen del Cuerno en la caja? ¿Otro *empujoncito*?

—Sí, y para que se sospechara de los humanos. Puse bombas por toda la ciudad, en lugares donde sabía que podrías estar. Cuando la localización del teléfono de Athalar me indicó que estaban en el club, supe que los dioses me estaban ayudando. Así que la detoné remotamente.

—Podría haber muerto.

—Tal vez. Pero estaba dispuesto a apostar que Athalar te protegería. ¿Y por qué no provocar un poco de caos, provocar más resentimientos entre los humanos y los vanir? Eso facilitaría convencer a los demás de lo necesario de mi plan por terminar con este conflicto. En especial porque el precio podría parecer muy alto para la mayoría.

Hunt tenía la cabeza hecha un lío. Nadie habló en la habitación.

Bryce retrasó su movimiento e hizo una mueca de dolor:

—¿Y el edificio de departamentos? Pensé que había sido Hunt, pero no, ¿verdad? Fuiste tú.

—Sí. Tu petición al casero le llegó a todos mis triarii. Y a mí. Sabía que Danika no había dejado nada ahí. Pero para entonces, Bryce Quinlan, ya estaba disfrutando hacerte sufrir. Sabía que el plan de Athalar para adquirir sinte sería expuesto pronto y pensé que estarías dispuesta a pensar lo peor de él. Que había usado los relámpagos de sus venas para poner en peligro a gente inocente. Es un asesino. Pensé que necesitabas un recordatorio. Que eso además se sumara al sentimiento de culpa de Athalar fue una ventaja inesperada.

Hunt ignoró las miradas que voltearon a verlo. El pendejo nunca tenía planeado cumplir con su trato. Si hubiera resuelto el caso, Micah lo habría matado. Los habría matado a ambos. Lo había engañado como un tonto.

Bryce preguntó con la voz entrecortada:

—¿Cuándo empezaste a pensar que era yo?

—La noche que el kristallos atacó a Athalar en el jardín. Me di cuenta de que quizás había entrado en contacto con algunos artículos personales de Danika que a su vez debieron estar en contacto con el Cuerno.

Hunt había tocado la chamarra de Danika ese día. Tenía su olor.

—Cuando saqué a Athalar de las calles, invoqué de nuevo al kristallos y te buscó. Lo único que había cambiado era que, al fin, al fin, te habías quitado el amuleto. Y entonces... —rio—. Vi las fotografías de Hunt Athalar de cuando estuvo contigo, incluida una de tu espalda. El tatuaje que te hiciste días antes de la muerte de Danika, según la lista de los últimos lugares que visitó Danika antes de morir y que Ruhn Danaan les envió a Athalar y a ti, a cuya cuenta tengo acceso.

Bryce apretó los dedos en la alfombra, como si estuviera a punto de sacar garras.

—¿Cómo sabías que el Cuerno funcionaría ahora que está en mi espalda?

—La forma física del Cuerno no importa. Da igual si tiene forma de cuerno o de collar o si es un polvo mezclado con tinta de bruja, su poder permanece.

Hunt maldijo en silencio. Él y Bryce nunca habían visitado el salón de tatuajes. Bryce le había dicho que sabía por qué había estado ahí Danika.

Micah continuó:

—Danika sabía que el amuleto archesiano te ocultaría de cualquier detección, mágica o demoniaca. Con ese amuleto eras *invisible* al kristallos, criado para buscar el Cuerno. Sospecho que ella sabía que Jesiba Roga tenía encantamientos similares en esta galería y tal vez Danika también puso algunos en los departamentos, el antiguo y el que te dejó, para asegurarse de que estuvieras más oculta.

Hunt se fijó en las grabaciones de las cámaras que daban a la calle. ¿Dónde carajos estaba el Aux?

Bryce gritó.

—¿Y creíste que nadie lo averiguaría? ¿Qué hay del testimonio de Briggs?

—Briggs es un fanático que Danika capturó antes de un atentado. Nadie escucharía sus clamores de inocencia.

En especial porque su abogado lo había asignado Micah.

Bryce miró a la cámara. Como para comprobar que siguiera encendida.

Sabine susurró.

—Lo ha estado obligando a confesar todo.

A pesar del terror que le paralizaba el cuerpo, Hunt sintió orgullo.

Micah volvió a sonreír.

—Así que henos aquí.

—Eres una mierda —dijo Bryce.

Pero entonces Micah metió la mano al bolsillo de su chamarra. Sacó una jeringa. Llena de líquido transparente.

—Insultarme no va a evitar que use el Cuerno.

Hunt sentía que su respiración le atravesaba el pecho.

Micah avanzó hacia Bryce.

—Los restos del Cuerno ahora están encarnados en tus músculos. Cuando te inyecte el sinte, sus propiedades curativas se dirigirán a él y arreglarán lo que encuentren roto. Y el Cuerno quedará completo de nuevo. Listo para que al fin compruebe si funciona.

—¿Te arriesgarías a abrir un portal a otro puto mundo en medio de Ciudad Medialuna —gritó ella y se alejó un poco más— sólo para *ver si funciona*?

—Si tengo razón, los beneficios compensarán cualquier víctima que pueda resultar —Micah respondió y una gota de líquido brilló en la punta de la aguja—. Es una pena que no vayas a sobrevivir los efectos del sinte para verlo por ti misma.

Bryce se estiró hacia un estante junto a las escaleras, pero Micah la detuvo con un azote de su viento.

El rostro de Bryce se contrajo y el arcángel se arrodilló frente a ella.

—*No.*

Esto no podía suceder; Hunt no podía *permitir* que esto sucediera.

Pero Bryce no podía hacer nada, Hunt no podía hacer nada, y Micah le clavó la aguja en el muslo. La vació. Ella gritó, se sacudió, pero Micah dio un paso atrás.

Su poder debió soltarla un poco porque ella cayó en los escalones alfombrados.

El bastardo miró el reloj. Evaluando cuánto tiempo le quedaba antes de que ella se hiciera pedazos. Y, poco a poco, las heridas del cuerpo de Bryce empezaron a sanar. Su labio abierto sanó por completo, aunque la herida que le llegaba al hueso en el muslo estaba sanando mucho más despacio.

Sonriendo, Micah miró el tatuaje en su espalda expuesta.

—¿Procedemos?

Pero Bryce se volvió a mover y esta vez el poder de Micah no logró detenerla antes de que tomara un libro del estante y lo sostuviera entre sus manos.

El libro emitió una luz dorada, una burbuja contra la cual la mano de Micah rebotó. Él empujó. La burbuja no cedía.

Gracias a los dioses. Si esto podía darle unos minutos más hasta que llegara ayuda... Pero ¿qué podía hacer un grupo del Aux contra un arcángel? Hunt luchó contra sus ataduras invisibles. Buscó en su memoria algo que se pudiera hacer, alguien que quedara en la puta ciudad que pudiera ayudar...

—Muy bien —dijo Micah, todavía con esa sonrisa y volvió a probar la barrera dorada—. Hay otras maneras de hacerte obedecer.

Bryce temblaba en su burbuja dorada. A Hunt se le detuvo el corazón al ver a Micah bajar por las escaleras del entrepiso. Y dirigirse al sitio donde Syrinx se escondía detrás del sillón.

—No —exhaló Bryce—. *No...*

La quimera se sacudió e intentó morder al arcángel que lo tomó del cuello.

Bryce soltó el libro. La burbuja dorada desapareció. Pero cuando intentó ponerse de pie sobre la pierna que todavía estaba sanando, volvió a caerse. Ni siquiera el sinte era tan poderoso como para sanar así de rápido y permitirle soportar su peso.

Micah se llevó a Syrinx. Hacia el tanque.

—*POR FAVOR* —gritó Bryce.

De nuevo intentó moverse. Otra y otra y otra vez.

Pero Micah ni siquiera titubeó cuando abrió la puerta a la pequeña escalera que llevaba a la parte superior del tanque del nøkk. Los gritos de Bryce no cesaban.

Declan abrió la cámara que estaba sobre el tanque justo cuando Micah abrió la compuerta de alimentación. Y lanzó a Syrinx al agua.

78

No podía nadar.

Syrinx no podía nadar. No tenía cómo salir, cómo liberarse del nøkk...

Desde abajo, Bryce sólo alcanzaba a ver las patas desesperadas y frenéticas de Syrinx que luchaba por mantenerse en la superficie.

Micah salió por la puerta de las escaleras del tanque. Su poder la golpeó un instante después.

La volteó y la sostuvo boca abajo en las escaleras alfombradas. Con la espalda expuesta a él.

Ella se retorcía, el dolor que iba desapareciendo de su pierna era secundario al adormecimiento que iba avanzando por su sangre. Syrinx se estaba ahogando, estaba...

Micah se paró sobre ella. Ella estiró un brazo... hacia el estante. Sus dedos adormecidos recorrieron los títulos. *Sobre el número divino; Los muertos vivientes; El libro de los alientos; La reina de las muchas caras...*

Syrinx seguía moviéndose desesperadamente, seguía luchando...

Y entonces Micah le lanzó una descarga de llama blanca y ardiente directo a la espalda. Al Cuerno.

Ella gritó, aunque el fuego no quemaba sino más bien la tinta lo absorbía, un poder rotundo la llenaba y la llama se convertía en hielo y crujía por su sangre como glaciares en movimiento.

El aire de la habitación pareció desaparecer, más y más denso...

Luego explotó con una onda violenta. Bryce gritó, escarcha en las venas la quemaba en una agonía que la carcomía. Arriba, se rompió un vidrio. Luego nada.

Nada. Ella tembló en el piso, el hielo la hacía estremecerse y las llamas ardientes la recorrían en espasmos.

Micah miró a su alrededor. Esperó.

Bryce apenas podía respirar, temblando mientras esperaba que se abriera un portal, que apareciera un agujero a otro mundo. Pero no pasó nada.

La decepción brilló en la mirada de Micah y dijo:

—Interesante.

La palabra le dijo suficiente: lo volvería a intentar. Y otra vez. No importaba si ella estaba viva o si era un montón de carne molida. Su cuerpo de todas maneras tendría la tinta del Cuerno, el Cuerno mismo. Él llevaría su cadáver por todas partes hasta que encontrara la manera de abrir un portal a otro mundo.

Ella lo había deducido unas horas después del ataque del kristallos en los muelles, cuando se vio en el espejo. Y empezó a sospechar que el tatuaje de su espalda no estaba en ningún alfabeto que ella conociera porque *no* era un alfabeto. No de Midgard. Volvió a buscar en todos los lugares que Danika había visitado la última semana y se dio cuenta de que no habían ido al salón de tatuajes. Luego se dio cuenta de que no tenía el amuleto y había sufrido un ataque. Justo como el kristallos había atacado a en el parque, después de haber tocado la chamarra de Danika en la galería. Tocó el aroma de Danika, lleno del Cuerno.

Bryce se esforzó y se levantó contra la fuerza invisible del poder de Micah. Rozó el lomo morado de un libro.

Syrinx, Syrinx, Syrinx...

—Tal vez quitar el Cuerno de tu cuerpo sea más eficiente —murmuró Micah. Un cuchillo se liberó de la funda que tenía en el muslo—. Me temo que esto te va a doler.

El dedo de Bryce se enganchó en el lomo del libro. *Por favor.*

No se movió. Micah se arrodilló sobre ella.

Por favor, le suplicó al libro. *Por favor.*

El libro se acercó a sus dedos.

Bryce sacó el libro de su estante y abrió sus páginas.

Una luz verdosa estalló desde el libro. Justo hacia el pecho de Micah.

Lo lanzó hacia atrás por la biblioteca, directo hacia la puerta abierta del baño.

Hacia el sitio donde Lehabah esperaba en las sombras de la puerta, con un libro pequeño en sus propias manos, que abrió para liberar otra descarga de poder contra la puerta y cerrarla.

El poder del libro produjo un silbido sobre la puerta del baño y la selló con firmeza. La cerró con el arcángel dentro.

Ruhn no había despertado esa mañana esperando ver morir a su hermana.

Y su padre... El padre de Ruhn no dijo nada ante el horror que se desarrollaba frente a sus ojos.

Bryce se quedó en los escalones unos instantes mientras su pierna seguía sanando y vio cómo se cerraba la puerta del baño. Hubiera sido gracioso, la idea de encerrar a un casi-dios en un baño, de no ser porque era tan pinche aterrador.

Detrás de Ruhn se escuchó una voz estrangulada.

—Ayúdala.

Hunt. Los músculos de su cuello se tensaban, luchando contra el control de Sandriel. Hunt la estaba mirando al gruñir:

—*Ayúdala*.

A pesar del poder de los libros que sellaba la puerta metálica del baño no mantendría a Micah encerrado mucho tiempo. Minutos, si acaso. Y el sinte en el sistema de Bryce... ¿Cuánto tiempo tenía antes de convertirse en jirones sangrientos?

Lehabah se apresuró para acercarse a Bryce justo cuando Hunt volvió a gruñirle a Sandriel:

—*Detenlo*.

No importaba que, incluso a velocidades inhumanas, le tomaría a Sandriel una hora llegar allá. Treinta minutos en helicóptero.

Se escuchó un sonido de alguien ahogándose cuando Sandriel reforzó su poder para silenciar la voz de Hunt.

—Éste es territorio de Micah. No tengo autoridad para intervenir en sus asuntos.

Athalar todavía logró decir con los ojos oscuros encendidos:

—*Vete. Al. Carajo.*

Todos los triarii de Sandriel fijaron su atención letal en Hunt. Pero a él no parecía importarle nada. Nada le importaba mientras escuchaba a Bryce decirle a Lehabah jadeando:

—*Enciende el sistema de alimentación del tanque.*

La herida de su pierna se cerró gracias al sinte que recorría su sangre. Y luego Bryce se levantó y corrió.

La puerta del baño se sacudió. Ella ni siquiera volteó a ver mientras corría, todavía cojeando, hacia las escaleras del tanque. Recogió el cuchillo del piso. El cuchillo de Micah.

Ruhn tuvo que recordar respirar cuando Bryce llegó a las escaleras, se arrancó un pedazo de la camisa rota y lo ató a su muslo para sostener ahí el cuchillo. Una funda improvisada.

Declan cambió a la cámara que estaba sobre el tanque, el agua que salpicaba por la rejilla. Un cuadrado de un metro en el centro se abrió en la oscuridad, la pequeña plataforma con una cadena anclada a la parte superior del tanque. Lehabah flotaba cerca de los controles.

—No lo está atacando —lloró la duendecilla—. Syrie está inmóvil, está muerto...

Bryce se arrodilló y empezó a respirar rápido y profundo. Rápido, rápido, rápido.

—¿Qué está haciendo? —preguntó la reina Hypaxia.

—Está hiperventilando —murmuró Tharion—. Para tener más aire en los pulmones.

—Bryce —suplicó Lehabah—. Es un...

Pero entonces Bryce inhaló una última vez muy profundo y se sumergió bajo la superficie.

En la cueva del nøkk. La plataforma de alimentación bajó con ella, la cadena se desenroscó hacia la oscuridad, y pasó de prisa al lado de Bryce. Ella se sostuvo de los eslabones de metal y nadó hacia abajo, abajo, abajo...

Bryce no tenía magia. No tenía fuerza ni inmortalidad que la protegieran. No contra el nøkk en el tanque, no contra el arcángel que en cosa de un minuto saldría de ese baño. No contra el sinte que terminaría con su vida si lo demás no lo hacía.

Su hermana, su hermana imprudente y salvaje, sabía todo eso y de todas maneras fue a salvar a su amigo.

—Es su Prueba—murmuró Flynn—. Ésta es su puta Prueba.

79

Las aguas heladas amenazaron con robarle el poco aire de los pulmones.

Bryce se negó a pensar en el frío, en el dolor que todavía sentía en la pierna recién sanada, o en los dos monstruos que estaban en la biblioteca con ella. Uno, al menos, estaba contenido detrás de la puerta del baño.

El otro...

Bryce se concentró en Syrinx y se negó a permitir que el terror la controlara, que le robara el aliento mientras avanzaba hacia el cuerpo inmóvil de la quimera.

No aceptaría esto. No por un momento.

Los pulmones empezaron a quemarle, una tensión creciente contra la cual luchó mientras nadaba de regreso con Syrinx hacia la plataforma de alimentación, su salvación para salir del agua, para alejarse del nøkk. Sus dedos se aferraron a los eslabones de la cadena y la plataforma empezó a ascender hacia la superficie.

Con los pulmones constreñidos, Bryce sostuvo a Syrinx en la plataforma y permitió que los impulsara hacia arriba, arriba...

Desde las sombras en las rocas del fondo, el nøkk salió disparado. Ya estaba sonriendo.

El nøkk sabía que ella iría por Syrinx. La había estado observando en la biblioteca semanas.

Pero la plataforma de alimentación llegó a la superficie, con Bryce a bordo, y respiró el dulce aire vital mientras empujaba a Syrinx por la orilla y le decía a Lehabah entre jadeos:

—Compresiones en el pecho...

Unas manos con garras se envolvieron alrededor de sus tobillos y le cortaron la piel cuando tiraron de ella y la sumergieron en el agua. Su frente se golpeó contra la orilla de metal de la plataforma antes de que el agua fría se la volviera a tragar.

Hunt no podía respirar al ver al nøkk azotar a Bryce contra el vidrio del tanque con tanta fuerza que se cuarteó.

El impacto la sacudió de su estupor, justo cuando el nøkk tiró una mordida hacia su cara.

Ella lo esquivó hacia la izquierda, pero todavía tenía las garras en los hombros y le cortaban la piel. Buscó el cuchillo que traía atado al muslo...

El nøkk le arrebató el cuchillo y lo lanzó a la oscuridad del agua.

Ya no había remedio. Así moriría. No a manos de Micah, no por el sinte en su cuerpo, sino hecha trizas por un nøkk.

Hunt no podía hacer nada, nada, nada mientras veía a la bestia tirar otra mordida a su cara.

Bryce volvió a moverse. No buscó otra arma oculta sino recurrió a otro tipo de ataque.

Golpeó con la mano derecha a la parte inferior del abdomen del nøkk, y buscó dentro del doblez delantero casi invisible que formaba su piel. Sucedió tan rápido que Hunt no estaba seguro de qué estaba haciendo. Hasta que torció la mano y el nøkk se arqueó de dolor.

Unas burbujas salieron de la boca de Bryce mientras ella le retorcía los testículos con más fuerza...

Todos los hombres de la sala se encogieron un poco.

El nøkk la soltó y cayó al fondo. Era la oportunidad que necesitaba Bryce. Flotó de regreso hacia el vidrio roto, apoyó las piernas y empujó.

Eso la impulsó hacia el agua. La sangre de la herida en su cabeza formó una estela en su camino a pesar de que el sinte estaba sanando la herida y había evitado que el golpe la dejara inconsciente.

La plataforma volvió a bajar al agua. Lehabah la había vuelto a enviar hacia abajo. Un último salvavidas. Bryce pateó como delfín hacia la plataforma, apuntando los brazos frente a ella. La sangre se podía ver con cada patada.

En el fondo rocoso del tanque el nøkk ya se había recuperado y le enseñó los dientes a la mujer que huía. Una rabia fundida relucía en sus ojos blanquecinos.

—*Nada, Bryce* —dijo Tharion para sí—. No mires atrás.

La plataforma llegó al nivel más bajo. Bryce nadó con los dientes apretados. El instinto de respirar debió ser horrendo.

Vamos rezó Hunt. *Vamos.*

Bryce se aferró el fondo de la plataforma, luego de la orilla. El nøkk avanzó desde las profundidades, la furia y la muerte brillaban en su rostro monstruoso.

—No te detengas, Bryce —le advirtió Fury Axtar a la pantalla.

Bryce no se detuvo. Una mano tras otra, fue escalando la cadena ascendente, luchando por cada tramo que avanzaba hacia la superficie.

Tres metros de la superficie. El nøkk llegó a la base de la plataforma.

Dos. El nøkk subió por la cadena y se acercó a sus tobillos.

Bryce llegó a la superficie con un jadeo intenso, sus brazos luchaban, tiraban, tiraban...

Sacó el pecho. El abdomen. Las piernas.

Las manos del nøkk salieron del agua, intentando alcanzarla.

Pero Bryce estaba fuera de su alcance. Y ahora jadeaba, goteando hacia el agua agitada bajo la plataforma. La cabeza le había sanado sin dejar huella.

El nøkk, incapaz de soportar el aire, se dejó caer bajo la superficie justo cuando la plataforma se detuvo y selló el acceso al agua debajo.

—Carajo —susurró Fury y se pasó las manos temblorosas por la cara—. Carajo.

Bryce se apresuró a ver a Syrinx que no respondía y le preguntó a Lehabah:

—¿Algo?

—No, está...

Bryce empezó a hacerle compresiones en el pecho, con dos dedos en el centro del pecho empapado de la quimera. Cerró la mandíbula de la bestia y le sopló en las fosas nasales. Lo hizo de nuevo. De nuevo. De nuevo.

No hablaba. No le suplicaba a los dioses mientras trataba de resucitarlo.

Una de las cámaras que veían al otro lado de la habitación mostraba que la puerta del baño colapsaba bajo los ataques de Micah. Tenía que salir de ahí. Tenía que correr o quedaría destrozada y hecha astillas de hueso.

Bryce se quedó. Siguió luchando por la vida de la quimera.

—¿Puedes hablar a través del audio? —le preguntó Ruhn a Declan y Jesiba—. ¿Nos podemos conectar? —señaló la pantalla—. Dile que tiene que *salirse de una puta vez.*

Jesiba dijo en voz baja, con el rostro pálido:

—Es sólo en un sentido.

Bryce continuó con las compresiones al pecho, con el pelo empapado, la piel azulada por la luz del tanque, como si ella misma fuera un cadáver. Y escrito en su espalda, cortado sólo por su sostén deportivo negro... el Cuerno.

Aunque saliera de la galería, si de alguna manera sobrevivía al sinte, Micah...

Syrinx se movió y vomitó agua. Bryce dejó escapar un sollozo, pero volteó a la quimera para permitirle que tosiera el resto del agua. La bestia se convulsionaba, vomitaba, jadeaba para respirar.

Lehabah había llevado una camisa de uno de los cajones del escritorio. Se la dio a Bryce y ella envolvió a la quimera en la camisa, la cargó entre sus brazos e intentó ponerse de pie.

Gimió de dolor y casi dejó caer a Syrinx porque la pierna le sangraba hacia el charco bajo sus pies.

Hunt había estado tan concentrado en la herida de la cabeza que no había visto al nøkk abrirle la pantorrilla, donde se alcanzaba a ver la carne a través de sus mallas que seguía destrozada. Seguía sanando poco a poco. El nøkk seguramente le había clavado las garras hasta el hueso si la herida era tan grave que el sinte seguía sanándola.

—Tenemos que correr. Ahora. Antes de que salga

No esperó a que Lehabah respondiera y se logró poner de pie, cargando a Syrinx.

Cojeaba... mucho. Y se movía tan, tan despacio hacia las escaleras.

La puerta del baño volvió a calentarse, el metal al rojo vivo porque Micah estaba intentando fundirla para salir.

Bryce jadeó entre dientes, un suspiro controlado con cada uno de sus pasos. Estaba intentando controlar el dolor que el sinte todavía no le quitaba. Intentaba cargar a la quimera de quince kilogramos por las escaleras con la pierna destrozada.

La puerta del baño pulsaba con luz y salían chispas por algunas cuarteaduras. Bryce llegó a las escaleras de la biblioteca, dio un paso para subir a la sala de exhibición y gimió de dolor.

—Déjalo —gruñó el Rey del Otoño—. Deja a la quimera.

Hunt sabía, desde antes de que Bryce diera el siguiente paso, que ella no lo haría. Que preferiría que un arcángel le arrancara la espalda que dejar a Syrinx.

Y alcanzaba a ver que Lehabah también lo sabía.

Bryce iba a una tercera parte del camino subiendo las escaleras, las chispas volaban desde las uniones de la puerta del baño al otro lado, cuando se dio cuenta de que Lehabah no iba a su lado.

Se detuvo, jadeó por el dolor en la pantorrilla que ni siquiera el sinte lograba controlar, y volteó hacia la base de las escaleras de la biblioteca.

—Olvida los libros, Lehabah —le suplicó.

Si sobrevivían, mataría a Jesiba por siquiera hacer que la duendecilla titubeara. *La mataría.*

Pero Lehabah no se movió.

—Lehabah —dijo Bryce, el nombre era una orden.

Lehabah dijo con suavidad, con tristeza:

—No llegarás a tiempo, BB.

Bryce dio otro paso hacia arriba y sintió el dolor recorrerle la pantorrilla. Cada movimiento la volvía a abrir, una batalla cuesta arriba contra el sinte que intentaba sanarla. Antes de que destrozara su cordura. Se tragó el grito y dijo:

—Tenemos que intentarlo.

—No ambas —susurró Lehabah—. Tú.

Bryce sintió que el color se le escapaba del rostro.

—No puedes —dijo con la voz entrecortada.

—Sí puedo —dijo Lehabah—. Los encantamientos no lo van a sostener mucho tiempo más. Déjame ayudarte.

Bryce siguió moviéndose con los dientes apretados.

—Podemos resolver esto. Podemos escapar juntas...

—No.

Bryce miró atrás y vio que Lehabah sonreía suavemente. Seguía en la base de las escaleras.

—Déjame hacer esto por ti, BB. Por ti y por Syrinx.

Bryce no pudo controlar el sollozo que salió con violencia de sugarganta.

—Eres libre, Lehabah.

Las palabras se abrieron paso por la biblioteca y Bryce lloró.

—Yo le compré tu libertad a Jesiba la semana pasada. Tengo los documentos en mi escritorio. Quería hacerte una fiesta, para darte la sorpresa —la puerta del baño empezó a deformarse, a doblarse. Bryce sollozó—. Te compré y ahora te libero, Lehabah.

La sonrisa de Lehabah no cambió.

—Lo sé —dijo ella—. Me asomé a tu cajón.

Y a pesar del monstruo que intentaba liberarse detrás de ellas, Bryce reprimió una risa antes de suplicar:

—Eres una persona libre, no tienes que hacer esto. Eres *libre*, Lehabah.

Pero Lehabah permaneció en el pie de las escaleras.

—Entonces permite que el mundo sepa que mi primer acto de libertad fue ayudar a mis amigos.

Syrinx se movió en los brazos de Bryce y dejó escapar un sonido grave y de dolor. Bryce pensó que podría ser el sonido de su propia alma y dijo, en un susurro, incapaz de soportar esta decisión, este momento.

—Te amo, Lehabah.

Las únicas palabras que importaban.

—Y yo siempre te amaré, BB —exhaló la duendecilla—. Ve.

Así que Bryce se fue. Apretando los dientes, gritando, Bryce cargó a Syrinx por las escaleras. Hacia la puerta de hierro de la parte superior. Y el tiempo que les comprara si el sinte no la destrozaba antes.

La puerta del baño crujió.

Bryce volteó hacia atrás, sólo una vez. A la amiga que se había quedado a su lado cuando nadie más lo había hecho. La que se había negado a ser nada salvo alegre, incluso al enfrentar la oscuridad que se había tragado a Bryce entera.

Lehabah ardía de un tono rubí profundo e intenso y empezó a moverse.

Primero, un movimiento del brazo hacia arriba. Luego un arco hacia abajo. Un giro que hizo que su cabello formara una espiral arriba de su cabeza. Un baile, para invocar su poder. La chispa de poder que podría tener una duendecilla de fuego.

Un resplandor se extendió por todo el cuerpo de Lehabah.

Así que Bryce siguió subiendo. Y con cada paso doloroso que daba, podía escuchar a Lehabah susurrar, casi cantando:

—Soy descendiente de Ranthia Drahl, Reina de las Brasas. Ella está conmigo ahora y no tengo miedo.

Bryce llegó a la parte superior de las escaleras.

Lehabah continuaba:

—Mis amigos están detrás de mí y los protegeré.

Con un grito, Bryce abrió la puerta de la biblioteca. Hasta que sonó al cerrarse y los encantamientos la sellaron e interrumpieron la voz de Lehabah. Bryce se recargó contra la puerta y se dejó caer al piso, llorando entre dientes.

Bryce había logrado llegar a la sala de exhibición y había cerrado la puerta de hierro a sus espaldas. Gracias a los dioses por eso, gracias a los putos dioses.

Pero Hunt no podía apartar la vista de las cámaras dentro de la biblioteca, donde Lehabah seguía moviéndose, seguía invocando su poder y repitiendo las palabras una y otra vez:

—Soy descendiente de Ranthia Drahl, Reina de las Brasas. Ella está conmigo ahora y no tengo miedo.

Lehabah resplandecía, ardía como el corazón de una estrella.

—Mis amigos están detrás de mí y yo los protegeré.

La parte superior de la puerta del baño empezó a enroscarse y abrirse.

Y Lehabah soltó su poder. Tres descargas. Perfectamente dirigidas.

No a la puerta del baño ni al arcángel detrás de ella. No, Lehabah no podía detener a Micah.

Pero cien mil galones de agua podían.

Las brillantes descargas de poder de Lehabah chocaron contra el tanque de vidrio. Justo en la cuarteadura que Bryce había hecho cuando el nøkk la azotó contra el vidrio.

La criatura, al sentir el movimiento, se levantó de las rocas. Y retrocedió horrorizado cuando Lehabah volvió a golpear. Otra vez. El vidrio se cuarteó más.

Y entonces Lehabah se lanzó contra el vidrio. Presionó su cuerpo diminuto contra la cuarteadura.

Ella siguió murmurando las palabras una y otra vez. Se mezclaban todas para formar una oración, una plegaria, un desafío.

—*Mis amigos están conmigo y no tengo miedo.*

Hunt consiguió controlar su cuerpo lo suficiente para ponerse la mano sobre el corazón. El único homenaje que podía dedicarle a Lehabah que seguía sonando a través de las bocinas.

—*Mis amigos están conmigo y no tengo miedo.*

Uno por uno, los ángeles de la 33a se pusieron de pie. Luego Ruhn y sus amigos. Y ellos, también se pusieron la mano sobre el corazón mientras la más pequeña de su Casa empujaba y empujaba contra el muro de vidrio. Brillaba de color dorado mientras el nøkk intentaba escapar a cualquier sitio que pudiera sobrevivir lo que venía.

Una y otra vez, Lehabah murmuró:

—*Mis amigos están conmigo y no tengo miedo.*

El vidrio se cuarteó como tela de araña.

Todos en la sala de conferencias se pusieron de pie. Sólo Sandriel, que tenía la atención fija en la pantalla, no se dio cuenta. Todos estaban de pie y fueron testigos de la duendecilla que dio su vida, y la del nøkk, para salvar a sus amigos. Era todo lo que le podían ofrecer, este respeto y honor final.

Lehabah seguía empujando. Seguía temblando de terror. Pero no se detuvo. Ni un instante.

—*Mis amigos están conmigo y no tengo miedo.*

La puerta del baño se abrió, el metal se enroscó hacia uno de los lados y apareció Micah, iluminado como si estuviera recién forjado, como si estuviera listo para destrozar este mundo. Vio la biblioteca y su mirada aterrizó en Lehabah y la pared resquebrajada del tanque.

La duendecilla se dio la vuelta y presionó la espalda contra el vidrio. Le gritó a Micah:

—Esto es por Syrinx.

Y golpeó el vidrio con sus pequeñas palmas ardientes.

Y quinientos mil litros de agua explotaron en la biblioteca.

80

Unas luces rojas hicieron erupción y el mundo se encendió de colores. Un rugido se elevó del piso inferior y la galería se sacudió.

Bryce lo supo.

Supo que el tanque había explotado y que Lehabah había sido arrastrada con él. Supo que el nøkk, expuesto al aire, también había muerto. Supo que Micah se retrasaría un poco.

Syrinx seguía lloriqueando en sus brazos. Había vidrio en todo el piso de la galería, la ventana de la oficina de Jesiba hecha añicos en el nivel de arriba.

Lehabah había muerto.

Bryce enroscó los dedos como garras a sus costados. La luz roja de las alarmas le nubló la vista. Sintió con gusto que el sinte entraba a su corazón. Cada gramo destructivo, furioso y gélido de la sustancia.

Bryce se arrastró hacia la puerta principal. El vidrio roto crujía debajo de ella. Un poder, hueco y frío, vibraba en las puntas de sus dedos.

Tomó la perilla de la puerta y se levantó. Abrió la puerta hacia la luz dorada del atardecer.

Pero no salió.

Lehabah no le había dado tiempo para hacer eso.

Hunt sabía que Lehabah había muerto al instante, con la misma certeza de una antorcha metida a un balde con agua.

La ola lanzó al nøkk hacia el entrepiso, donde se retorcía, ahogándose en el aire que le carcomía la piel. Incluso lanzó a Micah de regreso hacia el baño.

Hunt sólo podía mirar y mirar. La duendecilla ya no estaba.

—Mierda —susurró Ruhn.

—¿Dónde está Bryce? —preguntó Fury.

El piso principal de la galería estaba vacío. La puerta estaba abierta, pero...

—Carajo —susurró Flynn.

Bryce estaba subiendo las escaleras. A la oficina de Jesiba. El sinte era lo que le daba la energía para correr así. Sólo ese tipo de droga podía controlar el dolor de esa manera. Y la razón.

Bryce dejó a Syrinx en el piso al entrar a la oficina y luego saltó por encima del escritorio. Hacia la pistola desarmada que estaba montada en el muro detrás.

El rifle Matadioses.

—Lo va a matar —susurró Ruhn—. Va a matarlo por lo que le hizo a Danika y la jauría.

Antes de sucumbir al sinte, Bryce haría esto último por sus amigos. Sus últimos momentos de claridad. De su vida.

Sabine guardaba un silencio sepulcral. Pero temblaba sin control.

Hunt sintió que las rodillas se le doblaban. No podía ver esto. No lo vería.

El poder de Micah retumbó en la biblioteca. Abrió las aguas a medida que se abría paso por el lugar.

Bryce tomó las cuatro partes del rifle Matadioses montado en la pared y las lanzó sobre el escritorio. Abrió la caja fuerte y buscó dentro. Sacó un vial de vidrio y se tomó una especie de poción, ¿otra droga? ¿Qué más tendría la hechicera ahí dentro? Y luego sacó una delgada bala de oro.

Medía quince centímetros y tenía la superficie grabada con una calavera alada y sonriente en uno de los lados. En el otro, dos simples palabras:

Memento Mori.

Recuerda que morirás. Ahora parecían más una promesa y no tanto el recordatorio inofensivo del Mercado de Carne.

Bryce sostuvo la bala entre sus dientes y tomó la primera pieza del rifle. Luego le puso la segunda.

Micah subía por las escaleras, era la encarnación de la muerte.

Bryce giró hacia la ventana interior abierta. Estiró la mano y la tercera pieza del rifle, el cañón, voló de la mesa hacia sus manos, con magia que no poseía pero que gracias al sinte que circulaba por sus venas. En unos cuantos movimientos, puso el cañón.

Corrió hacia la ventana destrozada y continuó ensamblando el rifle mientras avanzaba. Un viento invisible le llevó la última pieza. La bala de oro seguía entre sus dientes.

Hunt nunca había visto a alguien armar un arma sin verla, corriendo hacia un blanco. Como si lo hubiera hecho miles de veces.

Pero Hunt recordó que sí lo había hecho.

Bryce tal vez era la hija biológica del Rey del Otoño, pero era la hija de Randall Silago. Y el legendario francotirador le había enseñado bien.

Bryce terminó de colocar la última pieza y se deslizó por el piso. Por último cargó la pistola con la bala. Se detuvo justo al llegar al agujero de la ventana y se levantó sobre las rodillas con el Matadioses contra el hombro.

Y en los dos segundos que le tomó apuntar el arma, los dos segundos que tardó en exhalar para estabilizarse, Hunt supo que esos eran los segundos de Lehabah. Supo que eso era lo que le había regalado la vida de la duendecilla a su amiga. Lo que Lehabah le había ofrecido a Bryce y lo que ella había aceptado, comprendido.

No la oportunidad de huir. No, no había manera de escapar a Micah.

Lehabah le había ofrecido a Bryce dos segundos más para matar a un arcángel.

Micah salió como una explosión por la puerta de hierro. El metal empotrado en las paredes forradas de madera de la galería. El gobernador giró hacia la puerta abierta. La trampa que Bryce le había tendido al abrirla.

Para que no volteara hacia arriba. Para que no tuviera tiempo siquiera de ver a Bryce antes de que ella pudiera apretar el gatillo.

Y disparó la bala justo al centro de la puta cabeza de Micah.

81

El tiempo se deformó y se prolongó.

Hunt tuvo la clara sensación de caer de espaldas, aunque estaba apoyado contra una pared y no había movido un solo músculo.

Pero el café en la taza de la mesa más cercana se inclinó, el líquido empezó a mecerse, mecerse, mecerse de un lado al otro...

La muerte de un arcángel, de un poder mundial, podía retumbar por el tiempo y el espacio. Un segundo podía durar una hora. Un día. Un año.

Así que Hunt lo vio todo. Vio los movimientos lentos, interminables, de todos en la habitación, la sorpresa que recorrió la sala, la rabia de Sandriel, el rostro pálido e incrédulo de Pollux, el terror de Ruhn...

La bala Matadioses todavía se clavaba en el cráneo de Micah. Seguía retorciéndose por el hueso y la masa encefálica, arrastrando el tiempo a su paso.

Luego Bryce se paró en la ventana rota de la oficina. Con una espada en las manos.

La espada de Danika, debía haberla dejado en la galería el último día de su vida. Y Bryce la había guardado en la oficina de Jesiba, donde llevaba dos años oculta. Hunt vio cada detalle de la expresión de Sabine, sus pupilas que se dilataban, el flujo de su cabello rubio al ver la reliquia perdida de su familia...

Bryce saltó desde la ventana hacia la sala de exhibición debajo. Hunt vio cada movimiento de su cuerpo, cómo se arqueaba al levantar la espada sobre su cabeza para luego dejarla caer al mismo tiempo que su cuerpo.

Y podría haber jurado que el antiguo acero había cortado el aire. Y luego a Micah.

Bryce la encajó y le abrió la cabeza en dos. Con la espada le trazó un sendero en el cuerpo. Lo partió en dos. Sólo la espada de Danika serviría para esta tarea.

Hunt saboreó esos últimos momentos de su vida, antes de que el sinte se apoderara de ella. ¿Sería la primera señal? ¿Esa locura, esa rabia pura y frenética?

Bryce. Su Bryce. Su amiga y... todo lo que tenían que era más que eso. Ella era de él y él de ella y él se lo debería haber dicho, debería habérselo dicho en el vestíbulo del Comitium, que ella era la única persona que importaba, la única que importaría jamás, y que él la volvería a encontrar, aunque le tomara mil años, la encontraría y harían todo lo que Sandriel había dicho para burlarse.

Bryce seguía saltando, seguía cortando el cuerpo de Micah. La sangre llovía hacia arriba.

En tiempo normal, habría salpicado. Pero en esta existencia deformada, la sangre del arcángel ascendía como pequeñas burbujas de rubí, bañaba la cara de Bryce, llenaba el grito de su boca.

En esta existencia deformada, él percibía cómo el sinte sanaba todas las partes laceradas y lastimadas de Bryce mientras ella iba cortando a Micah. Lo cortó a la mitad.

Aterrizó en la alfombra verde. Hunt esperaba escuchar el crujir de sus huesos. Pero su pantorrilla había sanado. El último don del sinte antes de destrozarla. Pero en sus ojos... no veía esa locura que los nublara, no veía un frenesí autodestructivo. Sólo venganza fría y brillante.

Las dos mitades del cuerpo de Micah cayeron separadas y Bryce volvió a moverse. Otro pase. A través de su torso. Y luego otro en su cabeza.

Las luces rojas de la alarma seguían repicando, pero no había manera de no ver la sangre en Bryce. La camisa blanca ahora era roja. Pero sus ojos seguían despejados. El sinte todavía no había tomado el control.

Hypaxia murmuró:

—El antídoto está funcionando. Está funcionando en ella.

Hunt se tambaleó. Le dijo a la bruja:

—Pensé que sólo le habías enviado veneno.

Hypaxia no apartó sus ojos de la pantalla.

—Averigüé cómo estabilizar el veneno sin estar presente y le... le envié el antídoto a ella. Sólo... por si acaso.

Y habían visto a Bryce bebérselo como una botella de whiskey.

El antídoto había tardado casi tres minutos en destruir todo el sinte en la clínica de Hypaxia. Ni Hunt ni la bruja apartaron la vista de Bryce suficiente tiempo para contar los minutos hasta que desapareciera el sinte de su cuerpo por completo.

Bryce caminó tranquila a la bodega. Sacó un contenedor de plástico rojo. Y echó todo un galón de gasolina sobre el cadáver desmembrado del gobernador.

—Carajo —susurró Ruhn una y otra vez—. Carajo.

El resto de la habitación no se atrevía siquiera a respirar demasiado fuerte. Ni siquiera Sandriel encontró palabras al ver a Bryce tomar un paquete de cerillos del cajón en el escritorio.

Encendió uno y lo lanzó sobre el cuerpo del gobernador.

Las flamas estallaron. Los encantamientos de protección contra el fuego de los objetos de arte a su alrededor destellaron.

No habría posibilidad de salvación. De sanación. No para Micah. No después de lo que le había hecho a Danika Fendyr. A la Jauría de Diablos. A Lehabah.

Bryce miró el fuego, tenía la cara todavía salpicada de la sangre del arcángel. Y, al fin, levantó la vista. A la cámara. Al mundo que observaba.

La venganza encarnada. El corazón herido de la ira. No se inclinaría ante nadie. Los relámpagos de Hunt se encendieron al ver esa cara brutal y hermosa.

El tiempo se aceleró, las flamas devoraron el cuerpo de Micah y convirtieron sus alas en cenizas. Lo escupieron como ceniza.

Las sirenas se escucharon afuera de la galería y el Auxiliar llegó al fin.

Bryce cerró la puerta cuando vio aparecer las primeras unidades de hadas y lobos.

Nadie, ni siquiera Sandriel, dijo una palabra cuando Bryce sacó la aspiradora de la bodega. Y borró el último rastro de Micah del mundo.

82

Una explosión de gas, le dijo al Aux por el interfono. Al parecer sus superiores no les habían dado detalles. Ella estaba bien. Sólo tenía que limpiar.

No mencionó al arcángel. Ni las cenizas que había aspirado y tirado a la basura en la parte trasera.

Había subido a la oficina de Jesiba, para abrazar a Syrinx, acariciarle el pelo, besarle la cabeza todavía húmeda y le dijo varias veces:

—Está bien. Estás bien.

La quimera se quedó dormida sobre su regazo y cuando se aseguró de que su respiración se había calmado, sacó el teléfono del bolsillo trasero de sus mallas.

Tenía siete llamadas perdidas, todas de Jesiba. Y una lista de mensajes. Apenas logró comprender los primeros, pero el que había llegado hacía un minuto decía, *Díme que estás bien*.

Sentía los dedos distantes, su sangre le palpitaba en las orejas. Pero escribió.

Estoy bien. ¿Vieron lo que sucedió?

La respuesta de Jesiba llegó un momento después.

Sí. Todo. Luego la hechicera añadió, *Todos en la Cumbre lo vieron*.

Bryce respondió, *Qué bueno*.

Puso su teléfono en silencio y lo volvió a meter a su bolsillo. Se aventuró entonces a la ruina acuosa de los archivos.

No había rastro de Lehabah en la biblioteca que había quedado sumergida. Ni siquiera una mancha de ceniza.

El cuerpo del nøkk estaba tirado en el entrepiso, su piel reseca se descamaba y con una garra todavía se sostenía de las barras de hierro del barandal del balcón.

Jesiba tenía suficientes hechizos en la biblioteca para proteger los libros y los pequeños tanques y terrarios, aunque sus habitantes estaban frenéticos. Pero el edificio en sí...

El silencio reinaba a su alrededor.

Lehabah ya no estaba. No había una voz en su hombro que se quejara del desorden.

Y Danika... Se quedó con la verdad que Micah había revelado. El Cuerno en su espalda, sano y funcional otra vez. No se sentía diferente, no habría sabido si estaba activo o no de no ser por la descarga horrible que había liberado el arcángel. Al menos no se había abierto un portal. Al menos eso.

Sabía que el mundo llegaría. Que llegaría pronto a su puerta.

Y que tal vez tendría que pagar por lo que acababa de hacer.

Así que Bryce regresó al piso de arriba. Su pierna había sanado. No tenían ningún dolor. El sinte había desaparecido de su sistema...

Bryce vomitó en el basurero junto a su escritorio. El veneno en el antídoto le quemaba al vomitar tanto como cuando se lo tomó, pero no se detuvo. No hasta que no le quedó nada salvo algo de saliva.

Debería llamar a alguien. A quien fuera.

Pero el timbre seguía sin sonar. Nadie llegó a castigarla por lo que había hecho. Syrinx seguía dormido, hecho bolita. Bryce cruzó la galería y abrió la puerta hacia el mundo.

En ese momento escuchó los gritos. Tomó a Syrinx y corrió hacia ellos.

Y cuando llegó, se dio cuenta de por qué no había llegado nadie con ella, o por el Cuerno grabado en su piel.

Tenían problemas mucho más serios.

El caos reinaba en la Cumbre. La Guardia Asteriana se había marchado, quizá para recibir instrucciones de sus amos, y Sandriel se quedó con la boca abierta viendo a Bryce Quinlan aspirar las cenizas de un gobernador como si hubiera tirado unas papas fritas en la alfombra.

Estaba tan distraída que Hunt al fin pudo volver a moverse. Se sentó en la silla vacía junto a Ruhn y Flynn. Su voz era grave.

—Esto acaba de pasar de mal a peor.

De hecho, el Rey del Otoño había puesto a Declan Emmet y a otros dos técnicos a trabajar en seis diferentes computadoras, monitoreando todo, desde la galería hasta las noticias sobre los movimientos del Aux en la ciudad. Tristan Flynn estaba de nuevo al teléfono, discutiendo con alguien en el puesto de comando de las hadas.

Ruhn se frotó la cara.

—La van a matar por esto.

Por asesinar un gobernador. Por demostrar que una duendecilla y una media humana podían enfrentar a un gobernador y ganar. Era absurdo. Tan probable como que una anchoa matara a un tiburón.

Sabine seguía viendo las pantallas sin ver nada, al igual que el antiguo Premier que dormía en su silla al lado de ella. Un lobo cansado y agotado listo para su último sueño. Amelie Ravenscroft, todavía pálida y temblorosa, le ofreció a Sabine un vaso de agua. La futura Premier no le hizo caso.

Del otro lado de la habitación, Sandriel se puso de pie con el teléfono al oído. No volteó a ver a nadie mientras subía por los escalones para salir de la sala. Se fue rodeada por sus triarii. Pollux ya se había recuperado lo suficiente como para volver a adoptar su paso engreído.

A Hunt se le revolvió el estómago al preguntarse si Sandriel estaría a punto de ser coronada arcángel de Valbara. Pollux sonreía tanto para confirmar la posibilidad. Mierda.

Ruhn miró a Hunt.

—Necesitamos un plan, Athalar.

Por Bryce. Para protegerla de alguna manera contra las consecuencias. Si eso era siquiera posible. Si los asteri no estaban ya planeando algo en su contra, dándole órdenes a Sandriel sobre qué tenía que hacer. Para eliminar la amenaza en la que Bryce se acababa de convertir, incluso sin el Cuerno tatuado en su espalda.

Al menos el *experimento* de Micah había fallado. Al menos eso.

Ruhn repitió, como si se lo estuviera diciendo a sí mismo:

—La van a matar por esto.

La reina Hypaxia se sentó al otro lado de Hunt y lo miró con un gesto de advertencia mientras le mostraba una llave. La metió en las esposas de Hunt y las piedras gorsianas cayeron sobre la mesa.

—Creo que tienen preocupaciones mayores—dijo e hizo un gesto hacia las cámaras de la ciudad que Declan había abierto.

El silencio se extendió por toda la sala de conferencias.

—Dime que no es lo que creo que es —dijo Ruhn.

El experimento de Micah con el Cuerno no había fallado después de todo.

83

Bryce vio la Puerta del Corazón en la Vieja Plaza y corrió a su casa con Syrinx en brazos.

Micah había usado el cuerno con éxito. Y había abierto un portal justo en la entrada de la Puerta del Corazón valiéndose de la magia de sus muros de cuarzo. Bryce vio lo que volaba suspendido en el vacío en la Puerta del Corazón y supo que Micah no había abierto un portal a mundos desconocidos como pretendía. Este portal llevaba directo al Averno.

La gente gritaba al ver salir demonios alados y con escamas por la Puerta, demonios provenientes del Foso.

En su edificio, le gritó a Marrin que se fuera al sótano con todos los inquilinos que pudiera. Y que llamara a su familia y amigos para advertirles que se fueran a un sitio seguro, los refugios antibombas si era posible, y se quedaran ahí con todas las armas que pudieran conseguir.

Dejó a Syrinx en el departamento, puso un tazón enorme de agua y le quitó la tapa al contenedor de comida. Él se podía alimentar. Apiló mantas en el sillón y lo arropó. Le besó la cabeza peluda antes de tomar lo que necesitaba y salir corriendo de nuevo por la puerta.

Corrió hacia la azotea mientras se ponía la chamarra de Danika y luego se puso la espada de la familia Fendyr a la espalda. Se guardó una de las pistolas de Hunt en la cintura de los pantalones, se puso el rifle al hombro y metió todos los paquetes de balas que pudo a sus bolsillos. Vio la ciudad y su sangre se heló. Era peor... tanto peor de lo que había imaginado.

Micah no sólo había abierto un portal al Averno en la Puerta del Corazón. Había abierto uno en *todas* las Puertas.

Cada uno de los siete arcos de cuarzo era un portal al Averno.

Los gritos de la gente ascendían mientras los demonios salían corriendo del vacío hacia la ciudad indefensa.

Se escuchó una sirena. Un grito de advertencia... y una orden.

Se abrieron los refugios antibombas, se abrieron sus puertas automáticas de treinta centímetros de espesor para dejar pasar a los que ya estaban ahí esperando. Bryce se llevó el teléfono al oído.

Juniper, por una vez en la vida, respondió de inmediato.

—Oh, dioses, Bryce...

—*¡Ve a algún sitio seguro!*

—Ya estoy, ya estoy —lloró Juniper—. Estábamos en un ensayo general con algunos donadores importantes y todos estamos en el refugio de la cuadra y —otro sollozo—. Bryce, dicen que van a cerrar la puerta pronto.

Se sintió horrorizada.

—La gente tiene que entrar. Necesitan cada instante que puedas darles.

Juniper lloró.

—Se los dije, pero están frenéticos y no me escuchan. No dejarán entrar a los humanos.

—Malditos bastardos —exhaló Bryce y miró el refugio que seguía abierto en su propia cuadra, la gente que entraba. Los refugios podían cerrarse manualmente en cualquier momento, pero todos se cerrarían en una hora. Sellados hasta que hubiera pasado la amenaza.

La voz de Juniper se quebró.

—Los *obligaré* a mantener las puertas abiertas. Pero, Bryce, es... —la recepción falló porque seguro se adentró más en el refugio, y Bryce miró hacia el norte, hacia los teatros. A pocas cuadras de la Puerta del Corazón—. Desorden de... —más estática—. ¿Segura?

—Estoy a salvo —mintió Bryce—. No salgas del refugio. Mantén las puertas abiertas todo el tiempo que puedas.

Pero Juniper, dulce y decidida y valiente, no podría tranquilizar a una multitud en pánico. En especial una multitud de gente vestida con ropa elegante y convencida de su derecho a vivir por encima del de los demás.

Se volvió a cortar la llamada, así que Bryce dijo:

—Te amo, June.

Y colgó.

Le envió un mensaje a Jesiba para contarle del Averno literal que se había liberado y cuando no recibió una respuesta instantánea agregó otro diciéndole que se dirigiría a la ciudad. Porque alguien tenía que hacerlo.

Los demonios volaban por los cielos desde la Puerta Moonwood. Bryce sólo podía rezar que la Madriguera estuviera ya sellada. Pero la Madriguera tenía docenas de guardias y encantamientos poderosos. Había partes de la ciudad que no tenían ninguna protección.

Fue suficiente para hacerla bajar corriendo de la azotea por las escaleras. Bajar por el edificio.

Y hacia las calles caóticas de abajo.

—Los demonios están entrando por todas las Puertas —reportó Declan entre el clamor de varios líderes y sus equipos que gritaban a los teléfonos. Las Puertas ahora tenían un vacío negro bajo sus arcos. Como si un conjunto invisible de puertas se hubiera abierto en su interior.

Él alcanzaba a ver seis en las pantallas porque el Sector de los Huesos no tenía cámaras, pero Declan supuso que era razonable asumir que la Puerta de los Muertos del otro lado del Istros tenía la misma oscuridad. Jesiba Roga no hizo ningún intento por ponerse en contacto con el Rey del Inframundo, pero permaneció con la mirada fija en las transmisiones de las cámaras. Tenía el rostro pálido.

No importaba, pensó Hunt, al ver por encima del hombro de Declan. Los habitantes del Sector de los Huesos ya estaban muertos.

Estaban haciéndose llamadas y muchas de ellas no estaban siendo contestadas. Sabine le gritó órdenes a Amelie. Ambas tenían el teléfono al oído e intentaban localizar a los Alfas de las jaurías de la ciudad.

En todas las pantallas del centro de conferencias, las cámaras de toda Ciudad Medialuna revelaban un paisaje de pesadilla. Hunt no sabía hacia donde ver. Cada imagen era más horrible que la anterior. Los demonios que reconocía con claridad escalofriante, los peores de los peores, salían a la ciudad por todas las Puertas. Demonios que a *él* le había costado un mucho trabajo matar. Los ciudadanos de Lunathion no tenían ninguna posibilidad.

No eran demonios urbanos y astutos como Aidas. No, estos eran del nivel más bajo. Las bestias del Foso. Sus perros salvajes, hambrientos por una presa fácil.

En CiRo, ya se veían las burbujas iridiscentes de los encantamientos defensores de las villas. Dejaron a los pobres o desafortunados en las calles. Ahí, frente a los muros impermeables de los ciudadanos más ricos de la ciudad, habían ordenado que fuera el Aux. Para proteger a los que ya estaban seguros.

Hunt le gritó a Sabine.

—Dile a tus jaurías que hay casas indefensas en donde los necesitan...

—Estos son los protocolos —le contestó Sabine.

Amelie Ravenscroft, por lo menos, tuvo la decencia de ruborizarse con vergüenza y bajar la cabeza. Pero no se atrevió a hablar fuera de turno.

Hunt gruñó:

—A la mierda con los protocolos —señaló las pantallas—. Esos pendejos tienen encantamientos *y* habitaciones de pánico en sus villas. La gente en las calles no tiene *nada*.

Sabine lo ignoró. Pero Ruhn le ordenó a su padre:

—Saca nuestras fuerzas de CiRo. Envíalos a donde se necesitan.

El Rey del Otoño movió la mandíbula. Pero dijo:

—Los protocolos existen por una razón. No los ignoraremos para descender en el caos.

Hunt exigió saber:

—¿Es una puta broma?

El sol de la tarde se acercaba al horizonte. No quería pensar cuánto empeoraría la situación cuando cayera la noche.

—No me importa si no quieren —le gritaba Tharion al teléfono—. Diles que *vayan a la costa* —una pausa—. *¡Entonces diles que lleven a todos los que puedan cargar bajo la superficie!*

Isaiah estaba al teléfono del otro lado de la habitación.

—No, esa deformación del tiempo sólo fue un hechizo que salió mal, Naomi. Sí, hizo que las Puertas se abrieran. No, que la 33a vaya a la Vieja Plaza. *Que vayan a la Vieja Plaza en este momento. No me importa si todos terminan hechos pedazos...*

Isaiah apartó el teléfono de su oído, viendo la pantalla.

Los ojos de Isaiah se encontraron con los de Hunt.

—El DCN está sitiada. Están masacrando a la 33a—no aclaró si Naomi estaba con ellos o si había perdido su teléfono en la pelea.

Ruhn y Flynn marcaban número tras número. Nadie contestaba. Como si todos los líderes hada de la ciudad estuvieran también muertos.

Sabine logró comunicarse.

—Ithan, informe.

Declan conectó la llamada de Sabine a las bocinas de la sala. La voz jadeante de Ithan Holstrom se escuchó en la sala, su ubicación indicaba que estaba en la parte exterior de la encantada e impenetrable Madriguera. Unos gruñidos sobrenaturales y feroces que no pertenecían a los lobos interrumpían sus palabras.

—Están en *todas* putas partes. Apenas logramos mantenerlos fuera...

—Mantengan sus posiciones —ordenó Sabine—. *Mantengan sus posiciones y esperen órdenes.*

Humanos y vanir por igual estaban corriendo, con niños en sus brazos, a cualquier refugio abierto que pudieran encontrar. Muchos ya estaban cerrados, sellados por la gente frenética del interior.

Hunt le preguntó a Isaiah:

—¿Cuánto tiempo para que la 32a baje de Hilene?

—Una hora —repuso el ángel con la mirada en la pantalla. En la masacre, en la ciudad arrasada por el pánico—. Llegarán demasiado tarde.

Y si Naomi estaba fuera, herida o muerta... *Carajo*.

Flynn le gritó a alguien al teléfono.

—Rodeen la Puerta de la Rosa, *ahora*. Les están *entregando* la ciudad.

Hunt miró el derramamiento de sangre y consideró las pocas opciones que tenía la ciudad. Necesitarían ejércitos que rodearan todas las puertas que abrían al Averno y encontrar una manera de cerrar esos portales.

Hypaxia se había levantado de su asiento. Estudió las pantallas con seria determinación y dijo con calma a su teléfono:

—Prepárense y salgan. Vamos a entrar.

Todos voltearon a verla. La joven reina no pareció darse cuenta. Sólo le ordenó a quien estaba al otro lado de la línea:

—A la ciudad. Ahora.

Sabine se quejó:

—Serán todas masacradas.

Y llegarán tarde, pensó Hunt pero no lo dijo.

Hypaxia terminó la llamada y señaló la pared de la izquierda con la transmisión de la Vieja Plaza.

—Preferiría morir como ella que ver inocentes morir aquí sentada.

Hunt volteó a ver donde estaba señalando y el vello de la nuca se le erizó. Como si supiera lo que iba a ver.

Ahí, corriendo por las calles con la chamarra de Danika, con una espada en una mano y una pistola en la otra, iba Bryce.

Corriendo no del peligro, sino hacia él.

Ella gritaba algo una y otra vez. Declan se concentró en las transmisiones e iba cambiando de cámara a cámara para seguirla por las calles.

—Creo que puedo obtener el audio y aislar su voz contra el ruido de fondo —le dijo a nadie en particular. Y entonces...

—*¡Vayan a los refugios!* —gritaba. Sus palabras hacían eco en todos los rincones de la habitación.

Esquivar, cortar, disparar. Se movía como si hubiera entrenado con el Aux toda su vida.

—*¡Adentro, ahora!* —gritaba y giraba para dispararle a un demonio alado que tapaba el sol dorado de la tarde con gesto burlón. Disparó y la criatura gritó y cayó en un callejón. Los dedos de Declan volaban por el teclado para mantenerla en la pantalla.

—¿A dónde carajos está yendo? —dijo Fury.

Bryce siguió corriendo. Siguió disparando. No fallaba.

Hunt miró a su alrededor y se dio cuenta de a dónde se dirigía.

A la parte más indefensa de Ciudad Medialuna, llena de humanos sin magia. Sin dones sobrenaturales ni fuerza.

—Va a los Prados —dijo Hunt.

Era peor de lo que Bryce podía imaginar.

Tenía el brazo adormecido por el golpeteo de la pistola cada vez que la disparaba, estaba cubierta de sangre maloliente y no había fin de los dientes que lanzaban mordidas, las alas de cuero, los ojos furiosos y sin luz. La tarde empezó a sangrar a medida que se ponía un sol muy vivo y el cielo pronto hizo juego con la sangre de las calles.

Bryce corrió, jadeando, su respiración era como un cuchillo en su pecho.

Su pistola se quedó sin balas. No desperdició tiempo buscando balas que ya no tenía. No, le arrojó la pistola a un demonio de alas negras que volaba hacia ella y lo desequlibró. Se quitó el rifle del hombro. El rifle de Hunt. la envolvió su aroma a cedro y lluvia cuando cortó cañón y, para cuando el demonio se volvía a acercar a ella con la mandíbula batiente, ella disparó.

Le voló la cabeza y le brotó un chorro rojo.

Siguió corriendo, avanzando hacia la ciudad. Más allá de los refugios que seguían abiertos, cuyos ocupantes estaban haciendo lo mejor que podían para defender las entradas. Para hacer tiempo y que los demás entraran.

Otro demonio bajó desde una azotea con las garras curvas apuntadas hacia ella...

Bryce levantó la espada de Danika y le abrió la piel gris moteada al demonio desde el abdomen hasta el cuello. Cayó en el pavimento detrás de ella, aún movía las alas de cuero, pero ella ya se había alejado corriendo

Seguir. Debía seguir avanzando.

Todo su entrenamiento con Randall, cada hora que habían pasado entre rocas y pinos en las montañas alrededor de su casa, cada hora en el salón del poblado, todo había sido para esto.

84

Hunt no podía apartar la vista de la transmisión de Bryce que iba abriéndose paso por la ciudad. El teléfono de Hypaxia sonó en algún sitio a su izquierda y la reina bruja contestó antes de que terminara el primer timbrazo. Escuchó.

—¿Cómo que las escobas están destruidas?

Declan transfirió la llamada a las bocinas para que todos pudieran escuchar la voz temblorosa de la bruja al otro lado de la línea.

—Todas están hechas astillas, Su Majestad. Las armerías del centro de conferencias también. Las pistolas, las espadas... los helicópteros también. Los automóviles. Todo está destrozado.

A Hunt se le hizo un nudo en el estómago y el Rey del Otoño murmuró:

—Micah.

El arcángel seguramente lo había hecho antes de irse, en silencio y sin que nadie lo viera. Anticipando que los tendría que mantener controlados mientras él experimentaba con el poder del Cuerno. Con Bryce.

—Yo tengo un helicóptero —dijo Fury—. Está fuera del centro de conferencias.

Ruhn se puso de pie.

—Entonces vayámonos ahora.

Tardarían todavía media hora en llegar.

—La ciudad es un matadero —estaba diciendo Sabine al teléfono—. Mantengan sus posiciones en Moonwood y CiRo.

Todas las jaurías del Aux estaban conectadas a la llamada, todas podían oírse unas a otras. Con unos cuantos golpes al teclado, Declan conectó el teléfono de Sabine al sistema de la sala para que el Aux los oyera a todos también. Pero algunas de las jaurías habían dejado de responder.

Hunt le gritó a Sabine:

—*¡Que una jauría de lobos vaya a la Vieja Plaza ahora!*

Incluso con el helicóptero de Fury, él llegaría demasiado tarde. Pero ayudaría si pudiera alcanzar a Bryce antes de que se metiera sola a ese osario en que estarían convertidos los Prados...

Sabine le gritó:

—*¡No quedan lobos en la Vieja Plaza!*

Pero el Premier de los lobos al fin había despertado y señaló con un dedo decrépito y deforme hacia la pantalla. A las transmisiones. Y dijo:

—Queda un lobo en la Vieja Plaza.

Todos voltearon a la vez. Al sitio donde apuntaba. Hacia quién había apuntado.

Bryce corría por el matadero, su espada brillaba con cada movimiento y evasión y corte.

Sabine se atragantó.

—Padre, es la espada de Danika lo que percibes...

Los ojos cansados del Premier parpadearon en dirección a la pantalla sin ver. Cerró la mano en el pecho.

—Un lobo.

Se dio unos golpes en el corazón. Bryce seguía peleando y abriéndose paso hacia los Prados, seguía interfiriendo para abrirle el paso a quienes corrían hacia los refugios y liberaba el camino para que pudieran resguardarse.

—Un verdadero lobo.

Hunt sintió que la garganta se le cerraba hasta dolerle. Extendió su mano hacia Isaiah.

—Dame tu teléfono.

Isaiah no lo cuestionó y no dijo una palabra al entregarle el aparato. Hunt marcó un número que había memorizado porque no se atrevía a tenerlo guardado en sus contactos. La llamada sonó y sonó antes de entrar.

—Supongo que esto es importante.

Hunt no se molestó en identificarse y susurró:

—Me debes un maldito favor.

La Reina Víbora dijo con un tono de voz divertido.

—¿Sí?

Dos minutos después, Hunt se levantó de su asiento, decidido a seguir a Ruhn al helicóptero de Fury cuando sonó el teléfono de Jesiba. La hechicera anunció con la voz tensa:

—Es Bryce.

Hunt volteó hacia la transmisión de las cámaras y, dicho y hecho, Bryce tenía el teléfono atorado en el tirante de su sostén sobre el hombro, seguro en altavoz. Se abría paso entre los automóviles abandonados y cruzó la frontera hacia los Prados de Asfódelo. Se empezó a poner el sol, como si el mismo Solas los estuviera abandonando.

—Ponlo en las bocinas y conecta la llamada con las líneas del Aux —le ordenó Jesiba a Declan y contestó la llamada—. ¿Bryce?

La respiración de Bryce era dificultosa. El rifle sonaba como un trueno.

—Díganle a quien esté en la Cumbre que necesito apoyo en los Prados... Voy al refugio que está cerca de la Puerta Mortal.

Ruhn bajó corriendo por las escaleras y corrió directo a la bocina al centro de la mesa. Le dijo:

—Bryce, es una masacre. Métete a un refugio antes de que todos cierren...

El rifle sonó y otro demonio cayó. Pero más entraban por las Puertas a la ciudad y manchaban las calles con sangre con la misma certeza que el sol manchaba el cielo.

Bryce se agachó detrás de un basurero para cubrirse y empezó a disparar otra vez. Volvió a cargar el rifle.

—No hay apoyo para Prados de Asfódelo —dijo Sabine—. Todas las jaurías están posicionadas...

—*¡Hay niños aquí!* —gritó Bryce—. ¡Hay *bebés*!

La habitación se quedó en silencio. Un horror más profundo invadió a Hunt como tinta en agua.

Y entonces una voz masculina jadeó en las bocinas.

—Voy en camino, Bryce.

La cara ensangrentada de Bryce se contrajo y dijo en voz baja:

—¿Ithan?

Sabine gritó:

—Holstrom, quédate en tu *puta* posición...

Pero Ithan volvió a decir, con más urgencia en esta ocasión:

—Bryce, voy en camino. *Espera* —una pausa. Luego agregó—: Vamos todos.

Hunt sintió que las rodillas se le vencían cuando Sabine le gritó a Ithan:

—*¡Estás desobedeciendo una orden directa de tu...!*

Ithan colgó. Y todos los lobos bajo su mando también.

Los lobos podían estar en los Prados en tres minutos.

Tres minutos a través del Averno, a través de la masacre y la muerte. Tres minutos corriendo a toda velocidad, una carrera para salvar a los más indefensos.

A los niños humanos.

Los chacales se les unieron. Los coyotes. Los perros salvajes y los perros comunes. Las hienas y los dingos. Los zorros. Era su naturaleza. Lo que siempre habían sido. Defensores de quienes no podían protegerse. Defensores de los pequeños, de los jóvenes.

Metamorfos o verdaderos animales, la verdad estaba grabada en el alma de cada can.

Ithan Holstrom corrió hacia los Prados de Asfódelo cargando el peso de esa historia a sus espaldas, ardiendo en su corazón. Rezó para que no llegaran demasiado tarde.

85

Bryce sabía que seguía viva por pura suerte. Y pura adrenalina que la hacía concentrarse en su meta con tanta claridad. Con calma.

Pero cada cuadra que avanzaba mientras el sol se ponía, sus piernas iban más lentas. Sus reacciones eran más rezagadas. Le dolían los brazos y le pesaban. Cada vez que tiraba del gatillo le costaba más esfuerzo.

Sólo un poco más, era lo único que necesitaba. Sólo un poco más hasta asegurarse de que los habitantes de Prados de Asfódelo estuvieran en un refugio antes de que cerraran todos. No faltaba tanto tiempo.

El refugio a mitad de la cuadra seguía abierto, unas figuras defendían la entrada mientras más familias humanas entraban corriendo. La Puerta Mortal estaba a unas cuadras al norte, todavía abierta hacia el Averno.

Así que Bryce se plantó en la intersección, enfundó la espada de Danika de nuevo y volvió a levantar el rifle de Hunt a su hombro. Le quedaban seis tiros.

Ithan llegaría pronto. En cualquier momento.

Un demonio salió detrás de la esquina, sus garras dejaban arañazos en las piedras. El rifle le lastimó el hombro al disparar. El demonio todavía estaba cayendo, deslizándose por el suelo, cuando ella apuntó el rifle de nuevo y volvió a disparar. Otro demonio cayó.

Quedaban cuatro balas.

Detrás de ella, los humanos gritaban órdenes.

¡Rápido! ¡Al refugio! ¡Dejen la bolsa y corran!

Bryce le disparó a un demonio que venía volando por la intersección, directo hacia el refugio. El demonio cayó como a siete metros de la entrada. Los humanos lo terminaron de matar.

Dentro del refugio, los niños gritaban y los bebés lloraban.

Bryce volvió a disparar. Otra vez. Otra vez. Otra vez.

Otro demonio llegó corriendo desde la esquina, directo hacia ella. Jaló el gatillo.

Vacío. Terminado. Agotado.

El demonio saltó, con las fauces abiertas de par en par para revelar dos hileras gemelas de dientes afilados como dagas. Directo hacia su garganta. Bryce apenas tuvo tiempo de levantar el rifle y meterlo entre sus mandíbulas. El metal y la madera crujieron y el mundo se ladeó con el impacto.

Ella y el demonio chocaron contra el suelo y ella sintió que sus huesos protestaban por el golpe. El demonio cerró la boca en el rifle y lo rompió en dos.

Bryce logró lanzarse hacia atrás para separarse del demonio mientras él escupía pedazos de rifle. De la boca le escurría saliva que caía en las calles ensangrentadas; empezó a avanzar hacia ella. Parecía estar saboreando cada paso.

Tenía la espada envainada bajo la espalda, así que Bryce buscó el cuchillo que traía en el muslo. Como si le fuera a servir de algo, como si pudiera detener este...

El demonio se recargó en sus patas traseras, listo para saltar y matar.

El piso tembló detrás de ella y Bryce levantó la mano con la muñeca en un ángulo, apuntando el cuchillo hacia arriba...

Una espada le atravesó la cabeza gris al demonio.

Una espada masiva, de más de un metro de largo, en manos de un hombre enorme con armadura. La espada irradiaba una luz azul. La armadura y el casco a juego emitían más luz. Y en el pecho del hombre brillaba el emblema de una cobra en posición de ataque.

Uno de los guardaespaldas hada de la Reina Víbora.

Otros seis corrieron a su lado haciendo temblar las piedras de la calle bajo sus pies. Iban con las espadas y las pistolas fuera. Ninguno parecía estar adormecido por el veneno. Sólo precisión letal.

Y con los guardias de la Reina Víbora, lobos y zorros y caninos de todas las razas llegaron a luchar.

Bryce se puso de pie y le asintió al guerrero que la había salvado. El hombre hada se dio la vuelta, con sus manos envueltas en metal tomó al demonio por los hombros y lo desgajaron con un grito poderoso. Lo rompió en dos.

Pero más seres, lo peor del Averno, venía hacía ellos por tierra y por aire. Así que Bryce liberó la espada de Danika de su espalda de nuevo.

Envió fuerza a su brazo y plantó los pies en la tierra al ver a otro demonio que venía galopando hacia ella por la calle. Los metamorfos caninos estaban distrayendo demonios por todas partes, formando una barrera de pelo y dientes y garras entre la horda atacante y el refugio a sus espaldas.

Bryce fintó hacia la izquierda y movió la espada hacia arriba cuando el demonio cayó en su trampa. Pero la espada no atravesó los huesos para llegar a los órganos suaves y vulnerables de abajo. La criatura rugió, giró y volvió a atacar. Ella apretó los dientes y levantó la espada en desafío, el demonio estaba demasiado enloquecido para notar que ella era el distractor.

Mientras el enorme lobo gris atacaba desde atrás.

Ithan atacó al demonio en una explosión de dientes y garras, tan rápido y brutal que ella se quedó pasmada. Había olvidado lo grande que era en esta forma, todos los metamorfos eran al menos tres veces del tamaño de los animales normales, pero Ithan siempre había sido más grande. Tal como su hermano.

Ithan escupió la garganta del demonio y se convirtió en hombre en un instante. La sangre cubría su camiseta color azul marino y sus jeans pero antes de hablar, sus ojos color castaño destellaron alarmados. Bryce giró y vio cara a cara el aliento putrefacto de un demonio que se lanzaba en su contra.

Se agachó, movió la espada hacia arriba y el grito del demonio casi le reventó los tímpanos cuando ella dejó que la bestia arrastrara su panza en la espada. Lo evisceró.

La sangre y órganos le mancharon los zapatos, sus mallas desgarradas, pero se aseguró de haber decapitado al demonio antes de voltear a ver a Ithan. Justo en el momento que él sacaba una espada de la funda a sus espaldas y partía a otro demonio en dos.

Se miraron a los ojos y ella se guardó todas las palabras que había necesitado decirle. También lo vio en los ojos de él, cuando él se dio cuenta de qué chamarra y qué espada traía ella.

Pero ella le sonrió con tristeza. Sería después. Si de alguna manera sobrevivían, si lograban vivir al menos otros cuantos minutos y entrar al refugio... Ya hablarían entonces.

Ithan asintió, comprensivo.

Bryce sabía que no era sólo la adrenalina lo que le daba fuerzas cuando se lanzó de nuevo a la batalla.

—Los refugios van a cerrar en cuatro minutos —anunció Declan en la sala de conferencias.

—¿Por qué no ha llegado el helicóptero? —le preguntó Ruhn a Fury. Se puso de pie y Flynn con él.

Axtar revisó su teléfono.

—Está en camino desde...

Se abrieron las puertas en la parte superior del salón y Sandriel entró con un viento de tormenta. Y no había señal de sus triarii ni de Pollux cuando bajó las escaleras. Nadie habló.

Hunt se preparó cuando ella volteó a verlo, sentado entre Ruhn, que ya estaba de pie, e Hypaxia. Las esposas gorsianas estaban sobre la mesa frente a él.

Pero ella regresó a su lugar en la mesa de abajo. Tenía cosas más importantes en mente, supuso él. Su atención pasaba entre las pantallas, las transmisiones y los reportes. Sandriel dijo:

—No hay nada que podamos hacer por la ciudad si las Puertas están abiertas al Averno. Tenemos órdenes de permanecer aquí.

Ruhn saltó.

—Nos *necesitan*...

—Tenemos que *permanecer aquí* —las palabras retumbaron como truenos por toda la habitación—. Los asteri enviarán ayuda.

Hunt se dejó caer en su asiento y Ruhn hizo lo mismo a su lado.

—Gracias, carajo —murmuró el príncipe y frotó sus manos temblorosas sobre su cara.

Seguro habían enviado a la Guardia Asteriana, entonces. Y más refuerzos. Tal vez los triarii de Sandriel habían ido a Lunathion. Podían ser idiotas psicóticos, pero al menos sabían pelear. Carajo, el Martillo por sí solo podría ser una bendición para la ciudad en este momento.

—Tres minutos para el cierre de los refugios —dijo Declan.

En el caos general del sonido que Declan había empezado a transmitir, se escuchó el aullido de un metamorfo que le advertía a todos que llegaran a un sitio seguro. Que abandonaran los límites que habían establecido contra la horda y corrieran como nunca hacia las puertas metálicas aún abiertas.

Los humanos seguían huyendo. Adultos con niños y mascotas en brazos corrían hacia las puertas, apenas más grandes que la puerta de una cochera para un solo automóvil. Los guerreros de la Reina Víbora y algunos de los lobos seguían en la intersección.

—Dos minutos —dijo Declan.

Bryce e Ithan lucharon lado a lado. Cuando uno caía la otra no. Cuando una llamaba la atención de un demonio, el otro lo ejecutaba.

Una sirena empezó a sonar en la ciudad. Una advertencia. Pero Bryce e Ithan permanecieron en la esquina.

—Treinta segundos —dijo Declan.

—Ve —indicó Hunt—. Ve, Bryce.

Ella evisceró a un demonio y por fin giró para correr al refugio. Ithan se movió con ella. Bien, llegaría al interior y podía esperar ahí hasta que la Guardia Asteriana llegara para eliminar a todos esos pendejos. Tal vez ellos sabrían cómo cerrar los vacíos de las Puertas.

La puerta del refugio empezó a cerrarse.

—Están demasiado lejos —dijo Fury en voz baja.

—Van a llegar —repuso Hunt aunque notó la distancia entre la puerta que se cerraba y las dos figuras que corrían hacia ella, el cabello rojo de Bryce ondeaba como una bandera a sus espaldas.

Ithan tropezó y Bryce lo tomó de la mano antes de que pudiera caer. En el costado de Ithan relucía una herida grave y la sangre manchaba su camiseta. Cómo podía siquiera correr...

La puerta estaba cerrada a la mitad. Estaba perdiendo centímetros cada segundo.

Una mano humanoide con garras sostuvo el borde de la puerta desde dentro. Varias manos.

Y luego ayudó una loba joven de pelo castaño, apretando los dientes, de rostro lupino, rugiendo mientras empujaba contra lo inevitable. Y todos los lobos detrás de ella sostuvieron la puerta que se deslizaba para intentar frenarla.

—Quince segundos —susurró Declan.

Bryce corrió y corrió y corrió.

Uno por uno, los lobos de la jauría de Ithan empezaron a soltar la puerta. Hasta que quedó esa joven sosteniéndola, con un pie apoyado contra la pared de concreto, gritando desafiante...

Ithan y Bryce corrieron hacia el refugio, el lobo concentrado en la puerta.

Quedaba apenas un metro de espacio. Pero no era suficiente para ambos. La mirada de Bryce se concentró en la cara de Ithan. La tristeza le llenó los ojos. Y la determinación.

—No —exhaló Hunt. Sabía exactamente lo que iba a hacer.

Bryce se quedó un paso atrás. Lo suficiente para usar su fuerza de hada y empujar a Ithan. Para salvar al hermano de Connor Holstrom.

Ithan giró hacia Bryce, con los ojos encendidos de rabia, desesperación y dolor, la mano extendida, pero era demasiado tarde.

La puerta de metal se cerró con un sonido que pareció hacer eco por toda la ciudad.

Que *hizo* eco por toda la ciudad cuando todas las puertas de los refugios se cerraron al fin.

Bryce iba demasiado rápido para detenerse y chocó contra la puerta de metal y gritó de dolor.

Giró en su sitio, tenía el rostro lívido. Buscó opciones pero no encontró nada.

Hunt lo leyó en su cara en ese momento. Por primera vez, Bryce no tenía idea de qué hacer.

Todo el cuerpo de Bryce temblaba cuando se ocultó en un pequeño nicho frente al refugio. La puesta de sol hacía que el cielo brillara con un vivo tono anaranjado y rubí, como el grito de batalla final del mundo antes de la noche que se avecinaba.

Los demonios habían avanzado, pero vendrían más. Pronto. Mientras las Puertas tuvieran esos portales al Averno, nunca dejarían de entrar.

Alguien, Ithan quizás, empezó a golpear la puerta del refugio a sus espaldas. Como si pudiera abrirse paso a través de la puerta, abrir un pasadizo para que ella entrara. Ella no hizo caso al sonido.

Los guerreros de la Reina Víbora todavía peleaban entre destellos de metal y luz al fondo de la calle. Algunos habían caído, convertidos en montones humeantes de armadura y sangre.

Si lograra llegar a su departamento, el edificio tenía suficientes encantamientos para protegerla a ella y a los que pudiera llevar a su interior. Pero estaba a veinte cuadras de distancia. Podría estar a veinte kilómetros.

Tuvo una idea y la sopesó, la consideró. Podía intentarlo. Lo tenía que intentar.

Bryce inhaló para prepararse. En su mano temblaba la espada de Danika como un carrizo en el viento.

Podía lograrlo. De alguna manera lo lograría.

Saltó hacia las calles empapadas de sangre, con la espada lista para atacar. No miró hacia atrás al refugio a sus espaldas y empezó a correr, la memoria ciega de la ciudad le llegó en automático para guiarla por la ruta más rápida. se escuchó un gruñido tras la esquina y Bryce apenas logró levantar la espada a tiempo para interceptar al demonio. Le cortó el cuello parcialmente y salió corriendo de nuevo antes de que cayera al suelo. Tenía que seguirse moviendo. Tenía que llegar a la Vieja Plaza...

Había metamorfos muertos y soldados de la Reina Víbora en las calles. Más humanos muertos a su alrededor. La mayoría hechos pedazos.

Otro demonio bajó a toda velocidad desde el cielo rojizo...

Ella gritó cuando la tiró de espaldas y la lanzó contra un automóvil con tanta fuerza que las ventanas se rompieron. Tuvo un segundo para abrir la puerta del copiloto y meterse antes de que el demonio volviera a aterrizar. A atacar el auto.

Bryce pasó encima de los descansabrazos y la palanca de velocidades y buscó la puerta del lado del conductor. Tiró de la manija y cayó a la calle. El demonio estaba tan distraído destrozando las llantas del otro lado que no la vio salir corriendo.

La Vieja Plaza. Si tan sólo pudiera llegar a la Vieja Plaza...

Dos demonios corrían detrás de ella. Lo único que podía hacer era seguir corriendo mientras la luz empezaba a desaparecer.

Sola. Estaba sola aquí afuera.

86

La ciudad empezaba a quedarse en silencio. Cada vez que Declan revisaba el audio en otro distrito, los gritos habían disminuido más, cortados uno por uno.

No por la calma ni la salvación, eso lo sabía Hunt.

Los vacíos de las Puertas seguían abiertos. La puesta de sol había dado paso a un cielo amoratado y violeta. Cuando cayera la noche de verdad, podía imaginar el tipo de horrores que enviaría el Averno. El tipo de horrores a quienes no les gustaba la luz, que habían sido criados y habían aprendido a cazar en la oscuridad.

Bryce seguía ahí afuera. Un error, un paso en falso, y estaría muerta.

No habría sanación, no habría regeneración. No sin haber hecho el Descenso.

Ella llegó al borde de la Vieja Plaza. Pero no corrió hacia un sitio seguro. No, parecía estar corriendo hacia la Puerta del Corazón, donde el flujo de demonios se había detenido. Como si el Averno en realidad estuviera esperando que empezara la noche para iniciar el segundo ataque.

Hunt sintió que su corazón iba a estallar cuando ella se detuvo a media cuadra de la Puerta. Cuando se metió al nicho de un refugio cercano. Iluminada por la lámpara de luzprística montada en su exterior, se deslizó hacia el suelo con la espada en una mano.

Hunt conocía esa posición, ese ángulo de la cabeza.

Un soldado que había peleado bien en una batalla dura. Un soldado exhausto pero que se tomaría este momento, este último momento, para reunir fuerzas antes de hacer su último intento.

Hunt enseñó los dientes a la pantalla:

—*Levántate, Bryce.*

Ruhn sacudía la cabeza, el terror le demacraba la cara. El Rey del Otoño no decía nada. No hacía nada mientras veía a su hija en la transmisión que Declan tenía en la pantalla principal.

Bryce buscó en su camisa para sacar el teléfono. Las manos le temblaban tanto que casi no podía sostenerlo. Pero presionó un botón en la pantalla y se lo llevó al oído. Hunt sabía qué era eso también. Su última oportunidad de despedirse de sus padres, de sus seres amados.

Se escuchó un timbre en la sala de conferencias. De la mesa del centro. Hunt miró a Jesiba pero su teléfono estaba inactivo. El de Ruhn también. Todos se quedaron en silencio cuando Sandriel sacó el teléfono de su bolsillo. El teléfono de Hunt.

Sandriel lo miró con expresión sorprendida. A Hunt le daba vueltas la cabeza.

—Dale el teléfono —dijo Ruhn en voz baja.

Sandriel se quedó viendo la pantalla. Decidiendo.

—*Que le des el puto teléfono* —le ordenó Ruhn.

Sandriel, para sorpresa de Hunt, lo hizo. Con manos temblorosas, él contestó.

—¿Bryce?

En la transmisión de las cámaras pudo ver sus ojos muy abiertos.

—¿Hunt? —su voz se oía destrozada—. Pe... pensé que la llamada se iría a correo de voz.

—Pronto llegará ayuda, Bryce.

El terror absoluto de su cara cuando vio lo último que quedaba de luz de sol lo devastó.

—No, no, ya será demasiado tarde.

—No lo será. Necesito que te pongas de pie, Bryce. Que vayas a un lugar más seguro. *No* te acerques más a esa Puerta.

Ella se mordió el labio, temblando.

—Sigue abierta...

—*Ve a tu departamento y espera ahí hasta que llegue la ayuda.*

El terror y el pánico en su cara encrudecieron y se transformaron en algo más tranquilo al escuchar su orden. Se concentró. Bien.

—Hunt, necesito que llames a mi mamá.

—No empieces a despedirte...

—Necesito que llames a mi mamá —dijo en voz baja—. Necesito que le digas que la amo y que todo lo que soy lo soy por ella. Su fortaleza y su valentía y su amor. Y que siento mucho todo lo que la hice pasar.

—No sigas...

—Dile a mi papá —el Rey del Otoño se quedó inmóvil y miró a Hunt—. Dile a Randall —aclaró Bryce— que estoy muy orgullosa de llamarlo mi padre. Que él es el único quien me importó siempre.

Hunt podría jurar que el rostro del Rey del Otoño reflejó algo parecido a la vergüenza. Pero Hunt le imploró:

—Bryce, necesitas ir a un sitio más seguro, *ahora.*

Ella no lo hizo.

—Dile a Fury que lamento haber mentido. Que le habría dicho la verdad tarde o temprano —del otro lado de la habitación las lágrimas corrían por la cara de la asesina—. Dile a Juniper... —la voz de Bryce se entrecortó—. Dile que gracias por... esa noche en la azotea —se tragó un sollozo—. Dile que ahora sé por qué evitó que saltara. Fue para que pudiera llegar aquí... a ayudar hoy.

A Hunt se le rompió el corazón por completo. Él no sabía, no había adivinado que las cosas se habían puesto tan mal para ella...

Por la devastación pura que se pudo ver en la cara de Ruhn, su hermano tampoco lo sabía.

—Dile a Ruhn que lo perdono —dijo Bryce y empezó a temblar otra vez. Las lágrimas corrían por la cara del príncipe.

—Lo perdoné hace mucho —dijo Bryce—. Sólo que no sabía cómo decírselo. Dile que lamento haber ocultado la verdad pero que sólo lo hice porque lo amo y no quería quitarle nada. Siempre será el mejor de los dos.

La agonía en el rostro de Ruhn se convirtió en confusión.

Pero Hunt no podía soportarlo. No podía escuchar una palabra más de esto.

—Bryce, por favor...

—Hunt —todo el mundo se quedó en silencio—. Estaba esperándote.

—Bryce, corazón, ve a tu departamento y dame una hora y...

—No —susurró ella y cerró los ojos. Se puso la mano sobre el pecho. Sobre su corazón—. Estaba esperándote... aquí dentro.

Hunt no pudo evitar llorar entonces.

—Yo también te estaba esperando a ti.

Ella sonrió y volvió a sollozar.

—Por favor —le suplicó Hunt—. Por favor, Bryce. Tienes que irte *ahora*. Antes de que entren más.

Ella abrió los ojos y se puso de pie cuando ya caía la noche de verdad. Vio la Puerta a media cuadra.

—Te perdono por la estupidez del sinte. Por todo. Nada importa. Ya no.

Terminó la llamada y apoyó la espada de Danika contra la pared del nicho del refugio. Colocó el teléfono con cuidado en el piso junto a la espada.

Hunt se paró de su asiento de un salto.

—BRYCE...

Ella corrió hacia la Puerta.

87

—No —decía Ruhn una y otra vez—. No, *no*...

Pero Hunt no escuchaba nada. No sentía nada. Todo se había derrumbado en su interior en el momento que ella colgó.

Bryce saltó la cerca que rodeaba la Puerta y se detuvo frente a su enorme arco. Ante el terrible vacío negro que estaba del otro lado.

Un ligero resplandor blanco empezó a brillar a su alrededor.

—¿Qué es eso? —murmuró Fury.

Parpadéo, empezó a brillar con más fuerza en la noche.

Suficiente para iluminar sus manos delgadas que sostenían una luz brillante y pulsante frente a su pecho.

La luz venía *de* su pecho, había salido de él. Como si hubiera vivido en su interior desde siempre. Bryce tenía los ojos cerrados, la expresión serena.

El cabello le flotó sobre la cabeza. A su alrededor también flotaron trozos de escombro. Como si la gravedad hubiera dejado de existir.

La luz que sostenía era tan intensa que hacía que el resto del mundo se viera en tonalidades grises y negras. Poco a poco, abrió los ojos y el ámbar brilló en ellos como los primeros rayos puros del amanecer. Una sonrisa suave y secreta se posó en sus labios.

Sus ojos se elevaron hacia la Puerta frente a ella. La luz en sus manos resplandeció con más fuerza.

Ruhn cayó de rodillas.

—Soy Bryce Quinlan —le dijo a la Puerta, al vacío, a todo el Averno detrás. Su voz era serena, sabia y risueña—. Heredera de las hadas Astrogénitas.

El suelo desapareció bajo los pies de Hunt cuando la luz de las manos de Bryce, la estrella que había sacado de su corazón destrozado, brilló tan fuerte como el sol.

Danika estaba arrodillada en el asfalto, con las manos entrelazadas detrás de su cabello ensangrentado. Las dos heridas de bala en su pierna habían dejado de sangrar, pero Bryce sabía que las balas seguían alojadas en el muslo. El dolor de hincarse debió ser insoportable.

—Puta perra —le escupió el metamorfo de áspid y abrió el tambor de su pistola con precisión brutal. Las balas ya venían en camino, en cuanto su socio las encontrara, cargaría esa pistola.

La agonía en el brazo de Bryce era secundaria. Todo era secundario a esa pistola.

La motocicleta ardía a diez metros de distancia. El rifle había caído muy lejos entre los matorrales áridos. Por la carretera se veía un tráiler con el motor encendido y la caja de cargamento llena de animales aterrados en camino a dioses sepan dónde.

Habían fracasado. Su intento intrépido de rescate había fracasado.

Los ojos de caramelo de Danika se encontraron con los del metamorfo. El líder de este círculo horrible de traficantes. El responsable de este momento, del instante en que había ocurrido la balacera a ciento sesenta kilómetros por hora y la situación se había tornado en su contra. Danika iba conduciendo la motocicleta con un brazo y sostenía la pierna de Bryce con el otro para ayudarle a mantenerse estable mientras disparaba el rifle. Bryce había eliminado dos sedanes de los áspides llenos de hombres odiosos que querían lastimar y vender esos animales. Iban acercándose al tráiler cuando el hombre frente a ellas había logrado disparar a las llantas de la motocicleta.

La motocicleta se volteó y Danika reaccionó con la velocidad de un lobo. Envolvió su cuerpo alrededor de Bryce. Y recibió lo más fuerte del golpe.

Su piel lacerada, la pelvis fracturada, todo gracias a eso.

—Bryce —murmuró Danika mientras las lágrimas le escurrían por la cara ahora que la realidad de su error empezaba a quedarle clara—. Bryce, te amo. Y lo siento.

Bryce negó con la cabeza.

—Yo no lo siento.

Era la verdad.

Y luego llegó el socio del metamorfo de áspid con las balas en la mano. El sonido cuando cargó la pistola hizo eco en los huesos de Bryce.

Danika lloró.

—Te amo, Bryce.

Las palabras quedaron suspendidas entre ellas. Le abrieron un agujero al corazón de Bryce.

—Te amo —repitió Danika.

Danika nunca le había dicho esas palabras a ella. Ni una sola vez en los cuatro años de la universidad. Ni una sola vez a nadie. Bryce lo sabía. Ni siquiera a Sabine.

En especial no a Sabine.

Bryce vio las lágrimas rodar por la cara feroz y orgullosa de Danika. En el corazón de Bryce se abrió un candado. Su alma.

—Cierra los ojos, Danika —dijo con suavidad. Danika sólo la miró.

Sólo por esto. Sólo por Danika haría esto, arriesgaría esto.

La grava alrededor de Bryce empezó a vibrar. Empezó a ascender por el aire. Los ojos de Danika se abrieron como platos. El cabello de Bryce empezó a flotar como si estuviera bajo el agua. En el espacio exterior.

El metamorfo de áspid terminó de cargar la pistola y apuntó a la cara de Danika. Su colega se rio detrás de él.

Bryce siguió viendo a Danika a los ojos. No apartó la mirada y dijo de nuevo:

—Danika, cierra los ojos.

Temblando, Danika obedeció. Cerró los ojos.

El metamorfo de áspid le quitó el seguro a la pistola y ni siquiera volteó a ver a Bryce y el escombro que flotaba hacia el cielo.

—Sí, mejor cierra los ojos perra...

Bryce explotó. Una luz blanca y cegadora brotó de ella, liberada de ese sitio secreto en su corazón.

Justo en los ojos del metamorfo. Él gritó y se arañó la cara. Bryce, resplandeciendo tan fuerte como el sol, se movió.

Olvidó su dolor y, en un instante, ya tenía el brazo del hombre entre sus manos. Lo retorció para que soltara la pistola que cayó en su mano. Otro movimiento y él estaba tirado en el asfalto.

Y le disparó esa bala que era para el corazón de Danika.

Su socio gritaba, estaba de rodillas y se arañaba los ojos. Bryce volvió a disparar.

Él dejó de gritar.

Pero Bryce no dejó de arder. No dejó de arder y corrió hacia la cabina del tráiler para alcanzar al último áspid que intentaba escapar. Danika temblaba en el piso, con las manos sobre la cabeza, los ojos cerrados contra el brillo.

El metamorfo de áspid se dio por vencido con el motor, abandonó la cabina y salió corriendo por la carretera. Bryce apuntó, justo como Randall le había enseñado, y esperó a que el tiro le llegara a ella.

Otro chasquido de la pistola. El hombre cayó.

Bryce resplandeció un momento más y el mundo quedó empapado de una luz cegadora.

Despacio, con cuidado, ella guardó la luz en su interior. La ahogó, el secreto que ella y sus padres habían guardado por tanto tiempo. Que no le habían dicho a su padre biológico, ni a los asteri, ni a Midgard.

Ni a Ruhn.

La luz pura de una estrella... de otro mundo. De un tiempo muy, muy antiguo. El don de las antiguas hadas, renacido. Luz, pero nada más que eso. No era como el don de los asteri, que poseían el poder bruto de las estrellas. Sólo luz.

Eso no significaba nada para ella. Pero los dones del Astrogénito, el título, siempre habían significado algo para Ruhn. Y esa primera vez que lo conoció tenía la intención de compartir su secreto con él. Él había sido amable y estaba contento de encontrar una nueva hermana. Ella supo de inmediato que podía confiarle esta cosa secreta, oculta.

Pero luego vio la crueldad de su padre. Vio cómo ese don del Astrogénito le daba a su hermano apenas un poco de ventaja contra ese puto monstruo. Vio el orgullo que su hermano negaba pero que sin duda sentía al ser el Astrogénito, bendecido y elegido por Urd.

No pudo decirle la verdad a Ruhn. Incluso cuando se distanciaron, lo ocultó. Nunca se lo diría a nadie... a nadie. Excepto a Danika.

Los cielos azules y los olivos volvieron a aparecer, el color regresó al mundo cuando Bryce ocultó la última parte de la luz de estrella dentro de su pecho. Danika seguía temblando en el asfalto.

—Danika —dijo Bryce.

Danika bajó las manos de su cara. Abrió los ojos. Bryce esperó a que apareciera el terror que su madre le había advertido que surgiría si alguien se enterara de su secreto. La luz extraña y terrible que venía de otro mundo.

Pero en la cara de Danika sólo había asombro.

Asombro... y amor.

Bryce se paró frente a la Puerta, con la estrella que había mantenido oculta en su corazón y dejó que la luz se acumulara. La dejó salir de su pecho, sin ataduras y pura.

A pesar del vacío tan cercano, a pesar de estar frente al Averno, una extraña sensación de tranquilidad se abrió paso por su cuerpo. Durante tanto tiempo había mantenido esta luz en secreto, había vivido aterrada de que alguien lo averiguara que, a pesar de todo, sintió alivio.

Hubo tantas veces en las últimas semanas que había estado segura de que Ruhn al fin lo descubriría. Le parecía que su absoluto desinterés por aprender sobre el primer Astrogénito, el príncipe Pelias y la reina Theia, era ya casi sospechoso. Y cuando él puso la Espadastral sobre la mesa de la biblioteca de la galería y había empezado a vibrar y a brillar, ella tuvo que retroceder para controlar su instinto de tocarla, de responder a su canción silenciosa y hermosa.

Su espada... era su espada. Y de Ruhn. Y con esa luz en sus venas, con la estrella que dormía dentro de su corazón, la Espadastral la había reconocido no como realeza o un hada merecedora, sino como *familia*. Familia de quienes la habían forjado hacía tantos años.

La sangre llamaba. Incluso el veneno del kristallos en su pierna no había podido apagar la esencia de quien era. Había bloqueado su acceso a la luz, pero no lo que tenía grabado en la sangre. El momento en que expulsó el veneno, cuando los labios de Hunt tocaron los suyos esa primera vez, sintió que había despertado de nuevo. Que se había liberado.

Y ahora ahí estaba, la luzastral se acumulaba en sus manos.

Era un don inútil, había decidido de niña. No podía hacer gran cosa aparte de cegar a la gente, como había hecho a los hombres de su padre cuando venían siguiéndolos a ella, su madre y Randall, como había sucedido con el Oráculo, cuando la vidente se asomó a su futuro y sólo vio luz brillante, como había hecho con esos traficantes asptúpidos.

La arrogancia inmutable de su padre y su engreimiento habían evitado que se diera cuenta después de su visita al Oráculo. El hombre era incapaz de imaginar que alguien que no fuera de sangre hada pura pudiera tener una bendición del destino.

Bendición, como si este don la convirtiera en algo especial. No era así. Era un poder antiguo y nada más. No tenía interés en el trono o el palacio que venían con él. Ninguno.

Pero Ruhn... Él podía haber afirmado lo contrario, pero la primera vez que le contó sobre su Prueba, cuando se ganó la espada de su antiguo lugar de descanso en Avallen, ella vio cómo brillaba su rostro con orgullo de haber podido sacar la espada de su funda.

Así que le permitió conservarlos, el título y la espada. Trató de abrir los ojos de Ruhn sobre la verdadera naturaleza de su padre varias veces, aunque eso hizo que su padre la odiara aún más.

Hubiera mantenido este secreto ardiente y brillante en su interior hasta el día de su muerte. Pero se dio cuenta de que tenía que hacerlo por su ciudad. Por este mundo.

Los últimos restos de luz salieron de su pecho y sostuvo toda la luz entre las palmas de sus manos.

Nunca lo había hecho antes, nunca había sacado la estrella entera. Sólo había brillado y cegado, pero nunca había invocado el centro brillante de su interior. Sintió que las rodillas le temblaban y apretó los dientes por el esfuerzo de mantener la luz en su lugar.

Al menos había hablado una última vez con Hunt. No pudo creer que él hubiera contestado. Pensaba que la llamada se iría directamente al buzón de voz donde le diría todo lo que quería. Las palabras que todavía no le había dicho en voz alta.

No se permitió pensar en eso cuando dio el paso final hacia el arco de cuarzo de la Puerta.

Era Astrogénita, y el Cuerno vivía en ella, reparado y ahora lleno de su luz.

Esto tenía que funcionar.

El cuarzo de la Puerta era el conductor. Un prisma. Podía tomar la luz y el poder y refractarlos. Ella cerró los ojos y recordó los arcoíris que habían adornado esta Puerta el último día de la vida de Danika, cuando habían visitado juntas el lugar. Cuando habían pedido sus deseos.

Esto tenía que funcionar. Un último deseo.

—*Ciérrate* —murmuró Bryce, temblando.

Y lanzó su luzastral hacia la roca transparente de la Puerta.

88

Hunt no tenía palabras en la mente, en el corazón, cuando Bryce lanzó su luzastral ardiente a la Puerta.

La luz estalló desde la roca transparente de la Puerta.

Llenó la plaza y se reflejó a lo largo de varias cuadras. Los demonios que quedaron a su paso berrearon al quedar ciegos y luego huyeron. Como si recordaran a quién le había pertenecido esa luz alguna vez. Cómo el príncipe Astrogénito había luchado con ella contra sus hordas.

La línea Astrogénita había crecido auténtica... dos veces.

Ruhn estaba lívido y el príncipe permaneció arrodillado viendo a su hermana, la Puerta encendida. Lo que ella había declarado al mundo. La identidad que había revelado.

Su rival. Una amenaza a todo lo que él iba a heredar.

Hunt sabía qué hacían las hadas para arreglar disputas sobre el trono.

Bryce poseía la luz de una estrella, algo que no se había visto desde las Primeras Guerras. Parecía que Jesiba había visto un fantasma. Fury veía la pantalla boquiabierta. Cuando el brillo empezó a apagarse, Hunt sintió que la respiración se le atoraba en la garganta.

El vacío dentro de la Puerta del Corazón había desaparecido. Ella había canalizado su luz de alguna manera a través del Cuerno y había sellado el portal.

En el silencio atónito de la sala de conferencias, todos observaron a Bryce jadear, recargarse contra uno de los costados de la Puerta y luego dejarse caer al piso. El arco de cristal seguía resplandeciendo. Un refugio temporal que haría que los demonios lo pensaran dos veces antes de acercarse, temerosos de la descendiente del Astrogénito.

Pero el resto de las Puertas de la ciudad permanecían abiertas.

Sonó un teléfono, una llamada saliente que se vinculó con las bocinas de la habitación. Hunt miró alrededor de la habitación para localizar al culpable y vio al Rey del Otoño con el teléfono en las manos. Pero el hombre parecía demasiado perdido en la rabia que le arrugaba el rostro como para que le importara que la llamada la pudieran escuchar todos. Declan Emmet no hizo siquiera el intento de hacer la llamada privada cuando Ember Quinlan contestó el teléfono y dijo:

—Quién...

—Sabías que era hada Astrogénita todos estos años y me *lo ocultaste* —gritó el rey.

Ember no perdió un momento.

—Tengo más de veinte años esperando esta llamada.

—Perra...

Una risa grave y agonizante.

—¿Quién crees que fulminó a tus matones hace tantos años? No fui yo, ni Randall. Ellos la tenían en sus manos, la sostenían del cuello. Y a *nosotros* nos tenían amenazados con una pistola —otra risa—. Ella se dio cuenta de lo que me iban a hacer. A Randall. Y con su puto poder ella los *cegó*.

¿Qué ciega a un Oráculo?

La luz. Luz del tipo que poseían los Astrogénitos.

Bryce seguía sentada en el arco, jadeando. Como si invocar la estrella, usar el Cuerno, le hubiera robado toda la fuerza.

Ruhn murmuró, más para sí mismo que para los demás:

—Esos libros decían que hubo varios Astrogénitos en las Primeras Guerras. Se lo dije y ella... —parpadeó despacio—. Ella ya lo sabía.

—Ella mintió porque te ama —dijo Hunt—. Para que pudieras conservar tu título.

Porque comparado con los poderes de Astrogénito que había visto en Ruhn... los de Bryce eran reales. El rostro lívido de Ruhn se contorsionó de dolor.

—¿Quién lo sabía? —le preguntó el Rey del Otoño a Ember—. ¿Esas putas sacerdotisas?

—No. Sólo Randall y yo —dijo Ember—. Y Danika. Ella y Bryce se metieron en serios problemas en la universidad y en ese momento salió. Cegó a un grupo de hombres aquella vez también.

Hunt recordó la fotografía del vestidor de la recámara de visitas, tomada después de eso. Su cercanía y el agotamiento no sólo provenían de la batalla peleada y ganada sino del secreto letal que al fin había sido revelado.

—Sus pruebas revelaron que no tenía poder —escupió el Rey del Otoño.

—Sí —dijo Ember en voz baja—. Era cierto.

—*Explícate.*

—Es un don de luzastral. Luz y nada más. Nunca significó nada para nosotros, pero para tu gente... —Ember pausó—. Cuando Bryce tenía trece años, accedió a visitarte. A conocerte, para ver si podía confiar en ti para decirte lo que poseía y no sentirse amenazada por ello.

Para ver si él podía manejar que el don había sido concedido a ella, su hija bastarda medio humana, y no a Ruhn.

Hunt no veía miedo en la cara del príncipe. Ni envidia ni duda. Sólo tristeza.

—Pero luego conoció a tu hijo. Y me dijo que cuando vio su orgullo de ser El Elegido, se dio cuenta de que no se lo podía quitar. No pudo porque ella también vio que era el único valor que *tú* le dabas a Ruhn. Aunque eso significara que ella no recibiera nada de lo que le correspondía, aunque revelarlo hubiera significado que lo podría usar en tu contra, no le haría eso a Ruhn. Porque lo quería mucho más de lo que te odiaba a ti.

El rostro de Ruhn se desfiguró de dolor.

Ember le gritó al Rey del Otoño:

—*Y luego la dejaste en la calle, como basura* —rio otra vez—. Espero que al final te devuelva el favor, pendejo.

Colgó.

El Rey del Otoño lanzó una jarra de agua que estaba frente a él al otro lado de la habitación, con tanta fuerza que se hizo añicos contra la pared.

La sangre de Hunt le latía por todo el cuerpo al recordar una conversación que habían tenido hacía semanas: él le había confesado que tenía dones que no quería. Bryce había estado de acuerdo, para su sorpresa, pero luego pareció rectificar y empezó a bromear sobre su don de atraer idiotas. Cambió de tema, ocultó la verdad.

Una suave mano femenina aterrizó sobre la de Hunt. La reina Hypaxia. Se le iluminaron los ojos marrones cuando él la volteó a ver sorprendido. Sintió su poder en el cuerpo como una canción de calidez. Era un martillo para todos los muros y obstáculos que estaban colocados frente él. Y sintió que el poder se enfocó en el hechizo del halo que tenía en la frente.

Ella le había preguntado unas semanas antes qué haría si le quitaba el tatuaje. A quién mataría.

Su primer objetivo estaba en esta habitación con ellos-Miró a Sandriel y entonces la barbilla de Hypaxia bajó un poco, como en confirmación.

Bryce seguía en la Puerta. Como si estuviera reuniendo fuerzas. Como si se estuviera preguntando cómo podría hacer esto otras seis veces.

Los demonios de las calles adyacentes vieron la luzastral que seguía brillando en la Puerta de la Vieja Plaza y se mantuvieron alejados. Sí, recordaban al Astrogénito. O conocían los mitos.

Aidas lo sabía. La había observado todos estos años, esperando que ella se revelara.

El poder de Hypaxia fluyó en silencio, imperceptible, en dirección a Hunt.

Sandriel se metió el teléfono al bolsillo. Como si lo hubiera estado usando bajo la mesa.

Ruhn también lo vio. El Príncipe Heredero de las hadas preguntó con voz baja y salvaje:

—¿Qué hiciste?

Sandriel sonrió.

—Me encargué de un problema.

El poder de Hunt estalló en su interior. Seguro le había dicho a los asteri todo lo que había visto. No sólo lo que refulgía en las venas de Bryce, sino también sobre el Cuerno.

Ellos seguro ya estaban actuando con esa información. Rápido. Antes de que cualquier otro pudiera considerar los dones de Bryce. Lo que significaría para la gente del mundo si supieran que una mujer medio humana, heredera del linaje Astrogénito, ahora tenía el Cuerno en su cuerpo, sólo ella podía usarlo...

Se reveló la verdad.

Por eso Danika lo había tatuado en Bryce. *Sólo* el linaje Astrogénito podía usar el Cuerno.

Micah había creído que el sinte y el linaje de Bryce serían suficientes para que él pudiera usar el Cuerno, sin importar la necesidad de tener el verdadero poder Astrogénito. El Cuerno sí había sanado, pero sólo funcionó porque Bryce era la heredera del linaje Astrogénito. Objeto y usuario se habían convertido en uno solo.

Si Bryce lo quería, el Cuerno podía abrir un portal a cualquier mundo, a cualquier reino. Justo como quería hacer Micah. Pero ese tipo de poder, en manos de un medio humano, para colmo, podía poner en peligro la soberanía de los asteri. Y los asteri eliminarían cualquier amenaza contra su autoridad.

En los huesos de Hunt empezó a gestarse un rugido.

Ruhn gritó:

—No *pueden* matarla. Ella es la única que puede cerrar esas putas Puertas.

Sandriel se recargó en su silla.

—No ha hecho el Descenso todavía, príncipe. Así que por supuesto que pueden —agregó—. Y parece que está agotada de todas maneras. Dudo que pueda cerrar la segunda Puerta, ya no digamos seis más.

Hunt enroscó los dedos.

Hypaxia lo miró a los ojos y sonrió con suavidad: una invitación y un desafío. Su magia vibraba en su interior, en su frente.

Sandriel le había informado a los asteri, así que matarían a Bryce.

Su Bryce. La atención de Hunt se concentró en la nuca de Sandriel.

Y se puso de pie cuando la magia de Hypaxia terminó de disolver el halo de su frente.

89

La sala de conferencias tembló.

Ruhn había mantenido distraída a Sandriel, la mantuvo hablando mientras la reina Hypaxia liberaba a Hunt del control del halo. Había sentido el movimiento de su poder en la mesa, vio el halo de Hunt que empezó a brillar y entendió lo que estaba haciendo la bruja con su mano sobre la de Hunt.

No había nada salvo muerte fría en los ojos de Hunt cuando el halo empezó a descarapelarse de su frente. El verdadero rostro del Umbra Mortis.

Sandriel volteó, se dio cuenta demasiado tarde de quién estaba a sus espaldas. Y ya no tenía ninguna marca en la frente. Algo similar al terror cruzó la cara de la arcángel cuando Hunt le enseñó los dientes.

Se acumularon los relámpagos en sus manos. Las paredes crujieron. Empezó a llover escombro del techo.

Sandriel fue demasiado lenta.

Ruhn sabía que Sandriel había firmado su propia sentencia de muerte cuando no regresó con sus triarii. Y había sellado su destino oficialmente cuando reveló que había puesto a Bryce en la línea de fuego de los asteri.

Ni siquiera su poder de arcángel podía protegerla de Athalar. De lo que él sentía por Bryce.

Los relámpagos de Athalar se estrellaban en el piso. Sandriel apenas tuvo tiempo de levantar los brazos para invocar un viento huracanado cuando Hunt ya estaba sobre ella.

Los relámpagos estallaron y toda la habitación crujió.

Ruhn se lanzó bajo la mesa y jaló a Hypaxia con él. Cayeron trozos de roca en la superficie sobre ellos. A su lado, Flynn maldijo y Declan se agachó para proteger su computadora. Una nube de escombros cayó sobre el lugar, ahogándolos. El éter cubrió la lengua de Ruhn.

Los relámpagos se encendieron y recorrieron toda la habitación.

Luego el tiempo se movió y se hizo más lento, empezó a deslizarse lento, muy lento...

—*Carajo* —decía Flynn entre jadeos, cada palabra una eternidad y un instante, el mundo fuera de su eje otra vez, lento y arrastrándose—. *Carajo.*

Luego los relámpagos cesaron. La nube de escombro pulsó y vibró.

El tiempo retomó su paso normal y Ruhn salió de debajo de la mesa. Sabía lo que vería dentro de la nube giratoria y electrizada que tenía capturada la atención de todos. Fury Axtar tenía una pistola apuntada hacia el sitio donde la arcángel y Hunt habían estado. El polvo había convertido su cabello negro en blanco.

Hypaxia ayudó a Ruhn a ponerse de pie. Tenía los ojos muy abiertos mientras buscaba dentro de la nube. La reina bruja sin duda estaba consciente de que Sandriel la mataría por haber liberado a Hunt. Le había apostado a que el Umbra Mortis saldría victorioso de esta batalla.

La nube de polvo se despejó, los rayos empezaron a desvanecerse en el aire lleno de polvo. La bruja había salido bien librada. Vio aparecer el rostro de Hunt salpicado de sangre y las plumas que revoloteaban con un viento fantasma.

Y de su mano, sostenida del cabello, colgaba la cabeza cercenada de Sandriel.

Tenía la boca todavía abierta en un grito y brotaba humo de sus labios. La piel de su cuello estaba tan dañada que Ruhn supo que Hunt le había arrancado la cabeza con sus propias manos.

Hunt levantó la cabeza frente a él muy despacio. Como si fuera uno de los héroes antiguos del mar Rhagan estudiando una criatura muerta. Un monstruo.

Dejó caer la cabeza de la arcángel que chocó contra el piso y rodó hacia un lado, el humo todavía le salía de la boca, de las fosas nasales. El flagelo de sus relámpagos la había quemado desde el interior.

Los ángeles de la habitación se hincaron en una rodilla. Hicieron una reverencia. Inclusive Isaiah Tiberian que tenía los ojos abiertos como platos. Nadie en el planeta tenía ese tipo de poder. Nadie lo había visto completamente liberado en siglos.

Dos gobernadores muertos en un día. Uno a manos de su hermana y otro a manos del... lo que fuera Hunt para su hermana. Por el asombro y miedo en la cara de su padre, Ruhn supo lo que el Rey del Otoño estaba pensando. Estaba considerando si Hunt lo mataría a él, por cómo había tratado a Bryce.

Bryce, su hermana Astrogénita.

Ruhn no sabía qué pensar al respecto. Que ella hubiera pensado que él valoraba esa mierda de El Elegido más que a ella. Y cuando habían peleado, ¿ella había permitido que la relación entre ellos se rompiera con tal de que él no averiguara lo que ella era? Había renunciado al privilegio y el honor y la gloria... por él.

Y todas esas advertencias que le había hecho sobre el Rey del Otoño, de que su padre había matado al último Astrogénito... Ella también vivía con ese miedo.

Hunt le lanzó una sonrisa feroz al Rey del Otoño.

Ruhn sintió una enorme satisfacción al ver a su padre palidecer.

Pero luego Hunt volteó a ver a Fury, que se estaba limpiando los escombros del cabello, y gritó:

—Al carajo con los asteri. Trae tu maldito helicóptero.

Cada decisión, cada orden de Hunt provenía de un lugar que llevaba mucho tiempo silenciado.

Él vibraba con poder, los relámpagos de sus venas rugían y ansiaban salir al mundo, quemar y desgarrar. Él controlaba su poder, le prometió que le permitiría salir sin límites en cuanto llegaran a la ciudad, pero primero tenían que llegar a la ciudad.

Fury temblaba, como si incluso ella hubiera olvidado lo que él era capaz de hacer. Lo que le había hecho a Sandriel con una satisfacción primigenia, se había alojado en un sitio con tanta rabia que lo único que existía eran sus relámpagos, su enemiga y la amenaza que ella representaba para Bryce. Pero Fury dijo:

—El helicóptero está aterrizando en la azotea en este momento.

Hunt asintió y ordenó a los ángeles que quedaban sin voltearlos a ver:

—Nos vamos ahora.

Ninguno de ellos objetó a su mando. A él no le importaba un carajo que hubieran hecho una reverencia, lo que fuera que eso significara. Sólo le importaba que fueran con él a Lunathion lo más rápido posible.

Fury ya estaba en la salida con el teléfono al oído. Hunt caminó tras ella, atravesó la habitación llena de alas en movimiento y pies que marchaban, pero miró por encima de su hombro:

—Danaan, Ketos... ¿vienen?

Los necesitaba.

Ruhn se puso de pie sin hacer preguntas; Tharion esperó a que la hija de la Reina del Río le asintiera antes de levantarse. Amelie Ravenscroft dio un paso al frente, sin hacer caso de la mirada de Sabine, y dijo:

—Yo también voy.

Hunt volvió a asentir.

Flynn estaba ya en movimiento, sin tener que aclarar que iría con su príncipe... para salvar a su princesa. Declan señaló las pantallas.

—Yo seré sus ojos en el campo de batalla.

—Bien —dijo Hunt y se dirigió a la puerta.

El Rey del Otoño y el Premier de los lobos, los únicos Líderes de la Ciudad que quedaban presentes, permanecieron en el salón junto con Sabine. Jesiba e Hypaxia tendrían que encargarse de supervisar. Ninguna de las mujeres siquiera reconocía a la otra pero tampoco había animadversión entre ellas. A Hunt no le importó.

Subió las escaleras en silencio hacia la azotea, sus compañeros iban detrás de él. Estaban a treinta minutos en helicóptero de la ciudad. Tantas cosas podían salir mal antes de que llegaran. Y cuando llegaran... sería una masacre pura.

Las aspas del helicóptero hacían volar el cabello negro de Fury cuando iba cruzando el helipuerto. Flynn venía cerca, miró su transporte y silbó impresionado.

No era un vehículo de lujo. Era un helicóptero militar. Con todo y ametralladoras montadas en cada puerta y una reserva de armas y pistolas en sacos amarrados al piso.

Fury Axtar no había venido a esta reunión esperando que fuera amistosa. Recibió los audífonos que le entregó el piloto que se bajaba de la nave y luego metió su cuerpo delgado a la cabina.

—Yo iré contigo —le dijo Hunt haciendo una señal hacia el helicóptero mientras los ángeles despegaban a su alrededor—. Mis alas todavía no pueden resistir el vuelo.

Ruhn saltó al helicóptero detrás de Flynn y Amelie. Tharion se apropió de la ametralladora de la izquierda. Hunt seguía en la azotea, gritando órdenes a los ángeles que partían. *Establezcan un perímetro alrededor de la ciudad. Equipo de búsqueda: investiguen el portal. Envíen a los sobrevivientes a triaje al menos a siete kilómetros de distancia de los muros de la ciudad.* No se permitió pensar lo fácil que era regresar al papel de comandante.

Luego Hunt se subió al helicóptero y tomó la ametralladora de la derecha. Fury encendió interruptor tras interruptor en el panel de control. Hunt le preguntó con voz ronca:

—¿Sabes lo que sucedió en la azotea con Bryce y Juniper?

Lo había destrozado escuchar a Bryce mencionarlo, que había considerado saltar. Escuchar que había estado tan cerca de perderla incluso antes de conocerla. Ruhn volteó a verlos, su mirada angustiada confirmaba que él se sentía igual.

Fury continuó con la preparación para el vuelo y respondió:

—Bryce fue un fantasma durante mucho tiempo, Hunt. Fingía que no lo era, pero sí —al fin el helicóptero se elevó por los aires—. Tú la trajiste de vuelta a la vida.

90

Bryce estaba recargada contra el cuarzo resplandeciente de la Puerta sin poder levantarse porque el agotamiento la mantenía en su sitio, pero le temblaba todo el cuerpo.

Había funcionado. De alguna manera, había funcionado.

Ella no se permitió sentir asombro, ni temor a las implicaciones cuando su padre y los asteri lo averiguaran. No ahora que no tenía idea de cuánto tiempo brillaría su luzastral en la Puerta. Pero tal vez sería suficiente tiempo para que llegara la ayuda. Tal vez esto había marcado la diferencia.

Tal vez ella había marcado la diferencia.

Cada respiración le ardía en el pecho. Ya no faltaba mucho. Para que llegara la ayuda, para su fin, no lo sabía.

Pero sería pronto. Como fuera que terminara, Bryce sabía que sería pronto.

—Declan dice que Bryce sigue en la Puerta de la Vieja Plaza —reportó Fury por encima de su hombro.

Hunt mantuvo la vista en el horizonte lleno de estrellas. La ciudad era una sombra oscura, interrumpida sólo por un brillo tenue en su centro. La Puerta de la Vieja Plaza. Bryce.

—E Hypaxia dice que Bryce apenas puede moverse —agregó Fury con un dejo de sorpresa en su voz—. Parece que está drenada. No va a poder cerrar la siguiente Puerta sin ayuda.

—¿Pero la luz de la Puerta la está manteniendo a salvo? —gritó Ruhn para que lo escucharan a pesar del viento.

—Hasta que los demonios dejen de temer a la luz de Astrogénito —dijo Fury y transfirió la llamada a las bocinas del helicóptero—. Emmet, el radar está detectando tres máquinas de guerra al oeste. ¿Sabes algo?

Gracias al puto cielo. Alguien más había llegado a ayudar después de todo. Si podían llevar a Bryce a cada Puerta y ella lograba sacar suficiente luz para que fluyera por el Cuerno, lograrían detener la masacre.

Declan tardó un momento en contestar; su voz crujía en las bocinas arriba de Hunt.

—Parecen tanques imperiales.

Su pausa hizo que Hunt sostuviera con más fuerza la ametralladora.

Hypaxia aclaró.

—Es la Guardia Asteriana. Con cañones de misiles de azufre —su voz se hizo más intensa cuando le dijo al Rey del Otoño y al Premier de los lobos—. *Saquen a sus fuerzas de la ciudad.*

A Hunt se le congeló la sangre en las venas.

Los asteri habían enviado a alguien para que se encargara de los demonios. Y de Bryce.

Iban a hacer polvo la ciudad.

Los misiles de azufre no eran bombas ordinarias de químicos y metal. Eran de magia pura, hechos por la Guardia Asteriana: una combinación de sus poderes angelicales de viento y lluvia y fuego en una entidad hiperconcentrada, unida por luzprístina y lanzados con los cañones de los tanques. En donde caían, florecía la destrucción.

Para hacerlos aún más mortíferos, estaban envueltos en hechizos para hacer más lenta la sanación. Incluso para los vanir. El único consuelo para los que estaban del lado receptor de los misiles era que tardaban en hacerse y eso proporcionaba un descanso entre cada ronda de misiles. Un consuelo de tontos.

Fury encendió botones en el tablero.

—Unidades Asterianas, contesten. Uno, dos y tres, habla Fury Axtar. Retrocedan —nadie respondió—. Repito, *retrocedan*. Aborten la misión.

Nada. Declan dijo:

—Son la Guardia Asteriana. No te obedecerán a ti.

La voz del Rey del Otoño se escuchó en las bocinas.

—Nadie de Mando Imperial está respondiendo a nuestras llamadas.

Fury hizo girar el helicóptero y se dirigió hacia el sur. Entonces Hunt los vio. Los tanques negros que se abrían paso en el horizonte, cada uno del tamaño de una casa pequeña. Tenían la insignia imperial pintada en sus flancos. Los tres iban directo a Ciudad Medialuna.

Se detuvieron justo fuera de los límites de la ciudad. Los cañones de metal encima de los tanques se pusieron en posición.

Los misiles de azufre salieron volando de los cañones y pasaron por encima de los muros, con una estela de luz dorada en su camino. Cuando cayó el primero, él rezó que Bryce hubiera dejado la Puerta para buscar refugio.

Bryce se estaba ahogando con el polvo y el escombro, el pecho le subía y bajaba. Intentó moverse y no pudo. Su columna...

No era su columna, era su pierna que había quedado atrapada bajo un montón de concreto y hierro. Había escuchado la explosión un minuto antes y reconoció que la estela dorada en forma de arco era un misil de azufre gracias a que los había visto en la cobertura de los noticieros de las guerras en Pangera, así que había corrido hacia una puerta abierta del edificio de ladrillo donde estaba la sala de conciertos con la esperanza de que tuviera un sótano y, en ese momento, cayó el misil.

Los oídos le rugían, zumbaban. Gritaban.

La Puerta seguía en pie, la seguía protegiendo con su luz. La luz de ella, técnicamente.

El misil de azufre más cercano había caído en el vecindario vecino, por lo visto. Había sido suficiente para destrozar la plaza, para reducir algunos edificios a escombro, pero no fue suficiente para derrumbarla por completo.

Moverse. Tenía que moverse. Las otras Puertas seguían abiertas. Tenía que encontrar cómo llegar a ellas y cerrarlas también.

Tiró de su pierna. Para su sorpresa, las heridas pequeñas ya estaban sanando. Mucho más rápido que antes. Tal vez el Cuerno en su espalda ayudaba a acelerar la sanación.

Se estiró para intentar mover la plancha de concreto y quitársela de encima. No la pudo mover.

Jadeó entre dientes y lo intentó de nuevo. Habían echado misiles de azufre en la ciudad. La Guardia Asteriana había disparado a ciegas por encima de los muros de la ciudad para destruir las Puertas o matar demonios. Pero habían disparado sobre su propia gente, sin importarles a quien destruyeran...

Bryce inhaló profundo para tranquilizarse. No logró hacerlo.

Volvió a intentar y sus uñas se rompieron en el concreto. Pero a menos que se cortara el pie, no podía liberarse.

La Guardia Asteriana estaba recargando sus cañones sobre los tanques. La magia hiperconcentrada brillaba a su alrededor, como si el azufre estuviera intentando liberarse de sus ataduras de luzprístina. Como si estuviera ansiosa por desatar su ruina angelical sobre la ciudad indefensa.

—Van a disparar otra vez —susurró Ruhn.

—El misil de azufre aterrizó sobre todo en Moonwood —les dijo Declan—. Bryce está viva, pero está en problemas. Está atrapada bajo una placa de concreto. Está luchando para liberarse.

Fury gritó al micrófono:

—*ABORTEN LA MISIÓN*.

Nadie respondió. Los cañones volvieron a apuntar hacia el cielo y giraron para dar en blancos diferentes.

Como si supieran que Bryce seguía viva. Seguirían bombardeando la ciudad hasta que ella muriera y matarían todo a su paso. Tal vez tenían la esperanza de que, si destruían las Puertas, los vacíos también desaparecerían.

Una calma helada y brutal descendió sobre Hunt.

Le dijo a Fury:

—Sube más alto. Lo más alto que pueda subir el helicóptero.

Ella supo lo que él pretendía hacer. No podía volar, no con sus alas débiles. Pero no tenía que hacerlo.

—Agárrense de algo —dijo Fury e inclinó el helicóptero con brusquedad. Empezó a subir más y más y más. Todos apretaron los dientes para resistir el peso que intentaba jalarlos de regreso a la tierra.

Hunt se preparó mentalmente, se instaló en ese sitio que lo había visto sobrevivir batallas y años en las mazmorras y la arena de Sandriel.

—Prepárate, Athalar —gritó Fury. Las máquinas de guerra se detuvieron, sus cañones estaban listos.

El helicóptero voló sobre los muros de Lunathion. Hunt se desabrochó el cinturón del asiento de la ametralladora. El Sector de los Huesos era una mancha de niebla debajo cuando cruzaron el Istros.

A Danaan le brillaron los ojos en señal de gratitud. Entendía lo que sólo Hunt podía hacer.

En el horizonte aparecieron la Vieja Plaza y la Puerta resplandeciente en su corazón. La única señal que necesitaba. Hunt no titubeó. No tuvo miedo.

Hunt saltó del helicóptero con las alas muy pegadas al cuerpo. Un boleto sencillo. Su último vuelo.

Muy abajo, sus ojos podían distinguir a Bryce que estaba adoptando la posición fetal, como si eso la fuera a salvar de la muerte que pronto la haría pedazos.

Los misiles de azufre salieron disparados uno tras otro. El más cercano volaba directo a la Vieja Plaza con el brillo dorado de su poder letal. Hunt iba cayendo al suelo pero logró notar que el ángulo del misil estaba mal, que caería a unas diez cuadras de distancia. Pero seguía siendo muy cerca. Bryce seguía estando definitivamente en la zona de la explosión donde todo ese poder angelical comprimido la haría pedazos.

El misil de azufre cayó y toda la ciudad rebotó bajo su impacto maldito. Cuadra tras cuadra se iba destrozando en una ola de muerte.

Con las alas abiertas, en una erupción de relámpagos, Hunt se lanzó sobre Bryce cuando el mundo se desgajó.

91

Debía estar muerta.

Pero sentía cómo se enroscaban sus dedos bajo el escombro. Sentía su aliento que entraba y salía.

El misil de azufre había destrozado la plaza. La ciudad yacía en ruinas ardientes pero la Puerta seguía en pie. Sin embargo, su luz se había apagado. El cuarzo tenía un color blanco gélido. A su alrededor, pequeños incendios iluminaban el daño con relieve centelleante.

Montones de cenizas empezaban a caer como lluvia y se mezclaban con las brasas.

A Bryce le zumbaban los oídos un poco, pero no tanto como después de la primera explosión.

No era posible. Había visto el misil dorado pasar y supo que caería a pocas cuadras de distancia y que la muerte pronto la encontraría. La Puerta debió protegerla de alguna forma.

Bryce se hincó con un gemido. El bombardeo, al menos, había cesado. Sólo quedaban algunos edificios en pie. Los esqueletos de los automóviles ardían a su alrededor. El humo acre subía en una columna que bloqueaba la luz de las estrellas.

Y... y en las sombras, se movían demonios. La bilis le quemó la garganta. Tenía que ponerse de pie. Tenía que moverse antes de que los demonios empezaran a levantarse.

Pero sus piernas no cooperaban. Movió los dedos de los pies dentro de sus zapatos, sólo para confirmar que todavía funcionaran, pero... no podía levantarse del piso. Su cuerpo se negaba a obedecer.

Un poco de ceniza le aterrizó en la rodilla desgarrada de sus mallas.

Las manos le empezaron a temblar. No era ceniza.

Era una pluma gris.

Bryce volteó a ver detrás de ella. Se le puso la mente en blanco. Gritó, surgió de un sitio tan profundo que se preguntó si era el sonido del mundo destruyéndose.

Hunt estaba tirado en el piso, con la espalda ensangrentada y sus piernas...

No le quedaba nada salvo jirones. Nada de su brazo derecho salvo la sangre embarrada en el piso. Y en su espalda, donde estaban sus alas...

Había un enorme agujero sangriento.

Ella se movió por instinto, trepó entre el concreto y el metal y la sangre.

Él la había protegido contra el misil de azufre. De alguna manera se había escapado de Sandriel y había llegado aquí. Para salvarla.

—*Porfavorporfavorporfavorporfavor.*

Lo volteó, buscó alguna señal de vida, de respiración.

Vio que la boca del ángel se movió. Muy ligeramente.

Bryce sollozó y puso la cabeza de Hunt en su regazo

—¡Ayuda! —gritó

No hubo respuesta salvo un aullido sobrenatural en la oscuridad iluminada por el fuego.

—¡Ayuda! —volvió a gritar, pero su voz estaba tan ronca que apenas logró escucharse al otro lado de la plaza.

Randall le había advertido sobre el terrible poder de los misiles de azufre de la Guardia Asteriana. Cómo tenían hechizos entrelazados en la magia angelical condensada que hacían más lenta la sanación en los vanir, lo suficiente para que se desangraran. Para que murieran.

Hunt tenía tanta sangre cubriéndole la cara que ella apenas podía ver la piel debajo. Sólo un ligero movimiento de su garganta le indicaba que seguía vivo.

Y las heridas que deberían estar sanando... estaban chorreando sangre. Tenía arterias cercenadas. Arterias vitales...

—¡*AYUDA!* —gritó.

Pero nadie respondió.

Las explosiones de los misiles de azufre habían derribado el helicóptero.

Lo único que los mantuvo con vida fue la habilidad de Fury, aunque de todas maneras se estrellaron, dieron dos volteretas y terminaron en algún lugar en Moonwood.

Tharion sangraba de la cabeza, Fury tenía una herida en la pierna, Flynn y Amelie tenían huesos rotos y Ruhn... No se detuvo a pensar en sus propias heridas. No al ver la noche que ardía llena de humo y que empezaba a llenarse de gruñidos cada vez más cercanos. Pero los misiles de azufre habían cesado... al menos eso. Rezó pidiendo que la Guardia Asteriana necesitara un buen rato antes de reunir el poder para hacer más misiles.

Ruhn se obligó a moverse por pura fuerza de voluntad.

Dos de los costales con armas se habían soltado de sus ataduras y se habían perdido en el choque. Flynn y Fury empezaron a dividirse las armas y cuchillos restantes, trabajando a toda velocidad mientras Ruhn evaluaba el estado de la metralleta que aún quedaba funcional y que arrancó del piso del helicóptero.

La voz de Hypaxia sonó a través del radio intacto de milagro

—Tenemos cámaras en la Puerta de la Vieja Plaza —dijo.

Ruhn se detuvo un momento, esperando noticias. No se atrevió a sentir esperanza.

Lo último que Ruhn había visto de Athalar era al ángel lanzándose hacia Bryce mientras la Guardia Asteriana disparaba esos misiles brillantes y dorados sobre los muros de la ciudad como un espectáculo mórbido de fuegos artificiales. Luego las explosiones en toda la ciudad habían desgarrado el mundo.

—Athalar murió —anunció Declan con seriedad—. Bryce está viva.

Ruhn ofreció una oración silenciosa para agradecer a Cthona por su compasión. Otra pausa.

—Corrección, Athalar sobrevivió, pero apenas. Sus heridas son... Mierda —pudieron escucharlo tragar saliva—. No creo que sobreviva.

Tharion apoyó un rifle en su hombro y se asomó por la mirilla hacia la oscuridad.

—Hay como una docena de demonios que nos observan desde aquel edificio de ladrillos.

—Seis más por acá —dijo Fury, que también estaba usando la mirilla de su rifle. Amelie Ravenscroft cojeaba mucho y se transformó en lobo con un destello de luz. Enseñó los dientes hacia la oscuridad.

Si no cerraban los portales de las otras Puertas, sólo existían dos opciones: retirada o muerte.

—Se están poniendo curiosos —murmuró Flynn sin apartar la vista de la mirilla de su arma—. ¿Tenemos un plan?

—El río está a nuestras espaldas —dijo Tharion—. Si tenemos suerte, mi gente podría venir a ayudarnos.

La Corte Azul vivía en las profundidades, debían haber escapado a la destrucción de los misiles de azufre. Podían formar un contingente de apoyo.

Pero Bryce y Hunt seguían en la Vieja Plaza. Ruhn dijo:

—Estamos a tres cuadras de la Puerta del Corazón. Iremos al andador junto al río y luego cortaremos tierra adentro en Main —agregó—. Al menos yo haré eso.

Todos asintieron con expresiones serias.

Díle a Ruhn que lo perdono... por todo.

Las palabras hacían eco en la sangre de Ruhn. Tenían que seguirse moviendo aunque los demonios los fueran eliminando uno por uno. Él tenía la esperanza de que llegaran con su hermana a tiempo para encontrar algo que salvar.

Bryce se arrodilló frente a Hunt, ante la vida que se iba derramando a su alrededor. Y en el silencio humeante y acre, empezó a susurrar.

—Creo que esto pasó por algo. Creo que todo pasó por algo —le acarició el cabello ensangrentado con la voz temblorosa—. Creo que todo esto no sucedió en balde.

Miró hacia la Puerta. Colocó a Hunt con cuidado entre los escombros. Volvió a susurrar y se puso de pie:

—Creo que sucedió por una razón. Creo que todo sucedió por algo. Creo que no fue en balde.

Se alejó del cuerpo de Hunt que seguía sangrando. Se abrió camino entre los escombros y el cascajo. La cerca alrededor de la Puerta estaba deformada y separada. Pero el arco de cuarzo seguía en pie, su placa de bronce y las gemas del disco seguían intactas cuando se detuvo frente a ellas.

Bryce susurró de nuevo.

—Creo que esto no sucedió en balde.

Puso la palma de la mano en el disco de bronce.

El metal se sentía caliente bajo los dedos de Bryce, como había estado cuando lo tocó aquel último día con Danika. Su poder le recorrió el cuerpo y succionó la cuota para usarlo: una gota de su magia.

En el pasado las Puertas se habían usado como medios de comunicación, pero la única razón por la cual las palabras podían atravesarlas era que había un poder que las conectaba. Todas estaban sobre líneas ley enlazadas. Una verdadera matriz de energía.

La Puerta no era sólo un prisma. Era un conductor. Y ella tenía el Cuerno en su propia piel. Había demostrado que podía cerrar un portal al Averno.

Bryce susurró hacia el pequeño interfono en el centro del arco de gemas del disco.

—¿Hola?

Nadie respondió. Ella dijo:

—Si alguien me puede escuchar, acérquese a la Puerta. A cualquier Puerta.

Todavía nada. Dijo:

—Mi nombre es Bryce Quinlan. Estoy en la Vieja Plaza. Y... creo que ya averigüé una manera de detener esto. Cómo podemos detener esto.

Silencio. Ninguna de las otras gemas se encendió para indicar la presencia o voz de otra persona en otro distrito que estuviera tocando el disco de su lado.

—Sé que es mal momento —intentó de nuevo—. Sé que las cosas están muy, muy mal y oscuras y... sé que parece imposible. Pero si pueden llegar a otra Puerta, sólo... por favor. Por favor vengan.

Inhaló temblorosa.

—No tienen que hacer nada —dijo—. Lo único que tienen que hacer es poner la mano sobre el disco. Eso es todo lo que necesito, sólo otra persona en la línea —la mano le temblaba y la presionó con más fuerza contra el metal—. La Puerta es un conductor de poder, un pararrayos que alimenta a todas las otras Puertas en la ciudad. Y necesito que alguien esté al otro lado, ligado a mí a través de esa vena —tragó saliva—. Necesito que alguien me Ancle. Para poder hacer el Descenso.

Susurró las palabras al mundo.

La voz rasposa de Bryce se escuchó por encima de los sonidos de los demonios que se reunían a su alrededor.

—La luzprístina que generaré al hacer el Descenso se extenderá de esta Puerta a las otras. Alumbrará *todo* y hará que los demonios huyan. Sanará todo lo que toque. A *todos* los que toque. Y yo... —inhaló profundoe—. Soy un hada Astrogénita y tengo el Cuerno de Luna en mi cuerpo. Con el poder de la luzprístina que genere, puedo cerrar los portales al Averno. Lo hice aquí y lo puedo hacer en las demás puertas. Pero necesito un vínculo y el poder de mi Descenso para hacerlo.

Nadie contestaba. No se movía ninguna vida más allá de las bestias en las sombras más profundas.

—Por favor —suplicó Bryce con la voz entrecortada.

En silencio, rezó para que alguna de esas otras gemas se encendiera, que mostrara que tan sólo una persona, en cualquier distrito, respondía a su plegaria.

Pero sólo se escuchó la nada crujiente.

Estaba sola. Y Hunt estaba muriendo.

Bryce esperó cinco segundos. Diez segundos. Nadie respondió. Nadie llegó.

Se tragó otro sollozo e hizo una inhalación trémula antes de soltar el disco.

Las respiraciones de Hunt se habían espaciado más. Ella regresó con él, con las manos temblorosas. Pero su voz estaba tranquila cuando volvió a poner la cabeza del ángel en su regazo. Le acarició la cara bañada en sangre.

—Todo va a estar bien —dijo—. Ya viene la ayuda en camino, Hunt. Las medibrujas están en camino —cerró los ojos para tratar de contener las lágrimas—. Vamos a estar bien —mintió—. Iremos a casa donde nos está esperando Syrinx. Iremos a casa. Tú y yo. Juntos. Tendremos ese futuro que prometiste. Pero sólo si resistes, Hunt.

La respiración de Hunt empezó a vibrar en su pecho. El estertor previo a la muerte. Ella se inclinó hacia él, inhaló su olor, su fuerza. Y luego lo dijo, las dos palabras que significaban más que cualquier otra cosa. Se las susurró al oído y con ellas le envió todo lo que quedaba de ella.

La verdad final, la que necesitaba que él escuchara.

La respiración de Hunt se hizo más espaciada y superficial. Ya no quedaba mucho tiempo.

Bryce no podía detener las lágrimas que iban cayendo en las mejillas de Hunt y que iban limpiando la sangre a su paso.

—*Préndete* —le murmuró Danika al oído. A su corazón.

—Lo intenté —murmuró de regreso—. Danika, lo intenté.

—*Préndete.*

Bryce lloró.

—No funcionó.

—*Préndete.*

Una urgencia avivó esas palabras. Como si... como si...

Bryce levantó la cabeza. Miró hacia la Puerta. La placa y sus gemas.

Esperó. Contó sus respiraciones. *Una. Dos. Tres.*

Las gemas seguían apagadas. *Cuatro. Cinco. Seis.*

Nada. Bryce tragó saliva con fuerza y volteó a ver a Hunt. Una última vez. Él se iría y luego ella lo seguiría cuando cayera otro misil de azufre o cuando los demonios se animaran a atacarla.

Respiró otra vez. *Siete.*

—Préndete.

Las palabras llenaron la Vieja Plaza. Llenaron todas las plazas de la ciudad.

Bryce volteó a ver la Puerta y volvió a escuchar la voz de Danika.

—Préndete, Bryce.

La piedra de ónix del Sector de los Huesos resplandecía como una estrella oscura.

92

El rostro de Bryce estaba contraído cuando se puso de pie de un salto y corrió hacia la Puerta.

No le importaba cómo era posible que estuviera escuchando a Danika decir de nuevo:

—*Préndete*.

Entonces Bryce empezó a reír y llorar mientras gritaba:

—*¡PRÉNDETE, DANIKA! ¡PRÉNDETE, PRÉNDETE, PRÉNDETE!*

Bryce azotó la palma de su mano en el disco de bronce de la Puerta.

Y alma con alma con la amiga que no había olvidado, la amiga que tampoco la olvidaba a ella, ni en la muerte, Bryce hizo el Descenso.

Un silencio azorado reinó en la sala de conferencias cuando Bryce se lanzó hacia su poder.

Declan Emmet no levantó la vista de las transmisiones que estaba monitoreando, su corazón latía desbocado.

—No es posible —dijo el Rey del Otoño. Declan estuvo de acuerdo.

Sabine Fendyr murmuró:

—Danika tenía todavía una pequeña chispa de energía, según el Rey del Inframundo. Quedaba un poco de ella.

—¿Un alma muerta puede servir de Ancla? —preguntó la reina Hypaxia.

—No —respondió Jesiba como emisaria del Rey del Inframundo, un no rotundo—. No puede.

El silencio recorrió la habitación cuando se dieron cuenta de lo que estaban presenciando. Un Descenso sin Ancla, a solas. Una literal caída libre. Era equivalente a que

Bryce hubiera saltado de un acantilado con la esperanza de aterrizar bien.

Declan apartó la mirada de las transmisiones y estudió la gráfica en una de sus tres computadoras: la que estaba registrando el Descenso de Bryce gracias al sistema eleusiano.

—Está alcanzando su nivel de poder —apenas arriba de cero en la escala.

Hypaxia se asomó por encima del hombro de Dec para ver la gráfica.

—Pero no está frenando.

Declan miró la pantalla con atención.

—Está ganando velocidad —sacudió la cabeza—. Pero... pero ella está clasificada de bajo nivel.

Casi desdeñable, si tenía ganas de ser odioso al respecto.

Hypaxia dijo en voz baja:

—Pero la Puerta no.

Sabine preguntó:

—¿Qué quieres decir?

Hypaxia murmuró

—No creo que esa placa sea un memorial. En la Puerta.

La bruja señaló el símbolo montado en el cuarzo brillante, el bronce que contrastaba con la roca incandescente.

—*«El poder siempre pertenece a quienes sacrifican sus vidas por la ciudad»*.

Bryce cayó aún más en el poder. Más allá de los niveles normales y respetables.

La reina Hypaxia dijo:

—Esa placa es una bendición.

La respiración de Declan se volvió irregular cuando murmuró:

—El poder de las Puertas, el poder que les entrega cada alma que las toca... cada alma que ha entregado una gota de su magia.

Intentó sin éxito calcular cuánta gente, a lo largo de cuántos siglos había tocado las Puertas en esta ciudad. Cuánta había entregado una gota de su poder, como una moneda arrojada a una fuente. Cuánta había pedido un deseo con esa gota de poder entregado.

Gente de todas las Casas. De todas las razas. Millones y millones de gotas de poder que alimentaban este Descenso a solas.

Bryce pasó nivel tras nivel tras nivel. La cara del Rey del Otoño palideció.

Hypaxia dijo:

—Miren las Puertas.

El cuarzo de las puertas de toda la ciudad empezó a brillar. Rojo, luego anaranjado, luego dorado, luego blanco.

La luzprístina brotó de ellas. Unas líneas salieron en todas direcciones.

La luz fluyó por las líneas ley entre las Puertas y las conectó a lo largo de las calles principales. Formaban una estrella perfecta de seis picos.

Las líneas de luz empezaron a extenderse. Daban vueltas alrededor de los muros de la ciudad. Le cortaban el paso a los demonios que ahora intentaban alejarse hacia tierras más allá de sus fronteras.

La luz se unió con luz se unió con luz.

Hasta que la ciudad quedó rodeada. Hasta que cada calle radiaba. Y Bryce seguía haciendo el Descenso.

Era dicha y vida y muerte y dolor y canción y silencio.

Bryce cayó en el poder y el poder en ella y no le importó, no le importó, no le importó porque Danika iba cayendo con ella, Danika iba riendo con ella mientras sus almas se unían.

Ella estaba aquí, estaba aquí, estaba aquí...

Bryce cayó en la luz dorada y la canción del corazón del universo.

Danika gritó de dicha y Bryce lo repitió.

Danika estaba aquí. Era suficiente.

—Está pasando el nivel de Ruhn —exhaló Declan sin creerlo. Que la hermana fiestera de su amigo hubiera sobrepasado al propio príncipe. Que hubiera sobrepasado al puto Ruhn Danaan.

El Rey del Otoño se quedó tan inmóvil como la muerte cuando vio a Bryce pasar más allá del nivel de Ruhn. Esto podría cambiar el orden de las cosas. Una poderosa princesa mitad humana con la luz de una estrella en sus venas... Carajo.

Bryce empezó a frenar al fin. Se estaba acercando al nivel del Rey del Otoño. Declan tragó saliva.

La ciudad estaba bañada en su luz. Los demonios huían y corrían de regreso a sus vacíos. Optaban por enfrentarse a las Puertas brillantes con tal de no quedarse atrapados en Midgard.

La luz se elevó desde las Puertas, siete rayos que se convirtieron en uno en el corazón de la ciudad, sobre la Puerta de la Vieja Plaza. Una carretera de poder. De la voluntad de Bryce.

Los vacíos entre Midgard y el Averno empezaron a estrecharse. Como si la misma luz los repeliera. Como si esa luzprístina pura y libre pudiera sanar el mundo.

Y así fue. Los edificios destrozados por los misiles de azufre volvieron a tomar sus formas. El escombro se reconfiguró en paredes y calles y fuentes. Las personas heridas sanaron.

Bryce frenó más.

Declan apretó los dientes. Los vacíos en las Puertas se iban haciendo más y más pequeños.

Los demonios corrían de regreso al Averno por las puertas que se estrechaban. Más y más partes de la ciudad iban sanando conforme el Cuerno cerraba los portales. Conforme *Bryce* cerraba los portales, con el poder del Cuerno que fluía en ella amplificado por la luzprístina que ella estaba generando.

—Dioses —murmuró alguien.

Los vacíos entre mundos se volvieron ranuras. Luego nada.

Las Puertas se normalizaron. Los portales habían desaparecido.

Bryce se detuvo por fin. Declan estudió el número preciso de poder, sólo un decimal por encima del Rey del Otoño.

Declan rio un poco y deseó que Ruhn estuviera ahí para ver su expresión sorprendida.

El Rey del Otoño tensó el rostro y le gritó a Declan:

—Yo no estaría tan risueño, niño.

Declan se tensó.

—¿Por qué?

El Rey del Otoño siseó:

—Porque esa niña puede haber usado el poder de las Puertas para hacer el Descenso a niveles inesperados, pero no podrá hacer el Ascenso.

Los dedos de Declan se detuvieron sobre las teclas de su laptop.

El Rey del Otoño rio sin alegría. No por malicia, observó Declan, sino algo parecido al dolor. Él no sabía que el maldito podía tener esa emoción.

Bryce cayó a las piedras junto a la Puerta. Declan no necesitaba de los monitores médicos para saber que su corazón se había detenido.

Su cuerpo mortal había muerto.

Un reloj en la computadora que tenía el sistema eleusiano empezó la cuenta regresiva del marcador de los seis minutos. El indicador de cuánto tiempo tenía para hacer la Búsqueda y el Ascenso, para dejar que su cuerpo mortal muriera, para enfrentar lo que había dentro de su alma y correr de regreso a la vida, a su poder completo. Y emerger inmortal.

Si lograba hacer el Ascenso, el sistema eleusiano lo registraría, lo iría siguiendo.

El Rey del Otoño dijo con voz ronca.

—Hizo el Descenso sola. Danika Fendyr está muerta, no es una verdadera Ancla. Bryce no tiene cómo regresar a la vida.

93

Esto, este lugar, era la cuna de toda la vida.

Había un piso físico a sus pies y tenía la sensación de tener todo un mundo encima, lleno de luces distantes y titilantes. Pero esto era el fondo del mar. La fosa oscura que cortaba la piel de la tierra.

No importaba. Nada importaba. No con Danika frente a ella. Abrazándola.

Bryce se apartó lo suficiente para ver su rostro hermoso y angular. El cabello del color del maíz. Era igual, incluyendo los mechones de color amatista, zafiro y rosado. Por alguna razón había olvidado las facciones exactas de la cara de Danika pero... ahí estaban.

Bryce dijo:

—Viniste.

La sonrisa de Danika era suave.

—Pediste ayuda.

—¿Estás... estás viva? Allá, quiero decir.

—No —Danika movió la cabeza—. No, Bryce. Esto, lo que ves... —hizo un gesto hacia ella misma. Los jeans familiares, la camiseta de una banda—. Esto es sólo la chispa que queda. Lo que estaba descansando allá.

—Pero eres tú. Esto eres *tú*.

—Sí —Danika se asomó a la oscuridad que se arremolinaba sobre ellas, el océano entero sobre sus cabezas—. Y no tienes mucho tiempo para hacer el Ascenso, Bryce.

Bryce resopló.

—No voy a hacer el Ascenso.

Danika parpadeó.

—¿Qué quieres decir?

Bryce dio un paso atrás.

—No lo voy a hacer.

Porque aquí era donde se quedaría su alma sin hogar, si fracasaba. Su cuerpo moriría en el mundo de arriba y su alma, que había intercambiado con el Rey del Inframundo, se quedaría en este lugar. Con Danika.

Danika se cruzó de brazos.

—¿Por qué?

Bryce parpadeó varias veces.

—Porque las cosas se pusieron demasiado difíciles. Sin ti. *Es* demasiado difícil sin ti.

—Es una pendejada —le gruñó Danika—. ¿Entonces renunciarás a todo? Bryce, estoy *muerta.* Ya *no* estoy. ¿Y tú cambiarías tu vida entera por este pequeño fragmento de mí que queda? —cerró los ojos de caramelo, decepcionada—. La amiga que conocía no hubiera hecho eso.

La voz de Bryce se quebró y dijo:

—Se suponía que haríamos esto juntas. Se suponía que pasaríamos nuestras vidas juntas.

La expresión de Danika se suavizó.

—Lo sé, B —la tomó de la mano—. Pero las cosas no sucedieron así.

Bryce agachó la cabeza y sintió que se iba a romper en dos.

—Te extraño. Todos los instantes de todos los días.

—Lo sé —repitió Danika y se puso una mano sobre el corazón—. Y lo he sentido. Lo he visto.

—¿Por qué mentiste... sobre el Cuerno?

—No mentí —dijo Danika—. Sólo no te dije.

—Mentiste sobre el tatuaje —la contradijo Bryce.

—Para mantenerte a salvo —dijo Danika—. Para mantener el Cuerno a salvo, sí, pero sobre todo para mantenerte a ti a salvo en caso de que lo peor me sucediera.

—Pues lo peor te sucedió —dijo Bryce y se arrepintió de inmediato al ver la reacción en la mirada de Danika.

Pero Danika dijo:

—Tú intercambiaste tu sitio en el Sector de los Huesos por mí.

Bryce empezó a llorar.

—Era lo menos que podía hacer.

Se formaron lágrimas en los ojos de Danika.

—¿Pensaste que no lo iba a lograr? —le sonrió con ironía y dolor—. Pendeja.

Pero Bryce se sacudía con la fuerza de su llanto.

—No podía... no podía correr ese riesgo.

Danika le acomodó un mechón de pelo a Bryce.

Bryce sorbió la nariz y dijo:

—Maté a Micah por lo que les hizo. A ti. A Lehabah —su corazón se estrujó—. ¿Ella... está en el Sector de los Huesos?

—No lo sé. Y sí, vi lo que sucedió en la galería —Danika no explicó más—. Todos lo vimos.

La palabra se quedó atorada. *Todos.*

A Bryce le temblaron los labios

—¿Connor está contigo?

—Sí. Y el resto de la jauría. Me consiguieron este tiempo con los segadores. Para llegar a la Puerta. Por el momento los están controlando, pero no podrán hacerlo por mucho tiempo, Bryce. No puedo quedarme contigo —movió la cabeza—. Connor hubiera querido hacer esto más que yo —acarició el dorso de la mano de Bryce con el pulgar—. Él no hubiera querido que dejaras de luchar.

Bryce se volvió a limpiar la cara.

—No lo hice. No hasta ahora. Pero ahora estoy... Todo está *jodido*. Y estoy tan *cansada* de sentirme así. Ya no puedo.

Danika preguntó con suavidad.

—¿Y qué hay del ángel?

Bryce levantó la cabeza rápido.

¿Qué hay de él?

Danika le sonrió.

—Si quieres ignorar que tienes una familia que te ama incondicionalmente, bueno, pero de todas maneras te queda el ángel.

Bryce separó su mano de la de Danika.

—¿De verdad me estás tratando de convencer de hacer el Ascenso por un fulano?

—¿Hunt Athalar es sólo un fulano para ti? —la sonrisa de Danika se volvió amable—. ¿Y por qué sientes que menoscaba tu fortaleza admitir que hay alguien, que resulta ser hombre, por quien vale la pena regresar? Me consta que ese alguien te hizo sentir que las cosas estaban *muy lejos* de estar jodidas.

Bryce se cruzó de brazos.

—Y qué.

—Ya sanó, Bryce —dijo Danika—. Lo sanaste con tu luzprístina.

Bryce dejó escapar una exhalación temblorosa . Había hecho todo esto con esa esperanza.

Tragó saliva y vio el suelo que no era la tierra sino la base misma del Yo, del mundo. Murmuró:

—Tengo miedo.

Danika le volvió a tomar la mano.

—Ése es el punto, Bryce. De la *vida*. Vivir, amar, sabiendo que todo puede desaparecer mañana. Eso hace que todo sea mucho más valioso.

Tomó la cara de Bryce entre sus manos y apretó su frente a la de ella.

Bryce cerró los ojos e inhaló el olor de Danika, que de alguna manera seguía presente incluso en esta forma.

—No creo lograrlo. Volver a subir.

Danika se apartó y elevó la mirada, hacia la distancia imposible que había sobre ellas. Luego a la carretera que se extendía delante. La pista. Al final había una caída hacia la oscuridad eterna. Hacia la nada. Pero dijo:

—Sólo inténtalo, Bryce. Un intento. Estaré contigo a cada paso. Aunque no me veas. *Siempre* estaré contigo.

Bryce no quiso fijarse en la pista demasiado corta ni en el océano interminable sobre ellas que la separaba de la vida. Memorizó las líneas de la cara de Danika, como si no hubiera tenido oportunidad de hacerlo antes.

—Te amo, Danika —murmuró.

Danika tragó saliva. Ladeó la cabeza en un movimiento lupino. Como si estuviera escuchando algo.

—Bryce, tienes que apurarte —le tomó la mano y la apretó—. Tienes que decidir ahora.

El reloj de la vida de Bryce indicaba que le quedaban dos minutos.

Su cuerpo muerto estaba en tirado junto a la Puerta que emitía una luz tenue.

Declan se pasó la mano sobre el pecho. No se atrevió a contactar a Ruhn. Todavía no. No lo podía soportar.

—¿No hay manera de ayudarla? —susurró Hypaxia en la habitación silenciosa—. ¿Ninguna manera?

No. Declan había usado los últimos cuatro minutos para buscar en todas las bases de datos públicas y privadas de Midgard para ver si encontraba alguna manera de lograr el milagro. No había encontrado nada.

—Además de no tener Ancla —dijo el Rey del Otoño—, ella usó una fuente de poder artificial para llegar a ese nivel. Su cuerpo no está equipado biológicamente para hacer el Ascenso. Incluso con un Ancla no lograría reunir suficiente impulso para hacer ese primer salto hacia arriba.

Jesiba asintió con seriedad, pero no dijo nada.

Los recuerdos de Declan de su Descenso y su Ascenso eran difusos, lo asustaban. Había bajado más de lo que anticipaba, pero al menos se había quedado dentro de su propio rango. Incluso con Flynn como Ancla, se había sentido aterrado de no lograr regresar.

A pesar de que el sistema registraba una chispa de energía junto a Bryce, Danika Fendyr no era un lazo a la vida, no era un Ancla verdadera. No tenía vida propia. Danika era sólo lo que le había dado a Bryce el valor para intentar hacer el Descenso sola.

El Rey del Otoño continuó:

—Lo he investigado. He pasado siglos buscando. Miles de personas a lo largo de la historia han intentado sobrepasar sus niveles a través de métodos artificiales. Ninguno de ellos ha regresado a la vida.

Quedaba un minuto y los segundos volaban del cronómetro con la cuenta regresiva.

Bryce aún no empezaba el Ascenso. Seguía en la Búsqueda, enfrentando lo que había en su interior. El reloj se habría detenido si hubiera empezado su intento de Ascenso y marcaría su entrada al Interregno, el espacio liminal entre la vida y la muerte. Pero el reloj seguía avanzando. El tiempo se acababa.

Pero no importaba. Bryce moriría, aunque lo intentara.

Quedaban treinta segundos. Los dignatarios que quedaban en la habitación agacharon la cabeza.

Diez segundos. El Rey del Otoño se frotó la cara y luego vio la cuenta regresiva en el reloj. Lo que quedaba de la vida de Bryce.

Cinco. Cuatro. Tres. Dos.

Uno. Los milisegundos corrían hacia el cero. La verdadera muerte.

El reloj se detuvo en 0.003.

Una línea roja salió volando del fondo de la gráfica del sistema eleusiano a lo largo de la pista hacia el olvido.

Declan murmuró:

—Está corriendo.

—¡Más rápido, Bryce! —Danika corría tras ella.

Paso tras paso tras paso, Bryce corría por esa pista mental. Hacia el final que se aproximaba cada vez más.

—*¡Más rápido!* —rugió Danika.

Una oportunidad. Tenía una oportunidad para lograrlo.

Bryce corrió. Corrió y corrió y corrió con los brazos en movimiento y los dientes apretados.

Las probabilidades eran imposibles, apenas una ligerísima posibilidad.

Pero lo intentó. Con Danika a su lado, esta última vez, lo podía intentar.

Había hecho el Descenso sola pero no estaba sola.

Nunca había estado sola. Nunca lo estaría.

No con Danika en su corazón y no con Hunt a su lado.

El final de la pista se acercaba. Tenía que elevarse. Tenía que empezar el Ascenso o caería hacia la nada. Para siempre.

—*¡No te detengas!* —gritó Danika.

Así que Bryce no lo hizo.

Siguió corriendo. Hacia ese punto final y letal.

Usó cada metro de la pista, cada centímetro.

Y luego salió volando hacia arriba.

Declan no podía creer lo que estaba viendo cuando el Rey del Otoño cayó de rodillas. Bryce se elevaba con un impulso de poder.

Salió de los niveles más profundos.

—No es... —exhaló el Rey del Otoño—. No es *posible*. Está *sola*.

Las lágrimas corrían por la cara severa de Sabine y murmuró:

—No, no lo está.

La fuerza que era Danika Fendyr, la fuerza que le había dado a Bryce ese impulso hacia arriba, se desvaneció y desapareció.

Declan sabía que nunca regresaría, ni en este mundo ni en una isla velada por la niebla.

De todas formas, era posible que el cerebro de Bryce hubiera estado demasiado tiempo sin oxígeno, aunque pudiera regresar por completo a la vida. Pero su princesa luchó por cada centímetro que subía y su poder iba cambiando, rastros de todos los que le habían dado algo al entrar: mer, metamorfo, draki, humano, ángel, duendecillo, hada...

—¿Cómo? —preguntó el Rey del Otoño a nadie en particular—. *¿Cómo?*

El Premier antiguo de los lobos contestó con la voz marchita que de todas maneras se escuchó sobre los sonidos de la gráfica.

—Con la fortaleza del poder más potente del mundo. La fuerza más poderosa en cualquier reino —señaló la pantalla—. Lo que otorga lealtad más allá de la muerte, lo que no se apaga con el paso de los años. Lo que permanece inmutable ante la desesperanza.

El Rey del Otoño volteó a ver al antiguo Premier y movió la cabeza. Seguía sin entender.

Bryce estaba en el nivel de las brujas ordinarias. Pero seguía muy lejos de la vida.

Un movimiento capturó la atención de Declan y volteó hacia la transmisión de la Vieja Plaza.

Envuelto en relámpagos, sano y entero, Hunt Athalar estaba arrodillado frente al cuerpo muerto de Bryce. Presionaba su torso con las manos, compresiones cardiacas.

Hunt le gritó a Bryce entre dientes y sobre él estalló un relámpago.

—Escuché lo que dijiste —sus fuertes brazos *empujaron, empujaron, empujaron*—. Lo que esperaste a admitir hasta que estaba casi *muerto*, pinche cobarde —sus relámpagos entraron en ella e hicieron que su cuerpo se arqueara del piso con el intento de reanimar su corazón. Le gruñó al oído—: *Ahora ven a decírmelo a la cara.*

Sabine susurró una frase en la habitación, al Rey del Otoño, y Declan se animó al escucharla.

Era la respuesta a las palabras del Premier. A la pregunta del Rey del Otoño sobre cómo, contra todas las estadísticas que aparecían en la computadora de Declan, estaban siendo testigos de Hunt Athalar que luchaba para mantener el corazón de Bryce Quinlan latiendo.

Con amor, todo es posible.

94

Ella era el mar y el cielo y la roca y la sangre y las alas y la tierra y las estrellas y la oscuridad y la luz y el hueso y la flama.

Danika se había ido. Había entregado lo que quedaba de su alma, su poder, para que Bryce se elevara de la pista y para ese Ascenso inicial rápido.

Danika le había susurrado «*Te amo*» antes de soltarle la mano a Bryce y desaparecer en la nada.

Y eso no había destrozado a Bryce, despedirse por última vez.

El rugido que emitió no fue de dolor. Fue de desafío.

Bryce subió más alto. Podía sentir la superficie cerca. El velo delgado entre este lugar y la vida. Su poder se movía, cambiando entre formas y dones. Siguió subiendo con el impulso de una cola poderosa. Giró y se elevó con el poder de unas grandes alas. Era todas las cosas, pero era ella.

Y entonces la escuchó. Su voz. Su desafío en respuesta a su llamado.

Ahí estaba. Esperándola.

Luchando por mantener su corazón palpitando. Ella estaba muy cerca del velo, alcanzaba a verlo.

Desde antes de que llegara a yacer muerta frente a él, él ya estaba luchando por mantener su corazón latiendo.

Bryce sonrió, en ese sitio en medio, y al fin se lanzó hacia Hunt.

—*Vamos* —gruñó Hunt y continuó con las compresiones, contando las respiraciones de Bryce hasta poder volver a darle una descarga eléctrica con sus relámpagos.

No sabía cuánto tiempo tenía de haber caído, pero estaba muerta cuando él despertó, sano y entero, en una ciudad reparada. Como si ninguna bomba mágica, ningún demonio, la hubieran dañado jamás.

Vio la Puerta brillante, la luz encendida, la *luzprístina*, y supo que sólo alguien que hubiera hecho el Descenso podría generar ese tipo de poder. Y cuando vio su cuerpo sin vida frente a la Puerta, supo que ella había encontrado una manera de hacer el Descenso, para liberar esa luzprístina sanadora, para usar el Cuerno para sellar los portales al Averno en las otras Puertas.

Así que actuó por instinto. Hizo lo único que pudo pensar en hacer.

Él la había salvado y ella lo había salvado a él y él...

Su poder la sintió llegar un momento después. La reconoció, como si se viera en un espejo.

Cómo podía traer tanto poder, cómo podía hacer el Ascenso sola... no importaba. Él había Caído y había sobrevivido, había pasado por todas las pruebas y tortura y horror, todo por este momento. Para poder estar aquí.

Todo había sido por ella. Por Bryce.

Su poder se acercaba más y más. Hunt se preparó y le envió otra descarga al corazón. Ella volvió a arquearse en el piso, el cuerpo sin vida.

—Vamos —repitió él y volvió a bombear con las manos en su pecho—. Te estoy esperando.

Había estado esperándola desde el momento en que nació.

Y como si ella lo hubiera escuchado, Bryce volvió a la vida.

Estaba tibia, estaba a salvo y estaba en casa.

Había luz a su alrededor, que salía de ella, de su corazón.

Bryce se dio cuenta de que estaba respirando. Y que su corazón latía.

Ambas cosas eran secundarias. Serían siempre secundarias junto a Hunt.

Alcanzó a registrar que estaban arrodillados en la Vieja Plaza. Las alas grises de Hunt brillaban como brasas y los envolvían a ambos mientras la abrazaba con fuerza. Y dentro de ese muro de alas suaves como terciopelo, como un sol contenido dentro de un capullo, Bryce resplandecía.

Levantó la cabeza despacio, se apartó apenas lo necesario para ver su cara.

Hunt ya la estaba viendo y sus alas se abrieron como pétalos al amanecer. No tenía tatuajes en la frente. El halo ya no estaba.

Ella recorrió la piel suave con dedos temblorosos. Hunt le limpió las lágrimas en silencio.

Ella le sonrió. Le sonrió con la ligereza de su corazón, de su alma. Hunt le sostuvo la mandíbula y la cara. La ternura en sus ojos despejó cualquier duda que pudiera quedarle.

Ella le puso la palma de la mano sobre el corazón que le latía con fuerza.

—¿Acabas de llamarme pinche cobarde?

Hunt inclinó la cabeza hacia las estrellas y rio.

—¿Y qué si lo hice?

Ella acercó su cara a la de él.

—Qué mal que toda esa luzprístina sanadora no logró convertirte en una persona decente.

—¿Eso qué tendría de divertido, Quinlan?

Ella sintió que los dedos de los pies se le enroscaban al escucharlo pronunciar su nombre.

—Supongo que tengo que...

Se abrió una puerta cerca en la calle. Luego otra y otra. Y la gente de Ciudad Medialuna empezó a salir dando traspiés, llorando con alivio o en azoro silencioso. Se quedaron con la boca abierta ante lo que veían. Al ver a Bryce y Hunt.

Ella lo soltó y se puso de pie. Su poder era un pozo extraño y vasto debajo de ella. Y no le pertenecía sólo a ella, sino a todos.

Levantó la vista para ver Hunt, que ahora la veía como si no pudiera creer a sus ojos. Ella lo tomó de la mano. Entrelazó sus dedos.

Y juntos, dieron un paso al frente para saludar al mundo.

95

Syrinx estaba sentado en la puerta abierta de su departamento, llorando de preocupación, cuando Bryce y Hunt salieron del elevador.

Bryce miró el pasillo vacío, a la quimera.

—Yo dejé esa puerta cerrada... —empezó a decir y Hunt rio, pero Syrinx ya había salido corriendo hacia ella.

—Luego te explicaré sus *dones* —murmuró Hunt mientras Bryce llevaba al histérico de Syrinx al departamento y luego se arrodilló frente a la bestia para abrazarla.

Ella y Hunt estuvieron dos minutos en la Vieja Plaza antes de que empezara el llanto, los lamentos de la gente que salió de sus refugios para descubrir que había sido demasiado tarde para sus seres amados.

El Cuerno tatuado en su espalda había hecho bien su trabajo. No quedaba ningún vacío en las Puertas. Y su luzprístina, a través de esas Puertas, había podido sanar todo: gente, edificios, el mundo en sí.

Pero no pudo hacer lo imposible. No pudo revivir a los muertos.

Y había muchos, muchos cuerpos en las calles. Muchos estaban hechos pedazos.

Bryce abrazó a Syrinx con fuerza.

—Está bien —le susurró y le permitió lamerle la cara.

Pero no estaba bien. Ni de cerca. Lo que había sucedido, lo que había hecho y revelado, el Cuerno en su cuerpo, toda esa gente muerta, Lehabah muerta y ver a Danika, Danika, Danika...

Sus palabras sin aliento se convirtieron en jadeos y luego en sollozos y temblores. Hunt, a su lado como si hubiera estado esperando esto, sólo tomó a ella y a Syrinx entre sus brazos.

Hunt la llevó a su recámara y se sentó en el borde del colchón, abrazándolos a ambos. Syrinx se separó de los brazos de Bryce para lamer la cara de Hunt también.

La mano del ángel se deslizó hacia su pelo y lo envolvió entre sus dedos. Bryce se recargó en él para absorber esa fuerza, ese olor familiar, maravillada de haber llegado a este punto siquiera, de haberlo logrado de alguna manera.

Miró su muñeca. No tenía señal del halo en la frente, pero todavía tenía el tatuaje de esclavo.

Hunt notó el cambio en su atención. Dijo en voz baja:

—Maté a Sandriel.

Sus ojos estaban tan serenos, despejados. Fijos en los de ella.

—Yo maté a Micah —dijo ella.

—Lo sé —sonrió—. Recuérdame no hacerte enojar nunca.

—No es gracioso.

—Ah, sé que no —sus dedos le recorrieron el cabello con suavidad y dulzura—. Apenas pude soportar verlo.

Ella apenas podía soportar recordarlo.

—¿Cómo lograste matarla? ¿Cómo te deshiciste del tatuaje?

—Es una historia larga —dijo—. Preferiría que me dieras los detalles de la tuya.

—Tú primero.

—De ninguna manera. Quiero saber cómo ocultaste el hecho de que tienes una estrella en tu interior.

Miró hacia su pecho entonces, como si pudiera alcanzar a distinguirla brillando bajo su piel. Pero cuando sus cejas se movieron hacia arriba, Bryce siguió su mirada.

—Bueno —dijo ella con un suspiro—, eso es nuevo.

Y en efecto, bajo el cuello en V de su camiseta se veía una mancha blanca, una estrella de ocho picos que formaba una cicatriz en el espacio entre sus senos.

Hunt rio

—Me gusta.

A una parte de ella también le gustaba. Pero dijo:

—Sabes que es sólo luz de Astrogénito, no es un poder verdadero.

—Sí, excepto que también tienes eso —la pellizcó un poco—. Una buena cantidad por lo que puedo percibir. Y el puto Cuerno... —le recorrió la espalda con la mano para enfatizar sus palabras.

Ella puso los ojos en blanco.

—Como sea.

Pero la cara de Hunt se volvió seria.

—Vas a tener que aprender a controlarlo.

—¿Acabamos de salvar la ciudad y ya me estás diciendo que me tengo que poner a trabajar?

Él rio.

—La fuerza de la costumbre, Bryce.

Sus ojos volvieron a encontrarse y ella miró su boca, tan cerca de la de ella, tan perfecta. Y sus ojos que ahora la veían con intensidad.

Todo había sucedido por algo. Lo creía. Por esto... por él.

Y aunque el camino que le había tocado estaba muy jodido y la había llevado por pasillos sin luz repletos de pesar y desesperanza... Aquí, frente a ella, estaba la luz. La verdadera luz. Hacia lo que había corrido durante el Ascenso.

Y quería que esa luz la besara. Ahora.

Quería besarlo y decirle a Syrinx que fuera a esperar a su jaula un rato.

Los ojos oscuros de Hunt se volvieron casi animales. Como si pudiera leer esos pensamientos en su cara, en su olor.

—Tenemos un pendiente, Quinlan —dijo él con voz áspera. Miró a Syrinx y la quimera se bajó de la cama y salió al pasillo moviendo la cola de león como diciendo *Ya era hora*.

Cuando Bryce volvió a ver a Hunt, notó que él le estaba viendo los labios. Y se hizo muy consciente del hecho de estar sentada sobre su regazo. En su cama. Por la dureza que empezaba a presionarse contra su trasero, supo que él también se estaba dando cuenta.

Pero siguieron sin decir nada y se miraron a los ojos.

Así que Bryce se movió un poco sobre su erección y el reaccionó. Ella rio.

—Te lanzo una mirada provocadora y tú ya estás... ¿cómo me dijiste hace unas semanas? ¿Excitado?

Una de las manos de Hunt le recorrió la espalda otra vez, cada centímetro de su roce iba cargado de intención.

—Llevo excitado por ti desde hace mucho tiempo.

La mano se detuvo en su cintura y empezó a acariciarla lenta y tortuosamente en las costillas con el pulgar. Con cada caricia, el dolor entre sus piernas aumentaba.

Hunt sonrió despacio, como si estuviera muy consciente de ello. Luego se acercó y le presionó un beso en la parte de abajo de la mandíbula. Le dijo hacia la piel ruborizada:

—¿Estás lista para hacer esto?

—Dioses, sí —exhaló ella. Y cuando la besó justo debajo de la oreja y la hizo arquear la espalda un poco, agregó—: Recuerdo que me prometiste cogerme hasta que no pudiera recordar mi nombre.

Él movió su cadera y presionó su pene hacia ella, quemándola a pesar de la ropa que todavía estaba entre ellos.

—Si eso es lo que quieres, corazón, eso es lo que te daré.

Oh dioses. Ella no lograba respirar bien. No podía pensar más allá de esa boca que le recorría el cuello y esas manos y ese enorme y hermoso pene que se clavaba en ella. Tenía que tenerlo dentro de ella. En este momento. Necesitaba sentirlo, necesitaba sentir su calor y su fuerza a su alrededor. En su interior.

Bryce se movió para montarse en su regazo y se alineó con su cuerpo. Se alineó con él por completo y se sintió satisfecha de que la respiración de Hunt estuviera tan acelerada como la de ella. Él tenía las manos en su cintura y sus pulgares seguían acariciando, acariciando, acariciando como si él fuera un motor listo para empezar a moverse en cuanto ella le diera la orden.

Bryce se acercó y le rozó los labios con su boca. Una vez. Dos.

Hunt empezó a temblar con la fuerza de su control mientras le permitió explorar su boca.

Pero ella se apartó y vio su mirada nublada y ardiente. Las palabras que quería decir se le atoraban en la garganta, así que esperó que él las entendiera cuando le besó la frente ya limpia. Trazó una línea de besos suaves y rápidos en cada centímetro donde había estado el tatuaje.

Hunt movió una mano temblorosa de su cintura y la puso sobre su corazón desbocado.

Ella tragó saliva, sorprendida de sentir que le picaban los ojos. Sorprendida de ver un rayo de esperanza en los de él también. Lo habían logrado; estaban aquí. Juntos.

Hunt se acercó y puso su boca sobre la de ella. Ella se acercó también, pasó los brazos alrededor de su cuello y enterró los dedos en su cabello grueso y sedoso.

Un timbre agudo llenó el departamento.

Podía ignorarlo, podía ignorar el mundo...

Llamada de... Casa.

Bryce se apartó, jadeando con fuerza.

—¿Vas a contestar? —preguntó Hunt con voz gutural.

Sí. No. Tal vez.

Llamada de... Casa.

—Seguirá llamando hasta que conteste —murmuró Bryce.

Sintió las extremidades entumecidas al levantarse del regazo de Hunt. Los dedos de él se quedaron sobre su espalda cuando se puso de pie. Ella intentó no pensar en la promesa de ese roce, como si estuviera tan renuente a dejarla ir como ella estaba de irse.

Corrió a la estancia y tomó el teléfono antes de que se fuera a buzón de voz.

—¿Bryce? —su mamá estaba llorando. Fue suficiente para sentir como si le hubiera caído un balde de agua helada sobre la excitación restante—. ¿Bryce?

Ella exhaló, regresó a la habitación y miró a Hunt con expresión de disculpa, pero él le restó importancia y se dejó caer en la cama con un crujido de sus alas.

—Hola, mamá.

Los sollozos de su mamá amenazaban con hacerla empezar a llorar otra vez, así que se mantuvo en movimiento y se dirigió al baño. Estaba muy sucia... sus zapatos rosados eran casi negros, sus pantalones estaban rasgados y ensangrentados, su camisa arruinada. Al parecer la luzprístina sólo había arreglado algunas cosas.

—¿Estás bien? ¿Estás a salvo?

—Estoy bien —dijo Bryce y abrió la regadera. La dejó fría. Se quitó la ropa—. Estoy bien.

—¿Qué es el agua que oigo?

—Mi regadera.

—¿Salvas una ciudad y haces el Descenso y ni siquiera me puedes dedicar toda tu atención?

Bryce rio y puso el teléfono en altavoz sobre el lavabo.

—¿Cuánto sabes? —preguntó y luego se quejó al entrar al chorro de agua helada. Pero le terminó de quitar el calor que quedaba entre sus piernas y el deseo que le nublaba la mente.

—Tu padre biológico le pidió a Declan Emmet que me llamara para contármelo todo. Creo que el bastardo al fin se dio cuenta de que me debía al menos eso.

Bryce abrió al fin el agua caliente y se lavó el pelo.

—¿Qué tan encabronado está?

—Furioso, estoy segura —agregó—. Las noticias acaban de hablar sobre quién... quién es tu padre —Bryce casi podía escuchar a su madre apretar los dientes—. Saben exactamente el poder que tienes. Tanto como él, Bryce. *Más* que él. Eso es mucho.

Bryce intentó no tambalearse al enterarse de... dónde había terminado su poder. Guardó esa información para después. Se enjuagó el cabello y buscó el acondicionador.

—Lo sé.

—¿Qué harás?

—Abrir una cadena de restaurantes con temática de playa.

—Era mucho pedir que alcanzar tanto poder te diera dignidad.

Bryce le sacó la lengua, aunque su madre no podía verla y se puso acondicionador en la palma de la mano.

—Mira, ¿podemos dejar esta discusión de *gran poder, grandes responsabilidades* para mañana?

—Sí, excepto que *mañana* en tu vocabulario significa *nunca* —su madre suspiró—. Tú cerraste los portales, Bryce. Y ni siquiera puedo hablar sobre lo que Danika hizo por ti sin... —se le quebró la voz—. Podemos hablar de eso *mañana* también.

Bryce se enjuagó el acondicionador. Y se dio cuenta de que su madre no sabía... sobre Micah. Lo que le había hecho. Ni lo que Micah le había hecho a Danika.

Ember continuó hablando y Bryce continuó escuchando mientras el temor crecía dentro de ella como una enredadera, le subía por la venas, se le enroscaba en los huesos y los apretaba.

Hunt también se dio una ducha helada y rápida y se puso ropa diferente. Sonrió al escuchar que Bryce terminaba de bañarse y seguía hablando con su mamá.

—Sí, Hunt está aquí —sus palabras flotaban por el pasillo, a través de la estancia y hacia su propia recámara—. No, mamá. Y no, él tampoco —se escuchó que cerraba un cajón de un golpe—. *Eso* no es de tu incumbencia y por favor nunca me vuelvas a preguntar algo así.

Hunt tenía una idea de lo que Ember le había preguntado a su hija. Y él había estado a punto de hacer justo eso con Bryce cuando ella llamó.

A él no le importó que toda la ciudad los estuviera viendo: quiso besarla cuando la luz de su poder se apagó, cuando él bajó las alas y la vio entre sus brazos, mirándolo como si él valiera algo. Como si él fuera todo lo que ella necesitaba. Fin de la historia.

Nadie lo había visto así jamás.

Y cuando regresaron aquí, él la había tenido sobre su regazo, sobre su cama, y había visto cómo se sonrojaban sus mejillas cuando vio su boca, había estado listo para cruzar ese puente final con ella. Pasar todo el día y la noche haciendo eso.

Considerando cómo lo había sanado su luzprístina, él consideraría que estaba listo para el sexo. Lo necesitaba, la necesitaba.

Bryce gimió.

—Eres una pervertida, mamá. ¿Lo sabías? —gruñó—. Bueno, si estás tan interesada, ¿por qué me *llamaste*? ¿No se te ocurrió que podría estar *ocupada*?

Hunt sonrió y empezó a recuperar su erección al escuchar su tono. Podía escucharla ser sarcástica todo el puto día. Se preguntó cuánto de eso aparecería cuando la tuviera desnuda otra vez. Cuando la tuviera gimiendo.

Esa primera vez, ella había tenido un orgasmo en su mano. Esta vez... esta vez él tenía *planes* sobre todas las maneras en que haría que ella hiciera ese sonido hermoso y sin aliento al tener un orgasmo.

Dejó a Bryce lidiando con su mamá e intentó convencer a su pene de que se tranquilizara. Hunt tomó un teléfono desechable del cajón de su ropa interior y le marcó a Isaiah, uno de los pocos números que tenía memorizados.

—Gracias a los putos dioses —dijo Isaiah cuando escuchó la voz de Hunt.

Hunt sonrió ante el alivio poco característico del ángel.

—¿Qué está pasando por allá?

—¿Por acá? —Isaiah ladró una risotada—. ¿Qué carajos está pasando por *allá*?

Demasiado para ponerlo en palabras.

—¿Estás en el Comitium?

—Sí, y es un maldito manicomio. Acabo de darme cuenta de que ahora *yo* estoy al mando.

Con Micah convertido en cenizas en una aspiradora y Sandriel en un estado no mucho mejor, Isaiah, el Comandante de la 33a de Micah, en efecto, estaba al mando.

—Felicidades por el ascenso, amigo.

—Ascenso mis huevos. Yo no soy arcángel. Y estos pendejos lo saben —dijo. Entonces, Isaiah le gritó a alguien que le hablaba al fondo—: *¡Pues llama a puto mantenimiento para que lo limpien!*

Luego suspiró.

Hunt preguntó:

—¿Qué sucedió con los idiotas asterianos que dispararon los misiles de azufre sobre los muros?

Estaba considerando volar hacia allá y dar rienda suelta a sus relámpagos sobre esos tanques.

—Se fueron. Ya siguieron su camino.

El tono oscuro de Isaiah le comunicó a Hunt que él también estaría dispuesto a una venganza a la antigua.

Hunt preguntó, intentando prepararse para la respuesta:

—¿Naomi?

—Viva.

Hunt elevó una oración silenciosa de agradecimiento a Cthona por esa bendición. Luego Isaiah dijo:

—Mira, sé que estás agotado pero, ¿puedes venir? Me vendría bien tu ayuda para arreglar todo esto. Todas estas luchas por el poder terminarán muy rápido si nos ven a ambos al mando.

Hunt intentó no molestarse. Que Bryce y él se desnudaran, por lo visto, tendría que esperar.

Porque el tatuaje de esclavo en su muñeca significaba que todavía tenía que obedecer a la República, todavía le pertenecía a alguien aparte de a sí mismo. La lista de posibilidades no era buena. Tendría suerte si podía quedarse en Lunathion, como la posesión de quien ocupara el cargo de Micah, y tal vez podría ver a Bryce de vez en cuando. Eso si siquiera le permitían salir del Comitium.

Carajo, eso si siquiera le permitían *vivir* después de lo que le había hecho a Sandriel.

Le empezaron a temblar las manos. Todo resto de excitación desapareció.

Pero se puso una camisa. Encontraría la manera de sobrevivir, alguna manera de regresar a esta vida con Quinlan que apenas había empezado a saborear. Incapaz de resistirse, miró su muñeca.

Parpadeó una vez. Dos.

Bryce estaba despidiéndose de su madre depravada cuando el teléfono le avisó que tenía otra llamada. Era de un número desconocido, lo cual significaba que tal vez era Jesiba, así que Bryce le prometió a Ember que hablarían al día siguiente y cambió de línea.

—Hola.

Una voz masculina y joven preguntó:

—¿Así es como saludas a todos los que te llaman, Bryce Quinlan?

Ella conocía esa voz. Conocía ese cuerpo delgado de adolescente a la que pertenecía, el cascarón que contenía un antiguo gigante. Un asteri. Ella había visto y escuchado esa voz en la televisión tantas veces que había perdido la cuenta.

—Hola, Su Brillantez —susurró.

96

Rigelus, la Mano Brillante de los asteri, le había hablado a su casa. A Bryce le temblaban tanto las manos que casi no podía mantener el teléfono junto a su oreja.

—Vimos tus acciones del día de hoy y queremos extenderte nuestra gratitud —dijo la voz rítmica.

Ella tragó saliva y se preguntó si el más poderoso de los asteri de alguna manera sabía que estaba envuelta en una toalla y que su cabello goteaba en la alfombra.

—¿De... nada?

Rigelus rio suavemente.

—Has tenido un día muy intenso, señorita Quinlan.

—Sí, Su Brillantez.

—Fue un día lleno de muchas sorpresas, para todos.

Sabemos lo que eres, lo que hiciste.

Bryce obligó a sus piernas a moverse, a dirigirse a la estancia. Donde Hunt estaba parado en la puerta de su recámara, pálido. Sus brazos colgaban a sus costados.

—Para mostrarte la profundidad de nuestra gratitud, quisiéramos hacerte un favor.

Ella se preguntó si los misiles de azufre también habían sido un *favor*. Pero dijo:

—No es necesario...

—Ya está hecho. Confiamos en que te resulte satisfactorio.

Ella sabía que Hunt podía escuchar la voz en el teléfono cuando se acercó.

Pero él le mostró la muñeca. Su muñeca tatuada con una C sobre la marca del esclavo.

Liberado.

—Yo... —Bryce tomó la muñeca de Hunt y luego miró su cara. Pero no vio dicha ahí, no cuando escuchó la voz en la línea y entendió quién le había dado su libertad.

—También confiamos en que este favor sirva como un recordatorio para ti y para Hunt Athalar. Es nuestra voluntad que permanezcan en la ciudad y vivan sus vidas en paz y tranquilidad. Que usen el don de sus ancestros para ser felices. Y que no uses el otro don que tienes tatuado en tu cuerpo.

Usa tu luz sólo como truco curioso y nunca, jamás, uses el Cuerno.

Tal vez era la idiota más grande de Midgard, pero preguntó:

—¿Qué hay de Micah y Sandriel?

—El gobernador Micah actuó por su cuenta y amenazó con destruir ciudadanos inocentes de este imperio con su estrategia arbitraria contra el conflicto rebelde. La gobernadora Sandriel se ganó su merecido por haber sido tan laxa con el control sobre sus esclavos.

La mirada de Hunt reflejaba su miedo. También en la de ella, estaba segura. Nada era nunca así de sencillo, así de simple. Tenía que haber alguna trampa.

—Hay, por supuesto, asuntos sensibles, señorita Quinlan. Asuntos que, de hacerse públicos, resultarían en muchos problemas para todos los involucrados.

Para ti. Te destruiremos.

—A todos los testigos de ambos acontecimientos se les han notificado las posibles consecuencias —dijo Rigelus.

—Está bien —susurró Bryce.

—Y sobre la desafortunada destrucción de Lunathion, aceptamos toda la responsabilidad. Sandriel nos informó que la ciudad había sido evacuada y enviamos a la Guardia Asteriana para eliminar la infestación de demonios. Los misiles de azufre fueron el último recurso con la intención de salvarnos a todos. Fue increíblemente afortunado que tú encontraras una solución.

Mentiroso. Antiguo y horrendo mentiroso. Había encontrado el chivo expiatorio perfecto: un muerto. La rabia que cruzó la cara de Hunt le dijo que él también compartía su opinión.

—Tuve mucha suerte —logró decir Bryce.

—Sí, tal vez por el poder en tus venas. Un don así puede tener consecuencias tremendas si no se maneja con sabiduría —una pausa, como si estuviera sonriendo—. Confío en que aprenderás a manejar tanto tu fuerza inesperada como la luz dentro de ti con... discreción.

No te salgas de tu carril.

—Lo haré —murmuró Bryce.

—Bien —dijo Rigelus—. ¿Piensas que sea necesario que me ponga en contacto con tu madre, Ember Quinlan, para pedirle también su discreción?

La amenaza centelleó como un cuchillo. Un paso fuera de la línea y ya sabían dónde atacar primero. Las manos de Hunt formaron puños.

—No —dijo Bryce—. No sabe sobre los gobernadores.

—Y nunca lo sabrá. Nadie más lo sabrá jamás, Bryce Quinlan.

Bryce tragó saliva.

—Sí.

Una risa suave.

—Entonces tú y Hunt Athalar tienen nuestra bendición.

La llamada se cortó. Bryce se quedó viendo el teléfono como si fueran a brotarle alas y fuera a salir volando por el departamento.

Hunt se dejó caer en el sillón y se frotó la cara.

—Vivan con discreción y normalidad, mantengan la boca cerrada, nunca usen el Cuerno y no los pinche mataremos a ustedes y a todos sus seres amados.

Bryce se sentó en el brazo del sillón.

—Matas a unos cuantos enemigos, ganas el doble a cambio —gruñó Hunt.

Ella ladeó la cabeza:

—¿Por qué tienes puestas las botas?

—Isaiah me necesita en el Comitium. Está hasta el cuello con ángeles que quieren desafiar su autoridad y necesita apoyo —arqueó la ceja—. ¿Quieres venir a jugar Malvado Matón conmigo?

A pesar de todo, a pesar de que los asteri estaban observando y todo lo que había ocurrido, Bryce sonrió.

—Tengo el atuendo perfecto.

Bryce y Hunt dieron dos pasos en la azotea antes de que ella percibiera el olor familiar. Se asomó por el borde del edificio y vio quién iba corriendo por la calle. Miró a Hunt y él la tomó en sus brazos y la bajó hacia la acera. Tal vez ella inhaló su aroma profundo y su nariz rozó la fuerte columna de su cuello.

La caricia de Hunt en su espalda un momento antes de dejarla sobre el piso le comunicó que él había sentido cuando ella lo olió. Pero entonces Bryce ya estaba parada frente a Ruhn. Frente a Fury y a Tristan Flynn.

Fury apenas le dio un instante antes de saltar sobre ella y abrazarla con tanta fuerza que le crujieron los huesos.

—Eres una idiota con mucha suerte —dijo Fury riendo suavemente—. Y una perra inteligente.

Bryce sonrió y su risa se le atoró en la garganta cuando Fury se apartó. Pero le llegó una idea a la cabeza y buscó su teléfono... ah, cierto, se había quedado en algún lugar de esta ciudad.

—Juniper...

—Está a salvo. Voy a ir con ella ahora —Fury le apretó la mano y le asintió a Hunt—. Bien hecho, ángel.

Y con eso, su amiga salió corriendo y se perdió en la noche.

Bryce volteó a ver a Ruhn y Flynn. El último sólo la podía ver con la boca abierta. Pero Bryce miró a su hermano, inmóvil y silencioso. Tenía la ropa tan desgarrada que ella pudo deducir el mal estado en el que estaba antes de que la luzprístina lo curara. Probablemente había peleado para abrirse paso en la ciudad.

Entonces Ruhn empezó a hablar:

—Tharion se fue a ayudar a los evacuados a regresar de la Corte Azul, Amelie fue a la Madriguera para asegurarse de que los cachorros estuvieran bien, pero casi... estábamos a un kilómetro cuando oí la Puerta de Moonwood. Te oí hablar a través de ella, quiero decir. Había tantos demonios, no pude llegar, pero luego escuché a Danika y estalló toda esa luz y...

Se detuvo, tragó saliva. Sus ojos azules brillaban bajo las luces de la calle. El amanecer todavía quedaba lejos. Una brisa proveniente del Istros le despeinó el cabello. Y las lágrimas que tenía en los ojos, el asombro en su mirada, hicieron que Bryce se lanzara hacia él. Abrazó a su hermano y lo apretó con fuerza.

Ruhn no titubeó y la abrazó también. Temblaba tanto que ella supo que estaba llorando.

Unos pasos le indicaron que Flynn se había apartado para darles privacidad. Un olor a cedro le sugirió que Hunt se había elevado para esperarla.

—Pensé que habías muerto —dijo Ruhn y su voz temblaba tanto como su cuerpo—. Como diez putas veces, pensé que habías muerto.

Ella rio.

—Me alegra decepcionarte.

—Cállate, Bryce.

Tenía las mejillas empapadas cuando miró a Bryce a los ojos.

—¿Estás segura... estás bien?

—No lo sé —admitió ella.

Ruhn estaba preocupado pero ella no le dio información específica, no después de la llamada de Rigelus. No con todas las cámaras a su alrededor. Ruhn la miró con una mueca de comprensión. Sí, hablarían sobre esa extraña y antigua luz de estrella en sus venas en otro momento. Sobre lo que significaba para ambos.

—Gracias por venir por mí.

—Eres mi hermana —dijo Ruhn sin preocuparse por hablar en voz baja. Había orgullo en su voz. Y eso le pegó a ella justo en el corazón—. Por supuesto que iba a venir a salvarte el pellejo.

Ella le dio un golpe en el brazo, pero la sonrisa de Ruhn se volvió precavida.

—¿Fue en serio lo que le dijiste a Athalar? ¿Sobre mí?

Díle a Ruhn que lo perdono.

—Sí —respondió sin titubear ni un instante—. Todo fue en serio.

—Bryce —la cara de Ruhn se tornó solemne—. ¿De verdad pensaste que me importaba más la mierda del Astrogénito que *tú*? ¿En serio crees que me importa quién de los dos es?

—Somos ambos —dijo ella—. Esos libros que leíste decían que había sucedido antes.

—No me importa un carajo —dijo él con una ligera sonrisa—. No me importa si me llaman príncipe o Astrogénito o el elegido o como sea —la tomó de la mano—. Lo único que quiero que me digan ahora es tu hermano —agregó con suavidad—. Si estás de acuerdo.

Ella le guiñó el ojo y sintió que el corazón se le apretaba hasta dolerle.

—Lo pensaré.

Ruhn sonrió antes de volver a ponerse serio.

—Sabes que el Rey del Otoño va a querer reunirse contigo. Prepárate.

—¿Tener este poder tan sofisticado no significa que ya no tengo que obedecer a nadie? Y sólo porque te perdoné a ti eso no significa que lo vaya a perdonar a él.

Eso no lo haría nunca.

—Lo sé —dijo Ruhn con los ojos radiantes—. Pero necesitas estar alerta.

Ella arqueó la ceja y se guardó la advertencia.

—Hunt me dijo sobre la lectura de mentes.

Lo había mencionado brevemente, junto con el resumen de lo que había sucedido en la Cumbre y todo lo que había pasado, cuando iban subiendo a la azotea.

Ruhn miró hacia la azotea donde estaba Hunt.

—Athalar tiene una bocota.

Que a ella le gustaría poner a trabajar en varias partes de su cuerpo, pensó, pero no lo dijo. No necesitaba que Ruhn vomitara en su ropa limpia.

Ruhn continuó:

—Y no es lectura de mentes. Sólo... conversación de mentes. Telepatía.

—¿Nuestro papito querido lo sabe?

—No.

Y luego su hermano le dijo en su mente.

—*Y así me gustaría que permaneciera.*

Ella se sorprendió.

—*Qué miedo. Por favor mantente fuera de mi mente, hermanito.*

—*Con gusto.*

Sonó el teléfono de Ruhn y, cuando vio la pantalla, dijo:

—Tengo que contestar.

Claro, porque todos tenían que ponerse a trabajar para arreglar esta ciudad... empezando por atender a los muertos. La enorme cantidad de Travesías sería... No quería ni pensarlo.

Ruhn dejó que el teléfono sonara otra vez.

—¿Puedo visitarte mañana?

—Sí —dijo ella sonriendo—. Agregaré tu nombre a la lista de invitados.

—Sí, sí, pinche popular —fingió una expresión de fastidio y respondió la llamada—. Hola, Dec.

Se alejó hacia donde lo esperaba Flynn y le sonrió a Bryce como despedida.

Bryce miró hacia la azotea al otro lado de la calle. Donde el ángel seguía esperándola, una sombra contra la noche.

Pero ya no la Sombra de la Muerte.

97

Hunt se quedó en las barracas del Comitium esa noche. Bryce ya había perdido la cuenta de cuántas horas habían trabajado: primero toda la noche, luego durante todo ese día despejado y al fin hasta el anochecer. En ese momento ya estaba tan agotada que él le ordenó a Naomi que la llevara a casa. Y tal vez le ordenó también que la vigilara porque, con la luz grisácea del amanecer, pudo ver que había una figura alada todavía en la azotea vecina y un vistazo a la habitación de Hunt le reveló que su cama seguía tendida.

Pero Bryce no se concentró en todo el trabajo que habían hecho el día anterior, ni el que quedaba por hacer. Reorganizar el liderazgo de la ciudad, las Travesías para los muertos, y esperar el gran aviso: qué arcángel sería asignado por los asteri para gobernar Valbara.

Las probabilidades de que fuera alguien decente eran bajas o nulas, pero Bryce tampoco se concentró en eso al salir a las calles todavía poco iluminadas. Syrinx iba tirando de su correa y ella se puso el nuevo teléfono en el bolsillo. Había desafiado al destino ayer, así que tal vez los dioses le darían algo más y convencerían a los asteri que enviaran a alguien que no fuera un psicópata.

Como mínimo, ya no habría tratos de muerte para Hunt. No tenía nada que *pagar*. No, ahora sería un miembro libre y verdadero de los triarii, si así lo deseaba. Todavía tenía que decidir.

Bryce saludó a Naomi y ella le respondió con un movimiento de la mano. Ayer había estado demasiado cansada para objetar a que le pusieran una guardia, porque Hunt no confiaba en que los asteri, su padre, ni ninguno de los demás interesados en el poder se mantuvieran lejos de ella. Después de que Syrinx hizo sus necesidades, intentó seguir su camino a casa, pero ella le indicó a la quimera que aún no regresarían al departamento.

—Todavía no es hora del desayuno —le dijo y se dirigió al río.

Syrinx aulló molesto, pero caminó con ella, olisqueando todo a su paso hasta que apareció la ancha banda del Istros, el andador vacío a esta hora. Tharion le había hablado ayer y prometió todo el apoyo de la Reina del Río para los recursos que necesitaran.

Bryce no se había atrevido a preguntar si ese apoyo se debía a que era la hija bastarda del Rey del Otoño, un hada Astrogénita o la portadora del Cuerno de Luna. Tal vez por todo.

Bryce se sentó en una de las bancas de madera a lo largo del muelle y vio el Sector de los Huesos oculto entre la neblina en movimiento de la ribera opuesta. Los mer se habían hecho presentes... habían ayudado a muchos a escapar. Incluso las nutrias habían tomado a los residentes más pequeños de la ciudad y los habían llevado hacia la Corte Azul. La Casa de las Muchas Aguas había demostrado su lealtad. Los metamorfos también.

Pero las hadas... CiRo tenía el menor daño de toda la ciudad. Las hadas tenían el menor número de víctimas. No era de sorprenderse ya que sus escudos fueron los primeros en encenderse. Y no habían abierto para permitir la entrada a nadie.

Bryce bloqueó ese pensamiento. Syrinx saltó a la banca a su lado; las uñas de la bestia hicieron ruido contra la madera y luego la quimera se sentó junto a ella. Bryce sacó su teléfono de su bolsillo y le escribió a Juniper, *Díle a Madame Kyrah que estaré en su siguiente clase de baile.*

June le respondió casi de inmediato.

¿La ciudad acaba de sufrir un ataque y estás pensando en eso? Pero unos segundos después, añadió:

Lo haré.

Bryce sonrió. Durante varios minutos, ella y Syrinx permanecieron en silencio viendo cómo la luz se transformaba del gris a un azul claro. Y luego un hilo dorado de luz apareció a lo largo de la superficie tranquila del Istros.

Bryce desbloqueó su teléfono. Y leyó ese mensaje final de Danika, esas palabras felices, por última vez.

La luz empezó a extenderse sobre el río, lo convirtió en oro.

Bryce sintió que le picaban los ojos y sonrió suavemente. Luego leyó las últimas palabras que Connor le había escrito.

Mándame un mensaje cuando hayas llegado a tu casa.

Bryce empezó a escribir. La respuesta le había tomado casi dos años exactos.

Estoy en casa.

Envió el mensaje al éter y deseó que encontrara su camino a través del río dorado y hacia la isla cubierta de niebla más allá.

Y luego borró los mensajes. También borró los mensajes de Danika. Con cada movimiento de su dedo, sintió que su corazón se hacía más ligero, que ascendía con el sol.

Cuando los terminó de borrar, cuando los liberó, se puso de pie y Syrinx saltó al pavimento a su lado. Ella empezó a dirigirse a casa cuando un destello al otro lado del río capturó su atención.

Por un instante, sólo uno, el alba despejó la niebla alrededor del Sector de los Huesos. Reveló una orilla con pastos. Unas colinas serenas más allá. No una tierra de roca y oscuridad, sino de luz y verdor. Y en esa hermosa costa, sonriéndole...

Un regalo del Rey del Inframundo por haber salvado la ciudad.

Las lágrimas empezaron a correrle por las mejillas cuando vio las figuras casi invisibles. Seis, porque la séptima ya nunca volvería al haber entregado su eternidad.

Pero la figura más alta, parada en el centro, con la mano extendida para saludar...

Bryce se llevó la mano a la boca y les envió un beso.

Tan rápido como se había abierto, la niebla se volvió a cerrar. Pero Bryce continuó sonriendo todo el camino hasta llegar a su departamento. Su teléfono vibró y apareció el mensaje de Hunt, *Estoy en casa, ¿dónde estás?*

A ella le costó trabajo contestar porque Syrinx tiraba de la correa.

Salí a pasear a Syrinx. Llegaré en un minuto.

Bien. Estoy haciendo el desayuno.

La sonrisa de Bryce casi le partió la cara en dos y aceleró el paso. Syrinx casi se echó a correr. Como si él, también, supiera lo que los esperaba. *Quién* los esperaba.

Había un ángel en su departamento. Lo cual significaba que debía ser cualquier día de la semana. Lo cual significaba que ella tenía dicha en su corazón y fijó la vista en el camino que se abría frente a ella.

Epílogo

El gato blanco con ojos como ópalos azules estaba sentado en una banca en el Parque del Oráculo y se lamía la pata delantera.

—Sabes que no eres un gato real, ¿verdad? —le preguntó Jesiba Roga con un chasquido de la lengua—. No tienes que lamerte.

Aidas, el Príncipe de las Profundidades, levantó la cabeza.

—¿Quién dice que no disfruto lamerme?

La diversión le sacó una sonrisa a Jesiba, pero miró hacia el parque tranquilo, los enormes cipreses que todavía brillaban con el rocío.

—¿Por qué no me dijiste sobre Bryce?

Él movió sus garras.

—No confío en nadie. Ni siquiera en ti.

—Pensé que la luz de Theia se había extinguido para siempre.

—Yo también. Pensé que se habían asegurado de que ella y su poder murieran en el último campo de batalla bajo la espada del príncipe Pelias —sus ojos brillaron con una ira antigua—. Pero Bryce Quinlan porta su luz.

—¿Puedes distinguir la diferencia entre la luzastral de Bryce y la de su hermano?

—Nunca olvidaré el brillo y tono exacto de la luz de Theia. Sigue siendo una canción en mi sangre.

Jesiba lo estudió un momento y luego frunció el ceño.

—¿Y Hunt Athalar?

Aidas se quedó en silencio porque a su lado pasó un peticionario con la esperanza de llegar antes de las multitudes que llenaban el Parque del Oráculo y el Templo de Luna desde que los portales se habían abierto en las Puertas de cuarzo, cuando las bestias del Foso se aprovecharon de eso. Las que lograron regresar estaban sufriendo el castigo de uno de los hermanos de Aidas. Él regresaría pronto para ayudarle.

Aidas dijo al fin:

—Creo que el padre de Athalar estaría orgulloso.

—Sentimental de tu parte.

Aidas se encogió de hombros lo mejor que pudo con su cuerpo felino.

—Puedes estar en desacuerdo, por supuesto —dijo y saltó de la banca—. Tú conocías mejor al hombre —sus bigotes vibraron y ladeó la cabeza—. ¿Qué hay de la biblioteca?

—Ya la cambié de lugar.

Él sabía que no debía preguntar dónde la había ocultado, así que sólo dijo:

—Bien.

Jesiba no volvió a hablar hasta que el príncipe del Averno estuvo a unos metros de distancia.

—No nos jodas esta vez, Aidas.

—No planeo hacerlo —dijo él y empezó a desaparecer en el espacio entre reinos, el Averno una canción oscura que lo llamaba a casa—. No cuando las cosas están a punto de ponerse tan interesantes.

Agradecimientos

Este libro ha sido una tremenda labor de amor desde el principio y, por eso, tengo demasiada gente a quien agradecer de la que puedo poner en unas cuantas páginas pero haré mi mejor esfuerzo.

Mi gratitud eterna y amor a:

Noa Wheeler, editora extraordinaria. Noa, ¿cómo puedo siquiera empezar a agradecerte? Transformaste este libro en algo que me enorgullece, me retaste a ser mejor escritora y trabajaste sin parar en todas las etapas. Eres brillante y es un placer trabajar contigo. Me siento honrada de llamarte mi editora.

Tamar Rydzinski: Gracias por apoyarme en cada paso de este (largo, largo) viaje. Eres una *reina* cabrona.

A todo el equipo en Bloombury: Laura Keefe, Nicole Jarvis, Valentina Rice, Emily Fisher, Lucy Mackay-Sim, Rebecca MCNally, Kathleen Farrar, Amanda Shipp, Emma Hopkin, Nicola Hill, Ros Ellis, Nigel Newton, Cindy Loh, Alona Fryman, Donna Gauthier, Erica Barmash, Faye Bi, Beth Eller, Jenny Collins, Phoebe Dyer, Lily Yengle, Frank Bumbalo, Donna Mark, John Candell, Yelena Safronova, Melissa Kavonic, Oona Patrick, Nick Sweeney, Diane Aronson, Kerry Johnson, Christine Ma, Bridget McCusker, Nicholas Church, Claire Henry, Elise Burns, Andrea Kearney, Maia Fjord, Laura Main Ellen, Sian Robertson, Emily Moran, Ian Lamb, Emma Bradshaw, Fabia Ma, Grace Whooley, Alice Grigg, Joanna Everard, Jacqueline Sells, Tram-Anh Doan, Beatrice Cross, Jade Westwood, Cesca Hopwood, Jet Purdie, Saskia Dunn, Sonia Palmisano, Catriona Feeney, Hermione Davis, Hannah Temby, Grainne

Reidy, Kate Sederstrom, Jennifer Gonzalez, Veronica Gonzalez, Elizabeth Tzetzo. Es un privilegio ser publicada por ustedes. Gracias a todos por el apoyo y gracias en especial a Kamilla Benko y Grace McNamee por su trabajo arduo en este libro.

A mis editores extranjeros: Record, Egmont Bulgaria, Albatros, DTV, Konyvmolykepzo, Mondadori, De Boekerij, Foksal, Azbooka, Atticus, Slovart, Alfaguara y Dogan Egmont. Gracias por llevar mis libros a sus países y a sus maravillosos lectores.

Un gran abrazo y aplausos para Elizabeth Evans, la narradora del audiolibro que con tanta fidelidad y cariño da vida a mis personajes. Es un deleite y privilegio trabajar contigo.

Gracias al increíblemente talentoso Carlos Quevedo por el arte de la portada que capturó a la prefección el espíritu de este libro y a Virginia Allyn por su fantástico mapa de la ciudad.

Literalmente no hubiera podido escribir este libro sin mis amigos y familia.

Así que gracias desde el fondo de mi corazón a J. R. Ward por compartir tu sabiduría cuando más la necesitaba, por tu increíble bondad y por ser una inspiración para mí (y no importarte que ambos tengamos un Ruhn).

A Lynette Noni: Eres la mejor. La MEJOR. Tu retroalimentación inteligente, tu generosidad, tu simple genialidad, amiga, te amo con locura.

Jenn Kelly, no sé qué haría sin ti. Te has convertido en parte de mi familia y te agradezco cada día. A Steph Brown, mi amiga querida, la fan del hockey como yo y la persona que nunca deja de hacerme reír, te adoro.

Gracias a Julie Eshbaugh, Elle Kennedy, Alice Fanchiang, Louisse Ang, Laura Ashforth y Jennifer Armentrout por ser verdaderos rayos de luz en mi vida. Como siempre: gracias Cassie Homer por todo. Un enorme abrazo y agradecimiento a Jillian Stein por toda tu ayuda. Un agradecimiento sincero a Qusai Akoud por tu increíble visión y habilidades sin par para el diseño de sitios web. Un *enorme* agradecimiento a Danielle Jensen por leer y darme retroalimentación vital.

Mi infinita gratitud a mi familia (tanto de nacimiento como por matrimonio) por su apoyo y amor incondicional. (Y a Linda, que prefiere cuernitos de chocolate en su cumpleaños).

A mis brillantes y maravillosos lectores: ¿Cómo puedo empezar a agradecerles? Ustedes son la razón por la cual hago esto, la razón por la cual me levanto de la cama todas las mañanas emocionada por escribir. Nunca dejaré de agradecerles a todos y cada uno de ustedes.

A Annie, que se sentó junto a mí, en mis pies, en mis piernas mientras pasé años trabajando en este libro y que serviste de inspiración para Syrinx de tantas formas. Te amo para siempre jamás, cachorra.

A Josh: No creo que pueda transmitirte todo lo que siento por ti aunque tuviera otras 800 páginas para escribirlo. Eres mi mejor amigo, mi alma gemela, y la razón por la cual puedo escribir sobre el amor verdadero. Tú me ayudaste a mantenerme en una pieza este año, caminando a mi lado a través de algunos de los momentos más difíciles que he enfrentado, y no tengo palabras para expresar lo que eso significa para mí. El día más afortunado de mi vida fue el día que te conocí y es una bendición tenerte como esposo y como el maravilloso padre de nuestro hijo.

Y por último a Taran: De verdad eres la estrella más brillante de mi firmamento. Cuando las cosas fueron difíciles, cuando las cosas estuvieron oscuras, pensaba en ti, tu sonrisa, tu risa, tu hermosa cara, y eso me ayudaba a salir adelante. A lo mejor no leas esto en mucho, mucho tiempo, pero debes saber que me das un propósito, y motivación, y dicha... tanta dicha que mi corazón está a punto de estallar todos los días. Te amo, te amo, te amo, y siempre estaré orgullosa de ser tu madre.

Casa de tierra y sangre de Sarah J. Maas
se terminó de imprimir en enero de 2023
en los talleres de
Litográfica Ingramex, S.A. de C.V.
Centeno 162-1, Col. Granjas Esmeralda, C.P. 09810,
Ciudad de México.